btb
Aus Freude am Lesen

btb

Buch

Ein abgelegenes Hochplateau in der Haute Provence, für die wenigen Bauernfamilien, die hier leben, ist der Alltag hart und entbehrungsreich. Da taucht eines Nachts ein Fremder auf. Er heißt Bobi, ist Gaukler und Artist, und er bringt Freude in das Leben der Menschen. Bobi lehrt das Lachen, Bobi heilt, Bobi kennt die Natur, das Aroma der Pflanzen. Durch ihn lernen die Bauern, daß das Glück in den Dingen zu finden ist, die vermeintlich keinen Zweck erfüllen und keinen Nutzen bringen: Sie geben den Vögeln ihr Korn zu essen, sie pflanzen Blumen, auch wenn das den Ernteertrag verringert. Die Schafe werden nicht mehr verkauft, sondern gehütet, die Pferde werden in die Freiheit entlassen. Es wird zusammen gesät, geerntet und gefeiert. Doch dieses ländliche Idyll ist nicht ohne Makel: Leid und Schmerz gehören nach wie vor zum Leben der Menschen, und verschmähte Liebe und Eifersucht führen schließlich zu einem tragischen Selbstmord, an dem die Gemeinschaft zu zerbrechen droht. Der Wunsch nach einem Leben im Einklang mit der Natur, ein zentrales Thema im Werk des großen französischen Autors Jean Giono, steht im Mittelpunkt dieses Provence-Romans voller Dramatik und Leidenschaft.

Autor

Jean Giono (1895–1970) zählt zu den bedeutendsten Schriftstellern Frankreichs. Er übte harsche Kritik an der Zivilisation des 20. Jahrhunderts und war Pazifist. Aufgrund seiner Überzeugungen wurde er mehrmals inhaftiert. Giono lebte völlig zurückgezogen in der Provence und schrieb zahlreiche Romane, Gedichte und Theaterstücke. Das Werk des »Homer der Provence« ist geprägt von einer urwüchsigen Bejahung des Lebens und der Ablehnung alles Kriegerischen.

Jean Giono bei btb

Jean der Träumer. Roman (72287)

Jean Giono

Bleibe, meine Freude

Roman

Aus dem Französischen von
Ruth und Walter Gerull-Kardas

btb

Originaltitel: »Qeu ma joie demeure«

Einzige vom Autor genehmigte Übersetzung von
Ruth und Walter Gerull-Kardas

Mit einem Divertimento
von Stephan Broser

Umwelthinweis:
Alle bedruckten Materialien dieses Taschenbuches
sind chlorfrei und umweltschonend.

btb Taschenbücher erscheinen im Goldmann Verlag,
einem Unternehmen der Verlagsgruppe Bertelsmann GmbH.

1. Auflage
Genehmigte Taschenbuchausgabe Juni 1999

Umschlaggestaltung: Design Team München
Umschlagfoto: Look/Heeb
Satz: IBV Satz- und Datentechnik GmbH, Berlin
KR · Herstellung: Augustin Wiesbeck
Made in Germany
ISBN 3-442-72289-6

BLEIBE, MEINE FREUDE

I

Es war eine ungewöhnliche Nacht.

Erst war es windig gewesen, dann wurde es still. Die Sterne sprangen auf, in Büscheln wie junges Gras, mit goldenen Wurzeln, die sich ausbreiteten und im Dunkel verankert waren; finstere Erdklumpen leuchteten auf.

Jourdan konnte nicht schlafen; er warf sich von einer Seite auf die andere.

»Wie schön ist dieses Licht«, sagte er zu sich. Dergleichen hatte er noch nie gesehen.

Wie Metall bebte der Himmel. Da alles, bis auf das kleinste Weidenblatt, unbeweglich war, war es nicht zu verstehen. Der Wind war es nicht. Es war ganz einfach der Himmel, der sich so tief auf die Erde herabsenkte, daß er sie fast berührte, über die Ebenen hinstreifte, gegen die Gebirge stieß und die dunklen Gänge der Wälder tönen ließ. Dann stieg er wieder empor in die höchsten Höhen.

Jourdan versuchte seine Frau zu wecken:

»Schläfst du?«

»Ja.«

»Aber du antwortest doch.«

»Nein.«

»Hast du den Nachthimmel gesehen?«

Sie antwortete nicht und seufzte nur tief; sie öffnete und schloß die Lippen, dann bewegte sie die Schulter, wie jemand, der eine Last ablegt.

»Weißt du, was ich möchte?«

»Nein.«
»Ich möchte den Acker unter den Mandelbäumen pflügen.«
»Ja?«
»Das Stück vor dem Tor.«
»Ja?«
»In der Richtung auf Fra-Josépine.«
»Ach ja«, sagte sie. Sie bewegte noch einige Male die Schultern. Schließlich drehte sie sich ganz um, legte sich flach auf den Leib und grub das Gesicht in die Kissen.
»Ich meine aber jetzt gleich«, sagte Jourdan.
Er stand auf. Der Fußboden war kalt, die Samthose eisig. Überall im Zimmer waren Lichtflecken, und draußen konnte man den Wald von Grémone fast so deutlich sehen wie am Tage. Über den ganzen Himmel waren Sterne verstreut.
Jourdan ging hinunter in den Stall. Das Pferd schlief im Stehen.
»Du wenigstens hast es begriffen«, sagte er. »Du hast dich gar nicht erst niedergelegt.«
Er öffnete einen Flügel des großen Tores, das direkt ins Freie führte. Wenn man dieses nächtliche Leuchten draußen gesehen hatte – nicht nur durchs Fenster –, so begriff man mit einem Male seine wunderbare Reinheit und sah, wie trüb und schmutzig das Licht der Stallaterne war, das sich vom Petroleum, dem dunklen Blut der Kohle, nährte.
Kein Mond. Nein, es war kein Mond. Und doch war es, als glühe der Himmel, obgleich es kalt war und der Winter begann. Der Himmel roch nach Asche. Die Rinde der Mandelbäume riecht so und der dürre, entlaubte Wald.
Jourdan dachte, es sei wohl an der Zeit, den neuen Pflug zu nehmen. Der blaue Stahl der Pflugschar leuchtete noch wie am letzten Markttage, und sie roch noch nach dem Laden; doch sie schien sehr arbeitswillig. So eine Gelegenheit, sie einzuweihen, kam nie wieder. Das Pferd war wach geworden und war bis zur Tür gekommen, um hinauszusehen.
Es gibt schöne, stille Augenblicke auf dieser Welt.
»Wenn ich ihn wirklich erwarte – er muß ja kommen –«,

sagte sich Jourdan, »dann wird es in einer Nacht wie dieser sein.«

Er hatte das Pflugeisen am Anfang des Ackers in die Erde gestoßen. Er wandte dem Hof von Fra-Josépine den Rücken zu, vor sich hatte er den Wald von Grémone. Er liebte es, in dieser Richtung zu pflügen, weil ihm der Geruch der Bäume direkt entgegenkam. Das Pferd hatte sich ganz von selbst so aufgestellt.

Es war so hell, daß man die Welt klar und deutlich sehen konnte, nicht wie im Tageslicht, scheinbar vom Fleische entblößt, nein, vielmehr wohlgerundet von den Schatten und mit besonders zarten Farben. Es tat den Augen wohl. Die Dinge hatten ihre grausame Deutlichkeit verloren, alles war voller Geheimnis und sprach leise und eindringlich zu den Sinnen. Dort hinten, im Schutz der Talmulde, ruhte der Wald wie ein fettes Perlhuhn mit leuchtendem Gefieder.

»Und«, sagte sich Jourdan, »es wäre schön, wenn er mich beim Pflügen anträfe.«

Schon lange wartete er auf die Ankunft eines Mannes; er wußte nicht genau, auf wen er wartete, er wußte auch nicht, woher der Erwartete kommen sollte; ja, er wußte nicht einmal, ob er kommen würde. Er hoffte nur auf ihn. So ereignen sich zuweilen die Dinge. Und die menschliche Hoffnung ist ein so großes Wunder, daß man nicht erstaunt zu sein braucht, wenn sie plötzlich hinter der Stirn eines Menschen aufflammt, und keiner kann sagen, warum und weshalb.

Es kommt nur darauf an, daß sie das Lebensgefühl steigert, daß sie uns mit großen samtenen Flügeln emporträgt.

»Ich glaube wohl, daß er kommen wird«, sagte sich Jourdan.

Und dann war diese Nacht wirklich ungewöhnlich. In solch einer Nacht konnte alles geschehen. Und es wäre auch höchste Zeit, daß er käme.

Das Leben auf dem Plateau ist hart, sehr hart, wenig Hafer, wenig Roggen, schlechter, sandiger Boden, bald rot, bald gelb, bald fahl; nie ist die Erde fett und schwarz; sie entzieht sich der bestellenden Hand mit einem unwahrscheinlich dicken Pelz von Unkraut, der zu gar nichts nütze ist. Nein, es ist wirklich wahr, das Leben auf dem Plateau ist zu hart.

Als er mit Marthe hierherkam, hatte er wohl mit schwerer Arbeit gerechnet. Gleich am ersten Tage hatte er die Runde gemacht, hatte sich dieses angesehen, jenes betastet und hatte alles genau geprüft: den Wind, den Boden, das Laub, das Stroh und das Gefunkel der Sonne, die sich gerade im Blätterdach des Obstgartens schaukelte. Und dann hatte er sich gesagt: Ich werde den Hof »La Jourdane« nennen. Er wollte sich selbst ein wenig Mut machen. Man muß sich immer selber helfen.

Er war auch jünger gewesen, damals. Das war jetzt elf Jahre her.

Er ließ das Pferd wenden und hob das Pflugeisen aus der Erde. Dann versenkte er es von neuem in den Acker.

»He, Coquet«, sagte er, »vorwärts, jetzt geht es bergab.«

Er wandte dem Wald den Rücken zu.

Und dann, das Leben, das Leben, ja, das Leben. Nicht unglücklich und auch nicht glücklich. Manchmal sagte er sich... Aber dann im selben Moment sah er das Plateau und den Himmel, der sich darüber wölbte, und in der Ferne zwischen den Bäumen hindurch den bläulichen Dunst, der von den tiefen Tälern aufsteigt. Und er stellte sich die Welt ringsum mit ihren Meeren, Flüssen und Bergen vor, wie einen Pfau, der sich stolz spreizt. Dann suchte er Trost in dem Gedanken: Gesundheit, Frieden, La Jourdane, nichts schmerzt, keine Wünsche, keine Begierden. Doch hier stockte er, denn er konnte nicht sagen: keine Wünsche, keine Sehnsucht. Die Begierde ist ein Feuer, und Gesundheit ist Frieden; dieses Feuer verzehrt alles; es bleibt nur noch dieses Feuer. Im Grunde sind die Menschen nicht dazu geschaffen, sich an vollen Trögen zu mästen, sie sind geschaffen, um abzumagern auf ermüdenden Wegen, immer zwischen Bäumen hindurch, und dann kommen neue Bäume, und nie sind es die gleichen; weiter, weiter drängt die Wißbegierde – wissen, wissen!

Das ist es, wissen!

Und zuweilen betrachtete er sich im Spiegel, sah seinen rotbraunen Bart, die Stirn, wie mit Kleie besprenkelt, die Haare, fast weiß, die große, breite Nase, und er sagte sich: »In deinem Alter.«

Doch Begierden sind eben Begierden.

Er war jetzt am Ende des Ackers angelangt. Das Pferd wendete von selbst und schritt wieder auf den Wald zu. Sie hingen beide ihren Gedanken nach.

So also wird es immer bleiben; dann kommt das Alter und dann der Tod.

Eines Tages hatte er den Jahrmarkt von Roume besucht, auf der andern Seite des Waldes von Grémone. Das war fünf Jahre her. Damals war es hundekalt. Er hatte Onkel Silve aus Fauconnières getroffen und noch zwei andere, einen Pferdehändler und einen Zeugschmied, der seinen Stand auf dem Jahrmarkt hatte. Mehr aus Notwendigkeit als zum Vergnügen gingen sie zusammen eins trinken, denn die Kälte war schneidend. Alle vier setzten sich an einen Tisch; Jourdan und Silve, die vom Plateau kamen, der Händler und der Zeugschmied von jenseits der Hügel. Sie bestellten Glühwein und stopften ihre Pfeifen; sie sprachen über dies und jenes. Solange sie auf den heißen Wein warteten und ihnen die Kälte an den Knochen fraß, redeten sie vernünftig miteinander, weil sie Verlangen nach etwas Einfachem hatten. Nachdem dieser Wunsch befriedigt war, erwachten die Begierden.

Alle vier hatten aufgehört zu sprechen, sie rauchten ihre Pfeifen und blickten umher – stets ein schlechtes Zeichen. Jourdan hatte erst Onkel Silve, dann den Pferdehändler und dann den Zeugschmied angesehen, und er war betroffen von dem Ausdruck ihrer Augen. »Wenn ich auch solche Augen habe«, sagte er sich, »dann sehen wir ja schön aus, wir vier.« – Im Café waren noch vier oder fünf andere Tische besetzt, an denen ging es lustig her.

Jourdan forschte in den Blicken dieser Männer, die ihm in besserem Gleichgewicht schienen. Und da sah er, daß, sobald sie zu lachen aufhörten, sie denselben sorgenvollen Augenausdruck hatten. Mehr als sorgenvoll – angstvoll. Die Leere, das Nichts! Sie waren an einem Punkt angelangt, an dem man weder Sorge noch Angst hat.

»Ja«, sagte er sich, »es ist wohl die Krankheit der Erde, wie es die Krankheit der Gipsarbeiter gibt, deren Finger abfallen, die Krankheit der Gerber, die sich die Lungen aushusten, die Krankheit der Kohlengräber, die erblinden, die Krankheit der Drucker, deren Gedärme sich verschlingen, die Krankheit der Schuhmacher, der Schlächter, der Kärrner, der Erdarbeiter, der Maurer, der Schmiede, der Tischler, der Matrosen, der Kuhhirten und der Flößer. Eine Krankheit, die von der Arbeit kommt. Das Herz stirbt.«

Der Zeugschmied blickte durch die Scheiben des Cafés hinaus auf die Straße.

»Da ist Marion«, sagte er.

Es war eine alte Frau, mit einer schwarzen Schürze, schwarzer Bluse und schwarzem Umschlagtuch. Sie betrieb ein Kurzwarengeschäft am »Eierplatz«. Während sie vorbeiging, gestikulierte sie ins Leere hinein, als wolle sie etwas erklären. Sie war betrunken.

»Sie trinkt schon lange.«

»Sie hat schon angefangen, als ihr Mann noch lebte.«

»Und vor dem Tode ihrer Tochter.«

»Versteht sich, und auch als sie den Kleinen bei sich hatte.«

»Was ist aus dem geworden?«

»Ach der«, sagte der Zeugschmied, »der ist weit.«

»Übers Meer?«

»Gewiß und noch weiter.«

»Er war still und sanft.«

»Der ist jenseits sehr vieler Dinge«, sagte der Zeugschmied. »Man hat mir erzählt...«

Er rückte dichter an die drei anderen heran, und sie beugten sich vor, um besser zu hören.

»... er pflegt Aussätzige.«

»Aussätzige?«

»Ja.«

»Wo?«

»Wo es welche gibt.«

»Nein, so etwas«, sagte der Pferdehändler.

Onkel Silve sah Jourdan an.

»Aber«, fragte der Pferdehändler, »hat er denn Medizin studiert?«

»Es handelt sich wohl um eine besondere Art von Pflege«, sagte der Zeugschmied. »Weißt du denn, was das sind, Aussätzige?«

»Kaum«, sagte der Pferdehändler.

»Da ist die Medizin gleich Null«, sagte der Zeugschmied. »Bei der Krankheit verfaulst du bei lebendigem Leibe. Du verfaulst, du wirst zu Staub, wie man sagt. Der Wind zerreißt dich. Nach und nach verlierst du die Finger, du verlierst die Arme. Du löst dich im Nichts auf. Und dann ist es sehr ansteckend.«

Onkel Silve sah Jourdan immer noch an.

»Ja«, sagte Jourdan.

Es war eigentlich keine Antwort auf das, was der Zeugschmied gesagt hatte, denn eine ganze Weile schon war ihm, als hörte er den Ton einer Flöte.

Als es dämmerte, kehrte er nach seinem Hof zurück, und trotz der scharfen Kälte machte er einen Umweg um den Wald. Es tat ihm wohl zu gehen, und seine Schritte waren leicht, wie beim Tanz. Auf dem ganzen Wege begleitete ihn die Melodie der Flöte; sie wurde immer deutlicher, und zuweilen stieg der Ton bis in die höchsten Höhen, aus denen der Donner kommt, dann wieder senkte er sich auf die Erde; eine Musik, wie ein weites Land, mit welligen Hügeln und Bächen, die sich zwischen ihnen hinschlängeln.

Die Freude könnte wohl bei uns bleiben, dachte Jourdan.

Nur müßte jener endlich kommen.

Er dachte dabei nicht an den Enkel der alten Marion, an den, der jenseits der Meere lebte. Nein, er dachte an einen anderen, ganz gleich an wen, er wußte es selbst nicht, an irgendeinen. Ihm war es Trost genug zu wissen, daß es Männer gab, mit behutsamen Händen, die sich nicht vor schlimmen Krankheiten fürchteten.

Ja, eines solchen bedurfte man, eines Mannes mit einem jungen, lebendigen Herzen.

Und es genügte schon zu wissen, daß es so einen wirklich gab, um die Musik der Flöte zu hören.

Jourdan und das Pferd waren schon eine Weile stehengeblieben, ohne es zu merken. Die Zeit drängte ja nicht, und die Hoffnung gibt zuweilen Kraft, um zu leben.

Die Sterne leuchteten jetzt strahlend hell. Manche waren wie zermalmt, so daß dicke goldene Tropfen herabfielen; man sah die unendliche Tiefe des Himmels.

Es mochte gegen drei Uhr früh sein.

Jourdan beendete die Furche; es war die vierte. Nun drehte er wieder dem Walde den Rücken zu und begann die fünfte Furche in der Richtung auf Fra-Josépine. Das Pferd ging im gleichen, ruhigen Schritt, auch Jourdan ging im gleichen Schritt. Nichts hatte sich geändert. Das Gras raschelte ebenso wie vorher. Nichts war anders, weder die Geräusche noch die Gerüche, noch die golden leuchtende Nacht.

Und dennoch war da etwas. Jourdan spürte, wie es seinen Rücken berührte. Er wagte nicht hinzublicken, und je mehr er sich Gewalt antat, desto mehr verlangte es ihn, den Kopf zu wenden. Nein.

Er trieb das Pferd vorwärts.

Und jetzt war irgend etwas anders als vorher: das Knirschen der Erde, die vom Pflug gespalten wurde, und das Klirren der Eisen des Pferdes gegen die Kette.

Am Ende der Furche sagte er sich: »Jetzt sieh hin!«

Der Acker stieg bis zum Waldrand an; oben war plötzlich alles zu Ende, war nur noch der Nachthimmel. Am Rande des Abhanges stand ein Mensch. Es war ein Mann, er stand breitbeinig da, zwischen seinen Beinen war der Nachthimmel zu sehen, und ein Stern funkelte.

»Vorwärts«, sagte Jourdan zum Pferd, dann sagte er:
»Und er wird mich beim Pflügen antreffen.«
Der Mann erwartete ihn.
»Salut«, sagte er.
»Salut«, sagte Jourdan.
»Drängt die Zeit?«
»Die Zeit drängt nicht«, sagte Jourdan, »alles findet sich.«
»Und alles zu seiner Zeit«, sagte der Mann.
»Das ist auch meine Ansicht«, sagte Jourdan.
Er ließ den Pflug los und seine Arme zu beiden Seiten des Körpers hinabsinken.
»Hast du Tabak?«
Jourdan kramte in seiner Tasche und reichte ihm den Beutel.
»Seit Roume habe ich nicht mehr geraucht«, sagte der Mann; »es war auch besser, die Eichen im Walde sind dürr.«
»Von Toussaint ab gibt es keine mehr«, sagte Jourdan. »Wie gut es hier riecht«, sagte der Mann.
»Bist du zum erstenmal hier?«
»Ich habe das Land zum erstenmal so nahe vor mir. Einmal bin ich durch das Tal des Ouvèze gezogen« (er wies in die Nacht hinein, nach Osten) »ein anderes Mal durch die Heide der blauen Hügel« (und er zeigte nach Norden).
»Heute war ich ganz nahe, da bin ich hergekommen.« Er drehte sich um, vom Winde fort, um seine Pfeife anzuzünden; Jourdan konnte sein Gesicht nicht sehen. Er sah nur die Schultern des Mannes, kräftige, breite Schultern, ein guter Wall gegen den Wind.
»Ich habe dich pflügen sehen«, sagte er, »da bin ich hergekommen.«
»Ja«, sagte Jourdan, »es eilte gar nicht so mit dem Pflügen, doch die Nacht war zu schön.«
»Was ist das für Tabak?« fragte der Mann nach dem ersten Zug.
»Der Graue.«
»Aber du hebst ihn in einem Tontopf auf?«
»Richtig«, sagte Jourdan.

»Ich kenne den Geschmack«, sagte der Mann, »und ich liebe ihn. Es schmeckt nach Quelle.«

»Wie bitte?« fragte Jourdan.

»Starker Tabak«, sagte der Mann, »ist an sich schon schwer genug. Wenn du ihn in einem Gefäß aus rotem Ton aufhebst, schwitzt er. Es bildet sich, wenn du willst, so eine Art Freundschaft zwischen dem Tabak und dem Ton, und davon bekommt der Rauch diesen angenehmen, ein wenig modrigen Geschmack. Hast du schon einmal eine Handvoll Schlamm aus einer Quelle genommen?«

»Nein.«

»Mach es, und du wirst sehen, es riecht so wie dieser Rauch. Riech einmal.«

Er blies ihm den Rauch ins Gesicht.

»Riechst du es?«

»Eigentlich nicht.«

»Koste.«

Er reichte ihm die Pfeife.

Jourdan saugte an der Pfeife, sie war noch feucht von den Lippen des Mannes.

»Schmeckst du es jetzt?«

»Jetzt ja.«

Er gab ihm die Pfeife zurück.

»Im blauen Ton«, sagte der Mann, »bekommt der Tabak den Geschmack von Eisen. So ist es. Ich nenne das Schmiedetabak. Es ist nicht genau der Geschmack von Eisen, es ist mehr der von Eisenschuppen. Weißt du, wenn das Eisen glühend gemacht wird und man es naß macht, um es zu hämmern, dann verspritzen Eisenschuppen, danach schmeckt es. Genaugenommen nicht einmal nach den Eisenschuppen, vielmehr nach denen, die sich am Amboß festsetzen. Genau so schmeckt der Tabak.«

»Du hast eine feine Zunge«, sagte Jourdan.

»Ja«, sagte der Mann, »und das ist wichtig.«

»Du mußt das Pferd nicht still stehen lassen«, sagte er nach einer Pause, »es zittert.«

»Wohin gehst du?« fragte Jourdan.

»Ich werde ein wenig bei dir bleiben, wenigstens solange diese Pfeife mit deinem guten Tabak dauert. Geh nur zu, ich folge dir.«

So läßt Jourdan sein Pferd von neuem wenden, und in gerader Richtung auf Fra-Josépine beginnt er die sechste Furche.

Der Mann geht neben dem Pflug her. Er spricht jetzt nicht mehr. Er pfeift. Er pfeift ein Lied, das zu allem paßt: zur neuen Furche, zur leuchtenden Nacht und zur Weite des Plateaus. Er pfeift ganz leise, zwischen den Zähnen, wie für sich selbst und für Jourdan. Wie ein Geheimnis. Und Jourdan hat sogleich in diesem Lied die Melodie der Flöte wiedererkannt, die bis dahin nur in seinem Kopf tönte. Nun ist das Lied da, auf dem Plateau, in den Lüften, hat Leben angenommen, und selbst das Pferd kann es hören.

»Wie heißt eigentlich diese Gegend?« fragt der Mann.

»Plateau Grémone.«

»Seid ihr viele?«

»Ungefähr zwanzig.«

»Ein Dorf?«

»Nein, einzelne Höfe. Das da ist meiner. Da drüben Fra-Josépine. Die anderen sind La Fauconnière, mit den Buchsbaumhecken, dann der Hof von Maurice und Mouille-Jacques. Ein anderer liegt dicht an dem kleinen See, neben einem alten Ahorn.«

»Viel Land?«

»Ja, große Äcker. Die Erde ist billig hier oben.«

»Ich sehe, die einzelnen Höfe liegen weit auseinander.«

Jetzt beginnt die siebente Furche.

»Lebst du allein?« fragt der Mann.

»Mit meiner Frau.«

»Wie alt ist sie?«

»Sie paßt zu mir.«

»Keine Kinder?«

»Nein.«

Der Mann pfeift noch ein wenig, aber es geht jetzt bergauf.

»Liebst du dein Pferd?«

»Sehr.«

»Ist es schon alt?«

»Ziemlich.«

»Und du behältst es?«

»Ja.«

»Was sagst du zu dieser Nacht?«

»Ich habe noch nie etwas Ähnliches gesehen.«

»Ich auch nicht. Der Orion sieht aus wie die Dolde einer blühenden Mohrrübe.«

»Wie bitte?« fragte Jourdan.

»Der Orion ist zweimal so groß wie sonst. Da oben ist er. Bleib stehen. Da, siehst du ihn?«

»Nein.«

»Ich habe nie etwas beschreiben können«, sagte der Mann. »Es ist merkwürdig, und man hat es mir auch immer vorgeworfen. Man hat mir oft gesagt: Man weiß nie recht, was du eigentlich meinst.«

»Wer hat das gesagt?«

»Oh, irgend jemand.«

»Ein Schafskopf«, sagte Jourdan.

»Aber«, sagte der Mann, »du hast den Orion auch nicht sehen können.«

»Nein«, sagte Jourdan, »aber die Mohrrübenblüte habe ich sehr gut gesehen.«

»Weil du ein reines Herz und einen guten Willen hast«, sagte der Mann.

Jetzt war die siebente Furche fertig, die achte begann.

Es war wirklich schwer zu erklären.

»Hast du jemals Aussätzige gepflegt?« fragte Jourdan.

»Niemals«, sagte der Mann.

Aber er schien die Frage ganz natürlich zu finden, das war ein gutes Zeichen.

Und dann begann er zu pfeifen. Ja, es gibt wahrhaftig Sprichwörter, die von den Menschen dieser Erde erfunden wurden, Menschen, die Hunderte von Wäldern, Hunderte von

Seen, Hunderte von Bergen gesehen haben und denen hundertmal der Himmel einstürzte. Man kann wohl annehmen, daß diese Menschen sich auskennen. Ein solches Sprichwort sagt: Aus einer schlechten Sache kann nichts Gutes kommen.

Dieses Pfeifen aber war wunderschön.

Es war rund und voll, ruhig und gemessen. Es reichte gerade so weit, als es notwendig war. Man fühlte, es kam aus einem guten, gesunden Sinn. Man konnte die sanften Augen des Mannes sehen und die ruhigen Bewegungen; aufrecht stand er auf dem Plateau von Grémone, und er hatte Gestalt und Stetigkeit eines Baumes. Vielleicht hatte er keine Aussätzigen gepflegt. Doch es gibt Auserwählte. Vielleicht brauchte man ihm die Krankheit nur zu zeigen, und die Sehnsucht zu heilen erwachte in ihm.

Jetzt mußte die neunte Furche angefangen werden; das Terrain stieg an, das Pferd war müde von der nächtlichen Arbeit. Es ist merkwürdig, wie schwer man mit übernatürlichen Dingen fertig wird, wenigstens glaubt man es. Da war erst die Sache mit dem Geschmack des Tabaks, mit dem roten Tongefäß, der Quelle, dem blauen Ton und den Eisenschuppen. Und jetzt sahen alle Sterne aus wie Mohrrübendolden. Der Mann hatte gesagt: »Orion«, das ist ein Name, den die wenigsten kennen. »Wenn ich mir ein neues Pferd kaufe, werde ich es Orion nennen.«

Die neunte Furche mußte angefangen werden. – Das alles war zu wichtig.

»Willst du nicht hierbleiben?«

»Nein ...«

»Wohin gehst du?«

»... ich muß weiter.«

»Ich frage nicht aus Neugierde«, entschuldigte sich Jourdan.

»Ich weiß«, sagte der Mann.

»Es ist aus Notwendigkeit«, sagte Jourdan.

Doch er merkte sofort, daß er auf falschem Wege war. Er hatte den Pflug loslassen, das Pferd anhalten und seine Gedanken erklären wollen.

Man muß nichts erklären. Der andere ist viel froher, wenn er ohne deine Hilfe versteht.

So drückte er gegen den Pflug, beugte den Rücken und wandte alle Kraft auf; der Pflug schlug gegen die Beine des Pferdes; es machte drei große Schritte, Jourdan ebenfalls, und so drängten sie vorwärts, der Pflug und alles übrige; sie waren dem Manne weit voraus, gleichsam als wollten sie sagen: Du willst gehen, na schön, gute Reise. Wir, wir bleiben, wir brauchen keinen. Doch wer nichts wagt, gewinnt nichts.

»Du könntest immerhin einen Tag bleiben«, sagte Jourdan und wandte den Kopf.

»Warum nicht.«

»Im Grunde«, sagte Jourdan, »bin ich allein und habe viel Land. Vielleicht weißt du von einem, der mir helfen könnte.«

»Nein.«

Damit die Furche gut werde, hätte er eigentlich noch fragen müssen:

»Dein Beruf?«

Aber es war ohnehin schon wie im Märchen.

Man konnte den Kern der Sterne kaum noch sehen. Sie hatten ihre Zweige ausgebreitet, und der ganze Himmel schien zu blühen. Der Tag kam herauf. Es war kalt. Ein leichter Wind wehte. Auf dem Hof von Fra-Josépine knarrte eine Tür. Zu beiden Seiten des Feldes begann das Plateau sich aufzuhellen. Ein grünliches Licht lief darüber hin und brach sich in der Ferne am Dunkel der Berge. Zuweilen klang es aus den Höhen des Himmels, als berühre jemand die tiefe Saite einer Gitarre; dann wurde es wieder still, und jedesmal schoß eine Lichtgarbe hoch.

Wenn ich ihn doch sehen könnte, dachte Jourdan.

Er war jetzt auf der Anhöhe angelangt und blieb stehen. Er blickte auf die Hufe des Pferdes, auf alle vier. Endlich gab er sich einen Ruck; er sagte zu sich: »Wollen sehn.«

Der Mann hatte strähniges Haar; seine Stirn war breit, die Haut golden getönt, glatt rasiert und matt leuchtend wie Perlmutter. Ein gradliniger Mund, die Lippen beinahe schmal, die Augen so hell, daß sie fast wie leere Höhlen wirkten. Er mochte etwa fünfunddreißig Jahre alt sein. Er war untersetzt, breitschultrig, hatte kräftige Arme. Die Hände waren klein, fast wie bei einem Mädchen. Wenn er »ja« sagte, meinte er ja, und sagte er »nein«, so war es nein, unabänderlich. Im ganzen wirkte seine Erscheinung überlegen und edel.

»Ein Vorschlag«, sagte Jourdan, »bleibe ein, zwei Tage hier. Dein Chef wird nichts dagegen haben.«

Der Mann lächelte; er hatte Wolfszähne.

»Und wie heißt du?«

»Nenne mich Bobi, das ist am einfachsten.«

»Trinkst du gern Kaffee?«

»Gewiß, jeden Morgen.«

»Dann trinke ihn heute bei mir; komm ins Haus. Es wird bald Tag sein.«

Da pflügte der Fremde allein die zehnte Furche, dann die elfte und die zwölfte, bis zur zwanzigsten, dann eggte er wohl das Feld, er säte, und vielleicht erntete er auch sogleich. Wer kann es wissen?

Er blickte über das Land hin, das nackt unter dem weiten, winterlichen Himmel vor ihm lag.

»Es ist öde hier«, sagte er.

II

Marthe war vor der gewohnten Zeit erwacht. Plötzlich hatte sie gefröstelt und die leere Stelle neben sich im Bett gespürt. Es war beim Morgengrauen, zu der Stunde, in der Eheleute sich aneinanderschmiegen, noch halb im Schlaf, um sich gegenseitig zu wärmen; sie sind wohl ein wenig zärtlich, selbst wenn es unbewußt ist, denn der Morgen dämmert herauf.

Sie hatte gedacht: Wo ist er? Dann hörte sie draußen auf dem Acker Eisen klirren. »Er hätte es mir sagen sollen«, dachte sie. Das hatte genügt, um sie ganz wach zu machen. Es war beunruhigend, aus dem Schlaf zu erwachen, neben sich zu tasten und Jourdan nicht zu finden; dann hört man draußen das Pferd, und es ist noch dunkel.

Grünliches Licht füllte das Fenster. Am Dachgiebel brach sich ein Windstoß. Das Gefunkel am Nachthimmel zitterte noch im Dämmerlicht.

»Heute nacht muß ein herrlicher Sternenhimmel gewesen sein«, dachte Marthe. »Und das hat ihm wohl Lust zum Pflügen gemacht.«

Sie stand auf und kämmte ihre langen Haare, die aufgelöst bis zu den Hüften reichten. Sie war siebenundfünfzig Jahre alt.

Sie dachte an Jourdan.

»Es hat ihn wieder gepackt«, sagte sie sich.

Es kommt ein Augenblick, in dem man fühlt, daß die Männer sich entfernen. Oh, sie gehen nicht weit, und es ist weniger, daß sie sich entfernen, als daß sie sich von uns loslösen. Es scheint fast, als hätten sie bei uns etwas gesucht, das sie für lange Zeit befriedigt hat und das sie nun nicht mehr finden. Man hat sie versorgt, man lebte gut miteinander, man hat die Nächte wohl ausgenutzt, man war eben jung! Du lieber Himmel – wenn man jung ist!

Doch dann kommt eine Zeit, in der die Suche nach irgend etwas ihre wichtigste Lebensaufgabe zu sein scheint.

Trotz der Kälte ging sie mit bloßen Füßen in der Stube auf und ab. Sie war groß und schwer und wie aus Marmor; sie setzte den Fuß platt auf die Erde, und doch war ihr Gang elastisch.

Man weiß sehr gut, daß man ihnen nicht alles sein kann, aber wenn man das ganze Leben hindurch alle Freuden geteilt hat, wäre es da nicht ein leichtes zu sagen: Marthe! Weiter nichts. Die Art, wie das gesagt würde, genügte, um sich zu verstehen.

Der Morgen ächzte leise.

Keine Zärtlichkeit der Frau kann die Zärtlichkeit des Mannes aufwiegen. Das ist sicher. Doch warum die Frage ins Leere richten? Was sind sie doch im Grunde unglücklich.

Sie blickte in den Spiegel, um das Brusttuch umzulegen.

»Ich muß ihm Kaffee kochen, er pflügt.«

Sie blickte durchs Fenster.

Den Acker konnte sie von hier nicht sehen, doch sie hörte das Klirren des Zaumzeugs. Sie lauschte.

»Er pfeift«, sagte sie sich, »ach, wenn er doch wieder der alte würde.«

Das Fenster ging nach Osten. Auf dieser Seite war schon ein Teil des Plateaus deutlich zu sehen. Weit dehnte es sich, mit seinem Gestrüpp von niedrigen immergrünen Eichen und mit seinen Schatten. Fern, am anderen Ende war das ungewisse Licht des jungen Tages. Wieder rüttelte ein Windstoß am Hause. Er war stärker als vorhin, und die Bodentür knarrte in ihren Angeln.

»Ostwind«, dachte Marthe und hob den Finger.

Einen Augenblick blieb sie so stehen und lauschte.

Ja, der Wind brach sich am Nachbarhof. Ein Baum ächzte, dann wurde es wieder still.

»Schon Ostwind«, sagte sie.

Man hofft immer, die dunklen Tage werden nicht kommen, und mit einemmal sind sie da.

Über dem bläulichen Lichtschein, den die Dämmerung am fernen Horizont aufleuchten ließ, verbarg grauer Staub den beginnenden Tag.

Unten zündete Marthe mit dem bereitgelegten Kleinholz das Kaminfeuer an. Das Wasser im Kessel begann zu singen. Der Kaffee war gemahlen, der Trichter stand schon auf dem Tisch. Marthe schüttete den Kaffee auf das Sieb. Er duftete stark. Das Feuer, das Summen des Wasserkessels, der Kaffeegeruch, das alles bildete ein viel festeres Gebäude um Marthe als der Hof. Man konnte besser darin Schutz finden als in einem steinernen Gebäude, und es gewährte sicheren Schutz gegen den Ostwind. Langsam goß Marthe das kochende Wasser auf. Der Kaffee tropfte in die Kanne; es plätscherte leise. Man bekam Lust, sich ans Feuer zu setzen, die heiße Tasse in der Hand, und in kleinen Schlucken zu trinken.

Vielleicht wissen die Menschen im Grunde nie ganz genau, was sie wirklich tun. Sie bauen mit Steinen, doch sie sehen nicht, daß jeder Handgriff, mit dem sie einen Stein in den Mörtel fügen, von einem Schattenhandgriff begleitet wird, mit dem ein Schattenstein in den Schattenmörtel eingefügt wird. Auf dieses Gebäude aus Schatten aber kommt es an.

Vom Acker her klangen Stimmen.

»Wer ist nur bei ihm?« fragte sich Marthe.

Sie dachte an Carle von Mouille-Jacques, der seit acht Tagen nach seiner Ziege suchte.

Sie blickte hinaus; man konnte nichts erkennen. Es war noch dämmerig. Doch jemand war bei Jourdan, und sie kamen zu viert zurück: zwei Männer, das Pferd und der Pflug; aber wer das war, konnte man noch nicht wissen. Es war keiner von den Männern des Plateaus, denn er schritt auf weichen Sohlen.

Sie gingen zum Stall, und gleich darauf kamen sie am Haus entlang; der andere sprach, doch man konnte nur ein Wort verstehen: öde. Sie kamen zur Tür und reinigten ihre Schuhe.

»Und im Frühling ist es ebenso«, sagte Jourdan.

»Aber«, sagte der andere, als Jourdan die Tür öffnete, »ihr habt doch Mandelbäume, die blühen doch.«

»Sie haben weiße Blüten«, sagte Jourdan. »Das ganze Plateau ist mit weißblühenden Mandelbäumen bepflanzt; es ist zum Verzweifeln.«

»Guten Tag, Bäuerin«, sagte der Mann.

Es gibt Schatten-Maurer, die gar nicht daran denken, Häuser zu bauen, doch sie schaffen ganze Welten, schönere, bessere als unsere Erde.

»Guten Tag«, sagte Marthe, und dabei dachte sie: Er hat von den Mandelbäumen gesprochen.

Die Welt ringsum hatte sich schon ein wenig verändert.

»Dann pflanzt rotblühende«, sagte der Mann.

Er legte die Hand auf Jourdans Arm.

»Ich habe etwas bemerkt«, sagte er.

Marthe hielt im Einschenken inne.

»Ihr habt hier keine Hecken.«

»Wie bitte?« fragte Jourdan.

»Ihr müßt Weißdorn anpflanzen. Hecken aus Weißdorn rings um die Höfe und Weißdorngebüsch an die Ecken der Felder; das ist sehr nützlich.«

Jourdan hatte nicht recht verstanden, und Marthe rührte sich nicht. Der Mann sah sie beide an, erst einen, dann die andere; schließlich befeuchtete er sich die Lippen, als wollte er pfeifen, um den rechten Ton anzugeben.

»Vielleicht habt ihr eure Äcker von einem Grenzstein zum anderen zu sehr ausgenutzt. Das ist auch richtig; ich behaupte nicht das Gegenteil. Doch die Natur macht ihre Sache gar nicht so schlecht, das könnt ihr mir glauben.«

Er reckte den Finger empor.

»Ihr solltet Weißdorn pflanzen, in Hecken und nicht etwa, um die Felder abzugrenzen; ihr habt ja ohnehin zuviel Land. Laßt ruhig ein bißchen übrig. Das ist wohl nicht leicht zu verstehen, wie?«

Jourdan rieb sich die Wange.

»Ich höre zu«, sagte er.

»Ich weiß, du wirst sagen, Weißdorn sei unnütz; außerdem macht er auf der einen Seite Schatten und frißt sozusagen das gute Korn, und auf der Sonnenseite frißt er auch gutes Korn, weil die Erde ringsherum bröcklig wird und eine Menge Nagetiere darin nisten. Ich weiß. Es wäre zu lang, das alles zu erklären. Nur eines will ich dir sagen, damit du mich verstehst. Wenn du das begriffen hast, verstehst du auch alles übrige: wo Weißdornsträucher sind, gibt es auch Vögel. Na?«

Er schien einen sehr wichtigen Gedanken ausgesprochen zu haben.

Jourdan hatte seinen Arm so aufgestützt, daß seine große Hand den Mund verdeckte. Aus einem Augenwinkel blickte er zu Marthe hin. Sie hatte sich so gedreht, daß sie die beiden Männer sehen konnte. In einer Hand hielt sie einen kleinen Löffel, in der anderen den Deckel des Kaffeetrichters. Doch das schien sie nicht zu stören, es war ihr etwas eingefallen.

»Jourdan«, sagte sie, »erinnerst du dich?«

Der Mann hielt wieder den Finger hoch. Wie eben befeuchtete er sich die Lippen, doch er pfiff nicht.

»Erinnerst du dich an La Belline«, sagte sie, »unseren Hof in den Wiesen von Vergne in Bellosay, an die Hecke, die von den Schweineställen bis zum Sumpf hinabführte – das war Weißdorn. Und da war es immer voller Leben.«

»Wir waren jung«, sagte Jourdan.

Er sprach hinter seiner Hand; er kämpfte gegen seine Freude. Er sagte sich: »Nicht so schnell, nicht so schnell.« Er hatte Lust, sich hinzusetzen wie einer, der sein Ziel erreicht hat, und zu sagen: »Na also!« Er verstand beinahe alles.

»Was ist das ›jung sein‹?« fragte der Mann.

»Wie bitte?« fragte Jourdan.

»Ja, ich sagte, jung sein, was ist das?«

»Du meine Güte, man war stark, gelenkig, eben jung.«

»Hatte weniger Geld?«

»Ja.«

»Wußte weniger?«

»Ja.«

»Hatte bei der Arbeit nur zum Nötigsten Lust?«

»Vielleicht«, sagte Jourdan.

»Ja«, sagte Marthe.

»Nahm es weniger ernst?«

»Ja«, sagte Jourdan.

»Ja«, sagte Marthe.

»Kommt Kaffee trinken«, sagte der Mann.

Viel konnte man noch nicht sagen. Im geheimsten dachte Jourdan: Er ist es, ganz sicher ist er es. Jedesmal, wenn der Mann etwas sagte, hatte man hinterher den Wunsch nach Stille. Marthe stellte die drei Näpfe auf den Tisch. Schon das Geräusch des Napfes, der gegen das Holz stieß, tat ein wenig weh. Alles mußte still sein, als wolle ein schöner Vogel auffliegen; man wartete und hielt den Atem an.

Draußen lärmte es, doch Jourdan hörte es gern. Es war der

Ostwind. Jetzt war es Tag, aber es war nicht viel heller geworden. Der Wind trieb Staubmassen, die das Morgenlicht verschleierten, vor sich her. Wie niedrige Wolken strichen sie dicht über das Plateau hin; sie blieben in den Bäumen hängen, große Fetzen rissen ab und rasten Hals über Kopf davon, wie wild gewordene Hammel, die der Wind dann in die Herde zurücktrieb.

»Gib das Brot«, sagte Jourdan, »und setz dich zu uns.«

Marthe zog ihren Schemel heran. Sie wandte dem Kamin den Rücken zu. Jourdan klappte sein Messer auf und schnitt bedächtig über die ganze Breite des Brotes eine dicke Scheibe ab.

»Für dich«, sagte er und reichte sie dem Manne.

»Wie groß willst du sie?« fragte er Marthe.

»Übers ganze Brot«, sagte Marthe. »Ich habe Hunger heute morgen.«

Für sich schnitt er ebensolch ein Stück ab.

In diesem Augenblick heulte der Wind draußen so laut und anhaltend, daß sie alle drei, die Scheibe Brot in der Hand, verstummten und warteten.

Der Mann wurde von der Seite angeleuchtet, und das ließ seine schmale Nase länger erscheinen.

Jourdans eisengrauer Bart leuchtete.

Marthe wandte dem Feuer den Rücken zu, ihr Gesicht war fast im Dunkel.

In der Ferne ächzte der Wald von Grémone im Winde.

Ein Blitz zuckte am Fenster vorbei. Wind und Regen, miteinander vermischt, galoppierten über die Felder. Die Bodentür rüttelte wie mit Schulterstößen am Hause. Sie war wie ein wildes Tier, das sich zu befreien sucht.

Ein langer Windstoß pfiff durch das Gemäuer. Zwei Ziegel polterten über das Dach. Auf der Seite des Teiches brach plötzlich der Donner los. Ein zweiter Blitz endete im Walde, danach blieb es still.

»Die dunkle Zeit beginnt«, sagte Jourdan.

»Wenn du so willst«, sagte der Mann.

»Es war schon in der Nacht zu merken«, sagte Jourdan. »Du wirst nun doch hierbleiben müssen!«

»Ja«, sagte Marthe.

»Das ist wohl möglich«, sagte der Mann.

»Wenigstens heute«, fügte er hinzu.

Das Gewitter schien Atem zu holen, die Wolken zerrissen, und ein grelles, milchiges Licht beleuchtete die nassen Äste der Bäume. Doch unter einem heranziehenden Schatten verlosch das Licht wieder. Hagel prasselte auf das Dach. Ein Blitz zuckte geschmeidig über den Erdboden hin, bis zum fernen Ende des Plateaus. Es grollte in den Tälern wie nach einem Bergsturz.

»Vorhin, auf dem Acker«, sagte Jourdan, »habe ich etwas zu dir gesagt, worauf du nicht geachtet hast.«

»Das sollte mich wundern«, sagte der Mann.

»Ich habe dich gefragt, ob du jemals Aussätzige gepflegt hast.«

»Höre«, sagte der Mann, »wir kennen uns zwar erst ein paar Stunden, aber sehe ich aus wie einer, der nicht auf die Dinge achtet, auf den Geschmack des Tabaks, auf das Geschehen, das im Werden ist, auf den Frühling zum Beispiel, sehe ich so aus?«

»Nein.«

»Na also!«

»Du hast mir aber nicht geantwortet.«

»Doch, ich habe dir mit nein geantwortet.«

»Ich glaubte, du habest mir geantwortet, ohne recht zu verstehen, was ich sagen wollte.«

»Ich verstehe immer«, sagte der Mann, »oder wenigstens fast immer.«

Eine ganze Weile kaute er stumm sein Brot. Er sah Jourdan an, dann Marthe. Sein Blick war hell, doch er klammerte sich fest. Im wahrsten Sinne des Wortes klammerte er sich fest; er zog, wie an einer Schnur, mit der die Arme und der ganze Körper verschnürt waren, und am anderen Ende zieht jemand ruckweise: »He du, komm heran, komm dicht heran zu mir.«

Dann blickte er sich um. Überall. Zuerst in der Küche, er betrachtete den Kamin mit dem gut angelegten Feuer, die Mauern, alles, was daran hing: ein Wettermantel, ein Frauenumhang, eine Peitsche, ein Gewehr und die aufgereihten Töpfe; und dann betrachtete er das Schattengebäude, das Jourdan und Marthe um sich herum aufgebaut hatten.

»So«, sagte der Mann.

Und er schob seinen Stuhl zurück, fort vom Tisch, von Kaffee und Brot, gewissermaßen als habe die Nahrung der Erde mit dieser Sache nichts zu tun. Er legte die Hände auf seine Knie.

»Wie weit reicht das Plateau, das wir vorhin in der Morgendämmerung sahen?« fragte er.

Jetzt fiel dichter Regen und strömte über die Erde hin wie ein Fluß, die Fensterscheiben wurden von der Feuchtigkeit blind und undurchsichtig wie Weißblech.

»Bis zum Ouvèze, hast du gesagt?«

»Wenn ich mich nicht irre«, sagte der Mann, »und soweit man es von unten sehen konnte, liegt es über dem weiten Abhang, der mit immergrünen Eichen bewachsen ist, und weiter oben ist ein roter Erdstreifen?«

»Ja.«

»Bei klarem Wetter könnt ihr also da drüben den Berg von Aiguines mit seinem Schneegipfel sehen und die ganze Flotte der Berge?«

»Wie bitte?« fragte Jourdan.

»Ich finde, immer schneebedeckte Berge sehen aus wie Schiffe. Hast du nie einen Hafen gesehen?«

»Nein.«

»Desto besser. Wenn man erst einmal etwas gesehen hat, bleibt für die Phantasie nichts mehr übrig. Bis dahinten also. Schön. Ich muß mir immer alles gut vorstellen können. Dieses Land kann man sich in der Einbildung schwer ausmalen. Ich muß dir auch gestehen, daß es vielleicht gar kein Zufall ist, daß ich gerade hierher gekommen bin. Gestern war es wohl noch Zufall, heute aber nicht mehr. Die Dinge entwickeln sich oft, und man begreift nicht warum. Verstehst du mich?«

»Nein.«

»Aber du kannst doch sehen?«

»Ja.«

»Ausgezeichnet. Was wuchs wohl hier oben, ehe du hergekommen bist?«

»Dasselbe wie jetzt.«

»Nein, ich meine früher, vor deinem Vorgänger, noch viel früher, in den ersten Zeiten?«

»Wie bitte?« fragte Jourdan.

»Nun ja, es hat doch eine Zeit gegeben, in der hier nichts angebaut war, hier nicht und in der ganzen Gegend nicht. Zu was diente das Land?«

»Zu nichts, glaube ich.«

»Das ist es. Sicher stand hier Wald, wie da drüben.«

»Ich denke wohl.«

»Als du herkamst, standen da noch Eichen auf deinem Acker? Ich meine große Eichen, sehr alte?«

»Nein.«

»Ahorn?«

»Nein.«

»Eschen, Birken, Erlen, Pappeln, Elsbeerbüsche, Farnkraut, Heidekraut, Wacholder?«

»Nein, es war alles ganz kahl.«

»Und du hast auch nicht die Erinnerung an einen Baum gefunden?«

»Wie bitte?«

»Hast du nie Wurzeln, alte Wurzeln in der Erde gefunden?«

»Doch.«

»Wo?«

»Dort, wo ich heute nacht gepflügt habe. Da war ein Buckel, so hart, daß der Pflug jedesmal hochsprang. Ich bin mit der Hacke hingegangen, um nachzusehen. Es war der Stumpf einer Eiche, tief in der Erde und noch voller Leben.«

Jourdan schien das Wort auszukosten.

»... noch voller Leben«, wiederholte er.

»Wundert dich das?«

»Ja«, sagte Jourdan, »ja, das wundert mich. Die Wurzel steckte wohl zwei Meter tief in der Erde, ohne Luft, ohne alles, ganz mit Erde zugedeckt.«

»Das darf dich nicht wundern«, sagte der Mann. »Wurzeln sind etwas Unvergängliches.

Also, sonst war hier alles kahl, und was hast du gepflanzt?«

»Pfirsichbäume, Aprikosen, Mandelbäume.«

»Und was hast du gesät?«

»Korn, Linsen, Hafer.«

»Eichen hast du wohl nie gepflanzt?«

»Nein.«

»Du hast wohl auch nie...« (der Mann schien nach einem Wort zu suchen) »Gänseblümchen gesät?«

»Wozu?« fragte Jourdan.

»Du hast mich gefragt, ob ich schon einmal Aussätzige gepflegt habe. Ich habe dir ›nein‹ darauf geantwortet. Und das ist auch wahr. Aber ich könnte sie pflegen, und vielleicht hätte ich Lust dazu.

Und Vieh, was für Vieh hast du mit hergebracht?«

In der Küche war es fast dunkel, der Regen und die Wolken fegten am Fenster vorbei, und um den Hof grollte die aufgeregte Natur wie ein großes Rad, das sich dreht. Doch in diesem Tumult gab es einen Ruhepunkt, einen Punkt, der voller Licht war, das waren die Augen des Mannes.

»An Vieh«, sagte Jourdan, »habe ich ein Pferd mitgebracht.«

»Gezäumt?«

»Natürlich, vor den Karren gespannt.«

»Ein wildes Pferd hast du nicht hergebracht?«

»Wie bitte?« fragte Jourdan.

»Du mußt nicht vergessen, daß ich Bobi heiße und daß ich zum Beispiel dieses machen kann.«

Er begann eine furchtbare Grimasse zu schneiden. Sein

Gesicht war kaum noch menschenähnlich; es war noch menschenähnlich, aber es war das Gesicht des Lachens. In dieser Grimasse waren weder Schmerz noch Bitterkeit, der Mund wurde breit, die Augen zwinkerten, die Nase war plattgedrückt. Man mußte lachen; dieses Gesicht weckte tief im Inneren ein großes Gelächter, das keiner bändigen konnte.

Schon begannen Jourdan und Marthe ...

Doch plötzlich glättete sich das Gesicht wieder.

»Ja«, sagte der Mann, »so etwas kann ich und noch ganz andere Sachen. Das hat sein Gutes. Ich heiße Bobi. Das dürft ihr nie vergessen.

Du hast also nie daran gedacht, wilde Pferde hierherzubringen?«

»Nein«, sagte Jourdan.

»Und eure Stuten, wie macht ihr es mit denen?«

»Sie werden zum Hengst gebracht.«

»Habt ihr hier einen?«

»Ja, auf dem Hof von Mouille-Jacques.«

»Und wie macht ihr das nun, das interessiert mich.«

»Man führt die Stute hin, und das übrige geht im Stall vor sich.«

»Und«, sagte der Mann, »du bleibst dabei, während das übrige, wie du sagst, vor sich geht?«

»Gewiß, manchmal helfe ich auch.«

»Doch nicht mit den Händen?« fragte der Mann und schüttelte den Kopf.

»Jawohl, mit den Händen«, sagte Jourdan.

Der Mann begann leise eine Melodie zu pfeifen. Er sah zu Marthe hin, die stumm zuhörte.

»Achtung«, sagte er, »wenn ihr daran denken sollt, daß ich Bobi heiße, werde ich nur sagen: ›Bobi!‹

Jetzt also sage ich: ›Bobi!‹

Sag einmal, hast du je darüber nachgedacht, daß Pferde ursprünglich wild lebten, ganz früher, meine ich? Und daß sie ...« (er ahmte mit einer Handbewegung das Drehen eines Rades nach) »von damals bis auf den heutigen Tag ihre Füllen bekommen haben. Das beweist doch wohl, daß der Hengst dich nicht braucht, wenn er zur Stute will.«

»Der da braucht uns«, sagte Jourdan.

»Also jetzt«, sagte der Mann, »sage ich zweimal: ›Bobi!‹ Und ich möchte außerdem, daß Frau Marthe sich die Ohren ein wenig zuhält.«

»Ich glaube«, sagte Marthe, »ich kann ruhig zuhören, ich weiß schon, worauf ihr hinauswollt.«

»Könntest du dich unter solchen Umständen deiner Frau nähern, ich meine, nicht einmal in Gegenwart von Menschen, aber zum Beispiel, wenn ein Hund dabeiwäre?«

Eine ganze Weile herrschte Schweigen. Jourdan und Marthe sahen sich an. Ach, die große Hecke aus Weißdorn, und nach und nach fängt die ganze Welt zu schwanken an.

»Schön«, sagte Jourdan, »ich habe dich verstanden.«

»Na, also«, sagte der Mann, »dann haben wir schon viel gelernt, wenn wir auch nicht in der richtigen Reihenfolge angefangen haben. Nun wieder zur Sache. Abgesehen von den Pferden – ich spreche von dir und von den anderen, die hier oben leben –, ich weiß schon, was du mitgebracht hast: Ziegen, eine Kuh, Hühner, Tauben. Nicht einer von euch hat daran gedacht, Hirsche und Hirschkühe mitzubringen, Nachtigallen und Eisvögel.«

»Nein«, sagte Jourdan, »alle diese Tiere sind doch unnütz.«

»Warte«, sagte der Mann und holte das Bündel, das er auf dem Rücken getragen hatte. Er nimmt ein langes Seil heraus, mit eisernen Ringen an den Enden, einen wollenen Kartenteppich, mit dem Treff-König in einer Ecke, und dann kommt noch ein Trikot zum Vorschein, dessen eine Hälfte rot und die andere grün ist, eine Art Kittel mit Hosenbeinen; dieses Trikot legt er auf den Stuhl, auf dem er eben gesessen hat, und es macht den Eindruck, als habe er sich verdoppelt und als zeige er jetzt den Teil seines Wesens, den er bis dahin geheimgehalten hatte.

Er legt nun den Kartenteppich vor den Kamin und zieht die Jacke aus, darunter trägt er ein marineblaues Trikot; er zieht die Hosen aus; seine Unterhosen sind ebenfalls blau und sehr eng.

Er pfeift.

Er hält eine Hand hoch und lacht ein wenig.

Es ist wie ein Gruß.

Zum Teufel auch, denkt Jourdan und streicht sich den Bart, und Marthe hat den Stuhl umgedreht, um besser zu sehen.

»... was soll das alles werden? Wohin sind wir geraten seit der Sache mit den Pferden?«

In Jourdans Kopf spukt noch immer dieser Blüten-Orion, der vom Winde bewegt wird.

Der Mann hat sich auf dem Teppich ausgestreckt. Er hat tief Atem geholt, dann hat er den Atem langsam wieder ausströmen lassen, doch gleicht er nicht mehr dem Atem eines Menschen. Er hat ein Bein emporgereckt, hat es über den Kopf gezogen, es ist das rechte Bein. Er hat das linke Bein emporgereckt und es über den Kopf gelegt; er geht auf den Händen. Er löst die Glieder, aber nur, um jetzt das rechte Bein über den Hals zu legen, dann das andere; er hat keine Beine mehr, er geht wieder auf den Händen. Nun läßt er sich auf die Seite fallen; er legt den rechten Arm um die Beine, dann den linken. Jetzt ist er eine Kugel. Er rollt wie ein Ball über den Teppich, und man sieht, die Kugel hat ein Gesicht; erst ist das Kinn unten, dann ist die Stirn unten, und wenn man will, ist dies auch ein Gesicht; aber es ist schrecklich; alles ruht auf der Stirn, die Augen essen, die Nase atmet verkehrt, der Mund ist wie ein großes Auge, und das Kinn überragt alles. Dann rollt er auf die andere Seite; seine Glieder lösen sich; er richtet sich auf.

Er ist wieder ein Mensch, steht aufrecht da, mit Armen und Beinen, Augen und Mund, wie jeder andere.

»Bobi«, sagt er.

In Jourdans Blick ist grenzenlose Bewunderung – und ebenso in Marthes Augen. Sie haben keine Angst, denn sie haben das schon oft auf dem Jahrmarkt gesehen. Draußen rauscht der Dauerregen, und große Schatten ziehen vorbei; von Zeit zu Zeit zucken kurze Blitze, gefolgt von einem leichten Schlag, es hört sich so an, als streiche jemand Riesenschwefelhölzer an. Auch das kennen sie. Also Angst ist es nicht. Das einzig Merkwürdige ist, daß das alles mit einemmal einen Zusammenhang mit den Aussätzigen zu haben scheint, mit dem Tabak, mit Orion – der Mohrrübenblüte, dem Weißdorn, den Gänseblümchen, der Liebe des Hengstes, und daß alles sich zu drehen scheint, wie der Mann eben, als sein Mund einem Auge glich und er mit seinen Augen aß.

»Ich verstehe«, sagte Jourdan langsam.

»Nein«, sagte der Mann.

Und es ist wahr, er versteht nicht.

»Jugend«, sagt der Mann, »ist Freude. Und Jugend ist nicht Kraft und Gelenkigkeit, nicht ganz einfach ›Jugend‹, wie du vorhin sagtest. Jugend ist Freude am Zwecklosen!«

»Zwecklos«, sagte er und hob den Finger, »wie sie es nennen.«

III

In der Nacht hatte es geschneit und dann gefroren. Das ganze Land funkelte wie kristallklares Glas. Fast konnte man hören, wie die leichte Wärme der Sonne darüber hinzog. Die Äste knackten leise; die Gräser neigten sich, zogen ihr Eisgewand aus und richteten sich grün wieder auf.

Jourdan öffnete die Augen und sprang aus dem Bett. Marthe war ebenfalls hellwach.

»Was werdet ihr machen?« fragte sie.

»Was er gesagt hat, die andern aufsuchen.«

Jourdan zog sich an; dann öffnete er den Schrank.

»Was suchst du?«

»Den Wettermantel.«

»Er hängt unten.«

»Den neuen«, sagt er. »Es ist für ihn. Er hat nichts Warmes anzuziehen, und auf dem Wagen ist es kalt.«

Er trat ans Bett.

Marthe lag flach auf dem Rücken. Sie hatte trotz ihres Alters noch blühende Brüste; Jourdan legte seine Hand darauf.

»Was für eine Nacht«, sagte Marthe, »was soll das, du und ich, in unserem Alter?«

»Wir leben«, sagte Jourdan.

»Gewiß«, sagte Marthe. »Aber es ist zu schön, als daß es so bleiben könnte.«

»Was werden wir unterwegs essen?« fragte Jourdan.

»Ihr bekommt Speck mit.«

»Ich rechne damit, daß wir gegen Mittag bei Onkel Silve sein werden. Genau weiß man es nicht.«

»Das Pferd ist ausgeruht«, sagte Marthe.

»Ich denke weniger an die Entfernung«, sagte Jourdan, »als an seine Geschichten; wenn er zu erzählen anfängt, dauert es lange.«

»Damit mußt du rechnen«, sagte Marthe.

Jourdan spürte, wie die Knospe der Brust in seiner Hand fest wurde.

»Er hat Aussätzige gepflegt«, sagte er.

»Was willst du nur immer mit deinen Aussätzigen?«

»Es ist so eine Idee von mir.«

Der neue Mantel roch nach Kampfer.

Jourdan schüttelte ihn aus. Er wog schwer auf seinem Arm, wie das Fell eines Stieres.

Sie hörten Geräusche von unten.

»Er ist schon auf«, sagte Jourdan.

»Er wird sich schnell gewöhnen«, sagte Marthe.

»Und wir uns an ihn«, sagte Jourdan.

»Während ihr fort seid, werde ich euch frisches Brot backen«, sagte Marthe.

Unten hatte der Mann schon Feuer angezündet, das Wasser kochte. Nun konnten sie sehen, wie er gekleidet war. Gestern hatten sie keine Zeit dazu gefunden. Immer war irgend etwas gewesen. Er trug ein Trikothemd, in dem er wie ein Matrose aussah, es erinnerte auch an ein Fell, weil es aus dicker Wolle und blauweiß gestreift war und auch weil der Kragen bis zum Hals hinauf reichte und die Ärmel die Handgelenke eng umschlossen.

»Da ist ein Mantel für dich«, sagte Jourdan.

Nach dem Kaffee wurde das Pferd vor den Karren gespannt. Im Wagenkasten verstaute Jourdan den Sack mit dem Speck und dem Brot, er überzeugte sich, ob er auch Tabak und Pfeife bei sich habe.

»Es reicht für den ganzen Tag«, sagte er.

»Es reicht für länger«, sagte der Mann, »also los!«

Das leichte Gefährt rollte zuerst über Felder. Wenn der Wagen hin und her schwankte, ächzte das lederne Verdeck. Unter den Rädern knirschte hartgefrorener Schnee. Ringsum war Schweigen. Auf der einen Seite sah man den dunklen Rand des Waldes von Grémone. Darüber war blauer Himmel, und die verschneiten Bäume lagen dazwischen wie eine weiße Schranke. Über der Ebene vor ihnen bebte bläulicher Dunst.

»Also«, sagte Jourdan, »ist das im Grunde dein Beruf!«

»Ja«, sagte der Mann, »und ich weiß nicht, ob du das lange Seil mit den beiden Ringen bemerkt hast, das spanne ich, und dann gehe ich darauf.«

»Das habe ich schon manchmal gesehen«, sagte Jourdan.

»Ich gehe auf dem straff gespannten Seil«, sagte der Mann, »ich kann aber auch auf dem schlaffen Seil gehen, das ist ebenso meine Spezialität wie das, was ich euch gestern früh gezeigt habe, die Verwandlungen.«

»Natürlich weiß man«, sagte er, nachdem er seine Pfeife angezündet hatte, »wenn man seinen Beruf kennt, daß alles zusammenhängt und daß man um so leichter auf dem Seil geht, je besser man diese Verwandlungen beherrscht. Der Mensch – ich habe es am eignen Leibe erfahren – ist es nun einmal so gewohnt, und darum fällt es ihm leichter, auf seinen zwei Beinen zu stehen, als auf seinen Händen, verstehst du? Aber du kannst dich zu allem zwingen, auch zum Guten. Und glaube mir, das Gute ist meistens genau das, was ich dir am Kaminfeuer auf dem Kartenteppich vorgemacht habe.«

»Ich sehe das schrecklich gerne«, sagte Jourdan.

Er stockte und schwieg. Sie überquerten einen Weg; auf der anderen Seite war der Boden weicher, und die Räder sanken ein wenig ein.

Das Pferd ging im Schritt.

»Wir fangen mit der Ahornschäferei am Teich an. Bei mildem Wetter ist es hier, wo wir jetzt fahren, ganz sumpfig.«

Schon ehe der Teich zu sehen war, kündete er sich an. Dicker Dunst lag darüber. Unter der Schneelast neigte sich das Schilf. Jourdan berührte das Pferd ganz leicht mit der Peitsche, es fing an zu traben.

Gleich darauf roch es nach dem Rauch eines Eichenholzfeuers.

»He, Randoulet!« rief Jourdan.

Ein Schatten kam aus dem Nebel.

»Bist du es, Jourdan?«

»Ja, ich bin es.«

»Ich habe deinen Wagen erkannt.«

Der Mann war dick und untersetzt; scin Kinn bildete mehrere Falten. Er hatte kleine Schweinsaugen, wulstige, durchblutete Lippen leuchteten unter seinem Schnurrbart.

»Wir wußten nicht recht, was unternehmen, bei diesem Wetter«, sagte Jourdan, »da dachten wir, wir wollen uns die Gegend ein wenig ansehen. Das hier ist mein Vetter.«

»Kommt herein«, sagte Randoulet.

Und er ging vor dem Pferde her.

Das Haus hatte eine schmale Vorderseite. Beim Hereinkommen erschien der Raum länger, als er in Wirklichkeit war; er war nicht groß, und im Hintergrund stand ein Bett, ungemacht und schmutzig, die Decken zurückgeschlagen, die Laken grau und die Matratze eingedrückt.

»Honorine, Jourdan ist gekommen«, sagte Randoulet.

Honorine beugte sich über einen dampfenden Kessel mit Kartoffeln; sie richtete sich auf und trocknete die Hände ab.

»Das ist ja ganz unerwartet«, sagte sie.

»Es ist das Wetter«, sagte Jourdan, »wir wußten nicht recht, was tun.«

»Setzt euch ans Feuer«, sagte Randoulet. »Kommt doch näher. Rück ein wenig«, sagte er zu einem Mann, der am Kamin hockte.

»Bist du es, der Schwarze?« fragte Jourdan.

»Seitdem die Schafe verkauft sind«, sagte Randoulet, »weiß er nicht, was er mit sich anfangen soll. Er wärmt sich.«

»Um diese Jahreszeit«, sagte der Schwarze.

»Ihr habt die Schafe verkauft?« fragte Jourdan.

Honorine hatte den Wandschrank geöffnet.

»Macht keine Umstände«, sagte Jourdan.

»Wir machen keine Umstände, aber ihr werdet doch wohl ein Gläschen trinken?« sagte Honorine.

»Sie sind alle verkauft«, sagte Randoulet, »glücklicherweise.«

»Wieso glücklicherweise?« sagte der Schwarze, »du bist doch immer glücklich.«

»Ich bin gar nicht immer glücklich«, sagte Randoulet, »aber was täte man jetzt mit ihnen?«

»Dasselbe wie immer.«

»Und du müßtest sie im Freien hüten, bei diesem Wetter.«

»Nein«, sagte der Schwarze, »ich ließe sie in der Schäferei.«

»Und womit fütterst du sie?«

»Mit Heu.«

»Ach, der ist schrecklich«, sagte Randoulet. »Er hängt an den Tieren; am liebsten möchte er sie immer behalten. Gib ihm trotzdem ein Gläschen, Honorine.«

Sie traten zum Tisch, auf dem Honorine die Gläser in einer Reihe aufgestellt hatte; sie goß Fenchelschnaps ein.

»Na, dann also«, sagte Randoulet.

»Also, ja«, sagte Jourdan.

»Das ist dein Vetter?«

»Ja, ein Vetter«, sagte Jourdan, »wir sind immer wie Brüder gewesen.«

»Das ist schön«, sagte Honorine, »so trinkt doch.«

»Was ist es denn?« fragte Jourdan.

»Selbstgemacht«, sagte Honorine; »es ist mein Geheimnis. Wer es erraten kann, ist ein ganz Schlauer.«

Bobi kostete bedächtig.

»Es ist Fenchel drin«, sagte er.

»Das ist leicht zu raten«, sagte Honorine.

Bobi trank einen zweiten Schluck.

»Ein wenig Quendel und Wacholder, und – warten Sie.«

In diesem Augenblick hatte er sein besonderes Lächeln, und Jourdan sagte sich: »Aha, es fängt an.« Bobi befeuchtete sich die Lippen.

»Sie haben«, sagte er, »einen Gallapfel geöffnet. In der Mitte ist etwas schwärzlicher Staub; davon haben Sie eine Messerspitze, vielleicht auch zwei, aber nicht mehr als drei genommen.«

»Zweieinhalb«, sagte Honorine ganz atemlos. »Nein, so etwas...«

»Das nenne ich einen Vetter«, sagte Randoulet.

Jourdan sah ganz stolz und glücklich aus, so, als wolle er sagen: Ja, so sind wir.

»Das ist gar nicht so schwer zu raten«, sagte Bobi. »Wenn man einmal vom Gallapfel gekostet hat, dann kennt man den Geschmack sein ganzes Leben lang. Aber Ihre große Entdeckung, Frau Honorine, ist die Mischung von Quendel, Fenchel und Wacholder. Es sind froh machende Pflanzen; sie bringen Sonne, Wolken und den Frühling. Der Gallapfel, der von der immergrünen Eiche, und besonders das Herz, ist dunkel wie der Schlummer der Erde.«

Sie schwiegen. Nach einer kleinen Pause fragte Randoulet: »Wie bitte?«

»Ja«, sagte Bobi, »ich will damit sagen, es gibt Dinge, die durch ihren Geschmack oder auch durch ihre Farbe, wenn man sie auf der Zunge oder vor Augen hat, froh machen, andere dagegen machen traurig. Und drei frohe Dinge mit einem traurigen, das ist das Rechte.«

Sie blickten sich an.

Randoulet wollte etwas sagen.

»Wenn ihr glaubt, daß er das begriffen hat«, sagte der Schwarze.

»Erstens«, sagte Randoulet, »bin ich nicht dümmer als du, und zweitens habe ich es ganz gut verstanden.«

»Nein«, sagte Bobi.

Ein Schatten bewegte sich. Jemand hockte neben dem Kamin und richtete sich jetzt auf. Es war ein junges Mädchen, vielleicht zwanzig Jahre alt. Ihre feuchte Unterlippe hing ein wenig herab, doch ihre Augen waren schön.

»Da«, sagte sie.

Bobi streckte die Hand aus. Sie reichte ihm einen kleinen Hund; er war nur wenige Wochen alt. Das Mieder des jungen Mädchens stand offen. Im Dunkel hatte sie versucht, dem kleinen Hunde die Brust zu geben.

»Da«, sagte sie noch einmal.

Und sie machte eine Bewegung, die heißen sollte: behalte ihn.

»Schon gut, Zulma«, sagte Randoulet.

»Übrigens«, sagte Bobi, »ist es wohl Zeit. Wir sind schon recht lange hier, und das Pferd friert.«

Er wollte den kleinen Hund auf die Erde setzen.

»Da«, sagte Zulma noch einmal, »da!«

Und sie zwang Bobi, das Tier auf dem Arm zu behalten.

»Tut doch so, ihr zu Gefallen«, sagte Honorine.

»Danke, Bäuerin, für alles«, sagte Bobi.

Sie gingen mit Randoulet hinaus.

»Ihr müßt entschuldigen«, sagte er, »sie ist einfältig.«

»Gewiß«, sagte Bobi, »da, nehmt euren Hund, und hütet ihn gut, es wird ein schönes Tier werden.«

»Auf Wiedersehen«, sagte Randoulet, als sie auf den Wagen kletterten.

»Natürlich auf Wiedersehen«, sagte Bobi.

Nachdem sie kurze Zeit am Teich entlanggefahren waren, sagte Jourdan:

»Es war Zulma, die der Schäferei ihren Namen gegeben hat.«

»Wieso?« fragte Bobi.

»Sieh da drüben«, sagte Jourdan.

Sie waren jetzt schon ein Stück vom Teich entfernt, der weiter unten eine Biegung machte; trotz des hohen Schnees konnte man erkennen, daß hier Wiesen waren; hinter ihnen war die Räderspur grün.

Bobi blickte hinüber.

Dort stand, einsam auf einer kahlen Fläche, ein Baum. Es raschelte in seinem dunklen Geäst; weil es so still war, konnte man es gut hören; es war ein sehr schwaches Geräusch.

»Es ist ein Ahorn«, sagte Jourdan, »er sollte gefällt werden, und man hat sich fast mit ihr prügeln müssen.«

Jetzt umgab sie auf allen Seiten flaches Land, das sich im Nebel verlor. Unter dem Schnee klang der Boden hart. Undeutlich wurde rechts im Dunst eine dunkle Masse erkennbar; sie erstreckte sich über den ganzen Horizont.

»Kommen wir wieder in den Wald?« fragte Bobi.

»Nein«, sagte Jourdan. »Es ist das Gehölz von Deffends, ein ganz schmaler Streifen. Dahinter senken sich die Felsen von Oubacs ins Tal des Ouvèze.«

Sie fuhren im Schritt und von Zeit zu Zeit im Trab, direkt auf die dunklen Umrisse der Bäume zu. Sie kamen nicht näher, sondern blieben undeutlich im Dunst vor ihnen.

»Der Schnee täuscht«, sagte Jourdan. »Es scheint ganz nahe, je nachdem wie das Licht fällt, es ist aber noch weitab.«

»Man sieht gar keine Vögel«, sagte Bobi.

»Sie sind im Wald.«

»Wem gehört der Wald?«

»Der Gemeinde.«

»Aber ihr seid doch keine Gemeinde.«

»Nein«, sagte Jourdan, »doch wir gelten als Gemeinde. Und einmal im Jahr beraten wir, da drüben auf dem Hof von Fra-Josépine.«

Sie fuhren jetzt über eine Fläche, auf der nur wenig Schnee lag. Die Kälte strich, trotz der vorgerückten Stunde, ungehindert darüber hin. Das Pferd trabte eine ganze Weile.

Um die Mittagszeit ließen sie es etwas verschnaufen.

Jourdan und Bobi stiegen vom Wagen, sie legten ihm ihre Mäntel über und gaben ihm zu fressen.

Jourdan holte Brot und Speck vor, und sie aßen, ohne zu sprechen. Von Zeit zu Zeit sprangen sie von einem Fuß auf den anderen. Bei jedem Bissen umgab sie der Atem wie Dampf, so daß sie Rauch zu kauen schienen.

»Um ein Uhr sind wir in Mouille-Jacques«, sagte Jourdan.

»Man sieht gar keine Vögel«, sagte Bobi.

Und wirklich, Verlassenheit und Schweigen lag über der weiten Fläche.

Das Gebiß des Pferdes knirschte beim Fressen.

Der Hof von Mouille-Jacques lag einsam zwischen den Feldern. Das Haus war größer als die Ahornschäferei. Zu Jeder Seite der Haustür war ein Fenster, im ersten Stock drei Fenster und am mittleren ein Balkon mit einem Eisengitter. Ein sauber gefegter Weg führte zur Haustür. Auch der Hof war sehr sauber. Auf der einen Seite waren die leeren, stillen Ställe, auf der andern, im Schutze eines Schuppens, Karren und Sattelzeug, aufgestapeltes Holz, neben dem frischzersägte Klötze lagen und ein Haufen trocknes Heu; der bloße Anblick wärmte.

Der Karren fuhr den Weg entlang auf das Haus zu. Die Tür ging auf, ein Mann erschien auf der Schwelle. Hinter ihm sah man flackerndes Kaminfeuer. Der Mann hatte eine Pfeife im Mund, sein Anzug war aus dickem braunen Samt. Sein kahler Schädel leuchtete. Er hatte große Ohren, war bartlos und hatte schmale, verkniffene Lippen. Die Augen waren unter den buschigen Brauen kaum zu sehen.

»Was gibt's Neues?« fragte er.

Und er strich sich über den kahlen Schädel.

»Nichts Besonderes«, sagte Jourdan, »wir halten uns nicht einmal auf.«

Der Mann trat zum Wagen:

»Aber nicht doch«, sagte er, »kommt einen Augenblick herein.«

»Das ist mein Vetter«, sagte Jourdan.

Die Küche war geräumig und sauber. Nur ein großer Tisch aus rohem Nußbaumholz war zu sehen, er war weiß gescheuert. Vor dem Kamin glänzten die Kacheln, blitzsauber und ohne ein Aschenstäubchen darauf. Alles übrige lag im Halbdunkel. Neben dem Feuer stopfte Frau Carle ein Trikot. Der Sohn blickte auf seine Hände; mit den Fingern befühlte er die harten Schwielen auf dem Ballen unter seinem Daumen und die kleinen verhärteten Stellen und Narben.

»... nur ein wenig aufwärmen«, sagte Carle, »so setzt euch doch.«

»Wir haben Marthe lange nicht gesehen«, sagte Frau Carle, »ihr hättet sie mitbringen sollen.«

»Und die Suppe für heute abend?« fragte Jourdan. »Wir werden tüchtigen Hunger haben, wenn wir nach Hause kommen. Ja, also Carle, wir sind gekommen, um deinen Hengst anzusehen.«

Carle führte sie durch die innere Pforte zum Stall. Auf dem Gang kam ihnen schon der Duft von zertretenem Heu und Tiergeruch entgegen.

»Achtung, zwei Stufen«, sagte Carle.

Nach den Stufen tastete der Fuß sich über feuchtes Stroh, und die Augen mußten sich an das Dunkel gewöhnen.

Von dem Hengst ging ein Leuchten aus. Der schwache Tagesschimmer aus der Stalluke fiel auf sein glänzendes Fell, und nach und nach konnte man die Umrisse des Tieres erkennen. Er stand in einer schmalen Box aus festen Brettern, die hinten mit zwei starken Schlagbäumen verschlossen war. Bis zu den Schultern überragte er die Bretterwände. Er schnaubte in die Trense, das weiche Maul war sehr beweglich. Er fraß nicht. Nur von Zeit zu Zeit schob er die Lippe hoch, und mit spitzen Zähnen rupfte er ein paar Halme aus dem Heu. Er kaute darauf und klagte leise, wie eine Frau. Er spie eine kleine grüne Graskugel aus und scharrte mit den Vorderhufen. Dann reckte er den Hals zwei-, dreimal und schüttelte die Mähne, als galoppiere er frei und ledig über die Wiesen. Dabei bebte er am ganzen Körper, und die Muskeln unter dem straffen Fell zitterten von verhaltener Kraft, wie das Bett eines Stromes, der plötzlich zuviel Wasser führt. Er schlug mit den Hinterhufen aus, daß die Eisen klirrend die Baumstämme trafen. Noch einmal klagte er leise vor sich hin.

Carle trat heran.

»Ich mußte die Baumstämme umdrehen«, sagte er. »Als wir den Baum fällten, ist die Axt zerbrochen und das Eisen steckengeblieben; jedesmal, wenn er dagegen schlug, sprühten Funken.«

Als sie in die Küche zurückkamen, bestand Carle darauf, daß sie sich noch ein wenig setzten. Bobi zwinkerte Jourdan zu.

Der sagte:

»Na schön, für einen Augenblick also!«

Bobi setzte sich neben Frau Carle; er wärmte sich die Hände und streckte sich wie eine Katze.

»Die Wärme tut gut«, sagte er.

»Bei diesem Wetter wird man überhaupt nicht warm«, sagte Frau Carle.

Und sie ließ ihre Arbeit sinken.

»Man friert, weil man gezwungen ist, auf einem Fleck zu bleiben.«

»Ihr habt ein schönes Pferd«, sagte Bobi.

»Ja«, sagte Carle, »es ist ein guter Hengst, wenn er deckt, ist der Erfolg sicher.«

»Als ich sagte ›schön‹, meinte ich sein Aussehen«, sagte Bobi.

Jourdan öffnete den Mund, um »wie bitte« zu sagen. Aber er ließ es; er wollte, daß Carle es sagt.

Carle rieb sich den kahlen Schädel mit der Handfläche.

»Ja«, sagte er, »er ist wohl schön, wie Ihr sagt, und Ihr habt ihn nicht einmal draußen, bei hellem Tageslicht, gesehen. Die Blesse läuft spitz zu wie das Blatt einer Schwertlilie.«

»Wie das Blatt einer Schwertlilie?« fragte Bobi erstaunt.

»Ja, gewiß«, sagte Carle.

»Wenn ich Euch recht verstehe«, sagte Bobi, »hat er eine sehr lange Stirn, platt, leuchtend, und die Blesse reicht mit ihrer Spitze bis zwischen die Nüstern.«

»So ist es«, sagte Carle, »Ihr seid Kenner, wie ich sehe.«

»Nein«, sagte Bobi.

Er ließ eine Pause folgen, in der alle schwiegen.

»Also das...«, sagte Carle atemlos – er war stets atemlos und überwältigt, wenn er von seinem Hengst sprach, und er strich sich heftig mit der Handfläche über den Schädel.

»... das ist ein Zeichen edler Rasse. Dann hat er auch eine Unruhe in den Schultern, ich nenne das Unruhe in den Schultern, wenn die Muskeln nicht gestreckt sind, sondern sich unter der Kugel des Schulterblattes zusammenballen. Ich spreche nicht von gewöhnlichen Arbeitspferden, denn bei denen« – er berührte seine Brust – »ist hier die Zugkraft, wie man sagt; damit legen sie sich ins Geschirr, und es entsteht eine Verdickung, aber das ist nicht dasselbe. Nein, was ich meine, ist eine Unruhe« – er wiederholte das Wort, und es bebte auf seinen Lippen – »eine Unruhe. Es ist eine Naturkraft, die Kraft des Pferdes.«

»Ja«, sagte Bobi, »aber wißt Ihr denn auch, was es wirklich ist?«

»Nein«, sagte Carle.

Bobi lächelte und zwinkerte Frau Carle, dem Sohn und Jourdan ganz ungeniert zu, und mit stummem Lachen setzte er sich Carle gegenüber.

»Also es ist...«, sagte Bobi, »du kennst doch Mohnblüten.«

»Ja.«

»Es ist so groß wie der Daumen, dann geht es auf, und nach und nach entsteht eine faustgroße Blume.«

»Ja.«

»Was nun dein Pferd hat« – er sagte das übrige ganz leise – »ist der Keim der Flügel.

Ja«, sagte Bobi immer noch ganz leise in das Schweigen hinein, »es werden ihm große weiße Flügel wachsen, und es wird ein geflügeltes Pferd sein; es wird Sprünge machen von hier bis zur Ahornschäferei, in zehn Meter langen Sprüngen wird es über das Land setzen, und nie wird man es einspannen können, weder ihn noch seine Söhne, noch die Söhne seiner Söhne.«

»Alles habe ich erwartet«, sagte Jourdan lange Zeit danach – sie waren schon wieder unterwegs, und in der frühen Winterdämmerung ging es jetzt zu Maurice –, »alles habe ich erwartet, nur das nicht.«

»Es wird noch oft so sein«, sagte Bobi.

»Und was das Beste war«, sagte Jourdan, »Carle ist bis zum Wagen mitgekommen und hat immerzu geredet, und er ist sonst gar nicht fürs viele Reden. Er hat gesagt ›Auf Wiedersehen‹, und auf Wiedersehen soll bei ihm heißen, daß er uns wirklich wiedersehen möchte. Er ist sonst nicht gerne in Gesellschaft, deshalb wundert es mich.«

Sie fuhren eine ganze Weile. Es war kalt. Die Sonne sank, und aus dem Nebel stieg schon die Nacht herauf.

Als sie in die Nähe des Hofes von Maurice kamen, hörten sie Schreie. Ein Mann schrie. Im Hof neben dem Schuppen hing eine Stallaterne. Jourdan hielt vor dem Eingangstor. Die Laterne beleuchtete ein Lattengestell, in dem die Ochsen beschlagen werden. Drei Männer standen darübergebeugt, fast regungslos. In dem Holzkäfig hockte ein Mann und schrie. Am Rande des Lichtscheins stand eine Frau; sie hatte ein Kind auf dem Arm.

Bobi sprang vom Wagen herunter und lief zu der Gruppe.

»Was ist geschehen?« fragte er.

»Er hat sich die Hüfte ausgerenkt.«

»Macht Platz«, sagte Bobi.

Jourdan war herangekommen:

»Es ist mein Vetter«, sagte er, »laßt ihn nur machen.«
»Wenn er mich anfaßt«, schrie der Kranke, »bringe ich ihn um.«
Man hatte die Arme des Mannes an der unteren Leiste des Gestells festgebunden. Er war alt und behaart und blickte erst ganz wild um sich, doch dann wurde er matt, und seine Augen wurden wie die eines Kindes. Er begann wieder zu schreien.
»Du siehst nicht so aus, als ob du mich umbringen wirst. Laß sehen.«
Bobi trat zu dem Gestell.
»Macht ihn los, und dann rührt ihn nicht mehr an, laßt mich machen.«
»Laßt ihn machen«, sagte der Kranke.
Er lag jetzt auf der Erde.
»Ist es da?« fragte Bobi und betastete die Hüfte.
»Nein.«
Er befühlte das Kugelgelenk der Schulter.
Der Mann heulte auf.
»Ach«, sagte Bobi, »am Keim deiner Flügel hast du Schmerzen?«
Er richtete sich auf.
»Gebt mir ein Tuch, eine Schärpe oder sonst etwas Langes, Dehnbares, es ist ganz gleich, was es ist.«
»Geht dies?« fragte einer der Umstehenden und reichte ihm ein Halstuch.
»Ja. Jourdan, komm her.«
Bobi hatte das Tuch unter den Achseln des Mannes durchgezogen und gab Jourdan die Enden.
»Bleib ruhig stehen und halte gut fest.«
»Noch einer«, sagte Bobi, und einer der Männer kam heran.
»Du hältst nur seine Beine fest, weiter nichts.«
»Wirst du mir nicht weh tun?« fragte leise der Kranke.
»Ich werde dich heilen«, sagte Bobi.
Er sah Jourdan an.
»Wenn ich sage ›hopp‹, ziehst du die Enden hoch.«
Mit festem Griff nahm er das Handgelenk des Kranken.

»Halte die Beine gut fest.«

Er schrie »hopp«; er zog den Arm zu sich heran. Jourdan hielt das Tuch hoch; der Mann heulte laut auf und warf sich hintenüber.

»Er hatte sich nicht die Hüfte ausgerenkt, sondern die Schulter ausgekugelt. Das kommt manchmal vor.«

»Er rührt sich nicht.«

»Holt einen Schnaps.«

»Wir tragen ihn ins Haus.«

»Achtung«, sagte Bobi, »nehmt ihn bei den Füßen, ich nehme ihn bei den Schultern. Vorwärts.«

Als sie ins Haus kamen, schlug eine alte Frau die Hände überm Kopf zusammen. Sie öffnete schon den Mund, um zu schreien.

»Es ist ja schon besser«, sagte Bobi.

Man kannte ihn zwar nicht, doch er lachte, und was er sagte, flößte Vertrauen ein.

»Legt ihn vors Feuer«, sagte Bobi, »und dann her mit dem Schnaps, für ihn und vielleicht auch für uns.«

»Es hört sich nicht schön an, wenn der Ahne schreit.«

»Der Ahne, ja, das ist er«, sagte die alte Frau.

Die junge Frau sah zu, ohne zu sprechen; ein kleiner Junge hatte in ihrem Schatten Schutz gesucht.

Die Männer trockneten sich den Schweiß.

Der Mann vor dem Kamin lag still wie ein Toter.

»Jacquou«, jammerte die alte Frau, und ihre Hände zitterten so, daß die Gläser im Wandschrank klirrten, als sie die Flasche herausnahm.

»Er wird gleich wieder zu sich kommen«, sagte Bobi.

Der Mann öffnete die Augen:

»Hurensohn«, stöhnte er.

»Das bin ich«, sagte Bobi.

Er bückte sich zu dem Manne nieder und reichte ihm das Glas mit dem Branntwein.

»Trinke.

Bewege die Finger.«

Der Mann bewegte die Finger.
»Biege das Handgelenk.«
Der Mann bog das Handgelenk.
»Den Ellbogen.«
Und er bewegte den Ellbogen.
»Mit der Schulter«, sagte Bobi, »mußt du warten, bis übermorgen. Tut es dir noch weh?«
»Wenn ich daran denke«, sagte der Mann.
»Nun richte dich langsam auf, und setze dich in einen Stuhl.«
Er half ihm; einer von den Männern hatte einen Sessel herangerückt.
»Na also, Jacques«, sagte Jourdan.
»Ach, du bist es, Jourdan, na siehst du.«
»Geht's besser?«
»Ja«, sagte Jacques, »aber ich wüßte gern, wer das ist.«
»Der Hurensohn«, sagte Bobi.
»Seid Ihr der Doktor?«
»Ja, ich bin der Doktor«, sagte Bobi lachend, »aber sagt es ja keinem anderen, sonst sperrt man mich ein, weil ich keine Papierchen habe.«
»Was für eine Geschichte«, sagte Jacques.
»Was meint Ihr dazu?« sagte Bobi, »mir will scheinen, die Huren bekommen ganz ordentliche Kinder, wie?«
Die alte Frau lachte. Jacques trank, dann sagte er:
»Das wärmt.«
Und dann:
»Lacht nicht. Der Schmerz war stärker als die Höflichkeit.«
»Es macht nichts«, sagte Bobi.
»Ihr bleibt doch zum Essen«, sagte Jacques.
»Selbstverständlich«, sagte die Alte.
»Aber natürlich«, sagten die beiden Männer.
»Sicher«, sagte die junge Frau.
»Nein«, sagte Bobi, »wir müssen heim, Marthe ist allein.«
»Es ist also Marthes Vetter?« fragte die junge Frau.

»Nein«, sagte Jourdan, »es ist mein Vetter.«

»Ist es wirklich nein?« fragte die alte Frau. (Sie wollte sagen: ihr bleibt also wirklich nicht.)

»Es ist wirklich nein«, sagten sie.

»Ihr müßt ihm den Arm bis übermorgen in eine Binde legen, und er darf ihn eine Zeitlang nicht überanstrengen.«

Ungefähr zweihundert Meter hinter dem Hof von Maurice mußte Jourdan absteigen und die Laterne anzünden. Es war schwarze Nacht. Ehe er sie an den Wagen hängte, hob er sie hoch. Man konnte kaum zehn Meter weit sehen, und im weiten Umkreis geisterten Nebelgestalten durch die Nacht; ihre verschwommenen Umrisse und ihre weißbeschneiten Häupter schwankten im Dunkel.

»Das Pferd ist müde«, sagte Jourdan, »es ist einen halben Tag später geworden. Ich wollte mittags in Fauconnière sein, und jetzt ist es Nacht.«

Langsam fuhren sie weiter. Zuweilen teilte sich der Nebel vor ihnen, um den Wagen sogleich wieder mit seinen feuchten Armen zu umfangen; mit knackenden Fingern berührte er das Lederverdeck.

Jetzt umgab sie Schweigen und Nacht. Die langen, spitzen Ohren aufgestellt, tastete das Pferd sich vorsichtig in das Dunkel. Es versuchte trotz seiner Scheuklappen um sich zu blicken und drehte den Kopf hin und her. Es zögerte, den Huf vorzusetzen; es glitt aus. Das Pferd schnaufte. Es schritt weiter, streckte den Hals vor und schnaubte, daß die Flanken bebten. Rings um sie bewegten sich Nebelgestalten in langen, silbrigen Gewändern. Jourdan merkte, wie die Angst des Pferdes ruckweise in den Zügeln spürbar wurde.

Hoch über ihnen war plötzlich ein Geräusch. Ein Baum mit breiten, kahlen Ästen schien auf sie zuzukommen. Er war wie aus Pappe geschnitten. Hinter ihm tauchten die Umrisse anderer Bäume auf; zwischen ihren Zweigen hingen Nebelfetzen.

»Die Platanen an der Quelle«, sagte Jourdan.

»Halt, heda«, rief eine Stimme aus dem Dunkel.

»Bist du es, Silve?«

Schritte hallten auf dem hartgefrorenen Boden.

Auf Jourdans Seite neigte sich der Wagen vom Gewicht eines Mannes, der sich dagegen lehnte.

»Warum bist du so spät unterwegs?«

»Ich fahre nach Hause.

»Wie geht's sonst?«

»Danke, es geht.

Und du, was machst du hier?« fragte Jourdan.

»Nichts.«

»Es ist kalt«, sagte Jourdan.

»Es ist mal eine Abwechslung«, sagte die Stimme.

»Die Tage werden einem lang«, sagte Jourdan.

»Und dabei sind es die kürzesten«, sagte die Stimme.

»Was treibst du hier?«

»Nichts.«

»Willst du aufsteigen?«

»Nein, ich gehe lieber, es ist eine kleine Abwechslung«, sagte die Stimme.

»Demnach«, sagte Jourdan, »ist es immer noch das gleiche.«

»Hast du gehofft, daß es anders würde?« fragte die Stimme.

»Ja«, sagte Jourdan.

»Desto besser für dich!«

»Und du glaubst es nicht?«

»Nein.«

»Ja dann.«

»Also was?«

»Na ja, so ist es.«

Der Wagen knirschte. Der Mann im Dunkel hatte wohl eine Handbewegung in die Nacht hinein gemacht.

»Dennoch«, sagte Jourdan, »die Menschen...«

»Ja.«

»Was, ja?«

»Die Menschen...«

»Hast du denn kein Vertrauen?« fragte Jourdan.

Ein Moment Schweigen. Dann löste sich das Gewicht vom Wagen; er schwankte noch ein wenig und stand wieder gerade.

»Salut«, sagte die Stimme.

»Adieu«, sagte Jourdan.

Das Pferd setzte sich in Bewegung.

Lange Zeit danach leuchteten ihnen aus dem Dunkel zwei kleine Lichter entgegen.

»Fra-Josépine«, sagte Jourdan.

»Es ist schon spät«, sagte er, »sie werden schon schlafen. Wir wollen heimkehren.«

Je näher sie herankamen, desto größer wurde der Abstand zwischen den beiden Lichtern.

Sie waren jetzt ziemlich weit auseinander.

»Der Wirtschaftshof und das Schloß«, sagte Jourdan.

»Man nennt es so«, fügte er hinzu. »Es ist nur ein Gutshaus, aber man nennt es das Schloß.

Schläfst du?«

»Nein«, sagte Bobi.

Jetzt waren dic beiden Lichtflecke viereckig; es waren erleuchtete Fenster.

»Am siebenten Februar werden es drei Jahre«, sagte Jourdan, »da war ich eines Abends hier, dort hinter dem Bewässerungsgraben. Da drüben muß es gewesen sein.«

Er zog am linken Zügel.

»Zieh, Coquet«, sagte er.

Die Lichter blieben rechts liegen; sie fuhren dicht daran vorbei.

»Wir paßten auf«, sagte Jourdan. »Es war ungefähr so dunkel wie heute abend, nur kein Nebel.

Um zehn Uhr hörten wir einen Schuß; diesmal hatte er das Gewehr gegen sich selbst gerichtet. Die Lampe ging aus. Es war eine furchtbare Quälerei.

Zwei Tage dauerte es.«

Er merkte, daß Bobi in seinem Mantel hin und her rückte.

»Es war am fünften Februar«, sagte Jourdan; »ich war gerade dabei, einen neuen Stiel in meine Sense zu machen. Da kommt meine Frau angelaufen. ›Hörst du nicht?‹ sagt sie. Ich lauschte. Auf Fra-Josépine wurde geschossen. Gleich darauf hörte ich Laufen. Es waren die Frau und die Tochter. ›Er schießt auf uns‹, riefen sie. – ›Nicht möglich‹, sage ich. – ›Ja doch.‹ Ich lasse alles fallen, was ich in der Hand habe, und richte mich auf. Ja wirklich, ein Schrotkorn hatte die Stirn des kleinen Mädchens gestreift. Dreizehn Jahre war sie damals alt. Er war verrückt geworden.

Ja, er war verrückt. Er hatte alles vor die Tür geschoben: das Bett, die Kommode, die Stühle, das Sofa, alles – es sind wohlhabende Leute. Und er hatte sich einen Vorrat an Munition gekauft, denn er hat mehr als hundertmal geschossen. Zuerst auf seine Frau und auf seine Tochter. Ihr erster Gedanke war, zu uns zu kommen. Er hat noch hinter ihnen hergeschossen, als sie durch den Gemüsegarten liefen. Daß sie gestolpert und hingefallen sind, hat sie gerettet. Da hielt er sie für tot und ist zum anderen Fenster gegangen, um auf den Pächter zu schießen.

Er war ein harter Mensch, und dabei hatte er einen warmen Blick. Immer führte er große Worte und lange Phrasen im Munde. Er war sehr gelehrt. Er sagte auch, er sei nicht hierhergekommen, um von einem Tag auf den anderen Bauer zu werden, denn er verstand von Hause aus nichts davon, nein, er wollte hier friedlich und still leben. Er nahm sich einen Pächter, um das Land zu bewirtschaften, den tüchtigsten, den er finden konnte, den Adolphe. Dem sieht man es von weitem an, und er hat auch nie Ärger mit ihm gehabt. Seine Stube war voller Bücher, man hätte sie für einen Speicher halten können. Seine Frau ist die Sanftheit selbst. Wenn er sie brauchte, kam sie, wenn er sie nicht brauchte, hielt sie sich fern. Er hatte... Von Fra-Josépine aus kann man den Wald von Grémone sehen, das ganze Plateau, den Teich und das ganze Land. Er brauchte sich nur auf die Steinbank unter den Platanen zu setzen, und die ganze Welt lag vor seinen Augen ausgebreitet. Er hatte ein hübsches kleines Mädchen. Es heißt Aurore. Du lieber Himmel, eben alles!

Wir sagten oft, er hat alles, was er nur wünschen kann. Aber wenn er selbst seine Rechnung machte, hatte er nichts. Du hast alles, schön. Den andern scheint es so, denn alles ist da vor dir, und du brauchst nur danach zu greifen. Aber der Wunsch danach, das Verlangen. Das ist das Wichtigste. Gib einem, dem zum Brechen übel ist, gebratenen Fasan zu essen. Das ist es. Wie wirkt es auf dich, auf deinen Körper? Hat dein Körper Verlangen danach? Darauf kommt es an. Wenn nicht, kannst du alles besitzen, du hast wohl alles, aber du weißt nichts damit anzufangen.

Ich habe nicht viel gelernt und weiß es darum nicht. Aber ich muß immer darüber nachdenken, denn auch ich... Und eben alles das... Es ist so: zuweilen, wenn ich allein bin oder wenn es mich überkommt, sage ich mir, es ist verdächtig, es ist wie eine schlecht gemachte Arbeit. Doch eines glaube ich auf keinen Fall, ich glaube nicht, daß wir unglücklich sein müssen; ich glaube, alles ist so gemacht, daß die ganze Welt glücklich sein könnte. Ich glaube, unser Unglück ist wie eine Krankheit, an der wir selber schuld sind, mit Hitze und Schüttelfrost; es kommt vom schlechten Wasser und von dem Leiden, das einer auf den andern überträgt mit seinem Atem. Ich glaube, wenn wir nur verstünden, richtig zu leben, würden wir vielleicht nicht krank. Aber nun, da wir uns daran gewöhnt haben, besteht unser ganzes Leben darin, zu kämpfen, zu schwimmen und um uns zu schlagen, um nicht unterzugehen. Kurz alles das. Ob es um dein Vieh geht oder um deine Saat, deine Pflanzen, deine Bäume, wie ein Gendarm mußt du das alles verteidigen. Das, was ich will, will scheinbar die ganze übrige Welt nicht. Und es scheint, als geschähe es mit Absicht. Das hat uns auf die Dauer einen Ekel vor allem einflößen müssen. Das hat wohl auch unsern Körper veranlaßt, besonders zu reagieren. Wer weiß? ... Wir müssen, solange wir auf dieser Welt sind, unser Blut ständig erneuern. Vielleicht schafft dieser ewige Kampf, ohne daß wir es wissen, ein besonderes Blut in uns, ein Blut des Ekels. Und anstatt daß unser Körper, unsere Arme, unsere Hüften, unser Herz, unsere Lungen und unser ganzer Leib von einem Blut durchströmt werden, das einen gesunden Hunger weckt, pulst durch das große Adernetz unseres Körpers ein Blut des Ekels.«

Die Lichter waren verschwunden; ohne daß sie es merkten, hatte der Weg einen kleinen Bogen gemacht. Es ging jetzt ein wenig bergan. Der Frost ließ die Nacht erstarren, wie sich Zement auf dem Grunde eines Kübels verhärtet.

»Sieh die Zeichen«, sagte Bobi.

Vor ihnen flammte in goldenen Buchstaben eine Schrift auf. Es sah aus wie das große L, und davor war etwas, das aussah wie ein Apostroph. Die Zeichen waren ganz dicht über dem Erdboden: eines sah aus wie ein E, ein großes E. Doch von Zeit zu Zeit schien das E sich in ein F zu verwandeln. Es waren Buchstaben, sie schienen aus Gold, aber man konnte sie nicht lesen.

Jourdan versuchte es; er strengte seine Augen an und sagte: »Elapostroph, elaapostroph – f. Was kann das bedeuten?« Im Näherkommen veränderten sich die Buchstaben. Das L war fast zu einem O geworden, fast viereckig, und der Apostroph hatte sich darin aufgelöst. Der andere Buchstabe wurde zu einem M, das ein wenig schief stand. Man hätte es aufschreiben sollen, sagte sich Jourdan; man kann nicht wissen. Das Geheimnis – manchmal ist es in solch wunderlichen Zeichen verborgen, und wer sie nicht enträtseln kann, wird es nie verstehen.

»Elapostroph e o, elapostroph f e o m.« Er sagte das vor sich hin, wie die ersten Menschen wohl formlose Worte stammelten, um Sonne, Mond und Sternen Namen zu geben.

»Es ist das Haus«, sagte Bobi.

Jourdan zog an den Zügeln. Das Pferd blieb stehen.

»Was?« fragte er.

»Die Zeichen kommen von deinem Haus. Marthe hat Feuer angezündet, hat Tür und Fensterläden geschlossen, und das Licht, das du da vorne siehst, scheint durch die Spalten.«

Jourdan schwieg eine Weile.

»Es ist besser, die Wahrheit zu kennen, als danach zu suchen«, sagte er endlich.

Doch er zog noch nicht an den Zügeln, um das Pferd wieder anzutreiben; er legte die Hand auf Bobis Knie.

»Bleibe doch bei uns«, sagte er.

»Wir sind wie Aussätzige, ohne Hilfe und ohne Rettung.

Auch von den Besten, du weißt es, sind nicht viele, die noch hoffen.«

»Es ist schwer«, sagte Bobi.

»Neulich nacht«, sagte Jourdan, »hast du es doch so einfach fertiggebracht.«

»Da habe ich nur die schwachen Heilmittel angewandt.«

»Mir haben sie den ganzen Körper aufgewühlt.«

»Die starken Heilmittel«, sagte Bobi, »werden euch widerstehen.«

»Wenn man gesund werden will«, sagte Jourdan, »muß man sich zwingen können. Und du hast auch schon zuviel Verantwortung, denn du hast uns gezeigt, was uns heilen könnte. Aber allein können wir uns nicht zurechtfinden. Einmal glauben wir nur die wohlbekannten Sterne zu sehen; ein andermal schweben uns ganze Welten vor, und es ist nur das Licht, das durch die Tür dringt.«

»Alles kann geheilt werden, doch wir verstehen nicht, das Richtige zu finden, und einer, der die Wahrheit kennt, ist mehr wert als zehn, die danach suchen.«

Als sie sich dem Hause näherten, rochen sie das frisch gebackene Brot.

IV

Am frühen Morgen klopfte Bobi an die Tür.

»Hallo«, rief Jourdan.

Im Nu war er hellwach.

»Je früher wir anfangen, desto besser«, sagte Bobi, »es ist bald hell.«

»Frohes Erwachen, wenn die Wiesen blühen«, sang Jourdan, und das Bett knarrte.

Marthe rief etwas.

»Nur keine Sorge«, sagte Bobi, »ich finde schon alles.«

Jourdan blickte durchs Fenster.

»Es ist scharfer Frost«, sagte er.

Es war scharfer Frost. In der Nacht war der Wind von Norden gekommen, ganz sanft, nur so wie ein Mensch atmet, doch es war schneidend kalt. Er hatte den Himmel rein gefegt. Er hatte den Schnee blank gerieben und die letzten Säfte aus den Baumrinden gesogen. Der Wald war eine starre Masse, und die Erde war wie verriegelt. Die ganze Nacht hindurch hatte er den Himmel mit Kälte poliert, Kälte, Kälte und wieder Kälte, stets von neuem, wie mit scharfen Eisenspänen, mit denen Kessel blank gerieben werden; und jetzt war der Himmel so klar und so spiegelglatt, daß die Sonne kaum wagte, sich zu bewegen.

»Huu«, sagte Jourdan zähneklappernd, als er sich die Hosen anzog, »bei der Kälte drängt sich das Blut zum Herzen. Ich bin durchgefroren wie eine Mandelblüte.«

Durch die Fensterritzen pfiff der Nordwind, schwach, aber schneidend, und es klang wie das Zirpen einer Grille.

»Wenn du es sehen könntest«, sagte Jourdan, »nichts rührt sich, es ist alles totenstill. Außer den Menschen in den Häusern ist weit und breit nichts Lebendiges.«

»Und was willst du machen«, sagte er und blies auf die Scheibe, um ein Stück Eiskruste abzutauen, »der Himmel ist starr wie Eisen.«

Bobi hatte unten Feuer gemacht; jetzt stand er davor und

wärmte sich die Hände; erst die eine, dann die andere. Dann die Füße; erst den einen und dann den anderen, dann wieder die Hände. Er war wie ein Rad, das die Kälte in Bewegung gesetzt hat.

Jourdan trat ein und kam zum Feuer. Und nun wurde auch er zum Rad, das sich langsam und geräuschlos drehte wie ein Schwungrad, wenn die Kraft es in Bewegung setzt, aber die Riemen noch nicht mitarbeiten.

»Hast du noch Korn?« fragte Bobi.

»Ja.«

»Viel?«

»Zwei Chargen*.«

»Dann hast du also noch alles.«

»Nein, ich habe zwei Chargen verkauft. Die Hälfte.«

»Und was dir bleibt, brauchst du zur Saat?«

»Ja, zunächst einmal, aber ich hätte gut noch eine Charge verkaufen können, nur hatte der Preis sich gesenkt.«

»Wozu nützt dir also das Korn?« fragte Bobi.

»Manchmal«, sagte Jourdan, »verstehe ich nicht recht, was du meinst.«

»Und immer gerade dann nicht«, sagte Bobi, »wenn es ganz einfach zu verstehen ist. Wozu dient dir das Korn?«

»Zum Brotbacken.«

»Für dich und Marthe?«

»Ja.«

»Wieviel brauchst du dazu im Jahr?«

»Eine Charge.«

»Und das übrige?«

»Das verkaufe ich.«

»Demnach«, sagte Bobi nach einer kurzen Pause, »machst du mit dem Korn Brot für dich und Marthe. Das ist gut so. Das übrige Korn dient zur Aussaat für neues Korn; auch das ist gut. Mit dem, was dir noch bleibt, verdienst du Geld. Du gibst jemandem dein Getreide, er macht die Rechnung, er zieht die

* Chargen = altes französisches Getreidemaß.

Geldtasche heraus und gibt dir einen Schein, zwei Scheine, drei Scheine; du legst sie in deine Brieftasche; du steckst sie wieder ein und kehrst nach der Jourdane zurück. Du nimmst deine Brieftasche heraus und zeigst Marthe die Geldscheine. Dann machst du den Schrank auf und legst die Scheine unter Marthes Hemden, oder sie tut es. Du machst den Schrank wieder zu. Schön. In diesem Augenblick merkst du, daß du ein Aussätziger bist. Aus dem Ertrag deiner Arbeit hast du drei Teile gemacht: einen, der dir zum Leben dient, dir und Marthe, denn das ist dasselbe; wenn ich sage du, dann meine ich euch beide. Schön. Der andere Teil gibt dir die Sicherheit, daß du auch im kommenden Jahr genug zum Leben hast, und der dritte Teil liegt in Form von Papierscheinen unter den gefalteten Hemden. Und was hast du nun für die Aussätzigen getan? Gar nichts. Wenn aber nichts für die Aussätzigen geschieht, wird die Krankheit schlimmer.

Ein Teil deiner Arbeit ist also verloren, und zwar der, der jetzt flach zusammengefaltet unter Marthes Hemden liegt. Ich sage verloren.«

»Wieso verloren?« fragte Jourdan, »es ist doch Geld.«

»Ich sage noch mehr«, fuhr Bobi fort, »davon wirst du aussätzig. Verstehen wir uns recht. Ich trage absichtlich ein wenig dick auf, damit du begreifst. Den Keim zu diesem Aussatz, den hast du schon bei deiner Geburt. Der vererbt sich auf uns von unseren Müttern. Es ist ein kleiner schwarzer Punkt im Leib der Mutter, just an der Stelle, an der der Kopf des Kindes ruht.«

»Dann sind wir also gezeichnet und dem Unglück preisgegeben«, sagte Jourdan.

»Nein«, sagte Bobi, »im Gegenteil.«

»Aber wenn man es von Geburt an hat.«

»Diesen Keim des Aussatzes«, sagte Bobi, »braucht der Mensch nötiger als das Herz.«

Das Feuer hat geflackert, das Wasser hat gekocht. Der Fensterladen hat geknarrt, die Fensterscheibe hat von der Kälte leise in den verkitteten Fugen gekracht, dann sagt Jourdan:

»Erkläre mir das.«

Der Morgen ist schön, die Sonne hat sich hinausgewagt und steigt am Himmel empor.

»Das, was du Aussatz nennst«, sagte Bobi, »ist Liebe, die keine Betätigung hat. Ja, was stellst du dir denn vor, was du bist?«

»Du siehst mich an«, sagte Jourdan, als wünschtest du mir alles Übel.«

»Nein«, sagte Bobi, »und das weißt du auch. Ich sehe dich an, weil ich dir helfen will.«

»Was bin ich?« fragte Jourdan.

»Du bist ein Mensch – und damit Punktum.«

»Ich bin ein Mensch«, wiederholte Jourdan, und er blickte an sich herab.

»Nichts weiter«, sagte Bobi. »Es ist verkehrt, sich für mehr zu halten.«

Jourdan blieb stumm, weil er überlegte, was das heißen sollte.

»Du mußt die Welt und das Leben lieben«, sagte Bobi.

Immer war irgend etwas nicht ganz klar. Und die Erklärung kam eigentlich nicht von Bobi, weder von seiner Stimme noch durch seine Worte. Die Erklärung kam durch die Wärme, das Feuer, den Frost, die Mauer, die Fensterscheibe, den Tisch, die Tür, die im Nordwind hin und her schlug, und von den roten Steinfliesen, die ein wenig schwitzten, obwohl sie schon sehr alt waren. Die Erklärung kam von allen diesen Dingen. Doch sie war noch verschwommen und unklar, und es war nur gut, daß Bobi mit menschlichen Worten die stumme Sprache des Feuers, des Tons, des Holzes und des klaren Himmels ergänzte. Er versuchte es mit der menschlichen Sprache, doch es war nicht ganz das richtige. Wenn das Feuer, wenn der Himmel eine Sprache gehabt hätten, ja dann...

»Du mußt sie lieben«, sagte Bobi. »Du bist da hineinverpflanzt. Das hat angefangen, Jourdan, als du noch zwischen den Schenkeln deiner Mutter lagst, ehe man dich von ihr gelöst hatte. Ja, bei deinem ersten Sprung. Und sie erwarteten dich alle. Das ist wichtig.

Und sie sagten: ›Na, da ist er ja. Man wird es ihm beibringen.‹ Und man hat es dir beigebracht.«

»Was?«

Das Haus krachte leise wie ein schlafendes Reisigbündel.

»Heile dich vom Aussatz«, sagte Bobi. »Da man es dich gelehrt hat, die Wissenden . . .!«

Er schwieg und wurde ruhiger. Sie hörten, wie Marthe oben aufstand und singend auf und ab ging.

»Vor deiner Geburt«, sagte Bobi, »wußtest du mehr. Und du wußtest, worauf es ankommt. Von der Stelle im Leibe deiner Mutter, an der dein Kopf ruhte, kam dein Wissen. Eine Stelle, nicht größer als das.«

Er zeigte den Nagel seines kleinen Fingers.

»Doch wenn es zu dir spricht, ist es wie ein elektrischer Schlag.«

Er schwieg und ließ die Erinnerung an seine Worte auf Jourdan einwirken. Nicht nur das: auch das Feuer, das ihm Gesellschaft leistet, mit seinem Knistern, seiner Farbe, seinem Geruch. Dann ist da der weite, klare Himmel, der die Fensterscheiben so ausfüllt, daß man ihn nicht vergessen kann. Und draußen knirscht der Frost; das Eis an der Dachrinne bewegt sich, und es raschelt wie eine Ratte.

Da draußen ist die Sonne, deren wahres Antlitz man nicht sehen kann, weil es die Augen blendet; doch man sieht sie durch die Fensterscheiben, die jetzt blind sind vom feuchten Dunst; sie ist ganz flach, süß und klebrig wie eine überreif zerdrückte Aprikose, die ins Gras gefallen ist. Und alles das ist mütterlich. Bobi weiß es; allmählich beginnt auch Jourdan zu verstehen.

»Und heute?« fragte Bobi. »Was kannst du dir heute mit deinem Geld kaufen, um deinen Aussatz zu heilen?«

»Nichts«, sagte Jourdan.

»Und von wem sollte ich wohl kaufen?«

»Von der Welt.«
»Von welcher Welt?«
»Wie viele gibt es?« fragte Bobi.
»Von der da«, sagte er und wies hinaus auf den Wald, das Plateau, die Erde, den Himmel, die Kälte.
»Und heute noch, verstehst du.«
Sie hörten, wie Marthe die Treppe herunterkam.
»Also für die Saat und dein Brot hast du genug Weizen?« fragte Bobi.
»Ja.«
»Dann bist du reich. Nun wollen wir uns auf die Suche machen, auf die Suche nach etwas, von dem deine Mutter dir gesprochen hat, vor langer Zeit, als du noch in ihrem Leibe reiftest.«
Marthe kam herein.
»Ich habe aus dem Fenster gesehen«, sagte sie lächelnd, »es ist scharfer Frost. Nichts rührt sich, weder am Himmel noch auf der Erde. Wir sind die einzigen lebenden Wesen weit und breit.«
Sie sieht beide an; Jourdan und selbst Bobi ducken sich wie Ratten, auf ihren Stirnen ist eine tiefe Furche. Sie scheinen zu überlegen und von ihren Gedanken in die Enge getrieben. Und Marthe denkt wieder: wie unglücklich sind doch die Männer, immer wollen sie etwas, wollen und wollen.
Sie lächelte noch einmal, erst dem einen und dann dem andern zu, und zeigte dabei ihre schönen weißen Zähne; diese Zähne zwischen den welken Lippen einer alten Frau erweckten das Verlangen, sich niederzusetzen und mit ihr zu essen an ihrer Seite und ihr das Brot zu reichen.

»Wo hast du deinen Weizen?« fragte Bobi.
»Im Gewächshaus«, sagte Jourdan, »da ist es trockner...«
»Wollen wir gehen?« fragte Bobi.
»Nein, so etwas«, sagte Marthe, »heute morgen haben sie nicht einmal an den Kaffee gedacht.«

Bobi hat einen Ginsterbesen gefunden, den trägt er in der einen Hand, mit der andern hält er den Zipfel des Weizensacks, und beide, Jourdan und er, gehen durch die kleine Hintertür ins Freie.

Der Himmel ist wie tot und starr wie ein alter Holzklotz, ohne einen Tropfen Saft. Wenn diese Kälte andauert, wird er bald auseinanderplatzen, und ein schwarzer Spalt wird sich auftun, so schwarz, wie die eigentliche Farbe des Himmels ist.

Bobi fegt die Tenne; er reinigt den Boden von Eisstücken und Erdklumpen, und jetzt ist der Boden glatt und rein wie ein Teller.

In die Mitte schüttet er das Getreide; es mag etwa ein Zentner sein. Jourdan ist ein wenig beschämt; er sagt nichts. Nicht beschämt, weil das Korn auf der Erde liegt, nein, es tut ihm leid, daß sein schöner Weizen, auf den er so stolz ist – Weizen wie Reis, sagte er, feinkörnig und fest wie gemahlene Steine –, seine Farbe verloren hat, fahl und verdächtig aussieht, im Vergleich zu dem leuchtenden Frost ringsum.

»So«, sagte Bobi und wischte den Staub von seinen Händen. Jetzt müssen wir hineingehen; wir beobachten es vom Fenster aus.«

Sie haben sich hinter das Küchenfenster gestellt und zugesehen. Draußen rührt sich nichts; doch hier drinnen gibt der Duft des Kaffees und des Brotes Geduld zum Warten.

»Mir will scheinen ...«, sagte Jourdan, doch unvermittelt schloß er wieder den Mund.

Ein Vogel war vorbeigeflogen, noch wußten sie nicht, was für einer; seine Flügel hatten nur aufgeleuchtet wie ein Blitz. Er flog auf Fra-Josépine zu. Es schien, als zerschmettere er gegen den Himmel. Seine Flügel waren weit ausgebreitet, die Schwanzfedern gespreizt, und einen Augenblick leuchtete er rot auf. Er bremste mit aller Kraft und blieb in der Luft stehen, die Brust gegen den Wind; dann ließ er sich herabfallen und zerpflügte die Luft mit seinem Gefieder. Er kehrte um; er neigte sich im Fluge wie ein Weidenzweig, der vom Winde gebogen wird und an dessen Spitze eine Blüte ist.

Hart stieß er auf den Weizenhaufen nieder. Er schüttelte sich. Er war so überrascht, daß er sich nicht einmal die Zeit nahm, ein Liedchen zu singen. Er fing sofort an zu fressen. Es war ein Grünfink.

Jourdan zog den Tabaksbeutel aus der Tasche, stopfte seine Pfeife und reichte ihn Bobi. Dabei beobachtete er den Vogel. Bobi nahm den Beutel, holte seine Pfeife aus der Tasche, stopfte sie und gab den Beutel an Jourdan zurück. Dann rieb er ein Streichholz an, warf einen flüchtigen Blick auf die Flamme; auch Jourdan zündete seine Pfeife an, doch dabei verfolgte er aus einem Augenwinkel den Vogel.

Der plusterte sich vor Kälte auf und war dreimal so dick wie sonst. Zwischen den goldenen Schwanzfedern, die weit auseinanderstanden, leuchtete zarter Flaum. Sein Bauch war weiß befiedert wie eine wollige Klematisblüte. Er fraß.

Die Augen waren auf den Vogel gerichtet. Doch der Blick ist wie ein Halbkreis, darüber liegt eine Sphäre, in der man unbestimmte Dinge ahnt, ohne sie genau zu erkennen; denn hier beginnt der Strahlenkranz des Blickes, und was man darin sieht, ist verschwommen wie im Nebel.

Der Himmel schien eine Höhle, an deren Decke sich Tropfen sammeln, die anschwellen und dann herabfallen. Die Täuschung war vollkommen; die Lichtstrahlen funkelten, wenn sie die stürzenden Tropfen durchdrangen, und sobald der Tropfen in das eigentliche Blickfeld gelangte – noch immer waren die Augen wie gebannt auf den kleinen, aufgeplusterten, gefräßigen Finken gerichtet, der grünlich schimmerte und schon gesättigt kreischte –, waren es keine Wassertropfen mehr, es waren Vögel. Immer neue. Das Gehirn war von zwei Bildern ganz erfüllt: die blaue Höhle, das Rauschen der dicken Tropfen, und jetzt sind es Vögel, und die Höhle ist der Himmel, und der Lärm ist der Gesang der Vögel, und das grüngoldene Leuchten sind nicht huschende Sonnenflecken, es ist das vielfarbige Gefieder der Flügel, die sich breiten und flattern, wenn der Vogel sich langsam auf den Weizenhaufen niederläßt.

Es waren schon mindestens dreißig: da war eine riesige Drossel, ein Türkenvogel, ganz grünblau, ein Tangara, der in sieben Farben leuchtete; rote, blaue und schwarze Dompfaffen, eine goldene Ammer, ein Kronspecht, der seinen roten Kamm hin und her wiegte und mit seinen schwarzen Flügeln rechts und links um sich schlug, Zeisige, Agripennen, Stieglitze, Hänflinge, Gelbschnäbel, Titiris und Wanderwachteln.

Und es kamen immer noch welche.

»Wir wollen hinausgehen«, sagte Bobi.

Jourdan sah ihn an.

»Sie werden fortfliegen«, sagte er.

»Wir gehen hinten hinaus.«

»Was seht ihr euch eigentlich an?« fragte Marthe.

»Komm selbst sehen.«

»Ich«, sagte sie, »ich mag die Dompfaffen besonders gern, die dicken blauen, bei mir zu Hause nennt man sie ›Binery‹. Ja, so heißen sie. Ich kann mich erinnern, als ich jung war, hatte ich einen Freund, der Leimruten legte. Ja, ja, es sind ihm noch mehr Vögel als Mädchen ins Garn gegangen. Es waren ...«, sagte sie.

Sie hatte sich drei-, viermal die Lippen mit Speichel angefeuchtet, als wolle sie eine lange Ansprache halten, doch sie schwieg, und ihre feuchtschimmernden Lippen blieben stumm. Sie hatte geglaubt, sie wolle etwas sagen, doch es war nur das Verlangen, an etwas Neues zu denken.

»Leise«, sagte Jourdan und drückte die Stalltür auf.

Sie waren auf der Rückseite des Hauses, und bis hierher war nicht einmal das Lärmen der Vögel zu hören. Man sah den Wald von Grémone.

Und man sah den Himmel.

Man sah dies: den Acker, der in der Richtung auf den Wald anstieg und die Baumstämme verdeckte. Nur die schwarzen

Äste überragen das Land. Sie schienen unter ihrer Schneelast noch schwärzer als sonst. Dann sah man den Himmel, klar, sauber, reingefegt; und hier, gegen die Sonne, war der Himmel schrecklich in seiner unermeßlichen Leere und seiner unermeßlichen Einsamkeit: er war grenzenlos und grausam. Und dieser Himmel schlug sich sozusagen den Schädel am Dach des Hauses ein; ich will damit sagen: dieser Himmel reichte bis in die Unendlichkeit und bis ans Ende der Zeiten. Und wer es vermocht hätte, etwas Lebendiges darin zu entdecken, etwas Winziges, nicht größer als eine Alge oder eine Flechte, den hätte ich sehen mögen, das dürft ihr mir glauben. Doch hier, von der Stalltür aus gesehen, nahm er ein plötzliches Ende auf den Dachziegeln, und das Gesims zerschnitt ihn wie die Zähne einer Säge. Von da ab war zwar nichts Besonderes, wenn ihr so wollt, nur Lebensfreude und Liebe. Von hier ab war die Welt nicht mehr gefühllos. Da waren die Ziegel aus gebranntem Ton, der Zierat des genuesischen Gesimses, die frische Wange des Hausdaches. Man sagt, der Mensch bestehe aus Zellen. In Wirklichkeit ist er wie das Laub an den Bäumen, nicht in einem Block gegossen, sondern vielmehr aus verstreuten Bildern wie die Blätter im Geäst der Bäume; und damit sie rauschen, muß der Wind hindurchfahren können. Wie sollte sich die Erde des Menschen bedienen, wenn er wäre wie ein Stein? Seht den Stein, der ins Wasser fällt. Er macht ein Loch. Aber das Wasser ist nicht verwundet, und schon beginnt es sein Werk des Abschleifens und Abrundens. Am Ende muß es siegreich sein; es zieht seinen Weg und glättet mit kurzen Wellenstößen den Schlamm auf dem Grunde und alles, was es mit fortschwemmt. Seht aber einen Zweig, der ins Wasser fällt; von seinen Blättern getragen, treibt er auf der Oberfläche; er wiegt sich und hört nie auf, ins Sonnenlicht zu blicken. Am Ende seiner Verwandlung ist er der Keim, und Bäume und Sträucher wachsen von neuem im Sande. Ich will nicht sagen, daß der Schlamm kein Leben hat. Ich will auch nicht sagen, daß der Stein tot ist. Es gibt keinen Tod. Doch wenn man hart und undurchdringlich ist, wenn man zerstampft und zermalmt werden muß, um sich verwandeln zu können, dann ist es klar, daß das Rad sich länger drehen muß. Es dauert Milliarden von Jahren, um den Grund des Meeres emporzuheben, um mit Millimetern von Schlamm neue Granitfelsen zu schaffen; doch damit aus einer Kastanie ein Kastanienbaum werde, genügen hundert Jahre. Und wer einmal an einem Frühlingstag den berauschenden, herzbeklemmenden Duft der Kastanienblüten verspürte, versteht, was es bedeutet, immer neu blühen zu können.

Ja, das Haus war Lebensfreude und Liebe. Jourdan dachte nicht an die Spuren menschlicher Hände auf den Ziegeln aus gebranntem Ton, auch nicht daran, daß der Daumen des Maurers, als er die Mauern aufrichtete, seine Spur im Mörtel hinterlassen hatte. Er dachte nur an die ausgehungerten Vögel da vor ihnen auf dem Weizenhaufen. Als er die Körner auf der lichterfüllten Tenne ausgeschüttet hatte, waren sie ganz farblos; jetzt funkelten sie wie polierter Reis, sie versprühten im Flügelschlag der goldenen Schwingen. Er hatte eben beobachtet, wie der Fink ein Körnchen in den Schnabel nahm, das Köpfchen reckte und das Korn hinunterschluckte, er dachte an nichts weiter. Es war nicht einmal ein Denken; es arbeitete geheimnisvoll in ihm. Oft mußte er den Speichel hinunterschlucken. Er war wie trunken. Er hatte den menschlich-kümmerlichen Begriff Nützlichkeit vollständig vergessen. In dieser Richtung fand er keinen Halt mehr, fand aber auch noch keinen Halt im Zwecklosen. Doch von Ferne hörte er die Melodie der Flöte.

»Komm«, sagte Bobi und nahm ihn bei der Hand.

»Sie werden fortfliegen«, sagte Jourdan.

Sie sprachen beide ganz leise, schlichen ums Haus und kamen auf die andere Seite.

Hier hörte man die Vögel kreischen.

Marthe war am Fenster stehen geblieben.

»Da«, sagte sie, »da sind Rotschnäbel.«

Sie hüpften heran; es sind Wasservögel; sie kamen vom Süden, vom Ouvèze. Es gab auch Tauben und Grasmücken, und die verschiedenen Vogelarten waren nicht mehr zu unterscheiden.

Sie wußten: jetzt war der ganze Wald alarmiert. Die Botschaft mußte sich sogar auf seltsame Weise durch den Himmelsraum fortpflanzen, wie eine honigsüße, bebende Spur, wie zitternde Wellen in heißer Sommerluft. Flamingos waren gekommen, die in den Sümpfen am Rande des Plateaus lebten und die ihre schwimmenden Nester mit den Wollfetzen ausfüttern, die der Wind von der Ahornschäferei herüberträgt. Doch sie blieben abgesondert für sich. Sie fraßen keine Körner, sie flogen nur im Kreise herum und waren wie geblendet von dem buntfarbigen tanzenden Knäuel, das jedesmal aufleuchtete, wenn unten die Vögel mit ihren schwarzen, weißen, roten, goldenen, grünen und blauen Flügeln um sich schlugen.

Von Zeit zu Zeit kam ein Vogel ganz verstört angeflogen und stieß mit dem Köpfchen gegen die Scheibe. Dann trat Marthe einen Schritt zurück, doch sie kam gleich wieder näher.

Sie sah das Getümmel der Vögel und dachte daran, wie der Himmel eben noch ganz verödet war. Sie machte sich schwere Gedanken; wie gerne hätte sie selbst an das Korn gedacht. Sie sagte sich:

»Und morgen? Was haben sie morgen?«

Sie hätte gewünscht, daß jeder Vogel einen Vorrat sammle. Hätte sie nur gewußt, wo die Nester waren, sie hätte jedem eine Handvoll Körner hingetragen. Und sie fürchtete auch, sie könnten sich verletzen, wenn sie so wild durcheinanderflatterten.

»Drossel«, sagte sie von Zeit zu Zeit.

Denn die Drossel, die größer und gefräßiger war als die andern, hackte mit dem starken Schnabel um sich.

Marthe fragte sich:

»Wo sind nur die beiden?«

Doch eigentlich war sie ganz froh, allein zu sein. In ihr regten sich neue Kräfte, und sie wußte nicht, wie das enden würde; es waren Kräfte der Frau, und in solchen Augenblicken kann man die Männer wirklich nicht gebrauchen.

Ganz im Anfang ihrer Ehe mit Jourdan war sie schwanger gewesen, doch sie hatte das Kind nicht austragen können. Sie erinnerte sich, wie zuerst ihre Brüste straffer wurden und es schmerzhaft in ihnen zog und wie dann eine Fülle sich in ihrem Körper ausbreitete. Jetzt hatte sie ein ähnliches Gefühl wie damals, als sie das Kind erwartete; doch diesmal war es ein doppeltes Glücksgefühl, das beseligende Bewußtsein der Fruchtbarkeit, das ihren ganzen Körper erfüllte, und dann ein starkes Lebensgefühl, eine wilde Freude; und obgleich sie wohl wußte, daß sie zu alt sei, um vom Manne neues Leben zu empfangen, war sie doch bis in die geheimsten Winkel ihrer Weibesnatur blühend und voller Versprechungen. Sie spürte, wie alles, was fraulich und mütterlich in ihr war, seine volle Befriedigung fand; und selbst ihre Jahre schienen nicht zu zählen, im Gegenteil, alle ihre Bewegungen bekamen etwas Weiches und eine besondere Würde, die sie selbst nicht begriff, doch sie fühlte wohl, wie bedeutungsvoll dies alles war. Es war so, als schreite sie im Sommer mit nackten Füßen über das Land, in ihrem schwarzen Kleid, aufrecht, mit weit ausholenden Schritten, die Brüste noch fest und straff; sie ging bedächtig vorwärts, wie es ihre Art war, und mit einem friedvollen Lächeln auf den Lippen.

Ach ja, es gibt Dinge, die zu den Frauen sprechen. Und es ist nicht wahr, daß das Leben zu Ende ist, wenn man aufhört zu lieben. Denn in Wirklichkeit hört man nie auf zu lieben. Die Liebesfähigkeit ist ja die einzige gute Kraft in unserem Körper, weshalb also wäre diese Kraft verbraucht, ehe der Körper verbraucht ist. Und was geschähe dann, während man auf den Tod wartet. Man erwartet eben den Tod; und das wäre alles, was uns bliebe. So war es ja in der Tat auch gewesen, ehe der Fremde zu ihnen auf das Plateau gekommen war.

Die Geschichte mit dem Hengst war der Anfang gewesen, an jenem Tage, als der Nordwind blies. Sollte man nicht meinen, das sei schon ewig her. Und es war vorgestern.

Was für geheimnisvolle Dinge gibt es doch auf der Welt. Sie sah Goldammern, und sie dachte an den Westwind; denn die Goldammern kommen stets mit den Stürmen; sie sah Rotschnäbel und dachte an den Ouvèze, den Fluß, der im sandigen Tal hinströmt, und sie dachte an die Nester der Rotschnäbel, die sich im Schilf wiegen.

Sie sah Lerchen mit rostroten Flecken, und sie mußte an den Spätsommer denken, an die Stoppelfelder, das Klagen der Erde, den Lärm der Karren, an den Durst und an die sonnige Ebene.

Sie sah Zaunkönige, grüne und graue, mit schwarzen Flügeln, und schließlich sah sie gar nicht mehr die Vögel; sie sah Heidekraut und atmete seinen Duft ein, den kräftigen Geruch der Bergkräuter, sie hörte die Herden, die von den Bergen herunterkamen, und die Stimmen der Hirten.

Sie sah Reiher, Roller, Fasane, Wachteln – denn jetzt waren alle Vögel des Plateaus herangerufen –, graue Meisen, Haubenlerchen mit blauem Köpfchen, Stieglitze und einen Vogel, den sie gut kannte und den man den schweigsamen Vogel nennt, weil er nie singt, auch nicht im Frühling, wenn er sein Nest baut.

Jedesmal, wenn Marthe sah, wie die ganze Gesellschaft auf dem Kornhaufen auseinanderflog, war es, als erschließe sich in ihr eine Blume aus Federn, mit Flügeln, die leicht waren wie der Wind, mit Ebenen und Hügeln, mit Sonnenaugen und mit einem Leib, bläulich dunkel wie die Nacht über den Feldern. Das Zirpen der Insekten auf den Wiesen erfüllte sie.

Sie hörte kaum das Schwirren der Flügel, wenn die Vögel das Fenster streiften.

Von neuem fragte sie sich:

»Was machen die beiden?«

Und sie dachte an die Männer.

Sie sagte sich:

»Was werden sie mir jetzt noch bringen?«

In diesem Augenblick sah sie Jourdan, doch nur seine Gestalt, nicht sein Gesicht; er bog um die Hausecke.

»Da ist er«, sagte sie sich. »Was macht er nur da? Es sieht aus, als belauere er etwas.«

Jourdan bewegte sich nicht. Doch, er bewegte sich, aber so langsam, daß es eigentlich nicht mehr menschlichen Bewegungen glich. Und es war beunruhigend für Marthe, zu beobachten, wie die dicken Samthosen und die Jacke aus grobem Leinen sich vorwärts bewegten.

Nicht einen Moment nahm sie an, daß Jourdan den Vögeln Böses wollte, nur war plötzlich ihre schöne Zuversicht dahin.

Sie bebte beim Anblick Jourdans, der sich den Vögeln näherte. Schon war sie nicht mehr so froh und blühend. Fast gar nicht mehr. Und sie fürchtete für die Vögel.

Jetzt kam auch Jourdans Gesicht zum Vorschein. Marthe machte eine Bewegung, als wollte sie rufen: »Geh fort!« Doch hier in der dunklen Küche war sie nicht zu sehen, und Jourdan hatte auch gar nicht die Absicht, sich zu bewegen. In seinem Gesicht war der starre Ausdruck eines Menschen, der im Stehen schläft.

»Geh fort«, sagte Marthe.

Er kam noch ein wenig weiter vor.

»Geh fort«, sagte Marthe.

Er bewegte kaum die Füße, und es war fast nicht zu erkennen, daß er vorwärts ging. Es schien, als sei er ein Baum, und doch kam er näher.

»Geh fort«, sagte Marthe leise.

Die Vögel flüchteten rückwärts, alle gleichzeitig. Die Drossel drehte drei-, viermal das Köpfchen hin und her. Erst leuchtete ihr rechtes, dann ihr linkes Auge. Dann kehrte sie beruhigt zum Korn zurück. Jetzt kehrten alle zum Korn zurück. Von Zeit zu Zeit hörte die Drossel auf zu fressen und sah Jourdan an. Sogleich hörten die andern Vögel auch auf zu fressen; mit dem Körnchen im Schnabel sahen sie zu Jourdan hin, die Flügel zum Auffliegen bereit. Dann bebten sie leise, doch sie beruhigten sich wieder; sie verschluckten das Weizenkorn und pickten weiter, ohne sich umzusehen.

Und Jourdan kam näher.

Auf diese Weise kam er bis dicht an den Kornhaufen, und die Vögel blieben ruhig sitzen; einer setzte sich sogar auf Jourdans Fußspitze, und ein anderer, der sich vor den Schnabelhieben der Drossel retten wollte, flog gegen seine Samthose.

Jourdan hielt den Atem an. Er wagte nicht, den Kopf zu bewegen, und folgte ihnen nur mit den Blicken, er drehte die Augen nach allen Seiten.

»So ist es recht«, sagte Marthe leise.

»Ich weiß nichts über die Vögel«, sagte Bobi, »und ich weiß überhaupt nichts. Nein, ihr müßt mich nicht für klüger halten, als ich bin.«

Es war Abend, und sie saßen alle drei um den Tisch bei der Suppe.

»Wie bist du auf den Gedanken gekommen?« fragte Jourdan.

»Ich sah, daß es gefroren hatte«, sagte Bobi, »und da dachte ich an die Vögel.«

»Du hast an die Vögel gedacht«, sagte Jourdan und kratzte sich den Kopf.

»Wundert dich das?«

»Nein, bei dir wundert es mich nicht. Aber so ganz selbstverständlich finde ich es auch nicht.«

»Aber ja«, sagte Bobi, »es ist das Selbstverständlichste von der Welt. Ich habe ganz einfach gedacht: jede Kreatur muß essen.«

Und sie aßen eine schöne Kohlsuppe mit Speck und Kartoffeln.

»Das Gemüse essen wir hinterher«, sagte Marthe, »und den Speck teilen wir in drei Teile. Ich habe nicht richtig gekocht. Das versteht ihr doch.«

»Gewiß, Marthe«, sagte Jourdan.

»Hast du keinen Hunger?«

»Doch«, sagte er, »aber ich glaube, ich brauche heute nicht viel.«

»Die Tiere machen uns viel Freude«, sagte Bobi.

»Ja«, sagte Marthe.

»Und es waren viele Tiere da«, sagte Bobi.

»Sehr viele«, sagte Jourdan.

»Hast du Hasen vorbeilaufen sehen?« fragte Bobi.

»Aber gewiß«, sagte Jourdan.

»Und Rehe?«

»Nein«, sagte Jourdan, »aber man hat mir erzählt, daß es früher hier welche gab.«

»Nahe bei den Höfen?« fragte Marthe.

»Da gab es noch keine Höfe«, sagte Jourdan.

»Aber«, sagte Marthe, »sie kamen dicht heran, so ohne weiteres?«

»Ja«, sagte Bobi, »das taten sie, doch das ist schon sehr lange her.«

V

»Also, mein guter Jourdan«, sagte Frau Helene, »ich habe nach dem Essen einfach nicht den Mut gefunden, den ganzen Nachmittag allein in Fra-Josépine zu bleiben. Da habe ich Aurore gebeten, das Pferd anzuspannen. Sie glauben gar nicht, wie gern sich die Kleine mit den Pferden und allem Drum und Dran beschäftigt.«

»Doch, Frau Helene«, sagte Jourdan, »und es ist kein Wunder bei diesem Frühlingswetter.«

»Wenn ich Sie wirklich nicht störe, Jourdan, setze ich mich ein wenig hier auf den Abhang und sehe Ihnen bei der Arbeit zu, denn ich gestehe es Ihnen ganz ehrlich, das alles« – und sie wies mit ihrer kleinen Hand, die in Handschuhen steckte, auf die frühlingshellen Felder – »das alles ist für mich trostlos und dunkel.«

Und sie verbarg das Gesicht in den Händen.

»Das kommt von der gestrigen Feier«, sagte Jourdan, »Sie hätten nicht hingehen sollen.«

»Wie sollte ich nicht«, sagte sie, »es war unser nächster Nachbar; auf der einen Seite Sie, auf der andern er.«

»Setzen Sie sich doch«, sagte Jourdan, »ich habe Zeit.«

Sie war eine Dame. Selbst nach dem Tode ihres Mannes, und nachdem sie einen Pächter für das Gut genommen hatte und sich mehr um die Wirtschaft von Fra-Josépine kümmern mußte, trug sie stets sonntägliche Kleidung. Sie war sehr gepflegt, frisch und gesund, nur immer etwas blaß, und ihre regelmäßigen Züge waren ein wenig erschlafft. Sie hatte blaue Augen. Sie war nicht parfümiert, und doch umgab sie ein angenehmer Duft. Ihr Rock war aus dicker, weicher Wolle; die Bluse schwarz, mit Litzen geschmückt und am Halse mit einem weißen Streifen verziert. Sie trug Zwirnhandschuhe und eine Mütze; ihre Lippen waren blaß.

»Und Fräulein Aurore?«

»Sie hat mich da drüben am Gebüsch abgesetzt. Ich hatte Verlangen, Sie zu sehen, mein guter Jourdan. Aurore ist in den Wald gefahren, da kann sie das Pferd galoppieren lassen. Die Kleine bekommt unruhiges Blut, Jourdan. Sie wird uns bald zu schaffen machen; Sie werden es sehen.«

»Sie sind ja heute voll trüber Gedanken, Frau Helene.«

»Keineswegs, mein guter Jourdan, wenigstens nicht mehr als sonst. Was glauben Sie, ich mache mir immer Gedanken, über alles mögliche. Manchmal fürchte ich«, sagte sie, »man wird sich nie zurechtfinden.«

Es war wirklich Frühling auf dem Plateau. Der Wald am Ende des Ackers leuchtete wie eine zartgrüne Wolke. Die Luft war weich; nur zuweilen kam ein kalter Hauch aus den Niederungen. In der Erde arbeitete grollend die erwachende Natur.

»Wer hat ihn eigentlich gefunden?« fragte Frau Helene. »Mir hat man erzählt, der Knecht von Maurice.«

»Nein«, sagte Jourdan, »es war Viguier, sein eigener Knecht.«

»Er hatte wohl schon so etwas geahnt?«

»Ja, er hat mir gesagt, er habe es schon lange kommen sehen. Er war so sehr darauf gefaßt«, sagte Jourdan, »daß er sich schon nach einer anderen Stelle umsah.«

»Nein so etwas«, sagte Frau Helene.

»Es ist aber so«, sagte Jourdan, »warten Sie einmal, Viguier und Silve waren wohl an die fünfzehn Jahre zusammen.

»Und Viguier konnte es nicht verhindern?«

»Wie sollte er es verhindern? Sie waren beide allein auf dem Hof von Fauconnière und kannten sich sehr gut. Viguier hat mir gesagt: ›Verstehe mich recht, ich wußte genau, daß es einmal so enden würde. Ich hatte auch schon eine andere Stelle auf dem Berg von Aiguines gefunden. Den Leuten habe ich gesagt: Ich kann euch den Tag nicht genau angeben.‹ Er sagte mir noch, es hätte gar keinen tiefen Eindruck auf ihn gemacht, als er ihn erhängt fand, er hätte nur gedacht: Na also!«

»Mein guter Jourdan«, sagte Frau Helene, »Ihr sprecht da Dinge aus, die furchtbarer sind als alle Verwünschungen der Propheten.«

»Ja«, sagte Jourdan.

»Und es scheint Euch nicht sonderlich zu berühren.«

Jourdan stopfte seine Pfeife. Er blickte über die Weite des Plateaus zum Tal des Ouvèze hinüber. Hohe, schneebedeckte Berge ragten in den klaren Himmel. Bis zu ihnen war der Frühling noch nicht gedrungen; sie schienen nicht mit der Erde verbunden, sondern ruhten auf dem bläulichen Dunst, wie Segler, die der leiseste Windstoß bewegen kann.

»Doch«, sagte er, »es berührt mich. Als ich Sie und Fräulein Aurore gestern kommen sah, mußte ich an Ihren Mann denken. Als Silves Mutter starb, hat man sie nach Roume gebracht und seine Frau ebenfalls. Den Vater von Carle hat man nach Saint-Vincent-les-Eaux gebracht. Alle sind sie weit von hier bestattet. Nur Ihren Mann hat man da oben am Walde beerdigt und nun auch Silve. Ihr Mann ist als erster an der Krankheit gestorben, an der wir alle leiden. Daran habe ich denken müssen.«

»Ja«, sagte Frau Helene, »mich hat das auch stark berührt. Mein Mann wollte da oben begraben werden, aber Silve?«

»Nein«, sagte Jourdan, »Silve hat nichts Geschriebenes hinterlassen: das einzige, was von ihm geblieben ist, Frau Helene, ist sein ›Herrgottsschweinehund‹, der Fluch, den er von Zeit zu Zeit ausstieß. Wir waren schnell darüber einig, ihn da oben neben dem anderen zu begraben.

Verzeihen Sie«, sagte Jourdan, »aber so ist es besprochen worden.«

»Es ist nicht so schlimm«, sagte Frau Helene.

Der Nachmittag ging langsam zur Neige. Der leise Wind war herbe und würzig und machte ein wenig trunken. Nach dem Essen hätte man Lust gehabt zu schlafen, und jetzt bekam man Lust umherzugehen. Ein neues Lebensgefühl erwachte.

»Ich habe mir gedacht«, sagte Jourdan, »man sollte ihre Gräber mit einer Hagedornhecke umgeben. Was meinen Sie dazu?«

»Ach ja«, sagte Frau Helene, »mit Hagedorn, das ist ein guter Gedanke.«

Ihre violetten Augen waren auf ihn gerichtet.

»Das wäre dann so ähnlich wie Sterne«, sagte Jourdan.

Er beobachtete, wie Frau Helene ein wenig von ihm abrückte, etwa wie jemand, der sein Gegenüber erst einmal genau ins Auge fassen will.

»Sterne sind weiß«, sagte er, »und oft stehen sie dicht beisammen wie die Blüten am Weißdorn. Vielleicht haben Sie das schon bemerkt. Das wollte ich damit sagen.«

Nach dieser Erklärung setzte sich Frau Helene wieder zurecht, sie trommelte mit den Fingerspitzen auf ihren Knien. So saß sie eine ganze Weile, ohne zu sprechen. Die Luft war so still, daß man von der Jourdane her das Kaminfeuer knistern hörte. Die Mandelbäume waren kurz vor der Blüte. Am Horizont verschwanden die Berge im aufsteigenden Nebel. Jourdan sog an seiner Pfeife. Frau Helene stützte die Arme auf ihre Knie; mit gefalteten Händen beugte sie sich vor. Ihre blonden

Haare waren zu einem Knoten gerafft, doch ihr Nacken war frei; ihre Haut war seidig und rosa wie bei ganz jungen Tieren.

»Und was werden Sie auf diesem Acker säen?« fragte sie.

»Wenn ich es Ihnen sage, werden Sie es mir nicht glauben.«

»Sagen Sie bloß, Jourdan, was ist mit Ihnen geschehen, man erkennt Sie ja gar nicht wieder?«

»Sie finden mich verändert?«

»Sehr, Sie haben ganz junge Augen bekommen.«

»Das hier will ich säen.«

Er stand auf, um ein zusammengewickeltes Paket zu holen; er faltete das dicke graue Papier vorsichtig auseinander. Es waren Samenkörner; er schüttete etwas davon auf seine Hand.

»Wollen mal sehen, ob Sie es raten.«

Die Samenkörner waren wie braune Stahlspäne und zackig wie Ahornblätter.

»Das ist englischer Rasen«, sagte Frau Helene.

»So groß?«

»Wirklich, es scheint etwas groß.«

»Also raten Sie.«

Er ließ den Samen auf der Hand springen, um ihn ihr von allen Seiten zu zeigen. Er war so leicht, daß er davonfliegen wollte.

»Oh, jetzt weiß ich es«, sagte Frau Helene, »es sind spanische Linsen.«

»Falsch«, sagte Jourdan.

Er wartete ein wenig und ließ die Samenkörner wieder auf der Hand springen.

»Immergrün ist es«, sagte er dann.

»Sie meinen? ...«

»Ich meine Immergrün, dieselben, die im Geröll am Abhang von Chayes wild wachsen«, sagte er.

»Was bedeutet das alles?« sagte Frau Helene.

»Und da unten am Haus habe ich ein Stück feuchtes Land

gefunden, da habe ich Narzissen gesät. Schon vor einer Weile; sie gehen gut auf, in vierzehn Tagen werden sie blühen.«

»Wollen Sie denn Blumen züchten, Jourdan?«

»Ja, Frau Helene.«

»Und verkaufen sie sich gut?«

»Sie verkaufen sich überhaupt nicht. Sie sind für mich, und Sie können so viele davon haben, wie Sie wollen.«

»Jourdan«, sagte sie.

Weiter sagte sie nichts.

Sie blickte auf das Feld – hundert Zentner Hafer konnte es tragen –, und da hinten sah man schon die kleinen grünen Spitzen der Narzissen zum Vorschein kommen.

»Was meinen Sie dazu?« fragte Jourdan.

»Ich weiß nicht, was ich sagen soll.«

»Was denken Sie denn?«

»Zuerst fürchtete ich, Sie wollten sich über mich lustig machen, Jourdan. Aber jetzt sage ich mir vielleicht... Und ich sehe ja auch das dahinten. Wenn es nicht gar Sommerporree ist.«

Sie blickte zu ihm auf; er stand immer noch vor ihr und hielt die Samenkörner in der Hand. Ihre Augen blickten zweifelnd, und ihre Lippen bebten ein wenig; sie schien zu erwarten, daß Jourdan sagen würde: »Es ist Sommerporree«, dann hätte ihr Gesicht seinen gewohnten Ausdruck bekommen.

»Nein«, sagte Jourdan, »sehen Sie nur gut hin, es wächst nicht in Reihen, sondern alles durcheinander. Wenn Sie aufstehen, können Sie es besser sehen.«

Frau Helene war aufgestanden.

»Ja«, sagte sie.

»Drei blühen schon«, sagte er.

»Kann man hingehn, sie ansehn?«

»Aber natürlich, dazu wachsen sie ja.«

Sie gingen beide auf das Feld zu. Frau Helene machte ebenso große Schritte wie Jourdan.

»Da«, sagte er.

Sie standen am Rande des Narzissenfeldes. Hier an der

Nordseite war fast den ganzen Tag Schatten, weil der Boden etwas abfiel. Die Narzissen kamen eben zum Vorschein, zwei zartgrüne Blätter, die sich gerade aufrichteten, und ein schneeweißer Keim in der Mitte, der noch halb in der Erde steckte.

Erst bückte sich Frau Helene, dann kniete sie nieder.

»Wirklich, es ist wahr.«

Jetzt, dicht vor ihnen, wirkte das Feld viel größer als der Acker, der für die Immergrünpflanzen bestimmt war.

Nach einer Pause sagte Frau Helene:

»Mein guter Jourdan, Sie müssen mir das erklären, denn ich begreife nichts von alledem.«

»Sehen Sie nur, wie schön die Blätter schon sind«, sagte Jourdan, »ganz dick, sehen Sie nur.«

Sie ging am Feldrand entlang, so vorsichtig, als sei es ein Gemüsegarten, und sie fürchte, auf die Pflanzen zu treten.

»Sie können ganz unbesorgt auf den Acker gehen, es schadet ihnen nichts«, sagte Jourdan, »es sind wilde Pflanzen, und sie wachsen ja dazu. Gehen Sie ruhig hinein; da drüben blühen schon welche.«

Sie trat auf den Acker, zuerst etwas ängstlich, als schäme sie sich, auf die Pflanzen zu treten. Es war ein ganz neues, unbeschreibliches Gefühl. Sie blickte hinter sich auf ihre Fußspuren. Die Blätter erhoben sich schon wieder. Die Pflanzen, die geknickt am Boden lagen, richteten sich von selber wieder auf. Es blühten schon mehr als drei oder vier; es waren mindestens zehn oder zwanzig, man wußte nicht genau wie viele, und sie leuchteten weiß, mit einem gelben Kreis in der Mitte, und sie dufteten schon.

»Sehen Sie«, sagte Jourdan.

»Ich sehe«, sagte Frau Helene.

»Und ist das nicht schön?«

»Ja«, sagte sie, »aber was wollen Sie nur damit anfangen, Jourdan?«

»Nichts«, sagte er, »es ist nur zur Freude da. Ich hatte genug von der traurigen Fronarbeit.«

Er bückte sich, um die aufgeblühten Narzissen zu pflükken.

»Nicht pflücken«, bat Frau Helene.

»Doch«, sagte er, »seien Sie unbesorgt, bald werden es Tausende sein. Diese hier sind für Sie; es sind die ersten, Frau Helene.«

»Und die ersten auf dem Plateau«, sagte sie.

Er pflückte einen kleinen Strauß.

»Sie können sich nicht vorstellen«, sagte Frau Helene, »welche Freude Sie mir damit machen.«

Sie schloß die Augen, um den Duft ganz tief einzuatmen. Sie hielt den Strauß weit von sich, drehte ihn hin und her und betrachtete ihn von allen Seiten.

»Es ist komisch«, sagte sie.

»Was?«

»Ach, gar nichts.«

Jourdan dachte an Orion – die Mohrrübenblüte. Er hatte vorhin etwas über das Geäder der Blätter sagen wollen. Es zersprengte ihm fast die Brust, doch als er seine Gedanken in Worte fassen wollte, war es nichts.

»Man sollte meinen«, sagte er, »es seien...«

»Oh«, sagte sie, »es sind Narzissen.«

Jemand rief nach ihnen. Sie hatten den Wagen auf dem weichen Acker nicht herankommen hören.

Das junge Mädchen zog hart an den Zügeln, und das Pferd zerstampfte das Gras mit den Hufen.

Sie gingen über das Feld, dem Wagen entgegen.

»Sehen Sie nur, wie meine Tochter aussieht«, sagte Frau Helene.

Aurore, die Zügel noch in der Hand, stand breitbeinig auf dem Wagenbrett, den Oberkörper zurückgebogen, in einem Kleid aus Musselin, das sie in weißen Falten umflatterte; da, wo es den Körper umspannte, schimmerte es rosa. Ihre offenen Haare wurden von einem Band zurückgehalten; eine strenge Stirn, strenge Augen; nur der Mund war weich und voll wie eine Kirsche. Die kastanienbraunen Haare flossen über ihre Schultern und umrahmten die Wangen und das Kinn, das zart und rund war wie das Knie eines Lammes.

Das Pferd stand jetzt ruhig. In dunklen Streifen rann ihm der Schweiß dampfend über Hals und Rücken.

»Man sollte meinen«, sagte Frau Helene leise, »sie ist nur froh, wenn sie läuft und in Bewegung ist.«

Sie traten zum Wagen.

»Wo kommst du her, mein Kind?« fragte sie.

»Aus dem Wald.«

»Von da drüben?« fragte Frau Helene und zeigte auf eine Stelle am Waldrand.

»Nein, von viel weiter«, sagte Aurore, und sie bezeichnete die ganze Breite des Waldes. »Ich hatte das Pferd ausgespannt«, fügte sie hinzu, als ihre Mutter auf die Räder blickte.

»Du bist geritten?«

»Ja.«

»Aber Kind«, sagte Frau Helene, »ohne Sattel, wie ein Junge.«

»Ja.«

»Und mit der frischen Wäsche, die du eben angezogen hast?«

»Ich habe sie ausgezogen, Mama.«

»Du bist doch kein kleines Mädchen mehr, Aurore«, sagte Frau Helene.

Und sie betrachtete den Rücken des Pferdes, den ihre Tochter mit nackten Schenkeln umspannt hatte.

»Nein, Aurore, wirklich nicht.«

»Fräulein Aurore bekommt unruhiges Blut, lassen Sie es gut sein.«

»Aber Sie müssen doch verstehen ...«

»Ich verstehe sehr gut.«

Und er blickte auf den Narzissenstrauß. Jetzt blickten alle drei auf den Narzissenstrauß.

»Solche Blumen habe ich noch nie gesehen«, sagte Aurore und ließ die Zügel los. »Zeig her, Mama.«

»Es hat auch noch nie solche Blumen auf dem Plateau gegeben«, sagte Frau Helene.

»Ich habe ein ganzes Feld damit bepflanzt. Sie können jederzeit mit Ihrem Pferd herkommen; es ist für alle da.«

Er sah ihnen nach, als sie davonfuhren. Die Kleine hatte scharf auf dem Fleck gewendet. Sie fuhr jetzt ruhiger, und von Zeit zu Zeit bückte sie sich über die Hand ihrer Mutter, die den Narzissenstrauß hielt.

Es war zu spät geworden, um noch Immergrün zu säen. Alle Geräusche des Frühlings waren erwacht. Erde und Himmel hallten wider wie ein Tal, durch das ein Bergbach rauscht. Grüne Heuschrecken zirpten, Grillen knarrten, und große Käfer brummten in der Erde.

Das Gras rauschte weich und ganz leise.

Jourdan streute nur eine Handvoll von dem Samen aus; es war ihm ungewohnt, denn er glitt nicht wie Getreidekörner durch die Finger. Er war eben nicht dazu bestimmt, mit der Hand ausgesät zu werden, und hakte sich in der Haut fest.

Bobi hatte gesagt, man brauche nur einmal auszusäen, dann wachse es immer wieder von selbst.

Jourdan blickte zum Wald hinüber. Auf dieser Seite war es noch hell, und jenseits der Bäume stieg Dunst aus der Ebene auf. Die sinkende Sonne ließ falsche Regenbogen aufflammen, die nur rot und blau waren, aber schön geschwungen wie das Geflecht am Weidenkorb. Weit dort unten, unter dem Regenbogen, unter dem Nebel, hinter dem Wald, lag die Straße nach der Stadt, nach Roume, und dahinter lag die Welt mit anderen Straßen, mit Schienensträngen, mit Schiffen und Flüssen, Städten und Menschen. Doch der Lärm von alledem drang nicht bis hierher.

Es war nun fast einen Monat her, daß Bobi fortgegangen war. Noch nicht ganz, übermorgen um sechs Uhr war es genau einen Monat her. Er hatte gemeint, es werde lange dauern, und er könne keine genaue Zeit angeben. Er hatte nur gesagt, jetzt brauche man kräftigeres Saatkorn.

»Für uns selbst«, hatte er hinzugefügt, »denn wir müssen uns von Grund auf ändern.«

Auch vom Gelde hatte er wieder gesprochen. Natürlich, da sie sich doch ein für allemal entschlossen hatten, das schlimme Übel des Aussatzes zu heilen. Und da sie auch entschlossen waren, alles auf dem Plateau umzuwandeln, ja, das ganze Land zwischen dem Wald von Grémone und dem Tal des Ouvèze... Für uns hier, dicht unter dem Himmel, für uns, die wir nichts vom Lärm der großen weiten Welt vernehmen...

Jourdan lauschte.

Er hörte nur die Geräusche der Erde, der Heuschrecken, der Grillen, das Summen einer voreiligen Biene und einen Reiher, der im Wassergraben bei der Ahorn-Schäferei mit dem Schnabel klapperte. Ja, für uns.

Es wäre ja auch zu schwer, gleich allen zu helfen.

Denn alle brauchen es, alle leiden an deiner Krankheit; alle tragen sie in sich, der Körper zerfällt. Es riecht noch nicht schlecht, aber schon nährt sich der Wind davon. Es ist der Aussatz, hatte Bobi gesagt.

Und er lächelte wieder.

»Was willst du«, hatte er gesagt, »für alle kann man es nicht machen. Aber für uns wollen wir es tun, und vielleicht dienen wir dann den andern zum Vorbild.«

Dann war die Frage des Geldes aufgetaucht. Er hatte es so gehandhabt, daß man dabei an seine Kunststücke denken mußte, doch in dem, was er sagte, lag eine Gerechtigkeit, die ans Herz griff.

»Dann dient es doch wenigstens zu etwas«, hatte Jourdan gesagt.

»Ja«, hatte Bobi gesagt, »da die Menschheit um uns herum nicht will, daß sich etwas ändere, da wir eintauschen müssen, um uns das zu beschaffen, was wir noch nicht haben, da wir so arm geworden sind, daß wir nichts mehr selber machen können, brauchen wir eben noch Geld. Doch je weniger wir es beachten, desto besser.«

Jourdan hatte ihm seine Ersparnisse gezeigt. Er hob sie nicht unter Marthes Hemden auf, sondern in einem Winkel des Stalles; sie mußten die Erde aufgraben, um an die eiserne Kiste zu kommen.

Bobi war ganz ernst geworden; er hatte Jourdan am Arm gepackt und zu ihm gesagt:

»Warte.«

Und dann:

»Bist du immer noch entschlossen?«

»Was soll ich denn machen?« hatte Jourdan gesagt. »Und außerdem weiß ich ja bereits selbst, daß nur dieses Mittel uns heilen kann. Ich weiß doch, wie ich mich fühle, seitdem ich damit angefangen habe.«

»Hast du sehr viel?«

»Ich bin auch sehr krank«, hatte Jourdan geantwortet, denn er fing schon an, sich ähnlich wie Bobi auszudrücken.

»Also gut«, hatte Bobi gesagt, »dann gib mir.«

Und Jourdan hatte ihm Geld gegeben, ganz freiwillig.

»Es ist das erstemal, daß ich mich freiwillig von meinem Gelde getrennt habe«, hatte Jourdan einige Zeit danach zu Marthe gesagt.

Und Bobi war fortgegangen, um das kräftigere Saatkorn zu kaufen, das er ihnen ins Herz säen wollte, ihnen und den andern hier auf dem Plateau. Zu unserm Besten und vielleicht auch zum Besten der andern, die dort unten jenseits der Nebel in der Ebene leben. Für alle, die von den Rädern zermalmt werden, von den Eisenbahnen, und die in den Städten voller Kohlenstaub leben. Ja, er war fortgegangen, es war fast einen Monat her. Es war am neunzehnten des vorigen Monats gewesen, um sechs Uhr abends. Damals war es schon dunkel, und es war ganz milde.

Jourdan ging ins Haus; er rief:

»Marthe!«

»Hier bin ich.«

Sie antwortete aus der Vorratskammer. Von der Dachluke aus konnte man die Straße übersehen.

»Ich glaube«, sagte Jourdan, »er wird am Tage zurückkommen, und jetzt wird es schon dunkel.«

»Und ich glaube«, sagte Marthe, »er wird zur Nachtzeit zurückkommen. Er ist auch das erstemal nachts gekommen, und es war Nacht, als er fortging. Er wird bei Nacht kommen.«

»Da, nimm«, sagte Jourdan, »räume das Saatgut weg.«

»Hast du nicht gesät?«

»Nein«, sagte Jourdan, »Frau Helene hat mich gestört.«

»Sie ist zu dir aufs Feld gekommen?«

»Ja, gegen vier Uhr. Ich wollte gerade anfangen. Sie hat sich zu mir gesetzt, und ich bin ein wenig bei ihr geblieben. Silves Tod hat sie ganz verstört.«

»Mich auch«, sagte Marthe, »und besonders jetzt, da wir vielleicht bald glücklich sein werden.«

»Wieso vielleicht? Wenn man zweifelt, gelingt nichts. Es ist nicht vielleicht: es ist sicher.«

»Ich zweifle ja gar nicht«, sagte Marthe, »aber nein, keineswegs.

Denn wenn ich einen Zweifel hegte ...«

»Was dann?«

»Ach, ich weiß nicht«, sagte sie.

Und sie blickte aus dem Fenster.

»Sieh nur«, sagte sie, »wie die Narzissen leuchten, und dabei sind es jetzt nur die Blätter.«

Die zartgrünen Blätter der Narzissen dicht über dem Erdboden schimmerten hell.

»Es waren schon ein paar aufgeblüht«, sagte er, »ich habe Frau Helene einen Strauß geschenkt.«

»Hast du ihr all unsere Pläne erklärt?«

»Nicht alles, ich habe ihr nur gesagt, daß ich Immergrün aussäen will.«

»Horch, da kommt jemand«, sagte Marthe.

Sie hörten Schritte auf dem Weg und sahen eine Gestalt, doch so undeutlich, daß man nicht erkennen konnte, wer es war.

»Das ist er nicht«, sagte Jourdan, »der da hat einen Stock.« Bald darauf klopfte es.

Jourdan ging, um zu öffnen.

»Ist hier die Jourdane?«

»Kommt nur herein«, sagte Jourdan.

»Ihr wohnt aber weit«, sagte der Mann, »ich bin noch nie bis hierher gekommen.«

Der Mann war dürr; sein Alter war schwer zu bestimmen, doch sein weißer Schnurrbart ließ ihn alt erscheinen.

»Tritt ein, Alter«, sagte Jourdan, »kommst du von Roume?«

Er erinnerte sich, ihn in der Stadt einmal gesehen zu haben.

»Ja«, sagte der Mann.

»Setzt Euch«, sagte Marthe.

Sie hatte die Tür wieder geschlossen und einen Stuhl zum Kamin gebracht, in dem bei dem warmen Wetter nur ein schwaches Feuer schwelte.

»Ich setze mich gern«, sagte der Mann, »denn der Weg war weit. Nur eines rate ich euch, abonniert nie eine Zeitung.«

»Weshalb?« fragte Jourdan.

»Weil ich die Post bringe«, sagte der Mann. »Ich habe mein Rad am Fuß des Hügels im Gebüsch versteckt und bin den kürzeren Weg durch den Wald gekommen. Für einmal mag das ja hingehen; aber wenn ich das jeden Tag machen sollte...«

»Ihr müßt ein Glas Wein trinken«, sagte Marthe.

»Ich sage nicht nein«, sagte der Mann, »das Wetter macht durstig. Ach ja«, sagte er dann, »gut, daß ich daran denke...«

Er hatte eine dicke Ledertasche umgehängt, machte sie auf, kramte darin und schien etwas sehr Kleines zu suchen.

»Da.«

Es war ein grünes Telegramm.

»Macht nur auf«, sagte er, »es sind keine schlechten Nachrichten, aber es eilt.«

Jourdan bückte sich zum Feuer nieder, um besser zu sehen. Er las laut:

»Komm mir Mittwoch abend auf der Landstraße entgegen. Erwarte mich bei Croix Chauve. Bobi.«

»Und Mittwoch abend, das ist heute«, sagte der Mann, bevor er das Glas an den Mund setzte, um zu trinken. »Deswegen bin ich gekommen.«

»Siehst du«, sagte Marthe.

»Was?« fragte Jourdan.

»Ich habe recht behalten, er kommt nachts.«

»Wieviel Uhr mag es ungefähr sein?« fragte Jourdan.

»Das kann ich dir ganz genau sagen«, antwortete der Mann. Er zog eine dicke Uhr aus der Tasche und schüttelte sie.

»Es ist gegen sieben Uhr«, sagte er.

»Dann wird es das beste sein, ich ziehe mich an«, sagte Jourdan.

»Ich gehe mit dir«, sagte Marthe.

Der Postbote entfernte sich nach links. Jourdan hatte ihm einen weniger steilen Abstieg gezeigt, der nachts leichter zu finden war. Das war richtig, aber es hatte noch einen anderen Grund: seitdem Jourdan Bobis Namen gelesen hatte, verlangte es ihn, allein mit Marthe zu sein, allein in der Nacht, allein mit seinem Glück.

Die Nachtluft war samten und leicht bewegt; wie weicher Stoff streifte sie die Wangen, dann flog sie mit leisem Laut wie mit einem Seufzer davon und wiegte sich hoch oben in den Bäumen. Der Himmel war mit Sternen übersät; sie waren nicht mehr winterlich leuchtend und mit großen Zwischenräumen; sie waren wie Fischrogen. Nichts im Weltall war fest umgrenzt, selbst nicht die keimenden Dinge. Alles war wie Milch, milchige Knospen, milchige Samenkörner in der Erde, der Samen der Tiere und die milchige Spur der Sterne am Himmel. Die Bäume verbreiteten einen starken, erregenden Duft.

»Wie weit ist es von hier bis Croix Chauve?« fragte Marthe.

»Fünf Kilometer auf der Landstraße.«

Bald darauf hörten sie in der tiefen Stille der Nacht das Schilf im See rauschen; zwischen den Steinen am Ufer plätscherten leise die Wellen. Dann wurde das Geräusch schwächer und verstummte. Flaches Land umgab sie hier. Von ferne drang modriger Sumpfgeruch zu ihnen. Im Osten und im Süden verschwammen die Sterne im Dunst und verschwanden schließlich hinter den Wolken. Regenschauer zogen über das Land, und der Duft der Erde wurde stärker; es roch auch nach Steinen und nasser Baumrinde. Dünne Regenfäden hingen vom Himmel herab wie Schlangen, die aufrecht auf den Schwanzspitzen tanzen; sie schlugen gegen Marthe, ohne daß Jourdan es spürte, sie trafen hier einen Baum, dort eine Pflanze oder ein Stückchen Acker; schließlich fielen die Schlangen aus den Himmelshöhen herab, zerdrückten sich in den Bäumen, im dürren Laub auf der Erde und rollten sich endlich leise raschelnd im Humus des Waldbodens zusammen.

Der Wind flüsterte; er war milchig wie alles übrige, voller Gestalten und Bilder, voller Glanz, voller Licht und voller Flammen, die die Erde nicht einen Zentimeter weit aufhellten, sondern sie nur von innen heraus erleuchteten. Wie der Bergstrom Steine, so trug er Worte heran: Berg, Eis, Tannenharz, Tal des Ouvèze mit Wasser, Weiden und Vogelnestern, bereit für das Liebesfest; die Mandelbäume auf dem Plateau blühen; die Tonfelsen von Chayes wandern wieder, und der Ton fließt langsam zu Tal; in meinem Fluge habe ich frischen Ton berührt; bald wird es junge Füchse geben; es waren acht, es werden mindestens doppelt so viele sein; die Füchsin ruft, ruft, ruft, seit drei Nächten, aber besonders heute nacht; höre nur; warte, ich will einmal da oben nachsehen – und der Wind steigt empor in die Nacht – der Himmel ist wie ein Kellergewölbe, hörst du, ich stoße mit dem Kopf da oben an; ich kehre jetzt um, rolle herab, und da bin ich wieder – der Wind stieg herab, er durchreiste ein weites Gewölbe mit großen Ländern, voller Echo und voller Bewegung, voller Bäume und lebendigem Getier und mit vielen Menschen auf den Straßen – hörst du, sie lauschen auf mich, im Gehen, und das trägt sie vorwärts, es wiegt sie; sie denken nicht mehr an ihre

Schritte, die sie einen vor den andern setzen, dank meiner sehen sie das Himmelsgewölbe, das alles umschließt, und alles lebt, und alles ist in Bewegung in dieser Nacht, wie ein wimmelnder Wurf rosiger Ferkelchen unter dem warmen Leib der Mutter.

Und dann war Schweigen.

Sie kamen zum Wald. Die Blätter hatten sich noch nicht entfaltet. Der Wald war noch stumm. Die Knospen, helle Knospen, Buchen- und Erlenknospen, schimmerten jenseits der Straße, der Waldrand war wie eine phosphoreszierende Wand.

»Wie milde die Nacht ist«, sagte Marthe.

Kaum hörbar fegten Regenschauer über das Land, in einem Wirbelwind, der sie mit leisem Trommeln heran- und wieder davontrug; zwei, drei lauwarme Tropfen hafteten auf den Gesichtern.

Croix Chauve lag auf einer Lichtung, dort, wo eine Waldschneise die Landstraße kreuzt. Die Bäume in der Runde waren gefällt. Milchige Sterne und helle Knospen erleuchteten die Nacht. Der Wald war wie ein Holzgerüst, mit Dachstützen, Säulen und Gebälk. Aus den ziehenden Wolken fielen vereinzelte Regentropfen, die wie Nattern in den Zweigen zischten. Im Schatten der Wolken war undurchdringliches Dunkel, doch dort, wo sie die Erde nicht verfinsterten, war das Gerüst der Bäume sichtbar. Wie Balken reichten die kahlen Äste von einer Säule zur andern; sie trugen kein Dach, und zwischen den Zweigen zitterte das Leuchten des Himmels.

Dann zog die Wolke weiter; ein glänzender Buchenstamm funkelte, zum Greifen nahe, eine Birke, glatt wie eine Marmorsäule, mit einem Fries aus Moos, dort, wo die Äste beginnen. Mit jedem Regenschauer, der das Erlengebüsch peitschte, leuchteten die schwellenden Knospen auf und erhellten dunkle Gänge im Waldgebäude; der Wind, der von fernen Lichtungen kam, durchzog sie rauschend, und im Grunde dieser tönenden Hallen leuchtete ein kleiner weißer Weidenstrauch mit einer Krone aus Blättern und schien im Winde zu tanzen.

»Horch«, sagte Jourdan.

Er hatte gemeint, Schritte auf der Straße zu hören. Ein Wiesel quiekte und sprang mit einem Satz ins dürre Laub. Eine Zeitlang blieb alles still. Dann begann das Weibchen zu klagen, und das Männchen ließ ein dumpfes Schnurren hören, das immer stärker wurde.

»Es muß schon nach acht sein«, sagte Jourdan.

In diesem Augenblick war kein Wind mehr und auch kein Regen. Die warme Stille des Frühlings lag über allem. Der Wald leuchtete; er war reglos wie eine steinerne Masse, auf der glitzernde Quarzteilchen funkelten. Das Leuchten ließ die Tiefe der Gänge ahnen; nur Träume durchwandern sie, verlieren sich unter den Bäumen oder steigen zum Himmel empor.

Die breite weiße Straße erhellte die runde Lichtung von Croix Chauve.

»Komm«, sagte Jourdan.

Er fühlte sich unbehaglich in der Helligkeit, während aus dem Dunkel ringsum zahllose Geräusche an sein Ohr drängten.

Er reichte Marthe die Hand, und sie setzte sich neben ihn auf die Böschung.

»Schlafe, wenn du willst.«

»Ich bin nicht müde«, sagte sie. Doch sie rückte dicht an ihn heran und lehnte ihren Kopf an seine Schulter.

Der Wind erzählte Jourdan eine lange, geheimnisvolle Geschichte. Die Rinde der Buche hinter ihnen krachte leise. Ein Ast rieb sich an der benachbarten Birke. Es war eine junge Birke. Sie neigte sich stärker als nötig; in ihr stiegen frische Säfte empor, voller Leben. Sie flüsterte die Worte des Windes den Blaubeersträuchern zu, einem Elsbeerbaum, einem Ahorn und einer kleinen grauen Eiche. Und von da aus flatterten die Worte weiter und verloren sich zwischen den Säulen und im Gebälk des Waldgebäudes.

Jourdan spürte, daß die Botschaft sich auch an ihn richtete, doch er verstand sie nicht. Er gab sich Mühe zu verstehen. Er überlegte. Er dachte an die goldenen Zeichen in jener Winternacht, als sie im dichten Nebel zur Jourdane zurückkehrten. Damals hatte er sich bemüht, die Zeichen zu entziffern, und es war doch nichts anderes gewesen als Tür und Fenster seines Hauses, mit dem Feuerschein dahinter. Er dachte an die Mohrrübenblüte, an die seltsame Pflanzenwelt am Himmel, für die Bobi ein besserer Gärtner war als er. Er sagte sich: Ich Ärmster, ich verstehe schon wieder nicht. Sie beide, er und Marthe, waren zwei unglückliche Enterbte. Alles um sie herum hatte die Botschaft verstanden, von der kleinsten Pflanze bis zur höchsten Esche, alle Tiere, ja selbst die Sterne und die Erde zu seinen Füßen mit ihrer Krume, ihrem dicken Filzteppich und ihren vielen Wasseradern. Alles, alles hatte begriffen und war aufnahmebereit. Sie allein waren starr und undurchdringlich, trotz des guten Willens. Sie hatten das reiche Erbe der Menschheit verloren, und nun waren sie bettelarm, nackt und bloß, schwach und unfähig, das Geschehen der Welt zu begreifen.

Viel später als der Wald verspürte auch Jourdan, was sich vorbereitete; schon war der Wald erfüllt von einem magischen Glück. Das nächtliche Frühlingsfest hatte begonnen.

»Marthe.«

»Jourdan.«

»Sieh da hinten.«

»Ich sehe.«

»Was ist es?«

»Ich weiß es nicht.«

Eine Erle hatte ganz plötzlich alle ihre Knospen geöffnet und alle ihre Blätter entfaltet. Eben noch ganz schwarz, war sie jetzt schneeig weiß und bebte.

»Es flattert in der Luft.«

»Ja, aber immer an der gleichen Stelle.«

»Es ist ein kleiner Baum.«

»Eben war er noch nicht da.«

»Und wie es riecht.«

»Man schmeckt es fast«, sagte Marthe.

»Es ist ganz süß.«

»Es kommt von da drüben«, sagte sie und drehte sich um, und gleich darauf:

»Oh, sieh nur!«

An einem Ahorn waren alle Blüten aufgesprungen; er leuchtete mattweiß, wie mit Mehl bestäubt. Jedesmal, wenn eine Blüte sich öffnete, leuchtete es, und ein honigsüßer Duft drang zu ihnen.

»Sieh nur«, sagte Marthe, »immer mehr.«

Die Ahornbäume im Grunde des Waldes leuchteten auf.

Und im Glanz der neuerschlossenen Blüten taten sich immer neue Hallen auf, mit tiefen Säulengängen und dem Gebälk der Äste.

»Wie tief der Wald ist«, sagte Jourdan.

»Es riecht nach Linden.«

»Sieh, da oben!«

»Das ist ein Ahorn.«

»Nein«, sagte Jourdan, »sieh nur, es wird immer größer; es breitet sich aus, es scheint von einem Ast zum andern zu springen.«

»Ja, sieh nur«, sagte Marthe, »es leuchtet auch von unten, und jetzt sieht es aus wie ein Keller.«

»Da sind Lampen«, schrie sie und zeigte mit dem Finger.

Längs der Zweige entfalteten die Weiden ihre Blätterknospen, eine nach der andern. Nur Sterne und Blüten erhellten die Nacht. Doch die eben erschlossenen Weidenblättchen funkelten stärker als alles übrige; jedes einzelne ließ die Rinde des Astes golden aufleuchten. So breitete sich um die Weiden ein kupferfarbener Lichtschein.

»Steh auf«, sagte Jourdan, »wir müssen alles sehen.«

Überall sprangen Blüten auf; an allen Bäumen leuchteten die neuen Blättchen, und es schimmerte wie das Licht von vielen Monden. Die Blätter der Erlen, die Ahornblüten, die Blätter der Buchen und das Moos der Pappeln leuchteten weiß, die Birkenblätter, die sich im Stamm und der Rinde spiegelten, rostrot; die Weiden verbreiteten ein kupferfarbenes Licht, die Elsbeerbäume glänzten rosa; über allem aber war ein mattgrüner Schimmer, der vom dunklen Kleid der Pinien, der Tannen und der Zedern ausging.

Neue zarte Düfte hingen in der Luft; es roch süß, nach Wiese, Harz, Felsen, Wasser und Pflanzen, nach Birkensaft, Heidelbeeren, Himbeergelee, in dem man die Blüten gelassen hatte; es roch nach frisch gehobeltem Holz, nach Schusterpech und nach neuem Leinen. Manche Gerüche schienen näher zu kommen; sie waren so stark, daß die Blätter sich wieder schlossen, während die Düfte darüber hinzogen. So ließen sie eine dunkle Schattenspur hinter sich. Die weiten Hallen des großen Waldes, die langen, dunklen Gänge, die Säulen, die Gewölbe im stillen Licht waren voller Erwartung.

Auf allen Seiten blickte man in die geheimnisvollen Tiefen des Weltgebäudes.

Der Wind ließ ein Weilchen auf sich warten.

Dann kam er.

Und zum erstenmal im Jahr begann der Wald sein rauschendes Lied zu singen.

»Marthe.«

Sie lehnte sich an ihn und suchte Schutz an seiner Schulter.

In diesem Augenblick hörte Jourdan, wie jemand ihn rief; die Stimme kam von der andern Seite der Lichtung.

»Es ist richtiger Frühling«, sagte die Stimme.

»Bist du es?« rief Jourdan.

»Ja.«

Und er erkannte Bobi, der sich dunkel wie ein Schatten von der schimmernden Helligkeit der Bäume abhob.

»Wartet, wir kommen.«

Eine dunkle Masse, die im Heidelbeergesträuch gelegen hatte und kaum vom Erdboden zu unterscheiden war, richtete sich langsam auf, als löse sich ein Stück von der weichen Frühlingserde. Es war ein Tier, größer als ein Esel, es ging hinter Bobi her. Es war nicht recht zu erkennen, was es war, doch ein heller Schimmer schien über seinem Haupt zu zittern; man hörte die Kniegelenke knirschen und das Klappern kleiner Hufe. Vielleicht war das, was er trug, ein Geweih, genau war es nicht zu erkennen, und es konnte auch eine leuchtende Mähne sein.

»Was bringt er uns?« sagte Marthe.

»Ich habe gefunden, was ich suchte«, sagte Bobi mit lauter, froher Stimme. »Ich bin lange fortgeblieben, aber jetzt kann es endlich losgehen mit der Aussaat, und alles wird munter sprießen. Für uns und auch ...«

Jourdan dachte an die Narzissen und dann an diesen geheimnisvollen Wald, unter dessen dichtem Blätterdach es leise grollte.

»... für die andern. Du wirst sehen, wie uns alle der Frühling packen wird. In der ganzen weiten Welt sind jetzt nur die Menschen traurig.«

Er war nun bei ihnen; er sagte: »Guten Abend, Marthe, guten Abend, Jourdan.« Sie hörten ihn atmen. Sie spürten den männlichen Geruch, der von ihm ausging. Und während sie ihm antworteten: »Guten Abend, Junge«, konnten sie den Blick nicht von der dunklen Masse lösen, die ihm gefolgt war und jetzt dicht vor ihnen stand.

Ein Wesen, halb Tier, halb Baum!

Seine großen Augen leuchteten.

»Was ist denn das?« fragte Jourdan.

»Ein Hirsch«, sagte Bobi.

Er hatte ein mächtiges Geweih.

»Nur war es schwer«, sagte Bobi, »einen zu finden, der die Menschen versteht, du begreifst?«

»Nein«, sagte Jourdan.

»Was macht er mit seinen Augen?« fragte Marthe.

»Er guckt«, sagte Bobi, »und seht, wie sein reiner, wilder Blick das Dunkel aufzuhellen scheint. Seine Augen haben die Farbe der Blüten. Und jetzt seht ihr auch, wie unsere Blicke kraftlos sind; unsere Augen sind wie tote Steine, denn wir haben die einfache Herzensgüte und die Freude am Wechsel der Jahreszeiten verloren. Sieh nur, wie seine Augen leuchten.«

Der Hirsch stand regungslos vor ihnen; zwischen seinem breiten Geweih sahen sie den hellen Wald.

»Er bleibt ja so brav bei uns«, sagte Jourdan erstaunt.

»Das war das Schwierige«, sagte Bobi, »er konnte ja nicht wissen, daß wir sein Vertrauen verdienen; es ist auch noch nicht lange genug her, daß wir es verdienen, als daß die Tiere es wissen könnten.«

»Wie schwer das alles ist«, sagte Marthe.

»Ja«, sagte Bobi, »aber ich hatte gute Karten in der Hand. Setzt euch einen Augenblick, und ich werde es euch erzählen.«

Im Grase sitzend, betrachteten sie den Hirsch, der vor ihnen stand. Er hatte magere Beine, einen kräftigen Körper, wellige Haarbüschel unter dem Bauch und einen geraden Hals. Er hielt den Kopf ganz ruhig, und zwischen den Enden des Geweihs konnten sie den Sternenhimmel sehen.

»Er heißt Antoine«, sagte Bobi.

Und er strich ihm sanft über die Fesseln.

»Leg dich nieder.«

Der Hirsch legte sich neben sie, den Kopf auf der Erde – zwischen ihren Füßen. Er blies seinen warmen Atem vor sich hin, gegen Marthes Beine; der Atem stieg unter den Kleidern an ihr empor, warm wie das lebendige Blut in den Adern.

»Ja«, sagte Bobi, »es war schwierig, ein Tier zu finden, das bereitwillig ist.«

»Wie bitte?« sagte Jourdan.

»Unser Geruch«, sagte Bobi, »es ist unser Geruch, der sie scheu macht; wir riechen nicht mehr wie Männer und Frauen; wir riechen wie eine Art Mischung, sie haben eine feine Nase. Ich suchte ein Tier, das schon an Menschen gewöhnt ist, aber doch noch Sinn für die Freiheit hat. Wie soll ich es dir erklären? Ein Tier, das nachsichtig ist, das nicht versklavt ist wie ein Wallach und auch nicht kämpferisch wie ein Hengst, ein Tier, das sich sagt: ihr riecht nicht gut, aber ich verzeihe euch. Und das auch imstande ist, unsern ursprünglichen Geruch zu erkennen, wenn wir ihn wiedergewonnen haben.«

»Und du glaubst«, sagte Marthe, »daß er das spüren kann?«

»Aber selbstverständlich.«

Marthe war glücklich, weil der Hirsch ihren Geruch einatmete. Er rührte sich nicht; er schien auch nicht angewidert. Er atmete ganz ruhig und gleichmäßig.

»Übrigens«, sagte Bobi, »müssen wir drei heute abend einen Geruch haben, der ihm nicht unangenehm ist. Wir sind im Wald – und es ist Frühling.«

»Und«, fragte Jourdan, »wie hast du es schließlich fertiggebracht?«

»Er war beim ›Zirkus National‹.«

»Wo?«

»Oh, in Sermoise, es ist ein kleiner Zirkus.«

»Du bist wohl mit der Bahn hingefahren?«

»Nein«, sagte Bobi, »ich bin zu Fuß gegangen, und deswegen hat es so lange gedauert, aber es ging nicht anders, ich hatte den Zirkus aufgespürt und folgte ihm nun.«

Die Bäume rauschten; ein Tier rief aus der Tiefe des Waldes, und sein Ruf wurde vom Echo wiederholt. Der Hirsch hob den Kopf; es knirschte leise, als er sich mit seiner rauhen Zunge leckte.

»Er heißt Antoine, ich kenne ihn schon lange. Wir haben zusammen Vorstellungen gegeben. Er sah mir gerne zu, und ich blickte gerne in seine Augen. Wir haben uns oft darüber verständigt, daß wir dieselben Wünsche hatten. Nun habe ich ihn geholt, und er wird uns helfen. Jetzt sind wir alle drei mit ihm im Wald, und schon haben wir nicht mehr die verschlossenen Herzen der Menschen in der Ebene. Es ist Nacht und Frühling; die Bäume rauschen.«

Alle vier schwiegen lange Zeit.

Der Wald sang sein ernstes Lied.

VI

Sie hatten alle davon gehört.

Der Hirsch lief nun frei herum, und am Freitagabend spazierte er bis zu Mouille-Jacques. Er kam zur Luzerne des Carle. Der Sohn hatte das Feld fertig bewässert, hatte den Bach abgedämmt und lauschte nun, wie das Wasser zwischen den Wurzeln in der Wiese gluckste. Da hörte er das Klappern der Hufe. Drei Meter vor ihm stand der Hirsch und sah ihn an.

»Ich habe seine Augen gesehen, großer Gott.«

»Und wie sind sie?« fragte Carle.

»Angenehm«, sagte der Sohn.

»Was willst du damit sagen?«

»Ich war seit Mittag am Luzernefeld.«

Dieser Teil des Ackers liegt auf einer flachen Anhöhe, nicht sehr hoch, aber doch so, daß man von da aus einen Ausblick hat.

»Das Wasser«, sagte der Sohn, »kommt von allein, und es dauert zwanzig Minuten, bis es vom einen Ende bis zum andern gesickert ist, das weißt du ja; man muß es sechzehnmal durchleiten und jedesmal zwanzig Minuten warten; man braucht nur den eisernen Schieber zu verstellen und zu warten, das ist alles.«

»Weiter«, sagte Carle.

»Weiter«, sagte der Sohn, – »diese Augen vertreiben dir die Grillen.«

»Ich habe ihn auch gesehen«, sagte Frau Carle.

»Ich habe ihn gesehen, als er galoppierte. Es schien ihm Spaß zu machen. Er drehte sich im Kreise und sprang auf der Stelle. Ich habe ihm lange zugesehen; es ist wirklich ganz eigenartig«, sagte sie und ging zum Kamin, wo die Kartoffelsuppe im Topf brodelte.

Carle rieb sich den Schädel mit dem Handballen.

»Ich muß das auch sehen«, sagte er.

»Und«, sagte Frau Carle, »ich habe die Dame von Fra-Josépine gesprochen.«

»Ach«, sagte Carle, »was Neues?«

»Nun, du weißt, ich verstehe sie schlecht, sie gebraucht so ungewöhnliche Worte, sie spricht so schnell und sieht einen dabei so eigentümlich an. Genau habe ich nicht verstanden, was sie mir sagte, aber soweit ich begriffen habe, bleibt es dasselbe, was wir schon von Jacques, dem Knecht bei Maurice, gehört haben. Jourdan hat Blumen auf seinen Acker gesät, blaue und gelbe Narzissen, hat sie gesagt.«

Carle rieb sich wieder den Schädel, doch diesmal mit solcher Wucht, als habe er vergessen, daß es sein eigener Schädel war.

»Ich werde hingehen und selbst sehen«, sagte er.

Am Samstag kam Wind auf. Es war ein junger, kräftiger Wind. Er fegte Wolken vor sich her, Staub, Sonne, Schatten, Kälte und Wärme, alles miteinander, als trage er alles im selben Sack mit sich. Und dann ganz plötzlich ließ er alles zusammen auf die Erde niederfallen, und einmal befreit, begab sich alles still an seinen gewohnten Platz, und voller Entzücken spürte man die jungen Kräfte des Frühlings.

Der Hirsch trat aus dem Schuppen. Er hob den Kopf und sog die Luft ein, dann lief er geradeaus davon, schnell, doch ohne Hast, und nicht so schnell wie der Wind, der ihn umwehte, der ihn vorwärtstrieb, an ihm vorbeifegte und durch sein Geweih pfiff wie durch das Takelwerk eines Seglers. Er nahm die Richtung auf Fra-Josépine. Er sah niemanden, lief um das Haus herum, stieg die Treppe zur Terrasse hinauf, klapperte mit den Hufen auf dem Steinboden, riß an ein paar Grasbüscheln, die zwischen den Steinen wuchsen, und entfernte sich langsamen Schrittes, gegen den Wind in der Richtung auf den Hof von Fauconnière zu; er wiegte sein Geweih auf und nieder, als bahne er sich einen Weg durch ein Gebüsch, das nur er sehen konnte.

In Fauconnière war seit Silves Tod und Viguiers Fortgang alles verschlossen. Der Hirsch legte sich neben einen Brunnen in dunkles Gras. Er reckte den Hals bis zur Wasserrinne und trank, dann zupfte er ein Büschel Kresse ab und kaute und trank, alles zu gleicher Zeit, bis ihm grüner Speichel vom Maule herabtroff, so daß es ihn schließlich störte und er mit einem Satz in die Sonne zurückkehrte. Da hatte er einen Flecken mit frischem Gras entdeckt; es war ganz warm. Dort legte er sich auf die Seite, die Beine von sich gestreckt wie ein totes Pferd. Er schlief. Dann erwachte er, aber er blieb liegen; die vorübereilenden Wolken spiegelten sich in seinen Lichtern, der Wind spielte in seinem Fell, eine stachlige Platanenblüte ließ sich auf seinem Maul nieder; er wagte nicht, sich zu bewegen, um sie abzuschütteln, er verzog nur die Nüstern.

Mittags wurde es zum ersten Male ziemlich heiß. Der Hirsch hörte Männerstimmen vom Hofe von Maurice her. Er lauschte. Es war weit. Es klang wie Vogelgesang, schön moduliert, dann brach es ab. Der Hirsch stand auf, er gewahrte weit hinten im hellen Licht schwarze Punkte in einem Feld. Es mußten drei Männer und ein Pferd sein. Im kurzen Trab machte er sich auf den Weg.

Als er in die Nähe des Feldes kam, sah er, daß es drei Bauern waren, die er noch nicht gesehen hatte. Ein alter, aber er hatte noch ganz heftige Bewegungen und eine Stimme, der man gehorchen mußte, und dann zwei junge, ziemlich im gleichen Alter, und ein Pferd. Das Pferd war eines von jenen, ohne besonderen Geruch, wie man sie auf den Straßen und Feldern antrifft. Der Hirsch schnüffelte erst zwischen seinen eigenen Schenkeln, um sicher zu sein, und dann zu dem Pferd hin. Ja, es roch nur nach Fell, Schweiß und Dünger. Die drei Männer ließen es arbeiten. Der Hirsch blieb stehen und sah ihnen zu. Von weiter her kam auch der Geruch des Gehöftes. Der alte Mann roch nach Stall und geripptem Samt. Er stand auf dem Gestänge der Egge, hatte die Zügel in der Hand und ließ sich von dem Pferd ziehen. Er roch nach schlechten Zähnen, denn er schrie immerzu mit offenem Munde. Die beiden Männer rochen nach Schweiß und Erde; sie liefen zu beiden Seiten der Egge her. Der Hirsch witterte den Geruch, der vom Gehöft kam. Dort mußten Frauen und Kinder sein. Doch der starke Geruch des alten Mannes überwog. Das war der Herr. Er stand auf der Egge. Das Pferd zog ihn. Die beiden Männer liefen nebenher. Der eine von den beiden schlief bei einer der Frauen auf dem Hof, und der war wohl auch der Vater der kleinen Kinder. Der andere schlief auf dem Speicher. Aber überall war der Geruch des Alten. Er stand auf der Egge; er hielt die Zügel straff in der Hand. Unter ihm glättete sich der Acker. Er schrie.

Am oberen Ende des Ackers drehten Egge und Pferd um. Der Hirsch reckte den Hals und sandte ihnen ein freundliches Brummen zu, dann trabte er der Sonne entgegen und machte einen weiten Bogen um die Gruppe. Der Alte auf der Egge war größer als die anderen.

Ein wenig später kam der Hirsch wieder zum Luzernefeld; der junge Mann von gestern war nicht dort. Die Luzerne duftete stark, weil sie am Tage vorher bewässert worden war. Der Hirsch fand die Spuren seiner Hufe dort wieder, wo er den Jungen gesehen hatte. Auch die Spur eines Igels fand er – und dann den Igel, der sich sofort zusammenrollte. Gleich darauf kam der Kopf des Igels wieder zum Vorschein, sein kleines Auge blinzelte, er sah den Hirsch und rollte sich furchtlos wieder auseinander, denn er hatte sich bei dem bloßen Geräusch zusammengerollt, ohne zu sehen, was es sei. Nun trollte er sich, ohne Hast.

Etwas weiter ab fand der Hirsch die Spur einer Fischotter. Zu zweit hatten sie den Weg überquert und waren nordwärts gezogen, dorthin, von wo es nach Schilf, Schlamm und Schafen roch. Er fand auch die Trittspuren eines Reihers und die Eingeweide eines Frosches. Er hörte den Ruf der Eisvögel, und er hörte Wasser glucksen. Er wandte den Kopf und blickte nach dem Luzernefeld. Er dachte an den jungen Menschen und an seine Augen, Menschenaugen, aber voller Frieden, und er hatte sich in ihnen gespiegelt, er, der Hirsch mit den breiten Ästen auf der Stirn. Der Junge war nicht da. Er war wohl dort hinten auf dem Hof. Ganz genau wußte es der

Hirsch nicht, denn von jenem Hof roch es sehr stark nach Pferd, nach einem männlichen Pferd, das gefangen war, nach dem scharfen Geruch des Hengstes, der lange bei keiner Stute war.

Da begann der Hirsch zu tanzen, ganz für sich selbst; er war auf einer leeren Fläche. Er hob den einen Huf und dann den andern; er senkte den Kopf, er hob ihn wieder. Er nieste; er war traurig. Das nackte, leere Land, der Frühling, kein weibliches Tier in seiner Nähe.

Er tanzte. Er tanzte den alten Mann, er tanzte den jungen Mann mit den friedvollen Augen, der das Luzernefeld bewässert hatte, er tanzte das unglückliche, gefangene Pferd, dessen Geruch er witterte, und den unglücklichen Hirsch. Er tanzte das nackte Land, er tanzte sein ganzes Frühlingsverlangen. Er tanzte Nebel und Himmel, alle Gerüche, die zu ihm drangen, alles, was er sah, was er hörte, was er mit seinen Nüstern und Nerven spürte. Er tanzte die Welt, die ihn erfüllte. Er tanzte, wie er getanzt hätte, wenn er glücklich gewesen wäre, und dabei wurde er glücklich.

Er trabte bis zum Teich und ging ins Wasser. Er trank, dann betrachtete er sein Spiegelbild.

Geräuschlos schritt er über die Wiesen, an einem einsamen Ahorn vorbei, bis zur Schäferei. Dort roch es nach einem Widder. Der Hirsch versuchte mit seinem Geweih die Tür aufzustoßen; sie war verschlossen.

Er fragte den Widder durch die Tür: »Gibt's was Neues?« Der Nebel ist ganz warm. Die Frösche quaken. Kennst du das Pferd auf dem Hof da drüben? Der alte Mann stand auf der Egge. Es ist Frühling.

Der Widder war aufgestanden und zur Tür gekommen. Nein, es ging nicht besonders gut. Er wußte auch nichts Neues. Er kam aus den Bergen und war erst seit gestern hier. Zu Fuß waren sie hergekommen und noch sehr müde. Zwei Tagereisen von hier gibt es Hügel, da blüht der Thymian. Hier ist das Gras ein wenig bitter.

Und sie berochen sich durch die Tür.

Der Hirsch merkte plötzlich, daß ihn jemand ansah. Er trat zurück. Es war ein junges Mädchen; sie sog an einem Finger und zerknüllte mit der andern Hand ihre Schürze. Sie schien nicht überrascht, sie lachte auch nicht. Sie rührte sich nicht und bewegte nur die eine Hand.

Er kam näher, sie blieb stehen, aber sie rief ihn nicht an. Sie war gar nicht erstaunt. Der Hirsch sah, wie in ihren unbeweglichen Augen sein Spiegelbild immer größer wurde. Dicht vor ihr blieb er stehen. Sie streckte die Hand aus, er reckte den Hals und beroch ihre Hand. In diesem Augenblick verspürte er Lust, den uralten wilden Tanz des Hirsches, der die Hirschkuh gefunden hat, zu tanzen. Vor ihm stand eine Menschenfrau, doch ihr Geruch erinnerte ihn an die Hirschkuh.

Er entblößte das Gebiß. Er leckte die Hand, das Handgelenk, den Arm. Er sah sie an. Sie ließ alles ganz ruhig geschehen. Wieder sah er sein Bild in den Augen des jungen Mädchens, er hatte Lust, sich an ihr aufzurichten und sie zur Erde hinabzuziehen.

Da sagte sie:

»Zulma.«

Mit einem großen Satz sprang er zurück und jagte über das sumpfige Wiesenland davon.

Gegen Abend war er wieder bei der Jourdane. Er fand Bobi und den andern Mann am blühenden Narzissenfeld. Im kurzen Trab kam er heran und blieb neben ihnen stehen. Dann folgte er ihnen im Schritt. Der Geruch der beiden Männer war friedlich.

Bobi sagte:

»Es ist ja nur der Anfang. Wir können uns Zeit lassen. Alles entwickelt sich nach und nach.«

»Ja, so ist es«, sagte der Mann.

Und alle drei gingen zum Hof. Die Frau trat aus der Tür.

»Da ist er ja wieder«, sagte sie.

»Er denkt nicht daran fortzulaufen«, sagte Bobi und kraulte die Stirn des Tieres.

Es klagte leise.

Ein starker Duft kam vom Narzissenfeld; der Hirsch wandte den Kopf ab.

»Ich glaube, er will etwas«, sagte Marthe.

Im Gutshaus von Fra-Josépine wurden die Fenster hell. Frau Helene hatte die Lampen im Salon angezündet.

»Warum sollen die Läden offenbleiben?« fragte sie. »Ich bin nicht gern bei offenen Läden im Erdgeschoß, wenn wir beide allein sind. Die Fenster gehen doch direkt auf die Terrasse.«

»Ich möchte, daß sie aufbleiben«, sagte Aurore, »damit wir das Tier sehen, wenn es wiederkommen sollte.«

Frau Helene sah ihre Tochter an.

»Komm her«, sagte sie, »hierher zur Lampe. Bücke dich, damit ich dich besser sehe, mein Kind.«

Aurore hockte sich neben ihrer Mutter nieder.

»Sieh mich an, was hast du für Augen?«

»Was denn für Augen, Mutter?«

»Und was hast du mit deinen Haaren gemacht?«

»Ich habe sie gewaschen, Mutter, und in der Sonne getrocknet, es war so schönes Wetter.«

»Wie trägst du deine Haare, Kind?«

Frau Helene trug das Haar in glatten Flechten, flach und gleichmäßig um den Kopf gelegt; ihr Gesicht war schön und unbeweglich. Ihr Blick war voller Güte, dabei ruhig und aufmerksam.

Aurores Haare waren lose zurückgeworfen; die Sonne hatte sie wellig gemacht. Mit ihrem schmalen Gesicht und der frischen Haut, vom Winde glatt poliert, war sie die Verkörperung vorwärtsdrängender Jugend.

Sie warf den Kopf in den Nacken, und es schien, als werde sie von ihren Träumen zu den Sternen emporgezogen.

»Du hast dich ja heute so hübsch gemacht«, sagte Frau Helene. »Und bist nicht über die Felder gejagt wie sonst, sondern brav auf der Terrasse sitzen geblieben.«

Aurore streichelte die Hand ihrer Mutter. Sie versuchte, ihr schwierige Dinge begreiflich zu machen; die Jugend, bestehende Tatsachen, wie dürres Holz und Flammen.

Zuweilen versteht der andere, wenn man ihm die Hand streichelt.

»Ja, wirklich«, sagte Frau Helene, »heute hast du dich mit Sorgfalt angezogen, die seidene Bluse, den neuen Wollrock, die guten Schuhe« – ihr Staunen wuchs bei jeder neuen Feststellung – »ich verstehe das alles nicht recht, mein Kind«, sagte sie und schlug die Hände zusammen.

»Du bist immer erstaunt, Mutter«, sagte Aurore.

Von der Terrasse her klang es wie leises Schnaufen und als klapperten kleine Hufe auf den Steinen.

»Es ist nur ein Ast der großen Ulme, der die Balustrade streift«, sagte Aurore.

»Wie schnell du das weißt«, sagte Frau Helene.

»Zuerst dachte ich dasselbe wie du, aber dann habe ich nachgesehen«, sagte Aurore. »Ich höre das Geräusch seit heute morgen und wußte daher gleich, was es ist.«

»Ich glaubte«, sagte Frau Helene, »es sei wieder der Hirsch.«

Aurore lächelte.

»Ich habe das den ganzen Tag geglaubt, aber jetzt weiß ich, was es ist.«

»Steh auf, Kind.«

Aurore richtete sich auf und zog einen Sessel heran, um sich neben ihre Mutter zur Lampe zu setzen. Wie an jedem Abend in dieser Jahreszeit nahm sie Wolle, um sie zu zupfen.

»Du gehst wie ein Junge«, sagte Frau Helene.

Aurore blickte auf.

»Du gehst wie ein Junge, und gleichzeitig scheinst du zu tanzen. Du weißt es wohl selbst gar nicht, und vor mir ist es auch gleich, aber vor andern Leuten...«

»Ich verstehe dich nicht, Mutter, ich gehe so, wie meine Beine wollen.«

Sie zog den Stuhl dicht an den Tisch und setzte sich in den Lichtkreis der Lampe. Sie hatte den Korb, in dem die

Wolle von drei Schafen lag, herangeholt. Mit den Fingerspitzen zupfte sie die Unreinheiten heraus; sie tat es zart und gewandt, denn ihre Finger waren schmal und ihre Hände leicht.

Der ländliche Salon war behaglich. Die Sessel waren aus schönem Holz, und von der langen Benutzung glänzten sie wie poliert. Langsam tickte die Standuhr. Auf dem Tisch lag eine rote Rübe, die angeschnitten und für die Suppe bestimmt war.

»Du hast sicher den ganzen Tag auf den Hirsch gewartet«, sagte Frau Helene.

»Ja.«

»Und heute morgen hast du ihn eine Weile beobachten können?«

»Er ist nicht sehr lange geblieben, einen Augenblick hat er auf der Terrasse herumgetanzt, dann ist er über die Felder galoppiert.«

»Es war also nachher, als ich dich im Hemd auf der Treppe fand?«

»Ja«, sagte Aurore.

»Du hattest also die Tür zur Terrasse aufgemacht? Und danach hast du dir die Haare gewaschen, die seidene Bluse angezogen und die neuen Schuhe, die immer noch knarren, und dann hast du dich unter die Platanen gesetzt und hast den ganzen Tag gewartet.«

»Ja«, sagte Aurore.

Sie zog vorsichtig einen Strohhalm aus dem dicken weißen Wollbüschel. Die Wolle in ihrer Hand war leicht, warm und jetzt makellos rein.

»Es ist ein so schönes Tier«, sagte Aurore. »Der Frühling ist schuld, daß man Lust hat, in geblümten Kleidern zu gehen, sich tatenlos hinzusetzen und auf irgend etwas zu warten.«

Rötlicher Nebel lag über dem weiten Plateau; er hatte die Farbe des aufgehenden Mondes. Auf der Seite des Hofes von Maurice war er sehr dicht. Der Schwiegersohn, der zuerst ins Haus kam, sagte:

»Wenn es so bleibt, wird es frieren.«

Die alte Frau sagte:

»Die Suppe ist fertig, wo ist der Bauer?«

»Er spannt aus«, sagte der Schwiegersohn, »wo ist die Frau?«

»Sie bringt die Kleinen zu Bett.«

Der Knecht kam herein, ging zum Feuer und wärmte sich die Hände, dann zog er einen Schemel heran und setzte sich. Er versuchte zu sehen, was im Kessel dampfte, ob es Kartoffeln waren, Rüben oder Kohl, oder vielleicht eine Suppe.

Sie hörten den alten Bauer durch den Flur gehen.

Er kam herein und sagte:

»Wo sind meine Stiefel?«

»Was willst du damit?« fragte die alte Frau.

»Ich brauche sie«, sagte der Alte.

Der Schwiegersohn drehte sich eine Zigarette.

»Sie stehen auf dem Brett.«

Der Alte ging, um sie zu holen.

»Wo ist der Speck?« fragte er.

»Und was noch?« fragte die Alte.

»Ich will ja nichts von dir«, sagte er.

»Doch, du hast deine Stiefel verlangt.«

»Ja«, sagte er, »aber weiter nichts.«

»Und dann noch den Speck.«

»Ich weiß selbst, wo er ist«, sagte der Alte.

Er zog den Tischkasten heraus und nahm die Speckschwarte, mit der die Messer abgerieben wurden.

Er setzte sich neben den Kamin und begann seine Stiefel einzufetten.

Die junge Frau kam aus der Stube; die Kinder waren zu Bett gebracht.

»Ich dachte, ihr hättet schon angefangen«, sagte sie.

»Wir essen gleich«, sagte die Alte. »Aber er muß erst seine Stiefel einfetten.«

»Fangt schon immer an«, sagte der Bauer; »ich komme gleich.«

Die beiden Frauen deckten den Tisch.

Der Knecht kam heran und setzte sich vor seinen Teller. Der Schwiegersohn sog an seiner Zigarette.

»Dazu ist doch morgen auch noch Zeit«, sagte die Alte.

»Ich brauche sie morgen«, sagte der Bauer.

Sorgfältig fettete er die Ränder der Sohlen ein, das Oberleder, den Schaft, die Schnürbänder, die Nägel, dann warf er den Speck ins Feuer; eine bläuliche Flamme züngelte auf.

Er kam zum Tisch.

»Suppe«, sagte er und reichte seinen Teller hin.

Er aß seine Suppe.

»Habt ihr das Tier gesehen?« fragte er.

»Welches Tier?« fragten die Frauen.

»Einen Hirsch«, sagte er.

»Ja, Jourdan hat einen Hirsch gekauft«, sagte der Schwiegersohn.

»Nicht möglich«, sagten die Frauen.

»Es ist so«, sagte der Bauer. »Und morgen früh gehe ich hin, um ihn mir anzusehen.« Er wandte sich an seinen Schwiegersohn: »Kommst du mit?«

»Und ich?« fragte die junge Frau.

»Komm auch mit«, sagte der Bauer.

»Und die Kinder?« fragte die alte Frau.

»Die kommen auch mit«, sagte der Bauer, »und du auch. Wir nehmen den Leiterwagen. Nimm Schinken und Eier mit, daß man ihnen nicht zu sechsen mit leeren Händen ins Haus fällt. Charles hütet inzwischen den Hof.«

»Gewiß«, sagte der Knecht, »geht nur, nächsten Sonntag werde ich gehen.«

Am Teich war der Nebel heller. Der Mond spiegelte sich im Wasser, und so waren es zwei Monde.

Die Fischotter hatten eine Bucht entdeckt, in der junge Hechte zwischen den schwarzen Wurzeln einer alten Weide schlummerten.

Sie kamen zum Teich; wie durch Wasser glitten sie durch

die Dunkelheit; ihr Fell leuchtete im Mondlicht. Die Weide stand nahe bei der Schäferei. Bei den Hufspuren des Hirsches zögerten die Fischotter. Ein wenig weiter ab witterten sie den Geruch des jungen Mädchens; sie kannten ihn. Diesen Geruch hatten sie schon oft gefunden, wenn sie zum Teich kamen. Aber heute bedeutete es etwas Ungewöhnliches. Trotzdem gingen sie bis zum Teich, Umschau zu halten. Die Hechte schliefen noch nicht. Sie schossen im dunklen Wasser hin und her, und manchmal leuchtete ein Auge oder ein Gebiß auf. Es war noch zu früh. Und es war auch besser, wenn sie gleich feststellten, was es mit den Spuren von eben auf sich hatte. Die Otter kehrten zur Schäferei zurück. Hinter der Tür stand ein Widder; er schien etwas zu fragen, denn er sprach sehr laut. Die Otter hatten ihre nächtliche Sprache, um sich miteinander zu verständigen, doch keiner konnte sie hören, und nur ein Otter konnte es verstehen. Außerdem sprach der Widder die Sprache der Berge, während die Otter nicht einmal die Sprache des Flusses oder der Bergbäche redeten, die vielleicht so ähnlich ist, sondern sie verständigten sich in der Sprache des Teiches von Grémone, da sie ja doch Fischotter von Grémone waren.

Es schien, als lauere der Widder schon lange hinter der Tür. Hier mußte irgend etwas vorgefallen sein, und es wäre gut zu wissen, was. Die Spuren des Hirsches waren noch ganz frisch und auch die Spuren des jungen Mädchens. Sie waren kaum drei Meter voneinander entfernt. Der Hirsch war von da drüben gekommen. Das junge Mädchen hatte sich nicht gerührt, sie hatte wohl Lust dazu gehabt, denn sie hatte eine Fußspitze tief in die Erde gedrückt, wie man es tut, wenn man den Körper nach vorne neigt, der Wille uns vorwärts treibt und wir im Begriff sind, einen Schritt zu tun. Doch sie war auf der Stelle stehen geblieben.

Die Haustür wurde geöffnet. Im Lichtschein erschien ein Mann auf der Schwelle. Die Otter glitten lautlos zur Weide zurück. Die Hechte schliefen zwar, doch es war noch zu früh, um zu tauchen.

»Die Nacht ist sehr hell«, sagte der Mann.

»Wichtig ist nur«, sagte eine Frauenstimme, »daß der Teich gut zu sehen ist. Die Wege kennt sie ja so genau, daß keine Gefahr ist. Ich bin nur immer besorgt, wenn der Teich im Dunkel liegt, weil sie dann den Weg verfehlen und ins Wasser stürzen könnte.«

»Heute abend nicht«, sagte der Mann, »man sieht ihn so gut wie am hellen Mittag, sogar noch besser.«

Der Mann ging ins Haus zurück und schloß die Tür.

Die Otter tauchten geräuschlos. Dann kamen sie aus dem Wasser, triefend naß, wie Grasbündel, und jeder trug im Maul einen leuchtenden Hecht, der mit Kopf und Schwanz wild um sich schlug.

»Nein«, sagte Randoulet, »heute abend ist keine Gefahr für sie.«

»Ach«, sagte Honorine, »es ist ja nicht das erstemal, daß sie so etwas tut, aber jedesmal, wenn sie zur Nacht fortgeht, frage ich mich, ob nicht einmal ein Unglück geschehen wird, noch dazu mit all dem Wasser hier, und sie mit ihrem wirren Kopf.«

Das Bett am Ende des schmalen, engen Raumes war noch nicht gemacht. Auf der Decke klebte trockner Lehm, denn Randoulet hatte am Nachmittag in seinen Kleidern darauf gelegen und geschlafen. Er hatte nicht einmal die Stiefel ausgezogen, denn er war müde vom langen Wege mit der Herde.

Honorine hatte das Abendessen zubereitet; sie deckte den halbrunden Tisch, der an der Wand stand, und jedesmal störte sie im Vorbeigehen den Hirten, »den Schwarzen«, der sich vor dem Kamin auf leeren Säcken niedergesetzt hatte und die Schnüre seiner Hirtenpeitsche ausbesserte.

»Woran denkst du?« fragte Randoulet.

Einen Augenblick herrschte Schweigen, dann fragte Honorine:

»Wer, ich?«

»Nein«, sagte Randoulet, »der Schwarze.«

»Ich?« fragte der Schwarze.

»Ja.«
Er ließ die Peitschenschnüre sinken.
»Denken, was soll ich denken?«
»An die Schafe.«
»Es sind Schafe, wie das vorige Mal.«
»An den Widder.«
»Es ist ein Widder.«
»Es geht zum Frühling, glaubst du, er wird für Lämmer sorgen?«
»Er wird dafür sorgen«, sagte der Schwarze.
Und er begann von neuem die Schnüre zu flechten.
»Und die Lämmer?« fragte Randoulet.
»Sind Lämmer wie alle andern.«
»Kommt essen«, sagte Honorine, »die Suppe ist fertig.«
Der Schwarze stellte seine Peitsche in einen Winkel am Kamin, schob die Säcke zur Seite, nahm einen Stuhl und setzte sich.
»Was meinst du eigentlich?« fragte er.
»Nichts«, sagte Randoulet.
Er brockte Brot in seine Suppe, dann klappte er sein Messer auf und wischte es an seiner Hose ab.
»Wenn man nur wüßte«, sagte er, »ob man die Tiere behalten soll, anstatt sie zu verkaufen; etwas länger meine ich.«
»Wie du willst«, sagte der Schwarze.
»Ja, was meinst du dazu?«
»Wieso behalten?« fragte Honorine.
»Was ich dazu meine«, sagte der Schwarze, »das ist schwer zu sagen. Ich müßte erst einmal wissen, was du wirklich willst.«
»Was ich wirklich will. Ja, was soll ich dir sagen. Was ich möchte, ist sie behalten, sie vom Widder belegen lassen, Lämmer haben, abwarten. Vielleicht einen zweiten Bock anschaffen, ihn kaufen oder sonstwie; oder warten, bis ein junger alt genug ist. Die Schafe wieder belegen lassen, warten und so fort. Sie eben behalten. Das möchte ich.«
»Wozu?« fragte Honorine.

»Das wird man sehen.«

»Sicher«, sagte der Schwarze.

»Auf was warten?« fragte Honorine.

»Schweig doch still«, sagte Randoulet.

»Das, was ich möchte«, sagte er, »ist doch ganz leicht zu verstehen. Wenn man bedenkt, was wir hier für Land haben; es reicht von der Landstraße bis zur Grenze von Chayes, und alles sind Wiesen, die fettesten auf dem ganzen Plateau. Ist das wahr oder nicht?«

»Ja gewiß«, sagte der Schwarze, »mit Ausnahme des Landes hinter dem Teich, wo alles mit Schilf durchsetzt ist.«

»Schön«, sagte Randoulet, »aber auf dieser Seite.«

»Auf dieser Seite«, sagte der Schwarze, »habe ich immer gesagt, ist es prachtvoll.«

»Und wieviel Schafe kann man darauf halten?«

»Unzählige, soweit der Blick reicht«, sagte der Schwarze.

»Reden wir nicht von unzählig und Blickweite«, sagte Randoulet, »du siehst weit, seien wir ganz sachlich: wie viele, hundertundfünfzig, zweihundert etwa?«

»Fünfhundert mit Leichtigkeit«, sagte der Schwarze.

»Na also«, sagte Randoulet.

Er griff nach dem Gewürz, streute Salz und Pfeffer in seine Suppe und kostete; sie war jetzt abgekühlt, er aß zwei, drei Löffel.

»Schafe in der Freiheit«, sagte er dann. »Schöne, kräftige Tiere möchte ich haben.«

»Übrigens«, fragte der Schwarze, »hast du Jourdans Hirsch gesehen?«

»Ja.«

Randoulet schwieg einen Augenblick und starrte ins Dunkel. Im Hause war es sehr still, nur das Feuer im Kamin knisterte leise. Honorine lauschte den Träumen der Männer.

Auch draußen war alles still. Der Mond glitt über die westlichen Hügel hin. Die Otter waren verschwunden. Auf dem Flaschenzug am Speicherfenster lauerte ein Waldkauz; von Zeit zu Zeit öffnete er die roten Äuglein. Leise fraßen sich die Wellen des Teiches in den Ufersand. Die Felder lagen in der Finsternis. Das Mondlicht reichte nicht aus, um den dunklen Acker aufzuhellen; nur die grasbewachsenen Abhänge schimmerten hell. Es war nicht mehr neblig. Unter einem blühenden Mandelbaum putzte ein Fuchs seine Pfoten. Grüne Heuschrecken zirpten; sie saßen regungslos auf den samtenen Blättern der Disteln, an denen noch die Tageswärme haftete. Die Gräser reckten sich. Im länglichen Blatt eines Haferhalmes spiegelte sich ein Mondstrahl. Der Widerschein beleuchtete die starren Augen einer Heuschrecke. Der Fuchs hörte auf, seine Pfoten zu lecken; er blickte auf die beiden goldenen Punkte. Eine Heuschrecke, die zwischen seinen Beinen saß, sprang hoch und schien ihm etwas sagen zu wollen. Der Fuchs sah sie aufleuchten und verlöschen. Er machte einen Satz und schnappte ins Dunkel, dann streckte er sich aus und klagte leise.

Ein Rebhuhn am Waldrand hörte es, flatterte ein Stück, fiel ins Gras zurück und schlief wieder ein, bekam wieder Angst, flog ein Stück, fiel wieder herab und schlief von neuem ein; schließlich blieb es bebend, doch schwer von Müdigkeit im Grase hocken.

Biber mit hängenden Bäuchen zogen über den Acker. Der Fuchs unter dem blühenden Baum sprang wieder nach einer Heuschrecke. Hinter einem fernen Hügel versteckte sich der Mond.

Die Tauben, die in den Mandelbäumen bei der Jourdane nisteten, hörten ein leises Geräusch. Die erste, die erwachte, war eine vierjährige Taube mit bläulicher Gurgel; sie brütete schon. Sie reckte das Köpfchen über den Rand des Nestes, ohne die Augen zu öffnen; sie lauschte. Es waren Schritte auf dem weichen Erdreich. Sie gurrte, um die beiden benachbarten Nester zu warnen. Dann öffnete sie die Augen ganz vorsichtig, als fürchte sie, daß ihre grünlichen Augenlider beim Aufklappen ein Geräusch verursachen könnten. Am Rande des Feldes sah sie eine Gestalt entlanggehen. Es war eine Frau; das war gut zu erkennen, denn sie zeichnete sich gegen den

Mond ab. In jedem der beiden anderen Nester ruhte sich, schwer von der Fülle ihrer Eier, eine verliebte Taube aus. Sie erwachten nicht einmal. Die Taube mit der blauen Gurgel versteckte das Köpfchen in der Wärme ihres Gefieders und schlief wieder ein. Der Mond war plötzlich verschwunden.

Die Gestalt ging auf die Jourdane zu. Es war ein junges Mädchen.

Sie näherte sich dem Hof. Alles lag im tiefen Schlaf. Sie glitt an der Holzwand des Schuppens entlang und tastete nach einer Öffnung. Als sie einen Spalt entdeckt hatte, drückte sie das Gesicht ganz dicht an die Wand, nicht um zu sehen, denn dazu war es zu finster, sondern um zu riechen. Nachdem sie gefunden hatte, was sie suchte, rückte sie ein wenig nach links. Vier, fünf Stellen hatte sie ausprobiert, ehe sie den richtigen Spalt entdeckt hatte. Auf der andern Seite der Bretterwand schlief ein Tier. Es erwachte, schnaufte leise und hob den Kopf, ohne sich aufzurichten. Der warme Atem traf das junge Mädchen. Das Tier ließ den Kopf wieder sinken und schlief weiter; als es mit dem Geweih das Heu streifte, raschelte es.

Das junge Mädchen streckte sich dicht neben der Bretterwand des Schuppens aus. Es drückte die Wange gegen den Spalt. Auf der andern Seite hatte das Tier seine Nüstern im Einschlafen gegen die Latten gepreßt und atmete in regelmäßigen Zügen, so daß abwechselnd ein kalter und ein warmer Hauch das Mädchen traf.

Als die Sterne einer nach dem andern aufleuchteten, schlief es ein. Ihre langen Wimpern bewegten sich leicht, wenn der Atem des Tieres sie berührte.

VII

Sonntag. In der Morgendämmerung stand Bobi auf und stieg auf den Hausboden. Am grünlich schimmernden Himmel flatterten Lerchen. Ein schöner Tag kündete sich an.

Von der großen, weit geöffneten Heuluke aus konnte man das ganze Plateau übersehen. Taufrisch leuchteten die Äcker, Wiesen und Getreidefelder. Dunkle Streifen zogen sich über das nasse Gras, dort, wo es sich über Nacht niedergelegt hatte, breite, schmale, krumme, schnurgerade, und alle schienen wie Pfeile einem Ziel zuzustreben. Es waren die nächtlichen Wegspuren der Tiere. Sie kreuzten sich, liefen nebeneinander her, entfernten sich voneinander, näherten sich wieder, vereinigten sich, teilten sich, liefen Abhängen zu, Bäumen entgegen, Erdhügeln, Nestern und Höhlen, oder sie verloren sich im flachen, trocknen Heideland, in dem die Erde noch warm war. An einigen Stellen stand das Gras schon wieder auf. Doch alle diese Wege waren jetzt verlassen.

Strahlend kam der Tag herauf.

Bobi hatte schon eine Weile Umschau gehalten; da hörte er ein Waldhorn. Es waren sechs, acht Noten, langgezogen, heiser und traurig. Es kam vom andern Ende des Plateaus.

Durch den Dunst über dem nassen Gras sah er die rosa Flecken der blühenden Mandelbäume.

Wieder tönte das Waldhorn. Der letzte Ton verklang, schwermütig wie die unermeßliche Weite des Plateaus, das sich regungslos unter dem Himmel ausbreitete.

Das Waldhorn ist der Anfang, dachte Bobi.

Mit einem Kameraden, der nichts weiter verstand, als das Waldhorn zu blasen, hatte Bobi einmal eine Wanderung durch die östlichen Berge gemacht. Das Waldhorn erwies sich als sehr nützlich, denn auf dem Dorfplatz angelangt, stellte sich sein Begleiter auf und blies nach allen Richtungen, immer wieder dieselbe traurige Melodie, wie jenes Waldhorn auf dem Plateau. Auf der Stelle machte er viermal eine halbe Wendung und blies in die vier Himmelsrichtungen. Dann lief das ganze Dorf zusammen, während Bobi neben dem Brunnen unter der Freiheitslinde seinen Kartenteppich ausbreitete; und nun verwandelte er sich in einen Radmenschen, einen Krötenmenschen, einen Sonnenmenschen.

Es war nicht zu sehen, wer das Waldhorn blies. Der Nebel, der dampfend aus den Wiesen hochstieg, verhing den Horizont in der Runde wie mit einem dichten Vorhang und ließ nichts ahnen als blühende Bäume, und nur das Dach von Mouille-Jacques glänzte in der Ferne.

So weit der Blick reichte, war alles einsam. Der Tau auf den Gräsern trocknete, und langsam richtete das Gras sich auf; die Felder färbten sich dunkel. Die Spuren der Tiere verschwanden, und bald waren nur noch die tiefen Radspuren der menschlichen Wege zu sehen. Immer noch war die Weite des Plateaus still und verlassen. Niemand war zu sehen; nur das Schwirren der Lerchen in den Lüften war zu hören.

Noch einmal erklang die Melodie, und jetzt sah Bobi im Morgennebel das Messing des Waldhorns aufleuchten, und gleich darauf entdeckte er die dunkle Gestalt eines Menschen, der über die Felder schritt, an den Mandelbäumen vorbei, zur Narzissenwiese. Hier nahm er die Trompete unter den Arm und betrachtete die Blumen. Er bückte sich, um ein paar Narzissen zu pflücken; er hielt sie an die Nase und sog den Duft ein. Lange stand er unbeweglich, die Blumen vor dem Gesicht. Dann setzte er die Trompete an den Mund, blies langsam seine traurige Melodie und drehte sich dabei nach den vier Himmelsrichtungen, als sende er eine Botschaft. Dann kam er auf den Hof zu. Bobi versteckte sich hinter dem Fenstervorsprung, um ihn zu beobachten.

Vorsichtig und mißtrauisch kam der Mann näher; vielleicht wollte er nicht gesehen werden und niemanden aufwecken. Trotzdem setzte er, als er auf der andern Seite des Narzissenfeldes angelangt war, das Waldhorn wieder an den Mund und sandte seine Botschaft von neuem. Es hatte den Anschein, als wolle er ein überirdisches Wesen anrufen, das über den Wolken thronte.

Bobi trat leise vom Fenster zurück, dann stieg er die Treppe hinunter. Unten hörte er Marthe und Jourdan. Er öffnete die Küchentür.

»Mir scheint, wir bekommen Besuch«, sagte er.

»Wer kommt?« fragte Marthe.

»Zuerst einmal ein Mann, der das Waldhorn bläst.«

»Wer ist es?« fragte Jourdan.

»Der Sohn Carle.«

»Das ist ja etwas ganz Seltenes«, sagte Jourdan.

Und Marthe sagte:

»Ja, wo der Junge doch sonst so still und verschlossen ist.«

»Dafür hört man ihn jetzt von weitem«, sagte Bobi.

»Wie bitte?« sagte Jourdan.

»Er weiß, wie er es anstellen muß, damit man ihn hört«, sagte Bobi.

»Und was sagt er?« fragte Jourdan.

»Dasselbe, was wir wollen«, sagte Bobi, »er hat es satt, das sagt er.«

Und dabei zwinkerte er ihnen mit den Augen zu.

»Marthe«, sagte er, »es wird ein schöner Tag.«

»Ja«, sagte sie.

»Gib uns heute ein Gläschen Schnaps.«

Sie ging zum Wandschrank, um die Flasche zu holen.

»Um den Tag zu feiern«, sagte Bobi, dabei legte er den Arm um Jourdans Schultern, »wollen wir drei zum letztenmal miteinander anstoßen.«

»Wieso zum letztenmal?« sagte Marthe und blieb stehen, »willst du fort?«

»Nein«, sagte Bobi, »aber wir werden von jetzt ab nicht mehr allzuoft allein zusammen sein, wenn wir auch weiter so leben wie bisher, Seite an Seite.«

»Man weiß nie recht, worauf du hinauswillst«, sagte sie und blieb stumm und unbeweglich neben dem Schrank stehen.

»Und du hast mich auch nicht verstanden«, sagte Bobi zu Jourdan und drückte ihn an sich. »Du sagst ja nichts und fragst nicht wie sonst: Wie bitte?«

»Doch«, sagte Jourdan, »ich versuche zu verstehen, was du meinst. Und wenn es das letzte Mal sein soll, daß wir anstoßen, dann möchte ich lieber gleich die Flasche mitsamt den Gläsern zerschlagen.«

»Das würde jetzt nichts mehr aufhalten«, sagte Bobi. »Hört mich an, ihr beiden: Es war einmal...«, sagte er und hob die Hand.

An der Haustür wurde leise gekratzt.

Bobi ging, um zu öffnen. Es war der Hirsch. Er versuchte, mit dem breiten Geweih durch die Tür zu kommen, hatte Schaum vor dem Maul und klagte. Ungeduldig stampfte er mit den Hufen den Steinboden.

Bobi legte ihm die Hand auf die Stirn und drängte ihn sanft ins Freie. Er ging mit ihm hinaus.

»Was willst du?« fragte er. »Was witterst du denn?«

Der Hirsch rieb den Kopf an Bobis Ärmel.

»Was bist du so unruhig? Willst du mir etwas sagen? Ja, ja, der Himmel ist sehr schön. Gewiß, und auch die Bäume, ja, ich habe es auch gesehen. Die Bäume blühen, das habe ich heute morgen schon durch den Nebel gesehen. Ja, und die Erde! Wonach riecht sie denn, die Erde?«

Der Hirsch sah ihn an; aus seiner Gurgel drang ein langer, dumpfer Laut, und seine Nüstern bebten. Er entblößte das Gebiß, blies ein wenig Schaum und weitete die bläulichen Nasenflügel, dann schritt er auf den Schuppen zu, doch er sah sich dabei nach Bobi um.

»Ja, ich komme mit«, sagte Bobi.

Und er folgte ihm.

Er blickte nach oben und sah den weiten April-Himmel, an dem dichte Wolken wie Blüten schwebten und der bewegt war wie ein Obstgarten im Winde. Bobi spürte in sich eine große Wärme aufsteigen, und die Sonne, die schon hoch am Himmel stand und heiß war, war nicht nur ganz einfach die Sonne, sie war zur Nährmutter geworden; er spürte sie tief in seinem Herzen; sie war es, die ihn mehr noch als alle Nahrung aus Mehl und Speichel nährte.

In diesem Augenblick war er fast Hirsch, fast Tier, und mit der Hellsichtigkeit des Tieres spürte er, daß dort, wo der Hirsch ihn hinführte und wohin die Sehnsucht den Hirsch zog, auch er die Erfüllung seiner Wünsche fand, der Wünsche seines eigenen Herzens. Seines Herzens, gesättigt vom goldenen Korn der Sonne.

Einen Augenblick dachte er daran, Jourdan und Marthe zu rufen, doch dann sagte er sich:

Ich werde es Ihnen lieber nachher erzählen, denn eigentlich weiß ich ja noch gar nicht, wohin er mich führt. Ich weiß nur, daß wir unter den blühenden Zweigen des Frühlingshimmels gehen.

»Ich komme«, sagte er.

Der Hirsch hatte sich umgewandt und sah ihn mit seinen großen, schönen Augen an. Er klagte leise; es war ein Liebeslaut.

Sie kamen an die Ecke des Schuppens. Vor ihnen lag das blühende Narzissenfeld, und darüber lief ein junges Mädchen, so schnell es konnte.

Er lief ihm nach, und hinter sich hörte er die Hufe des Hirsches; das Tier holte ihn ein, streifte ihn und trabte nun ruhig neben ihm her; es warf den Kopf zurück und ließ die Zähne sehen; es schien zu lachen; der Wind pfiff durch seine Zähne.

Die weiten Röcke des jungen Mädchens flatterten; im schnellen Lauf waren ihre nackten, kräftigen Beine zu sehen. Sie lief die Anhöhe zum Wassergraben hinauf, auf der andern Seite wieder hinunter und verschwand.

Auf der Anhöhe blieb Bobi stehen und blickte nach rechts, da war nur das weite, einsame Plateau und darüber zwei, drei Nebelschwaden. Mit einem Ruck blieb der Hirsch neben ihm stehen; er bäumte sich hoch auf, schüttelte das Geweih und jagte nach der andern Seite weiter. Bobi folgte ihm; das Mädchen war vor ihnen; es lief auf den Waldrand zu.

Jetzt konnten sie es nicht mehr aus den Augen verlieren. Doch sie mußten es einholen, ehe es den Wald erreichte.

Das Mädchen hatte die Röcke hochgerafft und lief, so schnell es konnte; auf den nackten Schenkeln knisterte die Wäsche. Plötzlich bog es nach rechts und lief durch einen blühenden Obstgarten in der Richtung, in der sich gewitterdunkle Wolken ballten; das Mädchen stand ganz weiß vor der finsteren Wolkenwand.

Es war stehengeblieben, drehte sich um und wartete, die Hand auf dem klopfenden Herzen.

Im Schritt kam der Hirsch heran; schwer wiegte er sein gehörntes Haupt mit den sanften Augen.

Bobi kam näher.

»Daß Sie mich kriegen konnten, daran ist nur mein Herz schuld.«

Das Mädchen preßte die Hand gegen die linke Brust und atmete schnell, mit offenem Munde. Jedesmal, wenn es tief Atem schöpfte, schloß es die Augen, zufrieden und glücklich.

»Warum sind Sie fortgelaufen?«

»Ich wollte nicht gesehen werden.«

»Aber beim Laufen konnte man Sie doch ebensogut sehen, und man bekam sofort Lust, hinter Ihnen herzulaufen und Sie zu fangen.«

»Ja, aber ohne mein dummes Herz wäre ich schon weit.«

Und mit den frischen Farben und den zurückgeworfenen Haaren sah dies auch ganz so aus, daß man es glauben mußte; die Haare waren locker und hell wie der Staub, der in der Bahn eines aufsteigenden Gewitters aufgewirbelt wird.

»Man kann weit kommen«, sagte Bobi, »auch mit einem dummen Herzen.«

Seine ernsten, schönen Augen waren auf sie gerichtet. Er spürte, wie sie größer und leuchtender wurden und wie sie Funken aussandten.

»Wollen Sie jetzt mit mir zurückkommen?«

»Ja, mein Herz ist jetzt ruhiger«, sagte sie.

Er streckte die Hand nach ihr aus; sie nahm sie, und so kehrten sie zum Hof zurück.

Der Hirsch blieb einen Augenblick unschlüssig stehen. Er machte ein paar Schritte vorwärts in die Richtung, in die sie eben gelaufen waren, auf das Plateau hinaus, auf den Wald zu, wo unter den Gewitterwolken am Horizont die dunstige Ferne bebte. Dann drehte er sich um, zerstampfte ungeduldig den Boden, und schließlich, kurz entschlossen, folgte er dem Mann und der Frau. Mit gesenktem Haupt schritt er hinter ihnen her, und sein Geweih streifte die blondbärtigen Gräser.

»Ich heiße Aurore«, sagte das junge Mädchen.

»Und ich Bobi«, sagte er.

»Haben Sie den Hirsch mitgebracht?«

»Ja, er gehört mir.«

»Nein«, fügte er schnell hinzu, »ich sage Ihnen etwas Falsches; er gehört nicht mir, er gehört uns. Ihnen ebensogut wie den andern. Uns allen.«

Sie hielten sich bei den Händen und gingen im gleichen Schritt. Die Arme schaukelten im Rhythmus ihrer Schritte.

»Ich bin so zeitig aufgestanden, um ihn wiederzusehen«, sagte sie, »die ganze Nacht habe ich an ihn denken müssen.«

»Sie hatten ihn also schon gesehen?«

»Ja, gestern früh. Er ist zu uns gekommen und hat seinen Kopf durch die Äste der Weide gesteckt; es sind schon Blätter daran. Dann hat er sich überall umgesehen und ist auf die Terrasse gesprungen. Von meinem Zimmer aus konnte ich ihn beobachten. Und heute bin ich so früh aufgestanden, um auf ihn zu warten.«

»Haben Sie das Waldhorn gehört?«

»Ja, ich wartete schon eine ganze Weile. Unter der Weide waren die Schatten noch ganz dunkel, und ich dachte mir, der Hirsch verberge sich vielleicht dort, um den ersten Sonnenstrahl zu erwarten. Und dann hörte ich das Waldhorn.«

»Ach«, sagte Bobi und hielt im Schaukeln der Arme inne, »das müssen Sie mir ganz genau erzählen, das interessiert mich.«

»Ich dachte«, sagte sie, »der Hirsch würde nicht kommen.«

»Warum?«

»Das Waldhorn klang so traurig.«

»Ja, es war traurig und großartig«, sagte Bobi. »Es war genau wie das Plateau, mit vielen, vielen Wegen, die hinausführen in die Weite und in die Verlassenheit. Aber hatte man nicht eigentlich das Gefühl, auf einem dieser Wege oder vielleicht auch auf allen könnte uns die Freude begegnen? Bekam man nicht Lust, sich auf diese Wege hinauszuwagen, und dachte man nicht, die Freude sei vielleicht über ihnen allen wie ein schöner Regenbogen; er ziehe über sie hinweg, und man könne es nur noch nicht sehen. Vielleicht hätte es genügt, ganz einfach vorwärts zu gehen, um dorthin zu gelangen, wo die Freude wie leuchtender Regen auf uns niederfällt? Nicht wahr?«

»Ich weiß nicht«, sagte sie, »ich hatte nur Zeit, ein Tuch umzunehmen – ich habe es vorhin beim Laufen im Narzissenfeld verloren – dann bin ich langsam hierhergekommen.«

»Sie sind das Fräulein von Fra-Josépine?«

»Ja.«

»Ich kenne alle andern hier auf dem Plateau, nur Sie kannte ich nicht – von Angesicht«, fügte er hinzu, »denn Jourdan hatte mir natürlich von Ihnen erzählt.«

»Aber Sie wußten nicht, wie ich aussehe.«

»Nein«, sagte er.

In diesem Moment spürte er die kleine Hand in der seinen. Sie war warm und weich, die Haut sehr zart, die Finger dünn und zerbrechlich wie die Zweige einer jungen Erle. Er blickte erst auf ihre Hand, auf ihr Handgelenk, auf den Arm, auf die Schulter und dann in ihr Gesicht.

Ihre veilchenblauen Augen schimmerten feucht; die Ränder der Augenlider waren hell und hatten die Farbe reinen Sandes.

»Für gewöhnlich«, sagte sie, »mag man mich nicht.«

»Warum sagen Sie für gewöhnlich? Denn«, fuhr er fort und schwenkte wieder die kleine Hand, »wenn einer Sie nicht mag, wenn zwei, drei oder meinetwegen auch fünfzig Sie nicht mögen, findet vielleicht der, der nach den fünfzig kommt, gute Gründe, um Sie gern zu haben, und wenn Sie mit ihm über die Wege wandern, denken Sie nicht mehr an jene fünfzig, sondern nur noch an ihn allein, und dann werden Sie sich sagen: für gewöhnlich hat man mich gern.«

»Ich weiß nicht«, sagte sie, »je länger Sie sprechen, desto weniger versteht man, was Sie sagen wollen.«

»Ich dachte im Gegenteil, man verstünde mich besser«, sagte er scheinbar ungeduldig.

»Nein«, sagte sie, »aber es ist schön, Ihnen zuzuhören. Man braucht Sie gar nicht zu verstehen, man läßt alles mit sich geschehen. Jetzt kennen Sie mich wohl schon besser?«

»Gewiß, und Sie mich?«

»Ich kenne Sie noch ganz und gar nicht«, sagte sie.

»Ich bin der Mann mit dem Hirsch«, sagte er.

»Ja wirklich«, sagte sie, »ich hatte den Hirsch ganz vergessen.«

Sie waren bei der Jourdane angelangt. Der junge Mann mit dem Waldhorn machte ihnen Zeichen, daß sie leise herankommen mochten. Er stand am Schuppen und blickte zur Erde nieder.

»Sieh an«, sagte Bobi leise, »es ist der Morgen der jungen Mädchen.«

Neben dem Schuppen lag ein junges Mädchen auf der bloßen Erde und hatte die Wange an einen Spalt der Lattenwand gepreßt.

»Das ist Zulma«, sagte Aurore, »ich kenne sie, sie ist sehr hübsch.«

»Ja«, sagte Bobi, »und sie schläft, Gott segne sie!«

»Ich kam hierher«, sagte der junge Mann, »und fand sie. Ich habe sie betrachtet, während sie schlief.«

»Ihr seid wohl Carles Sohn?« fragte Bobi.

»Ja.«

»Ich glaube, ich habe Euch gesehen, als Euer Vater mir seinen Hengst zeigte.«

»Ja, ich kann mich auch auf Euch besinnen«, sagte der Junge.

»Wir dürfen sie nicht wecken«, sagte Aurore, »sehen Sie nur, wie froh sie lächelt.«

»Es ist Randoulets Tochter«, sagte der Junge, »es kommt selten vor, daß sie lächelt.«

»Lassen wir sie«, sagte Bobi, »aber wieso seid ihr drei hierhergekommen?« – Er hatte den Jungen umgefaßt und hielt noch immer Aurores Hand. – »Einer, der beim Morgengrauen das Waldhorn bläst, eine, die über die Felder läuft und dabei ihr Herz festhält, und eine, die auf dem harten Erdboden schläft und dabei lächelt.«

»Was mich anbetrifft«, sagte der Junge, »so bin ich gekommen, um den Hirsch zu sehen. Wo ist er?«

»Eben war er noch dicht hinter uns«, sagte Bobi, »sicher ist er zu Marthe gelaufen; um diese Zeit bekommt er sein Brot von ihr. Kommt mit.«

Als sie zum Haus kamen, hörten sie frohes Stimmengewirr. Der alte Jacquou vom Hofe von Maurice war mit der ganzen Familie angekommen; die alte Frau, die junge, der Schwiegersohn und die beiden kleinen Kinder.

»Der Knecht ist zu Hause geblieben, um alles zu versorgen«, sagte der Alte und stieg würdevoll vom Wagen herunter, »aber er kommt nächsten Sonntag.«

»Das ist ja eine großartige Idee von euch«, sagte Jourdan. »Das ist so einer von deinen prächtigen Einfällen, Jacquou, wie du sie manchmal hattest, wenn wir zusammen nach Aiguines zum Viehmarkt fuhren.«

»Das ist lange her«, sagte Jacquou, »man merkt, daß man alt wird.«

»Das macht aber nicht viel aus, wie du siehst! ... Na, und ihr, wollt ihr nicht vom Wagen heruntersteigen, Barbe, Joséphine, Honoré, die Kinder? Ihr wollt doch wohl auch zu uns? Na also. Worauf wartet ihr?«

Der alte Jacquou hatte seine feinen Sonntags- und Feiertagsmanieren. Er zeigte sich an solchen Tagen schwerfälliger und würdevoller als sonst. Er schien sich seiner Wichtigkeit sehr bewußt. Die alte Barbe kletterte mit großer Vorsicht vom Wagen herunter.

»Wartet, ich helfe Euch«, sagte Bobi.

Und er ließ Aurores Hand und den Arm des Jungen los.

Eben noch hat er meine Hand gehalten, dachte Aurore, vor all den vielen Menschen.

Und sie rieb die Hand an ihrem Rock.

»Er hat Arme wie Eisen«, sagte die alte Barbe.

Er hatte sie behutsam auf die Erde gestellt.

»Und Ihr wiegt nicht mehr als eine Heuschrecke«, sagte er.

»Oh, wieviel Besuch«, schrie Marthe von der Schwelle des Hauses her und kam ihnen entgegen.

»Gebt Eure Hand«, sagte Bobi zu Joséphine.

»Oh, Fräulein Aurore«, sagte die alte Barbe, »Ihr seid schon so zeitig hier? Und Frau Helene?«

»Sie wird sicher bald kommen«, sagte Aurore.

Sie dachte: wenn meine Mutter merkt, daß ich fortgegangen bin, wird sie mir nachkommen.

»Sie ist schon da«, sagte Marthe.

»Wer?«

»Ihre Mutter. Sie ist schon seit einer guten Stunde hier. Jetzt trinkt sie Kaffee. Kommt, Barbe«, sagte sie, »es ist ja ewig her seit dem letzten Besuch. Kommen Sie, Fräulein Aurore. Jourdan, kümmere du dich um die Männer.«

»Joséphine«, rief Barbe, »bringe mir mein Kopftuch, es liegt auf dem Sitz.«

»Na, und wie geht's?« fragte Jourdan den alten Jacquou.

»Na, und bei dir?« fragte Jacquou.

Und sie ließen die Blicke über das flache Land schweifen. – Joséphine stützte sich schwer auf Bobis Arm. Er nahm sie um die Taille, hob sie vom Wagen herunter und stellte sie auf ihre Füße.

»So«, sagte er.

»Danke«, sagte sie.

Sie schüttelte den Staub aus den Rockfalten und zog das Mieder zurecht, das sich über der Brust bauschte.

»Kommst du?« rief Barbe im Hineingehen. Aurore folgte ihr; sie dachte:

Meine Mutter ist schon seit einer Stunde hier, ohne es mir zu sagen.

Sie betrachtete Joséphine. Sie verglich; sie fand sie sehr fraulich und verführerisch.

Sie ist ebenso groß wie Bobi, dachte sie, und viel voller als ich. Ihre Wangen sind frischer als meine.

Noch spürte sie die Wärme von Bobis Hand in der ihren.

Wenn ich denke, sagte sie sich, daß wir so miteinander gegangen sind, im gleichen Schritt, Hand in Hand.

»Treten Sie ein, Fräulein Aurore«, sagte Marthe.

Ehe sie hineinging, blickte sie noch einmal zu Bobi hinüber. Er scherzte mit den Kindern; Joséphine sah ihm zu. Sie stand neben ihm, sehr aufrecht mit den üppigen Hüften und den schwellenden Brüsten einer reifen Frau.

»Komm herein, Joséphine«, rief Marthe, »komm herein, solange der Kaffee noch heiß ist.«

Mit wiegenden Schritten, wie im Tanz, kam Joséphine näher.

Honoré kramte im Wagenkasten.

»Wir haben uns bei euch eingeladen«, sagte Jacquou.

»Das habt ihr recht gemacht«, sagte Jourdan.

»Und wir haben einen Hasen mitgebracht«, sagte Jacquou.

»Das war unrecht«, sagte Jourdan, »wir hätten uns schon eingerichtet.«

»Es ist besser, wenn man sich nicht einzurichten braucht«, sagte Jacquou, »sondern alles vorher bedenkt. Wir konnten euch doch nicht zu sechsen so einfach überfallen, ohne wenigstens etwas mitzubringen.«

»Hilf mir, Jules«, sagte Honoré zum Sohn Carle, »nimm du dies.«

Und er reichte ihm den Hasen. Das Tier war nicht blutig, sondern hübsch sauber und ein wenig aufgetrieben, wie Tiere, die in der Schlinge gefangen sind.

»Wenn ich das vorher gewußt hätte«, sagte der Sohn Carle.

»Was?« fragte Honoré.

»Ich glaube, mein Vater wollte auch kommen.«

»Desto besser, dann eßt ihr eben mit uns. Warte, hier ist noch Schinken – und dann der Wein … Vater«, schrie er, »wo hast du den Wein hingetan?«

»In den Kasten«, rief Jacquou.

»Nein, da ist er nicht.«

»Wofür denn Wein?« fragte Jourdan.

»Zum Trinken«, sagte Jacquou. »Sieh ganz unten im Kasten nach. Die Flaschen liegen im Stroh.«

»Gewiß, Kinder«, sagte Bobi, »nachher zeige ich euch das Tier. Auf dem Kopf trägt es Äste wie ein Baum, und es ist so brav, daß ihr euch wünschen werdet, es solle ganz dicht herankommen und euer Gesicht belecken. Und das tut es sogar«, sagte er.

Die Kinder blickten stumm zu ihm auf. Dann liefen sie zum Haus.

»Sieh nur«, rief Jourdan, »was sie alles mitgebracht haben.«

Sie hatten den Hasen auf die Erde gelegt und die Flaschen daneben aufgereiht, dann kam der große Schinken und drei dicke fette Würste. Und Honoré kramte noch immer im Wagenkasten und wühlte im Stroh.

»Das langt ja für acht Tage«, sagte Bobi.

»Desto besser«, sagte Jacquou und zwinkerte mit den Augen.

Er strich sich mit der Hand über den Schnurrbart.

»Warum auch nicht«, sagte Bobi, »gute Zeiten hat man nur, wenn man sie sich gönnt.«

Jacquou wurde plötzlich ernst.

»Was erzählt man sich?« sagte er.

»Was hat man dir erzählt?« fragte Jourdan.

»Du hast Blumen gesät?«

»Ich werde dir das alles erklären«, sagte Jourdan.

Honoré richtete sich auf.

»Ich kann sie nicht finden«, sagte er.

»Was denn?«

»Die große runde Korbflasche.«

»Sie muß aber da sein.«

»Sie ist nicht da.«

Jacquou kletterte auf das Trittbrett, etwas schwerfällig, wie eben ein alter Mann – aber würdevoll.

»Laß sehen.«

»Wo ist der Hirsch?« fragte Bobi.

»Er ist gekommen wie immer«, sagte Jourdan, »und hat sein Brot gefressen; als er aber all den Lärm hörte, ist er durch die Hintertür fortgelaufen.«

»Barbe«, rief Jacquou.

Er stand auf dem Trittbrett und war sehr zornig.

»Was ist?« rief die alte Barbe von drinnen.

»Du hast die große runde Flasche vergessen.«

»Nein«, sagte Barbe, »es war kein Platz mehr, da habe ich den Inhalt in Literflaschen verteilt. Die müssen da sein.«

Jacquou und Honoré sprangen vom Wagen.

»Ja, wirklich«, sagte Honoré, »da ist der Wein – und da der Schnaps. Wenn wir gut nachgesehen hätten, hätten wir sie gefunden.«

»Spanne aus, Honoré«, sagte Jourdan, »und bringe die Stute in den Schuppen. In der Kiste links ist der Hafer.«

»Ja«, sagte Honoré, »und inzwischen besorgt mir ein spitzes Messer, wenn ich zurückkomme, ziehe ich dem Hasen das Fell über die Ohren.«

Er nahm die Stute beim Zügel und ließ sie wenden.

»Wollen wir ihn braten?« fragte er.

»Aber gewiß«, sagte Jacquou.

»Das Beste wäre«, sagte Bobi, »wenn wir das alles hier draußen machten.«

»Ja«, sagte Jourdan, »denn Marthe hat drinnen sicher auch allerhand vor. Sie läßt euch nicht alles alleine machen, und dann haben wir ja auch noch Frau Helene, und du, Carle, du bleibst natürlich auch.«

»Wenn es euch recht ist«, sagte der Sohn Carle. »Übrigens wird mein Vater auch bald kommen.«

»Der bleibt auch da«, sagte Jourdan, »höre, geh dahinten hin ...«

»Ich bin gleich wieder da«, rief Honoré.

»... höre, geh du zu dem alten Stall, und bringe uns Steine her, um eine Feuerstelle zu machen.«

»Laß dein Waldhorn hier«, sagte Bobi.

»Ach, daran hatte ich gar nicht mehr gedacht.«

»Ja doch, du mußt sogar daran denken, leg es neben die Flaschen.«

»Woher kommt der Wind?« fragte Jacquou.

»Vom Wald!«

»Dann machen wir das Feuer hier«, sagte er und zeichnete mit der Fußspitze ein Viereck auf den Boden.

»Ich gehe das Messer holen«, sagte Bobi, »und nachsehen, ob Marthe Hilfe braucht.«

Jourdan klopfte Jacquou auf die Schulter und sagte:

»Also du kannst dir nicht vorstellen, wie froh ich bin.«

»Ja«, sagte Jacquou, »und das ist es eben, ich muß mit dir sprechen.«

»Marthe«, rief Bobi, »ich brauche ein spitzes Messer.«

»Also das ist er«, sagte Frau Helene, »ich hatte ihn noch nicht gesehen. Ihr habt mir zwar von ihm erzählt, aber ich bin froh, ihn kennenzulernen. Er ist ja noch gar nicht alt!«

Und Aurore dachte: Eben noch hat er meine Hand gehalten, wir sind zusammen über das Feld gegangen; er hat kräftige Arme, und doch sind sie leicht.

Ihr schien, als sei diese Hand jetzt sehr weit entfernt und als werde er sie niemals wieder mit seinen hellen, sanften Augen ansehen, und niemals wieder würden ihre Schritte sich einander anpassen, um fern von den Menschen miteinander zu gehen, er und sie, ganz allein.

»Sieh im Tischkasten nach«, sagte Marthe, »es muß eins da sein.«

»Ich werde mir eine Schürze vorbinden«, sagte Joséphine.

»Und ich werde die Hühner rupfen«, sagte Barbe, »aber es ginge schneller, wenn sie erst gebrüht würden. Hast du heißes Wasser?«

»Wie machen wir es nur mit dem Feuer«, sagte Marthe und blickte zum Kamin.

»Was ihr zu kochen habt, macht hier drinnen«, sagte Bobi, »wir zünden draußen ein Feuer an, für den Hasen und die Würste. Ich kann das Messer nicht finden«, sagte Bobi.

»Du findest nie etwas.«

»Männer finden überhaupt nie etwas«, sagte Joséphine.

Sie lachte – ein gesundes Lachen, und zwischen ihren vollen Lippen leuchteten die weißen Zähne. Die sanfte Wölbung ihrer Brust begann dicht unter ihrem Hals.

»Oh, sie finden schon«, sagte Bobi, »aber nur, wenn es auch da ist.«

Sie finden, dachte Aurore.

Sie saß im Halbdunkel und strich sich mechanisch den Rock über den Hüften glatt.

Er hat meine Hand gehalten, er hat mich eingeholt, als ich über das Feld gelaufen bin. Wenn es da ist, finden sie auch.

Und sie dachte, er habe das nur für sie gesagt. Für sie allein, und er hatte sie auch angesehen, als er es sagte.

»Nein, wir bleiben nicht«, sagte Frau Helene und stand auf, »Sie haben ohnehin schon Arbeit genug.«

»Aber nicht doch«, sagte Marthe, »so machen Sie uns doch die Freude«; und sie fügte lachend hinzu: »Gönnen Sie sich selber diese kleine Abwechslung.«

»Wirklich, ich möchte sie mir gönnen«, sagte Frau Helene; »es ist nur so ganz unverhofft.«

»Manches kommt unverhofft«, sagte Bobi, »und doch geschieht es. Bleiben Sie, Frau Helene. Carle wird auch noch kommen, und dann sind wir fast vollzählig.«

»Carle wird auch kommen?« fragten die Frauen.

»Ja, sein Sohn hat es gesagt.«

»Das ist ein Sonntag«, sagte Barbe.

»Und mein Messer?« fragte er.

»Da ist es«, sagte Marthe. »Es lag unter dem Spinat, den ich heute morgen gepflückt habe, ohne noch zu wissen …«

»Dann will ich aber auch mithelfen«, sagte Frau Helene.

»Wir schaffen es auch allein«, sagte Joséphine. »Sehen Sie uns an.«

Und man glaubte es ihr gern, daß sie auch allein die ganze Arbeit bewältigt und sie obendrein gut gemacht hätte. Sie hatte sich ein Küchentuch als Schürze vorgebunden, und um die Haare hatte sie ein Tuch wie eine Mütze gewunden. Ihr Gesicht war rund, lachend und frisch, ihre Züge ebenmäßig und fraulich.

»Nein«, sagte Frau Helene, »ich will helfen. Gebt her, ich werde den Spinat verlesen, und gebt mir auch noch das andere Gemüse.«

Bobi kam zu Aurore.

»Sie müssen Ihre Füße wärmen«, sagte er.

»Sie sind nicht kalt.«

Sie blickte zu ihm auf, denn er stand vor ihr und sie saß.

»Doch«, sagte er, »Sie sind durch nasses Gras gegangen!«

»Sie auch«, sagte sie, »wir sind doch zusammen gegangen.«

»Ja, aber ich bin weniger empfindlich. Halten Sie Ihre Füße ans Feuer.«

Sie wollte nicht. Sie wollte sich seinem Willen nicht beugen. Sie wollte nicht tun, was er sagte, nun, da er nicht mehr im gleichen Schritt an ihrer Seite ging.

Da bückte er sich und zog ihr die kleinen Schuhe aus. Er hielt ihre nackten Füße in seinen Händen.

»Ihre Füße sind kalt und naß«, sagte er.

Und er ließ sie die Füße gegen den Rand des Kamins stützen.

»Und so bleiben Sie«, sagte er.

Sie blieb so, ohne sich zu rühren. Sie betrachtete ihn mit einem Blick, der ihm zu danken schien, daß er wiedergekommen war, und dafür, daß sie wieder die Wärme seiner Hände spüren durfte.

Doch er hatte sich schon weggewandt.

»Dabei bekommt man Lust zu singen«, sagte Frau Helene.

Das Feuer knisterte. Marthe trug dickes Holz herbei. Barbe sah nach, ob das Wasser kochte.

»Kommen Sie«, sagte Joséphine zu Bobi.

Sie stand wieder dicht vor ihm und sah ihm direkt in die Augen. Sie lächelte.

»Reichen Sie mir doch bitte die Schüssel von da oben herunter, Sie sind ja groß genug.«

Sie befahl – und er gehorchte. Es lohnte zwar wirklich nicht, sich die Füße am Kamin zu wärmen, aber trotzdem blieb Aurore sitzen, ohne sich zu rühren. Es war trotz allem ein schönes Gefühl, ihm zu gehorchen.

Draußen ertönte das Waldhorn; dieselbe Melodie wie am Morgen, aber jetzt schneller, und es war, als habe die ganze Weite des Plateaus mit eingestimmt, und nun woge sie in sanften Wellen auf und nieder wie das Meer, das vom Winde bewegt wird.

Bobi ging hinaus: »Was ist?« fragte er.

Der Frühlingshimmel, mit bläulichen Gewitterwolken, von einer strahlenden Sonne erleuchtet, wiegte sich in den Zweigen der Bäume. Scharenweise flogen Vögel vorüber; der Wind trug eine Wolkenlast heran und knickte das Gras.

»Wer kommt denn da noch?« rief Honoré.

»Es ist Randoulet«, sagte Jourdan.

»Vielleicht bringt er ein Zicklein mit«, sagte Jacquou. »Die Portionen vom Hasen werden sehr klein.«

Zwischen den blühenden Mandelbäumen kam das Leinendach des Karrens zum Vorschein. Im nassen Acker war er nur langsam vorwärtsgekommen, jetzt hatte Randoulet festen Boden unter den Rädern und kam schnell näher, in der einen Hand schwang er die Peitsche.

»Das Waldhorn«, sagte Jourdan.

Der Sohn Carle setzte das Waldhorn an die Lippen.

Die Frauen kamen zur Tür.

»Wer ist es?« fragte Joséphine.

Marthe beschattete mit der Hand ihre Augen.

»Es ist Randoulet«, sagte Jourdan.

»Wir kommen mit dem Gewitter«, schrie Randoulet.

»Nicht so schnell«, rief Jourdan. »Spanne dahinten aus. Hier ist schon der Bratspieß aufgestellt.«

»Dann kommt die Körbe holen«, sagte Randoulet.

»Faß auch an, Schwarzer«, rief er seinem Hirten zu. Ich gehe zu den andern; spanne du inzwischen aus. Kommst du, Carle?«

»Du hast Carle mitgebracht?«

»Er ist noch im Wagen. He, Carle.«

»Da bin ich«, rief Carle, »ich bin hier zwischen den Flaschen und Körben. Wartet, ich muß mich da erst herauswinden.«

»Ich habe ein Zicklein mitgebracht«, sagte Randoulet, »und es ist schon fix und fertig gespickt und in seine Netzhaut gewickelt; es braucht nur noch auf den Spieß gesteckt zu werden.«

Marthe winkte:

»Ist Honorine auch da?«

Honorine half dem Schwarzen beim Ausspannen.

»Komm her«, rief Marthe, »das ist Männerarbeit. Hier ist genug zu helfen, beeile dich.«

»Wir haben Zulma verloren«, sagte Honorine zu Jourdan.

»Wieso verloren?«

»Seit gestern abend ist sie fort.«

»Sie ist hier«, sagte Bobi.

»Hast du sie gesehen?«

»Ja, ich habe sie gesehen, sie schlief; ihr könnt ganz ohne Sorge sein.«

Randoulet nahm Bobi bei den Schultern.

»Ich will es dir nur gleich sagen, ich bin gekommen, um deinen Hirsch zu sehen«, sagte er.

»Alles schön der Reihe nach«, sagte Bobi. »Jetzt ist es Zeit zum Kochen. Das übrige kommt später.«

»Was aber gleich kommt«, sagte der Schwarze, »ist das Gewitter.«

Ein blaues Wolkengebirge zog langsam am Himmel herauf, und darunter jagte der Wind heran. Die Wolken hatten sich schon vor die Sonne geschoben.

»Es wird nur einen Hagelschauer geben.«

»Was machen wir nur?«

»Wir machen das Zicklein und den Hasen auf demselben Spieß fest«, sagte Jacquou. »Wir zünden Feuer an, und es muß schon ein böses Wetter sein, wenn es wieder ausgeht. Ich halte den Spieß, und das Wetter wird ihn mir hoffentlich nicht entreißen. Vorwärts, ihr Jungen, die Alten sind noch wetterfest. Los, macht Feuer an.«

»Wir haben Carle auf der Landstraße getroffen«, sagte Randoulet. »Von seinem Hengst stammen alle unsere Pferde, und er geht zu Fuß.«

»Das ist unrecht«, sagte Bobi.

»Da haben wir zu ihm gesagt: Steig auf, wir fahren auch hin.«

»Der Junge war ja schon ganz früh mit seinem Waldhorn hier.«

»Hilf uns lieber, anstatt zu schwatzen«, sagte der Junge. »Ich bringe euch Holz, geh du auch welches holen.«

Sie hatten aus großen Steinen eine Feuerstelle hergerichtet.

Jourdan maß zwei Schritte aus.

»Mein Bratspieß ist zwei Schritte lang«, sagte er.

»Das ist zu lang«, sagte Jacquou, der das Holz Stück für Stück aufschichtete. Er hatte den Hut aus der Stirn geschoben, und seine gestrickte Krawatte hatte sich gelöst.

»Nein«, sagte Randoulet, »in die Mitte kommt das Zicklein, auf die eine Seite der Hase und auf die andere die Würste.«

Das Feuer flackerte jetzt hell auf, und die Flammen schlugen von allen Seiten zwischen den Steinen empor. Plötzlich hörten sie, wie der Regen auf die Bäume prasselte.

»Aha«, sagte der Schwarze, und er deutete auf den weißen Kern des aufziehenden Gewitters.

Es schwoll an, war rund und schwer, und der Kern war weiß wie eine Kreidemühle, es kam jetzt sehr schnell näher.

»Den Spieß«, sagte Jacquou.

»Hier«, sagte Jourdan.

»Das Zicklein.«

»Da hast du es«, sagte Randoulet.

»Her damit, auf den Spieß.«

Marthe, beunruhigt von der wachsenden Dunkelheit, war auf die Schwelle getreten.

»Kommt doch herein«, rief sie den Männern zu.

»Nein«, riefen sie alle gleichzeitig.

»Den Hasen«, sagte Jacquou.

»Da hast du ihn«, sagte Honoré.

Er hatte ihn in größter Eile abgehäutet und ausgenommen; an seinen Fingern klebte noch Blut.

Jacquou erstickte die Flamme; die Glut breitete sich aus; auf jeder Seite der Feuerstelle züngelten noch kleine blaue Flammen hoch. Jacquou trat sie mit dem Absatz aus.

»Her mit dem Spieß, laßt das Holz im Trocknen, ihr bringt es nach und nach. So«, sagte er, »wenn ihr euch jetzt unterstellen wollt, geht nur, ich bleibe hier.«

»Wir bleiben alle«, sagten sie.

»Die Welt ist schön«, sagte Bobi.

»Das hängt davon ab, was man schön findet«, sagte der Schwarze.

Und gerade in diesem Augenblick zeigte sich das granitene Herz des Gewitters, es schoß kerzengrade vom Himmel herab, und ganz plötzlich peitschte der Regen auf sie nieder, der Wind packte sie und schüttelte sie, er wirbelte Staubwolken auf, fuhr in die Glut und hob sie empor, er blies in die Pfanne, die unter dem Gewicht des Ziegenkitzes klirrte. Und der Duft nasser Erde umgab sie.

Jacquou bückte sich.

»Trocknes Kleinholz«, sagte er.

Er hatte sich mit dem Rücken gegen den Wind gestellt, um das Feuer zu schützen, das der Sturm hochzuheben und fortzutragen drohte.

»Das Zicklein«, sagte Jourdan.

»Laß nur«, sagte Bobi, »der Regen würzt es.«

Er stand da, lächelnd, mit wirrem Haar, und seine Augen waren glänzend und hell.

Die Frauen riefen:

»Kommt doch herein, ihr seid ja verrückt.«

Doch ein Windstoß warf die Tür zu; man sah jetzt ein Gesicht hinter der Scheibe; es war nicht zu erkennen, wer es war, man sah nur, daß Zeichen gemacht wurden: so kommt doch.

»Nein«, sagten die Männer, »warum denn?«

Ihre Gesichter glänzten vom Regen wie Öl.

Carle, Vater und Sohn, kamen mit trocknem Holz gelaufen. Sie warfen es ins Feuer, und die Flamme schlug hoch, eine große Flamme, rot wie Blut; sie schoß empor, als habe man eine der großen Adern der Welt durchschnitten. Es wurde viel Holz gebraucht. Die beiden Carle waren schon wieder zurückgelaufen. Jourdan ebenfalls, auch Bobi, der Schwarze und Randoulet.

Jacquou nahm den Spieß aus der Glut. Jetzt handelte es sich darum, die Flamme neu anzufachen und zu zeigen, daß hier nur ein Wille galt, der Wille des Mannes, nicht der des Gewitters, des Himmels oder der Frauen.

Der Schwarze warf einen großen Armvoll trocknen Holzes ins Feuer. Die Flamme sprang hoch. Honoré warf seine Holzlast hinein, dann Jourdan, dann Carle und schließlich Bobi. Die Flamme zischte wie eine Schlange im Käfig, dann heulte sie an der einen Ecke auf, schnellte eine spitze Zunge heraus, öffnete weit den blauen Rachen und verschlang die Holzmassen, zermalmte sie zwischen ihren blutroten Kiefern, und mitten im Regen sang sie ihr wildes Lied, das Lied des Feuers.

Die Männer traten vom Feuer zurück.

Das Gewitter hatte sich gedreht, es zog nach Süden ab. Als es über der sumpfigen Ebene hing, trug das Echo aus der Ferne das Grollen des Donners herüber; starker Duft von Kräutern und Pflanzen erfüllte die Luft, und es roch nach Harz. Weit hinten, über den Hügeln und den Tannenwäldern zog es ab. Schließlich verlor es sich wild aufbrodelnd in den Schluchten am fernen Ende des Tales, und das schwache Grollen des Donners hörte sich an wie ein leerer Karren, der im Gebirge über steinige Wege rollt. Jetzt kam die Sonne zum Vorschein. Der Himmel war reingewaschen und mit kleinen Wölkchen übersät wie eine Wiese mit Gänseblümchen. Die Bäume seufzten. Die Dachziegel klagten leise. Eine Taube gurrte. Der Wind machte noch zwei, drei große Sprünge; dann streckte er stumm seine langen Glieder im Grase aus; das Gras legte sich nieder, und so blieb der Wind kraftlos und golden und war bald darauf eingeschlafen; sein Atem ging leiser, lächelnd ruhte er aus, wie ein guter Arbeiter nach getanem Werk.

Die Tür ging auf. Die Frauen kamen. Im Sonnenlicht glänzten die nassen Gesichter der Männer; in ihren Bärten, im Haupthaar und im weichen Flaum auf den Wangen spielte das Licht in den Farben des Regenbogens.

»Na, ihr Starrköpfe.«

»Wir haben gewonnen.«

»Und was habt ihr davon?«

»Wir haben eben gewonnen.«

»Ihr seid naß geworden.«

»Wir werden auch wieder trocken.«

»Was für ein Einfall, und dabei eigensinnig wie die Ziegenböcke. Seht euch das an!«

»Das heißt leben.«

Die Frauen hatten leuchtende Augen, größer als gewöhnlich und voller Farben, und die Gesichter der Männer spiegelten sich darin.

»Und jetzt«, sagte Jacquou, »wird fertig gebraten.«

Und er schlug die Flammen aus, um Glut zu bekommen.

Er legte den Spieß darüber. Honoré, Vater und Sohn Carle halfen.

Die Frauen blickten zum Himmel.

Aurore trat zu Bobi.

»Sie sind naß geworden«, sagte sie.

»Und Sie«, fragte er, »haben Sie jetzt warme Füße?«

»Sie sind ganz warm«, sagte sie, »ich war folgsam. Nun gehorchen Sie mir aber auch; kommen Sie, ich werde Ihre Haare trocknen.«

Er sah sie an, und seine Augen wurden traurig. Er sagte:

»Kommen Sie mit mir, wir wollen nachsehen, ob die Pferde sich nicht erschreckt haben.«

Sie gingen zum Schuppen. Er nahm ihre Hand, und sie schritten nebeneinander her wie morgens bei der Heimkehr von den Feldern.

Frau Helene sah ihnen nach.

»Er muß von jenseits der Alpen kommen«, sagte sie, »sehen Sie nur seine glatte Stirn und den Mund mit den Grübchen, wenn er etwas Lustiges sagt, und was er für schmale Lippen hat.«

»Ein schöner Mann«, sagte Joséphine. »Er hat breite Schultern.« Sie strich sich mit beiden Händen über das Mieder. Mit einemmal hatte sie das Gefühl, als sei sie trotz ihrer Kleider ganz nackt, nackt, blühend und schön, in ihr erwachte eine warme, weiche Sehnsucht, wenn sie Bobi ansah.

»Warten Sie«, sagte Bobi.

Sie bogen um die Ecke des Hauses. Sie waren allein. Die Pferde im Schuppen standen ruhig.

»Sie haben mich gebeten, Ihnen zu gehorchen und meine Haare zu trocknen.«

»Ja«, sagte sie.

Sie war etwas kleiner als er und lehnte sich mit dem Rücken an die Mauer; er hatte ihre Hand losgelassen, ihre Arme hingen herab. Die Schultern etwas vorgeneigt, stand er leicht gebückt vor ihr.

»Noch nie hat ein Mensch sich meinetwegen Sorgen gemacht«, sagte er.

Stumm blickte sie ihn an.

»Ich war immer allein«, fuhr er fort, »und immer habe ich mich um andere gesorgt. Sie sind fast noch ein Kind, und es gibt vieles, was Sie nicht verstehen. Aber Sie haben da eben einige Worte gesagt und dabei eine Bewegung gemacht, die Bewegung mit der Hand, nach meinen Haaren, als wollten Sie selbst sie trocknen. Und das hat noch nie ein Mensch für mich getan. Das ist etwas ganz Neues für mich. Ich war immer allein. Immer. Und immer war ich es, der versucht hat, den andern die Haare zu trocknen, verstehen Sie? Wenn meine Haare naß waren, wußte ich, daß keiner sich darüber Gedanken machte, verstehen Sie? Und das war sehr bitter, verstehen Sie?«

Sie senkte den Blick.

»So habe ich versucht«, sagte er, »mit den Dingen, die im allgemeinen wenig gelten, Freundschaft zu schließen. Ich erscheine Ihnen wohl etwas verrückt. Vielleicht bin ich es. So habe ich nach und nach mit allem Freundschaft geschlossen, was meine Freundschaft haben wollte. Ich habe von keinem etwas verlangt, weil ich immer Angst hatte, daß man nichts von mir wissen wollte, und weil ich fürchtete, zurückgestoßen zu werden. Ich bin ein Nichts, verstehen Sie. Aber von den Dingen, an die man im allgemeinen gar nicht denkt, habe ich stets sehr viel verlangt, Dinge, Fräulein Aurore, an die man nur dann denkt, wenn man wirklich ganz allein ist. Ich meine: die Sterne, die Bäume, die Tiere, Tiere, die so klein sind, daß sie stundenlang auf meiner Fingerspitze spazierengehen können. Verstehen Sie mich? Die Blumen, die Erde, mit allem, was darauf wächst. Von all den Dingen, nur nicht von meinen Mitmenschen; denn wenn man sich angewöhnt, mit der Umwelt so zu sprechen, wie ich es tue, ist man schließlich nur noch schwer zu verstehen.«

Sie sah ihn an, ihre Augen hatten die Farbe blasser Veilchen.

»Ich verstehe Sie sehr gut«, sagte sie.

Er nahm ihre Hand:

»Sehen Sie, Fräulein Aurore, wenn ich die Menschen nie um etwas bat, so geschah dies nicht, weil ich sie nicht brauchte; sehen Sie, gerade weil ich sie so dringend brauchte, bin ich immer der Gebende geblieben.«

»Ja«, sagte sie, »ich verstehe, aber nur ganz langsam. Doch eines verstehe ich gut, Sie sprechen immerzu, obgleich Ihre Haare noch ganz naß von dem Gewitterregen sind, und gehorchen mir nicht; Sie trocknen Ihre Haare nicht, und Sie werden sich erkälten, besonders hier, in diesem zugigen Winkel zwischen der Scheune und dem Schuppen.«

»Es ist wahr«, sagte er, »Sie haben recht, man muß immer einfach das Richtige tun.«

Sie löste den Knoten ihrer Schürze, und er trocknete sich den Kopf mit dem weichen Leinen. Der Stoff war noch ganz warm.

Jacquou hatte es fertiggebracht, Herr des Feuers zu werden, Herr des Bratspießes, der sich gleichmäßig drehte, auch Herr der Frauen, die in die Küche zurückgekehrt waren, und schließlich Herr der übrigen Männer. Er kommandierte: »Begießt den Speck!« und sie schöpften Soße aus der Pfanne und begossen den Speck. Er befahl: »Bringt Holz!« – sie schleppten Holz herbei. Sagte er nichts, so standen sie um ihn herum und sahen zu, wie das Zicklein und der Hase sich drehten und goldbraun wie Sonnen wurden. Er hatte es anscheinend auch verstanden, Herr des Wetters zu werden. Keine Spur mehr vom Gewitter. Über ihnen war der Himmel so klar und rein wie eben nur ein Morgenhimmel an einem schönen Frühlingstage. Weit in der Runde, um den Hof und um die Männer glänzten die nassen Wiesen wie Wasser.

Jacquou hockte neben dem Feuer und lauschte auf das leise Krachen des Bratspießes unter der Last des fettglänzenden Fleisches.

Jourdan kniete neben ihm und überwachte die Braten. Eben war die goldbraune Haut an der Schulter des Zickleins aufgesprungen; es war, als öffne sich ein Mund, und beim Aufplatzen hatte es »klock« gemacht; gleich begannen die Lippen aus dünner Haut, sich zu kräuseln, und ein Duft von verbrannter Milch verbreitete sich. Jourdan nahm die Schöpfkelle und löffelte Soße darüber.

»Ja«, sagte Jacquou.

»Hast du ihn mit Farce gefüllt?« fragte er Honoré und zeigte auf den Hasen.

»Gewiß.«

»Mit was für einer?«

»Mit der Leber, dem Gekröse des Zickleins, einer halben Wurst und kleingehacktem Fleisch«, sagte der Sohn Carle.

»Ja«, sagte Honoré, »und außerdem noch mit gewiegtem Spinat.«

Randoulet blickte ins Feuer. Er war naß geschwitzt, und wenn er sich die Stirn trocknete, wurde sie sofort wieder naß. Wie gebannt blickte er auf den Spieß, der bald die eine Seite des Fleisches dem Feuer zudrehte, bald die andere – man hörte es schmoren und knistern –, bald die eine, bald die andere Seite dem frischen Lufthauch zukehrte, der von den Feldern herüberkam – sie sahen, wie der Wind über die Braten hinstrich, das Fett kühl wurde und sich kräuselte –, der Wind, der erfüllt war vom Duft der blühenden Bäume und der Narzissen.

Randoulet war ein dicker Mann, mit einem dreifachen Kinn und einem runden Leib, der den Gürtel zu sprengen drohte.

Carle drehte sich eine Zigarette.

»Holz«, sagte Jacquou.

Carle ging, um Holz zu holen. Er feuchtete seine Zigarette mit der Zunge an.

Der Schwarze blickte zum Himmel.

Nein, es war nichts mehr zu befürchten.

Eine Frau in der Küche sang; es war wohl Joséphine.

Im Monat Juli,
Zur Erntezeit,
Kam ein junges Ding zu mir,
Das trug Blumen in den Armen,
Denn es kam nicht aus der Stadt.
Sie wiegte ihren Körper,
Wie die Wellen das Schifflein,
Und im Hauch auf ihren Lippen
War die Güte ihres Herzens.

Bobi kam; die Männer saßen um das Feuer, und Carle trug Holz heran.

»Geh du auch welches holen«, sagte Jacquou, und der Sohn Carle ging zum Holzstapel. Randoulet sah zu, wie der Bratspieß sich drehte. Er schwitzte und trocknete sich das Gesicht mit dem Handrücken. Jourdan, die Schöpfkelle in der Hand, belauerte die aufspringenden Risse im Braten. Jacquou legte Holz auf, ein Stück auf das andere, dorthin, wo sich in der Glut weiße Täler bildeten, und hier und da ein paar trockne

Stückchen auf die rotglühenden Bergspitzen, daß sie hell aufflammten. Das Fleisch schien aufzuschreien, und Jourdan zog sich vom Feuer zurück; er hielt die Hände schützend vor die Augen.

Das Feuer hatte die Kleider der Männer getrocknet. Nur unten an den Beinen dampften sie noch, es roch nach feuchter Wäsche. Bobi dachte daran, wie er sich mit Aurores Schürze, die noch warm war, Kopf und Hals getrocknet hatte. Drinnen summte Joséphine:

»Und drückte mir behutsam
Die Lippen auf die Stirn ...«

und dann hörte man, wie sie mit dem Hackmesser die gebrühten und gerupften Hühner zerteilte, denn die Frauen waren dabei, ein Frikassee zu machen. Von dem, was sie sang, waren nur einzelne Worte zu unterscheiden:

»Macht mir einen Stern ... mein Herz ... Schmerz ... Liebe!«

Marthe sang die dritte Stimme, Frau Helene den Sopran, Barbe die Falsett-Stimme, auch Honorine sang mit, doch Aurores reine, helle Stimme übertönte alle andern:

»Ach, du mein schönes Kind, ach, sage es mir,
Auch wenn es für andere Lüge ist,
Ich glaube es dir!«

»Sie singen«, sagte Jacquou.

Das kam selten vor.

»Es ist wahr«, sagte Randoulet.

Und Carle, der mit dem Holz zurückkam, sagte auch:

»Habt ihr gehört?«

Randoulet räusperte sich, seine drei Kinnfalten bebten, er stellte sich auf seine kurzen, dicken Beine, wandte sich dem Hause zu und öffnete den Mund ... Sie wußten alle, was nun kommen würde.

»Halt«, rief Jacquou und hob die Hand, »wir haben schon das Gewitter gehabt und gerade noch rechtzeitig, ehe wir mit dem Braten angefangen hatten. Und es ist gutgegangen. Wenn du aber jetzt zu singen anfängst, wird es finster, die Erde fängt an zu beben, und der Blitz zerschmettert uns. Wir brauchen mindestens noch eine Viertelstunde Ruhe, bis die Braten gar sind. Du kannst nach dem Essen singen.«

»Oh«, sagte Randoulet bedauernd, »ich wollte ihnen nur den Refrain von

›Schöner Tambour ...‹

vorsingen, um Sie anzuregen.«

»Na was denn«, sagte Jacquou, »das hätte genügt.«

»Wenn man nicht einmal mehr singen darf«, sagte Randoulet.

»Aber natürlich darfst du«, sagte Jourdan. »Später. Und sieh an, ob es wahr ist, was Jacquou gesagt hat, kaum hast du den Mund zum Singen aufgemacht, sind schon drei Regenpfeifer da.«

Drei Regenpfeifer mit rotgeränderten Schwingen flogen vorüber.

»Siehst du es nun ein?«

»Ach«, sagte Bobi, »das schönste ist, daß wir alle Lust zum Singen haben. Was meint ihr dazu?«

Er blickte sie an, einen nach dem andern. Und er sah ihnen an, daß auch sie froh waren. Doch er bemerkte auch, daß sie ein wenig nachdenklich wurden und besorgt auf das Plateau, die Äcker und in die Welt hinaus blickten. Dort war alles wie immer, nur lag da zwischen all den andern ein schöner, fetter Acker, dicht bewachsen mit blühenden Narzissen, und ein andrer Acker mit Immergrün. Blumenduft hing schwer in den Lüften, süß und betäubend, und das vertraute Antlitz der Erde hatte sich durch diese ungewohnte Schönheit gänzlich verändert; dahinter zogen sich die Felder, grau und eintönig, bis zum Horizont hin.

Randoulet trocknete sich die Stirn, er trat zu Bobi.

»Und der Hirsch?« fragte er.

»Ja, wirklich«, sagte Bobi.

»Höre«, sagte Randoulet, »ich muß eingehend mit dir sprechen. Der Hirsch hat mir neue Ideen gegeben; mir ist da so manches eingefallen, was die Schafe anbelangt, die Tiere überhaupt, mein Weideland, meine Wiesen, die ganze Erde. Na, du wirst sehen.«

»Wißt ihr, was ihr machen solltet«, sagte Jacquou, »ihr solltet da drüben einen Tisch aufstellen; da sind wir im Schatten. Das Wetter meint es ja gut mit uns.«

»Wann seid ihr soweit?«

»In einer Viertelstunde ist alles gar.«

»Und die Frauen?«

»Geht sie fragen.«

»Frauen!«

»Wir haben Namen«, schrien sie zurück.

Jourdan und Jacquou blickten sich an und lachten.

»Es ist immer das gleiche«, sagte Jourdan, »sowie sie zu mehreren sind, werden sie mutig.«

»Was wollt ihr von uns?« schrien die Frauen.

»Wann seid ihr soweit?«

»Wir sind gleich fertig.«

»Das heißt«, sagte Jacquou, »daß wir noch Zeit haben, den Tisch aufzustellen. Also los, Kinder.«

Marthe kam heraus.

»Komm«, sagte sie zu Bobi.

Und sie zankte ihn aus.

»Ich will ja nicht sagen, daß du es heute morgen schon gewußt hast, aber jetzt hättest du daran denken können. Du und Jourdan ebenfalls. Er zuerst einmal, aber du auch. Geh, wechsele dein Hemd. Zieh dir ein frisches an. Vielleicht das hellblaue. Und dann schicke ich ihn auch hinauf. Ich will, wenn wir alle zusammen essen, daß Ihr beiden hübsch sauber seid. Also geh.«

Frauen möchten immer, daß alles hübsch sei, auch die nebensächlichen Dinge. – Die Geschehnisse begannen sich zu ordnen; der Tag nahm Gestalt und Form an; es war so, als beginne man mit dem Bau eines Hauses; zuerst ist da nur ein Steinhaufen und ein Haufen Sand; dann wird die Erde ausgehoben, eine Mauer steigt aus dem Erdboden auf, das ist das

Fundament. Die Mauern wachsen, ein Dach bedeckt sie, die Fenster öffnen sich, die Räume führen einer in den andern, und nun ist es eine Stätte, an der man leben kann, mit Zimmern nach Norden und Zimmern nach Süden, Korridoren, in denen der Ostwind heult, und mit vier Grundmauern, von denen in der Mittagsstunde zwei im Schatten liegen und zwei in der Sonne, und die Scheitellinie, die den Tag von der Nacht trennt, läuft wie die Diagonale des Daches.

Bobi ging in seine Kammer hinauf. Plötzlich trat er vom Fenster zurück und versteckte sich, um etwas zu beobachten. Er hatte den Hirsch gesehen, doch der war nicht allein. Neben ihm schritt das junge Mädchen, das er am frühen Morgen schlafend neben dem Lattenzaun des Schuppens gefunden hatte. Bobi dachte an ihr Lächeln. Der Hirsch und Zulma gingen am Rande des Obstgartens.

Und sie schienen verzaubert.

»Ach ja«, sagte Bobi.

Hinter ihnen der Obstgarten, die Blüten, das Schlangengewirr schwarzer Äste und Zweige; die Schatten im Obstgarten waren weich und huschend, nicht schwarz, sondern grünlich, wie das Licht auf dem Grunde eines Flußbettes. Die Bäume verdeckten den Himmel nicht; sie hoben sich vom Hintergrund der Hügel und Berge ab. Die Hügel mit den Wacholdersträuchern, den kleinen beackerten Feldstücken, den Gebüschen und den Steineichen sahen aus wie dicke rostrote Teppiche, wie man sie an Winterabenden aus Wollresten knüpft. Die hohen Bergspitzen waren zu dieser Jahreszeit noch funkelndes Eis. Zwischen den höchsten Gipfeln lag verloren ein kleines Dorf; es war kreisrund, gezackt und golden wie eine leuchtende Königskrone auf einem alten Bild. Wie aus einem zerbeulten Kessel stieg aus einem niedrigen Eichengehölz Rauch auf. Er kam wohl von einem Kohlenmeiler. Im Osten schimmerten die Bäume, die Flur und die Felsen grünlich, durchflossen vom goldenen Band des Lichtes, das schräg von der Sonne auf die Erde herabreichte. Je weiter man sich aber nach Westen wandte, um so mehr wurden die fernen Dinge durch Schatten und spielerische Farbflecke voneinander getrennt; man sah nicht mehr die geschlossene glänzende Masse der Hügel, man konnte die einzelnen Bäume unterscheiden, man konnte fast erkennen, wie sie sich auf und nieder wiegten; man sah die dunklen Schatten der Eichen auf den Wiesen, den dichten Grasteppich, neben einsamen Bauernhöfen, die Farbe der Mauern war zu erkennen, die eckigen Formen der Gebäude, das Schillern der Taubentürme, deren Bewurf mit Glasstücken gespickt wird, um damit die wilden Tauben aus den entfernten Wäldern durch die Reflexe des Sonnenlichtes anzulocken. So konnte man sich vom Leben der Menschen eine Vorstellung machen. Auf Tausenden von Pfaden unter Bäumen und zwischen hohem Gras hörte man das Rascheln menschlicher Tritte, wie das wimmelnde Leben in einem Ameisenhaufen. Je mehr man sich jedoch der Seite des Sonnenunterganges zuwandte, desto mehr verschwammen die Dinge im Dunst der Feuchtigkeit, die aus den Tälern aufstieg und von den grünen Kräften der Wälder.

Das Leben auf der Erde, Menschen, Bäume, bestellte Felder, grüne Fluren und Wälder verschmolzen mit dem Himmel.

Der Hirsch und Zulma schritten am Rande des Obstgartens. Sie hatten ihre Schritte aufeinander abgestimmt, die Körper wiegten sich im gleichen Rhythmus.

»Was hat sie denn im Haar?« fragte sich Bobi. »Es sieht aus wie ein Ährenkranz.«

Im Winkel neben dem Bett wechselte er das Hemd.

Unter dem Fenster hörte er die Tritte des Hirsches und Zulmas Schritte; er lief zur Tür und die Treppen hinunter. Von allen Seiten des Hofes ertönten Rufe und Schreie.

VIII

Bobi ging durch die leere Küche. Die Frauen hatten das Hühnerfrikassee sich selbst überlassen. Er trat auf die Schwelle. Alle waren draußen bei den Männern, sie schienen etwas zu beobachten. In dem tiefen Schweigen waren nur die Tritte des Hirsches zu hören.

Er ging neben Zulma her, gewichtig und selbstbewußt. Sein Rücken und seine Schultern glichen wandernden Hügeln, und das Geäst auf seinem Kopfe glich einem wirklichen Baum. Mit dem Leuchten seines glänzenden Fells, mit seinen schönen Augen und seinem freien, offenen Blick, mit jeder seiner friedlichen Bewegungen hielt er sie alle im Bann.

Zulma setzte ihren nackten Fuß auf den Erdboden, die Zehen standen weit auseinander, dann schlossen sie sich, der lange Rock verhüllte den Fuß, der andere Fuß machte einen Schritt vorwärts. So ging sie gemessen und ruhig, flach setzte sie die Füße auf den Erdboden, voller Vertrauen auf seine Festigkeit. In den Armen hielt sie ein Grasbüschel. Sie hatte den Kopf auf die Schulter geneigt und die Augen gesenkt; ihr Mund war traurig; und alle dachten bei ihrem Anblick an die bittere Zeit der Ernte.

»Es sind ihre Haare«, sagte sich Bobi, »ihre Haare sind goldgelb wie reifes Korn.«

Die vielen kleinen Flechten über ihren Ohren sahen wirklich wie Kornähren aus; im Genick trug sie einen Knoten, und drei oder vier Flechten hingen an den Seiten ihrer Stirn herab.

Ja, es erinnerte in allem an reife Kornähren, an die festen, glänzenden Körner, die Halme, die Stiele, und doch waren es ihre Haare, vergoldet von der Sonne; man brauchte sie nur anzusehen und spürte schon die schwere Luft eines Erntetages im Hochsommer und den Geruch von Schweiß und Staub.

Zulmas Gesichtsausdruck war traurig und starr, mit einer müden Bewegung neigte sie den Kopf. Ihre Lippen hatten einen bitteren Zug; man mußte an verlassene Korngarben und leere Stoppelfelder denken.

»Wo warst du?« fragte Honorine.

»Ich habe Kresse gepflückt«, sagte sie.

Und wirklich, in den Armen hielt sie ein ganzes Bündel Kresse, ganze Hände voll hatte sie am Bachrand ausgerupft.

»Aber du bist doch gestern abend schon fortgegangen?«

»Ja«, sagte sie, ohne aufzublicken, und bewegte kaum die herben Lippen.

»Laß sie in Ruhe«, sagte Jacquou.

»Nein«, sagte Randoulet, »du siehst ja, was sie treibt« – und er deutete auf die Kresse – »immer geht sie dorthin, wo Wasser ist.« (Mit spitzen Fingern betupfte Zulma ihre Haare, ihre Wangen, und schließlich rückte sie eine von den Flechten über den Ohren sorgsam zurecht.) »Eines Tages wird sie ertrinken, ihr werdet es sehen.«

»Laßt sie in Frieden«, sagten die Frauen, »überlaßt sie uns, komm, Zulma.«

Marthe legte den Arm um sie.

»Gib her«, sagte Frau Helene und nahm ihr das Bündel Kresse ab, »komm!«

»Ihr Leib ist ganz naß«, sagte Joséphine, »seht nur.«

»Ja«, sagte Honorine, »das ist es ja, am Wasser legt sie sich ganz flach auf den Leib und beugt sich darüber« (Zulma glättete ihre Haare mit den Fingerspitzen), »und so kommt sie darin nach Hause.«

»Es kann ihr schaden«, sagte Joséphine. »Komm, Zulma, wir wollen dich schnell trocken machen.«

Die alte Barbe sah zu und schüttelte den Kopf.

Aurore rief leise: »Zulma, Zulma!«

Eine große Zärtlichkeit war in ihrer Stimme. Sie mußte daran denken, wie sie sich am Morgen über die schlafende Zulma gebeugt hatte. Im Schlaf hatte dieses Mädchen gelächelt, sie hatte friedlich und froh ausgesehen; ihr Leib war nicht naß gewesen, und sie hatte sich nicht über gefährliche Wasser gebeugt. So kommt der Schmerz über die Menschen. Aurore wiederholte noch einmal leise:

»Zulma, Zulma!«

Die Frauen kehrten ins Haus zurück. Sie nahmen das junge Mädchen, das immer noch die Augen senkte, mit sich. Zulma ließ sich streicheln, sie ging nicht schneller als vorhin. Dieses Haus lag wohl auf dem geheimnisvollen Wege, dem sie blind folgte und den sie allein kannte. Die Frauen hatten sich ihren Schritten angepaßt. Die Röcke raschelten, und von Zeit zu Zeit fiel ein leises Wort: »Komm, mein Kind.« Und dann rief Aurore:

»Zulma, Zulma!«

Honorine ging hinter ihnen her und sprach mit sich selbst. Sie versuchte mit ihren kurzen Armen weitausholende Bewegungen zu machen. Sie sagte:

»Was soll man bloß tun, was soll man bloß tun?«

Bobi trat zur Seite, um die Frauen vorbeizulassen. Er wollte die Augen des jungen Mädchens sehen. Doch sie hielt die Lider darüber gesenkt; lange, gebogene Wimpern, dicht wie Federn, beschwerten die Ränder.

»Fort, zu den andern«, sagte Joséphine, »wir werden Zulma ausziehen und abtrocknen.«

Sie hatte ein schönes, frauliches Lächeln. Ihre vollen Lippen leuchteten, ihre Zähne waren stark, und sie blickte jedem direkt ins Gesicht, mit Augen, die nichts zu verbergen hatten und frei ihre Meinung sagten. Sie seufzte; dann schloß sie die Tür.

Der Hirsch war ihnen gefolgt. Er beroch die Schwelle, auf die Zulma ihre Füße gesetzt hatte. Dann hob er den Kopf, schüttelte das Geweih, reckte den Hals und stieß eine lange schrille Klage aus, dabei schweifte sein Blick über die Felder, ein langer Speichelfaden zitterte unter seinem Kinn.

Bobi sah ihn an.

»Ich weiß nicht, wie ich dir helfen soll.«

»Was für ein Lärm«, schrie Jacquou.

Er hielt sich die Ohren zu.

Jourdan, auch Carle und Honoré, einer nach dem andern hielt die Hände vor die Ohren.

Der Schwarze blickte zum Himmel.

Die beiden Kinder waren vergessen worden und liefen nun auf das Haus zu; mit ihren kleinen Fäusten hämmerten sie gegen die Tür, die von innen verriegelt war. Joséphine öffnete ihnen und ließ sie eintreten, Durch die Türspalte war eine große rote Flamme im Kamin zu sehen, davor eine weiße Gestalt und Haare, die wie reifes Korn aussahen.

»Schnell herein mit euch«, sagte Joséphine, »und ihr Männer bringt das Tier zum Schweigen.«

Sie schloß die Tür.

»Was willst du denn?« fragte Bobi den Hirsch, »ich weiß ebenso wenig darüber wie du. Es geschieht ihr nichts, ihr Leib wird getrocknet; der Leib der Frauen ist empfindlich.«

»Blase das Waldhorn«, schrie Jacquou.

Er hielt sich immer noch die Ohren zu.

Der Sohn Carle setzte das Waldhorn an die Lippen; er begann zu blasen wie am Morgen, wie vorhin, die sechs, acht friedlichen Töne, langgezogen und traurig, die den Horizont zu sprengen schienen, die das Echo ringsum weckten und vor denen sich Wege auftaten, die in die Welt hinausführten.

Der Hirsch war ruhig geworden; er sah Bobi an.

»Ja«, sagte Bobi, »ich verstehe dich. Vielleicht ist noch Hoffnung. Nachher werde ich mit ihnen sprechen.«

Und er klopfte ihm den Hals.

»Höre zu«, sagte er, »höre zu, was das Waldhorn erzählt; wenn sie nicht mehr mit Worten sprechen, scheint es fast, als verstünden sie. Das Verständnis ist auf dem Grunde ihres Herzens. Noch ist Hoffnung, denn schon haben sie Verlangen nach ein wenig Musik. Und das ist ein gutes Zeichen.«

Der Hirsch rieb den Kopf an Bobis Brust.

»Ja«, sagte Bobi, »sie scheinen dir zu antworten. Und das, was sie sagen, ist ganz schön.«

Und er lächelte.

»Aha«, sagte Jourdan und nahm die Hände von den Ohren, »so ist es besser; was ist denn dem Tier eingefallen?«

»Nichts Besonderes«, sagte Bobi, »er wollte euch nur etwas über Zulma sagen und über euch, ganz im allgemeinen.«

»Macht er das oft?« fragte Jacquou.

»Nur wenn es nötig ist.«

Der Hirsch trottete zum Heuschober.

»Tiere sagen laut, was sie zu sagen haben.«

»Es ist nur«, sagte Randoulet, »daß es einen hier packt.«

Er griff sich an die Brust.

»Das kommt daher«, sagte Bobi, »daß sie nicht verlernt haben, sich so auszudrücken, wie es richtig ist.«

»Wieso?« fragte Jacquou.

»Weil sie auch nicht verlernt haben, zu tun, was sie tun müssen.«

»Inwiefern?« fragte Carle.

»Das ist weniger dumm, als es klingt«, sagte Bobi. »Nach dem Essen werde ich euch mehr darüber sagen.«

»Wir werden dich erinnern«, sagte Jacquou.

Jourdan sagte nichts mehr. Tief innen spürte er ein starkes Glücksgefühl. Es tat wohl, war ein ganz klein wenig schmerzhaft, aber zugleich spürte er die Heilung.

»Und die Braten?« fragte Bobi.

Glücklicherweise hatte Jacquou daran gedacht, den Spieß vom Feuer wegzurücken. Die Feder drehte sich noch automatisch weiter; das Fleisch war gar.

Der lange Tisch war aufgestellt.

»Wenn die Frauen nur fertig wären«, sagte Randoulet.

Die Tür ging auf, und Joséphine rief:

»Wie weit seid ihr Männer?«

»Wir sind fertig«, antworteten sie.

»Wir auch«, sagte sie.

Der Schwarze trat dicht an Bobi heran.

»Höre«, sagte er mit leiser Stimme, »es ist wahr.«

Und er reckte den Finger empor.

»... ich verstehe mich ein wenig darauf. Laß dir sagen, alles, alles ist wahr.«

»Laßt sie nur«, sagte Joséphine, »sie wärmt sich. Es geht ihr gut. Und nun sollt ihr sehen, wie schnell der Tisch gedeckt ist.«

Marthe kam mit einem Laken; es ersetzte das Tischtuch. Barbe brachte die Teller. Honorine den Korb mit Messern und Gabeln.

»Eine große Schüssel«, bat Jacquou.

Er nahm das Zicklein vom Bratspieß, es war ganz geblieben.

Es war Mittag; die Heimchen zirpten. Die feuchte Erde duftete. Der Wind hatte sich gelegt. Die Sonne schien sich einen Augenblick auszuruhen; sie war schwer und matt.

Das Zicklein war ganz geblieben, obgleich Jourdan es ständig begossen hatte. Es glitt vom Spieß auf die große Schüssel. Da lag es, appetitlich anzusehen, goldbrauner Saft sickerte heraus und umgab es von allen Seiten.

Honoré dachte an den Hasen. Er wartete, bis sein Schwiegervater das Zicklein vom Spieß genommen hatte. Dann wollte er den Hasen herunternehmen, aber Jacquou ließ sich Zeit und kratzte den Spieß sorgfältig mit der Gabel ab.

»Wenn du so weitermachst, werden wir Eisenspäne zu essen bekommen.«

»Du stammst aus dem Lande der Dickschädel«, sagte Jacquou. »Wenn man es nicht sieht, hört man es. Da, wo das Fleisch am Spieß sitzt, ist das Beste. Ich hatte es ja vergessen, bei dir zu Hause frißt man nur Kohlrüben. Da hast du den Spieß.«

»Wenn du den Spieß so schmackhaft findest, kannst du ihn ja als deinen Anteil haben«, sagte Honoré. »Genier dich nicht, du wirst sehen, dieser Hase ist für eine Kohlrübe, wenn ich mich so ausdrücken darf, nicht ganz schlecht im Geschmack. Tod und Teufel, ist das heiß!«

Er ließ den Hasen vom Spieß gleiten und half mit der Gabel vorsichtig nach. Ein zarter Duft von Gebirgskräutern, die mit der Leber und dem Speck geschmort hatten, verbreitete sich.

»Wie wollen wir uns setzen?« fragte Joséphine.

»Wartet«, rief Bobi, »ihr werdet sehen, hier ...«

»Wo ist Ihr Platz?« fragte sie leise und neigte sich zu ihm.

»Ihnen gegenüber.«

»Lieber neben Ihnen.«

»Gegenüber sieht man sich besser.«

»Nebeneinander ist man sich näher.«

Frau Helene trat aus dem Haus. Nach der Küchenarbeit hatte sie sich wieder mit viel Koketterie und Sorgfalt hübsch gemacht. Sie hatte ihre weißen Arme gewaschen, hatte Marthe um Puder gebeten und Hände, Arme, Wangen und Hals gepudert. Sie trug eine weißseidene Bluse mit kurzen Ärmeln und weitem Ausschnitt, mit weinroter Spitze verziert. Darunter ahnte man ihre Brust, die noch voll und fest war. Frau Helene war sehr begehrenswert. Nur ihre Augen hatten seit ihrer Witwenschaft einen schwermütigen Zug.

»Es ist schade um sie«, sagte Carle.

»Ich frage mich immer, warum er sich umgebracht hat.«

Er wollte sagen, daß ihm jene Tat bis zu diesem Tage unverständlich geblieben war.

»Alles, was vor uns lag, war so dunkel«, fügte er hinzu.

»Ja«, sagte Carle, »und ich weiß nicht, woran es liegt, aber ich habe den Eindruck, daß es jetzt heller ist.«

»Das riecht aber gut«, sagte Frau Helene.

»Es ist Honorés Farce«, sagte Jourdan.

»Hat er sie in der Art seiner Heimat zubereitet?« fragte sie.

»Seine Heimat«, sagte Carle, »ist die Heimat der Dickschädel.«

»Richtig«, sagte Honoré, der neben der Schüssel kniete und das Tier sorgfältig zerlegte, »aber in einen großen Topf geht mehr als in einen kleinen.«

Aus dem aufgeschnittenen Hasen stieg der heiße Duft der Kräuter auf. Carle kam und beugte sich über die Schüssel.

»Untier«, sagte er, »das scheint nicht übel.«

Frau Helene feuchtete sich die Lippen, sie sah Jourdan an.

»Ich liebe den Geruch von feuchtem Samt, der an Eurem Anzug haftet, mein alter Jourdan.«

»Es riecht wie ein nasses, altes Fell«, sagte Jourdan.

»Wieso alt«, sagte sie, »ich rieche das sehr gern.«

»Setzt euch«, rief Marthe, »ich bringe das Hühnerfrikassee.«

»Kommt«, sagte Bobi und nahm Aurore bei der Hand.

Und jedesmal schien es ihr, als wolle er sie ans ferne Ende der Welt führen.

»Sie sitzen neben mir«, sagte er.

»Was macht Zulma?« fragte Randoulet.

»Wir haben ihr ein schönes Kleid von Marthe angezogen. Sie ist jetzt ganz ruhig, sie singt«, sagte Honorine. »Ich gehe sie holen.«

Und sie ging ins Haus.

Die andern verteilten sich auf Bänke und Stühle. Man hatte auch einen großen Bauernsessel, der mit geblümter alter Seide bezogen war, ins Freie getragen, doch keiner wagte, ihn zu nehmen. Er stand abseits im Grase. Aurore sah, daß sich Joséphine an der andern Seite des Tisches, Bobi genau gegenüber, hinsetzte.

»Ja«, sagte Joséphine, »so ist es gut. Wenn man sich gegenübersitzt, kann man sich sehen.«

Sie strich sich die Haare glatt, ganz unbewußt fuhr sie sich mit der Zunge über die Lippen; sie waren schwellend und leuchteten wie eine große rote Blume, die sich eben erschlossen hat. Fast schämte sie sich.

»Nun, wie geht's, Fräulein Aurore?« fragte sie.

»Danke, Frau Joséphine, es geht mir sehr gut«, sagte Aurore.

Doch sie dachte daran, daß Joséphine von ihrem Platz aus Bobi die ganze Zeit sehen konnte, daß Bobi Joséphine immerzu sah und daß sie doch recht unglücklich sei, da sie nur an seiner Seite saß.

Honorine fand Zulma vor dem Feuer; sie war jetzt trocken, denn sie hatte Wäsche und Kleider gewechselt. Marthe hatte ihr Kleider, die aus ihrer Mädchenzeit stammten, gegeben: weicher, fließender Stoff, mit Spitzen garniert, einen gesteppten Rock mit Rokokoblümchen und eine Jacke mit kurzen Schößen – in der Farbe der Auberginen.

»Was machst du denn?«

Zulma blickte an sich herunter; sie hatte den Blick noch immer gesenkt und schien die hübschen Sachen, die man ihr angezogen hatte, zu betrachten. Sie war sehr erregt, ihre langen Wimpern zitterten.

»Komm«, sagte Honorine, »es wird gegessen.«

Und sie griff nach Zulmas Hand, um sie aufzurichten. Der Arm war weich und schlaff, und wenn man ihn berührte, mußte man an Wasser denken, an den Fluß, an den Teich.

»Kind«, sagte Honorine, und sie kniete neben ihr nieder. »Warum bist du heute nacht fortgeblieben? Du weißt doch, daß ich mich jedesmal vor Angst umbringen möchte.«

Die langen Wimpern hatten aufgehört zu zittern, sie bebten nur von Zeit zu Zeit ganz leicht wie ein Vogel, der reglos im Winde dasitzt.

»Und warum hast du auf der Erde neben dem Stall des Hirsches geschlafen? Warum das alles? Denke doch, was alles um dich ist, in der Nacht auf dem weiten Plateau. Und dann siehst du doch nicht, wohin du gehst, Kind. Und heute, warum bist du fortgelaufen mit dem Tier? Es hätte dir doch etwas tun können. Hörtest du uns nicht sprechen und lachen?«

Durch die Lider hindurch schimmerten die Augen grünlich und leuchtend.

Das Hühnerfrikassee war aufgetragen. Jemand fragte:

»Wo ist Honorine?«

Da kam sie mit Zulma heraus.

»Zulma kommt an meine Seite«, sagte Bobi, »hier ist ein Stuhl für sie.«

»Ich muß ihr das Essen auflegen«, sagte Honorine, »und ihr das Brot kleinschneiden. Es ist besser, wenn sie neben mir sitzt.«

»Ich kümmere mich darum«, sagte Bobi, »seien Sie ganz unbesorgt.«

Und er zog Zulma auf den Stuhl.

Das Frikassee hatte Beifall gefunden; es war nur wenig übriggeblieben, ein schönes Stück Leber und etwas Soße.

»Wenn ich das vorher gesehen hätte«, sagte Randoulet.

Aber Bobi legte es auf Zulmas Teller. Er schnitt ihr Brot zurecht und sagte: »Nun eßt!« Er hatte sich vorgeneigt und versuchte ihre Augen zu sehen. Doch man sah nur die langen Wimpern.

»Sie müssen auch essen«, sagte er zu Aurore.

Seine Stimme klingt viel weicher, wenn er zu mir spricht, dachte sie. Und er hat eine Handbewegung zu mir hin gemacht. Dann hat er sich's anders überlegt.

Sie ist so reizend, dachte Bobi, wie kommt es nur, daß ich immerzu Joséphine ansehen muß?

Und er sah Aurore wieder vor sich, wie sie über das Narzissenfeld gelaufen war, und doch konnte er es nicht hindern, daß es Joséphines schöne Brüste, ihre breiten Hüften und ihr frisches, ein wenig feuchtes Lachen auf dieser Welt gab. Da waren auch Zulmas Haare wie Kornähren. Etwas ging von diesen drei Frauen aus; er mußte an einen Morgen denken, der über drei Hügeln emporsteigt.

»Er sieht aus, als träume er.«

»Sprecht Ihr mit mir?«

»Ja, mit dir.«

»Ich träume wohl ein wenig.«

»Beim Essen.«

»Er ist halt so«, sagte Jourdan.

»Oh«, sagte Bobi und begann zu essen, »also dieses Frikassee ...«

Das Frikassee war köstlich. Jacquou rieb seinen Teller mit großen Brotstücken ab; er öffnete den Mund – man konnte sich einen größeren Mund kaum vorstellen –, er steckte das Brot hinein und schloß den Mund. Dann sah er sie alle der Reihe nach mit seinen kleinen Rattenäuglein an. Sie merkten, er wollte etwas sagen, doch mit vollem Munde ging es nicht. Er sagte: »Hu, hu.« Er deutete auf die Schüssel, auf seinen Teller und seinen Leib.

»Ach du«, sagte Barbe, »wenn du nur was Gutes zu essen hast.«

Auch sie kaute mit vollen Backen, nur wenn sie auf einen kleinen Knochen biß, spuckte sie alles in die hohle Hand, suchte den Knochen heraus und aß dann erst das übrige. Doch sie konnte beim Essen reden, und sie machte Gebrauch davon.

»Wie machst du das nur?« fragte Carle.

»Was denn?«

»Zu essen und gleichzeitig zu reden.«

»Weiß ich nicht.«

Carle benagte ein Hühnergerippe; mit der Zunge versuchte er so tief wie möglich hineinzukommen, um das Fleisch innen von den Knochen abzulösen.

»Es kann dir doch gar nicht richtig schmecken.«

»Es schmeckt mir«, sagte sie.

Sie machten alle ziemlich viel Lärm mit den Ellbogen, den Messern, den Gabeln, mit den Füßen und mit den Mündern. Sie riefen sich gegenseitig an:

»He, Carle!«

»He, Randoulet!«

Randoulet klopfte sich den Bauch, als wolle er sagen: Stört mich nicht, ich esse! Und er aß!

Marthe hatte das Hühnerfrikassee gebracht. Sie war neben ihrem Stuhl stehen geblieben und hatte gewartet; dabei hatte sie jeden einzeln beobachtet, um die Gesichter beim ersten Bissen zu studieren. Alle hatten sich beeilt, mit den Tellern an die Schüssel heranzukommen. Es schmeckte also. Jourdan leckte sich die Finger ab.

»Seht ihr, ihr Frauen«, sagte sie.

Joséphine bedeutete ihr durch ein Zeichen: Ja, wir sehen, es ist gut geworden. Wir haben es recht gemacht.

»Ich habe es euch ja gleich gesagt, im Frühling ist so ein Hühnerfrikassee das Allerbeste«, sagte Marthe.

Und nun setzte auch sie sich nieder und begann zu essen.

»Marthe«, rief Frau Helene vom andern Ende der Tafel, »das habt ihr gekocht wie im feinsten Hotel.«

»Die Soße ist zu sehr eingeschmort«, rief Marthe zurück.

»Nein«, rief Honorine, die ihr gegenübersaß, »es ist ganz richtig so«, und sie beugte sich zu ihrem Nachbar; es war Honoré.

»Was habt Ihr eben gesagt?« fragte sie.

»Ich habe gesagt, daß Ihr Honorine heißt und ich Honoré – und daß wir nebeneinandersitzen, ist das nicht komisch?«

»Ja, das ist wahr«, sagte sie. »Vergeßt nicht, den Kindern zu essen zu geben.«

Seine beiden kleinen Kinder saßen neben ihm am äußersten Tischende, und man hätte sie fast übersehen.

»Wein her!« schrie der Sohn Carle.

Jourdan stand auf und holte die große bauchige Korbflasche.

»Fangen wir mit meinem an«, sagte er.

»Ihr wollt doch nicht etwa das alles trinken?« riefen die Frauen.

Sie wußten wohl, daß es so sein würde, und sie bekamen etwas Angst. Doch im Grunde ihres Herzens spürten sie ein ganz starkes Glücksgefühl; es war fast so, als käme von ganz weit, von den fernen Wäldern, das monotone Dröhnen einer Trommel; und diese Trommelschläge forderten gebieterisch: Steh auf und tanze!

Jourdan goß ringsherum ein; er ging von einem Platz zum andern; er neigte die Flasche über dem Glas. Sie war so schwer, daß sie seinen Oberkörper mit herabzog. Und wenn er sie hochhob, richtete er sich gleichzeitig mit der Flasche wieder auf. Es war, als schenke er sich selber, indem er die Gläser vollschenkte. Seine Hände waren von der Anstrengung rot, sie zitterten.

Golden leuchtend, wie lichte Blumen, rann der Wein ins Glas, und gleich darauf, in Ruhe, schien er schwer und dick wie flüssiges Blei.

Jacquou hob das Glas an die Lippen und trank. Jourdan, am andern Ende der Tafel, der eben Honoré das Glas füllen wollte, hielt inne und sah Jacquou an.

»Gut«, sagte Jacquou.

»Schenk ein«, sagte Honoré.

Der Reihe nach tranken die Männer die Gläser in einem Zuge aus; die Frauen tranken in kleinen Schlucken.

Jourdan goß Marthe ein.

»Da, trink mein Kind«, sagte er leise.

Sie blickte ihn aus den Augenwinkeln an; sie atmete schneller. Sie trank und hörte das Dröhnen der Trommel, das jetzt stärker vom Walde her tönte; von den Bäumen, aus dem Grase schien es zu dringen, ja, man konnte meinen, es komme direkt aus der Erde. Es war, als wirble die Trommel in der Tiefe, unter dem Tisch, unter ihren Füßen; es war wie der dröhnende Herzschlag eines Fiebernden.

Jourdan ging ein zweites Mal um den Tisch, um einzuschenken; die Korbflasche wurde leichter.

Honoré legte den Arm um Honorine.

»Nehmt es nicht für ungut«, sagte er, »es gilt nicht Euch.«

Er wollte dem Sohn Carle auf die Schulter klopfen.

»Komm, hilf mir.«

Der Sohn Carle stand auf; sie gingen beide zum glühenden Aschenhaufen, wo die Braten schmorten.

Honorine spürte die Wärme des Armes, der sie umfaßt hatte.

»Vorsicht«, sagte der Sohn Carle, »die Schüsseln sind heiß.«

»Nimm den Hasen«, sagte Honoré, »ich nehme das Zicklein.«

»Der Wein ist stark«, sagte der Sohn Carle.

»Oh, sieh den Himmel«, sagte Honoré.

Kleine runde Wölkchen waren am Himmel verstreut wie Blüten, mit violetten Herzen; sie wiegten sich sanft auf dem blauen Grunde, der hell und durchsichtig war, wie klares Wasser im Brunnen.

Sie brachten die Schüsseln.

»Laßt uns trinken«, schrie Jacquou.

»Aber wenn man trinkt...«, sagte Frau Helene.

Sie spürte, daß Jourdan näher kam; gleich darauf stand er hinter ihr und goß ihr ein.

»Je mehr man trinkt...«, sagte sie.

»Das bißchen schadet nichts«, sagte Jacquou, »trinken Sie nur.«

Man konnte nicht behaupten, daß es nichts schadete. Sie fühlte, wie sich in ihrem tiefsten Innern ein Feuer, das sie seit dem Tode ihres Mannes verloschen geglaubt, wieder entzündete. Sie spürte das Zucken und die fast schmerzhaft zärtliche Berührung der Flamme. Auch sie hörte das dumpfe Dröhnen und den wilden Rhythmus der Trommel, die zum Tanz rief.

»Es ist mein Blut«, sagte sie sich, »mein Blut klopft; was ich höre, ist das Brausen meines eigenen Blutes.«

Bei der geringsten Bewegung spürte sie, wie unter der dünnen Seidenbluse das Blut in ihren Brüsten pulste.

»Mein guter Jourdan«, sagte sie leise.

Der Name schien Gestalt und Farbe anzunehmen, während ihre Lippen ihn formten; er bekam Gewicht und Bewegung, und ein starkes Glücksgefühl erfüllte sie.

Die Braten waren schwer und saftig; sie schmolzen unter dem Messer. Die Soße war bronzefarben mit hellen Reflexen, und jedesmal, wenn man mit dem Löffel darin rührte, kamen Speckstückchen zum Vorschein oder die fetten grünen Inseln der Farce; hier und da schimmerte ein Stückchen Speck noch rosa. Das Fleisch des Zickleins platzte an manchen Stellen; es war milchig zart und dampfte; ein heller Saft sickerte langsam heraus; die Haut war goldbraun und knusprig. Wenn man in das Fleisch biß, krachte es zuerst zwischen den Zähnen, doch dann zerschmolz es auf der Zunge. Es war fett wie Sahne und ein wenig salzig und schmeckte so herrlich, daß man es nicht auf einmal hinunterschlucken konnte. Der Saft sammelte sich in den Mundwinkeln; man mußte sich den Mund wischen.

»Her zu mir«, schrie Jacquou.

Er stand auf und ging zu den Flaschen, die im Gras aufgereiht waren.

»Jetzt kommt mein Wein«, sagte er und hielt die große Korbflasche hoch ins Licht.

»Nun wird er närrisch«, sagte die alte Barbe.

Aber Carle saß zwischen ihr und Jacquou. Sein Blut erhitzte sich, er war rot wie ein Puter, und sein Hals wurde ganz dick. Seit langem hörte er das Tung und Tung und Tung der wilden Trommelschläge. Er hatte drei große Gläser von Jourdans Wein getrunken, und nach jedem Glas war das Trommeln stärker geworden und der Rhythmus schneller. Er fühlte, wie erst seine Füße sich von der Erde lösten, dann der Körper und schließlich sein Kopf; er stellte sich vor, wie sein Hengst über die Felder galoppieren würde, wenn er ihn freiließe. Und der Trommelwirbel in seinem Kopf dröhnte im Takt mit dem Aufschlag der Hufe des befreiten Pferdes, den er in Wirklichkeit nie gehört hatte.

»Es gibt keine Verrückten«, sagte er.

Er wußte nicht mehr genau, was er sagen wollte und was er eigentlich sagte. So war es stets, wenn er etwas Wein getrunken hatte, und es ging immer schnell bei ihm. Er wollte sagen: ein Hengst mit einer Blesse wie das Blatt einer Schwertlilie sei dazu geschaffen, im Galopp, in voller Freiheit über die Felder zu jagen, so daß man Lust bekam, nach dem Takt seiner Hufschläge zu tanzen.

»Ja, aber ...«, sagte Barbe.

»Du bist zu alt«, sagte er.

Er sah so aus, als wolle er mit den Augen zwinkern, doch im Gegenteil, er versuchte sie zu öffnen, und nur eines gehorchte.

»Mit allem Respekt«, sagte er und hob den Finger. »Gib mir zu trinken.«

Und er reichte Jacquou sein leeres Glas.

Der Wein des alten Jacquou war aus demselben Stoff wie sein Herr, stark, herb und gebieterisch.

Sie ließen die Gläser erst einmal stehen und tranken noch nicht, denn das Zicklein war jung und zart und schmeckte köstlich. Auch hatten sie noch den frischen Geschmack von Jourdans Wein auf den Lippen.

In einer irdenen Schüssel wartete der große Hase; er war fett und schwer. Während sie das Zicklein verspeisten, konnten sie ihn in aller Ruhe betrachten. Ohne Farce mochte er zwölf Pfund wiegen. Und Honoré hatte ihn so gefüllt, wie es in seiner Heimat üblich war, mit frischen Kräutern und mit wildwachsenden Bergpflanzen, die er ganz geheimnisvoll in seinen Westentaschen mitgebracht hatte. Vielleicht war etwas Zauberei dabei. Als er sie vorholte, hätte man sie für Gewürznelken oder alte Eisennägel halten können; sie waren braun, ganz vertrocknet und steinhart; auf seiner Hand sahen sie nach gar nichts aus; allerdings dufteten sie ein wenig nach dem Gebirge. Erst als Honoré sie in Essig weichte, quollen sie auf und wurden sozusagen wieder lebendig, und nun waren sie als Terpentinblüten, Kardamom und Salbei zu erkennen, oder als Blätter von Pflanzen, deren Namen keiner kannte, nicht einmal Honoré. Wenigstens behauptete er es. Aber dann, als er sie in Essig geweicht, feingehackt und mit dem gewiegten Spinat und Sauerampfer, den zarten Trieben der Distel und mit dem Viertel einer feingehackten Knoblauchzehe, etwas Salz und Pfeffer, zwei bis drei Schuß Öl und einem guten Suppenlöffel voll ländlichem Safran, der aus dem Blütenstaub der wilden Iris hergestellt wird, vermengt hatte, ja, da war es erst richtig; und zwischen seinen Fingern, mit denen er die Masse knetete, quollen Düfte hervor. Dabei war alles noch roh, und er hatte den Speck noch nicht dazugetan. Das alles stopfte er flink und geschickt in den Leib des Hasen; danach nähte er ihn wieder zu, und das alles zusammen hatte sich am Spieß gedreht; die Säfte des Fleisches und der Kräuter hatten sich innig miteinander verbunden, und nun lag der Hase dunkel und glänzend in der irdenen Schüssel.

»Und wie ist der Wein?« fragte Jacquou.

»Wir haben noch nicht gekostet.«

»Also los, trinkt!«

»Wartet doch«, sagte Jourdan, »wollen wir nicht zuerst meinen austrinken? Deiner«, sagte er, »ist schwarz wie Teer. Er ist dunkel wie der Hase; sie passen gut zueinander. Sieh meinen an« (er hielt die Flasche hoch) »der hat die Farbe des Zickleins, und er springt auch so.«

Jourdan wiegte sich leicht in den Hüften und hüpfte auch

ein-, zweimal, um zu zeigen, wie temperamentvoll sein Wein sei. Er hatte recht, Jacquous Wein paßte in der Farbe zum Hasen.

»Ja, er hat recht.«

»Seht ihn bloß an«, rief Marthe, »er wird ganz jugendlich von seinem Wein, seht ihn an.«

Ja, dachte Frau Helene, er ist ganz jung.

Auch in ihr blühte eine neue Jugend, spielerisch hüpfend wie ein Lamm, und ließ sie schneller atmen.

Dumpf pochte das Blut: bum, bum, bum – wie der wilde Tanz der Erde; aus den Wäldern, von den Hügeln, von den Bergen, ja selbst vom Himmel schien der Lärm zu kommen.

Jourdan ging noch einmal um den Tisch und schenkte die Gläser voll.

Die Schüssel mit dem Zicklein, in der nur noch Knochen lagen, sollte fortgenommen werden.

»Wartet«, sagte Barbe, »ich bin alt, und euer Hase erhitzt nur das Blut. Ich kenne Honorés Gewürze. Gebt mir von den Knochen.«

Und sie legte drei, vier große Knochen auf ihren Teller.

»Brich sie durch«, bat sie Jacquou.

Jacquou nahm die Knochen und zerbrach sie wie trockne Zweige.

Und Barbe sog das Mark heraus.

»Das schmeckt mir«, sagte sie, »und es ist gut für den Magen.«

»Wir andern möchten lieber etwas Ordentliches«, sagte Carle. »Vorwärts, Kinder.«

Und er blinzelte mit den Augen, als blicke er in die Sonne. Im Geiste sah er wohl wieder ein wild galoppierendes, schaumbedecktes Pferd.

Honoré verteilte den Hasen. Das hatte er sich ausbedungen. Er sagte:

»Hiervon müßt ihr haben, und davon.«

Sie sagten:

»Halt, es ist genug.«

Er sagte:

»Nein, ihr habt das da noch nicht. Seht ihr dies Winzige hier« – und er nahm etwas auf die Spitze der Gabel und legte es auf den Teller –, »wenn ihr davon nicht kostet, schmeckt der ganze Hase nicht richtig.«

So legte er dem einen ein Stückchen Terpentinblüte auf den Teller, dem andern ein Blättchen Kardamom; Aurore bekam ein Büschel saftiger wilder Petersilie, schwer und aufgequollen und von Soße triefend.

»Da«, sagte er, »das wird euch guttun. Der Magen bekommt Arbeit.«

Er legte Jourdan auf, dann Jacquou und der alten Barbe.

»Eßt was Rechtes, Eurem Mann zuliebe«, sagte er, »und nicht das Mark da, das hat ja keine Kraft.«

»Wie der mit der Mutter seiner Frau spricht«, sagte sie.

»Trinkt«, sagte Jacquou.

Und jetzt tranken sie, denn nun paßte alles gut zusammen: der Geruch des dampfenden Gerichtes, das dunkle Fleisch des Hasen und der Wein, der schwer und dunkel wie Teer in den Gläsern funkelte.

Jacquous Wein war unerbittlich; er wartete gar nicht erst; er nahm sogleich das Kommando.

»Donnerwetter«, sagte Jourdan und schlug mit der Faust auf den Tisch.

Wie mit Stoppeln bedeckte der eisengraue Bart sein Gesicht. Für gewöhnlich fiel das gar nicht auf, so gut paßte es zu ihm. Aber jetzt bemerkte man ihn; mit verklärtem Ausdruck blickte Jourdan ins Weite. Und er aß langsam und kaute bedächtig jeden Bissen.

Da war das dunkle Fleisch des Hasen, zubereitet mit den würzigen Kräutern der Hügel, mit Pflanzen, die die Sinne erregen; da war die Macht des Feuers. Da war der dunkle Wein. Zu all dem kam noch die kräftige Luft, die mit Narzissenduft gesättigt war, den ein leichter Windhauch herübertrug, und dann war da der weite Himmel, der Frühling. Da war die warme Sonne, die sich beharrlich in den geheimsten Falten des Körpers einnistete: sie streichelte die zarte Haut zwischen Brust und Achselhöhle, die empfindliche Haut des Leibes bis dorthin, wo die Schenkel beginnen und sich vereinigen, gerade dort streichelte und wärmte sie. Sie wärmte den Nacken, und manchmal biß sie kräftig zu wie ein Kater, wenn er der Kätzin wohltun will. Alles hatte mit einemmal Geruch und Gestalt. Das ganze Plateau duftete herb. Sie saßen wie auf dem ausgebreiteten Fell eines Schafbocks.

Marthe sah zum Wald hinüber. Der Herzschlag dröhnte. Jetzt schienen die Trommler nicht mehr hinter den Bäumen versteckt, sondern mit einem großen Satz aus dem Walde herausgesprungen zu sein. Und nun schlugen sie in freier Luft auf die Trommeln ein. Der Himmel hallte davon wider, von allen Seiten kam das Echo. Im Kopfe dröhnte das wilde Klopfen des Blutes. Eine gewaltige Lust zu tanzen ergriff sie, nicht einander gegenüber, wie sie sonst wohl zur Musik tanzten, nein, tanzen, wie es dieses unaufhörliche Dröhnen des Blutes zu fordern schien; sie wußten nicht recht, wie: tanzen und frei sein!

Das war es hauptsächlich: frei sein.

Frau Helene atmete schwer. Das Mieder wurde zu eng und drückte. Ihre Hände glitten über ihren Leib; er war fest und lebendig, und sie spürte, wie aus der Erde durch die Füße, durch die Beine eine heiße Welle emporstieg durch den Leib, durch die Brüste, bis hinauf in den Kopf, in dem es wirbelte, wie zuweilen der Wind durch leere Scheunen wirbelt.

»Ganz aus dem Häuschen«, sagte sie sich.

Und sie mußte lächeln, denn das war ein Ausdruck, den ihr Gutsverwalter oft gebrauchte. Er sagte: »Alles ist aus dem Häuschen, Frau Helene.«

Jourdan sah ihr Lächeln, und er lächelte auch, stumm und froh, über sein gutes, bärtiges Gesicht.

Frau Helene sah es nicht, obgleich sie ihm direkt ins Gesicht blickte. Sie lauschte diesem ungewohnten Wirbel in ihrem Kopf; es nahm ihr alle Kraft, so daß sie nichts mehr sah. Aber sie spürte etwas, das wie Sommerfäden die nackte Haut ihrer Arme zu berühren schien, und sie erbebte am ganzen Körper. Und dann sah sie, daß Jourdan ihr mit seinen guten Augen zulächelte.

Marthe, am andern Ende der Tafel, dachte:

Jourdan ist glücklich.

»So trinkt doch«, sagte Jacquou.

Und er stand auf; seine Knie waren ganz weich, als er um den Tisch herumging, um von neuem einzuschenken. Er mußte sich auf die Schultern der Sitzenden stützen.

»Gib dein Glas.«

Sie reichten ihm die Gläser.

Er goß ein; sie merkten, wie er sich schwer an sie lehnte. Sie tranken, sie aßen, sie kauten, ohne zu sprechen; nur das Geräusch ihrer Zähne und Zungen war zu hören, das Klappern der Teller, der Messer und Gabeln; nur selten fiel ein Wort:

»Brot.«

Oder:

»Achtung.«

»Wie Schafe, wenn sie frisches Heu bekommen haben«, sagte Randoulet.

Es war jetzt so still, daß man das Zirpen der Grillen hören konnte und das leise Rauschen des Windes.

Doch alles wurde vom Trommelschlag des Blutes, der in den Ohren dröhnte, übertönt. Dumpf wirbelte die Trommel in diesen Männern und Frauen; jeder Schlag schien die Brust von innen zu treffen. Sie waren eins mit dem Rhythmus ihres Herzschlages; es schlug auf sie ein wie mit den Flügeln einer Dreschmaschine, wie mit dem Dreschflegel, der das Korn drischt, der emporfliegt, drischt, wieder emporfliegt, es war wie das Stampfen der Füße, die im Kübel die Reben zertreten! Es war wie der gleichmäßige Hufschlag eines galoppierenden Pferdes, und wenn es mit mächtigen Hufen gleichmäßig so fortgaloppierte, immer weiter, mußte es schließlich das Ende der Welt erreichen; und nachdem es das Ende der Welt erreicht hatte, galoppierte es weiter in den Himmel hinein, und das weite Himmelsgewölbe dröhnte von den Hufschlägen, so wie jetzt die Erde ringsum dröhnte. Immerfort, immerfort, rastlos, unaufhörlich, denn das Blut hört nicht auf zu klopfen, zu dreschen, zu galoppieren und mit dumpfen Trommelschlägen zum Tanz zu rufen. Es ruft und ruft, und man wagt doch nicht, dem Rufe zu folgen ... Es ruft, und man weiß nicht, ob man dem Rufe folgen darf ... Begierden erfüllen den Körper, und man leidet. Man weiß nicht und weiß doch sehr gut, worum es geht. Ja, ganz unbestimmt gibt man sich Rechenschaft, wie schön die Welt ist, wie gut alles sein könnte, ja, daß es das Paradies für alle wäre, das Glück, die Freude! Der Mahnung des Blutes nachgeben, sich dreschen lassen, sich vom wilden Galopp des Herzschlages forttragen lassen bis in die Ferne, hinaus, auf die große Himmelswiese, die glatt und eben ist wie fließender Sand, und ringsum hört man das Galoppieren, das Dreschen und das dumpfe Wirbeln der Trommel im eigenen Blut. Das wäre der Tanz, der echte Tanz und der wahre Gehorsam; man folgte dem Sehnen des Körpers, dem Rufe des Blutes, dem Rufe der Freude! So jedoch weiß man nicht recht, man weiß nicht, was notwendig ist. Man möchte wohl, aber man wagt nicht.

Doch man ist wie angeschmiedet. Man spürt die Fessel in der Brust. Die Musik ladet zum Tanz, das Blut mahnt gebieterisch, und man ist wie zerrissen, denn unser armer Körper weiß nicht mehr, was notwendig ist, aber das neue Blut in uns weiß es.

Es ist wohl so: gemeinsam zog man aus, die Freude zu suchen, und nun merkt man, es ist nicht der rechte Weg, denn man kann ihn nicht zu Ende gehen.

Worüber soll man also sprechen. Man sagt: ja, nein, Brot, rücke ein wenig, Achtung. Und der Wind huscht durch das Gras wie eine Katze. Singen müßte man, das wäre noch das einzige. Ein trauriges Lied ... Sich wenigstens rühren. Es ist nicht mehr auszuhalten. Das Blut hat schließlich doch recht.

Joséphine öffnete ihr Mieder, den obersten Knopf, dann den zweiten, den dritten, endlich den vierten. Sie blickte vor sich hin. Sie sah Bobi an. Seine Haut war glatt und braun. Sein Gesicht war eben wie ein Stein, über den viel Wasser geflossen ist. Das warme Blut, Sonne und Wein hatten es gebräunt. Er hatte blaue Augen, jetzt konnte man sie gut sehen, sie waren hellblau, sehr hell, eigentlich kaum blau.

Sie öffnete den fünften Knopf, es war der letzte. Nun war ihr Mieder ganz geöffnet. Darunter trug sie ein dünnes Sommerhemd. Sie brauchte nur die Schulter ein ganz klein wenig zu heben, und ihre volle, feste Brust war entblößt. Noch war sie vom Mieder beschattet, doch man konnte sie sehen. Diese hellen Augen, die nicht eigentlich blau waren, konnten sie sehen, und sie spürte, wie ein Lufthauch darüber hinstrich.

»So ist es angenehm«, sagte sie.

Doch keiner achtete auf sie, vielleicht Bobi; aber auch das war nicht sicher. Man konnte nicht erkennen, wohin er blickte. Vielleicht hatte das Mädchen gegenüber es bemerkt, Aurore. Sie hatte den Kopf gesenkt und blickte an sich herunter; sie war rot geworden. Sie schien ihr Mieder öffnen zu wollen. Doch an ihrem Mieder waren keine Knöpfe, sondern Bänder; und selbst wenn sie die Bänder gelöst hätte, auch dann wäre nicht viel zu sehen gewesen. Sie war ein Mädchen, Joséphine aber eine reife Frau, der man ansah, daß die Umarmungen eines Mannes ihr Blut geweckt hatten.

»Er sieht mich mit seinen hellblauen Augen an.«

Bobi blickte vor sich hin. Er dachte an Joséphines Koketterie während der Mahlzeit, und er sehnte sich danach, sie mit seinen Armen zu umfassen und die weiche Haut zwischen Hüften und Schultern zu streicheln; er dachte sich ihr Fleisch in seinen Händen wie eine Frucht in der Sonne, durchblutet und voller Leben; er sehnte sich danach, das Gewicht und die Wärme ihrer vollen Brüste mit seinen Händen zu umspannen, zärtlich und fest.

Er senkte den Blick. Neben sich sah er Aurores sanfte, blasse Hände; sie waren beweglich und fein wie weißer Brotteig, die Finger schlank und unruhig, das Handgelenk schmal, die Arme rund und muskulös; blaue Äderchen schimmerten durch die rosige Haut; ein blonder, zarter Flaum bedeckte sie.

»Nein«, sagte sich Bobi, »von den Frauen kann es nicht kommen. Nichts kommt von den Frauen als allein die Begierde. Alles muß von mir selber kommen.«

Von seinem Platz aus, wenn er über Joséphine, den Sohn Carle, Jourdan und Honoré, die ihm gegenübersaßen, hinwegblickte, sah er den Hof, die Jourdane, und zu beiden Seiten des Hofes dehnte sich das Plateau mit seinen Äckern und Wiesen.

So bin ich nun hier, dachte er, und er dachte an die vielen Länder, die er bereist hatte, er dachte auch an die vier oder fünf Orte, an denen er längere Zeit gerastet hatte. – Ich weiß nicht, ist es nun, weil ich dieses weite Land vor mir sehe...

Er machte unbewußt mit dem Arm eine Bewegung; dabei berührte er Aurores Brust.

»Verzeihung, Fräulein Aurore«, sagte er.

»Oh, es macht nichts«, sagte sie.

Sie wußte nicht mehr genau, was sie sagte. Sie wußte nur, daß er sie eben ganz leicht berührt hatte, zum erstenmal und an einer Stelle, an der sie sehr empfindlich war, dicht unter ihrer kleinen, festen Mädchenbrust.

Es ist wohl dieses weite, flache Land, dachte er, das mich glauben läßt, es sei dieses Mal für länger, für immer. Und er wiederholte: Für immer!

Über Joséphine hinweg blickte er auf das Plateau hinaus.

Es ist eine Frage des Wohlbefindens, dachte er.

Ihm fiel jene Winternacht mit dem ungewöhnlichen Sternenhimmel ein.

Hier heraufzukommen, von unten aus der Ebene, dachte er, ohne viel Hoffnung; plötzlich tut sich ein Weg am Waldrand auf. Der Weg steigt an, und oben angelangt, gehe ich über das Feld; ich höre das Zaumzeug eines Pferdes klirren, und ich finde einen Mann beim Pflügen. Ich sage: »Gib mir

Tabak.« Er antwortet: »Hast du schon einmal Aussätzige gepflegt?«

Neben ihm sagte Aurore leise:

»Ach, lieber Herr.«

»Ich bin kein Herr«, sagte er.

Er wartete, sie schwieg.

»Was wollten Sie sagen?«

»Ich weiß es nicht mehr«, sagte sie.

Ihr Gesicht war noch röter geworden; sicher war ihr Körper ganz heiß; er entdeckte in diesem Gesicht keine Spur von Spott; ihre Züge waren rein und klar. Ihr Gesicht gab allem ringsum Ernst und Reinheit.

Jetzt sah er auch Joséphines nackte Brust.

Herr, dachte er, das passiert mir auch zum erstenmal. Und das sehe ich übrigens jetzt auch zum erstenmal – er betrachtete das schöne Gesicht, das so jung und rein war, das ihn vertrauensvoll anblickte, das so gut zu ihm paßte und das unter seinen Blicken bebte wie eine Blume, die der Wind bewegt. »Ja, mir geht's gut«, rief er Jourdan zu, der ihm Zeichen machte. »Beunruhige dich nicht. – Was sagst du?«

Jourdan versuchte, sich ihm verständlich zu machen. Alle sprachen durcheinander.

»Was willst du?«

»Er will sagen«, rief Marthe, »Orion-Mohrrübenblüte.«

Jourdan hatte sich Jacquou zugewandt und schien ihm etwas zu erklären, denn er blickte zum Himmel und machte ein Zeichen; er formte mit Zeigefinger und Daumen einen Kreis.

Jacquou, ohne auf die Hand zu blicken, hörte ihm ernsthaft zu. Mit einem verlorenen Blick sah er zu Bobi hinüber.

Nicht mehr von dem Verlangen nach Gewinn besessen zu sein, sagte sich Bobi. Er dachte an das Sternbild des Orion, das an jenem Winterabend großartig und hell gefunkelt hatte. Daß ihm dieser Vergleich sofort eingefallen war: Orion – Mohrrübenblüte. Und Jourdan war empfänglich, dachte Bobi, denn kaum hatte ich das gesagt, brachte er sein Pferd zum Stehen und fragte: »Wie bitte?«

Vielleicht muß man im Leben das Abenteuer suchen? dachte Bobi.

Er trank den dunklen Wein in seinem Glase in einem Zuge aus.

Denn, dachte er und wischte sich den Mund – er merkte, daß er laut gesprochen hatte, und er preßte die Lippen aufeinander –, denn ich weiß mehr davon als alle andern. Ich weiß es besser als sie. Sie wußten nicht, daß sie deswegen traurig waren – er mußte an Onkel Silve denken; diese Stimme aus dem Dunkel, auf ihrem Heimweg am Abend – er und Jourdan! An das Gewicht des Mannes, der sich auf den Wagen stützte und der sich dann erhängt hatte.

Ich, nach allem, was ich durchgemacht habe, dachte er, wenn einer ein Recht hätte, unglücklich zu sein, dann wäre ich es. Vorsichtig? Ich bin niemals vorsichtig gewesen. Sparen oder an die Zukunft denken? Niemals. »Die Liebe zum Zwecklosen«, sagte er leise vor sich hin, »die Liebe.« Die Zwecklosigkeit. Zwecklos, nach ihrer Meinung. Aber wenn man einmal weiß, daß unsere Aufgabe auf der Welt darin besteht, Reichtümer für andere zu sammeln – ist das nicht gerade das Zwecklose? Wenn man darüber streiten will, und ich streite mit mir selber, wenn man also streiten will, ist nicht gerade das Nützliche zu schaffen meine Leidenschaft?

»Es ist komisch«, sagte Bobi plötzlich ganz laut, »eine Menge Menschen, die auf der Erde herumlaufen, sind eigentlich tot.«

Er hatte das wohl gedacht, und er sagte es ganz laut. Und da er schon eine ganze Weile dasaß, ohne zu essen, schien es, als wende er sich an die ganze Versammlung. Sie hörten alle auf zu essen und blickten ihn schweigend an.

Honoré sagte:

»Seid still, Kinder.«

Nur der Wind war zu hören.

Die Pause zwischen »Tod« und »Erde« war nicht lang genug, dachte Bobi.

Er wiederholte:

»Menschen, die auf der Erde herumlaufen und eigentlich tot sind.«

Und er machte eine bezeichnende Handbewegung.

»Tot.«

Er öffnete die Hände und spreizte die Finger, als wolle er sagen: Leer, nichts; sie haben nichts mehr, alles zerronnen!

Auf der Erde.

Er breitete die Arme aus, um die Weite des Horizontes anzudeuten; gleichzeitig schien er mit zärtlichen Händen die Umrisse eingebildeter Bäume und Hügel zu streicheln.

In diesem Moment hörte man die Pferde wiehern. Dann, im allgemeinen Schweigen, einen weichen Tritt. Sie sahen den Hirsch herankommen.

IX

»Ihr braucht keine Angst zu haben«, sagte Bobi, und dann: »Er heißt Antoine.«

Mit kleinen Schritten kam der Hirsch näher. Er kaute trocknes Heu. Alle sahen ihn an, doch er beachtete keinen. Hinten im Schuppen wieherten die Pferde und die Maultiere.

»Seht ihn an.«

»Er ist stolz wie ein Reicher.«

»Er sieht uns gar nicht.«

»Er sieht uns, aber er kehrt sich nicht an uns.«

»Seht, wie seine Augen glänzen.«

»Ein schönes Tier«, sagte Aurore.

Da wandte ihr Zulma das Gesicht zu, wie um sie anzusehen, doch sie hielt die Augenlider gesenkt. Vielleicht wollte sie nur ihr eigenes schönes Gesicht zeigen. Eine kindliche Idee.

»Eben wollte ich mit euch über ihn sprechen«, sagte Bobi. »Es ist Frühling, ihr spürt es. Und der Hirsch da ist stark wie ein Türke, er ist nicht gewohnt, sich zu versagen, wonach sein Körper verlangt. Wir müssen einmal gemeinsam beratschlagen, wie man ihm zu einer Hirschkuh verhelfen könnte.«

Sie sahen sich stumm an. Jacquou stieß einmal heftig auf, doch das kam daher, daß er sich Mühe gab, etwas zu sagen.

»Eine Hirschkuh oder auch zwei«, sagte Bobi.

»Warum hast du das nicht gleich gesagt?« fragte Jourdan.

Er war außergewöhnlich ernst. Erstens weil das, was Bobi eben gesagt hatte, eine sehr wichtige Sache war, und dann, weil er seine Gesichtsmuskeln nicht mehr ganz beherrschte. Sein Bart hing schlaff herab, die Nase wurde spitz, die Augen ungewöhnlich groß und unbeweglich, und quer über seine Stirn zog sich eine tiefe Furche.

»Ich dachte«, sagte Bobi, »wir könnten es alle gemeinsam machen.«

»Nein«, sagte Jourdan.

»Warum nicht?« schrie Jacquou.

»Aber gewiß«, rief Randoulet.

»Ja«, sagte Carle, »warum nicht?«

»Denn«, schrie Jacquou.

»Nein«, unterbrach Jourdan.

Und er schüttelte unaufhörlich den Kopf: »Nein, nein, nein!«

»Jetzt rede ich«, sagte Bobi, »hört mal her.«

»Zuerst einmal ... ja, ja, Antoine, du bist brav.« – Der Hirsch stand hinter seinem Stuhl und stieß mit dem Kopf gegen seine Schulter. – »Ich spreche ja von dir; laß mich und leg dich nieder. Ja, dort!«

Jourdan, ich kann dich gut verstehen, und du hast auch recht. Wartet. Ihr braucht nicht so zu schreien, ihr da: Jacquou, Carle, Randoulet und auch die andern, die nichts gesagt haben, ich verstehe euch, und ihr habt auch recht. Ihr seht, ich verstehe euch alle. Und wir werden schon einen Ausweg finden.«

»Heda, seid ihr fertig mit Essen?«

»So sprich doch, alter Schweinehund«, schrie Jacquou. »Du siehst doch, daß nicht mehr gegessen wird. Es gibt noch andere Dinge im Leben, nicht nur das Essen.«

»Jourdan hat recht«, wiederholte er, »und ihr andern habt

auch recht. Vielleicht sieht das so aus, als wolle ich die Ziege und den Kohl behalten. Keineswegs. Denn eigentlich gibt es gar keinen Streit, weder um die Ziege noch um den Kohl, und wir sind uns alle einig.

Jetzt macht keinen Lärm und hört zu. Ich werde erst einmal mit Jourdan sprechen. Wir beide haben nämlich unsere eigene Sprache. Hört zu, und ihr werdet sehen. Ihr werdet denken, es ist ein Spiel; aber daraus wird sich alles Weitere entwickeln. Doch ehe ich zu Jourdan spreche, wir sind uns doch einig? Ihr erwartet doch etwas? Ihr wollt doch, daß etwas dabei herauskommt?«

»Ja«, sagte Jacquou.

»Gut«, sagte Bobi, »dann hört uns zu, mir und dem Ungeheuer, dem Jourdan.«

»Ja.«

»Ich weiß, was du sagen willst.«

»Es ist ganz einfach.«

»Ja, es ist ganz einfach. Du willst sagen, du hast den Hirsch gekauft, und deswegen gehört er dir, und nun willst du auch allein die Hirschkühe kaufen.«

»Gewiß.«

»Nein«, sagte Bobi und hob die Hand, »seid still, sagt nichts. Laßt mich allein mit Jourdan fertig werden.

Stellt euch vor, man habe die weise Frau gerufen, und sie sagt zu euch: Geht hinaus und laßt mich machen. Ebenso sage ich euch jetzt: nehmt mal an, ihr seid hinausgegangen. Und jetzt laßt mich machen. Es ist genau dasselbe!«

»Ja«, sagte Jourdan, »ich will die Hirschkühe kaufen. Ich brauche keinen dazu.«

»Zum Kaufen, willst du sagen?«

»Ja!«

»Wegen des Geldes, willst du sagen. Du willst sagen, du hast genug Geld, um die Hirschkühe zu kaufen. Ist es das?«

Bobi winkte den andern mit der Hand, um sie für alle Fälle zu beruhigen. Denn es war von Geld die Rede, und da konnten sich die Gemüter aus purem Ehrgeiz erhitzen.

»Ja.«

»Mit andern Worten, du willst ihr Besitzer sein?«

Jourdan antwortete nicht gleich.

»Nein.«

»Was sonst?«

»Der Hirsch gehört mir, die Hirschkühe sollen mir auch gehören.«

»Das sage ich ja. Nur scheint dir die Bezeichnung Besitzer wohl nicht ganz das richtige.«

»Nein, es ist nicht das richtige.«

»Schön, dann werden wir uns schon verstehen, denn gerade der ›Besitz‹ könnte alles verderben. Wenn du aber schon begriffen hast, daß das für den Hirsch und die Hirschkühe nicht die richtige Bezeichnung ist, dann wirst du schon verstehen, daß auch die Sache selbst nicht das Richtige ist. Einen Augenblick«, sagte er zu den andern, »nur noch einen Augenblick, seid still. Jetzt werden wir uns in unserer Geheimsprache unterhalten. Es ist fast so wie die Sprache der Tiere. Aber ihr werdet es alle verstehen, denn eure Herzen sind aufnahmebereit.

»Jourdan, erinnerst du dich: du pflügtest deinen Acker, und du gabst mir von deinem Tabak.«

»Ich erinnere mich.«

»Du hast mich gefragt: hast du jemals Aussätzige gepflegt?«

»Ich erinnere mich, als sei es gestern gewesen. Du hast mir geantwortet: ›Nein, ich habe niemals Aussätzige gepflegt.‹«

»Du schlepptest an einer schweren Bürde?«

»Ja.«

»Zu nichts hattest du Lust?«

»Nein.«

»An nichts Freude?«

»Nein.«

»Zu gar nichts?«

»Ich spürte das Alter«, sagte Jourdan.

»Erinnerst du dich«, sagte Bobi, »an den weiten Nachthimmel, der die Erde von allen Seiten begrenzte?«

»Ich erinnere mich.«

Jourdan antwortete nicht, er betrachtete Jacquou, Randoulet und Carle. Stumm hörten sie zu.

»Und hätte ich nun nur ›Orion‹ gesagt und weiter nichts, so hättest du wohl die Sterne, aber nichts als die Sterne gesehen, und Sterne sahst du ja nicht zum erstenmal; davon konnten die Aussätzigen nicht gesund werden. Und hätte ich nur ›Mohrrübenblüte‹ gesagt und weiter nichts, so hättest du nur eine Mohrrübenblüte gesehen, wie du sie schon tausendmal, ohne dir etwas Besonderes dabei zu denken, gesehen hattest. Aber ich sagte zu dir: ›Orion-Mohrrübenblüte‹, und zuerst fragtest du: ›Wie bitte?‹, damit ich es wiederholen sollte, und ich habe es wiederholt. Da sahest du die Mohrrübenblüte am Himmel, und mit einemmal war der Himmel für dich voller Blüten.«

»Ich erinnere mich«, sagte Jourdan nochmals leise.

»Und schon spürtest du die Heilung? Sage die Wahrheit.«

»Ja«, sagte Jourdan.

Bobi ließ die Stille auf sie wirken. Er wollte abwarten. Alle lauschten. Keiner hatte Lust zu sprechen.

»Von diesem Ausdruck ›Orion-Mohrrübenblüte‹ bin ich sozusagen der Besitzer«, sagte Bobi. »Denn wenn ich es nicht ausspreche, sieht es ja keiner, und wenn ich es sage, sehen es alle. Wenn ich es nicht sage, behalte ich mein Eigentum. Wenn ich es ausspreche, verschenke ich es. Was ist nun besser?«

Jourdan blickte starr vor sich hin.

»Die Menschen irren sich«, sagte Bobi schließlich. »Ihr glaubt, das, was ihr behaltet, macht euch reicher; man hat es euch immer gesagt. Nein, das, was ihr verschenkt, macht euch reicher. Was habe ich für Reichtümer? Seht mich an.«

Er stand auf. Sie blickten ihn an. Er besaß nichts. Nur sein Trikothemd und darunter seine Haut; er reckte seine langen Arme und schwenkte die leeren Hände. Nichts, nichts als seine Arme und seine Hände.

»Auch ihr habt keine andern Scheunen als diese da«, und er klopfte sich auf die Brust. »Alles, was ihr nicht in eurem Herzen sammelt, ist wertlos.«

»Gib mir zu trinken«, sagte er leise zu Aurore.

Sie stand auf, nahm die Flasche und schenkte ihm ein.

»Nehmen Sie vom guten dunklen Wein«, sagte Joséphine.

»Das ist er«, sagte Aurore.

»Trink ihn nicht in einem Zug, dir ist heiß«, sagte Marthe.

»Laßt ihn sich setzen und abkühlen«, sagte Barbe.

»Ich danke euch«, sagte Bobi, »das Spiel ist aus, und jetzt können wir alle miteinander reden.«

»Einverstanden«, sagte Jourdan.

»Schön«, sagte Jacquou, »und was meinst du nun?«

»Ich«, sagte Bobi, »oh, jetzt ist es ganz einfach. Ich denke, wir werden zwei oder drei Hirschkühe kaufen.«

»Was kann das kosten?« fragte Randoulet.

»Es gibt zwei Möglichkeiten«, sagte Bobi, »entweder wir kaufen sie, oder wir gehen dorthin, wo es welche gibt, und holen sie uns. Wer kennt den Forst von Nans?«

»Ich«, sagte Honoré.

»Kennst du ihn gut?«

»Ich bin doch aus Verrières bei Nans.«

»Ich habe im vorigen Sommer drei Nächte dort geschlafen, nicht in Verrières, sondern im Walde. Da habe ich Hirschkühe gesehen.«

»Ja, da gibt es welche.«

»Um sie lebend zu fangen«, sagte Bobi, »brauchen wir Netze.«

»Wir könnten den Händler Richard darum bitten. In Verrières kann ich alles haben, was ich brauche.«

»Na also«, sagte Bobi, »jetzt müssen wir uns nur klar werden, wie viele wir fangen wollen.«

»Drei«, sagte Honoré, »vielleicht auch vier.«

»Weißt du, wie man es macht?«

»Ja, wir müssen die Lichtung von Lénore umstellen. Das besorge ich.«

»Schön«, sagte Bobi, »und wieviel Mann müßten es sein; ich halte es für wichtig, daß wir alle dabei sind.«

Honoré sah sich um; er ließ die Augen von einem zum andern wandern.

»Es müßten schon alle dabeisein.«

»Das möchte ich auch, ich habe meine Gründe dafür«, sagte Bobi. »Ich möchte nicht, daß die Hirschkühe einem oder dem andern gehören. Versteht mich recht; da, wo wir sie herholen, gehören sie keinem. Hier werden sie uns allen gehören, das heißt also auch keinem einzelnen. Versteht ihr mich? Keiner ist der Besitzer. Hörst du, Jourdan?«

»Ich weiß noch etwas Besseres«, sagte Jourdan, »auch der Hirsch gehört uns allen.«

»Danke«, sagte Bobi, »ich drücke dir die Hand dafür ...«

Er stand auf, Jourdan ebenfalls, und von weitem, über den Tisch hinweg, mit der eigenen linken Hand die eigene rechte drückend, grüßten sie sich mit tiefem Ernst.

»Also wie machen wir es nun?« fragte Bobi.

»Wir wählen eine mondhelle Nacht«, sagte Honoré. »Wir spannen unsere Netze um die Lichtung von Lénore, suchen sie in ihrem Versteck auf – ich kenne es –, und dann blasen wir das Waldhorn.«

»Sie kommen immer auf die Lichtung von Lénore, und dann haben wir sie. Wir fangen vielleicht auch noch einen Hirsch. Das müssen wir abwarten. Was meinst du dazu?«

»Nein«, sagte Bobi, »wir haben an einem genug. Er sorgt schon für Nachkommenschaft, es ist besser so ...«

»Dann lassen wir ihn also wieder laufen, wenn wir einen fangen«, sagte Honoré.

»Ja«, sagte Jacquou.

Er hatte es sehr laut gesagt und dabei auf den Tisch geklopft. Dieses »Ja« war wie das Schlußwort hinter tausend Überlegungen und das letzte von vielen unausgesprochenen Worten, die singen, hochfliegen, sterben, neu aufleben wie die Reflexe der Sonne auf einem Wasserspiegel.

Alle sahen ihn an.
»Ich verstehe«, sagte er, »ich habe alles verstanden.«
Er war in einer glücklichen Erregung.
»Und wenn wir noch einen Hirsch fangen«, sagte Bobi, »lassen wir ihn wieder frei. Er wird in seinen Wald zurückkehren. Wir brauchen nur zwei oder drei weibliche Tiere für unsern Hirsch, das genügt.«
»Und dann?« fragte Carle.
»Dann«, sagte Bobi, »dann kommen wir zurück. Wir haben die Hirschkühe im Netz. Wir müssen ihre Beine schützen; sie haben dünne Beine, zerbrechlich wie Glas. Den ganzen Heimweg über sagen wir ihnen Schmeicheleien, wir geben ihnen Brot und Zucker, wir streicheln ihre weichen Nasen, da, wo du deinen buschigen Schnauzbart hast, da sind sie sehr empfindlich. Sowie wir hier sind, befreien wir sie aus den Netzen; zuerst stehen sie zitternd auf ihren zierlichen Beinchen, und vielleicht fangen sie an zu weinen. Denn sie können weinen. Und dann, mit einemmal, wenn sie merken, daß sie frei sind, beginnen ihre Flanken zu beben, sie machen einen Satz, dann noch einen und einen dritten; sie fangen an zu tanzen und zu springen und drehen das Köpfchen nach allen Seiten. Von Zeit zu Zeit bleiben sie stehen, sie locken und fangen wieder an zu springen. Und so machen sie es, bis sie am Wald von Grémone sind; dann verschwinden sie im Walde. Und bald beginnt dann die Zeit der Liebe. Nein, Carle, keiner hat einen Nutzen davon. Bestimmt keinen Nutzen, wie du es verstehst. Es soll uns wohl allen zum Nutzen gereichen, auf daß unsere Freude bleibe.«
»Ja«, sagte Carle, »aber wie wird unsere Freude bleiben?«
»Dann«, sagte Bobi, »kommt die Zeit der Liebe. Das Männchen wird unruhig und sucht das Weibchen. Eines Morgens macht der Hirsch sich schön; er putzt sich das Fell, er reibt sein Geweih am Pfosten des Schuppens, um das Moos abzustoßen. Er blickt zur Sonne empor, und die Sonne spiegelt sich in seinen Augen. Er atmet in vollen Zügen den sanften Maiwind, der seinen Kopf bis in die geheimsten Winkel er-

füllt. Bald zieht er bis zum Rand der Felder, und obgleich er in voller Freiheit ist, bleibt er regungslos stehen. Und er ist wie der Haferhalm, der den Wind erwartet und nicht weiß, nach welcher Seite er seine Spitze neigen soll. Dann wird er einen Ruf vernehmen, so leise, daß er kaum hörbar ist, vielleicht auch nur einen Geruch verspüren, einen Hauch in der Luft, die das schlafende Weibchen in der Nacht umgab. Vielleicht so, wie ein Fuß im weichen Schlamm seine Spur hinterläßt, und wenn ich vorübergehe, sage ich: das war Carles Fuß. So wittert das Männchen in der weichen Luft das Weibchen. Dann kommt der Wind; in großen Sätzen springt der Hirsch davon, er wendet den Kopf hin und her, seine Schenkel schlagen gegeneinander, er bleibt stehen, er blickt umher, er schickt seinen Lockruf zum Wald von Grémone, in dem er die Flucht der Weibchen zwischen den Bäumen vernimmt.«

»Ja«, sagte Carle, »aber wie wird unsere Freude bleiben?«

»Du fragst zuviel«, sagte Jourdan.

»Laß«, sagte Jacquou, »er hat recht, wenn er fragt.«

»Das übrige«, sagte Bobi, »geschieht dann im Schutz des Waldes. Und es ist nicht das erstemal, nur wird es das erstemal sein, daß Ihr darauf achten werdet.«

»Aber unsere Freude«, schrie Jacquou.

»Nein«, sagte Jourdan, »sprich nicht aus, was sie da drüben sagen.«

»Schön«, sagte Jacquou, »ich bin schon still. Gut, aber die Wahrheit darf ich doch sagen?«

»Sag schon.«

»Was soll man tun? Ich habe euch gesagt, daß ich alles verstehe. Ja, Barbe, ich verstehe alles, schweig still und höre auf, den Kopf zu schütteln und vor dich hin zu jammern. Also, warum bin ich eigentlich hergekommen? Ich weiß es nicht. Wer von euch andern, die ihr alle hergekommen seid, weiß es? Es ist, als habe uns einer gerufen. Das ist die Wahrheit. Und wir müssen zugeben, daß wir es brauchten.«

»Das sage ich ja längst«, sagte Jourdan.

»Aber was brauchten wir?« fragte Jacquou.

»Alles«, sagte Joséphine.

»Worüber beklagst du dich?« fragte Honoré.

Sie wandte sich zu ihm.

»Ich beklage mich«, sagte sie, »weil nichts so ist, wie es sein sollte.«

»Brauchen«, sagte Randoulet, »das ja. Ich weiß nicht recht, nichts geht so, wie man es möchte, selbst wenn es so geht, wie man es möchte.«

»Wir brauchen unsere gegenseitige Freundschaft, liebe Freunde«, sagte Marthe.

»Wir brauchen Freiheit«, sagte der Sohn Carle. »Heute morgen war ich glücklich.«

Der Schwarze räusperte sich schon eine ganze Weile. Er war kein guter Sprecher, doch er wollte etwas sagen.

Er hatte sich schon zweimal zu Marthe gebeugt, und nun beugte er sich ein drittes Mal zu ihr.

»Der Bauer«, sagte er, »wird fünfhundert Schafe kaufen.«

Er reckte den Zeigefinger und nickte mit dem Kopf, wie um auszudrücken, für ihn sei das der Kern der ganzen Angelegenheit.

»Vor drei Wochen«, sagte Jacquou, »haben wir Onkel Silve beerdigt.«

Ein kurzes Schweigen folgte, und während Jacquou Atem holte, um noch etwas Wesentliches hinzuzufügen, sagte Bobi:

»Wahr bleibt, daß wir Freude brauchen.«

»Das ist es«, sagte Jacquou.

»Das ist das Ganze«, sagte Bobi. »Wir werden die Hirschkühe fangen, und ihr werdet sehen!«

Es war Abend. Die Luft war ungewöhnlich klar und mit Geräuschen beladen. Von den fernen Hügeln konnte man das Knistern in den Ästen und Zweigen der Bäume hören. Der Wald von Grémone schien ganz nahe. Wie eine Quelle, die gedämpft tief in der Erde brodelt und gluckst, raschelte das Laub. Nicht nur der Lärm des Flusses von Ouvèze war zu hören, sondern alle Geräusche der Ebene und auch der Gesang der vielen kleinen Nebentäler, das Rauschen des Schilfes, das Plätschern der Wasser zwischen Steinen und Kieseln. Von der Straße her, die die Windungen des Flusses begleitete, grollte es dumpf; lange Züge schwerbeladener, zweiräderiger Karren kamen zu dieser Stunde polternd von den Steinbrüchen her. Jenseits des Waldes von Grémone – es mußte ganz weit unten am Abhang sein – klang das Kreischen einer Bandsäge. In der fernen Ebene hallte der Pfiff einer Lokomotive. Ein Vogel überflog die Jourdane; er kam aus den Bergen und zog einem fernen Land entgegen, das er von dort oben wohl schon sehen konnte. Seine Schwingen waren weit ausgebreitet, und obgleich er sehr hoch flog, war sein Flügelschlag hörbar. Er flog über den Obstgarten, und das Schwirren seiner Flügel hallte wie ein Echo in den blühenden Zweigen. Der Lärm schnell dahinrollender Karren fing sich in den Pappelgebüschen der Ebene. In den Augenblicken tiefer Stille konnte man über die vielen Hügel hinweg das dumpfe Grollen der fernen Stadt hören, deren Bewohner im Freien unter dem neuen Blätterdach der Ulmen den Abend genossen.

Alles hatte sich geklärt. Rings um das Plateau war das tönende Leben der fernen Welt zu hören.

»Was uns fehlt, ist Freude«, sagte Bobi und wandte sich an die, die neben ihm und ihm gegenüber saßen: Aurore, Zulma, Joséphine. Weiter unten am Tisch wurde leise gesprochen, und auch sie hörten die zuversichtliche Stimme des Mannes, die mit den Geräuschen der Erde zu verschmelzen schien.

»Im Grunde«, sagte Bobi, »ist doch die Freude das einzige, was wir suchen und wonach wir streben. Wenn man den Ameisen zusieht … Haben Sie ihnen schon einmal zugesehen, Fräulein Aurore?«

»Ja«, sagte Aurore.

»Wenn man sieht, wie sie von einer Seite auf die andere hin und her laufen, fragt man sich: Was machen sie? Vielleicht haben wir indessen schon das ganze Feld umgegraben; und immer noch laufen sie hin und her, mit Strohhalmen, Körnern und Eiern. Haben Sie das schon gesehen, Frau Joséphine?«

»Ja«, sagte Joséphine.

»Man fragt sich: Was bezweckt das alles? Sie suchen die Freude, weiter nichts.«

Er betrachtete Zulma. Sie saß regungslos unter ihrem Haarschmuck, einer Krone aus Getreidehalmen.

»Nun, Zulma«, sagte Joséphine, »du bist ja so still; ich glaube, du hast den ganzen Tag noch kein Wort gesagt.«

Die Lider über den Augen, die sie noch immer nicht gesehen hatten, schienen so unbeweglich, als seien sie leblos.

»Nun, Zulma«, sagte Joséphine noch einmal, »sagst du immer so wenig? Hörst du uns nicht? Und wenn dein Liebster bei dir ist, was machst du dann?«

Die langen, dunklen Wimpern begannen zu zittern, sie hob die Augenlider, und nun sah man ihre Augen.

»Wenn ich bei ihm bin«, sagte sie, »spreche ich nicht. Ich höre zu.«

Es war Zeit zum Aufbruch. Die Laternen wurden angezündet. Die Pferde waren ausgeruht, und beim Schein des Kaminfeuers suchten die Frauen in der Küche Tücher und Decken zusammen. Die Männer spannten an.

»Wir rücken zusammen«, sagte Jacquou, »und machen Platz für Frau Helene und Fräulein Aurore. Wir bringen sie nach Hause; es ist ein kleiner Umweg.«

»Also«, sagte Bobi aus dem Dunkel, »das ist abgemacht mit den Hirschkühen.«

»Abgemacht.«

»Carle, steig auf.«

»Und der Sohn?«

»Ich gehe zu Fuß.«

»Vergiß das Waldhorn nicht.«

»Wo ist der Schwarze?«

»Er ist dem Hirsch nachgegangen.«

»Schwarzer.«

»Ich komme schon.«

»Also abgemacht mit den Hirschkühen.«

»Abgemacht. Du bestimmst den Tag.«

»Donnerstag«, schrie Honoré, »aber wir sehen uns noch.«

Es dauerte eine ganze Zeit, bis alle untergebracht waren. Die Pferde scharrten mit den Hufen und zerrten an den Zügeln. Die Gebisse knirschten, das Zaumzeug klirrte.

Endlich fuhr Randoulet los. Langsam ging's über die bebauten Felder, die den Hof umgaben. Die Laterne schaukelte hin und her. Die Achsen kreischten. Randoulet schnalzte mit der Zunge, um das Pferd aufzumuntern; es legte sich in die Riemen und stemmte kräftig mit den Hinterbeinen, um die Räder durch den weichen Acker zu ziehen; als sich der Karren an einer Böschung auf eine Seite neigte, konnte Bobi im roten Schein der Laterne Zulmas ährenblonde Haare sehen. Gleich danach hörten Pferd und Wagen auf, wie ein Schiff hin und her zu schwanken, denn sie fuhren jetzt über ebene Erde; der Duft zerdrückter Blumen wehte herüber; sie überquerten das Narzissenfeld. Dann schrie Randoulet:

»He, vorwärts, Schinder!« Sein Schrei klang wie das Aufheulen eines Hundes. Das Pferd setzte sich in Trab, und einen Augenblick später war das Licht der Laterne nicht mehr zu sehen, der Lärm der Räder verhallte, und der Wagen war hinter einer Biegung verschwunden.

»Na also«, sagte Jourdan.

Jacquous Wagen entfernte sich in der Richtung auf Fra-Josépine.

»Ein einzelner Stern«, sagte Bobi.

»Wo?«

Im Norden zitterte ein rotes Licht am Horizont.

»Nein«, sagte Jourdan, »das ist wohl nur eine Laterne in den Bergen.«

»Man bekommt Lust, darauf zuzugehen.«

»Was hätte das für einen Sinn?« fragte Jourdan.

Bobi sah ihn an. Das Licht vom Hause fiel nur auf den oberen Teil seines Gesichtes: auf die runde Stirn, den Nasenrücken, die Backenknochen und einen Mundwinkel; das übrige lag im Dunkel und wurde vom Bart beschattet.

»Es wäre nur, daß man eben auf einen Stern zugeht, der ein Licht in den Bergen ist. Nichts weiter.«

Sie gingen ins Haus.

»Nun«, sagte Marthe, »und was sagt ihr zu dem allen?«

»Er kann nicht viel dazu sagen, aber mir kommt es ganz unwirklich vor«, sagte Jourdan. »Es ist das erstemal, daß wir uns auf diesem unseligen Plateau alle zusammenfinden.

Ich habe mit Jacquou gesprochen«, fügte er hinzu.

»Ich hätte ihn für weniger empfänglich gehalten«, sagte Bobi. »Er hat wohl das meiste Land hier?«

»Er hat das beste.«

»Es sind drei Männer und zwei Frauen?«

»Für die Ernte lassen sie gewöhnlich zwei junge Leute aus Verrières kommen. Es sind entfernte Verwandte von Honoré, glaube ich.«

»Und nun ist sein Herz ganz weich und empfänglich«, sagte Bobi, »wie die Erde im Frühling; vielleicht ist es krank.«

»Aber nicht sein Körper.«

»Nein.«

»Das übrige.«

»Was bringt dich darauf?« fragte Marthe leise.

»Ich habe fast die ganze Zeit mit ihm gesprochen«, sagte Jourdan; »er hat dieselben Gedanken wie wir.«

Marthe bewegte sich nicht; sie sah weder Bobi noch Jourdan an.

Von draußen kam das schrille Lied der nächtlichen Wiesen.

»Ich weiß nicht, was ihr habt, ihr Männer? ... Wonach ihr sucht? Was ihr eigentlich wollt? Man sollte meinen, ihr seid wie Zulma, den Blick starr auf etwas gerichtet, das dort hinten über den Wassern ist, und ihr geht darauf zu und wißt nicht mehr, ob die Erde euch noch trägt, oder ob ihr die Füße schon in den Teich gesetzt habt. Und dann, mit einemmal, umgibt euch das Wasser, und ihr ertrinkt.«

»Frauen können das nicht verstehen«, sagte Jourdan.

»Aber sie wissen, was sie wollen«, sagte Marthe, »und das,

was sie wollen, ist hier auf der Erde. Man kann darauf zugehen und es nehmen, ohne zu ertrinken.«

Bobi ging, den Hirsch zu füttern. Es war finstere Nacht. Als er mit dem Heu zum Schuppen kam, hörte er es im Stroh rascheln.

»Da bist du also, Kind des Waldes«, sagte er.

»Ich bin es«, sagte eine Frauenstimme.

»Wer ist es?«

Eine Frau kam auf ihn zu.

Am Schritt und am Geruch erkannte er Joséphine.

»Sie sind hiergeblieben?«

»Ich habe Frau Helene und dem kleinen Fräulein meinen Platz gegeben«, sagte sie. »Sie werden erst nach Fra-Josépine gebracht; ich hole den Wagen bei der Weide von Bernans wieder ein.«

»Ist das weit?« fragte er.

»Ich habe noch Zeit«, sagte sie, »ich bin kräftig und gehe schnell. Ich dachte, Sie würden mit mir kommen.«

»Wo ist der Hirsch?«

»Ich weiß es nicht, als ich hierherkam, ist er aufgestanden und zum Wald gelaufen. Ich habe mich auf seinen Platz gelegt. Er hat ein warmes Nest im Stroh hinterlassen, sehen Sie.«

Sie nahm seine Hand, und sie gingen in den Schuppen zurück.

»Sie müssen sich bücken.«

Sie hockte sich neben ihm nieder, ein starker fraulicher Duft umgab sie.

»Ja«, sagte er, »es ist noch ganz warm.«

Doch er richtete sich sogleich wieder auf und sagte: »Kommen Sie.«

Seite an Seite gingen sie zur Landstraße. Im Gehen schwenkten sie die Arme, und zuweilen berührten sich ihre Hände ganz leicht.

»Ich wäre sehr glücklich«, sagte er, »wenn wir im Walde von Nans Hirschkühe fänden.«

»Wenn Honoré es vergessen sollte, werde ich ihn daran erinnern«, sagte sie.

»Machen Sie das«, sagte er, »Sie würden mir einen Gefallen damit tun, Joséphine.«

Aber er ging weiter, und da sie einen Moment gezögert hatte und ihm gegenüber stehenbleiben wollte, mußte sie ein paar große Schritte machen, um ihn einzuholen.

»Er ist dort oben gut bekannt, und ich glaube, man wird ihm alles Nötige leihen«, sagte sie.

»Ich begleite Sie ein Stück«, sagte er, »es ist noch weit«; er wollte sein schnelles Gehen erklären, da sie alle Augenblicke Lust zeigte, stehenzubleiben und zu warten.

»Wir könnten uns ein wenig hinsetzen«, sagte sie.

»Ich bin sicher, daß es besser ist, wenn wir weitergehen«, sagte er. »Und außerdem«, fügte er nach einer Pause hinzu, »müßten sie auch die Hirschkühe wirklich haben wollen.«

»Sie wollen schon«, sagte Joséphine, »und wenn man etwas will, bekommt man es auch.«

Sie war etwas schneller gegangen und war Bobi voraus, nun schnitt sie ihm den Weg ab. Sie standen einander plötzlich dicht gegenüber, denn sie hatte brüsk haltgemacht, und er, im Vorwärtsgehen, war dicht vor ihr stehengeblieben; er berührte sie mit den Schultern, und um nicht zu fallen, mußte er sie umfassen. Langsam hob sie ihm das Gesicht entgegen und küßte ihn auf den Mund, auf die Lippen, die er eben öffnen wollte, um zu sprechen.

Er zuckte fast unmerklich zurück. Sie befreite sich aus seinen Armen, ihr Kleid raschelte. Sie war fortgelaufen; rings um ihn war tiefe Stille. Sie war wohl nach der Straße gelaufen.

Lange Zeit haftete auf seinen Lippen der Geschmack von Narzissen.

Besser konnte man es mir gar nicht klarmachen, dachte er.

Die Nacht war bewegt. Sie hatte langsame, weiche Gesten und die Ungebundenheit des Blutes schlafender Tiere, den Rhythmus, dem Mond, Sterne und Ozeane gehorchen und der den Pulsschlag der schlafenden Kreatur bestimmt. Die Luft trug die Gerüche der Erde empor; der Duft des Narzissenfeldes erinnerte nicht mehr an Blumen; nachdem er wie eine betäubende Wolke am dunklen Himmel gehangen hatte, senkte er sich wieder auf die Erde herab, auf das Feld und auf den einsamen Bobi.

Bobi schmeckte den Duft auf seinen Lippen. Er spürte noch den Druck und die Wärme von Joséphines Mund.

Es ist schwer, dachte er.

Er dachte an seine Pläne, an den Hirsch, die Hirschkühe, die Blumen und das Suchen nach der Freude. Freude aussäen, damit sie Wurzel fasse, damit sie werde wie eine große, weite Wiese, mit Millionen Würzelchen in der Erde und Millionen Gräsern und Blättchen über der Erde; daß sie eingeschlossen sei, in den Tanz des Meeres, den Tanz des Flusses, den Tanz des Blutes, den Tanz der Gräser, der ganzen großen Welt, die sich im Kreise dreht.

»Ich weiß sehr gut, was sie wollte«, sagte er zu sich. »Ich bin kein Dummkopf.«

Und er rief:

»Joséphine, Joséphine!«

Seine Stimme war ungewöhnlich. Eine Frühlingsstimme; sie kam aus der Tiefe der Kehle. Mit dieser Stimme konnte man nicht sagen: »Orion-Mohrrübenblüte.« Man konnte nur einfach rufen.

Vielleicht hat jeder von uns seine eigene Freude, dachte Bobi.

Die Frühlingsstimme schwoll in seiner Kehle, doch er rief nicht mehr.

»Vielleicht gibt es überhaupt keine Freude in der Welt«, sagte er zu sich.

In diesem Augenblick hörte er das Waldhorn. Es kam von weit her, aus der Dunkelheit, und es klang heiser und dumpf. Die Töne waren wie die weichen Hände Gottes. Sie öffneten sich, und in ihrer warmen Feuchtigkeit lagen lebendige Samenkörner; sie sprangen auf und wurden zu Tieren und

Wäldern. Zwischen den feuchten Fingern wuchsen die Wälder hervor, sie senkten sich auf die Erde nieder und schossen von der Erde wieder empor, mit den Blättermassen und dem leuchtenden Gebälk der sonnenbeschienenen Äste und Zweige. Alle Wege waren offen; endlos und weit; der Horizont lag über den Wegen wie ein Zelt.

Auf der Böschung bei Mouille-Jacques blies der Sohn Carle in sein Waldhorn, dabei drehte er sich in alle vier Himmelsrichtungen.

Zum erstenmal hörte Bobi die Melodie des menschlichen Hoffens. Der Anfang war nun zu Ende.

X

Nichts wäre geschehen ohne den blauen Wind. Einen Entschluß faßt man erst, wenn man getrunken hat; nüchtern wagt man nichts. Der blaue Wind kam vom Meer.

Das Meer ist gar nicht weit. Doch, gewiß, es ist weit, wenn ihr die Entfernung nach den Schritten der Menschen oder nach denen des Pferdes berechnet. Ihr müßt Hügel hinauf- und hinabsteigen, immer neue Hügel, Ebenen durchqueren, durch Täler, wieder Hügel empor, deren Kämme dornenvoll und kantig sind wie Rinderrücken, wie die Schneide einer Säge, so blau wie sie, fast wie Stahl, ohne Bäume, ohne Gras, aus spiegelglattem Fels und vom Winde umtost, daß man glauben könnte, wenn sie so urplötzlich im milchigen Morgenhimmel auftauchen, man sei am Meer, und da liege vor uns ein riesiges Schiff mit zahllosen Segeln. Nein, es ist doch viel weiter. Es liegt hinter den roten Bergen. Und nun sieht man es, riesengroß, flach und so tief im Horizont verankert, daß man versteht – wenn man an das Plateau von Grémone denkt –, daß es in Wirklichkeit ganz nahe ist. Denn wäre es nicht so fest an die Rundung der Welt geschmiedet, würde es hoch emporsteigen und bliebe doch flach und wir könnten sehen, wie es an den Spitzen des Berges von Aiguines auftauchte, mit seiner Last großer Schiffe und dunkler Fische, die schlafen, während die Wellen im Sonnenschein ihre Schuppen schäumend überspülen.

Der blaue Wind kommt vom Meer.

Er schleppt eine Wolkenlast mit sich. Er weht nur im Frühling. Unter ihm ziehen Regen und Wärme heran. Er breitet große Schattenflecken über die Wiesen, über die Äcker mit der jungen Saat, über die Gebüsche und Wälder.

Diese Schatten, schwer von den jungen Säften der Wiesen und Wälder, sind von einem viel tieferen Blau als alle übrigen. Riesige Wolken bevölkern den Himmel von einem Ende bis zum andern, gleich Fabelwesen, Tieren und Pferden. Der Wind trägt sie fort, schleppt sie hinter sich her, treibt sie vor sich hin und flößt ihnen ein so gewaltiges Leben ein, daß es nicht nur eine einzelne Wolke ergreift – die Gestalt eines Menschen, Tieres oder Pferdes –, sondern ungehindert von einer Wolke zur andern eilt. Die Menschengestalt wird unversehens zum Tierrücken, das Pferd macht einen riesigen Satz, und dann, mit einemmal, zerfließen die schweren Beine und Schenkel, die Hufe verschmelzen miteinander, und es wird zu einem gewaltigen Berge. Wieder gleitet und fließt alles und verwandelt sich in alle nur erdenklichen Formen und Gestalten. Eine große Leidenschaft erfüllt den ganzen Himmel.

Unaufhörlich fiel nun Regen auf das Plateau herab. Er hatte sich Richtung und Launen des Windes zu eigen gemacht; er fiel nicht strichweise vom Himmel; in dichten Bündeln schoß er vom Süden herab, als werde er vom Meer herangeschleudert. Die Erde des Plateaus, von diesen schweren Wogen getroffen und zermalmt, wie von scharfen Klingen schräg durchschnitten, dampfend von Nebelschwaden und wie abgehäutet, so daß die zarte Innenseite bloßlag, floß in dicken Schlammbächen die Abhänge hinunter. Die keimenden Samenkörner, in ihrem unterirdischen Dasein überrascht, verteidigten sich. Mit ihren zarten Würzelchen klammerten sie sich an kleine Erdklumpen, die der Regen zerbröckelte, bis eine plötzliche Woge sie losriß und davontrug, mit ausgebreiteten Wurzeln, wie erstarrt. Die Getreidefelder versanken im Schlamm der neuen Bäche. Die Bäume ächzten unter der Last des schweren, nassen Laubes, trotzig leisteten sie Wind und Regen Widerstand, bis die stärksten Äste schließlich wie müde Arme herabsanken und fast lautlos bis auf den Splint durchbrachen. Im Herabfallen rissen die Blättermassen lange Fetzen Rinde von den Stämmen.

Plötzlich zerteilten sich die Wolken; wie eine Feuergarbe fielen die Sonnenstrahlen schräg herab; auf den Regenpfützen, den Rippen der langen Gräser, den Spitzen der Disteln, den fetten Erdklumpen, überall dort, wo ein Wasserfaden herabrieselte oder wo sich Feuchtigkeit angesammelt hatte, funkelte und glitzerte es. Wie über Stufen hinauf verfolgte der Blick die Lichtflecken; von der Erde zu den Grasspitzen, vom Gras zu den Bäumen und von dort bis zu den Gewölben des Himmels empor. In unruhigen Tiefen flatterten leuchtende Sonnenstrahlen wie Tauben hin und her. Licht und Farben gerieten mit einemmal in Bewegung, und es glich den Reflexen auf der Haut einer vorwärts gleitenden Schlange. Das rosa Dach von Mouille-Jacques verschmolz in der Ferne mit dem Grün einer Wiese, das matte Blau einer Wolke zerfloß im leuchtenden Blau des Himmels, das helle Grün der Wiesen vermischte sich nach und nach mit dem dunklen Grün des Laubes der Ulmen am fernen Rande eines Feldes, das zu Onkel Silves Besitz gehörte. Der Himmel verblaßte, wie Spuren menschlicher Füße liefen Schatten über das Plateau. Wasser rann an den Halmen herunter, sammelte sich in dicken Tropfen am Ansatz der Blätter und versprühte plötzlich tausend neue Reflexe, ehe das Funkeln von einem grauen Regenschleier, den der Meerwind in bewegten Wogen herantrug, erstickt wurde.

»Noch nie war ich so sorglos wie jetzt«, sagte Jourdan.

Er stopfte seine Pfeife und drückte behaglich den Tabak mit der Daumenspitze fest.

»Glaubst du, daß es den Narzissen schadet?«

»Im Gegenteil«, sagte Bobi, »sie brauchen Feuchtigkeit.«

Das Erdreich rings um die Jourdane war gesättigt vom Regen. In allen Rinnen hatte sich Wasser gesammelt. Als es sich ein wenig aufhellte, hatten sie am Rande des Ackers einen Maulwurf gesehen, der von Nässe glänzte wie eine Ratte, die man aus dem Ölkrug gezogen hat. Er wußte nicht, wohin er sich retten sollte, und hatte alles Vertrauen zur Erde verloren; er mochte sich in einem Mauerloch neben den leeren Ställen versteckt haben.

»Es ist schlecht für das Getreide«, sagte Jourdan.

Nicht nur, daß es unmöglich war zu arbeiten, auch die beendete Arbeit wurde vom Regen vernichtet; nach und nach verdarb der Regen alles, und es war nicht möglich, zu berechnen, wann die Erde wieder getrocknet sein würde.

Der Regen wollte kein Ende nehmen.

»Mir ist es gleich«, sagte Jourdan, »ich habe kein Korn gesät. Ich habe genug für drei Jahre.«

»Wirst du im Herbst Getreide aussäen?« fragte Bobi.

»Es eilt nicht«, sagte Jourdan.

»Nur um etwas Vorrat zu haben.«

»Ja«, sagte Jourdan, »etwas Vorrat, für zwei bis drei Jahre, aber Korn, nicht Geld.«

Und mit einer stillen Freude dachte er an die zwei, drei Jahre, für die vorgesorgt war. Seine Arbeit verwandelte sich nicht mehr in flache Papierchen, die er unter Marthes Hemden verwahrte, sondern in drei sorgenfreie Jahre, mit dreimal Winter, Herbst, Frühling und Sommer.

»Es ist schlechtes Wetter«, sagte er, »aber es ist nicht schlimm.«

Fenster und Türe standen offen, denn es war warm. Die Erde duftete stark, und bei jedem Windstoß taten sich am Himmel neue Tiefen auf.

Am Nachmittag des dritten Tages hörten sie den Hufschlag eines Pferdes. Es war Honoré; er ritt ohne Sattel. Seine Augen waren ganz wild; er wollte das Pferd erst mit Stroh abreiben, ehe er hereinkam, um sich selbst umzuziehen und sich zu wärmen. Er war durch einen wahren Platzregen geritten, jetzt stürmte es, und zwei lange schwefelgelbe Blitze hatten den Regenschleier zerrissen.

»Wie Karpfen habe ich sie im Brachacker herumspringen sehen«, sagte er.

Er sagte, Jacquou sei ein wahrer Teufel geworden. Das große Feld, das an den Besitz von Onkel Silve stieß, war von Sturzbächen zerpflügt, und die fette Erdkrume mitsamt der Last jungen, grünen Getreides war bis auf den Grund fortgeschwemmt.

»Unsere Frühjahrssaat«, sagte er, »treibt im Fluß von Ouvèze.«

Als der Regen aufhörte, war das Rauschen der Wasserfälle, die von den Abhängen des Plateaus ins Flußtal hinabstürzten, deutlich zu hören.

Von ihrer Saat, meinte er, sei kaum ein Zehntel übriggeblieben, er bedauerte weniger die Arbeit als die junge Saat, die schon aufgegangen war und die nun, in ihrer grünen Frische, mitsamt den Halmen, den Wurzeln und allen ihren Versprechungen fortgeschwemmt war.

Nun erzählte er davon, was Jacquou unternahm. Es war kein lärmender Zorn bei ihm; es war so, als sage er: ich sch... drauf, werfe die Geräte beiseite und pfeife auf den Rest. Er hatte schon Schwereres durchgemacht, der Alte. Er hatte einen Sohn verloren, Joséphines Bruder. Sie kannte ihn gar nicht, sie war später geboren. Dann war einmal sein Hof abgebrannt; das war im Tal des Buech, in den Bergen.

»Das wußte ich gar nicht«, sagte Jourdan.

»Es ist so«, sagte Honoré, »sie haben hier wieder ganz von vorn angefangen.«

»Das schlechte Wetter nimmt kein Ende.«

Dann sprach er von den Hirschkühen. Er fragte, ob es dabei bleibe. Die Idee machte ihm Spaß. Vor ein paar Tagen hatte Joséphine am Abend mit ihm darüber gesprochen.

Bobi sagte, sie brauchten Netze dazu, und man müsse die Leute von Verrières vorher verständigen.

Darauf erwiderte Honoré, es sei bereits geschehen. Dann

herrschte kurzes Schweigen, und nur das Rauschen des Regens war zu hören.

Honoré sagte:

»Ich will euch die Wahrheit sagen; ehe ich hierherkam, bin ich noch woanders gewesen.«

Also deswegen war er so durchnäßt, ganz verstört und so besorgt um das Pferd. Sie beruhigten ihn, das Pferd sei ganz munter und fresse gutes Heu.

Und was hatte er unternommen? Es war folgendes geschehen: Er war vom Plateau die Straße nach Ubacs über die Holzbrücke des Ouvèze geritten. Er hatte die ganze Zeit nur daran gedacht, ob er auf dem Rückwege die Brücke noch vorfinden werde, denn der Fluß stieg zusehends. In der Hoffnung, Fuhrleute zu treffen, war er bis zur Landstraße geritten. Dort hatte ihn das Unwetter überrascht. Schließlich hatte er zwar keinen Fuhrmann getroffen, denn bei solchem Wetter war es ein Wahnsinn, damit zu rechnen, sondern nur den Händler »der Heiltränke von Chartreuse«.

»Er ist blind«, fügte er hinzu.

Honoré hatte in der Hütte eines Straßenwärters Unterschlupf gesucht; sie bot wenig Schutz, denn sie hatte nur ein Laubdach. Hier hörte er plötzlich Singen. Das hatte ihm einen tiefen Eindruck gemacht. Und dann hatte er das magere Männchen herankommen sehen. Sie kannten ihn alle seit langem, doch ihn da plötzlich unter dem Regen auftauchen zu sehen, hochaufgerichtet, sich mit dem Stock vorwärts tastend und wie er sang, das hatte ihn auf seltsame Gedanken gebracht, um so mehr, als es unter den tiefhängenden Wolken und im dichten Regen trotz der frühen Stunde dunkel und unheimlich war.

»Verstehe mich recht«, sagte Honoré, »ich habe viele komische Käuze gesehen; als er mich hörte, ist er gekommen und hat sich zu mir gesetzt. Doch ihn nun so ganz nahe vor mir zu sehen (er ist unwahrscheinlich alt), mit seinem kleinen Bündel (solange man ihm seine Flaschen abkauft, mag es ja gehen, aber wenn ihm keiner etwas abkauft, was macht er dann?), so alleine auf der Landstraße, blind, im Regen. Ich sage euch, ihn so vor mir zu sehen, ihn anzusehen, ihm zuzuhören und dann zu merken, daß er glücklich ist, vollkommen glücklich, und daß er singt, weil er glücklich ist, also das ...«

»Schließlich kann man von ihm tatsächlich behaupten«, fügte Honoré nach einer kleinen Pause hinzu, »daß er nichts besitzt.

»Der Händler war gerade auf dem Wege nach Verrières. Wenn man die Straße, die da hinaufführt, kennt, fragt man sich: wie ist es möglich, daß ein Blinder bei schlechtem Wetter und manchmal bei Nacht den Weg findet.«

Der Händler hatte geantwortet, für ihn sei es immer Nacht.

»Stelle dir das vor«, sagte Honoré.

»Ich weiß«, sagte Bobi, »und es gibt noch viel merkwürdigere Dinge. Deswegen muß man stets Vertrauen haben.«

»Ich habe ihm gesagt«, fuhr Honoré fort, »da du nach Verrières gehst, wird es dir wohl nichts ausmachen, dem Gevatter Richard eine Bestellung zu machen; du kennst ihn doch? – ›Natürlich kenne ich ihn‹, sagt er darauf, ›es ist das vierte Haus hinter dem Brunnen; an der Ecke ist ein Kolonialwarengeschäft. An der Stelle hat früher ein alter Maulbeerbaum gestanden, den man gefällt hat.‹ – Ich sage zu ihm: ›Davon weiß ich nichts.‹ – Er antwortet: ›Aber ich weiß es, und du kannst dich darauf verlassen.‹ – Ich sage ihm: ›Also du machst dem Richard eine Bestellung.‹ – Er sagt zu mir: ›Ja, ich will ihm gern eine Bestellung machen, aber ich kann ihm doch nicht nur sagen, ich habe dir eine Bestellung zu machen; ich muß ihm doch sagen, was für eine Bestellung.‹ – ›Daß wir kommen werden.‹ – ›Wer, wir?‹

Mir war es unangenehm, ihm das alles zu erklären. Sollte ich es ihm sagen? Was wagte ich schließlich? Ich sagte also: ›Wir wollen im Wald von Nans Hirschkühe jagen.‹ Da antwortete er mir: ›Dann rechne nicht auf meine Hilfe.‹ Ich sage zu ihm: ›Ich bitte dich ja nur um eine Gefälligkeit.‹ Darauf erwidert er: ›Nein, du bittest mich um eine Gemeinheit. Und Gemeinheiten‹, sagt er, ›daran beteilige ich mich nicht. Vielleicht wäre ich dazu imstande, solchen Schweinehunden gegenüber, wie du einer bist und deinesgleichen. Aber das, was du verlangst, nein.‹ – Ich habe ihn angesehen, ihm lange in sein altes Gesicht geblickt, dann fragte ich: ›Wieso eine Gemeinheit?‹ Darauf antwortet er mir: ›Es wäre ja noch schlimmer, wenn ich auch noch versuchen wollte, es dir zu erklären, und übrigens muß ich jetzt weiter.‹ Er stand auf. ›Du hast Augen zum Sehen‹, sagte er, ›und es gibt viele, die Augen zum Sehen haben. Ich habe von meiner Geburt an nichts sehen können, daher weiß ich nicht ganz genau, was ihr darunter versteht, mit euren Augen sehen. Aber wenn man es nach euren Handlungen beurteilt, kann es nicht von weit her sein, oder aber ihr seid ein Haufen rechter Schweinehunde. Denn‹ (und bei diesen Worten wollte er wirklich fortgehen, und wenn ich ihn nicht zurückgehalten hätte, wäre er auch fortgegangen) ›denn ihr tragt ja selber die Folgen.‹

Ich hielt ihn am Arm zurück und sagte zu ihm: ›Setz dich.‹ – ›Nein.‹ – ›Doch, setz dich.‹ – ›Nein.‹ Und er strebte nach der Straße und in den Regen; stellt es euch vor! Schließlich versuche ich ihm zu erklären: ›Du täuschest dich.‹ – ›Nein.‹ – ›Doch‹, sage ich, ›denn es handelt sich dabei um eine ungewöhnliche Sache. So etwas kommt nicht alle Tage vor. Wenn ich es dir erklärt habe, wirst du es einsehen. Denn wenn ich dir nichts sage, bildest du dir irgend etwas Alltägliches ein, und dann irrst du dich. Also, setz dich. Ich werde es dir erklären. Du wirst sehen, daß es sich doch lohnt.‹ Er blickte mich an, hätte ich fast gesagt. Nein, denn er ist ja blind, aber er wandte mir sein Gesicht zu, und ich habe den leeren Blick seiner toten Augen gesehen – die leere Straße, der leere Regen, die leere Welt. Und ich sagte mir (ich schwöre euch, daß es so war), ich sagte mir: nein, die Welt ist nicht leer. ›Setz dich.‹ – Er fragte: ›Ihr wollt sie töten?‹ – ›Nein, eben nicht.‹ – ›Ihr wollt sie lebend fangen und sie dann verkaufen?‹ – ›Auch nicht.‹ – ›Dann seid ihr noch größere Schurken, als ich glaubte‹, sagte er, ›ihr wollt sie also in Käfige sperren?‹ – ›Nein, eben nicht.‹ – ›Dann verstehe ich dich nicht.‹ –

›Ich freue mich, das von dir zu hören, und darum werde ich es dir jetzt erklären.‹

Ich muß euch alles wahrheitsgemäß erzählen«, fuhr Honoré fort, »ich werde dir genau sagen, Bobi, was ich ihm erzählt habe, dabei wußte und weiß ich eigentlich gar nicht, was du wirklich vorhast.«

»Und was hast du erzählt?« fragte Bobi.

»Was mir als das Vernünftigste erschien.«

»Dann ist es sicher genau das, was ich vorhabe.«

»Schön«, sagte Honoré, »also er blickte mich mit seinen toten Augen an. Ich sage zu ihm: ›Ich komme vom Plateau Grémone.‹ – ›Ich kenne es.‹ – Darauf sage ich: ›Das Leben da oben ist nicht schön‹, und ich schwöre euch, daß er geantwortet hat: ›Das Leben ist sehr schön.‹ Ich sagte zu ihm: ›Wir haben einen Hirsch gekauft.‹ Ich sagte ›wir‹; Jourdan war es, aber ich sagte ›wir‹.«

»Du hast recht getan«, sagte Jourdan.

»Wir haben einen Hirsch gekauft. Er fragte: ›Wozu?‹ Ich überlegte: ›Für nichts.‹ – ›Wieso für nichts?‹ – ›Um ihn bei uns zu haben, ganz einfach.‹

»Und das ist die reine Wahrheit«, sagte Bobi.

»Aber es war schwer, ihm das begreiflich zu machen.«

»Was hat er nicht begriffen?«

»Daß der Hirsch frei lebt. Er sagte zu mir: ›Ihr sperrt ihn doch irgendwo ein?‹ – ›Nein.‹ – ›Er geht also frei umher, so wie er will?‹ – ›Ja.‹ – ›Immer?‹ – ›Ja, er besucht uns, bald diesen, bald jenen. Er kommt, er sieht uns an. Dann läuft er wieder davon, und wir sehen ihm nach, wie er läuft.‹ – ›Er ruiniert euch den Acker.‹ (Ich mußte denken, was davon übrigbleibt. In dem Augenblick goß es so sehr, daß es die Erde zu sprengen schien und ich von den Abhängen des Ubacs das Rauschen der Sturzbäche hörte, die die Saat fortschwemmten.) Ich sagte zu ihm: ›Das ist uns gleich.‹

Danach schwieg er eine Weile und schien über unser Vorhaben nachzudenken. Und dann hatte ich den Eindruck, daß er nicht mehr zu mir sprach, sondern vielleicht zu dem Pferd, das neben uns unter dem Laubdach stand und sich von Zeit zu Zeit schüttelte, wenn ihm Tropfen auf den Rücken fielen.

›Das ist neu‹, sagte er. ›Es ist schwer zu sagen, was sie noch machen werden. Aber vielleicht endet es damit, daß sie das Richtige herausfinden.‹

Dann sagte er zu mir: ›Na ja, und die Hirschkühe?‹ – Ich sagte: ›Nun ja, die Hirschkühe sind für ihn.‹ – ›Sie sollen ihm gehören?‹ – ›Ja.‹ – ›In der Freiheit?‹ – ›Ja.‹ – ›Ihr wollt sie lebend in Netzen fangen, sie auf das Plateau bringen, sie freilassen, und dann soll er sie nehmen, wenn er will?‹ – ›Das ist unser Plan.‹ – ›Und später?‹ – Von da ab habe ich erfunden, Bobi. Später; weiter nichts. Das ist alles. Sie werden kleine Hirschkühe und kleine Hirsche haben, erst eins, dann zwei, dann vier, dann zehn, und wir wünschten, es würden hundert. Und all das finge an zu springen und zu laufen. – ›Und was werdet ihr damit machen?‹ – ›Nichts‹, sagte ich. ›Das ist alles. Es soll uns glücklich machen.‹

»Du hast gar nichts erfunden«, sagte Bobi.

»Ist es das, was wir wollen?«

»Genau das«, sagte Bobi. »Und was hat er dazu gesagt?«

»Er hat einen Augenblick geschwiegen, dann hat er gesagt: ›Ihr habt jedenfalls das große Glück, Augen zu haben.‹

Dann ließ der Regen nach. Es war heute morgen gegen zehn Uhr. Ich sagte: ›Ich verlasse mich auf dich.‹ – ›Ihr könnt euch auf mich verlassen, allesamt, wie viele ihr auch sein mögt, ich mache die Bestellung.‹ – Ich sagte: ›Verzeih, aber jetzt muß ich schnell fort, ich muß den andern Bescheid geben, daß alles in bester Ordnung ist.‹ Er sagte zu mir: ›Geh nur, sei unbesorgt.‹ – Ich führte das Pferd hinaus, da rief er mich zurück und fragte: ›Hast du diesen Gedanken gehabt?‹ – ›Nein, es war ein Mann, der zu uns gekommen ist.‹ Und dann habe ich von dir gesprochen. – ›Sage ihm, daß ich ihn gern kennenlernen möchte.‹«

Honoré fürchtete bei diesem Wetter die Dunkelheit und brach schon in der Dämmerung auf. Es hatte sich gerade etwas aufgeklärt. Die Strahlenbündel der Sonne hatten die Verbindung zwischen Himmel und Erde gesprengt; ein anderes Strahlenbündel hatte die Wolken zerteilt und drei Perlmutterpforten aufleuchten lassen. Im Grunde des gewitterdunklen Himmels flammte eine Höhle auf; sie war golden, schwefelgelb und schwarz wie Kohle. Auf dem zarten Gewebe der Regenschleier strahlten Farben, die vom Himmel herabzuhängen schienen.

Auf seinem großen Pferde ritt Honoré mit gesenktem Haupt da hindurch, wie ein Reiter, der sich zur Parade festlich geschmückt hat; von den bunten Reflexen wurden seine Schenkel rot gefärbt, sein Kopf grün, seine Arme gelb und sein Rücken schwarz.

Es war verabredet, am ersten schönen Tag zusammenzutreffen. Eine Woche später brachen sie mit vier leichten Karren auf. Jourdan und Bobi auf einem Karren, Honoré und Jacquou auf dem zweiten, auf dem dritten Carle und sein Sohn (sie hatten sich von Frau Helene die Stute geborgt, und am Morgen, als sie sie einspannten, hatte der Hengst sie gewittert und um sich geschlagen, daß die Funken sprühten. Das hatte Carle einen Gedanken eingegeben, doch er sprach nicht darüber). Dann kam Randoulets Karren, auf dem er allein saß.

Die vier Fuhrwerke, die aus den vier Himmelsrichtungen kamen, trafen sich an der Wegkreuzung beim Feigenbaum, dicht am Abhang, der tief hinab ins Tal des Ouvèze führt. Vor ihnen lag das Hochgebirge. Es war noch ganz früh am Morgen; Schatten verhüllten Himmel und Erde; ein Kuckuck rief. Das Wetter war unbeständig. Jourdan und Bobi waren die letzten der Karawane.

An der Spitze fuhr Jacquous Wagen; Honoré lenkte ihn, denn er kannte den Weg. Ehe sie den Abhang hinabfuhren, an dem sich die Straße in zahllosen Windungen zwischen Bäumen, Felsen und Schluchten zum Fluß Ouvèze hinabzieht, gegenüber der Holzbrücke, hielten sie an und blickten noch einmal zum Plateau zurück. Die Frauen, der Schwarze und Jacquous Knecht waren zu Hause geblieben. Die beiden Männer sollten im Laufe des Nachmittags zum Schutze der Frauen über die Äcker reiten, besonders in der Umgebung der Jourdane und Mouille-Jacques, wo Marthe und Frau Carle allein auf dem Hof geblieben waren. Sie wußten eigentlich nicht recht, weshalb, aber es war nun einmal beschlossen; so blieb es dabei.

Die Reihenfolge der Karren war so: an der Spitze fuhren Jacquou und Honoré in einem blaugestrichenen, fast neuen Wagen mit frischgeschmierten Achsen, an denen noch das Fett glänzte. Ein Apfelschimmel mit mächtigen Schenkeln zog ihn. Beim Bergabfahren blähte er nur seine Flanken in den Strängen auf und hielt so die ganze Wucht des Karrens zurück. Fünf, sechs Meter hinter ihnen kamen Carle und sein Sohn auf einem hohen Wagen, einer Art Gig, der schief in zwei hohen ovalen Federn hing und sich von einer Seite auf die andere neigte. Carle lenkte das Pferd und gab dem Spiel der Zügel locker nach; die Stute machte lange, zierliche Schritte, Frau Helene liebte eine gewisse Eleganz. Es dauerte einige Zeit, bis die kräftigen Hände des Mannes sich an diese Gangart gewöhnt hatten. Im Fahren dachte er über seinen Einfall vom Morgen nach. Randoulet hielt einen größeren Abstand zwischen sich und Carle, denn er sah wohl, was da vorne vor sich ging, wie der Wagen sich kreischend bald auf die eine, bald auf die andere Seite legte und daß die Stute ganz toll schien. Das war wohl etwas für Damen. Er hatte vor seinem schweren Karren einen schweren Braunen, und er hatte eine gute Bremse, die er fest anziehen konnte. Er machte sich keine Gedanken, hatte die Zügel um den Arm geschlungen, und mit beiden Händen drehte er sich eine Zigarette. Hinter sich hörte er Jourdans Fuhrwerk, es war ständig etwa zehn Meter hinter ihm, und der Abstand blieb so regelmäßig, als sei er mit einer Stange abgemessen. Das kam daher, daß Randoulet, was Gleichgewicht und Ordnung anbetraf, einzig auf der Welt war, und daß Jourdan ihm darin mit viel Gewandtheit folgte, das mußte man zugeben.

Im Schritt rollten die vier Fuhrwerke bergab.

Die Bäume glänzten von Nässe. In den Schluchten, die

eng waren wie Orgelpfeifen, stürzte Wasser herab. Von allen Seiten rief der Kuckuck. Während dicht über der Erde noch dunkle Schatten lagerten, war der Himmel schon strahlend hell. Die vielen Regentage hatten alles reingewaschen und gleichsam erneuert, ein kräftiger Duft hing in den Lüften. Die Pferde blähten die Nüstern. In der milden Luft drang aus der Ferne, von Norden her, das Rauschen des Regens.

Am Ende der gewundenen Bergstraße sahen die Männer die gerade Chaussee vor sich, die über die Holzbrücke des Ouvèze führte, den Bergen zustrebte, in einem Tal verschwand, dann einen Abhang hinaufkletterte und sich weit oben, im Eichenwald, verlor. Sie breitete sich in der Landschaft aus, sie gab ihr Sicherheit und war wie ein Symbol des Aufbruchs. Zwischen Schatten und Sonnenflecken, durch Wiesen und Wälder, über Äcker, Hügel empor und durch Täler zog sie davon.

Eine Zeitlang behielten die Pferde den friedlichen Schritt bei; noch quietschten die Bremsen, und gemächlich schaukelten die Karren über das Land. Die Männer hatten alle wohl empfunden, daß es sich nicht um eine gewöhnliche gemeinsame Spazierfahrt handelte – schon allein das wäre wunderschön gewesen –, sondern daß sie auf der Suche nach der Freude waren. So lockerten sie die Bremsen, sie schnalzten mit der Zunge und, eines nach dem andern, setzten sich die Pferde in Trab: Zuerst Jacquous Schimmel, dann die Stute, dann Randoulets Brauner und endlich das Pferd des Jourdan »Coquet«. So überquerten die vier Fuhrwerke die Holzbrücke des Ouvèze; alles geriet in Bewegung, kreischte, ratterte und sprang: die Bretter, die Riemen, die Brückenpfeiler und die Pfosten – und das war recht unvorsichtig, denn der Fluß toste drohend unter den Hufen der Pferde und den Rädern der Karren. Gleich darauf waren sie wieder auf fester Straße, die Bäume rauschten, und die Sonne stieg allmählich höher. Jetzt kamen sie in ein Tal; nach und nach verstummte der Lärm der Karren. Auf einer Weide am Fluß rief ein Kuckuck.

Gegen Mittag hatten sie die ersten sechs Hügel hinter sich.

Sechs Hügel, schimmernd wie Perlmutter und von grauen, rostrot gefiederten Gräsern bedeckt; wenn sich die hohen Gräser im Winde neigten, leuchtete es mattgrau, wenn der Wind eine Pause machte und die Gräser sich aufrichteten und ihr Gefieder ausbreiteten, so liefen über den ganzen Hügel schillernde Lichter wie in den Meermuscheln, und es knisterte, als streichle man ein Katzenfell.

Die ersten sechs Hügel lagen hinter ihnen; erst waren sie hinaufgeklettert, dann hinabgefahren, wieder hinauf und so fort. Und jedesmal verschwand zuerst Jacquou mit seinem Karren hinter der Anhöhe, dann Carle, dann Randoulet und endlich Jourdan. Und da dann niemand mehr kam und alles still blieb, fing auf der einsamen Seite des Hügels ein Kuckuck zu schreien an. Auf der andern Seite jedoch schwiegen die Vögel und versteckten sich im Laub, denn die Karren machten viel Lärm beim Hinunterfahren, und das Knistern der Gräser war nicht mehr zu hören. Mißtrauisch lauschten die Vögel in den Zweigen: »Was ist los?« fragten sie. »Wenn der Kuckuck auf der Eiche da drüben auffliegt, fliege ich auch fort.« Doch der Kuckuck auf der Eiche blieb sitzen. Alle versteckten sich und warteten; sie hörten, wie im Tal der Aufstieg wieder begann; die Pferde schritten rüstiger aus. Das Klirren des Zaumzeugs war zu hören. Die Vögel begannen wieder zu singen. So ging es alle sechs Hügel hinauf und wieder hinab. Denn das Hügelland ist unwirtlich, und selten nur kommt einer des Weges; jedenfalls war es noch nie vorgekommen, daß eine ganze Karawane wie diese da hier durchzog, mit Lärm, Menschen und Pferden.

Mittags kamen sie auf eine Anhöhe, sie fuhren ein Stück den Kamm entlang; dieser Hügel war höher als die übrigen, schon fast ein Berg. Er war weniger anmutig, von Stechpalmen und Buchsbaum wie mit Plüsch überzogen. Von Zeit zu Zeit war ein Lärchenbaum im Winterkleid zu sehen. Hier war auch kein Kuckuck mehr zu hören; sie hatten einen Raben vorbeifliegen sehen.

Auf der rechten Seite breitete sich ein weites Land vor ihren Blicken aus. Die Berge, dicht aneinandergedrängt, glichen Maulwurfshügeln; ihre Köpfe waren von der Sonne vergoldet, den dunklen Leib hatten sie flach an die Erde gepreßt. In der Ferne, im Dunst, lag etwas, das aussah wie ein Holzfloß, wie es die Holzfäller zimmern, um die Stämme in die Ebene zu schaffen. Das war das Plateau von Grémone. An seinem Rande brodelte die Sonne in den Wäldern. Links stieg eine Felsenmauer hoch. Schwarze Tannen überzogen sie von oben bis unten wie ein dunkles Fell. Dahinter stieg ein Berg an, den Schnee bedeckte, und hinter diesem eine hohe Berggruppe, deren Gipfel vereist waren und von denen ein scharfer Wind herüberpfiff.

Die Pferde gingen im Schritt. Die Männer hielten nach rechts und links Umschau; sie suchten einen Ruheplatz.

Während der Ruhepause wurde wenig gesprochen. Unwillkürlich mußte jeder an das weite Land denken, und ihre Blicke schweiften über das großartige Relief der Erde. Die Pferde blieben in der Nähe; sie waren ausgespannt, aber an den Beinen gefesselt, denn sie hatten an einer fetten Weide haltgemacht, und die Tiere hatten Hunger. Die Luft war leicht und ganz still. Langsam kreiste ein Vogel über der Lagerstelle; er war rostrot, seine Schwingen waren wohl einen Meter breit, und die durchsichtigen Ränder seines Gefieders glänzten im Sonnenlicht. Obwohl die Luft in der großen Höhe dünn war, schien sie ihn gut zu tragen, denn er wiegte sich lässig über ihnen. Er überflog den dunklen Schlund des Tales, und weit unten sah er, winzig klein, die Hügel, die Täler, den Fluß, das Plateau von Grémone und die weite unbekannte Ebene im Dunst daliegen.

Als er spürte, wie die schwere Luft ihn trug, bewegte er die Flügel nicht mehr; er schlief in der Luft. Reglos schaukelte er im Blau, wie ein Blatt auf dem Wasser.

Im Laufe des Nachmittags erreichte die Karawane eine Schlucht, die einen Schieferberg von oben bis unten spaltete. Eine enge, schlüpfrige Straße fand eben noch neben einem breiten Gebirgsbach Platz, der sich in Windungen zornig herabstürzte und bis auf die Nasen der Pferde spritzte. Auf dem Grunde der Schlucht zog sich diese Straße endlos durch fast nächtliches Dunkel hin. Die Köpfe der Männer waren vom Tosen des Baches ganz erfüllt; sie konnten keinen klaren Gedanken fassen. Nur manchmal durchschoß blitzartig eines der Bilder vom Morgen ihre Köpfe: die perlgrauen Hügel, die Vision des Plateaus, weit unter ihnen im Dunst. Doch was sie trotz des eintönigen Murmelns der wilden, grünen Wasser nicht einen Moment verließ, war das Gefühl, vorwärts zu gehen, einem Ziel entgegen, alle gemeinsam, und das machte ihre Herzen weit und froh. Von Zeit zu Zeit bemerkten sie, wie Jacquou sich umwandte, um zu sehen, ob sie auch alle folgten. Und da bei dem Lärm doch nichts zu verstehen war, riefen sie einander nichts zu, sondern hoben nur den Arm; das hieß: alles in Ordnung. Dann wandte Jacquou sich wieder nach vorn, und sie überwachten wieder den Schritt ihrer Pferde. Die vier Karren verschwanden hinter der nächsten Biegung, kletterten eine Anhöhe hinauf, durchquerten Furten, und so ging es weiter die Straße entlang, die sich bald an einem, bald am anderen Ufer hinzog. Es ging vorwärts, ohne Aufenthalt.

In den ersten Stunden einer Dämmerung, die golden wie Honig leuchtete, kamen sie an den Ausgang einer Gebirgsmulde, in der es dichte Wälder und fette Weiden gab. In der Ferne versperrte die gewaltige Steilwand des Nans den Ausblick; Welt, Himmel und Hoffnung schienen hier zu Ende. Am Rande des Waldes stieg der Rauch von Verrières empor. Die Straße dorthin zog sich durch blühende Wiesen, und es roch nach Milch.

Sie fanden Gevatter Richard zu Hause.

»Ja«, sagte er.

Sie hatten plötzlich Angst gehabt, die Netze seien vielleicht aus diesem oder jenem Grunde nicht bereit oder der Händler habe die Bestellung nicht gemacht.

»Doch«, sagte Richard.

Sein Haus lag am Ausgang des Dorfes. Sie konnten von dort

den ganzen Wald übersehen. Und wo war nun die Lichtung von Lénore?

»Dort«, sagte Richard.

Und er zeigte auf eine freie Stelle an der Bergwand.

»Wir gehen heute abend noch hinauf«, sagte Jacquou, und er blickte die andern fragend an.

»Das läßt sich machen«, sagte Richard.

Die Pferde waren müde. Die Männer hatten sogleich wissen wollen, ob auch nichts ihren schönen Traum zerstörte, an den sie den ganzen Tag im Schaukeln der Karren gedacht hatten. Sie waren von den Wagen gesprungen und hatten sogar das Ausspannen vergessen; das mußte jetzt geschehen.

Die Ställe in den Gebirgsdörfern sind ein Paradies für die Pferde: sie sind warm, und es duftet herrlich nach frischem Heu. Die Pferde betraten den Stall ganz schüchtern, als wollten sie sagen: Nein, das ist nicht möglich. Nein, das ist ja nicht wahr. Und doch war es so.

Die Netze lagen zusammengerollt hinter den Futterkisten. Sie dufteten nach Heublüten und waren von trocknem Getreide staubbedeckt. Drei dicke Packen Netze wurden ins Freie gebracht und auf der Wiese neben dem Haus ausgebreitet. Als sie anfingen, die Netze auseinanderzurollen, versammelten sich alle Dorfkinder.

Die abendliche Dämmerung begann bald, das Tal zu erfüllen. Es wurde plötzlich kühl und duftete nach Laub und feuchtem Gras.

Jacquou befühlte die Netze; sie waren aus flachen grünen Schnüren geknüpft. Eigentlich glich das Gewebe dem Laub. Honoré hielt das Netz an einem Ende, Randoulet am andern. Es mochte etwa zwanzig Meter lang sein. Nun war es ganz ausgebreitet. Jourdan, Bobi, Carle, sein Sohn und Richard sahen zu.

»Sie sind fest«, sagte Richard.

Bobi stellte sich vor, wie die Hirschkühe gegen das Netz anrennen und sich darin fangen würden – nicht für lange –, und dann haben wir sie.

In einem Winkel im Osten hatte ein großer Stern den Himmel aufgerissen; dort hinten war die Nacht dicht wie Samt.

Freundlich, aber etwas förmlich lud Richard sie ein, zuerst einmal zum Essen ins Haus zu kommen. Sie sagten, daß sie etwas mitgebracht hätten, was sie hier draußen auf der Wiese verzehren würden, um der Hausfrau keine Mühe zu machen.

»Immerhin, eine warme Suppe«, sagte Richard.

Das war ein Zauberwort, dem sie nicht widerstehen konnten; aber sie aßen die Suppe im Freien. Das Gras war am Abend feucht und kalt geworden, doch die heiße, wohlschmeckende Kohlsuppe erwärmte sie.

»Wirst du dich besinnen können?« fragte Richard.

»Ich kann mich auf alles besinnen«, sagte Honoré.

Er sah die wohlbekannten Wälder seiner Kindheit vor sich: die Wege, die Fährten der Tiere, die Gräben, die Tümpel, die Gebüsche. In seiner Einbildung waren es noch dieselben Hirschkühe, die er als Kind gekannt hatte, und sie waren es, auf die nun Jagd gemacht werden sollte.

Richard gab ihnen ein paar Ratschläge, was Ort und Zeit anbetraf. Er riet ihnen, die Lichtung von Lénore zu umzingeln und nur einen Zugang im Nordosten frei zu lassen. Und als Honoré zum Himmel emporblickte, sah er, daß es die Seite war, die dem Mond gegenüberlag, ein leuchtender Schein begann die Nacht zu erhellen.

»Blenden müßt ihr sie«, sagte Richard.

Er nannte drei, vier Namen, sie bezeichneten Stellen im Wald, die schwer zu finden waren. Dann holte er sein Jagdhorn, das ausgehöhlte Horn einer Kuh mit einer Öffnung an der Spitze. Da hinein blies er.

Ein dumpfes Gebrüll drang aus dem Horn; es erfüllte das Tal; das Echo in den Bergen und in den Wäldern erwachte, wie eine Herde, wenn der Hirte sie ruft.

In vollkommener Dunkelheit brachen sie auf; Honoré an der Spitze, dann Bobi und Jourdan und endlich Jacquou, der das Jagdhorn trug, und schließlich Randoulet, Carle und sein Sohn mit den Netzen.

Als Jacquou seine Uhr in der hohlen Hand gedämpft schlagen ließ, war es elf, und sie kamen eben zur Lichtung von Lénore.

Der Mond war noch hinter dem Bergrücken, tiefschwarze Nacht umgab sie von allen Seiten. Im Gegensatz zum hellschimmernden Himmel war es im Schatten des Nans und zwischen den Baumstämmen sehr dunkel.

Honoré konnte Birken und Buchen an ihrem Geruch unterscheiden.

»Befestigt die Haken nicht in den Birken«, sagte er, »die Rinde hält nicht.«

Er sagte es ganz gedankenlos, dann erst fiel ihm ein, daß sein Vater das immer gesagt hatte.

Um zu sehen, ob die Baumstämme dick und hoch genug seien, mußten sie sie von oben bis unten abtasten. Währenddessen hörten sie über sich das Rauschen des Laubes, die Sprache der Bäume. Der Sohn Carle brachte die Eisenhaken und Holzkeile.

»Hier ist eine Buche«, sagte er.

»Laß sehen«, sagte Honoré.

Er fühlte sich außerordentlich wichtig. Er betastete den Baum. Zwar hatte er gesagt: laß sehen; doch er meinte: warte, bis ich mich selbst überzeugt habe, daß es wirklich eine Buche ist. Er überzeugte sich nun, indem er den Stamm befühlte und an den Blättern roch.

»Ja, es ist eine.«

»Wie gut du das alles kennst«, sagte Jacquou.

»Es ist ja meine Heimat«, sagte Honoré, »da ist es nicht schwer.«

Der Sohn Carle stieg auf Randoulets Schultern, und in zwei Meter Höhe befestigte er den Haken im Stamm.

»Hält er?«

»Der hält einen Stier.«

Sie sprachen leise, fast ohne Bewegungen; sie machten kaum soviel Lärm wie ein Wildschwein, das sich in seiner Bucht suhlt.

Sie befestigten das Netz an den Haken, und bald umspannte es die ganze Lichtung.

»Wir müssen den unteren Rand auch befestigen«, sagte Bobi.

»Ja«, sagte Honoré, »aber ohne es zu straff zu spannen, es muß nachgeben und eine Tasche bilden können.«

Er kroch auf allen vieren durch das Gras.

»Komm her«, sagte er, »sieh, das hier, das hält.«

Bobi hockte sich neben ihn. Es war die Wurzel einer Stechpalme. Honoré scharrte die Erde mit den bloßen Händen fort.

»Gib die Schnur.«

Er befestigte den unteren Rand des Netzes an der Wurzel.

»Komm leise weiter.«

Sie krochen rings um die Lichtung.

»Der Stechpalme traue ich noch am meisten«, sagte Honoré, »die krumme Wurzel ist wie ein Haken.«

Wie Bären krochen sie hintereinander her. Honoré suchte Stechpalmenwurzeln.

»Hier ist noch eine.«

Bobi hörte, wie Honoré die Erde fortscharrte.

»Binde es gut fest, aber spanne es nicht zu sehr«, sagte Honoré, »warte, laß dem Netz genug Spielraum. So ist's recht. Komm leise weiter.«

Der Sohn Carle, der mit dem Holzkeil die Haken einschlug, war kaum zu hören. Er stand immer noch auf Randoulets Schultern. Um ihm nicht weh zu tun, hatte er die Schuhe ausgezogen.

»Du wirst sie nicht wiederfinden«, sagte Randoulet.

»Das ist mir gleich, dann gehe ich barfuß. Bist du soweit?« fragte er.

Carle reichte ihm den Rand des Netzes.

»Mach es los«, sagte der Sohn Carle, »es hat sich im Gebüsch festgehakt. So, es geht schon.«

»Trample doch nicht auf mir herum, als wolltest du Trauben zerstampfen«, sagte Randoulet.

»Ich mache es, so gut es geht«, sagte der Sohn Carle, »das Netz ist schwer.«

»Dann mach es, so gut du kannst«, sagte Randoulet, »aber trample mir wenigstens nicht auf die Ohren.«

Der Sohn Carle sprang ins Gras.

»Wo ist Honoré?«

»Er ist schon vorgegangen.«

»Na, dann komm«, sagte Carle, »ich will es ohne ihn versuchen.«

»Wenn du ein Pferd wärst, hätte ich mehr Zutrauen«, sagte Randoulet, »aber um Bäume auszusuchen ...«

»Komm trotzdem.«

Die nächste Buche betasteten sie alle drei und berochen sie, bis der Sohn Carle einen bitteren Geruch bemerkte, der wie der Saft an seinen Händen roch.

»Das ist eine.«

Randoulet lehnte sich an den Stamm, mit den Händen bildete er einen Korb. Der Sohn Carle setzte den nackten Fuß hinein; er stieß sich mit dem Fuß ab und stemmte sich gegen den Baum; Randoulet half mit den Armen nach. So zog sich der Junge am Baumstamm hoch. Carle reichte ihm Haken und Holzkeil und hielt das Netz bereit, um es ihm zu geben. Während dieser Zeit beobachteten Jacquou und Jourdan den Mond. Von den andern war nichts zu hören; sie rührten sich nicht und lauschten angestrengt. Weiter unten am Bach wurde es im Laub lebendig. Zuerst glaubten sie, es seien Vögel in den Zweigen, als aber dicht neben ihnen eine Brachschnepfe aufflog, konnten sie die Geräusche unterscheiden; es mußten vierfüßige Tiere sein, die auf dem Weg zum Wasser das Unterholz streiften. Auf allen Seiten schrien Grasflöhe. Vom Gipfel des Nans kam von Zeit zu Zeit ein langgezogener, dumpfer Laut. Im Mondlicht erwärmten sich die Felsspalten, und zwischen den breiten Granitplatten grollte es.

»Oft habe ich mich gefragt ...«, sagte Jacquou.

Leichte Tritte waren zu hören. Das Wasser plätscherte, es

knisterte im Laub. Die Baumstämme ächzten. Alles geht unbeirrbar seinen Weg.

Sie lagen beide im Laub – am Rande der Lichtung. Die Erde roch nach Pilzen, und von den Baumwurzeln stieg ein zarter Anisduft auf. Von Zeit zu Zeit flog ein goldenes Insekt durch das Dunkel, funkelte und verschwand im Mondlicht. Gräser, an die kein menschlicher Fuß und kein Windhauch gerührt hatten, entfalteten sich in der Kühle der Nacht. Aus großen Höhen drang zuweilen ein eisiger Luftstrom herab und zerteilte sich in den Baumkronen. Sie hörten, wie er im Laub zerfloß, und dicke, warme Tropfen, die nach Steinen dufteten, fielen auf die beiden Männer herab.

»Eigentlich ist es unsere Schuld«, sagte Jourdan, »wenn wir uns ärgern und quälen.«

Jetzt stand der Mond hoch am Himmel, genau an der Stelle, die Richard ihnen bezeichnet hatte.

Alle sieben gingen im Gänsemarsch in den Wald hinein, genau auf den Mond zu. Das dichte Laub über ihnen ließ Flecken des Mondlichtes durchgleiten oder hüllte sie in völlige Finsternis. Auf jeder Seite des Pfades war der Wald in zehn Meter Tiefe stumm und undurchdringlich. Die Bäume glänzten. Nach und nach begannen die Männer, mit dem nächtlichen Leben des Waldes zu verschmelzen.

»Was sie suchen«, sagte Honoré, »ist Wasser. Dort muß man sie aufscheuchen. Sie sind weit gelaufen, sie haben Durst. Die Nacht ist kühl, und das Wasser rauscht. Man kann es weit im Walde hören, denn die Nacht ist sehr still …«

»Schweig doch«, sagte Jacquou.

Als sie zum Bach kamen, sagte Bobi:

»Halt.«

Er ging ein wenig zurück und bückte sich. Er schlug zwei flache Steine gegeneinander. Das Echo antwortete.

»Da läuft etwas«, sagte Jacquou.

»Nein, es ist das Echo«, sagte Bobi. »Ich glaube, der mit dem Horn muß sich hier aufstellen, dann hört man es überall!«

Jourdan und Jacquou blieben allein in der Mulde des Bergstromes zurück. Die andern fünf kehrten um.

»Seht ihr da oben die Bergnase«, sagte Honoré, »nun also, Lénore liegt direkt darunter. So könnt ihr euch zurechtfinden.

Geht nur immer auf die Felsennase zu, und ihr kommt bestimmt nach Lénore. jetzt geht jeder für sich weiter, nachher treffen wir uns bei den Netzen. Achtung, Jacquou wird gleich ins Horn blasen. Wir lassen ihn erst einmal ordentlich Lärm machen – und dann vorwärts.«

Sie verteilten sich im Wald. Als sie vierzig bis fünfzig Schritte voneinander entfernt waren, ertönte das Waldhorn.

Bobi hatte die Stelle richtig gewählt. Von dort, wo Jacquou blies, wurde der Ton hundertfach zurückgeworfen. Schon der erste Laut war wie das Schnauben eines großen Tieres aus hörnernem Rachen, aber als er nach wenigen Sekunden von Hunderten steinerner Rachen zurückgeworfen wurde, war es wie das Brüllen des Weltunterganges, kurz bevor die Erde geschüttelt wird wie ein Laken. Die Tiere kennen die Geräusche der Erde, den Schrei der Felsen, das Grollen der Sümpfe, das Pfeifen der Staubwolken im Winde. Hoch oben im Geröll spitzten die Hirschkühe die Ohren und blickten zu den steilen Felsen empor. Der Lärm kam von oben. Die Felswände bebten im Mondlicht. Im Schlaf weint die Hirschkuh leise vor sich hin. Wenn sie erwacht, zittern Tränentropfen in ihren Augen. Durch die Tränen hindurch sahen sie, wie der Berg im Mondlicht zu schwanken schien. Sie sprangen im Geröll hoch, dann suchten sie weiter unten, zwischen den Bäumen, Schutz. Es waren fünf. Von allen Seiten rollten Steine herab, und es klang wie das Rauschen eines Flusses. Immer noch tönte das Horn. Zwischen den Tannen angelangt, trabten zwei Hirschkühe in der gleichen Richtung weiter, drei andere entwichen nach dem Gipfel des Tredon. Von allen Seiten des Waldes wurde der Widerhall des herabstürzenden Gerölls zurückgeworfen. Das Horn tönte, und der zwiefache Lärm fing sich im Gesträuch, wurde von den Felsen zurückgeworfen, von den Wassern und verhallte schließlich auf den Wiesen. Von Verrières bis zum Gipfel des Frasse erwachte das ganze Land. Eichhörnchen liefen rings um die Baumstämme und suchten einen dunklen Fleck, um sich zu verbergen. Überall im Dunkel war Lärm. Maulwürfe und Murmeltiere pfiffen einander Warnungssignale zu. Die männlichen Wächter knurrten. Die Weibchen trieben ihre Brut zusammen. Als die drei Hirschkühe das Tal von Verel durchquerten, stießen sie auf ein Rudel älterer Tiere. Es waren fünf Hirschkühe, zehnjährige Tiere, und ein Hirsch, der in der ganzen Gegend bekannt war. Sein Geweih war eingeknickt und knarrte im leisesten Winde. Der Hirsch führte das Rudel nach Frasse, quer über die Wiesen von Peloux. Die drei jungen Hirschkühe hielten inne. Die fünf älteren weiblichen Tiere witterten herüber; die drei Hirschkühe reckten die Köpfe und blieben regungslos stehen. Auch der Hirsch blickte herüber. Die Muttertiere, die seit einem Monat trächtig waren, zeigten keine Eifersucht, und die drei Hirschkühe gesellten sich zu dem Rudel. Im kurzen Trab führte der Hirsch sie über die Wiesen. Wieder tönte das Horn. Das ganze Rudel galoppierte los. Der Wind pfiff durch das Geweih des Hirsches. Im Bergstrom trank eine einzelne kleine Hirschkuh, ein Schmaltier. Sie sah das Rudel vorüberziehen, und in diesem Augenblick hörte auch sie den Lärm des Hornes und der Berge. Mit einem großen Satz sprang sie über das Wasser. Sehnsucht nach Einsamkeit erfüllte sie. Sie sprang unter den Bäumen entlang. Sie war allein mit ihrer Sehnsucht und ihrer Furcht. Das Rudel des Hirsches von Epelly entfernte sich in der Richtung auf die Wiese von Saix. Die Füchse von Serveray flüchteten nach den alten Mühlen von Salenton. Die Eichhörnchen im Walde von Auterne versteckten sich. Noch immer tönte das Horn. Die Otter im Bergstrom tauchten, kamen wieder zum Vorschein, tauchten von neuem; sie zitterten und glänzten ölig. Die Vögel in den Bäumen lärmten wie Regen. Sämtliche Igel hatten sich zusammengerollt. Unter den Kletten funkelten die goldenen Augen der Iltisse und verloschen wieder. Im wilden Wirbel umkreisten Wiesel die Büsche, in denen ihre Nester waren. Ein Wildschwein erwachte, richtete sich auf, grunzte und legte sich wieder nieder, den Kopf zwischen den Pfoten. Das Rudel des Hirsches von Epelly hielt am Abhang des Gipfels von Frasse an. Sie trauten sich nicht weiter. Dicht umdrängten die Hirschkühe den Hirsch und klagten in sein Fell hinein. Gegen seine derbe Haut spürte er ihre warmen Nasen. Er blickte nach dem Dorf von Frasse hinüber, das weit unten im hellen Gras dalag und in dem zwei Hunde erwacht waren.

Füchse huschten vorbei. Bobi lauschte. Wie der Blitz schoß ein helles Tier an ihm vorüber; das Gras in seiner Bahn bewegte sich, es leuchtete auf wie Phosphor. Gegen den Himmel sah er die Felsennase des Berges. Honoré stieß mit dem Fuß gegen den weichen Körper eines Tieres. Carle rief etwas. Das Horn tönte.

Der hat einen langen Atem, dachte Randoulet.

Er wußte nicht, daß unten im Bett des Bergstromes Jacquou und Jourdan einander ablösten.

»Gib her«, sagte Jourdan.

Er blies. Er beherrschte jetzt das Leben und die Bewegung des großen Waldes. Das ganze Land von Verrières bis zum Kamm von La Frasse hörte es und erbebte. Oben auf der Höhe des Passes hatte sich der Hirsch von Epelly mit den Hirschkühen niedergelegt; sie drängten sich dicht an ihn.

Der Sohn Carle dachte:

Wenn ich mich nur nicht verirre.

Er blickte zu der Felsennase empor. Der Ton des Waldhorns verfolgte die junge einsame Hirschkuh, und doch blieb ihr Liebesverlangen wach. Sie war allein und fürchtete sich, doch sie konnte nicht anders als allein sein und Furcht haben, solange sie nicht den einsamen Hirsch gefunden hatte, der wie sie voller Liebesverlangen war.

Honoré hatte ganz nasse Füße bekommen. Die Hirschkuh blieb stehen, um sich die Beine zu lecken. Bobi dachte an die Lichtung, die ganz von Netzen umgeben war. Die beiden Hirschkühe aus dem Steingeröll suchten unter Bäumen Schutz. Sie lockten, sie wußten nicht, ob die drei andern ihnen folgten. Das Horn tönte. Die beiden Hirschkühe trotteten im Unterholz weiter.

Randoulet überlegte:

Was machen die andern?

Auf allen Seiten raschelte es im Laub. Wo waren Carle, Honoré, Bobi, der Sohn Carle? Er hörte nur den Lärm der Tiere im Gestrüpp. Die beiden Hirschkühe spürten plötzlich einen ganz bestimmten Geruch: es war der Geruch des blühenden Schierlings, den sie aus dem Vorjahre kannten, und so roch es auf der Lichtung von Lénore.

Der Sohn Carle fragte sich:

Ist es diese Felsennase, nach der ich mich richten muß, oder jene da drüben?

Er fürchtete, sich zu verirren; er rief.

Die einsame kleine Hirschkuh hörte eine Menschenstimme; sie witterte, daß eben zwei andere Hirschkühe vorbeigezogen waren, zwei junge Tiere wie sie, noch nicht trächtig. Tiere, die einsam leben, ohne Hirsch. Sie folgte ihnen. Weiter unten rief der Mann noch immer.

»Hier bin ich«, antwortete Randoulet.

Er war ganz nahe.

»Ich hatte Angst, mich zu verlaufen!«

»Geh nur weiter.«

Die Füchse von Serveray hatten begriffen. Der Lärm war zu regelmäßig. Sie mußten jetzt in den Bau zurückkehren und sich ruhig verhalten. Die drei Hirschkühe erreichten die Lichtung. Für sie hatte die Erde nicht aufgehört zu beben und zu schwanken wie ein Baum, in dessen Stamm die Axt sitzt. Es roch nach Schierling.

»Vorwärts«, rief Honoré.

Er hatte das leise Klagen der Hirschkühe gehört. Eine von ihnen hatte sich schon mit den Hörnern im Netz verfangen. Randoulet warf sich auf sie. Es war eine von den beiden, die vom Geröll heruntergekommen waren. Sie mochte wohl erst glauben, ein Hirsch habe sie niedergeworfen, doch dann witterte sie den Geruch des Mannes.

Bobi kam als letzter zur Lichtung. Er sah, daß Randoulet ein Tier gefangen hatte.

»Geh zu den andern«, schrie Randoulet.

Er sah Honoré, Carle und den Sohn im Grase liegen. Zwei große, goldbraune Augen leuchteten aus dem Dunkel. Die kleine sehnsüchtige Hirschkuh blieb regungslos in der Finsternis; sie klagte wie in tiefer Müdigkeit. Das Horn tönte. In dem Tränenschleier vor ihren großen Augen schwankte die Welt im Mondlicht wie ein Wellenberg. Etwas Dunkles stürzte auf sie zu, sie spürte, daß es ein Mann war. Und ihre Sehnsucht, die Sehnsucht des Weibchens, bannte sie an die Stelle; sie war wie in der Erde verwurzelt, ausgefüllt von einem großen Verlangen nach etwas Unbestimmtem, selbst nach dem Tode, wenn nur ihre große Sehnsucht gestillt wurde. Der Mann sprang auf sie zu und umklammerte ihre Flanken. Doch sein Geruch war ihr fremd, er roch nicht wie ein Hirsch. Die Hirschkuh stürzte ins Gras. Sie schloß die Augen. Liebessehnsucht und Todesfurcht verschmolzen in ihrer Qual.

Gleich darauf rief eine Männerstimme:

»Kommt her.«

Noch einmal antwortete das Horn. Dann wurde es still.

Als die Morgendämmerung hinter den Bergen emporstieg, kamen die Männer in Verrières an. In dichtem rötlichem Dunst gingen sie über die Wiesen; es war kalt. Auf den Schultern trugen sie die drei Hirschkühe.

Vor dem Dorf erwartete sie Richard.

»Halt!« rief er ihnen zu.

Und dann:

»Wie viele habt ihr?«

»Drei.«

»Du hast wohl gar nicht geschlafen, daß du schon so zeitig hier bist?«

»Nein, ihr habt zuviel Lärm gemacht. Ihr habt das ganze Dorf aufgeweckt.«

Vom Dorf her klirrten Pferdegeschirre und Hufschläge.

»Ihr wollt sie doch lebend mitnehmen?« fragte Richard.

»Ja.«

»Dann müßt ihr gleich aufbrechen; ich habe eure Karren angespannt. Ihr habt zuviel Lärm gemacht«, sagte er, »die Leute aus dem Dorf sind zu mir gekommen und haben gesagt: ›Das Fleisch mögen sie behalten, aber die Felle sollen sie uns lassen!‹ Wenn ihr die Hirschkühe lebend fortbringen wollt, müßt ihr sofort aufbrechen. Ich werde sehen, wie ich die Geschichte in Ordnung bringe.«

Im Nebel gelangten sie bis zur Tenne, auf die Richard die vier Gespanne geführt hatte; die Hirschkühe wurden auf Randoulets Karren verladen; dann führten sie die Gespanne über die Wiesen, um das Lärmen der Räder und das Trappeln der Pferde zu dämpfen. Sie machten einen Umweg um das Dorf und gelangten im Talgrund auf die richtige Straße, dort, wo sie in die Schlucht führt.

Als es Tag wurde, waren sie schon weit. Der Bergstrom lag hinter ihnen; der Gipfel des Berges war erreicht; zur Linken dehnte sich das weite Land, in das sie hinabstiegen, zur Rechten ragten die Bergmassen mit eisbedeckten Gipfeln empor, die von der Morgensonne rot beleuchtet waren.

Aus dem nächtlichen Dunkel des Tales tönte plötzlich ein Donnerschlag.

Gegen Mittag waren sie im Hügelland. Sie fuhren in tiefe Finsternis hinein. Die Vögel schwiegen. Luft, Bäume und Gras waren regungslos; es war die Totenstille eines weiten Sumpfes. Nur am Himmel war Leben. Wolkenmassen wälzten sich schwer darüber hin, mit metallischem Dröhnen bedrängten sie einander.

Honoré fuhr an der Spitze; er peitschte sein Pferd, um es in Trab zu setzen. Carle weckte seinen Sohn.

»Ich frage mich, ob die Stute das Tempo beibehalten kann, solange es notwendig ist.«

Randoulet versuchte die andern einzuholen, doch jedesmal, wenn sein Pferd sich in Trab setzte, hörte er, wie die schweren Köpfe der Hirschkühe gegen die Planken des Karrens schlugen. Er schrie den andern zu anzuhalten, und die Karawane blieb stehen.

»Sie bringen sich um«, sagte er, »wir können nicht Trab fahren, wenigstens ich kann es nicht.«

»Also fährt niemand Trab«, sagte Jacquou.

Und es ging im Schritt unter dem schweren Gewitterhimmel weiter. Von allen Seiten duftete die Erde.

Die kleine Hirschkuh hatte die Augen geöffnet. Die beiden andern hielten sie geschlossen. Sie atmeten schwer; ihre Nüstern waren ausgetrocknet.

Je tiefer sie ins Tal des Ouvèze kamen, um so schlechter wurde das Wetter. Es regnete nicht; der Himmel war zu unruhig; die Wolken jagten von einer Seite auf die andere, mit dumpfem Grollen und von Windstößen gepeitscht. Es wurde immer dunkler. Zwischen zwei Hügeln erblickten sie das Plateau von Grémone, auf dem dicker Rauch lag, wie auf einem Kohlenmeiler. Mit den Nebelfetzen, die in den Bäumen hingen, erschien es jetzt wie ein schwelendes Feuer, zerspalten und von Rauchschwaden bedeckt. Die Erde war schwarz. Die Gebirgsbäche des Ubacs rauschten. Erschreckend dröhnte der Fluß Ouvèze.

Ein Köhler hatte die Karren gehört; er kam aus dem Wald heraus und winkte ihnen. Die Karawane hielt an.

»Wohin wollt ihr?« fragte er.

»Zum Plateau Grémone.«

»Und ihr glaubt, da durchzukommen?«

»Gestern sind wir durchgekommen.«

»Seitdem hat sich viel verändert.«

»Seit wann?«

»Seit dem Gewitter. Hagelkörner, groß wie Hühnereier, sind gefallen. Die Holzbrücke ist fortgeschwemmt.«

Er zeigte ihnen kleine Eichenäste; das knorrige, harte Holz war durchgeschlagen wie mit einer Axt.

»Da oben werdet ihr nicht viel Gutes finden. Heute morgen ist Wasser und Schlamm von eurem Plateau herabgeflossen wie aus einem Topf, der überkocht. Ihr müßt bis zur Steinbrücke hinunterfahren, solange die noch hält. Man kann nicht wissen, ob es nicht noch einmal losgeht. Ich gehe bis zum Steinbruch.«

»Wenn du willst, kannst du aufsteigen«, sagte Jacquou, »wir setzen dich ab.«

»Nein«, sagte der Mann, »ich komme noch vor euch hin. Ich beobachte euren Zug schon eine ganze Weile; ihr seid ja den Hügel so langsam heruntergekommen, daß man meinen sollte, ihr bringt das heilige Sakrament.«

XI

»Sie fressen«, sagte Marthe.

»Alle drei?«

»Ja, aber die kleine frißt am meisten.«

»Und was machen die Männer?«

»Sie schlafen. Als ich dich kommen sah, fürchtete ich schon, es sei Jacquous wegen.«

»Er schläft«, sagte Joséphine, »und Honoré auch. Es ist sehr schwül.«

»Das Schlimmste ist wohl vorbei«, sagte Marthe.

»Und was macht der Hirsch?«

»Er ist gekommen und hat an den Türritzen geschnüffelt. Er hat zu ihnen gesprochen. Dann ist er zum Wald zurückgelaufen; sie haben ihn sicher gehört. Seitdem fressen sie.«

Marthe hatte sich gesetzt. Es war heiß. Eine mächtige Wolke hing träge und schwer am sonnigen Himmel.

»Ich bin müde.«

»Da seid ihr gut daran.«

»Wieso?«

»Ich möchte auch müde sein«, sagte Joséphine, »mich irgendwo niederlegen, schlafen und an nichts denken.«

»Was ist dir?«
»Ich finde keine Ruhe.«
»Jetzt kommt das Glück zu uns, Joséphine.«
»Welches Glück, Marthe?«
»Du lieber Himmel, wieso: welches Glück?«
»Sprich nicht so laut, sie schlafen.«
»Du machst mich ganz ärgerlich«, sagte Marthe leise. Doch sie lächelte und fuhr mit der Hand über ihren grauen Scheitel.
»... mit dir muß es weit gekommen sein, wenn du nicht verstehst, wovon wir reden, wenn wir sagen: Glück.«
»Du weißt es doch, Marthe, daß ich niemals glücklich gewesen bin.«
»Ach, du wirst mich noch zwingen, harte Worte zu sprechen.«
»Du warst immer sehr freundlich zu mir, Marthe.«
»Wir hatten uns lange nicht gesehen, und heute hatte ich plötzlich das Gefühl, ich müßte mit dir sprechen; deswegen bin ich gekommen.«
»Ich war immer besorgt um dich, Joséphine. Ich muß es dir sagen. Erinnerst du dich, als wir uns eines Tages auf dem Jahrmarkt von Roume trafen?«
»Seit zehn Jahren muß ich immer wieder daran denken. Deswegen bin ich heute gekommen.«
»Ich war immer besorgt um dich, Joséphine, bis du heiratetest; dann sind die Kinder gekommen, und du bist ruhiger geworden.«
»Was weißt du davon?«
»Das sieht man doch.«
»Dann sieht man eben gar nichts, und alles ist Täuschung.«
Marthe schwieg; sie rieb mechanisch ihre Hände.
»Wie jeder habe auch ich frohe Stunden gehabt«, sagte Joséphine, »das ist sicher.«
»Dann darfst du dich nicht beklagen.«
»Ich beklage mich über die ewige Unrast.«
»Du mußt dich davon befreien.«

»Befreie dich von deinem eigenen Blut, wenn du so guten Rat weißt. Kennst du denn keine Unruhe?«

Marthe rieb sich sanft ihre Hände.

»Doch, ich war stets voller Unruhe.«

»Und wenn du es jetzt nicht mehr bist, dann sage, wie du dich davon befreit hast. Dann habe ich den Weg wenigstens nicht vergeblich gemacht.«

»Ich bin es immer noch«, sagte Marthe.

Unschlüssig blickte sie auf ihre Hände. Die beiden Frauen sprachen leise. Sie waren in der Küche der Jourdane; die Tür stand offen, und die Nachmittagssonne schien herein.

»Immer sehnt man sich nach irgend etwas«, sagte Joséphine.

»Du willst von dem Verlangen sprechen, das uns nie verläßt«, sagte Marthe.

»Nichts hat man«, sagte Joséphine, »man glaubt etwas zu haben, und schon ist es vorbei.«

»Es bleibt die Erinnerung.«

»Das Leid.«

»Und das brennt in uns, immer stärker und stärker. Ich bestreite es nicht, Joséphine, ich sage dasselbe, was du sagst.«

»Die Zeit vergeht, wie der Augenblick vergeht. Alles vergeht. Ich bin jetzt zweiunddreißig Jahre alt.«

»Ich bin fast doppelt so alt.«

»Und in zehn Jahren ist alles vorbei.«

»Ich bin fast doppelt so alt, aber zu behaupten, alles sei zu Ende – nein, das ist nicht wahr.«

»Und was bleibt?«

»Das Verlangen, Joséphine.«

»Ich hatte dich heute nicht erwartet«, sagte Marthe nach einer kleinen Pause. »Ich war ganz friedlich. Ich hatte sie im Schlaf angesehen. Jourdan schläft. Bobi schläft. Das Pferd im Stall schläft. Ich machte mir zuerst ein wenig Sorgen um die Hirschkühe, weil sie nicht fressen wollten; jetzt fressen sie. Ich fühlte mich friedlich, froh und ruhig, ohne Bangigkeit, eigentlich ganz leer. Dann habe ich deine Schritte gehört. Du kamst herein. Du sagtest: ›Guten Tag, Marthe!‹«

»Es geht mir zehnmal am Tage so, Marthe: Ein Augenblick der Ruhe, des Friedens, ein Augenblick, in dem nichts, gar nichts mehr weh tut, dann plötzlich kommt etwas und sagt: ›Guten Tag, Joséphine.‹«

»Ich frage mich«, sagte Marthe, »ob das nicht so sein soll. Ich glaube, es muß so sein.«

»Warum, Marthe, überlege doch, ob es mit allen Dingen so ist.«

»Denn wenn man es sich recht überlegt, Joséphine – wenn ich zum Beispiel daran denke, als ich meine ersten langen Röcke trug... ich kann mich erinnern. Und wenn ich sage: ›als ich meine ersten langen Röcke trug‹, drücke ich mich falsch aus. Nein, noch viel früher. Um es ganz richtig zu sagen, schon immer. Seit der frühesten Jugend. Nur war man sich damals noch nicht klar darüber. Ja, es muß wohl so sein.«

»Wovon sprichst du eigentlich?«

»Ich spreche von der Unruhe. Immer etwas zu erwarten. Immer etwas wollen. Furcht haben vor dem, was man hat. Es dann haben, und schon hat man Angst, es könnte wieder genommen werden. Und dann spüren, wie es unter den Händen zerrinnt – ich möchte fast sagen, es fliegt davon wie ein Vogel, nein, es ist wie eine Handvoll Sand... Das ist es. Ich glaube, wir tragen daran seit unserer Geburt. Es ist in uns, wie das Herz der Frösche, das bei ihrer Geburt dreimal so groß ist wie ihr Kopf!«

»Das stimmt nicht.«

»Was?«

»Die neugeborenen Frösche haben nur einen großen Kopf, kaum einen Körper, und der ist durchsichtig wie Glas; darin sitzt das Herz, ganz klein, wie ein roter Floh.«

»Glaubst du, ich meine das wörtlich, Joséphine?... Es ist dreimal so groß wie das Wollen des Frosches. Und wenn der Frosch ausgewachsen ist, ist der Kopf so geblieben, aber das Herz ist so groß geworden, daß man es außen auf seinem Rücken schlagen sehen kann, größer als eine Nuß. Ich weiß wohl, was ich sage, mein Kind.«

»Sprich leise.«

»Hab' keine Angst; sie werden nicht aufwachen, sie sind viel zu müde. Es geht ihnen wie dem Pferd; sie haben einen weiten Weg hinter sich.«

»Horch, ich glaube, sie rühren sich da oben.«

»Ich glaube nicht.«

»Schweig, Marthe, horch –«

»Das ist Jourdan, er liegt auf dem Rücken und schnarcht. Das tut er manchmal, wenn er sehr müde ist und tief schläft. Ich habe vorhin nach den beiden gesehen, eigentlich nach allen dreien. Bobi liegt auf der Seite, die Nase im Kopfkissen ganz platt gedrückt, den Mund offen; er hat die Augenlider halb geöffnet und ein wenig Speichel in den Mundwinkeln, wie ein krankes Kind. Wenn du ihn gesehen hättest – wirklich wie ein Kind. Nein, sorge dich nicht. Laß mich ruhig sprechen. Ich weiß, daß sie fest schlafen.«

»Marthe, hast du eigentlich Zutrauen?«

»Zutrauen?«

»Zu dem, was sie vorhaben.«

»Ja.«

»Und du glaubst alles, was sie dir sagen?«

»Es hat sich ja schon als wahr erwiesen.«

»Nicht alles.«

»Was hast du ihm vorzuwerfen?«

»Ich habe ihm nichts vorzuwerfen, und ich werfe keinem etwas vor. Ich habe ihn überdies seit dem Sonntag, an dem wir hier gefeiert haben, nicht wieder gesehen.«

»Du hast aber irgendeinen Vorwurf im Sinn.«

»Wenn ich dir sage, nein.«

»Doch.«

»Ich möchte nur wissen, was er wirklich vorhat.«

»Ich bin alt.«

»Was hat das damit zu tun?«

»Ich spreche zu mir selbst. Ich habe gleich verstanden, was er will, denn ich fühle das nicht mehr, was dich noch quält. Nur die Sehnsucht ist mir geblieben.«

»Du sprichst von der Unruhe.«

»Ich will sagen: Ich möchte mich flach hinstrecken wie Wasser, das aus einer Quelle fließt.«

»Was willst du damit sagen, Marthe, erkläre es mir.«

»Ich genieße den Frieden des Hauses. Auf den Feldern und in den Höhen des Himmels ist alles Lärmen verstummt.«

In großer Höhe, vielleicht zwei Kilometer über der Erde, jagte der Wind. Er kam aus den Bergen, senkte sich herab, stieß auf eine dicke Wolke und hieb, noch immer ganz stumm, mit heftigen Stößen auf sie ein. Bald war der Himmel voller Daunenfedern, als habe man dort oben eine große Gans gerupft. Wie Regen fiel der Schatten auf die Erde nieder; die Tropfen waren so groß wie ganze Felder, und jeder einzelne bedeckte ein Gebüsch, eine Wiese, einen Abhang, einen Hügel oder eine Bergspitze. Die Schatten zogen langsam über der Erde hin. Was eben noch verdunkelt war, erhellte sich gleich darauf; und das Leuchten der Pappeln, die wie kalte Flammen zum Himmel emporschlugen, verlosch, wenn die Schatten darüber hinzogen.

Am Rande des Waldes von Grémone, an einer einsamen Stelle, war ein Verbenenfeld. Von dort konnte man den Teich sehen, und die Eisvögel legten den Weg mit einem einzigen Flügelschlage zurück. Sie kamen zum Feld und schliefen in der Kühle unter den samtenen Blättern. Manchmal duckten sich mehr als fünfzig im hohen Grase. Die feinen Härchen der Blätter und die Augen der Eisvögel, die sie im Schlaf nicht schließen, leuchteten in der Sonne. Wenn das Gras blau aufleuchtete, war es kein Schatten, sondern der Flügel eines Eisvogels. Der Geruch der Verbenen war zart und durchdringend, und die Eisvögel rochen nach Fischen, besonders der gelbe Knoten auf dem Rücken des Schnabels und die äußeren Ränder der Flügel. Mit diesen harten Federn schlägt der Eisvogel nach den Kiemen der Fische, um deren Luftblase zu zerstören.

Der Hirsch hatte rostroten Buchsbaum aus dem Vorjahre

gefunden und fraß daran. Die harten kleinen Blätter klebten ihm am Gaumen, doch er knabberte dennoch an dem Zweig, der bitter schmeckte und nur noch wenig Saft aus dem Herbst hatte. Der Hirsch schüttelte den Kopf. Er wollte damit wohl die Gedanken verscheuchen, die ihm zugleich mit dem bitteren Geschmack des alten Buchsbaums kamen. Er kannte die hohen Gipfel der Berge, die Stellen, an denen die Wiesen plötzlich im Himmel zu enden scheinen. Ungeduldig zertrampelte er den Buchsbaumstrauch. Er hörte den rauschenden Flügelschlag eines Vogels. Dann nichts mehr.

Die kleine Hirschkuh im Stall der Jourdane hatte Heu gefressen. Es roch nach Gefangenschaft und machte sie traurig. Die beiden anderen, die nach der abendlichen Weide gefangen waren, spürten beim Wiederkäuen den Duft der Wälder des Nans; das machte sie ganz schlaftrunken. Sie ließen das Heu unberührt. Ihre Tränendrüsen waren bereit überzufließen, wenn der tiefe Schlaf sie umfing.

Die kleine Hirschkuh schritt zur Tür; dahinter spürte sie die freie Natur. Ein weiches, sehnsüchtiges Gefühl erwachte in ihr. Ihre Beinmuskeln spannten sich. Sie versuchte mit dem Liebesruf zu locken. Die beiden andern Hirschkühe erwachten. Das Pferd schlief fest. Die kleine Hirschkuh legte sich dicht neben der Stalltür nieder. Sie spreizte die Hinterbeine und leckte sich lange und bedächtig die Schenkel; das schmeckte ihr besser als Heu, besser als der Duft des Nans; es war salzig wie ein heißer Stein, den die Sonne erwärmt hat. Es war der Geruch des reifen Weibchens im Frühling. Sie schloß die Augen; sie spürte, wie ihre Tränendrüsen zu beiden Seiten ihrer Nüstern sich füllten und schwer wurden. Sie spreizte die Schenkel und legte sich flach auf den kalten Boden. Dann streckte sie den Kopf vor und sog schnaufend die Luft ein, die unter der Tür hereinwehte.

XII

An einem der ersten Herbsttage ging Bobi nach Fra-Josépine. Das Rudel Hirsche mit den Kälbern war häufig über die Felder gezogen, doch der Hirsch kam nur noch selten nach der Jourdane. Man erzählte, daß sie sich auf dem brachliegenden Land des Onkel Silve aufhielten. Das schien auch wahrscheinlich, denn dort gab es Quellen und eine fette Weide. Andererseits war es wieder merkwürdig, weil der Wald von Grémone schattiger und geheimnisvoller war, und Bobi meinte, die Hirsche zögen das Geheimnisvolle einer fetten Weide vor.

Hinter zwei kleinen Hügeln lag Fra-Josépine. Zu dieser Jahreszeit war der Hof noch ganz überwuchert vom grünen Laub, das hoch emporrankte, runde Hügel bildete und schwer wieder herabrieselte. In den ersten kalten Nächten hatte der Wind begonnen, die dichten Laubmassen etwas aufzulichten. Das Haus war von alten wilden Maulbeerbäumen umgeben; sie waren schön und stark. Die Stämme strebten mit ihren rostroten Muskeln kraftvoll zum Himmel, und ihre gewaltigen Wurzeln durchbrachen mächtig das Erdreich. Im Schutz der Bäume wucherte dichtes Gras, darunter sickerte das Wasser einer starken Quelle.

Das Haus schien ausgestorben. Durch eine Dachluke an der Nordseite pfiff der Wind.

Man sollte meinen, es sei niemand da.

Um diese Zeit ritt Aurore für gewöhnlich auf der jungen braunen Stute in den Wald. Es war ihr zur Gewohnheit geworden, denn sie hatte es den ganzen Sommer über so gemacht. Sie mied jede Gesellschaft und sprach mit keinem. Wenn man ihr von weitem zurief: »Aurore, kommen Sie!«, stieß sie dem Pferd ihre kleinen harten Hacken in die Flanken und stellte sich taub. Sie schien sich vor dem überschäumen der Lebenskraft, die in ihr mahnte, zu fürchten, diese Lebenskraft, die sie selbst dann weit fortgetragen hatte, wenn sie ganz still und unbeweglich dasaß. Glatt und hart wie ein Kiesel, entglitt sie ihnen allen.

Manchmal, wenn sie vorbeikam, man sie nicht anrief und sie stumm weiterging, fing man wohl einen langen traurigen Blick auf, der schnell unter den gesenkten Lidern wieder verlosch; einen Blick, müde wie das Gras in der Julihitze.

Bobi ging die Stufen zur Terrasse hinauf. Das Moos auf den Steinen dämpfte seine Schritte. Die Fenster waren geschlossen. Er trat dicht heran und blickte durch die Scheiben. Drinnen war alles aufgeräumt; in dem großen Salon waren nur die alten behaglichen Möbel zu sehen.

Bobi ging um das Haus. Überall war die gleiche Stille. Die Bodenluke auf der Südseite war mit einem Strohsack zugestopft. Das Flurfenster der ersten Etage stand offen; der Wind wehte hinein und rüttelte sachte an den Zimmertüren.

Es war vier Uhr nachmittags.

Ich werde zum Verwalter gehen, dachte Bobi.

Diesen Verwalter von Fra-Joséphine kannte eigentlich keiner richtig. Sein Vorgänger, noch aus der Zeit des Gutsherrn, war vor einem Jahr fortgezogen und hatte einen Hof im Westen übernommen. Das Klima auf dem Plateau war seiner Frau nicht zuträglich gewesen; sie litt an Ischias, die jüngste Tochter zeigte Veranlagung zum Kropf, und man wußte nicht recht, wo die Ursache war.

»Das Wasser soll schuld sein«, hatte der Vater gesagt. »Aurore und ich trinken es auch, mein guter Adolphe.«

»Ja, dann weiß ich nicht, woher es kommt.«

Seine Frau war die Tochter eines Bäckers in Roume. Es gibt Menschen, die versuchen, sich mit den gewöhnlichen Mitteln von ihren Leiden zu befreien; andere wieder warten auf den, der die Aussätzigen heilt. Das kommt auf die Menschen an.

Diese Frau hatte von Anfang an gesagt:

»Was sollen wir hier?«

»Arbeiten«, hatte Adolphe geantwortet.

»Arbeiten kann man überall«, sagte sie. »Und sieh, in der Ebene ist es viel leichter. Du steckst hundert Artischockenpflanzen, dann weißt du, was du hast. Du kannst schon im

Mai junge Erbsen haben, kurzum alles, was du nur willst. Es ist ein Land, in dem alles leichter geht. Denn …«

Das sagte sie oft zu ihm, wenn er von der Arbeit kam und sie ihn auf der Schwelle erwartete. Denn … ja, er brauchte sich nur umzusehen. Dort, wo sie hingehen würden, konnte nur alles leichter sein.

»In diesem Lande ist es nun einmal nicht anders«, sagte Adolphe, »und wenn es auch kein frohes Land ist, man lebt dennoch, das mußt du zugeben.«

Er sagte das alles sehr langsam und reckte sich dabei.

»Und dann täte es mir auch leid, Frau Helene und das Fräulein im Stich zu lassen.«

»Wer sagt, daß du sie im Stich lassen sollst. Sie sind doch alt genug, um sich selbst zu helfen, oder etwa nicht? Du machst dir immer Gedanken um Leute, die sich deinetwegen bestimmt keine machen.«

»Je nachdem, wen sie dann fänden«, sagte er.

»Suche doch einen andern für sie; dann bist du beruhigt und weißt, wen sie haben. Wenn du dir um uns nur halb soviel Sorgen machen würdest wie um die …«

Sie hatte ein armes kleines Gesicht, aschgrau und ganz schief von der Grimasse, die von einem ständigen Schmerz in der Schulter herrührte. Sie rief:

»Cathérine!«

Das kleine Mädchen kam. Der Kropf schien sich täglich zu verschlimmern, auf jeden Fall wollte es nicht besser werden.

Adolphe war auf dem ganzen Plateau sehr gern gesehen. Er hatte sich bemüht, einen Nachfolger zu finden. Da er keinem je das mindeste Unrecht zugefügt hatte, sei es nun um Geld, sei es mit Worten, sei es durch Taten, und da er sich niemals vordrängte, hatte seine Freiheit in keiner Weise die Freiheit der andern beeinträchtigt. Daher war man auch nicht weiter neugierig, was seinen Nachfolger anbetraf. Sicher war es ein rechter Mann. Sie sahen ihn nur von weitem, bald auf der Wiese, bald auf dem Kartoffelacker oder auf den Getreidefeldern. Sie riefen ihm zu: Salut! Er richtete sich auf und antwortete: Salut! – Lediglich auf die Empfehlung des Adolphe, der schon seit sechs Monaten fortgezogen war, liehen sie ihm dreißig Zentner Sesam, Jacquou zwölf Zentner und Jourdan den Rest. Sie wußten nur, daß er allein lebte und außer der Feldarbeit seine Küche und das Haus selbst versorgte; er machte alles selbst, mit Ausnahme der Wäsche, die mit dem Leinenzeug der Damen von der alten Cornute gewaschen wurde.

Im Anfang hatten sie wohl manchmal gefragt:

»Sind Sie zufrieden mit ihm, Frau Helene?«

Sie antwortete dann:

»Ich vermisse zwar Adolphe, aber ich bin sehr zufrieden.«

Nun, dann war es ja in Ordnung.

Der Wirtschaftshof lag am Rande der Felder, fast zweihundert Meter vom Gutshaus entfernt; mit einer niedrigen Tür und nur wenigen kleinen Fenstern wirkte das längliche Haus wie blind. Von hier aus konnte man die Felder überblicken, die zum Gut gehörten: Stoppelfelder, einen Kartoffelacker, eine Wiese, auf der noch der zweite Schnitt stand, und sieben Reihen Weinreben, die schon abgeerntet waren.

Die Tür stand offen.

»Darf man eintreten?« fragte Bobi.

»Ja, gewiß.«

»Salut! Ihr wißt wohl nicht, wo die beiden Damen sind?«

»Nein, ich weiß es nicht. Salut!«

Der Mann saß am Küchentisch; er blickte von einem Buch auf und spielte mit einem offenen Taschenmesser.

Sie sahen sich ein paar Sekunden stumm an.

»Ihr seid von der Jourdane«, sagte der Mann.

»Ja, man hat mir gesagt, das Rudel Hirsche sei auf dem Besitz von Silve, da wollte ich nachsehen.«

»Ich wußte, daß wir uns eines Tages begegnen würden«, sagte der Mann.

Er schloß das Buch und wandte sich zu Bobi.

»Ich habe es dem Zufall überlassen; setzt Euch.«

Der Mann war nicht mehr jung; er war mager und sehnig. Er hatte lange, kräftige Muskeln; seine Haare waren von der Sonne gebleicht. Er hatte schmale, gebräunte Hände und feine, aber kräftige Gelenke. Seine breiten Schultern waren etwas vorgeneigt, und die Schatten in den Höhlungen des Schlüsselbeins verrieten Entschlossenheit und Hingabe an die Arbeit.

»Du also bist es, der das Glück bringt!« sagte der Mann.

»Ich bin nicht tüchtiger als alle andern«, sagte Bobi, »ich versuche nur, vernünftig zu sein.«

»Ich habe alles gesehen und alles gehört«, sagte der Mann, »und ich weiß auch, was du vorhast. Ich habe vorgestern dein Viehzeug vorbeiziehen sehen: die kleine Hirschkuh hat drei Kälbchen, eine andere hat zwei. Die dritte ist eingegangen. Ich habe sie vergraben; es roch schon auf der Wiese.«

»Eingegangen, woran?«

»Wie man eben stirbt, will mir scheinen.«

»Bist du Landmann?«

»Komische Frage«, sagte der Mann, »wenn ich es nicht wäre, würden es die andern schnell merken. Da draußen ist der Acker; sieh ihn dir an.«

»Du hast gelesen?«

»Ja, ich lese viel.«

»Du lebst allein?«

»Ja.«

»Als ich hierherkam«, sagte Bobi, »waren sie am Ende ihrer Kräfte. Bist du schon lange hier?«

»Seit drei Jahren, aber die Zeit hat nichts damit zu tun.«

»Doch, sie ermüdet.«

»Sie hilft uns auch; ich will damit sagen, es ist alles weniger eine Frage der Zeit oder des Landes, in dem man lebt, als eine Frage der Gesellschaftsordnung.«

»Ich spreche von der Hoffnungslosigkeit.«

»Ich auch. Auch ich suche die Hoffnung wie alle andern.«

»Ich versuche ihnen ein wenig Freude zu bringen.«

»Das versuche ich auch.«

»Dann erkläre es mir.«

»Nein«, sagte der Mann, »du hast schon mit deinem Versuch angefangen, ich noch nicht, also sprich du zuerst.«

»Ich habe viele unglückliche Menschen gekannt.«

»Dazu gehört nicht viel auf dieser Welt.«

»Seitdem ich die Straßen entlangziehe, die Länder und Dörfer besuche, habe ich viele gesehen.«

»Was ist dein Beruf?«

»Akrobat.«

»Das dachte ich mir.«

»Wieso?«

»Ich habe es zwar nicht ganz richtig ›Akrobat‹ genannt, als ich mit Fräulein Aurore darüber sprach, ich sagte Dichter. Doch das macht nichts. Weiter!«

»Ich verglich mich mit den andern. Ich sagte mir: du bist glücklich. Ich sagte mir: ja, wahrhaftig! Und ich fragte mich: wieso? Ich konnte mir keine rechte Antwort geben; noch wußte ich nichts Genaues.«

»Wenn du dich glücklich nanntest, warst du es schon nicht mehr, denn man wird sich dessen nicht bewußt.«

»Ich war es schon nicht mehr – das stimmt«, sagte Bobi. »Das Unglück der andern hinderte mich daran.«

»Schade«, sagte der Mann, und dann nach einer Pause: »Schade, daß Menschen wie du sich irren!«

»Und dennoch, zuweilen am Wegrand, allein neben meinem kleinen Bündel, wenn ich die Nacht heraufkommen sah, wenn ein leichter Wind den Staub aufwirbelte und ich auf die Geräusche des Waldes lauschte, dann hatte ich manchmal die Muße, mir meines eigenen Glückes bewußt zu werden. Es war wie das Hüpfen eines Flohs: er ist da; schon ist er wieder fort! Doch ich war glücklich und frei.«

»Es gibt keine Freiheit.«

»Ich war frei, dorthin zu gehen, wohin es mir beliebte.«

»Aber nicht frei genug, um den Duft des Grases nicht zu spüren, um das Rauschen des Waldes nicht zu hören ...«

»Das gefiel mir.«

»Aber es drang in dich, verstehst du, in deinen Kopf, in deinen Körper. Du warst nicht mehr du allein, sondern da war noch der Wald und das Gras und alles übrige. Also keine Freiheit! Selbst der Feuerstein ist nicht frei. Und doch ist er hart. Was weißt du, ob er wirklich so undurchdringlich ist. Doch darum geht es nicht. Weiter! Aber sprich mir nicht von Freiheit.«

»Die Welt ist unsere Nahrung.«

»Das ist möglich; sicher ist, daß man auf der Welt arbeiten muß.«

»Das ist nicht meine Ansicht.«

»Das steht dir frei; doch was wahr ist, bleibt wahr. Es ist so deutlich wie die Nase mitten im Gesicht. Hast du etwas Zeit, dann erkläre mir, was du denkst.«

»Höre zu, was ich einmal erlebt habe«, sagte Bobi.

»Ich mag keine langen Geschichten«, sagte der Mann. »Wenn man die Lösung finden will, muß man arbeiten und möglichst wenig Worte machen.«

»Meine Geschichte ist kurz und hilft uns, Zeit zu gewinnen. Eines Tages bin ich im Gebirge zu meinem Geburtshaus gekommen. Ich bin bei einem Freunde eingekehrt; er war alt und gelähmt und lag im Bett. Er war unfähig, sich zu rühren, und wurde mit Milch ernährt. Seine Tochter pflegte ihn, ganz ohne Hilfe! Ich trat ein, sah ihn und blieb eine Weile stumm. Ich sagte mir: dann doch lieber tot! – Ja.«

»War das nur ein Gedanke, oder wärst du fähig gewesen, ihn zu töten?«

»Nur so ein Gedanke«, sagte Bobi. »Seine Tochter stand neben ihm; er sah uns an – er versuchte es! Doch er bewegte nur ein Auge; er machte ein Zeichen. Da sah ich, wie ihm die Tochter seine Pfeife holte und sie stopfte; sie zündete sie an und sog ein paarmal selbst daran; als sie gut brannte, reichte sie sie ihm. Er sog sachte daran und schloß die Augen. Die Tochter sagte zu mir: ›Das hat er gern. Kommt, wir wollen hinausgehen.‹«

»Das ist das Ende – das Ende der Welt.«

»Eine einzige Freude, und es verlohnt sich noch, auf der Welt zu sein.

Du antwortest nicht?«

»Ich bin verwirrt.«

»Eine einzige Freude, und wir haben Geduld.«

»Du hast an etwas gerührt, das tief in mir vergraben ist, und ich wehre mich, wenn man daran rührt.«

»Die Freuden des Lebens sind unsere einzige Nahrung; das letzte, kleinste Tröpfchen davon erhält uns am Leben!«

»Sei still«, sagte der Mann, »mir scheint, ich werde mit einem schrecklichen Hunger erwachen.«

Eine Weile starrte er vor sich hin, ohne sich zu rühren. Dann sagte er wie zu sich selbst:

»Ich habe es immer gedacht, was wir brauchen, sind Dichter. Einer wie du könnte bei allen den Lebenshunger wecken. Du hast an eine Stelle in mir gerührt, die ich täglich von neuem mit Erde zuschaufeln möchte, und dennoch habe ich sie bei deinem Ruf tief hier innen gespürt; voller Leben wie eine Quelle, die auf die Wünschelrute antwortet.«

»Du weißt, daß ich Freude brauche. Du weißt, daß kein Mensch ohne Freude leben kann. Das Leben ist Freude!«

»Das Schlimme ist, daß du recht hast.«

»Aber ebenso schlimm ist es, daß deine Freuden flüchtig sind.«

»Sie beruhen auf dem Einfachen, auf der Reinheit, auf dem Alltäglichen in der Welt.«

»Sie sind tierisch.«

»Wir sind wie die Tiere.«

»Ja, traurige Tiere, wir machen uns Werkzeuge.«

»Wir müssen wieder werden …«

»Werden heißt aber vorwärtsgehen. Niemals rückwärts.«

»Brüllt darum das Wasser in allen Tälern, wiegt sich darum der Wind in den Wäldern, ist darum das Gras weich und biegsam, ziehen darum unaufhörlich weiße Wolken über den Himmel wie Segler?«

»Ich bin für die Macht des Menschen!«

»Der Nachtwind hat die Verbenenhügel gestreift. Heute morgen war die Luft voller Düfte. Dein Pferd, dein Hund, deine Ziege und die kleine wilde Schlange trinken davon, und es tut ihnen wohl. Und du selbst, solltest du dich all dem verschließen mit deinen armen Werkzeugen, die nur quälen und beißen können: deinen Feilen und Sägen, deinen Hobeln und Spaten, deinen eisernen Kiefern und Zähnen und den brennenden Wurzeln und Laubmassen, deren Feuer du nicht mehr löschen kannst wie jener, der glaubte, nur eine Lampe in der Hand zu halten, derweilen sein Bart, sein Schnurrbart, seine Augenbrauen und seine Haare schon in Flammen standen und er trunken und blind inmitten der Freude nichts anderes wünschte, als dic Hände zu schütteln, an denen die Flammen hafteten?«

»Höre auf, deinen Vorteil als Dichter auszunutzen. Umgib mich nicht mehr mit Bildern, die mich einschläfern sollen. Sprich nicht mehr aus den Höhen zu mir, in denen deine Stimme sich mit ihrem Echo in den Sternen vermengt. Ich habe dir gesagt, es bedarf nicht vieler Worte. Sprich nicht so viel, sondern sage, worauf es ankommt.«

»Du selbst…«

»Ja, ich lasse mich davon gefangennehmen, wie du siehst, obwohl ich diese Gedanken stets unterdrückt habe. Doch in der Aussprache will ich so wenig Worte wie möglich. Die Dichtung ist eine Urkraft, gewaltig wie Dynamit, mit dem man Felsen sprengen kann. Doch hinterher muß man geduldig mit dem Steinhauer dieselbe Stelle weiter bebauen; erst dann werden es Mauersteine.«

»Du erklärst mir wichtige Dinge.«

»Wir erklären sie uns gegenseitig!«

»Du weißt!«

»Nein, ich liebe!«

»Was?«

»Das, was ich nicht besitze.«

»Was?«

»Das, was manchmal da ist, doch es bleibt nicht.«

»Was?«

»Das, was auch du suchst: die Freude! Frage nicht immerzu. Wenn ich es dir nicht sage, so will ich nicht. Ist es nötig, alles zu sagen? Jeder sucht sie.«

»Das Wichtige ist aber, daß sie bleibe!«

»Nein, sie zu finden ...«

»Ich habe sie gefunden.«

»Wo?«

»Rings um uns. So unerschöpflich wie die Luft. Wichtig ist es, wieder zu blondhaarigen Weltenbummlern zu werden. Ich bin gegen die Macht der Menschen.«

»Endlich sind wir soweit, daß du sprechen wirst.«

»Mein Lieber, wir halten uns für Engel im All, und wir sind nicht wichtiger als die Blattläuse. Ich glaube, wenn wir, anstatt zu kämpfen, den Dingen ihren Lauf ließen, würde es bessergehen.«

»Den Dingen ihren Lauf lassen, wir Menschen? Du scherzt.«

»Ja, ich lache über dich. Du rufst Freude, Freude, Freude! Sie kommt, und du sagst: Ja, wenn Sie glauben, liebe Dame, daß ich nun alles mit mir geschehen lasse!«

»Laß uns miteinander sprechen wie Menschen, die den Wert des Leides kennen.«

»Nicht den Wert, die Ursache des Leides.«

»Ich betrachte die Dinge vom Standpunkt der Gesellschaftsordnung«, sagte der Mann. »Ich habe gesagt, wir brauchen Dichter, doch ich sage auch, daß wir ihnen von Zeit zu Zeit einen Fußtritt versetzen müssen.«

»Ich bin in tiefer Nacht hierhergekommen und fand einen, der seinen Acker umpflügte. Da habe ich mir gesagt, es scheint nicht allzu gutzugehen. Der Mann gab mir Tabak; wir haben miteinander geraucht, und dann habe ich zu sprechen angefangen. Ich sagte dies und jenes, und ich hoffte, es würde ihm helfen. Zu guter Letzt hat er mich gefragt: ›Hast du jemals Aussätzige gepflegt?‹«

»Es soll aber keine Aussätzigen mehr geben; gerade das ist es, was wir wollen.«

»Du kannst mir glauben, es bedeutet unendlich viel, wenn ein Mensch sich dir anvertraut, damit du ihm hilfst. Sie haben mich empfangen wie den lieben Gott.«

»Du läßt sie ihren Acker verkleinern.«

»Ja, und sie werden ihre Arbeit nur noch ganz gemächlich tun und zu ihrem Vergnügen.«

»Ich weiß es, und ich denke genau dasselbe: die Arbeit ist zur stinkenden Qual geworden. Es ist so, als habe man sie erst krepieren lassen, und dann gibt man sie uns zu fressen, damit wir daran krepieren. Doch in Wirklichkeit ist sie ein schöner Wanderbursche, mit Haaren, die aussehen wie reifes Korn. Was du vorhast, ist gar nicht so dumm. Der Arbeit kannst du dich nicht mehr bedienen, weil sie verfault ist. Sie ist kein Ideal mehr, verstehst du mich? Sie gehört nicht mehr zu den schönen Dingen. So entfremdest du ihr die Menschen. Das ist gar nicht so dumm.

Es ist nicht zu glauben, wie man die Arbeit erniedrigt und besudelt hat und daß man gezwungen ist, sie beiseite zu lassen und umzukehren.«

»Ich bin einer von den hundert Millionen Bettlern«, sagte Bobi, »die zwischen den Getreidehocken herumirren.«

»Wenn es kein Leid gäbe, hättest du recht. Es wird der Tod der Schwachen sein, denn das Leid ist ewig.«

»Wir sind keine Heiligen.«

»Doch, Heilige der Arbeit: der Zimmermann im Gebälk, der Bauer auf dem Feld, der Schmied am Amboß! Heilige des menschlichen Wirkens.«

»Du gebrauchst Worte des Dichters.«

»Weil ich dich überzeugen will, daß ich recht habe. Du willst auf der alten Erde leben. Ich will auf der neuen Erde leben!«

»Die Erde hat sich selbst geschaffen, und dich auch.«

»Ich mache sie mir dienstbar.«

»Du hältst dich für sehr klug.«

»Die Erde hat alles geschaffen, mit Ausnahme der Kreuzungen, der Bastarde. Daran muß ich denken, wenn ich in meinem Weinberg bin, ohne sie tränkst du Wasser, so trinkst du Wein. Und wer hat die Kreuzungen geschaffen? Der Mensch!«

»Da hast du den heiligen Ackerbauer.«

»Ja, und sieh, wie die Freude wächst. Bald gibt es keine Schwachen mehr.«

»Hast du das Geheimnis des Blutes gefunden?«

»Nein, aber ich habe das gefunden, was du suchst. Ich habe das Geheimnis der Freude gefunden.«

»Alles schweigt! Sag es schnell! Wir lauschen!«

»Ich sehe unabsehbar weite Felder, die endlos Tal und Hügel von einem Ende zum andern einebnen, wie Öl auf dem Meer die Wellen glättet. Die Furchen ineinander gefügt, die Ränder aneinander gelegt, so ist die Erde, wie eingehüllt in meine Samtjacke. Von nun an wird niemand mehr sagen: meine Bäume, mein Feld, mein Getreide, mein Pferd, mein Hafer, mein Haus; sondern man wird sagen: ›Unser‹! Die Erde wird dem Menschen gehören und nicht dem Jean, Pierre, Jacques oder Paul. Keine Schranken mehr, keine Hecken, keine Dämme. Derjenige, der am Morgen die Pflugschar in die Erde senkt, geht unaufhörlich geradeaus durch das Morgengrauen bis zur Abenddämmerung und gelangt doch nicht ans Ende der Furche. Denn diese Furche ist nur der Anfang einer anderen: Jean neben Pierre, Pierre neben Jacques, Jacques neben Paul und Paul neben Jean. Alle zusammen. Pferde, Pflüge, Beine, Arme, Schultern; alle miteinander, vorwärts! Für alle gemeinsam! Arbeit? Freude? Selbstlosigkeit ist wahre Freude! Die Selbstlosigkeit, die deine ganze verfluchte Moral umbringt. So wird es auf der Erde sein.

Höre zu, nein, sage nichts, nein, ich lasse dich den Mund nicht mehr öffnen. Eine kleine Sache neben den großen Dingen. Eine kleine Sache, die ich die Muttersau der großen Dinge nennen möchte. Das Muttertier mit zehn Zitzen, wie kleine Zuckerhüte. Höre zu. Da ist also die Blüte. Stelle dir die Blüte vor. Die Blüte am Baum. Am Obstbaum. Siehst du sie vor dir? Du siehst, wie zart und frisch die Blüten sind, empfindlich und schwach. Ein Frost, ein Hagelschauer kann sie vernichten. Und wegen dieser Unvollkommenheit hat die Erde, unsere Erde, große kahle Flächen, sei es Sand, sei es Schnee, sei es Eis, sei es, was immer auch Menschen wie du mit dem Fluch der Erde bezeichnen und was ich den Unverstand der Erde nennen möchte, der Erde und der Pflanzen. Seien es nun weite Strecken, die mit Steinen bedeckt sind oder mit Kieseln oder mit Alabasterstaub – all das unter der Sonne, siehst du es vor dir? Schön!

Ich spreche, ja, ich spreche. Ich muß zu dir sprechen, und ich muß mit den ›Worten des Dichters‹, wie du sagst, zu dir sprechen. Ich habe keine Übung, doch das macht nichts. Ich spreche zu dir, weil ich dich schätze. Wir werden nicht immer miteinander sprechen können. Es wird der Tag kommen, an dem die Fäuste sprechen werden, an denen unsere Fäuste die Köpfe von denen zerschmettern werden, die unsere Freude vergällen. Die uns statt mit Geld mit Spielmarken bezahlen. Und du wirst auf unserer Seite sein.

Also höre. Die Blüte. Die Obstblüte. Du weißt doch, wie sie entsteht. Sie begattet sich selbst. Sie schwindet, wird schwach, sie beugt sich wie alles, wie die Welt, wie der Lauf der Welt, wie ein Stein, den du hochwirfst und der wieder herabfällt. Jetzt ist sie ganz schwach, die Blüte. Kälte, Gewitter und Trockenheit töten sie. Daher die öden Stellen auf der Erde. Daher die große Leere in einem Menschen, der nie Pfirsiche, Birnen, Melonen und Äpfel gegessen hat. Versteh mich recht, ich weiß nicht, ob das, was ich dir sagen werde, wahr ist: ich denke an die Bastarde. Man sieht diese Blüten, man mischt sich ein. Verstehe diesen Ausdruck richtig. Du hast gesagt ›wieder werden‹; ich sage ›werden‹ – man mischt sich ein. Dieser Blüte erlaubt man nicht mehr, sich selbst zu begatten. Zur wilden Mutterblüte trägst du den männlichen Samen einer jener schwachen Blüten; sie ist schwach, aber birgt gute, würzige Frucht. Ich erfinde, doch das hilft uns weiter. Also stelle dir vor: mir sind schon Kreuzungen gelungen, und ich beabsichtige, noch mehr zu züchten. Wenn es nicht auf diese Weise geht, geht es auf eine andere. Man muß es versuchen. Man kann Blüten züchten, die allem widerstehen. Wir verleihen der Blüte unsere Ausdauer und unser Verlangen. Siehst du die neue Erde vor dir, bedeckt mit Obstgärten, von Norden bis Süden! Dort, wo Sand war: Obstgärten! Dort, wo Schnee war: Obstgärten! Dort, wo Alabasterstaub war: Obstgärten! Der Baum, überall eingewöhnt, von uns geleitet, handelt nach unsern Wünschen. Obstgärten, Obstgärten auf der ganzen Erde, Obstgärten für alle!«

Er richtete sich auf.

»Zuerst einmal mußten wir feststellen, ob wir entgegengesetzter Meinung sind. Wir werden zueinanderfinden, oder aber« – er fegte mit der Hand ein unsichtbares Hindernis weg – »du zerplatzt wie ein verirrter Stern. Es ist nichts Ungewöhnliches. Du mußt an die große Masse der Arbeiter denken. Stelle dir nur vor – man könnte den Verstand verlieren, wenn man daran denkt –, daß wir Millionen und aber Millionen sind. Mit schrecklichen Armen. Eine Gewalt!« (Er pfiff zwischen den Zähnen.)

Sicher sah er vor sich die Welt seiner Träume, denn er stand regungslos da; er hatte das Gesicht eines Mönches, und die Muskeln seines Körpers waren angespannt.

Auch Bobi richtete sich auf.

Der Mann reichte ihm die Hand.

»Ich bin froh, daß wir uns jetzt kennen.«

Er begleitete Bobi bis zur Tür.

Draußen war es Nacht.

XIII

Allmählich drang der Herbst auch in die Häuser und Ställe; es duftete, als habe man die Blechbüchsen mit getrocknetem Pfefferminz, Fenchel und Lindenblüten geöffnet, um den abendlichen Kräutertee zu bereiten. Jourdan blickte hoch, zum Kaminsims; die Büchsen waren geschlossen. Doch der Geruch war da, und er rief Erinnerungen wach an den Wald und an das Laub, auf dem man gelagert hatte.

Erst war es einer, dann zwei, dann drei und vier, schließlich flammten sämtliche Ahornbäume auf. Es war, als entzünde sich einer am andern. Die Eichen und Steineichen blieben grün, ja, der größte Teil der Bäume verharrte noch im friedlichen Grün; nur hier und dort flammte ein Ahorn auf.

Eine kleine Schlingpflanze, der Klematis ähnlich, nur weniger holzig, war im sommerlichen Übermut bis über das Laubdach des Waldes hinaus geklettert. Ihr ganzes Leben hatte sich hoch dort oben abgespielt. Über den Wipfeln der Bäume hingebreitet, hatte sie erst die Zeit der Blüte erlebt, dann ihren Samen reifen lassen und hatte sich überall mit ihren Ranken festgeklammert; so war sie mit mehr als hundert Bäumen innig verbunden. Nun begann sie zu vergilben, zu welken, und nach drei, vier Tagen war sie tot. Es war noch warm, die Sonne stand nur tiefer am Himmel, der unverändert geblieben war, während die kleine Schlingpflanze welkte und starb, obgleich den ganzen langen Sommer hindurch das Gewicht der Vögel und der ziehenden Wolkenschatten auf ihr geruht hatte.

Eines Abends saß Jacquou in seiner Küche. Die Suppe brodelte; er war allein. Barbe war fortgegangen, um etwas Petersilie zu holen. Honoré pflügte die letzten Furchen, und Joséphine war mit den Kindern zum Brunnen gegangen. Die Tür stand offen- die Sonne sank wie nach einer Schlacht. Jacquou saß still da und lauschte. Draußen hörte er Schritte; sie schleiften, als zöge jemand die Füße nach. Es hörte auf, um gleich wieder anzufangen. Ein leichter Wind wehte, und die Pappel bewegte sich hin und her. Jacquou fragte sich: Wer kann das sein? Er dachte an eines der Kinder, dann an Honoré, der vielleicht den Himmel betrachtete, und schließlich an Barbe. Er rief sogar leise: »He, Alte!« – denn diese Jahreszeit weckt in den Menschen Unruhe und Zärtlichkeit. Doch es antwortete niemand, und alles blieb eine Weile still. Dann waren die Schritte wieder zu hören. Jacquou hatte Lust, aufzustehen und nachzusehen. Vom fernen Acker her hörte man, wie Honoré sein Pferd anrief. Der Himmel war wie eine riesige Veilchenwiese. Plötzlich wurde ein großes Blatt auf die Schwelle gefegt. Der Wind hatte es im Walde von einem Baum gerissen und herangetragen. Erst hatte er es auf der Wiese niedergelegt, dann trieb er es sachte auf das Haus zu. Jacquou stand auf, er bückte sich, hob das Blatt auf und betrachtete es von allen Seiten. Er konnte nicht gleich erkennen, was es war. Das Blatt war welk und steif wie Leder, und jetzt erinnerte er sich auch, daß es eines von jenen Blättern war, die an ganz alten Eichen wachsen und die sich gegen Ende des Herbstes zu besonderer Größe entwickeln. Jacquou warf das Blatt ins Feuer. Barbe kam mit der Petersilie zurück, dann kam auch Joséphine mit den Kindern.

Die Feldarbeit dieses Jahres war fast zu Ende. Honoré pflügte den letzten Acker um, dann brachte er das Pferd zum Stehen; er reinigte die Pflugschar mit den Händen. Der Boden, der am Eisen klebte, war feucht und fett. Honoré hatte weniger Land umgepflügt als in den vergangenen Jahren. Der Alte mochte seine Pläne haben, denn er hatte statt der vier nur zwei Felder umpflügen lassen. Die Erde in der Furche dampfte. Honoré blickte sich um. Auch in der Ferne, bei Mouille-Jacques und der Jourdane lag leichter Dunst über frischgepflügten Feldern.

Auf diese Weise war er nun früher als sonst fertig geworden. Und jetzt kam auch der Winter. Im Tal des Ouvèze kreischten die Schnepfen. Diesmal war der Wald noch dicht belaubt, und der rotglühende Himmel ruhte auf den grünen Blättern der Steineichen.

Das Pferd war müde und schweißbedeckt. Es fröstelte, schüttelte das Zaumzeug und nieste. Es war wohl besser, wenn er gleich heimkehrte. Wir, mit unseren Jacken, Wollwesten und dicken Hosen, merken es nicht so, doch die Tiere, die ganz nackt und bloß sind, spüren viel eher, wenn die Kälte kommt oder wenn es mit einemmal kalt ist. Überdies hatte das Pferd schon einmal einen Husten gehabt, und sie hatten in dem dicken Buch nachsehen und einen Eimer Kräutertee bereiten müssen.

In den früheren Jahren hatte man von alleine gewußt, daß, wenn die Feldarbeit zu Ende war, es nun kalt werden würde, denn der Wind aus den Bergen zerschnitt das Gesicht, und man brauchte das Pferd nicht, um darauf aufmerksam zu werden. Hierzulande fängt der Winter immer mit großen Stürmen an. Wenn ich sage, er fängt an, dann meine ich, ganz zu Beginn. Im Kalender ist es noch nicht vermerkt, aber man muß schon heizen, um sich zu wärmen, und man ist froh, daß die Arbeiten draußen beendet sind. In diesem Jahr ist es noch ganz warm, und ohne den Schweiß und die Müdigkeit hätte selbst das Pferd nicht gemerkt, daß sich hoch oben in den Sternen manches vorbereitet.

Der Nebel, den Honoré in der Nähe der Jourdane bemerkt hatte, war nicht der Dunst des frischgepflügten Ackers, sondern Staub, der von der Erde aufstieg. Bobi fuhr mit der Egge übers Feld. Er hatte zu Jourdan gesagt: »Ruh dich aus – ich werde es machen.« – »Du verstehst es nicht.« – »Das ist es ja gerade«, sagte Bobi, »du machst es immer, und dich langweilt es. Ich mache es gern. Setz dich da drüben hin, und guck dir die Wolkenberge an. Setz dich und stell dir vor, du klettertest da oben in dem weißen Wald herum und stelltest den Hirschkühen nach.«

In einem Augenblick tiefer Stille hatte er angehalten, um einen Schwarm Regenpfeifer zu beobachten. Da hörte er Hufschläge im Walde, und dann kam Aurore unter den Bäumen vor. Sie ritt, wie fast immer, ihren Apfelschimmel. Als sie Bobi sah, riß sie das Pferd herum und verschwand wieder im Walde. Er zog den Zügel an und rief: »Vorwärts, Coquet!« Und im gemächlichen Schritt der Arbeit ging er neben der Egge her auf den Waldrand zu.

So ging er drei-, viermal hin und zurück. Das weiße Pferd stand die ganze Zeit regungslos am Waldrande wie eine riesige Apfelblüte. Endlich entschloß sich die Reiterin näher zu kommen. Sie ritt auf das Feld; einige Schritte vor Bobi hielt sie an.

»Ich verbiete Ihnen«, sagte sie, »mich auf diese Weise anzusehen, als wüßten Sie alles und als verstünden Sie alles. Glauben Sie nur nichts anderes als das, was ich Ihnen ins Gesicht sage: Ich hasse Sie! Man kann keine Achtung vor Ihnen haben. Sie sind mir widerlicher als irgendein Wurm! Sie sind es nicht wert, daß man Sie liebt. Nie werden Sie begreifen, was Liebe ist und wie wehrlos man ist. Sie haben überhaupt nicht das Recht, daran zu denken. Einer wie Sie muß sich erst einmal fragen, ob er überhaupt fähig ist zu lieben. Die Ehrlichkeit verlangt das. Aber Sie sind nicht einmal ehrlich. Jeder Wasserlauf hat mehr Herz als Sie. Wenn ich wüßte, daß es Ihr Unglück sei, würde ich Sie verfluchen.«

Sie stieß die Hacken in die Flanken der Stute und riß dabei so ungestüm an den Zügeln, daß das Tier auf dem staubigen Acker zu tanzen anfing. Dann ließ sie ihm die Zügel locker.

Er sah sie fliehen, und er versuchte zu verstehen, warum dieses Mädchen in solcher Wut vor ihm floh und warum sie so zu ihm gesprochen hatte.

Wald und Feld schwiegen. Der Hufschlag des galoppierenden Pferdes verklang auf dem weichen Boden von Fra-Joséphine. Bobi kehrte zum Hof zurück.

Jourdan hatte sich auf die Schwelle gesetzt und betrachtete den Sonnenuntergang.

»Ich habe den Herbst eigentlich nie erlebt«, sagte er.

»Es ist aber nicht dein erster.«

»Ich hatte nie Zeit dazu.«

Bobi dachte an Aurore auf der Stute, deren fleckiges Fell wie der Himmel im Mai ausgesehen hatte. Während sie sprach, hatte sie die ganze Zeit vermieden, ihre Augen auf die nahen und wirklichen Dinge zu richten. Ihr Blick verlor sich in der Ferne, dort, wo über den Nebeln sich die Traumländer der Gebirge breiteten.

»Es gibt vieles«, fuhrt Jourdan fort, »was ich bisher nie bemerkt hatte. Kleinigkeiten. Aber auch sie sind wichtig.«

Bobi hatte sich neben ihn gesetzt; mechanisch stopfte er seine Pfeife. Doch er behielt sie unangezündet im Munde. Da schien irgendwo eine Schwierigkeit. Es war richtig, er hatte nie geliebt. Das Wort erschien ihm schal wie eine Wassersuppe. Seit einiger Zeit – genaugenommen seitdem er im vergangenen Sommer bei der Erntearbeit geholfen hatte – spürte er an zwei, drei Stellen seines Körpers, die er genau bezeichnen konnte, ein Brennen. Er spürte das Brennen und einen dumpfen Schmerz, der nicht körperlich war, doch der fest in seinem Herzen saß. Noch hörte er Aurores Stimme. Jeder Wasserlauf hat mehr Herz als Sie.«

Genau an jenem Abend, zwischen den verstreuten Ähren auf dem Acker, hatte er zum erstenmal diesen Schmerz gespürt. Er hätte ebensogut sagen können »sein schmerzendes Herz«, es wäre dasselbe gewesen. Auf dem Felde – es war auf dem Stoppelacker von Jacquou – waren nur die Männer. Die Ernte war mager. Sie hatten gesungen und summten noch vor sich hin. Ihre Arme leuchteten; die Gesichter waren dunkel wie Metall von der unerbittlichen Glut der Sonne. Alles Korn war geschnitten. Er konnte sich gut besinnen; es hatte ihn ganz unverhofft getroffen, wie eine Botschaft. Etwas, worauf er schon lange gewartet hatte, vielleicht schon immer, kam plötzlich im Duft des trocknen Getreides, das nach Mehl und Sonne roch, auf ihn zu. Er hatte sich aufgerichtet und über das Feld geblickt. Das wogende Meer der Halme lag am Boden. Er hatte Honoré, Jourdan und selbst den alten Jacquou beneidet. Er hatte an Carle denken müssen und an dessen Frau, an Honoré und Joséphine. Ihre wohnlichen Häuser, mit ihren Betten. Ganz plötzlich hatte er sich danach gesehnt, geborgen zu sein; nach einem Schutz für seinen Körper hatte er sich gesehnt; und er dachte dabei weniger an die Häuser und Betten; es war mehr als ein plötzliches Verlangen, das sich in ihm entzündet hatte, als er das magere Getreide knistern hörte: das Verlangen, geborgen zu sein unter zärtlichen Händen, die ihn streichelten.

Ach ja, der Körper gleicht der Erde: er schafft sich selbst

dunkle Wolken, er stöhnt unter dem Toben des Gewitters, das in ihm selbst entstanden ist. Es ist schwer, froh zu sein.

»Ich merke jetzt«, sagte Jourdan, »daß es um diese Jahreszeit so ist wie damals, als Rudel von Wölfen die Dörfer umlauerten.«

Das Wichtigste war zu wissen, warum Aurore gesprochen hatte. Warum sie mit dieser harten bösen Stimme gesprochen hatte; warum sie gesprochen hatte, ohne sich Zeit zu nehmen, nachzudenken. Das alles war sehr geheimnisvoll. Aurore! Man müßte wissen, warum du so schnell lebst. Warum du deine ganzen Kräfte verzehrst, um so schnell leben zu können. Dieses Tempo, das deine Wangen ausgedörrt und hart gemacht hat und deine Augen trunken! Nur zuweilen wendest du dich ab, um einmal tief Atem zu holen, nach der Art friedlicher Frauen. Einmal. Ein einziges Mal. Trinkst du denn nicht wie wir die kräftige Luft dieses Landes und dieser Jahreszeit? Der Duft, die Farbe und die Form der Dinge erfüllen dich doch auch, Aurore? Warum also fliehst du?

Oder ist es vielleicht gar keine Flucht, und es treibt dich nur unwiderstehlich einem Ziel entgegen, sage es mir. Weißt du denn nicht, Aurore, daß keiner über den Horizont hinauskann? So schnell wir auch fliegen mögen, so stark wir auch sein mögen; so entschlossen und so geschmeidig dein schöner Körper auch sei – er ist warm und braun, und ich habe ihn ein-, zweimal mit meinen Händen festgehalten, nein, kaum festgehalten, ihn eben berührt und wieder losgelassen –, wie sehr du auch dazu geschaffen sein magst, die zauberhafte Ferne zu durchdringen, nie gelangst du über den Horizont hinaus. Dort, wo du bist, dort, wo du bleibst, dort, wo du regungslos verharrst, gleicht die Welt jener eingebildeten Welt, nach der du dich sehnst.

»Rudel von Wölfen«, sagte Jourdan, »umlauerten die Dörfer. Und wenn ich mir überlege, die Jahreszeit ist voller Unrast, und jene Zeiten waren auch voller Unrast. Du kannst dich nicht erinnern, weil du zu jung bist. Aus welcher Gegend stammst du eigentlich?«

»Aus dem Gebirge.«

»Dann mußt du es doch auch wissen.«

»Nein, aber ich habe davon sprechen hören.«

»Es gab einen Abhang«, erzählte Jourdan, »der mit Eichen bewachsen war, dann kamen Wiesen, und am Rande standen Birken, die schönsten, die ich jemals gesehen habe. Wie übrigens alle Bäume, die man in der Jugend gesehen hat. Ich war wohl drei Jahre alt. Es war Nachmittag, gegen vier Uhr und schon dunkel. Ich war allein mit meiner Mutter. Die Tür war verschlossen, der Riegel vorgeschoben, ein doppelter Riegel. Und dann das Wort! Ohne das Kennwort hätte man selbst dem Vater nicht geöffnet.

Die Wölfe heulten. Meine Mutter setzte sich. Ich kniete vor ihr nieder und versteckte meinen Kopf in ihren Röcken. Da hörte ich nichts mehr.«

»Du hörtest nichts mehr«, sagte Bobi.

»Nichts mehr, sie streichelte meinen Kopf.«

Draußen war die Nacht schwer wie Blei geworden. Es war nicht möglich, Aurores Worte zu vergessen. Jeden Tag blickte Bobi nach dem Waldrand. Er sah nur, wie es immer herbstlicher wurde. So sehr er auch lauschte, der Hufschlag des Apfelschimmels war nicht zu hören oder aber sehr weit entfernt, auf freiem Feld, wo die Erde dröhnte. Es konnte die Stute sein, es konnte aber auch ebensogut etwas anderes sein.

Alle warteten jetzt auf günstiges Wetter für die Aussaat. Das Saatgetreide war vorbereitet, doch es war noch zu windig; überdies ein toller Wind, der bald von der einen, bald von der anderen Seite kam. Nichts ist so schädlich wie er, denn er fegt die Saat zusammen, er reißt die Samenkörner aus den Händen, er macht aus dem Acker ein räudiges Fell mit dichten Haarbüscheln zwischen großen kahlen Stellen. Sie waren entschlossen, in diesem Jahr weniger auszusäen. Deshalb mußte es besonders gut gemacht werden. Und es war ganz angenehm, das Wetter zu beobachten und sich zu sagen: nein, heute noch nicht, und zu wissen, daß man sich nicht zu beeilen brauchte, daß das Leben in jedem Augenblick schön ist, selbst in solchen, in denen nichts geschieht und man auf etwas wartet, und auch dann, wenn etwas geschehen muß und man glaubt, es eile. Warum eilt es?

über den geeggten Feldern wirbelte der Wind den Staub wie Rauchwolken hoch; er trieb welke Blätter vor sich her, die er im Walde von den Bäumen gerissen hatte.

Randoulet kam.

»Also, ihr lieben Freunde«, sagte er, »nächste Woche gehe ich fort.«

»Wohin gehst du?«

»Das werdet ihr sehen.«

Er hatte mit den Augen gezwinkert und wie ein Feinschmecker mit der Zunge geschnalzt. Wenn er sich freute, mußten sich alle andern mit ihm freuen.

Bobi ging ein paar Schritt aufs Feld, um ein welkes Blatt aufzuheben. Der Wind hatte Tausende auf den sauber geeggten Acker getragen. Ja, es waren die Blätter des Elsbeerbaumes.

»Was betrachtest du?«

»Ich sehe mir die Blätter an, weil häufig der Fruchtstiel daran ist und zuweilen auch der trockne Kern.«

»Immer, der trockne Kern.«

»Das übrige haben die Vögel gefressen.«

»Ich glaube«, sagte Bobi, »man müßte diese Blätter ruhig auf dem Acker lassen und sie sogar mit dem Absatz festtreten; das ist schnell gemacht.«

Sie standen vor Jacquous Acker.

»Ich denke daran, daß aus so einem trocknen Kern ein Baum wachsen könnte«, sagte Bobi. »Es geht ganz von selbst: die Vögel fressen das Fleisch der Frucht, und der Kern bleibt; er wiegt nichts, und der Wind trägt ihn fort. Der Baum sät sich selbst aus. Hier, zwischen den beiden Wäldern, ist es recht kahl, und es wäre vielleicht gar nicht so schlecht, wenn hier etwas wüchse. Was meint ihr dazu?«

»Ich möchte so lange am Leben bleiben, um das noch zu sehen«, sagte Jacquou.

Jetzt, nachdem zwei oder drei Nächte lang so starker Tau

auf dem Grase gelegen hatte, als habe es tüchtig geregnet, fing es an sich zu verfärben, und nun sahen sie auch, daß Randoulets Felder, die große Wiese bei der Ahornschäferei, das untere Sumpfgelände und das Flachland mit den Weiden nur einmal abgemäht worden waren.

»Du hast den zweiten Schnitt nicht abgemäht.«

»Nein.« Er zwinkerte mit den Augen.

»Man riecht es«, sagte Jacquou, »das Gras duftet stärker als in den vergangenen Jahren.«

»Es muß reif, ja überreif sein.«

»Es ist reif und sogar überreif«, sagte Randoulet und zwinkerte wieder listig mit den Augen.

Wenn man sich Randoulets Feldern zuwandte und wenn der Wind von dort kam, roch es ganz stark nach dürrem Gras, wie auf dem Hof einer Schäferei.

Randoulet zwinkerte noch mehrmals mit den Augen, während er sie, einen nach dem anderen, ansah.

»Wenn es nur drei Tage schön bleibt«, sagte er, »gehe ich nächste Woche fort.«

Wenn man eine Wiese sich selbst überläßt, was geschieht dann? Sie verwildert, sie verfilzt. Das, was zu hoch geschossen ist – zwischen Wurzel und Blüte –, geht verloren. Man kann eigentlich nicht sagen, daß es verlorengeht, es verwildert, es verfilzt. Auf den Wiesenabhängen im Hochgebirge macht man es immer so, und im frühen Frühjahr kratzt der Bergbauer das dürre Gras mitsamt dem Rauhreif fort. Unter der Filzdecke wächst darin schon das junge Gras, frisch, grün, zart und weich, und die Schafe fressen es gierig. Dazu muß gesagt werden, daß zu dieser Zeit die Wiesen in der Ebene, die wie üblich abgemäht wurden, so dürr sind, daß zum Beispiel einer sagen könnte: ich bringe dich um, wenn du mir keinen frischen Halm bringst; und der andere müßte sich wohl oder übel umbringen lassen.

»Ich glaube, wir können uns in der kommenden Woche gemütlich an die Aussaat machen«, sagte Jacquou.

Und wirklich, hoch am Himmel schwebten kleine heitere Wölkchen, weiß und rund wie Blüten, die sich nicht von der Stelle rührten. Das war ein Zeichen, daß da oben die Luft schon ganz still war und der Wind sich nun legen würde.

Jacquou sah nachdenklich die Elsbeerblätter auf dem Acker an.

»Ich überlege, wie das hier mit zwei oder drei Baumgruppen aussehen würde«, sagte er. »Wie lange dauert das?«

»Ein Elsbeerbaum braucht fünf Jahre«, sagte Honoré, »aber es gibt etwas, das schneller wächst.«

Er bückte sich, um die glattgeeggte Erde aus der Nähe zu betrachten.

»Seht her!«

Sie hockten sich neben ihn.

An manchen Stellen in den Erdfalten – und diese Erdfalten waren dunkel von Nässe und erschienen voller Leben – wuchs grünes Moos. Von nahem, wenn man etwas davon auf die Fingerspitze nahm, erwies es sich als Samen. Es waren kleine Samenkörner, einige wie winzige Sterne, andere wie kleine Monde. Es gab nur diese Formen, die den Gestirnen glichen: Sterne mit fünf, sechs, sieben oder acht Zacken, runde Monde oder Halbmonde, und alle leuchteten grünlich wie Sterne.

Sie nahmen sie auf die Handfläche.

Jacquou versuchte sie mit den Fingerspitzen zu sortieren, jede Art für sich.

»Es gibt vier oder fünf Sorten.«

»Es ist Grassamen«, sagte Randoulet. »Dies da ist gewöhnliches Gras« – er bezeichnete ein sternenförmiges Samenkorn mit fünf Zacken – »das ist Silen und dies da Seifenkraut. Es muß vom Teichrand stammen, das da ist wilder Hafer, und dies kenne ich nicht.«

»Der Wind hat nicht erst auf die nächste Woche gewartet; er ist schon bei der Aussaat.«

»Ja, der Wind sät aus.«

»Das kommt von meiner Schäferei herüber«, sagte Randoulet. »Es sind meine Gräser. Ich kann sie euch nur empfehlen.«

Alle miteinander blieben eine Weile stumm und überlegten.

Jourdan und Bobi kehrten zur Jourdane zurück. Sie schritten im Herbstwind, der Bäume und Gräser aussäte.

Aurores Worte beschäftigten unablässig die Gedanken.

Jetzt folgten Tage, die waren trüb und undurchdringlich wie Marmor. Doch endlich kam ein schöner, windstiller Morgen.

Am Abend vorher hatte Bobi ein ungewöhnliches Erlebnis gehabt. Er hatte geträumt und hatte im Traum das Herz des Flusses gesehen. Er träumte fast nie, und wenn, dann waren es kleine alltäglichen Träume, in denen man mit angezogenen Beinen läuft oder in ein tiefes Loch stürzt und davon erwacht. Doch dieses Mal war es ein wirklicher Traum, der etwas bedeuten mußte. Er sah einen Fluß, seine Ränder waren scharf wie Messer. Das Wasser am Ufer war seicht und schwärzlichblau wie schlechte Stahlklingen. Unbewußt hatte Bobi die Füße zurückgezogen. Mitten im Fluß hoben und senkten sich die Wasser. Der Fluß glich dem Ouvèze, aber auch fünf oder sechs anderen Flüssen, die Bobi kannte, doch hauptsächlich dem Ouvèze. Es war auch seine Stimme, seine Kühle und sein Schatten. Und dort, wo das Wasser bewegt war, hatte Bobi in der Tiefe das Herz gesehen; es war groß wie ein Rind, hatte aber die Form eines Herzens, rot durchblutet pulste es: tock, tock, tock!

Bobi war aufgewacht und hatte sich auf Aurores Worte besonnen. »Jeder Wasserlauf hat mehr Herz als Sie.« Was ihn beunruhigte, waren die scharfen Ränder und das böse Aussehen des Flusses. Was konnte das bedeuten?

Er konnte nicht wieder einschlafen; er versuchte es, doch er mußte immerzu an Aurore denken. Draußen war alles still; kein Wind war zu hören, keine Tiere! Der Tag kam herauf, mächtig wie ein gläsernes Gebirge.

»Wo ist der kleine Reissack?« fragte Jourdan.

»Welcher?«

»Den wir ausgeleert haben, der weiße!«

»Hinter dem Mehltrog.«

»Nein, da ist er nicht!«
»Er war aber da«, sagte Marthe, »was willst du damit?«
»Er ist so schön handlich; ich will damit säen.«
»Es geht nicht viel hinein.«
Jourdan wandte sich um.
»Ein Scheffel geht hinein.«
Es ist zu schwer, den Frauen verständlich zu machen, daß von jeher der Mann zur Aussaat einen sauberen Sack haben möchte.
»Das Wetter ist hart wie Eisen«, sagte Jourdan.

Auch Jacquou war schon unterwegs; er machte große Schritte. Honoré folgte ihm, dann kam der Knecht mit dem Karren. Weit in der Runde schien schönes Wetter zu sein. Kein noch so kleines Wölkchen war zu sehen, kein Windhauch zu spüren. Das Blau des Himmels war tief und rein wie im Sommer, und dort, wo Erde und Himmel aneinandergrenzten, war es kaum heller. Das Blau war so ebenmäßig und undurchdringlich und selbst am Horizont so frei von Dunst und Nebel, daß sich das Kupferbraun der Bäume und Äcker darin widerspiegelte.
Es war kühl.
Carle war ins Freie gegangen.
»Wird heute gesät?« fragte der Sohn.
»Heute wird gesät«, sagte Carle.
Sie gingen in die Küche.
»Heute wird gesät«, sagten sie.
Carles Frau stieg auf den Dachboden. Das Saatgetreide war prachtvoll; sie ließ es durch die Finger rinnen.

Seit dem Morgengrauen war der einsame Mann von Fra-Josépine auf dem Feld. Er ging ins Haus zurück, kam wieder ins Freie und brachte einen Sack; er warf ihn am Feldrain auf den Erdboden und ging, um einen zweiten zu holen.

Zu dieser Zeit befanden sich acht Männer auf dem weiten Plateau. Carle, sein Sohn, der Mann von Fra-Josépine, Jourdan, Bobi, Jacquou, Honoré und der Knecht. Sie waren weit voneinander entfernt.

Da war das Plateau; auf der einen Seite das Tal des Ouvèze, auf der anderen Seite die Ebene von Roume. Im Tal des Ouvèze, obgleich es eng und schattig und von dichtem Gebüsch immergrüner Eichen durchsetzt war, gab es auch Felder. Wie Hörner fraß sich das Gesträuch hier und dort in die Äcker. An einigen Stellen durchschnitten Maultierpfade die Felder; sie endeten in Gruben, in denen roter Ton gewonnen wurde; an anderen Stellen wieder zerriß der Fluß die Äcker. Die Felder lagen an den Abhängen und auf den buckligen Hügeln. In der Mitte oder an den Rändern lagen Steine aufgeschichtet, die der Pflug oder die Egge herausgewühlt hatten. Manche der Steinhaufen waren haushoch; es waren Kieselsteine, die in der Sonne funkelten.

Auch dort waren Männer auf den Feldern. Sie stiegen aus den ärmlichen Bauernhöfen in den Hügeln herab. Sie kamen zu Fuß; die Frauen trugen die Säcke, die Kinder trugen kleinere Säcke, die ihrer Größe und ihrem Alter entsprachen. Dann und wann ruhten sie sich unter einer größeren Eiche aus. Unter den Bäumen rasteten Gruppen, andere zogen im Gänsemarsch auf den Feldwegen hintereinander her. Die unter den Bäumen geruht hatten, standen jetzt auf und gingen weiter zu ihrem Feld, während andere im Schatten rasteten. So langte allmählich eine Gruppe nach der anderen bei den Feldern an, die sauber für die Aussaat vorbereitet waren.

Die Ebene von Roume ist weit und hell; sie dehnt sich unabsehbar unter dem Himmel. Die Stadt kann man nicht sehen, sie liegt zu weit am andern Ende, dort, wo neue Hügel, neue Berge und neue Täler beginnen mit ihren Schatten, ihren Quellen, ihren grünen Bäumen und ihrem Echo. Um diese Jahreszeit ist die Ebene licht und blond mit Feldern, Obst- und Weingärten. Breite Straßen führen nach allen Richtungen, und an den Wegkreuzungen rauschen Pappeln. Auch über der Ebene war stilles, heiteres Wetter.

Die Männer kamen auf Lastautos aus der Stadt, auf schnellen Pferden, die jüngeren Leute auf Motorrädern, den Sack mit dem Saatgetreide auf dem hinteren Sitz.

Die Leute in der Stadt hatten von dem schönen Wetter noch nicht viel gemerkt, denn die Schornsteine der Teigwarenfabriken hatten alles in Dunst gehüllt. Doch alle, die herauskamen, merkten bald, daß zwar ein eisiger Hauch in der Luft, doch das Wetter heiter und beständig war. Der Staub auf den Straßen und auf den Wegen begann zu tanzen. Die Saatfelder lagen weit ab von der Stadt auf der flachen Ebene, die sich unter der mächtigen Sonne ohne Schatten, ja ohne die Spur eines Schattens dehnte. Zuweilen brachten die Lastwagen zehn Männer auf einmal heran. Säemänner! Ein schwererer Lastwagen folgte mit dem Saatgut. Der Aufseher sagte: du hier, du dort und du da drüben! Er maß mit den Schritten die Entfernung zwischen den einzelnen Männern ab. Er sagte zu einem: zeig deine Arme! Der Mann streckte die Arme aus. Der Aufseher überlegte, ob er einen oder zwei oder drei Schritte Zwischenraum lassen müsse. An anderen Stellen waren sie zu fünft, zu dritt und manchmal zu zwanzig. Dann kam der Besitzer selbst. Er wartete am Rande des Ackers. Er kam im Auto, stieg aus und warf die Tür hinter sich zu. Dann wartete er, bis die Lastwagen das Saatgut brachten. Er ließ sich Proben zeigen. Der Aufseher nahm eine Handvoll Körner aus dem Sack. Der Besitzer beugte sich darüber; er berührte das Getreide nicht, er fragte nur: Manitoba? ... Florenz? ...

An einigen Stellen gab es auch Sämaschinen, aber nur zehn oder zwölf, denn die Arbeitskräfte sind billig in diesem fruchtbaren, abgelegenen Flachland, das inmitten eines halbwilden Gebietes liegt. Die Sämaschine ist stets eine teure Anschaffung, die sich nur sehr langsam bezahlt macht; sie steht unbenutzt herum, während man Arme genug zur Verfügung hat, wenn man sie braucht, die in der Zwischenzeit, wenn man sie nicht braucht, auch nichts kosten. Der Arm geht dahin, wo sein Besitzer hingeht, wer ihn hat, muß auch für ihn sorgen – nach dem Willen Gottes!

Im Tal des Ouvèze mochten etwa hundertfünfzig Säemänner auf den Feldern sein, in der Ebene von Roume mehr als sechshundert; hier oben auf dem Plateau waren es acht.

Das Saatgut war bereit. Jacquou blickte zum Himmel. Er hatte die erste Handvoll Saatkörner aus dem Sack genommen. Er blickte zum Himmel. Jourdan blickte zum Himmel, Bobi ebenfalls, Carle, sein Sohn, der Knecht, Honoré und der Mann auf Fra-Josépine. Alle blickten zum Himmel. Es geschah unbewußt. Auf dem weiten Plateau standen sie, fern voneinander, aufrecht, die ersten Saatkörner in den Händen.

Ja, alles schien zu stimmen: der Himmel, die Erde, die Luft, das Saatgut, der Kopf, die Hand, das Wollen. Jacquou schwenkte den Arm und schleuderte die erste Handvoll Saatkörner. Er machte einen Schritt vorwärts. Jourdan warf seine Handvoll, Bobi, Honoré, der Knecht, Carle, der Sohn, der Mann auf Fra-Josépine. Die acht auf dem Plateau schritten vorwärts.

Im Tal des Ouvèze blickten die hundertfünfzig zum Himmel, dann schwenkte einer den Arm, dann zwei, dann zwanzig, dann hundert, dann hundertfünfzig, und alle gingen vorwärts, auf den Feldern im Tal des Ouvèze.

In der Ebene von Roume schrien die Aufseher; die jungen Knechte liefen zu den Lastwagen, sie schleppten die Säcke mit dem Saatgut heran. Die Säemänner standen an ihren Plätzen. Auch sie blickten zum Himmel. Sie säten nicht für sich selbst. Man hätte sogar sagen können, sie säten gegen sich selbst, doch in der Hand hielten sie die Saatkörner, und diese Saatkörner haben von jeher eine geheimnisvolle Kraft; sie durchdringt die zäheste Haut und entzündet die rauhesten Herzen, und wer in seiner Hand die blonden Saatkörner hält, um sie auf das Erdreich zu schleudern – ob es nun für ihn selbst oder für den Papst sei –; wenn er ein Mensch ist, würdig, Mensch genannt zu werden, dann muß er zum Himmel emporblicken.

Und sie blickten zum Himmel empor. Meist waren es Bergbewohner, braun und hart. In ihren Häusern verschimmelte das Brot. Die Saatkörner knirschten in ihren schwieligen Händen. Alles war bereit: die Beine, die Arme, der Kopf, alles! Sie hatten nach dem Himmel gesehen. Los! schrien die Aufseher, und sechshundert Säemänner schritten vorwärts über die Ebene von Roume.

Die einen gingen geradeaus nach Norden und schwenkten die Arme, die andern nach Osten, die andern nach Süden, die andern nach Westen. In alle vier Himmelsrichtungen schritten die Männer; sie setzten einen Fuß vor den andern, sie schwenkten die Arme, und das Schwenken der Arme paßte sich dem Rhythmus der Schritte an. Der rechte Fuß schritt vor, und gleichzeitig griff der Arm in den Sack, der linke Fuß schritt vor, der Arm wurde geschwenkt, und die Handvoll Samenkörner versprühte in dem Augenblick, in dem der linke Fuß von neuem die Erde berührte. Immer so fort, rechter Fuß, linker Fuß, Schwenken der Arme, Drehung der Schulter und Hüfte, alles gleichzeitig; gemächlich schritten die Männer vorwärts, auf unsichtbaren Pfaden, die von den unsichtbaren Pfaden der Saatreihen gekreuzt wurden. Die Erde empfing den Samen aus vollen Händen. Zuweilen trafen sich die Schatten zweier Männer, die ziemlich weit voneinander entfernt über das kahle Feld schritten. Es schien nur so, und es kam daher, daß einer der Säemänner nach Osten schritt, der andere westwärts. Sie kommen heran, gelassenen Schrittes, den Körper ein wenig geneigt vom Gewicht des Sackes, den Kopf gesenkt, der Erde zugewandt. Die Schritte, die Arme, die Schritte, die Arme! Die beiden Männer nähern sich. Wer läßt sie vorwärts schreiten? Welche furchtbare Kraft treibt sie vorwärts? Ist sie in ihren Beinen? (Man sieht kaum, wie die kleinen dunklen Beine sich trennen und wieder vereinigen.) Ist sie in diesen Armen, die wie Flügel um sich schlagen? Werden sie von der Luft vorwärts getragen? Und diese Arme, sind sie Ruder, Flossen, Flügel? Nein, die Kraft entstammt den Beinen. Jetzt kann man es erkennen. Der schwere

Oberkörper, noch schwerer durch das Gewicht des Sackes, tanzt auf den Beinen. Der Arm ist der Rhythmus, der Arm ist die Seele, der Arm schleudert den Samen, der Arm gebietet, und der Schritt unterwirft sich. Der Samen fliegt. Ohne Hast nähern sie sich einander. Noch einen Schritt, zwei, drei; im nächsten Augenblick werden sie sein wie zwei Tänzer, die im Schatten unter der Linde tanzen. Hier spielt keine andere Musik zum Tanze als das leise Schwirren der fliegenden Saatkörner in der Luft. Es ist dumpf und leise, aber so viele Hände schleudern die Saat, daß allmählich doch diese weichen Töne in der Luft schwingen, wie eine Musik zum schweren, stetigen Tanz der Arbeit. Da: die beiden Männer stehen einander gegenüber. Sie heben den Arm, sie heben den Fuß, sie schreiten vorwärts. Sie nähern sich, sind dicht voreinander; die beiden Arme werden emporgehoben. Sie werden sich damit schlagen! Nein, nun ist es nur einer. Nun wieder zwei. Sie haben sich gekreuzt; sie entfernen sich voneinander ohne Hast, im gleichen Schritt, im gleichen Rhythmus, der Schritt, der Arm, der Schritt, der Arm! Einer geht nach Osten, der andere nach Westen. Sie haben sich nicht angesehen. Sie säen die Saat! Das Wetter ist klar!

Bald war die ganze Ebene von Roume voller Vögel. In fünf, sechs Meter Höhe zogen sie weite Kreise über den Äckern. Sie kreischten. Wie ein großer dunkler Heiligenschein schwebten sie über den Köpfen der Säemänner. Sie flogen durcheinander und wurden zu dichten Wolken. Dann wieder verteilten sie sich am weiten Himmel. Sie ließen sich auf den Saatfeldern nieder; nicht lange, und sie flogen wieder auf. Sie hingen in den Lüften wie ein goldgesäumter Schal, den der Wind fortgeweht hat. Vor den Schritten der Säemänner flohen alle Insekten, die Heuschrecken mit dicken blauen Leibern, Käfer mit seidigen Panzern, eisengraue Erdwürmer und Massen von Ameisen. Als die Männer am Ende des Ackers anlangten, machten sie alle zusammen eine kurze Drehung. Die nach Norden geschritten waren, wandten sich nach Süden, die von

Süden gingen nach Norden, die von Westen nach Osten. Alle wandten sich um und schritten von neuem geradeaus. Aus allen Himmelsrichtungen fing nach einer Drehung des Fußes der Weg wieder an, und nun kreuzten sie sich in entgegengesetzter Richtung. Der Schritt, der Arm, der Schritt, der Arm! Die Insekten flüchteten nach allen Seiten. Die Heuschrecken platzten, die Ameisen krochen aus der Erde wie Schaum auf dem Wasser. Die Vögel kreischten und wiegten sich in den Lüften. Die Erde wurde schwer von Saatkörnern. Die Männer spürten den ersten Muskelschmerz in den Fäusten. Jetzt bestand die Musik aus dem Schwirren der Samenkörner, dem Schrei der Vögel, dem Surren der Käfer, dem Summen der Ameisen, dem dumpfen Geräusch der vielen Schritte, dem Keuchen der Männer und dem Knattern der Lastwagenmotoren, die neues Saatgut herantrugen. Die Saat fiel auf den Acker. In der Ferne wieherte ein Pferd.

Je weiter der Vormittag fortschritt, desto beständiger und klarer wurde das Wetter. Der Himmel war starr wie ein Stein, und die Sonne wärmte wie mitten im Sommer. Die Aufseher liefen die Reihen der Säemänner entlang.

»Wir müssen heute fertig werden«, schrien sie, »das Wetter ist zu klar; es bleibt nicht so.«

Noch lagen viele Hektare unberührt da, weite Flächen, auf die noch kein Samenkorn gefallen war. Der Morgen war halb vorbei; er neigte sich schon seinem Ende zu. Die Säemänner machten größere Schritte. Gleich kamen die Aufseher wieder gerannt und schrien:

»Die Schrittlänge beibehalten, schneller, aber keine größeren Schritte!«

Einmal kamen Jourdan und Bobi gleichzeitig, um ihre Säcke zu füllen. Sie hatten den ganzen Morgen nicht miteinander gesprochen. Der eine war hier und der andere dort.

»Das Wetter wird unsicher«, sagte Jourdan.

Auf dem Plateau waren sie dem Himmel näher als die in der Ebene. Sie sahen, wie das Blau sich langsam verfärbte.

»Den Tag über hält es noch«, sagte Jourdan.

Sie hatten noch zwei Streifen Acker auszusäen; es war keine große Arbeit.

»Eine Pfeife?« sagte Bobi.

»Ja.«

Am Rande des Feldes gab ein Elsbeerbaum noch ein wenig Schatten. Sie zündeten ihre Pfeifen an und setzten sich. Dann blickten sie ins Weite, über das Plateau. Sie waren allein auf der großen Fläche, weit und breit rührte sich nichts. Inmitten der tiefen Einsamkeit waren sie wie zwei Schiffbrüchige. Sie lauschten. Von der Ebene von Roume klang es dumpf herauf, wie das Brausen eines fernen Flusses. Von der Seite des Ouvèze wehte Schellengeläut herüber.

»Alle sind bei der Aussaat.«

»Die andern hier oben sind sicher auch draußen; wir können sie nur nicht sehen.«

Das Plateau schien leer und verödet.

Endlich entdeckten sie sehr weit in der Ferne die dunklen Umrisse einer Gestalt, die lange Zeit unbeweglich wie ein Baumstamm blieb. Dann merkten sie, daß sich die Gestalt bewegte und die Arme schwenkte. Es mochte wohl Jacquou sein, denn es war in der Richtung seines Hofes.

Gegen Mittag kam Marthe. Bobi und Jourdan hatten weitergesät. Sie sahen, wie sie die Wiesen überquerte und näherkam. Sie brachte die Suppe.

»Nun, ihr Männer!«

Sie schwenkten die Arme noch ein paarmal, ehe sie sich umwandten.

»Nun, Frau!«

An einem schattigen Fleck hockte sie sich nun nieder und packte den Suppentopf aus. Es roch angenehm nach Speck.

»Es ist ganz komisch«, sagte Jourdan, »wenn gesät wird, gibt's immer Specksuppe, und wenn gemäht wird auch. Wenn man nur wüßte, weshalb. Es ist wohl so eine Angewohnheit.«

»Man muß die Angewohnheiten beibehalten«, sagte Bobi.

»Ich bin es so sehr gewohnt«, sagte Marthe, »daß der Speck

mir heute morgen unter die Hand kam, ohne daß ich recht wußte, wieso.«

»Wenn es keine Specksuppe gäbe«, sagte Jourdan, »würde ich gar nicht glauben, daß ich gesät habe. Ich müßte erst aufs Feld zurückgehen, um nachzusehen, ob es auch wahr ist. Aber wenn ich die Specksuppe rieche, weiß ich, ich habe gesät.«

Marthe hatte drei irdene Suppenteller mitgebracht, tief wie Schüsseln; sie schüttete die Suppe hinein. Als der Speck und der Kohl in den Teller fielen, spritzte die Suppe hoch.

»Teller sind Luxus«, sagte Jourdan.

»Ein bißchen Behagen ist so leicht zu schaffen«, sagte Marthe.

»War es dir nicht zu schwer?«

»Eine kleine Mühe, und es ist netter so.«

Sie setzte sich im Schatten des Elsbeerbaums neben die Männer.

Die Saatkörner auf dem fetten, sonnendurchwärmten Boden verbreiteten einen angenehmen Geruch. Der Duft überdeckte fast den Geruch der Specksuppe und den Geruch, den Marthe mitgebracht hatte, den Geruch eines gesunden Frauenkörpers und gesunden Schweißes.

»Wenn man nur wüßte«, sagte sie, »ob ihr unter einem günstigen Stern gesät habt!«

»Ja«, sagte Bobi, »vorhin habe ich Sterne gesehen.«

Im Osten schimmerte der Himmel grünlich wie Wasser, durchsichtig und bebend; zuweilen leuchtete ein Streifen wie Öl; doch das waren weder Wolken noch Nebel; es war der Herbst, der den Himmel färbte, und hoch oben konnte man, trotz des hellen Mittags, ein paar Sterne sehen. Sic glichen Getreidekörnern.

»Je nach dem Wetter und den sonstigen Umständen«, sagte Bobi, »sieht man zur Zeit der Aussaat wohl folgende Sterne – sie heißen von alters her ›Häuser‹, denn in ihnen wohnt die Hoffnung oder die Verzweiflung der Landarbeiter auf dieser Erde.

Man sieht ...«

Er nahm einen Löffel Suppe.

»... das Haus des goldenen Adlers, das Haus des Schafes, das Haus der Krone, das Haus der Harfe und das Haus des silbernen Löwen.«

»Wenn ich richtig gezählt habe«, sagte Marthe, »kann man fünf sehen; sie bilden ein Dreieck.«

»Diese Suppe«, sagte Bobi, »ist von ganz besonderer Schmackhaftigkeit.«

»Ich habe den Kohl mit dem Hobel geschnitten«, sagte Marthe.

»Heute kann man das Haus der Harfe sehen«, sagte Bobi. »Es sind sieben Sterne. Zwei hatten sich versteckt, seht, jetzt kommen sie zum Vorschein.«

Über den Bergen von Ruffin waren jetzt sieben Sterne zu sehen.

»Erzähle weiter«, sagte Jourdan.

»Jetzt sieht die Harfe aus wie eine Ziehharmonika«, sagte Bobi.

»Weiter«, sagte Jourdan.

Er sah auf das Plateau hinaus; die Gestalt des fernen Sämannes war verschwunden. Sie waren allein. Er und Marthe waren allein neben diesem Mann, der von den Sternen erzählte.

Bobi kaute Speck und Brot.

»Ich will es dir erklären«, sagte er, »es bedeutet Freude, nur Freude.«

»Sehen die andern es auch?«

»Ja, wenn sie hinsehen.«

»Sicher haben sie hingesehen«, sagte Marthe, »aber vielleicht haben sie nur fünf gesehen.«

Die Ebene von Roume grollte noch immer dumpf wie ein Fluß.

»Das Zeichen bleibt immer ein Zeichen«, sagte Bobi.

Marthe lauschte auf den Lärm, der aus der Tiefe heraufdrang.

»Sie haben sich tüchtig drangemacht«, sagte sie.

»Wir haben Jacquou gesehen«, sagte Bobi, »oh, nur eben so, kaum größer als eine Fliege.«

»Alle nützen das gute Wetter aus«, sagte Marthe, »keiner konnte es vergessen oder aufschieben.«

In der Ebene von Roume war es der Schmerz, der säte. Jedesmal, wenn einer eine Handvoll Körner aus dem Sack nahm, durchschnitt der Schmerz wie mit Messern die Fäuste. Auch die Schultern schmerzten. Und die Saat mußte immer schneller ausgestreut werden. Es war vier Uhr nachmittags. Der Boden dampfte über der weiten Ebene unter den vielen Schritten. Die Säemänner gingen durch dichte Staubwolken. Sie konnten einander nicht mehr deutlich erkennen. Sie glichen Schatten. Die Augen waren voller Sand und schmerzten. Die Gurgel war voller Sand und ausgedörrt. Es waren Leute aus den Bergen, die an reine, leichte Luft gewöhnt waren. Allen schmerzten das Schulterblatt und die Muskeln der Hand. Jede Bewegung bedeutete neue Qual; es nützte auch nichts, die Stellen gewaltsam warmzureiben, denn dieser Schmerz zerteilte sich nicht in der Wärme; es knirschte unaufhörlich in den Gelenken, ganz gleich, welche Bewegung sie machten, und drei Bewegungen mußten ausgeführt werden, damit das Samenkorn zur Erde fiel, und jedesmal mußten zwei Schritte vorwärts gemacht werden. Nach den zwei Schritten waren auch die Bewegungen beendet, und die Hand voller Körner war über dem Acker ausgestreut. Abgesehen von der allgemeinen Müdigkeit, schmerzte es an drei Stellen ganz besonders: im Handgelenk, im Ellbogen und im Schultergelenk. Und außerdem war da noch der Schmerz, der zeitweilig wie Wasser durch ein Brunnenrohr im Arm durch den ganzen Knochen fuhr; der war gar nicht mitgerechnet. Wenn man sämtliche Wege, die noch gemacht werden mußten, bis alles ausgesät war – in allen Himmelsrichtungen kreuz und quer über die Äcker –, zusammenrechnete, kamen mehr als hundert Kilometer heraus. Ein Schritt entsprach nicht ganz einem Meter; auf einen Kilometer kamen zwölfhundert Schritte. Und auf je zwei Schritte kam ein dreifacher Schmerz. Die Qual wurde unerträglich. In der staubigen Luft fiel das Atmen schwer. Der schlechte Geschmack haftete im Munde, in der Nase, in den Gedanken, in der Hoffnung, ja in der Vorstellung der Zukunft. Nach einem dreifachen Schmerz verspritzte jedesmal eine Handvoll Saatkorn auf dem Acker. Dreihundert Körner rechnet man auf zweihundert Halme, und jeder Halm trägt im kommenden Jahr zwanzig Körner. Der Besitzer des Ackers war in die Stadt zurückgefahren. Im Eßzimmer, das nach der stillen Straße von Observantine hinaus lag, hatte er zu Mittag gegessen, dann war er wieder zurückgekommen. Er sah die Staubwolken und kurbelte die Fenster seiner Limousine hoch. Nun saß er im Wagen und wartete. Drei-, viermal klopfte er an die Scheiben, jedesmal lief ein Aufseher herbei. Durch die Scheibe wies er ungeduldig auf das Zifferblatt seiner Armbanduhr. Der Aufseher nickte jedesmal mit dem Kopf und lief fort, zu den Reihen der Säemänner zurück, um sie anzutreiben:

»Schneller, Jungens, schneller, schneller!«

»Schei . . .«, hatte ihm ein großer Blonder geantwortet.

Doch es war nicht der Moment, um sich deswegen zu erzürnen – wenn man's genau bedenkt, dachte der Aufseher, hat er ja recht –, und er rannte weiter zu den übrigen Arbeitern.

»Schneller, Jungens, schneller, es ist fünf Uhr, wir müssen fertig werden.«

Flüchtig mußte er daran denken, daß auf den Speichern noch viel Korn aus dem vorigen Jahr lag. Es war ein schlechtes Geschäft, es zu niedrigem Preise zu verkaufen. Nun verschimmelte es. Wenn schon!

»Schneller, Jungens, schneller!«

Die Arbeiter waren alle aus den Bergen. Sie konnten sich kaum mehr vorstellen, wie ihre Heimat aussah, obgleich sie erst vor drei Tagen ihre Bergdörfer verlassen hatten. Sie hatten sich zur Aussaat nach der Ebene von Roume verdingt – nun säten sie in der Ebene von Roume. Es war fünf Uhr abends, und sie konnten sich nicht mehr auf das Land besinnen, das sie vor drei Tagen verlassen hatten. Ihnen war, als hätten sie es vor Jahren verlassen und als seien sie seitdem in einer Hölle. Stechend war der Schmerz: im Handgelenk, im Ellbogen und im Schulterblatt. Alle zwei Schritte erlitten sie einen dreifachen Schmerz, und eine Handvoll Körner verspritzte am Boden. Sechshundert waren sie, und die Erde rauchte. Noch hundert Kilometer vor ihnen! Es ist fünf Uhr abends, und heute noch müssen sie fertig werden.

»Schneller, Jungens, schneller, Kinder! Macht schnell, ihr Braven! Ihr müßt heute abend fertig werden. Singt ein Lied, wer kann singen?«

»Ich«, sagte der große Blonde.

Er war am Ende seiner Kräfte. Der dreifache Schmerz hatte sich in seinem Körper aufgerichtet wie ein marmorner Heiliger. Er konnte nicht weiter. Nein, er konnte nicht mehr weiter. Er war bereit, irgend etwas zu machen, ganz gleich, was es sei.

»Singe!« befahl der Aufseher.

Und er sang.

»Singe«, wiederholte der Aufseher leise, »aber etwas Munteres, dann säen die Leute schneller und merken es gar nicht.«

Der große Blonde ließ die Arme sinken. Er säte nicht mehr; gemächlich schritt er neben den andern her. Es waren fünf Kameraden aus seinem Dorf. Er sang ein munteres Lied.

Er wollte weiter nichts, als so neben ihnen hergehen mit hängenden Armen.

Jedes Opfer hätte er dafür gebracht.

Der Abend war schön. Jourdan pfiff. Er hatte eben die letzte Handvoll ausgestreut. Bobi hatte noch drei Hände voll auszusäen, bis der Acker vollständig besät war. Er warf, eine, die zweite, dann kam die letzte. Bobi blieb stehen, drehte sich um und pfiff eine Antwort. Sie waren fertig; der Abend war milde, und es duftete nach dem Saft der Weiden. Sie trafen sich unter dem Elsbeerbaum. Am Horizont zeigte sich die Gestalt des fernen Säemannes; vielleicht war es Jacquou; er war klein wie eine Fliege. Auch er war stehengeblieben; auch er war wohl fertig. Der Abend war friedlich und wie zum Ausruhen geschaffen.

Der Hirsch mit seinem Rudel kam näher. Sie hatten ihn lange nicht mehr gesehen.

Bobi schüttelte den Staub aus seiner Jacke.

»Da sind sie«, sagte Jourdan.

Bobi begriff sofort, daß er vom Hirsch, den Hirschkühen und ihren Kälbern sprach.

Es war ein wildes Rudel geworden, recht zur Freude und Erquickung der Herzen.

Der Hirsch war stehengeblieben, er schrie; er schien den beiden Männern etwas zuzurufen, doch er kam nicht näher. Auf der andern Seite des Ackers stand er, reckte den Hals, öffnete den Rachen und schrie wieder. Es war wie ein ganzer Satz, und es klang, als wiederhole er drei verschiedene Silben. Dann schnalzte er dreimal mit der Zunge; das ganze dauerte sehr lange. Er senkte den Kopf, er schien ihnen etwas erklären zu wollen. Hinter ihm drängten sich die Hirschkühe und Kälber, doch nur ihre zitternden Ohrenspitzen waren zu sehen.

Der Hirsch hörte auf zu schreien; er wartete wohl auf eine Antwort. Bobi pfiff.

»Warte«, sagte Jourdan, »ich werde auch pfeifen.«

Das Spiel machte ihm Freude, und er pfiff.

Der Hirsch lauschte den Stimmen der beiden Männer. Er blieb eine ganze Weile unbeweglich stehen und streckte den Kopf vor. Zwischen den Schaufeln seines Geweihs trug er den Abendhimmel. Dann entfernte er sich, er machte einen weiten Bogen um den Elsbeerbaum und schritt gemessen und würdevoll davon, dabei wiegte er den Kopf hin und her. Sein Geweih war größer und breiter geworden und wuchs aus seiner Stirn, dick und schwer wie die Wurzeln einer Eiche. Hinter ihm folgten in einer Reihe die Hirschkühe; sie machten kleine flinke Schritte und mußten von Zeit zu Zeit stehenbleiben, um den Hirsch nicht zu überholen. Dann kamen die Kälber; es waren fünf; sie waren rot wie Füchse.

In einer Entfernung von vierzig bis fünfzig Schritten umgingen sie den Elsbeerbaum, dann trabte der Hirsch im gleichen Tempo geradeaus, weiter auf das Plateau hinaus, dorthin, wo sie den Säemann gesehen hatten. Schließlich fing er an zu galoppieren, und die ganze Familie folgte ihm. Die Kälber sprangen an den Seiten; sie hatten kräftige Beine und blieben nicht zurück. Bald war von ihnen nichts weiter zu sehen als eine Staubwolke; auch sie verschwand. Tiefe Stille senkte sich herab.

»Warte«, sagte Jourdan, »wir wollen uns ein wenig setzen, nichts eilt.«

»Die Luft ist so milde«, sagte Bobi, »daß man meinen könnte, es sei mitten im Sommer und man schwimme im warmen Wasser.«

»Mir reicht es bis an die Arme«, sagte Jourdan.

Er hob den Arm, und man sah seine Achselhöhle mit einem dichten Tuff blonder Haare, wie ein Nest. Er streichelte sie mit den Fingerspitzen. Der leichte Wind erfrischte ihn.

Die Äcker waren wie mit Samenkörnern gespickt.

»Nun müßte es regnen.«

»Es wird regnen; über der Rhone zieht es sich zusammen. Dahinten ist der Himmel schon ganz drohend.«

Von Norden nach Süden zog am Horizont des Abendhimmels eine mächtige schwarze Wolkenwand herauf.

Als Jacquou zum Hof zurückkam, hatte er Durst. Er hatte den ganzen Tag gesät, und jetzt spürte er im Munde den Geschmack von Spreu und Staub.

»Drüben in der Richtung der Jourdane habe ich zwei dunkle Gestalten, nicht größer als Fliegen, gesehen. Das waren wohl Jourdan und Bobi.«

Er ging zum Keller, einem engen Schacht in einem kleinen Erdhügel, zwanzig Schritte hinter dem Haus. Eine steinerne Tür verschloß ihn; drinnen war es wie in einer Stube. Er trat ein; es war kühl und roch nach Wurzeln. An seinem Gaumen haftete der Geschmack von Korn und Erde. Im Dunklen griff er nach der Holzkelle, die aus einem Birkenstamm geschnitzt war. Er hielt sie unter den Spund und füllte sie, dann trank er daraus und schluckte mit dem Wein den Geschmack von Erde und Getreide. In seinem Munde blieb der Weingeschmack. Sein Wein. Ein junger Wein. Vor einem Monat hatten sie ihn aus dem Ertrag der zwanzig kümmerlichen Reihen Weinreben gekeltert. Er war noch ein wenig spröde, aber schon klar. Keine Süßigkeit mehr. Die ganze Süße der Trauben wurde auf seiner Zunge zu einer herben Säure, die ihn im Innersten wärmte.

»Das Leben ist schön«, sagte er.

Von neuem füllte er die Kelle, auf der sich dunkler Schaum bildete; der Schaum prickelte auf seinen Lippen, löste ein warmes, kitzelndes Gefühl aus, und er spürte, wie die Erregung seine Hüften umklammerte und wie das Blut an den verborgensten Stellen seines Körpers hämmerte.

»Dieser Wein«, sagte er, und er schnalzte mit der Zunge.

»Wer kennt ein Gasthaus hier auf Erden,
In dem nicht zwischen Nacht und Morgen
Brave Jungfern wissend werden?«

Er bekam Lust zu singen. Er bekam Lust zu sagen: Korn, Korn, Korn! zu den Klängen der Ziehharmonika und der Querpfeifen und dabei zu tanzen. Er hätte Lust gehabt, eine junge Frau in seinen Armen zu halten, mit ihr zu tanzen, den Duft ihres Frauenkörpers einzusaugen, sie an sich zu pressen, das Knie zwischen ihren warmen Schenkeln.

»Vorwärts, Musikanten! Fünfundsiebenzig! Jawohl, ihr Herren. Und nichts verschimmelt. Man ist kein trauriger Spießbürger!

’s ist doch so leicht, ein Einbrecher zu sein,
Paßt nur der Schlüssel ins Schlüsselloch hinein!«

Er trank noch einmal aus der Kelle. Der Wein war heimtückisch. Alle seine Sorgen fielen plötzlich von ihm ab. Seine Muskeln entspannten sich, wie die Seile auf dem Heuwagen, wenn das Heu abgeladen ist und sie gegen die Leitern schlagen. Er trat vor die Tür; der Abend war milde und schimmerte blau. Jacquou hatte gerade noch die Kräfte, um zu singen:

»Genau wird man sie niemals kennen,
Die Zahl der vielen Opfer,
Dreiundfünfzig hat man entdeckt;
Der Knecht hat es erzählt.
Schaudert alle im ganzen Land
Ob der Untaten dieses Hauses!«

Er räusperte sich.

»Komm, du Trunkenbold«, schrie die alte Barbe. »Gott im Himmel, so komm doch; die Suppe ist aufgetan.«

»Achtzehnhundertdreiunddreißig,
Genau am zweiten Oktober,
Gegen Mittag, schlug ihr letztes Stündlein
Vor dem Hause der Gefangenen.
Dreißigtausend Zeugen sahen
Drei Brigantenköpfe fallen.«

Nach dem Abendessen setzte sich Bobi vors Haus. Es war dunkel, alle Sterne waren zu sehen, außer jenen, die hinter der Wolkenwand waren, die vom Rhonetal aufstieg. Da war das Haus des goldenen Adlers, es bedeutete Reinheit und Mut. Da war auch das Haus der Krone; es bedeutet: der Lohn ist ewig; und das Haus des silbernen Löwen; es bedeutet: die Güte des Herzens zeigt sich. Doch das Haus der Harfe, das Freude und frohe Musik bedeutet, fehlte.

Lieben, lieben, dachte Bobi. Was hat sie damit sagen wollen? Das Wort ist schal wie eine Wassersuppe.

XIV

Der Regen ließ auf sich warten. Doch Carle stellte sich ein.

»Ihr müßt kommen, mir helfen.«

Er war auch bei Jacquou und seinen Leuten gewesen. Randoulet war schon fort.

»Seit drei Tagen; er hat den Schwarzen mitgenommen. Ihr müßt mir helfen, mein Heu abmähen; es ist höchste Zeit.«

Sie merkten, daß er noch etwas auf dem Herzen hatte, doch er sagte es nicht.

Auf Carles Wiesen stand noch der zweite Schnitt. Sie stellten sich in einer Reihe auf: Carle, sein Sohn, Jacquou, Honoré, der Knecht, Jourdan und Bobi.

»Jetzt haben wir schon ein paarmal alle zusammen gearbeitet«, sagte Jacquou.

Schon bei der Jagd auf die Hirschkühe und nun heute wieder. Carle hatte auch nicht gezögert. Er hatte sich gedacht, ich brauche es ihnen nur zu sagen, dann werden sie schon kommen. Er hatte es sich gar nicht lange überlegt. Und alle waren mit ihren Sensen gekommen. Nun standen sie da, in einer Reihe.

Alle gleichzeitig senkten sie die Sensen ins hohe Gras. Es neigte sich. Sie gingen im Grase vorwärts im gleichen Schritt. Eine dumpfe Musik riß sie mit fort. Es war keine kunstvolle Musik wie zum Tanz, zur Polka, zur Mazurka oder zum Walzer; es war wie das Schlagen einer Trommel. Ohne daß man nachdenkt, ganz unbewußt wird der Körper mit fortgerissen. Die Musik war der Lärm von sieben gleichen Männerschritten, von sieben Sensen, die durch die Luft schwirrten, von sieben Sensen, die das Gras durchhieben, vom Gras, das zu Boden sank; und wieder sieben Schritte, sieben schwirrende Sensen, und so ging es fort. Es wiederholte sich, ohne schwächer zu werden, stets im gleichen Rhythmus. Sie spürten keine Müdigkeit. Das lichte Gras umwogte sie. Die spitzen Gräser mit Federbüschen und Ähren schaukelten wie leichter Schaum auf den Wellen, in denen sich die Sonne spiegelt... Es wog auch nicht schwer auf der Sense; es neigte sich im Winde und richtete sich wieder auf; es neigte sich unter dem Schnitt der Sensen und richtete sich nicht mehr auf. Sie schnitten tief hinein in das grüne Dunkel voller Schatten und Feuchtigkeit, voll vom hallenden Echo, voller dunkler Gänge, auf denen Prozessionen der Ameisen, der Maulwürfe und der Schlangen dahinziehen.

Mittags war schon die halbe Wiese geschnitten. Es gab keine Bäume auf Carles Feld. Im hohen Grase suchten die Männer ein wenig Schatten und Schutz. Sie ließen sich alle sieben im Kreise nieder, und so saßen sie wie in einem runden Nest. Dann aßen sie Brot und Käse. Das hohe Gras trennte sie wie eine Schranke von der Umwelt.

»Ich habe eine Idee«, sagte Carle und hob den Finger.

Mit einer leichten Handbewegung machte er sie auf das Rauschen des Windes aufmerksam; in der Ferne hörten sie das Wiehern der Pferde.

»Die Stuten sind rossig«, sagte Carle.

»Meine Schwarze hat es seit drei Tagen gepackt«, sagte Jacquou.

»Und auch die beiden von Frau Helene hat's gepackt«, sagte Carle, »wie man mir erzählt hat.«

»Bei mir werden es wohl auch alle beide sein«, sagte Jacquou. »Ich habe die Schimmelstute auf die Weide gebracht, damit sie sich abkühlt und nicht durch die Schwarze noch aufgeregter wird. Aber ich glaube nicht, daß es viel nützt.«

»Es ist ihre Natur«, sagte Jourdan, »im Herbst ist ihre Zeit.«

»Ja«, wiederholte Carle, »die Stuten sind rossig.

Und«, sagte er nach kurzem Schweigen, »ich habe eine Idee. Wenn ich nun meinen Hengst freiließe und ihr eure Stuten ebenfalls.«

»Was denn?«

»Es ist ja schließlich nicht das erstemal, daß der Hengst eure Stuten deckt. Und was für Fohlen habt ihr bisher gehabt? Mit Ausnahme des Roten, den du nach Aubergat verkauft hast, was war es schon?«

»Das ist nicht richtig«, sagte Jacquou, »ich habe auch den Schwarzen gehabt, den wir Teufelchen nannten und den Honoré kaum halten konnte.«

»Man kann nicht behaupten, daß das ein gutes Pferd war.«

»Doch, wenn du die Zügel fest in der Hand hattest, doch!«

»Nein«, sagte Carle.

Das Gras hatte aufgehört zu rauschen.

»Ich spreche von schönen, brauchbaren Tieren«, sagte Carle.

»Ich glaube, das, was du vorschlägst, könnte sehr schön sein«, sagte Bobi.

»Hört zu«, sagte Carle, »ich habe mal ein Rennen mit angesehen. In Saint Sigismond, in den Bergen.«

»Das habe ich auch gesehen«, sagte Jacquou.

»Ja.«

»In der Lindenallee?«

»Ja.«

»Abends.«

»Ja.«

»Dann kannst du bestätigen, daß es wahr ist. Da gibt's eine Lindenallee, große alte Bäume. Nicht einer ist gerade. Der starke Wind aus den Bergen hat sie alle gekrümmt. Die Pferde werden im Schein der Fackeln aufgereiht. Die Fackeln machen viel Qualm. Dann erhebt sich ein großes Geschrei, und die Pferde gehen los. Ich habe alles genau gesehen. Ich war bei dem Aufbruch dabei. Die Fackeln, ihre roten Flammen, und wie sie qualmen. Wie ich es euch sage. Die Pferde sind klein und struppig, mit dickem, langhaarigem Fell, wie ich es euch sage. Ich habe das Geschrei gehört und habe gesehen, wie die Pferde losgingen. Erst sind sie die Lindenallee entlanggerast. Aber das ist noch nicht das Rennen. Es geht so vor sich, und nur die sehen es, die Bescheid wissen: Die Pferde laufen ohne Reiter; sagte ich das schon? Nein? Also sage ich es euch. Die Pferde galoppieren in die Berge, über die Wiesen, durchqueren Gebirgsbäche, jagen durch den Wald, über Steingeröll und kommen zu den oberen Gebirgsweiden, dort finden sie frisches Gras. Und da ist das Rennen zu Ende; da bleiben sie. Um der wilden Jagd zuzusehen, setzen sich die ganz Schlauen an den Waldrand. Der vierundzwanzigste Juni ist Johanni, wenn Mondschein ist, ist es hell wie am Tage. Ich habe nie wieder so etwas Schönes gesehen; dabei war ich unten, auf einem ganz schlechten Platz.«

Am Nachmittag mähten sie weiter. Unvermittelt sagte Jacquous Knecht:

»Hm, so etwas ginge also.«

»Was sagst du?« fragte Jacquou.

Der Knecht hob und senkte die Sense wohl zwanzigmal, ehe er antwortete, und er machte zwanzig Schritte vorwärts. Jacquou, neben ihm, hieb zwanzigmal ins Gras, und auch er machte zwanzig Schritte. Dann sagte der Knecht:

»Ich sprach eigentlich mit mir selbst.«

Auf dem Rückweg sprach Jacquou die ganze Zeit von den Pferden.

»Ich kenne dieses Rennen gut.«

»War das vor meiner Heirat?« fragte Honoré.

»Natürlich«, sagte Jacquou. »Was hat das mit deiner Heirat zu tun?«

»Ich fragte, weil Ihr seitdem nicht mehr fortgewesen seid.«

»Schön dumm von mir«, sagte Jacquou.

Beim Hof angelangt, zwinkerte Jacquou listig mit den Augen; er rief:

»Knecht!«

Honoré ging zum Schuppen. Jacquou rief:

»Honoré!«

Sie kamen. Er sagte:

»Hört zu.«

Und er zwinkerte wieder mit den Augen:

»Wenn man ihnen einen Streich spielte.«

»Wem?«

»Carle.«

»Wieso?«

»Das werde ich euch nachher sagen. Erst wollen wir die Suppe essen.«

Der Hof war schon ganz in Schlaf versunken, als Jacquou aufstand und rief:

»Knecht!«

Der Knecht schlief im Stall und antwortete:

»Ich bin hier.«

Er dachte: Wenn der Alte jetzt auch noch verrückt wird, ist es nicht mehr auszuhalten.

Doch beim Schein der Kerze sah er keinen traurigen, sondern einen froh lachenden Jacquou, der die Tür zum Zimmer seines Schwiegersohns öffnete und rief:

»Honoré.«

Der stand sofort auf. Der Mond blickte rund und hell zum Fenster herein. Er beleuchtete Joséphine. Sie schlief und hatte sich bis zum Leib aufgedeckt.

»Deck sie zu«, sagte Jacquou.

»Laß sie«, sagte Honoré. »Der Mond läßt die schlafenden Frauen reifen.«

»Eine Reife, aus der du mehr Säure als Honig saugen wirst, mein Junge. Ich kenne sie; sie ist meine Tochter.«

»Laß sie«, sagte Honoré, »ich kenne sie auch; sie ist meine Frau.«

Das ging auf dem Flur vor sich. Jacquou lächelte. Der Knecht lächelte. Honoré rieb sich die Augen.

Sie gingen zum Stall hinunter. Die Schafe und der Mist verbreiteten einen beißenden Geruch.

»Halte die Kerze.«

Er ließ die Schafe aufstehen.

»Sie schlafen in ihrem Mist«, sagte er.

»Das hält warm«, sagte Honoré.

»Ich gebe ihnen regelmäßig frische Streu«, sagte der Knecht.

»Ich weiß«, sagte Jacquou, »und das ist es auch nicht, was ich meine. Sie werden immer in ihrem Mist liegen; da hilft alles nichts. Doch sieh ihre Augen.«

Im flackernden Schein der Kerze leuchteten ihre Augen wie blaue Steine.

»Hast du uns deswegen geweckt?« fragte Honoré.

»Ach, du Bergmensch«, sagte Jacquou und wandte sich mürrisch ab.

Er verzog die wulstigen Lippen und spie aus.

»Ihre Augen leuchten, als sei es ihr Gehirn. Halte das Licht hoch. Dieser Bergmensch ist ekelhafter als ein altes Schwein.«

»Kommt!«

»Immerzu schlafen«, brummte er, »also ich frage dich, was hast du davon?«

Hinter Jacquous Rücken machte der Knecht ein Zeichen:

»Der Alte hat getrunken.«

»Das hier dagegen«, sagte Jacquou, »das lohnt sich.«

Von der niedrigen Decke hingen die Spinnweben dicht und tief herab wie in einer Höhle. Der scharfe Geruch der Tiere zwang sie, in kleinen Zügen Atem zu holen. Die dicke warme Luft war erstickend. Kleine Mücken umtanzten die Flamme. Ein Mondstrahl beleuchtete Sensen, Spaten, Pflugeisen und Eggen. Das Licht spielte auf dem blanken Stahl der Geräte und trug schimmernde Reflexe bis in die entferntesten Stallwinkel.

Es war sehr still.

»Die Ruhe vor dem Sturm«, sagte Jacquou. »Das kann den Klügsten täuschen. Hier« – und er wies mit einer wuchtigen Handbewegung in den dunklen Stall – »hier geschieht vom Anfang bis zum Ende alles, ohne daß sie einander ärgern, ganz still und selbstverständlich und ohne daß sie deshalb besonders stolz sind. Vielleicht doch«, sagte er nach einer kurzen Pause, »vielleicht sind sie stolz. Vielleicht wissen sie, was wir für arme Toren sind. Was meinst du?«

Honoré schlief im Stehen.

»Hm«, brummte der Knecht.

»Was, hm?« sagte Jacquou.

»Schon möglich.«

»Was ist möglich?«

»Was Ihr da sagt.«

»In was mischst du dich?« brummte Jacquou.

Sie gingen alle drei zum andern Ende des Stalles.

»Ja, die Tiere«, sagte Jacquou vor sich hin, »Schafe, Schweine, Ziegen und Pferde.«

»Jetzt waren sie bei den Pferden.

»Still«, sagte er.

Und er selbst hörte auf zu sprechen.

»Sieh doch«, sagte er dann leise.

Er schüttelte Honoré, der immer noch schlief.

»Macht keinen Lärm«, flüsterte er. »So wach doch endlich auf, verdammter Bergmensch.«

Im braunen Stroh lagen drei Pferde. Sie schliefen. Von zweien war nur das ruhige Atmen zu hören. Das waren die Wallache. Das dritte Pferd schlief auch, doch im Schlaf bewegte es die Nüstern und wieherte leise. Über das Fell lief ständig ein Zucken. Das war die Stute.

»Sie träumt«, sagte Jacquou.

Ihre Nüstern waren rosa.

»Sie ist wie ein Strom«, sagte Jacquou, »bewegt von einem Ende bis zum andern. Sie schläft, doch in ihr bebt es. Öffnet die Stalltür.«

Durch die offene Stalltür sahen sie den östlichen Nachthimmel, dem Mond zugewandt, er war ganz finster und hatte keine Tiefe. Ein dumpfer Modergeruch drang herein. Von einem einsamen Stern, der tief am Himmel stand und grünlich schimmerte, schien ein kalter Lufthauch herüberzuwehen.

»Schwarze«, rief Jacquou, »he, Schwarze, wach auf!«

Sie bewegte die Ohren, doch ihre Augen blieben geschlossen. Sie reckte sich und streckte dabei die Hinterbeine aus.

»He, Alte!«

Er berührte sie. Sie erwachte nicht gleich. Sie wußte wohl, daß es noch nicht Zeit zur Arbeit war, und es war kein rechter Grund, um aufzuwachen. Vielleicht meinte sie noch zu träumen. Doch sie spürte den Duft des Herbstes und den kühlen Luftzug; sie erwachte und stand auf.

»Laßt sie machen, was sie will«, sagte Jacquou. »He, Schwarze!«

Sie schüttelte sich und merkte, daß sie frei war. Sie hatte nicht einmal ein Halfter um. Sie reckte den Hals nach der offnen Stalltür und wieherte: es war wie eine leise, durchdringende Klage. Die beiden Wallache erwachten. Die Schafe zerstampften ihr Strohlager. Die Stute ging zur Stalltür; ihre Gelenke knackten. Immer noch klagte sie und schüttelte sich. An der Schwelle zögerte sie einen Augenblick. So stand sie, noch halb im Stall und halb schon im Dunkel der Nacht.

Der Knecht hob die Kerze. In der Stute schienen sich neue Kräfte zu sammeln. Endlich trat sie ins Freie. Im Trab entfernte sie sich. Ein paar Augenblicke später hörten sie sie fortgaloppieren.

Im Morgengrauen erwachte Carle von einem Toben, das seinen Stall erschütterte. Er war im Nu auf den Beinen. »Was ist los?« fragte er. Mit geschlossenen Augen, noch halb im Schlaf, suchte er seine Hose. Es dröhnte, als werde das Haus von Kolbenschlägen zertrümmert.

Der Hengst riß an Seilen und Ketten; er schlug gegen die Wände und Querbalken, daß unter seinen Hufschlägen Funken sprühten. Das Holz splitterte. Im Stall hing eine dichte Staubwolke. Carle versuchte das Pferd mit den üblichen Zurufen zu beruhigen, doch er mußte laut schreien, und es hatte nicht den gewohnten Erfolg. Er umtanzte verzweifelt das toll gewordene Tier. Er versuchte es so einzurichten, daß das Pferd ihm in die Augen sehen mußte. Wenn er mich sieht, dachte er, wird er sich vielleicht beruhigen. Doch auch das nutzte nichts. Glücklicherweise hatte der Hengst den breiten Leibgurt um. Carle rief seinen Sohn, der ebenfalls erwacht war. Er schrie ihm zu: »Ziehe du da drüben.« Sie rissen alle beide an dem Gurt. Das aufgeregte Tier wurde in die Höhe gehoben und verlor so den Halt unter den Hufen, es hörte sofort auf, um sich zu schlagen, und ließ Beine und Hals hängen. Es war von der Erde losgelöst.

»Schöne Geschichte«, sagte Carle und trocknete sich die Stirn.

Frau Carle erschien in der Nachthaube auf der Schwelle.

»Geh fort«, rief Carle, »manchmal genügt der Geruch einer Frau, um ihn toll zu machen.«

»Es ist nicht meinetwegen. Draußen ist eine Stute«, sagte sie, »die springt auf der Wiese herum.«

Carle sah durch das Guckloch der Stalltür. Eine schwarze Stute tänzelte im Morgenlicht über die Wiese.

»Das ist Jacquous Schwarze.«

Jetzt fiel ihm ein, was er beim Heumachen gesagt hatte.

Er lachte.

»Jetzt weiß ich Bescheid. Geh in die Küche«, sagte er zu Frau Carle. »Mach uns Kaffee; wir kommen gleich. Du, Junge, bleibe hier, du wirst sehen. Geh, Philomène.

Nun mach die Tür zum Hausgang zu«, sagte er dann, »und öffne die Stalltür.«

Der Sohn riß die beiden Torflügel weit auf. Ein klarer Himmel zeigte den heraufdämmernden Herbstmorgen an; er leuchtete weiß und blau.

»Jetzt nimm einen Stock«, sagte Carle, »und jage mir dieses kleine Luder da ein bißchen weiter fort. Wenn sie am andern Ende der Wiese ist, mach du dich aus dem Staub.«

Nun befreite Carle den Hengst; er nahm ihm Halfter und Rückenriemen ab. Der Hengst war nun ganz abgeschirrt und wie nackt. Jetzt lockerte Carle den Riemen des Leibgurts, erst auf der einen, dann auf der andern Seite. Die Hufe des Hengstes berührten den Boden, der Gurt fiel zur Erde.

Einen Augenblick zögerte der Hengst, dann raste er mit gesenktem Kopf und ohne sich noch einmal umzusehen zur offenen Tür.

Der Sohn hatte sich hinter den Zaun geflüchtet. Die schwarze Stute, die er bis zum Ende der Wiese gejagt hatte, kam im kurzen Trab zurück. Der Hengst galoppierte so wild auf sie los, daß er an ihr vorbeiraste. Mit einem großen Satz machte sie kehrt und folgte ihm.

Die Hochzeit der Pferde dauerte den ganzen Tag, unter einem Himmel, an dem Wolken galoppierten und Sonne und Schatten einander jagten. Der Hengst biß in den Hals der schwarzen Stute. Sie bog die Flanken und flüchtete in großen Sätzen auf Randoulets grüne Weiden zu. Nun galoppierten sie Seite an Seite. Die Mähnen dampften; immer wieder versuchte der Hengst sie in das warme, spröde Fell zwischen den Ohren zu beißen. Im schnellen Dahinjagen spürte die Stute auf ihrem Hals zugleich mit dem frischen Lufthauch den warmen Atem des Hengstes. Es verlangte sie nach Schatten, saftigem Gras und nach Einsamkeit. Sie galoppierten dem Schatten, dem saftigen Grase und der Einsamkeit entgegen. Der Hengst trabte an der Stute vorbei, dann sah er sich nach ihr um; sie stießen mit den Brustkörben gegeneinander und richteten sich aneinander auf. Sie standen sich auf den Hinterbeinen gegenüber, die eisenbeschlagenen Vorderhufe schlugen in die Luft, trafen das schweißnasse Fell und glitten daran ab. Sie schüttelten die Mähnen und fielen auf die Vorderhufe zurück, und gleich ging es weiter in wildem Galopp. Eine ganze Weile, nachdem sie so aufgerichtet einander gegenübergestanden hatten, hing in der Luft noch der warme Geruch des Hengstes und der Stute, bis ihn schließlich der Wind zerstreute.

So kamen sie am Vormittag zu den großen Wiesen, die Randoulet auf dem Halm gelassen hatte. Ein Meer von frischem Gras umgab sie, reif bis zur überreife und beladen mit Samenkörnern, und jeder Halm trug zwei tabakfarbene Blättchen, die zu Staub versprühten, wenn man sie anrührte. Weit und breit war keine Unterbrechung, kein Ende zu sehen. Weder die Stute noch der Hengst kannten freies Weideland. Trotz des starken Verlangens, das in ihnen brannte, pflanzten sie sich breitbeinig vor diesem unabsehbaren Wunder auf, und in ihren großen Augen spiegelte sich das helle Gras. Sie konnten jetzt nicht fressen, weil das Verlangen nacheinander zu stark in ihnen war, doch sie sogen lange und tief den Duft des Grases ein. Und gerade das war es, was die beiden brauchten.

Im Paßgang schritten sie durch das hohe Gras; es reichte ihnen bald bis an die Brust. Der Staub der zertretenen Blätter wirbelte hoch, die Samenschoten platzten auf.

Am andern Ende von Randoulets Weideland dämmerte der Teich in seinem Herbstschlaf. Der Himmel spiegelte sich darin, und er war wie ein Loch in der Erde, in dessen Tiefe das Tageslicht zu sehen war. In der Mitte leuchtete die Wasserfläche glatt und blau, vom Widerschein der Wolken und der vorüberfliegenden Vögel belebt. Zwischen hohen Gräsern, zwischen Schilf und Röhricht am Ufer plätscherte das seichte Wasser. Hier angelangt, spürten die beiden Pferde, wie die Kälte des Wassers an ihren Beinen hochstieg. Sie sanken tief in den Schlamm. Sie sogen den Geruch des Wassers ein, und ihre Augen waren geblendet von den Reflexen. Sie hörten, wie die großen Fische, die plötzlich erwacht waren, mit den Flossen um sich schlugen. Die beiden Pferde tänzelten im Wasser; es spritzte auf, und weiße Blitze leuchteten in der Sonne. Angenehme Kühle stieg ihnen an Flanken und Schenkeln hoch; es war schon wie der Beginn der Liebe. Sie spürten, wie das wilde Verlangen, das sie zueinander trieb, sich milderte. Sie wälzten sich im Wasser und zerdrückten am Uferrand das Schilf und den Schlamm. Je länger sie in dem kühlen Wasser blieben, desto mehr spürten sie, wie das ungestüme Begehren sich in Zärtlichkeit verwandelte. Als sie endlich aufstanden, ein wenig betäubt, über und über mit Schlamm bedeckt, leckten sie einander sanft die Nüstern, die Blesse und die Augen.

Als sie sich dann umsahen und in die Weite hinausblickten, sahen sie fern im Osten eine grüne und rostrote Wand; es war der herbstliche Wald. Sie liefen um den Teich. Erst nach einer geraumen Weile erreichten sie das Ende der großen Wiese. Nun trabten sie über den Acker und kamen zum Walde. Fast alle Bäume hatten schon welkes braunes Laub; sie suchten kühlen Schatten. Von Osten her kam der Duft von frischem Grün; dort waren die hohen Bäume noch belaubt und dahin gingen sie. Sie begegneten einem Hirsch und Hirschkühen.

Der Hirsch sprang mit einem hohen Satz davon, die Hirschkühe folgten ihm, und die Kälber blökten. Das Rudel war wie eingehüllt in einen Duft von Liebe und Erfüllung. Der Hengst legte den Kopf auf die Kruppe der Stute. Sie blieb stehen. Doch der Hengst biß nicht, er trottete weiter, die Stute hinter ihm her. Er lief jetzt vor ihr her auf die grünen Bäume zu, die auf der anderen Seite am Waldrand standen; es waren Zedern. In ihrer Mitte stand ein besonders hoher Baum; er war tiefschwarz wie sein Schatten. Im Schritt näherten sich der Hengst und die Stute der Finsternis, die von grünen Lichtflecken wie mit glänzenden Schuppen durchsetzt war. Dort blieben sie stehen. Der Hengst legte den schweren Kopf auf den Widerrist der Stute, die vor Verlangen am ganzen Körper bebte wie ein Fliegenschwarm, er leckte die Kruppe; er neigte den Kopf und biß sie zärtlich in die Ohren. Sie atmete tief und keuchend, sehnsüchtig, ihn zu empfangen, und so blieb sie, ihn erwartend, stehen. Der Hengst richtete sich auf. So blieben sie lange Zeit vereinigt beim Werke der Zeugung.

Später gingen sie zum Bach, um zu trinken; dann zupften sie Gras. Schließlich verließen sie den Wald. Die Stute sehnte sich zum Stall zurück, sie trottete langsam heimwärts, ganz fromm, als sei sie eingespannt. Der Hengst galoppierte nebenher, dann umtänzelte er sie und machte so den Weg wohl zehnmal. Sie trottete gemächlich direkt auf den Stall zu. Schließlich gelang es ihm, ihr den Weg abzuschneiden und sie auf der weiten Fläche aufzuhalten. Noch einmal nahm er Besitz von ihr, lange und ohne Hast.

Ein paar Stunden waren sie noch unterwegs; dann sahen sie den Stall. In der Ferne ragte das Dach aus der Erde empor. Sie hatten einen weiten Umweg nach Westen gemacht und kamen nun zu der Weide, auf der die weiße Stute graste. Sie wieherte und kam zum Gatter. Der Hengst galoppierte auf sie zu. Die schwarze Stute machte noch ein paar Schritte auf den Stall zu, dann blieb sie kurz entschlossen stehen. Zuerst blickte sie zu den beiden anderen hinüber, um zu sehen, was sie machten, dann fing sie an zu grasen. Der Hengst versuchte über die Schranke zu springen; auch die weiße Stute versuchte es. Dann drängten sie beide gegen die Schranke; sie gab nach, das Holz splitterte. Die weiße Stute durchbrach die Schranke, und vom Anlauf mit fortgerissen, stürmte sie vorwärts über die Felder. Der Hengst setzte ihr nach. Die schwarze Stute folgte ihnen. Es dunkelte. Alle drei jagten im Galopp über das Plateau und verschwanden in der Ferne.

Fräulein Aurore war zur Jourdane geritten. Im Walde hatte sie abgewartet, bis Bobi fortgegangen war, dann war sie im Schritt herangeritten, war aus dem Sattel gesprungen und zur Tür gegangen, denn sie war sicher, Marthe allein zu treffen.

Marthe war allein. Aurore liebte den Duft dieses Hauses. In einer Ecke der Küche hing eine Samtjoppe am Haken, die einen eigentümlichen, strengen Geruch hatte. Aurore setzte sich dicht neben die Joppe. Alles war verändert und schien heller und strahlender, wenn sie diesen Geruch spürte. Marthe ging hin und her, ihrer Arbeit nach; sie war einsilbig. Es war ein Augenblick tiefsten Friedens.

Dann sprach Marthe von der Hochzeit der Pferde. Jourdan hatte gesehen, wie sie galoppierten; im gleichen Tempo nebeneinanderher – hatte er erzählt –, wie ein Dreigespann.

»Sie müssen sich vorsehen mit Ihrem Pferd«, sagte Marthe, »wenn Sie ihnen zu nahe kommen, könnte Ihre Stute Sie abwerfen, um den andern zu folgen.«

»Sie wirft mich nicht ab«, sagte Aurore.

»Sie könnte Sie aber mitschleifen«, sagte Marthe.

Aurore holte tief Atem; sie sog den Geruch der Samtjoppe ein.

Danach brach sie bald auf und brachte die Stute zum Stall zurück.

Es wurde Nacht. Aurore saß mit ihrer Mutter im kleinen Salon, dessen Fenster auf die Terrasse hinausgingen; die Flügeltüren standen weit offen. Es wurde schon kühl, und es war einer der letzten Abende, an denen es noch sommerlich milde war.

Über den Bergen ging der Vollmond auf; er war ganz rot

und beleuchtete Wolken, die wie fliehende Pferde aussahen, Kruppen, Flanken, Mähnen, Schenkel und Pferdeköpfe. Aurore lauschte den nächtlichen Geräuschen. Alles schwieg. Die Frösche schliefen ihren Winterschlaf, die lärmenden Grillen waren tot, die Bäume hatten fast keine Blätter mehr, und es war ganz windstill.

Es fiel Aurore wieder ein, daß Marthe gesagt hatte, die Stute könne sie mitschleifen. Eine Gruppe brauner Wolkenpferde galoppierte am Mond vorüber. Der Herbst roch nach Samt. Aurore träumte sich auf ihrem Pferde, mit fortgerissen vom Ansturm wilder Hengste. Alle vor dem gleichen Wagen. Sie schloß die Augen. Sie sah die Samtjoppe, die in der Küche der Jourdane hing, deren Geruch sie so sehr liebte und die die Formen von Schultern und von lebendigen Armen ahnen ließ.

»Ich gehe schlafen«, sagte sie.

»Ich auch«, sagte Frau Helene, »warte, ich will die Balkontüren zumachen.«

Sie schloß die hohen Flügeltüren, und der Herbstduft verlosch. Im Salon roch es nur noch nach gewachstem Holz und alten Tapeten, die ein wenig feucht waren.

»Obwohl es nicht mehr warm ist«, sagte Frau Helene, »erstickt man hier drinnen, wenn die Fenster geschlossen sind.«

Mitten in der Nacht hörte Aurore Lärm. Ihr Zimmer lag auf der Seite der Felder. Sie stand auf und ging ans Fenster. Der Mond schien hell. Auf der Wiese tummelten sich drei Pferde. Aurore erkannte Carles Hengst, die andern mußten wohl zwei Stuten sein, eine weiße und eine schwarze. Die beiden Stuten neckten den Hengst, und manchmal mußte er hochspringen, weil sie ihre Köpfe zwischen seinen Schenkeln rieben. Dann galoppierte er ein Stückchen fort und lockte leise.

Aurore öffnete geräuschlos ihre Zimmertür und ging nach unten. Sie war im Nachthemd, und ihre Füße waren bloß. Unten zündete sie die Windlaterne an und ging zum Stall. Die Stute war sehr aufgeregt. Sie wußte nicht mehr recht, was sie tat. Als Aurore zu ihr trat, versuchte sie nach ihr auszuschlagen; doch mitten im Schlag hielt sie inne, senkte den Huf und klagte leise.

»So ist es also«, sagte Aurore.

Zitternd blickte das Tier sie an. Aurore und das Pferd liebten sich sehr. Aurore legte ihre Hand auf die feuchte rosige Schnauze. Die Stute beknabberte die kleine Hand und zerrte an den Riemen. Aurore löste das Zaumzeug und nahm ihr das Halfter ab. Sie ging zur Tür. Die Stute folgte. Aurore ging langsam, da ihre Füße bloß waren. Sie öffnete das große Tor einen schmalen Spalt, um das Pferd hinauszulassen. Wieder drang der Geruch des Herbstes herein; der Geruch des Samtes.

»Geh«, sagte Aurore, »geh allein.«

Drei Tage später war der Herbst zu Ende. Er hüllte sich in große rote Wolken, und der Himmel war kalt. Es war windstill. Aus der Ebene von Roume drang ein stampfender Lärm herauf, der von Stunde zu Stunde stärker wurde. Jourdan, Marthe und Bobi lauschten schon den ganzen Morgen. Mittags war es so deutlich geworden, daß sie ihre Mahlzeit im Stich ließen, um nachzusehen, was es sei. Eine dichte Staubwolke hing über den Bäumen des Waldes von Grémone. Jourdan, Marthe und Bobi gingen ein Stück in der Richtung des Waldes. Da sahen sie Randoulets Herde auftauchen. Der Hirte – der Schwarze – ging an der Spitze an Zulmas Seite. Niemand wußte, woher Zulma Kenntnis von der Ankunft der Herde gehabt hatte. Tatsache war, daß sie sie täglich erwartet hatte, seitdem ihr Vater und der Schwarze fortgezogen waren. Und jetzt ging sie an der Seite des Hirten vor der Herde her.

Der Schwarze schien eine ganz neue Würde bekommen zu haben. Er schwenkte seinen langen Hirtenstab und hielt damit die vorderste Reihe der Schafe in einer geraden Linie; er blickte weder nach rechts noch nach links. Er blickte auch nicht vor sich auf seinen Weg; er starrte geradeaus. Er war restlos glücklich, an der Spitze seiner Herde, mochte sie hinziehen, wohin sie wollte, so weit sie wollte, wenn nur er, der Schwarze, der Hirte des Plateaus, der bisher Hirte von vielleicht fünfzig Schafen gewesen war, nun durch den Wahnsinn seines Herrn Hirte von fünfhundert Schafen blieb. Zulma hatte ihre Haare mit Binsenrohr zusammengebunden. Die Schellen der Böcke läuteten. Im aufwirbelnden Staub nickten die müden Tiere mit den Köpfen. Noch immer kamen neue Schafe aus dem Walde; wie ein dunkler Strom ergoß sich die Herde über das Plateau, um an seinen Rändern überzufließen, hinab in die Täler. Jetzt zogen sie hinter den hohen gefleckten Birken vorüber, man sah Zulma, dann den Schwarzen und schließlich die Tiere wieder auftauchen; sie stiegen den Abhang hinab, der zum Teich führte. Zulma und der Schwarze verschwanden hinter dem Hügel, während das Ende der Herde noch im Walde war. Nun sah man nur noch Schafe, keine Menschen mehr. Nur ein schwarzer Hund, der sich verletzt haben mochte, hinkte neben der Herde her.

Jourdan, Marthe und Bobi kehrten nach Hause zurück. Die Suppe war kalt geworden, aber sie aßen sie doch. Draußen dauerte der Lärm fort.

»Der Winter kommt«, sagte Bobi, »die Schäferei ist zu klein. Er wird die Tiere im Freien lassen müssen.«

»Er hat sie aus den Bergen geholt. Er hat die große Weide verwildern lassen. Er hat das Gras nicht mehr abgemäht. Auf dem verdorrten Gras bleibt kein Schnee liegen.«

»Er könnte sich eine Schäferei aus Baumstämmen zimmern«, sagte Bobi, »wir könnten ihm alle dabei helfen.«

Nach einer Pause sagte Jourdan:

»Das könnten wir, aber ich glaube nicht, daß er das will, und es ist auch nicht das, was wir wollen.«

Der Lärm hatte nachgelassen, und sie konnten jetzt die Geräusche aus den fernen Bergen hören.

Jourdan kramte in seiner Tasche; er brachte ein Stück Eichenholz zum Vorschein; es war dick und so lang wie seine Hand. Er legte es neben seinen Teller und aß weiter.

»Gib mir den Schinken«, sagte er zu Marthe. »Als ich vorhin im Walde war, habe ich dies Stück Holz gefunden. Und langsam, im Zurückgehen, habe ich mit meinem Messer die Rinde abgeschält!«

»Es ist nichts mehr zu hören«, sagte Marthe.

Sie lauschten. Das Läuten der eisernen Schellen war verstummt.

»Sie sind auf der Weide.«

»Ich glaube, uns hat man auch die Rinde abgeschält.«

»Ich glaube«, sagte Marthe, »wir können jetzt viele Dinge besser verstehen.«

»Ist das wahr«, fragte Bobi, »daß der Schnee auf dürrem Gras nicht liegenbleibt?«

»Er bleibt weniger lange liegen«, sagte Jourdan, »in den Bergen fressen die Schafe bis Ende September bereiftes Gras.«

»Aber man weiß nicht, wie viele davon eingehen«, sagte Bobi.

»Nicht viele«, meinte Jourdan, »die schwächsten vielleicht, aber das macht eine gesunde, starke Rasse, und sie werden ein bißchen wild.«

Er streichelte das Stück Holz, von dem er die Rinde abgeschält hatte.

»Was gibt's noch zu essen, Marthe?« fragte er.

»Ich glaube, es ist noch ein trockner Käse im Schrank«, sagte sie. »Wir hatten ihn vergessen.«

»Gib ihn her.«

Es war ein Ziegenkäse, mit der Hand geformt und mit Pfefferkraut und Bergamotteblättern besteckt, aber steinhart. Jourdan versuchte ihn auseinanderzubrechen, aber es ging nicht; er mußte mit der Faust auf das Messer schlagen. Innen war der Käse gelblich, mit weißen Adern, wie das Fleisch einer Kastanie.

»Ich glaube nicht, daß es das ist, was Randoulet will: eine Schäferei aus Baumstämmen. Er hat früher als alle andern angefangen, auf seinem großen Weideland das Gras stehenzulassen. Er will zurück zur wilden Natur, zu den ursprünglichen Kräften.«

»Das Holz ist schöner ohne Rinde«, sagte Marthe, die das

Stück Eiche betrachtete, »und seht nur, es sind da kleine leuchtende Flüsse darauf, fein wie weiße Härchen.«

»Was Ihr da sagt, Marthe, ist das Gegenteil von dem, was Jourdan sagt.«

»Wir hier auf dem Plateau«, sagte Jourdan, »haben immer gerne gründlich über die Dinge nachgedacht. Wir sind immer allein bei unserer Feldarbeit, und jedesmal, wenn wir pflügen oder wenn wir säen oder wenn wir ernten, geschieht es für uns selbst.«

»Und was Marthe eben über das Holz ohne Rinde gesagt hat, ist das Gegenteil von dem, was du über die Wildheit und die ursprünglichen Kräfte gesagt hast.«

»Vielleicht nicht ganz das Gegenteil«, sagte Jourdan, »aber es wird sicher auch nicht leicht sein, alles bisherige zu vergessen.«

»Horcht einmal, ob man nichts mehr hören kann«, sagte er nach einer Pause.

»Nichts mehr«, sagte Marthe, »keine Glocke, gar nichts mehr. Sie sind wohl schon ganz von hohem Gras umgeben und beinahe am Ziel.«

»Mach die Tür auf, damit wir besser hören.«

Sie öffnete die Tür.

»Das Rauschen aus den Bergen ist in der kalten Luft wieder deutlich zu hören«, sagte sie, »es grollt in allen Tälern.«

Jourdan legte trocknes Holz aufs Feuer.

»Gib uns heute abend einen Schnaps, Marthe.«

Sie goß ihnen ein und auch in ihr eigenes Glas. Sie betrachteten die Farbe des Branntweins; er war ganz hell, von einem kalten Weiß und ohne Reflexe wie eine Eisfläche unter bedecktem Himmel. Er duftete stark nach Weinreben.

»Das letztemal haben wir im Frühling miteinander angestoßen«, sagte Jourdan, an dem Morgen, als der Sohn Carle auf dem Waldhorn blies. »Damals hast du gesagt, es sei das letzte Mal, und heute wieder. – Du hast dich also geirrt.«

»Ich mache die Tür zu«, sagte Marthe, »der Wind bringt Wolken heran, und es sind keine Sterne mehr zu sehen.«

Als sie zum Tisch zurückkam, legte Marthe die Hand auf Bobis Schulter.

»Wir danken dir«, sagte sie.

»Es ist wohl wahr«, sagte Bobi, »es ist sehr schwer, lange Zeit hintereinander froh zu sein. Ich frage mich sogar, ob es überhaupt möglich ist. Alles, was wir tun, scheint keinen rechten Sinn zu haben.«

»Wir haben vielleicht den andern etwas voraus«, sagte Jourdan. »Wir haben die Erde nie unter den Füßen verloren. Im Grunde bedeutet froh sein doch nur bescheidenen Sinnes sein.«

»Ich denke gerade daran, vielleicht habe ich verlernt, die Wolle so fein zu spinnen, wie wir es auf dem Hof ›Marie‹ gemacht haben«, sagte Marthe.

»Nein«, sagte Jourdan, »du machst es nur nicht richtig; der Daumen darf nicht gegen zwei Finger reiben, sondern nur gegen den Zeigefinger. Davon hängt die Stärke des Fadens ab. Von Zeit zu Zeit muß dann der zweite Finger herankommen und auch dagegen reiben. Davon hängt Weichheit und Länge des Fadens ab. Sieh her. Ich zeige es dir. Jetzt versuche es selbst.«

»Ich versuche es immerzu, aber ich weiß nicht, wann ich mit dem zweiten Finger gegen den Daumen reiben muß.«

»Das siehst du der Wolle an; man macht das ganz unbewußt.«

»Und«, sagte Marthe, »es sind weiße und braune Schafe bei denen, die heute abend gekommen sind. Wenn man die beiden Farben miteinander verbindet, gibt es ein Muster!«

»Jetzt hat der Hengst drei Stuten«, sagte Jourdan.

Dann sah er eine Zeitlang stumm ins Feuer. Die Flammen sprühten nach allen Richtungen wie Haare, in denen der Wind spielt, denn der Sturm blies in den Kamin.

»Du sagst ja nichts mehr«, sagte Marthe. »Hat der Schnaps dich schläfrig gemacht?«

»Ich dachte an die Elsbeerbäume, die der Wind auf unsere Äcker gepflanzt hat, und daran, daß wir in diesem Jahr kein

Getreide ausgesät haben. Was meinst du zu dem allen?« fragte er Bobi.

Der blickte ins Weite.

Er sagte:

»Ich weiß nicht mehr recht.«

XV

An einem Winternachmittag hatten sich die Männer in Carles Scheune versammelt. Randoulet erzählte, wie er die Schafe gekauft hatte.

»Ich bin nach Roume hinuntergegangen und habe von dort den Autobus nach Sisteron genommen. Als wir in Sisteron ankamen, war es schon Nacht. Der Schwarze war bei mir. Wir haben im ›Löwen‹ geschlafen. Es gibt dort große Ställe, doch da werden jetzt die Automobile untergestellt. Es kommen viele vorbei. Nach der Abendsuppe haben wir vor dem Gasthaus auf der Bank gesessen und unsere Pfeifen geraucht; in ganz kurzer Zeit habe ich mehr als vierzig Automobile gezählt.

Ich habe zum Schwarzen gesagt: ›Komm, wir wollen ein paar Schritte gehen, mir schwindelt der Kopf.‹

Wir sind durch die Straßen gegangen. Da ist eine prachtvolle Eisenwarenhandlung, viel größer als die in Roume. Seit 1903 bin ich nicht mehr in Sisteron gewesen, es hat sich sehr verändert. Wir sind bis zum Ende der Straße hinuntergegangen, alles ist viel besser eingerichtet als in Roume. Die Läden liegen alle nebeneinander. Dann sind wir zum ›Löwen‹ zurückgegangen, und ich habe dem Wirt gesagt: ›Vielleicht kommen wir demnächst mit Schafen hier durch.‹ Er sagt zu mir: ›Ach, wirklich?‹ Ich sage: ›Ja, und dann übernachten wir wieder bei Euch.‹ Er sagt: ›Übernachten, wie denn?‹ ›Na, in den Ställen da.‹ – ›Darauf könnt ihr nicht rechnen. Schafe kann ich da nicht mehr unterbringen; ich brauche den ganzen Platz für die Automobile.‹ – Ich sage zu ihm: ›Das ist aber merkwürdig.‹ Er sagt: ›Wo kommt ihr eigentlich her?‹ Ich sage: ›Vom Plateau von Grémone.‹ – ›Ach so, deswegen! Ja, also dann laßt euch sagen, seit mehr als fünfzehn Jahren werden weder bei mir noch bei den andern Schafe zum übernachten aufgenommen.‹ Ich sagte zu ihm: ›1903 ...‹ Er unterbrach mich: ›1903, das war zur Zeit meines Vaters.‹

Am nächsten Tag sind wir mit dem Autobus weitergefahren. Im Autobus hat man mir das Rauchen verboten. Na, da seht ihr!

Von Embrun wollte ich nach Valsainte, da übernachten, und am nächsten Tag ins Gebirge von Paille. Ich kenne die Hirten da oben. Dann überlegte ich mir aber: ich kannte die Hirten vor fünfundzwanzig Jahren, aber ich habe sie seit fünfundzwanzig Jahren nicht mehr gesehen. Der Schwarze sagte: ›Vielleicht sind sie längst tot.‹ Ich sagte: ›Warum sollen sie tot sein?‹ Er sagte zu mir: ›Weil jeder einmal sterben muß.‹ Da sagte ich zu ihm: ›Ja, es ist wohl möglich. Ich hatte es mir nur nicht recht überlegt.‹

Den ganzen Tag lang habe ich darüber nachgedacht. In Embrun angelangt, bin ich zum ›Café du Clos‹ gegangen. Ich sagte: ›Guten Tag, Frau Wirtin; wißt Ihr vielleicht, ob in Valsainte Hirten sind?‹ Sie sagte: ›Ich weiß es nicht.‹ – ›Und in dem Gebirge von Paille?‹ – Sie sagte: ›Weiß ich auch nicht.‹ – ›Schön‹, sagte ich, ›dann bringt uns erst mal einen Liter Wein.‹ Zum Schwarzen sagte ich: ›Was machen wir nun?‹ Er sagte: ›Wir sind jetzt schon zu weit, um zurückzukönnen.‹ Ich sagte, jedenfalls wollen wir morgen hinaufgehen, dann werden wir weiter sehen. Schließlich sind wir ja Männer. – Ja, hat der Schwarze geantwortet, und es ist gut, daß wir zu zweit sind. Einer allein könnte den Mut verlieren.

Ich suchte nun einen Gasthof. Ich besann mich auf einen, in dem ich schon einmal geschlafen hatte. Jetzt war es ein Hotel, und das war nichts für uns. Wir sind in ein Café gegangen, da stand der Schmied am Schanktisch und trank. Zufällig sehe ich ihn an:

›Seid Ihr nicht der Sohn Barthelémy?‹

›Ja‹, sagt er, ›weshalb?‹

Ich sage zu ihm:

›Ich habe Euch an den buschigen Augenbrauen wiedererkannt.‹

›So‹, sagt er, ›mein Vater hatte ebensolche.‹

›Das ist es ja gerade.‹

›Ihr habt ihn gekannt?‹

›Ja, aber das ist mindestens zwanzig Jahre her.‹

›Er ist tot.‹

Er wischte sich die Hände am Lederschurz ab.

Ich sagte zu ihm:

›Setzt Euch ein wenig zu uns.‹

Er setzte sich. Ich fragte:

›Also Ihr habt den Beruf Eures Vaters?‹ Er sagte: ›Ja, so ungefähr. Nicht daß ich es besser mache als er.‹

So im Gespräch und nachdem ich gesagt hatte, woher wir kamen und wohin wir wollten, sprach ich auch von dem Hotel und sagte ihm, es sei nicht das richtige für uns und wir wüßten nicht recht, wo übernachten.

Da sagte er: ›Wenn Ihr keine Ansprüche macht, könnte ich Euch vielleicht unterbringen.‹

Wir sagten: ›Was denkt Ihr Euch, wir und Ansprüche!‹ Da sagte er: ›Es wird aber nur ein Strohlager sein, in der Scheune, in der meine Maschinen stehen.‹ Er handle mit landwirtschaftlichen Maschinen, erzählte er. ›Wenn Euch das recht ist, so steht es Euch zur Verfügung. Etwas Besseres kann ich Euch nicht anbieten.‹ Wir sagten: ›Versteht sich, daß es uns recht ist, wir werden uns schon einrichten. Trinken wir noch eins.‹

Und wir trinken ...

Dann brachte er uns in die Scheune.

Seine Frau war einverstanden, und er nahm seine Sturmlaterne.

Ich fragte ihn: ›Was sind das für Maschinen?‹

›Landwirtschaftliche Maschinen.‹

›Was für welche?‹

›Mäh- und Garbenbindemaschinen, Eggen, Sämaschinen...‹

Da sagte ich zu ihm: ›Ihr laßt wohl hier alles von Frauen machen?‹

Er fragt:

›Was willst du damit sagen?‹

Ich sage:

›Ich will damit sagen, du hast keine Säemänner und keine Schnitter mehr, sondern nur Maschinen. Eure Arme müssen dabei verdorren.‹

Er sagt zu mir:

›Du machst wohl gerne Späße?‹

Und dann fragte er:

›Wußtest du nicht, daß es solche Maschinen gibt?‹

›Doch.‹

›Woher stammst du denn?‹

›Aus einem ungewöhnlichen Land, verlaß dich darauf!‹

›Woher denn?‹

›Aus dem Oberland, vom Plateau Grémone.«‹

Sie standen alle in Carles Scheune und hörten ihm zu. Draußen war es unwirtlich und kalt. Plötzlich kam es ihnen zum Bewußtsein, daß hier oben das Oberland war und daß Randoulet da unten von ihnen allen gesprochen hatte.

»Der Schmied sagte zu uns: ›Schlaft gut bei den Maschinen, und laßt euch nicht stören.‹

Er ging mit der Laterne fort, und wir streckten uns im Stroh aus. Die Scheune lag am Ausgang von Embrun an einer Straßenbiegung. Die Tür war wacklig, hatte Spalten im Holz, dick wie mein Arm, und jedesmal, wenn ein Auto mit seinen großen Scheinwerfern vorbeikam, drang das Licht durch die Ritzen, und es wurde ganz hell in der Scheune. Es war unmöglich zu schlafen.

Zehn kamen vorbei, dreißig, fünfzig, hundert. Der Schwarze kann es euch bestätigen. Schließlich rufe ich ihm zu:

›Schwarzer.‹

›Ja.‹

›Schläfst du?‹

›Nein.‹

›Hast du die Augen offen?‹

›Ja.‹

›Kannst du sehen?‹

›Ja.‹

Ich meinte die Maschinen; ich sagte zu ihm: ›Sieh nur!‹

›Oh‹, sagte er, ›die da, die sehe ich mir schon eine ganze Weile an.‹

Das war eine, die hatte Räder, die aussahen wie Flügel.«

»Und«, fuhr jetzt der Schwarze fort, »ich lag tiefer als der Bauer; die Flügel waren direkt über mir, dicht über der Erde. Daneben war etwas, das aussah wie eine Reihe Sterne.«

»Davon hast du mir nichts gesagt«, erwiderte Randoulet.

»Und«, sagte der Schwarze, »ich habe die Hand ausgestreckt und habe sie angefaßt, sie waren ganz kalt, und ihre Ränder waren messerscharf.«

»Das waren die Messer der Mähmaschine«, sagte Bobi.

»Ja«, sagte Carle, »man spannt ein Pferd ein, und ein einzelnes Pferd setzt alles in Gang.«

»Die Flügel«, sagte Bobi, »sind das große Schwungrad, die Sternenreihe sind die Sensenmesser.«

»Wie geht das vor sich?« fragte Jacquou.

»Das Pferd zieht«, sagte Bobi, »dann drehen sich die Schwungräder und schieben das Getreide vor die Messer, die Messer durchschneiden es, und es fällt zu Boden.«

Sie schwiegen eine Zeitlang. Jourdan räusperte sich. Der Wind, der über das Plateau fegte, rüttelte an der alten Scheune, daß es knarrte.

»Und dann«, sagte Randoulet, »wurde alles wieder dunkel, und ich hörte, wie der Schwarze sich im Stroh bewegte.«

»Ich rückte hin und her«, sagte der Schwarze, »weil ich unter den Flügeln lag und dicht neben der Messerreihe. Jedesmal, wenn es dunkel wurde, kam es mir so vor, als setzte sich die Maschine mit leisem Krachen in Bewegung.«

»Eine scheußliche Nacht«, sagte Jacquou.

»Ja«, sagte Randoulet, »es war wirklich eine scheußliche Nacht. Während des bißchen Schlafes, den ich fand, wurde ich von Alpdrücken gequält. Immer wieder träumte ich, die eisernen Zähne schnappten nach mir, oder die Zinken der Gabeln durchstachen meinen Leib. Ich bekam keine Luft, wachte auf und rief:

›Schwarzer.‹

›Ja.‹

›Schläfst du?‹

›Nein.‹

›Ich hatte einen schlechten Traum. Kannst du denn schlafen?‹

›Nein.‹

Gegen Morgen blieb es eine Zeitlang dunkel. Es wurde auch kühler. Da bin ich dann eingeschlafen und habe vom Plateau Grémone geträumt. Blau lag es vor mir.

Dann wurde es Tag. Ach Kinder, es wurde allmählich hell, und da schlief ich dann fest. Als ich aufwachte, weckte ich den Schwarzen. Wir sind hinausgegangen, Draußen leuchtete der Morgen über dem Gebirge, mit funkelnden Gräsern, Pappeln und rauschenden Bächen. Später haben wir dann in dem Flecken Conches zwei Maultiere gemietet und sind aufgebrochen: erst durch die Ebene über die Durance, dann wieder über die Ebene, und dann fing es an zu steigen. Nach und nach hörten die Felder auf, und mir fielen wieder die Schafe ein.«

»Und du?«

»Mir auch«, sagte der Schwarze.

»Und ich habe angefangen zu singen.«

»Ich auch«, sagte der Schwarze.

»Das muß schön geklungen haben«, sagte Jacquou.

»Wir haben richtige Gebirgsschafe gekauft«, sagte Randoulet, »davon kann sich jeder überzeugen. Es sind rassereine Tiere, das könnt ihr glauben, und durchaus nicht irgendwelche. Die Väter und Mütter stammen aus Saint-Véran. Da sind sie geboren; da sind sie geblieben, und da sind sie auch gestorben. Nicht umgebracht, wie sonst Schafe, nein, gestorben wie die Menschen und beerdigt wie sie. Das mal erstens. Dann haben sie den andern dies voraus: ihre Wolle unterm Bauch ist so dick!« (Randoulet machte eine entsprechende Handbewegung.) »Und diese Wolle ist fest wie Eisen. Mit diesem Fell können sie im Schnee liegen, so warm wie du in deinem Bett. Der Kopf ist zugespitzt, und mit diesen Köpfen sind sie wie Bäume. Du stellst sie irgendwohin, da bleiben sie. Sie haben keinen eigenen Willen, wie die Sorte, die von Obersee kommt und die man zuweilen auf den Landstraßen antrifft. Sie sind leicht zu hüten. Und überdies haben sie prachtvolle, friedliche Augen. Sie sind Meister der Geduld. Man braucht sie nur anzusehen, um Geduld zu lernen. Wir haben die ganze Herde in Remusat erstanden und in den Bergen von Paille, fünf Stunden von Valsainte entfernt.

Wartet«, sagte Randoulet und machte ein Zeichen. Dann verstummte er.

Der Wintersturm rüttelte an der Scheune.

»Das war kein gewöhnlicher Kauf, nicht wie man es heutzutage macht. Es war mehr wie in alten Zeiten. Mit einem Handschlage habe ich fünfhundert Schafe gekauft, Bergschafe, reine Rasse, wegen ihrer Rasse, doch auch aus andern Gründen als den üblichen. Für mich. Weil ich nachgedacht habe, weil« – er neigte sich zu ihnen – »hört mir zu.«

Sie umdrängten ihn.

»Ich bin blank bis auf den letzten Sou. Fünfhundert Schafe kosten viel Geld. Ich habe zu Honorine gesagt: jetzt kannst du die Schubladen scheuern; sie sind leer!

Und nie in meinem Leben bin ich so froh gewesen wie heute.«

XVI

Bobi hatte seine Pfeife ausgekratzt; jetzt schmeckte sie besser, und die Feuchtigkeit der Luft machte den Geschmack noch angenehmer.

Dieser Winter hatte mit dichten und schweren Regengüssen angefangen. Es hatte nicht gefroren, und der Boden war feucht und weich geblieben. Zwischen Moos und Laub des Waldbodens standen Wasserpfützen. Selbst in der Luft hing Wasserdunst; und das war es auch, was Bobis Tabak den guten Geschmack gab.

Bobi ging durch den Wald. Die Stuten waren längst in ihre Ställe zurückgekehrt, und am dritten Regentage hatte der Hengst vor Carles Tür Einlaß begehrt. Seitdem blieb er zufrieden auf seinem Strohlager. Nur Aurores Stute lief noch zuweilen ins Freie. Es hatte damit angefangen, daß sie an der geschlossenen Stalltür klagte. Sie kannte den Wald und die Freiheit besser als alle übrigen Stuten auf dem Plateau (denn Aurores Schenkel waren wohl beweglich und nervös, aber nicht sehr kräftig), und so kehrte sie manchmal in den Wald zurück. Aurore stand dann hinter der Tür und beobachtete sie durch das Schlüsselloch. Sie sagte vor sich hin: »Nein, ich will dich nicht mehr, bleibe bei deinem Hengst!« Eines Nachts hörte Aurore, wie draußen der erste leichte Frost knackte. Sie ging hinunter und öffnete die Stalltür. Die Stute kam in den Stall. Aber Aurore und das Pferd waren miteinander übereingekommen, daß die Stalltür offen blieb. Aurore sagte sich: Ich will sie nicht zurückhalten. Wenn sie bleibt, muß es freiwillig geschehen und nicht, weil eine Tür sie zurückhält.

Von Zeit zu Zeit entfernte sich die Stute, galoppierte umher, blieb einen Tag im Regen und kam triefend naß heim, als entsteige sie einem Fluß. Große braune Blätter klebten an ihren Flanken.

Bobi hörte die Stute durch den Wald galoppieren. Er wußte nicht, daß Aurore und das Pferd sich gegenseitig eine schmerzliche Freiheit gönnten. Er wußte ganz etwas anderes. Er wußte, was auch Frau Helene gesehen hatte. Frau Helene war eines Tages zur Jourdane gekommen. Sie neigte immer mehr zu anmutiger Fülle; war sehnsüchtig und zärtlich. Ihre Augen, blau umrändert, funkelten wie Sonnen. An drei oder vier Stellen ihres Körpers war ein geheimnisvolles Leuchten: in den Mundwinkeln, in der Armbeuge und am Ansatz ihrer Brust im Blusenausschnitt. Sie hatte sich hingesetzt und hatte gesagt:

»Aurore spricht nicht mehr. Aurore drückt die Nase gegen die Fensterscheibe. Sie sieht hinaus in den Regen und rührt sich nicht. Aurore ißt fast nichts, und ich habe den Eindruck, das Kind schläft auch nicht.«

Sie meinte, nur eines könne helfen: die Stute einzufangen, sie an der Raufe festzubinden und das frühere Leben wieder anzufangen.

Seitdem der Regen nachgelassen hatte, ging Bobi täglich in den Wald. Der Himmel war tief und trübe. Wie alle Häuser auf dem Plateau, mit Ausnahme von Fra-Josépine, hatte die Jourdane nur enge kleine Fenster, die Schutz gegen den Wind boten. Wenn der Himmel, wie zu dieser Zeit, voller Wolken hing und es kalt und unfreundlich war, schien das Haus nur von dem großen Kaminfeuer belebt.

Im Freien schmeckte die Pfeife gleich anders; sie schmeckte nach den Waldwegen mit dem welken Laub, dem Humus und Dünger, der die großen Wurzeln der Bäume wärmte; sie schmeckte nach den leuchtenden entlaubten Zweigen, auf denen die frierenden Vögel einer nach dem andern gestorben waren und die jetzt versuchten, ihr eigenes Lied zu singen, ohne Vögel und ohne Laub, das Lied der kahlen Zweige im winterlichen Brausen des Windes. Diese Zweige verbreiteten einen starken, fast tierischen Duft, in dem ein wenig Wärme war. Viele wunderbare Gerüche hingen in der Luft; sie durchtränkten Pfeife und Tabak, vermischten sich mit dem Rauch und schmolzen auf der Zunge. Diese Gerüche weckten Bilder, die dem Menschen Trost und Hoffnung sind.

Während er durch den Wald schritt, sog Bobi in kleinen Zügen an seiner Pfeife. Er ließ sie im Mundwinkel und spürte ihr Gewicht kaum zwischen den Zähnen. Er rauchte den »Grauen«, der von der Feuchtigkeit noch kräftiger schmeckte und den er in einem irdenen Topf aufbewahrte. Festgestopft zündete er sich schwer an und verbrannte dann langsam, von innen heraus.

Jetzt kaufe ich mir einen Hirsch, dachte Bobi und blickte auf seine Pfeife.

Seitdem der Hirsch auf dem Plateau war, bezeichnete er so für sich die starken inneren Freuden, die er sich selbst gönnte. Heute war sein Hirsch die Freude, den Winter zu schmecken; den entlaubten Wald und die niedrigen Wolken; im Lehm durch den Wald zu gehen, zu lauschen, wie die Sträucher seine Samtjoppe streiften, eine kalte Nase zu haben und Wärme im Mund. Er fühlte sich frei und war froh, alleine zu sein.

Fern im Walde hörte er die Hufschläge des galoppierenden Pferdes. Sonst war alles still bis auf ein leises Knistern, das wohl von den Wolken herrühren mochte, die über die Bäume streiften.

Er überlegte, warum das Tier nicht mehr in seinen Stall zurückwollte. Es mußte wohl Geschmack an dem neuen Leben gefunden haben. Er stellte sich Aurore vor, wie sie ihr Gesicht gegen die Scheiben drückte, die kahlen Kastanienbäume von Fra-Josépine betrachtete und auf die Terrasse hinausblickte, die mit welkem Laub bedeckt war. Der Tritt des Pferdes klang ebenso wie an jenem Tage, an dem Aurore in so bitteren Worten von der Liebe gesprochen hatte. Es war dieselbe Stille wie damals, dasselbe Knistern der Äste, derselbe Hufschlag. Und er vermeinte ihre Stimme zu hören: »Jeder Wasserlauf hat mehr Herz als Sie.«

Er ging noch ein kleines Stück geradeaus, bis zu dem wilden Rosenstock, der kahl und unbelaubt dastand und nur zwei rote Früchte behalten hatte. Er betrachtete die roten Früchte an den kahlen Zweigen. Dann ging er den Weg zurück und versuchte durch das Gitterwerk der Bäume zu spähen. Der Hufschlag des Pferdes war wieder zu hören, doch er klang gedämpfter; die Stute trabte nach Norden, über den moosbedeckten Waldboden. Jetzt verließ er den Pfad und ging schneller als vorher, direkt auf das Geräusch zu. Die Stute lief über das Moos. Sie spielte und schien im unsicheren Licht zu einem weiten Sprunge auszuholen. Das Geräusch ihrer Hufe war nicht lauter als die Sprünge eines Hasen. Mühelos konnte sich Bobi in der Richtung des Tieres halten. Um die größeren Gebüsche machte er kaum einen Bogen; er glitt zwischen den Zweigen hindurch und streifte die Äste. Er watete durch Pfützen, er stieg sandige Abhänge hinunter, über rote Tonerde und über weiche Schlingpflanzen. Er ging zwar nicht schneller als vorher, doch er schaffte sich mit seinen breiten Schultern Raum; er hatte die Hände aus den Taschen genommen, und seine Arme hingen zu beiden Seiten seines Körpers herab, wie Säulen, die ein Portal tragen. Kopf und Schultern waren vorgestreckt. Seine Pfeife war ausgegangen. Jetzt ging er nicht mehr gemächlich spazieren.

Mit ihren kleinen hellen Hufen schlug die Stute gegen das poröse Gestein, in das der Wald seine Höhlen gegraben hatte. Bobi hatte jetzt die Richtung gewechselt; von dieser Seite schien der Lärm deutlicher. An den Abhängen, zur Ebene hin, war eine steile Felswand. Sie war die Mutter des Echos aus den Höhen und der Tiefe. Der Hufschlag des galoppierenden Pferdes hallte erst in den Wolken wider, ehe sich der Schall am Erdboden brach. In diesem vielfachen Getöse schien die Einsamkeit noch tiefer. In der weiten Welt gab es nur noch Bobi, der die Stute verfolgte. Er schritt über moosbedeckte Abhänge, über ganze Sümpfe verfaulter Pilze. An den Spitzen der kahlen Zweige hingen dicke Regentropfen; die vorüberziehenden Wolken streiften die Baumwipfel.

Als es etwa um die zweite Mittagsstunde sein mochte, schien die Stute plötzlich wie vom Erdboden verschwunden. Lange Zeit war alles ganz still. Nur Bobis Schritte und

Bobis Herzschlag waren zu hören. Er hatte sich gewaltig angestrengt; er hatte seine ganze Kraft aufgeboten, um stetig weiterzugehen; doch wenn er näher kam, floh die Stute in die Täler, als wolle sie sich die Abhänge über der Ebene von Roume hinabstürzen. Er kletterte über Steingeröll, glitt auf einem Strom von Kieseln abwärts und hielt sich an Eichenwurzeln fest. Er hörte über sich das Pferd, das unter den Birken galoppierte, dort, wo Raum genug für ein schnelles Tempo war; darin verklang der Hufschlag. Er stieg wieder nach oben. Der Birkenhain war verödet. Nichts behinderte den freien Ausblick. Vor ihm, in kleinen Abständen, waren die Stämme mit ihrer schönen gefleckten Rinde, die zart ist wie die Haut junger Mädchen. Nichts weiter. Kein Laut zu hören. Keine Spur zu entdecken. Ein grauer Tag sandte sein trübes Licht auf die kahlen Bäume. Weitab, jenseits des Birkenhaines, tauchte der dunkle Rand eines Waldabschnittes auf, der mit Tannen und Lärchen bewachsen war. Einsamkeit überall. Bobi ging geradeaus weiter, im gleichen Schritt. Es fiel ihm nicht ein, schneller zu gehen oder zu laufen; ruhigen Schrittes ging er weiter. Er stieß die Einsamkeit von sich, mit der gesenkten Stirn, den Schultern, die wie ein breites Tor waren, mit seiner Brust, mit seiner ganzen massigen Männergestalt, wie man im Gewitter gegen Sturm und Regen ankämpft. Er mußte diese Stute finden, sie einfangen und sie gefangenhalten, mit seiner Faust. Dann erst würde die Einsamkeit in sich zusammenstürzen, wie ein Wolkenberg, der den klaren Himmel versteckt und die tausendfachen Wege der Sterne.

»Denn ich habe mehr Herz als ein Wasserlauf.«

Von der Feuchtigkeit der Luft leuchteten seine Lippen. Alles war still. Die Einsamkeit deckte nach und nach den ganzen Wald zu wie mit einem Sandregen. Keine Bäume mehr, keine Luft, keine Freude. Nichts blieb als ein brennendes Verlangen, das flüchtige Tier einzufangen.

Die Stute war hinter den Tannen stehengeblieben. Sie knabberte wildes Heu. Bobi kam zu einer gegabelten Birke, von dort aus sah er die Stute. Sie war höchstens zehn Schritte von ihm entfernt. Sie stand reglos; deswegen hatte er sie nicht mehr hören können. Aus der Einsamkeit erwachte jetzt der ganze Wald mit seinen hallenden Korridoren, seinen hohen gewölbten Sälen unter den Eichen, seinen Felsentreppen, seinem Moosteppich und dem Wind, der wie eine schlafende Schlange darin lauerte.

Sie witterte den Geruch des Mannes, kam zum Waldrand und steckte den Kopf zwischen die Tannen, um zu sehen, wer durch den Birkenwald herangekommen war. Ihre Augen waren groß und ruhig. Sie witterte zu ihm hin. Bobi war im verregneten Gebüsch ganz naß geworden, und sein Samtanzug roch stark. Die Stute erinnerte sich an diesen Geruch. An einem Nachmittag – es war vor der Hochzeit der Pferde gewesen – war Aurore zur Jourdane geritten. Es war niemand dort gewesen, nur die Samtjoppe hing an ihrem Haken neben dem Kamin und ließ die Formen der Schultern und der Arme ihres Besitzers ahnen. Aurore hatte die Jacke vom Haken genommen, sie vor sich über den Sattel gelegt und war dann durch den Wald geritten. Sie hatte versucht, sie überzuziehen, sie hatte ihre Frauenarme in die Männerärmel geschoben. Mit dieser Jacke, die die Männerbrust, die nach Tabak roch, bedeckt hatte, hatte sie ihre Mädchenbrust bedeckt. Die Stute besann sich. In der Nacht waren sie zurückgekehrt, und Aurore hatte die Joppe an einem Haken im Schuppen aufgehängt.

Mit leisen Klagetönen versuchte die Stute dem Manne das alles zu erzählen. Er entfernte sich langsam von dem Baum, an den er sich gelehnt hatte. Er kam ein paar Schritte vor. Sie zog den Kopf aus den Ästen zurück und entfloh.

Er folgte ihr, weit nach Süden, weit nach Norden, weit nach Osten und nach Westen. Die Sonne ging hinter den Wolken unter. Rote Strahlen zuckten über den Himmel und beleuchteten fern auf dem Plateau zwei Erdhügel. Jetzt war es nicht mehr wie bisher, als sie vor ihm floh, ohne zu ahnen, daß er ihr folgte. Jetzt blieb sie ihm fast zum Greifen nahe. Immer wieder versteckte sie sich, doch sie war so nahe, daß er es hörte, wie ihre Hufe in den faulenden Pilzen ausglitten; oder wenn sie einen Klagelaut ausstieß wie eben, als sie den Geruch der Samtjoppe wiedererkannt hatte. Er wußte sehr gut, daß es keinen Sinn gehabt hätte zu laufen und daß er ihr nur mit seinem stetigen ruhigen Schritt zu folgen brauchte, denn wenn man in solchen Dingen etwas erreichen will, ist es die Zärtlichkeit und die Liebe, die endlich das Ersehnte besiegt. Es ist keine Frage der Gewalt. Und wenn man sein Ziel nicht erreichen soll, dann hilft alles nichts, und das Ersehnte wird auch dem Klügsten entgleiten. Er ging ruhigen Schrittes weiter und änderte die Richtung, je nach den Sprüngen des Tieres. Er zertrat das Unterholz, er ging über Lichtungen, er folgte ihm durch die Tiefen der Gebüsche. Endlich trat die Stute aus dem Wald heraus. Bobi folgte ihr. Er blieb am Wegrand stehen. Es war zu Ende. Die Dunkelheit kam. Die Stute galoppierte, so schnell sie konnte, über den harten Boden des Plateaus. Erst nachdem sie eine ganze Weile verschwunden war, verhallten ihre Hufschläge.

Gleichzeitig versank alles um ihn, die Zeit, die Welt, alles. Bobi stellte sich das Gesicht hinter der Scheibe vor, dort drüben, auf Fra-Josépine, diese Augen, die jetzt wohl ins Dunkel starrten, die Wangen, die Stirn, die Haare – die wie die Wangen, die Stirn und die Haare der vor ihm fliehenden Schnelligkeit waren. Nie würde er Aurore erreichen.

Über die Felder kehrte er zur Jourdane zurück.

»Wo kommst du her?« fragte Marthe.

»Von überall, von draußen.«

»Du bist ganz naß.«

»Ich war im Walde.«

»Was ist dir?«

»Nichts.«

»Du scheinst traurig.«

»Nein.«

»Bist du müde?«

»Nein«, sagte er, »das, was ich heute gemacht habe, könnte ich täglich wiederholen, ohne jemals zu ermüden.«

Er setzte sich. Sie trat zu ihm und berührte sachte seine Schultern.

Mitten im Winterfrieden fanden die Männer jene wohlbekannten, einfachen Freuden wieder, die in den Gelenken des Körpers wohnen, in den Achseln, den Knien, am Halse, dort, wo der Hemdkragen streift und die Haut empfindlicher ist gegen Kälte und Wärme. All diesen kleinen Freuden konnte man auch Tiernamen geben. Die Freuden des Hundes wohnten im Rücken: sich strecken, die Wärme spüren, die die Flanken emporsteigt wie das Wachstum einer Pflanze mit Zweigen und großen warmen Blättern, die lebendig und samten sind, und die sich über der Brust ganz zart zusammenfalten, um Herz und Lungen zu schützen, daß sie geborgen sind wie ein Seidenwurm in seiner Hülle. Die Freuden des Fuchses wohnten in den Beinen, die über gefrorene Wege schritten und die sich trotz der Kälte wie in gutem Öl bewegten. Geschmeidige Gelenke und die Kälte, die die Haut wohl einen Zentimeter durchdrang, während in den Tiefen des Körpers das warme Blut pulste, das die Beine, die Schenkel, die Knie, die Waden und Hacken durchströmte, davon bekam der Fuß Ausdauer und Kraft und war nicht eigentlich mehr ein Stück des Menschen, er war ein Stück Welt, wie der Berg, der Strom, die Wolke oder der brausende Wind. Den ganzen Tag über konnte man gehen, nur weil es glücklich machte zu gehen. Dann gab es noch die Freuden der Vögel: eisige Luft zu atmen, und während der Zeit umrankte das Laub des warmen Blutes die Lungen mit großen samtenen Blättern, brennend und wie aus Seide.

Alle Vögel des Plateaus hatten sich über Randoulets Wiesen versammelt, ja selbst die Vögel aus dem Tal des Ouvèze aus der Ebene und aus den fernen Bergen. Je kälter es wurde, desto zahlreicher und bunter wurden die Vogelarten. Es gab ganz seltene Sorten, ganz ungewöhnliche, Vögel, die von den Menschen sonst fast nie gesehen werden. Sie kamen von sehr weit her, in einem Federkleid, das Farben und Lichter der

Pflanzenwelt südlicher Länder spiegelte; es kamen auch solche, an deren Federn der Geruch des Meeres haftete. Wenn es Tag wurde, schwangen sie sich kreischend bis hoch in die Wolken.

Marthe hatte ihnen wieder Körner geben wollen. Sie hatte die Tenne gefegt und zwei Gefäße mit Getreide hingestellt. Sie hatte es vom Saatkorn für diesen Zweck aufbewahrt. Die Vögel waren nicht gekommen.

»Sie kommen nicht mehr«, sagte sie.

Sie blickte zum leeren Himmel empor; sie war ganz verzweifelt.

»Randoulet gibt ihnen mehr als du«, hatte Bobi gesagt.

»So ein bißchen Gras genügt also? ...« hatte sie gefragt.

Mit großen traurigen Augen blickte sie nach dem leeren Himmel; ihre Arme hingen kraftlos zu beiden Seiten herab.

»Nicht nur ein bißchen Gras«, hatte Jourdan gesagt, »zwanzig Hektar Wiese, die auf dem Halm geblieben ist mit Samenkörnern, Schäften, Blättern und verspäteten Blüten.«

»Ob dort oder hier«, sagte Bobi, »was schadet's? Ob sie hierher kommen oder zu Randoulet, hat nichts zu sagen; wichtig ist nur, der Himmel bleibt voller Leben. Sieh, über unsern Köpfen wird es den ganzen Winter über lebendig bleiben; nicht nur, daß all unsere Vögel da sein werden, auch die aus den andern Gegenden werden kommen. Der Himmel über uns bleibt lebendig.«

»Sie könnten aber doch über dem ganzen Plateau kreisen«, sagte Marthe, »ich bin sicher, daß auch Carles Frau, Joséphine und Aurore ihre Tennen saubergefegt und den Vögeln Körner hingestreut haben. Und nun haben sie uns gemieden.«

»Nein«, sagte Bobi, »man kann sie hören.«

Sie lauschten und hörten das Kreischen der Vögel.

»Und wir können draußen sein«, sagte Bobi, »und es ist nicht wie im vergangenen Jahr unter einem Himmel, der durch seine Öde und Verlassenheit Furcht und Schrecken einflößt. Ich weiß nicht recht, aber allein das Gefühl, daß da drüben über der großen Wiese diese zahllosen Vogelarten ihre Flügel schlagen, gibt uns die Sicherheit, daß etwas bei uns bleibt und uns den Winter über Gesellschaft leistet!«

»Ja«, sagte Jourdan.

»Und vielleicht kommen doch einige von ihnen bis hierher, um deine Körner aufzupicken.«

»Vielleicht«, sagte Marthe, »ihr habt recht; ich bin immer zu voreilig.«

»Wir müssen verstehen lernen«, sagte Bobi, »daß im Grunde nichts zu unserem Gebrauch und Nutzen da ist. Die Vögel gehören uns nicht. Dahinten, über der Wiese, ist ein ganzes Volk von Vögeln versammelt, und das gibt uns die Gewißheit, daß der Himmel über uns den ganzen Winter über nicht tot sein wird. Das zu wissen ist schon viel.«

»Es ist viel«, sagte Jourdan.

»Denn«, sagte Bobi, »über den Ländern, in denen im Winter alle Vögel tot sind, ist der Himmel wie zugeriegelt.«

»Ja«, sagte Marthe.

Sie begriff, daß er recht hatte, doch sie mußte an die Freude des Fütterns, an das Nähren denken. Es war ihre Frauennatur. Die Vernunft hat nichts mit den Wünschen gemeinsam, die in unserm Körper schlafen.

Na ja, dachte Marthe, das ist schön und gut, doch mir macht es Freude, die Vögel fressen zu sehen; zu sehen, wie sie sich auf einem Haufen zusammendrängen, mit ihren Krallen dies und jenes tun und dies und jenes mit dem Schnabel und mit den Flügeln.

Während sie das dachte, hielt sie plötzlich erschrocken inne, denn sie hatte sich dabei ertappt, daß sie die Bewegungen der Vögel mit ihren Armen und Schultern nachzuahmen versuchte.

Wenn man mich sieht, dachte sie, halten sie mich für verrückt.

Sie hatten es nicht gesehen. Sie blickten auf das weite Plateau hinaus. Trostlose Öde dehnte sich, so weit das Auge reichte. Die Felder, die dem Hof am nächsten lagen, waren wohl mit Blumen bepflanzt, doch jetzt unter dem winterlich trüben Himmel war es nacktes Ackerland mit einem Panzer von Reif. Etwas weiter ab ragten einige Wacholderbüsche aus dem flachen Einerlei empor. Nichts rührte sich weit und breit, mit Ausnahme eines Schattenflecks, der unter den heranziehenden Wolken im Geröll herumhuschte. Der Horizont war finster und wie verschlossen.

Marthe dachte:

Ich werde in den nächsten Tagen einmal zu der Wiese gehen, auf der die Vögel sind.

Sie betrachtete nachdenklich das seltsame Land, das sich trostlos und stumm vor ihr ausbreitete. Sie sagte sich:

Ja, und da werde ich nicht allein sein; Zulma hütet die Schafe.

Sie wußte nicht mehr, wer ihr erzählt hatte, daß Zulma die Schafe hütete, doch sie erinnerte sich deutlich, daß man es ihr gesagt hatte.

Zulma war nun die Königin der Schafe. Sie war ihnen alles: Wärme, Kälte, Regen, Sonne, Wind; sie war die Freude der Schafe und ihre Traurigkeit.

Es waren wilde Schafe mit Marmorstirnen, und ihre Augen waren voller Geheimnisse.

Dennoch mußten sie gehütet werden.

»Ich will ja nicht viel Wesens davon machen«, hatte der Schwarze gesagt, »das glaubt nur nicht, doch wie soll ich allein auf dieser weiten Fläche fertig werden; die Schafe laufen in allen Richtungen auseinander und fragen keinen um Erlaubnis, aber ...«

Er machte eine Pause und sog an seiner Pfeife; der Tabak war feucht und wollte nicht brennen.

»... aber«, fuhr er fort, »der Mensch taugt doch zu allerhand. Das darf man nicht vergessen.«

Inmitten der verwilderten Grasfläche hatte er sich eine Art Zeltlager eingerichtet; er hatte sich geweigert, eine Schutzhütte zu bauen.

»Ich brauche keine Schutzhütte«, hatte er gesagt.

Er hatte Randoulets Arm ergriffen:
»Höre, hast du Vertrauen zu mir?«
»Gewiß«, hatte Randoulet geantwortet.
»Dann laß mich machen.«
»Du wirst erfrieren«, hatte Randoulet gesagt, »und wir werden dich holen müssen, steif wie ein Holzklotz.«
»Ich zünde mir ein Feuer an«, hatte der Schwarze gesagt.
Dann war er gegangen und hatte sich ein paar Packen alter gegerbter Schaffelle geholt, die seit über drei Jahren keiner angerührt hatte. Er hatte die Packen aufgeschnürt, die Felle mit Salz abgerieben und ließ sie dann in drei, vier schönen Nächten auslüften. Schließlich hatte er sich aus diesen Fellen Fausthandschuhe, eine Kappe, Überstiefel, hohe Gamaschen, Beinschützer und eine Stola zurechtgeschnitten, und währenddessen hatte Zulma sich eingestellt. Das alles ging auf dem Hof vor sich.
»Du gehst zum Fest?« fragte Zulma.
Der Schwarze hatte Zulma sehr gern; er konnte gut mit ihr umgehen, und er wußte, wie weit diese unbeweglichen und unergründlichen Augen blicken konnten.
»Nein«, sagte er.
Doch dann überlegte er: Warum spricht sie von einem Fest? Es ist doch noch nie ein Fest auf dem Plateau gewesen.
»Was für ein Fest meinst du?« fragte er.
»Das Fest«, sagte sie.
Und wies auf die einsame Fläche hinaus, die sich unter dem grauen Himmel dehnte.

Als sein Anzug aus Schaffellen fertig war, probierte er ihn an. Er schien darin doppelt so breit wie sonst; ein sehr dicker Mann. Er konnte sich nur ganz langsam bewegen und ganz kleine, schwerfällige Schritte machen.
»Aber du siehst bedeutend aus«, sagte Randoulet.
»Wieso?«
»Ich meine, du bist gewichtig geworden, eine Persönlichkeit.

Und du glaubst«, sagte Randoulet, »eine Hütte wäre nicht bequemer gewesen?«

»Nein«, sagte der Schwarze, »man muß die gleiche Luft mit den Tieren atmen.«

Das war auch die Ansicht der Schafe.

»Wenn dir ein Gedanke im Kopf steckt«, sagte Randoulet, »steckt er dir jedenfalls nicht in den Füßen, das muß man sagen.« Er merkte jedoch bald, daß auf der großen Weidefläche von seiner gewaltigen Herde einmal hier ein paar Schafe abirrten, ein anderes Mal dort, nach allen Seiten.

Zwar sagte er sich: Es hat nichts zu sagen, sie gehen schon nicht verloren; ich werde sie eines Tages wiederfinden. Meinen Grund und Boden verlassen sie ja nicht.

Aber er hatte nicht die Freude, alle seine Schafe zu sehen, all das Jungvieh, das sie ihm brachten, die jungen Böcke, die Lämmer!

Der Schwarze richtete in der Mitte des Weidelandes sein Lager ein. Von allen Seiten kamen, wie kleine Bäche, die Schafe heran; erst sammelten sie sich dicht um ihn, den Hirten, dann verteilten sie sich auf der größeren Fläche, aber ohne abzuirren, und sie gingen nicht mehr weiter auf der Suche nach dem Himmel und der Einsamkeit. Sie witterten zu ihrem Hirten hin, und zuweilen in dunkler Nacht, wenn keine Sterne zu sehen waren, blökten sie zu ihm hin, und dieser Ton, der tief aus den Kehlen kam, sollte wohl ein Zuruf sein. Der Schwarze behauptete: »Es klingt, als ob kleine Kinder schreien und dich rufen.«

Als der Schwarze ungefähr zwei Stunden bei den Schafen war, kam Zulma; sie war seiner Spur gefolgt.

»Wie hast du mich finden können?« fragte er.

Er sah, daß sie entschlossen war. Sie hatte sich die Haare so fest eingeflochten wie ein Wollgewebe. Sie trug einen Kranz aus altem rostrotem Stroh und einen Halsschmuck aus grünen Binsen; um die Arme hatte sie ringförmige Pflanzen, die sie tief im Grase gefunden haben mochte, wie Reifen gewunden. Die Schafe standen auf und betrachteten sie.

»Die Heide blüht jetzt nicht«, sagte sie und deutete auf ihren Schmuck aus einfachen Gräsern.

»Die Blüte ist längst vorbei«, sagte der Schwarze.

»Das wußte ich nicht«, sagte sie, »denn sonst hätte ich mir einen Vorrat gesammelt.«

»Hast du denn nicht bemerkt, daß die Hügel von Ouvèze vor zwei Monaten ganz violett waren?«

»Doch«, sagte sie, »das war der Himmel.«

»Nein«, sagte der Schwarze, »das war die Heide.«

»Wenn man etwas braucht, hat man es nie«, sagte sie.

Und sie machte eine hausfrauliche Bewegung, die sie wohl bei ihrer Mutter gesehen hatte. Sie sah sich um, erblickte die Schafe und legte ihre Hand auf die wolligen Stirnen.

Der Schwarze sagte später zu Randoulet:

»Von dem Augenblick an wußte ich, alles war längst vorausbestimmt.«

»Ihr macht mich lachen, ihr beiden. Was hat das mit den Schafen zu tun?«

»Manchmal sollte man meinen, du habest an Stelle des Kopfes einen Schweinetrog«, sagte der Schwarze.

Sie stritten heftig. Randoulet war ganz rot geworden, und seine Bartstoppeln, die eine Woche alt waren, sträubten sich; Schweiß tropfte von seiner Stirn; er sprach schnell, verhaspelte sich, und es endete damit, daß er nichts weiter sagen konnte als: »Nein, so etwas. Erkläre! Erkläre mir das, sage ich dir.«

»Was soll ich dir erklären«, sagte der Schwarze; »so etwas kann man nicht erklären. Das begreift man, oder man begreift es nicht.«

Er war ganz blaß geworden. Er sprach mit einer tiefen, ungewohnten Stimme; seine Hände zitterten; er blickte an Randoulet vorbei, bald hierhin, bald dorthin, doch niemals seinem Herrn direkt ins Gesicht.

»Ja«, sagte Randoulet schließlich, »und dann?«

»Und dann«, sagte der Schwarze, »dann habe ich ihr gesagt: Warte, ich will dir den Anzug anprobieren. Die Halskette und die Armreifen mußte ich ihr abnehmen, doch die Krone hat sie aufbehalten. Ich habe ihr meine Beinschützer und das Überkleid gegeben, die Gamaschen, die Kappe und die Armschützer, kurz, alles, auch meinen Hirtenstab. Ich habe ihr noch gesagt: Sorge, daß das Feuer nicht ausgeht. Darauf hat sie geantwortet: Oh, ich weiß. Der Hund ist unaufgefordert bei ihr geblieben. Man muß sie lassen.«

»Ich will sie ja gern lassen«, sagte Randoulet. »Kommt sie denn nie mehr hierher zurück auf den Hof? Sie wird den Schafen immer ähnlicher werden. Ihr ganzes Leben wird sie dort auf der Weide verbringen.«

»Nein«, sagte der Schwarze, »sorge dich nicht. Von Zeit zu Zeit wird sie nach Hause kommen. Das wichtigste ist, daß man ihr regelmäßig zu essen bringt.«

»Ich will sie ja gerne lassen«, sagte Randoulet noch einmal langsam, »wenn es ihr Freude macht.«

»Es macht allen Freude«, sagte der Schwarze.

»Mir nicht«, sagte Randoulet, »denn schließlich ist sie meine Tochter.«

»Sie fühlt sich wohl«, sagte der Schwarze, »was kann ein Vater noch mehr für seine Tochter wünschen. Und dann muß ich dir noch etwas sagen. Für deine Schafe war es notwendig.«

Es wurde Abend. Sie gingen ins Haus, Honorine hatte die Lampen angezündet.

»Was wolltest du vorhin sagen – mit dem Ausdruck Schweinetrog?« fragte Randoulet.

»Nichts«, sagte der Schwarze, »ich wollte sagen Schweinetrog.«

»Und was hat das mit meinem Kopf zu tun?«

»Gar nichts«, sagte der Schwarze. »Es ist nur, weil im Schweinetrog nur Suppenreste und halbverfaulte Kartoffeln sind.«

»Du mußt doch verstehen«, sagte der Schwarze dann noch, »daß, wenn die Tiere etwas gleich begriffen haben, wir es wohl auch begreifen müßten.«

An der Türschwelle kratzten sie den Lehm von den Stiefeln.

Im Laufe des Abends sagte Honorine:

»Diese ganze Geschichte kommt mir merkwürdig vor.«

»Schweig«, sagte Randoulet, »Frauen können nie etwas begreifen. Und dabei ist es ganz einfach. Sogar die Tiere haben es verstanden.«

Zulma war lange Zeit regungslos stehengeblieben und hatte gelauscht. Sie hatte die Vögel gehört; sie saßen warm; im Grase versteckt. Sie riefen einander und besprachen sich leise. Sie huschten wohl von einem Nest zum andern, auf versteckten Wegen, die sie sich durch das wild wuchernde Gras gebahnt hatten; zuweilen zitterten die hohen, bereiften Gräser, weil die Vögel die Wurzeln berührt hatten.

Die Sonne hatte sich versteckt, doch plötzlich erschien am Himmelsdom ein öliger Fleck, der aussah wie eine pelzige Frucht. Er war hell und rund und vergrößerte sich schnell. Ein gefrorener Grashalm knackte leise; gleich darauf glitten Eiskörnchen am Schaft hinunter, und ein wenig grünes Fleisch war zu sehen. In kurzen Abständen entkleideten sich so die Gräser, und bald lag über der Wiese ein schimmerndes Licht, matt, mit seidigen Reflexen, wie eine Spiegelung auf dem Wasser. Es war Mittag.

Die Vögel flogen auf. Zulma sah ihnen zu; sie stiegen über der weiten grauen Wiese hoch. Beim Vorkriechen zerbrachen sie die dünne Schicht Rauhreif, mit der die Gräser aneinanderklebten. Sie schüttelten den glänzenden Staub von den Flügeln und stiegen zum Himmel empor. Golden leuchtende Wiedehopfe stießen nach drei Flügelschlägen gegen die Wolkendecke am Himmel.

Der Lagerplatz des jungen Mädchens war in einer Erdmulde, rund und ausgehöhlt wie eine tiefe Schale, und hatte früher zur Aufbewahrung von Getreide gedient. Dort glimmte ein großes Lagerfeuer; von Zeit zu Zeit belebte sich die Glut an einer oder der andern Stelle geräuschlos und zeigte ihr rotes Fleisch mit dem weißglühenden Herzen, das vom Blute der Flammen durchpulst war.

Zulma trug den Anzug, den der Schwarze für sich zurechtgeschneidert hatte. Sie war groß und kräftig. Ihre Brüste waren voll und schwellend, und mit ihren breiten Hüften füllte sie den Anzug des Mannes aus. So erschien sie wie eine Riesin, in Felle gehüllt. Der Kragen, für den der Schwarze mit Sorgfalt das glänzende krause Fell eines Merinolämmchens gewählt hatte, umgab das stille Gesicht mit den vollen Lippen, den unbeweglichen Augen, den breiten Nasenflügeln, den strohfarbenen Haaren, die in hundert kleinen, eng geflochtenen Zöpfen wie ein seidiges Stoffgewebe ihr Haupt umgaben.

Sie blickte gerade vor sich hin und lauschte. Seit kurzer Zeit war ein Geräusch zu hören, zuerst so leise, daß es kaum von der Stille zu unterscheiden war. Doch jetzt hörte es sich an, als drängten Wassermassen langsam auf einer Sandfläche vor. Am Himmel waren keine Vögel mehr zu sehen, nur vor der Sonne, die im Dunst wie eine glühende Frucht aussah, schlugen zwei Wiedehopfe mit den schillernden Flügeln.

Irgendwo besprach sich ein Widder, den Zulma nicht sehen konnte, mit seinen Schafen. Überall tauchten am Rande der Mulde Schafe auf. Das junge Mädchen rief sie an. Sie stiegen zu ihr hinab. In ihrer Wolle hatten sich Vögel festgekrallt. Die Schafe blieben in der Mulde; sie legten sich rings um Zulma nieder, nahe beim Feuer und auf den Abhängen. Immer neue kamen heran; sie blieben oben am Rande stehen und sahen hinab. Sie hatten kurze, kleine Hörner, Stirnen mit dichter Wolle, wie mit Schaum bedeckt, und darunter Augen, die erschreckend kalt und blau waren. Sie stiegen hinab, zwangen die liegenden Schafe aufzustehen und umdrängten Zulma. Bald war die ganze Mulde voller Schafe. Ein alter Widder sprach lange und ernsthaft zu einem Schaf, das neben Zulma lag. Die Vögel befreiten ihre kleinen Krallen aus der Wolle und flatterten von einem Tier zum andern. Ein Schaf nieste. Ein kleiner Hund glitt zwischen den Schafen hindurch und legte sich am Feuer nieder.

Die Sonne war in Dunst gehüllt; der Himmel leuchtete rötlich. Es war kalt. Nichts regte sich, nur die Vögel hüpften von einem Schaf zum andern.

Leichtbewegte Luft trug die Wolken sachte nach Norden. Kalte Schatten zogen über die Erde. Ein solcher blauer Schatten empfing Marthe am Rande der großen Wiesen. Sie hatte sich entschlossen herzukommen; jetzt stand sie vor der endlosen Grasfläche, und sie konnte nicht erkennen, wo sich die Herde befand; so ging sie denn zuerst ins Ungewisse ... Ein trauriges Gurren, wie das der Tauben, ließ sie stehenbleiben. Schafe, die hinter ihr standen, sprachen zu ihr. Sie kamen ganz nahe an sie heran. Sie streiften sie und berochen ihren dicken Wollrock. Marthe hatte die Hand in der Tasche ihrer Schürze; sie gab ihnen von den Körnern, die sie für die Vögel mitgenommen hatte.

Allmählich entfernten sich die Schafe, sie folgte ihnen. In diesem Winterlicht, in dieser Kälte, bei diesem Wetter war es wirklich eine Wildnis, in der man sich fürchten konnte. Man atmete die kalte Luft ein, die im Rachen schmerzte. Der Blick fiel auf Gräser, deren Ähren völlig ausgereift waren und die sich nun seltsam schwer auf den Schäften wiegten; ein ungewohnter Anblick auf dieser Erde.

Die Haferhalme waren von der Wurzel aus verdickt. Sie hatten große Blätter, wie Akanthusblätter, und sie waren dreimal so umfangreich wie die Halme sonst. Die Körner, die sonst an den langen blonden Spitzen saßen, waren auf dem Boden ausgestreut; sie hatten sich selbst gesät; geblieben war nur ihre leichte Hülle, die von Regen, Frost und Wind fest wie ein Kupferblech geworden war. Die gewohnten Maßstäbe hatten jetzt in dieser Wildnis ihre Geltung verloren. Das Gras war nicht mehr einfach Gras, von dem man wußte, daß zum Beispiel beim wilden Hafer die Blätter etwa einen Finger breit wurden und die Halme so dick wie eine Stricknadel; das Gras hatte sich zu einem neuen, üppigen Leben entwickelt, dem wahren Leben des Grases. Es war frei geworden. Und urplötzlich überstieg alles das gewohnte Maß und entglitt den menschlichen Begriffen; es nahm wieder den Maßstab der Natur an.

Oh, dachte Marthe, es ist das Paradies auf Erden!

Es war zwar traurig in dieser winterlichen Öde, in dieser ungezähmten Welt. Die Ausmaße und die Gewalt des wilden Grases erschreckten sie; es war ihr dennoch klargeworden, daß es das Paradies auf Erden war.

Zwei Stunden schritt sie hinter den Schafen her, und der Gedanke an dieses irdische Paradies verließ sie keinen Augenblick. Als sie stolperte, weil das hohe Gras sich um ihre Fußgelenke wickelte und sie sich mit Gewalt losreißen mußte, als sie Mühe hatte, vorwärts zu kommen, als die Schafe sich nach ihr umwandten und ihr leises Blöken wie das trübselige Gurren der Tauben am Mittag klang (sie hatten unergründlich schöne Augen, und sie empfand es schmerzlich, daß sie die Tiere nicht verstehen konnte), als die Vögel ringsherum aufflogen, als sie beobachtete, wie sie sich heimisch fühlten, Herren der Erde, Herren des Kornes, Herren ihrer Freiheit, als sie zwei große Vögel sah – zweifellos Drosseln –, die warm und wohlgeborgen im dichten Gras hockten und schliefen, als sie zum erstenmal den starken Duft atmete, den das gefrorene dürre Gras verbreitete, und als sie sich ihrer vollkommenen Verlassenheit inmitten der wilden Grasfläche bewußt wurde, als ein großer Vogel mit golden schimmerndem Gefieder über sie hinflog, als sie in den Wolken seltsame Gesichter zu sehen glaubte, mit sanftem Lächeln, das hell war wie der weite Himmel, ja, als sie begriff, daß es über ihre Kräfte ging, als sie spürte, wie in ihrem Herzen sowohl Hoffnung wie Verzweiflung in nichts zerflossen, als sie plötzlich an die Küche der Jourdane denken mußte – diesen Raum voller Licht und Wärme, den Jourdan und sie sich geschaffen hatten, in dem Jourdan und Bobi zurückgeblieben waren und wo sie eben noch gewesen war – und als dann die Erinnerung an das Licht ihres Heimes wieder verlosch, wie der Reflex eines Soustückes, das man ins Wasser geworfen hat (ein Windstoß traf sie, sie drückte ihre beiden kalten Hände gegen die Brust), da rief sie:

»Mutter!«

Der goldene Vogel verschwand im hohen Grase. Die Schafe drehten sich nach Marthe um und blickten sie an; in ihren Augen war die Antwort auf alle Fragen.

Sie kam zur Herde. Die Schafe bewegten sich im Grase. Ein Widder mit schweren Hörnern stand auf; sein Kopf zitterte. Marthe hörte eine Frauenstimme singen. Ihr war plötzlich, als habe die Sonne alle ihre Lampen angezündet und beleuchte ein reifes Kornfeld.

Sie schrie:

»Zulma, Zulma!«

Es war ein dunkles Lied. Der Gesang verstummte. Marthe ging weiter; sie kam zum Rand der Mulde und fand Zulma inmitten der Schafe. Sie erkannte von weitem die Krone aus Strohhalmen. Sie ging und setzte sich neben das junge Mädchen. Der Hund hatte nicht gebellt. Er hatte nur aufgehört, seinen kranken Fuß zu lecken.

Zulma begann zu sprechen.

»Schönes Wetter«, sagte sie.

»Wo siehst du schönes Wetter?« fragte Marthe.

»Überall.«

»Ich sehe es nicht«, sagte Marthe.

Sie schöpfte tief Luft; sie war atemlos vor Angst und Traurigkeit.

»Ich bin das schöne Wetter«, sagte Zulma.

Jetzt bemerkte Marthe, daß auch Zulmas Gestalt über das gewohnte Maß hinausgewachsen war, daß auch sie in dem Anzug aus Schaffellen riesenhaft und unförmig wirkte.

»Laß mich ein wenig ausruhen«, sagte Marthe.

(Eigentlich hatte sie sagen wollen: Ich muß mich erst an dies alles gewöhnen; ich fange an zu sehen, daß du schön bist; vielleicht ist alles schön, und auch die verdunkelte Sonne spendet Licht. Vielleicht bist du wirklich das schöne Wetter.)

Sie dachte: Da haben wir's, jetzt rede ich schon wie sie, ohne darauf zu achten, was man mich fragt. Ich sage einfach, was mir in den Sinn kommt.

»Ach, ausruhen«, sagte Zulma, »da müßte man erst wissen, von welchem Ausruhen Ihr sprecht. Was Ihr ausruhen wollt, Eure Arme, Eure Beine oder Euren Kopf!«

»Ich meine alles.«

»Bei mir«, sagte Zulma, »ermüdet besonders der Kopf, stört der Euch nicht?«

»Wer?«

»Euer Kopf.«

»Meine Tochter, warum redest du nicht wie alle Menschen?«

Als Marthe das sagte, fiel ihr Blick auf die Vögel. Sie hatten sich jetzt alle im Fell der Schafe festgekrallt. Sie rührten sich nicht; sie bewegten nur die Augen. Sie schimmerten in allen Farben. Selbst in Zulmas Fellen hatte sich ein Grünling festgeklammert. Er schlief. Man sah seine kupferfarbenen Flügel, sein graues Köpfchen und den silbernen Bauch.

»Ich weiß nicht, wie Ihr sprecht, Ihr andern«, sagte Zulma.

»Ach, mein Kind, wir sprechen, wie das Leben es will.«

»Ich weiß nie, was Ihr eigentlich sagen wollt.«

»Wir wollen sagen, das Leben ist traurig.«

»Ich verstehe nicht.«

»Traurig – du weißt doch, was das heißt.«

»Nein.«

»Aber glücklich, du weißt doch, wann du glücklich bist?«

»Nein.«

»Hat dein Vater dich hierhergeschickt?«

»Nein, Frau Marthe, wieso soll er mich hergeschickt haben? Ich verstehe nicht, was Ihr meint.«

»Wenn er dir nun gesagt hätte: Zulma, gehe und hüte die Schafe.«

»Das kann er doch nicht sagen. Kein Mensch kann das sagen. Seht, Frau Marthe, dahinten am Feuer steht ein Schaf auf und kommt zu mir her, damit ich ihm das Ohr kraulen soll.«

»Anstatt Frau zu mir zu sagen, kannst du ruhig Marthe sagen. Du weißt doch, wo ich wohne. Du bist doch oft zu uns gekommen. Erinnerst du dich nicht, wie wir alle zusammengesessen haben. Du weißt doch genau, daß wir uns seit zwanzig Jahren kennen. Als kleines Mädchen bist du manches Mal auf meinem Schoß eingeschlafen.«

»Ich weiß nicht«, sagte Zulma, »ich höre euch zu, wenn ihr miteinander sprecht. Ich sage mir, sie reden sich mit Frau an, also muß man Frau zu ihnen sagen. Denn wenn ich so zu Euch sprechen würde, wie ich möchte, verstündet Ihr mich nicht. Ich besinne mich wohl auf Euer Haus; ich bin gekommen, um den Hirsch zu sehen. Ihr habt mir den Leib trockengerieben. Ich weiß, daß man zu Euch nicht Frau sagen soll, aber ich habe mehr Mut, wenn ich es sage.«

Sie sah Marthe lange an.

Marthe war ganz in Gedanken. Alles, was sie spürte, hörte und sah, traf nicht direkt an ihr Ohr, an ihr Auge, nein, es brach sich sozusagen zuerst an ihrem Herzen. Sie mußte zu Zulma sprechen und auch zu sich selbst. Ich habe ihre Augen nie so recht gesehen, dachte sie. Ich glaube, niemand hat sie je gesehen. Stets hatte sie die Augen gesenkt. Und jetzt kann ich sie sehen. Zulmas Augen waren unbeweglich und groß; ein grünliches Licht flackerte darin.

»Ich habe oft keinen Mut«, sagte Zulma. »Vielleicht ist es auch besser so.«

»Wozu brauchst du Mut?« fragte Marthe.

»Ihr habt alle etwas für mich getan. Du hast mir den Leib trockengerieben. Ich hatte mich ans Wasser gelegt, um Kresse zu pflücken. Dabei ist mein Leib naß geworden. Du hast meinen Rock hochgehoben und hast mit einem trocknen Tuch überall gut abgerieben. Da wurde mein Leib ganz warm. Ach«, sagte sie und schloß die Augen, »und jetzt kann ich nicht mehr so sprechen wie du.«

Sie schwiegen lange.

»Frau Marthe«, sagte Zulma, »da Ihr jetzt hier bei mir seid, möchte ich, daß du mir den tiefen Sinn der Dinge erklärst. Ich habe es gern, wenn deine Hand mich berührt; deine Hand ist weiß wie Mehl.«

»Ich weiß nichts, meine Tochter.«

»Ihr müßt es wissen, die Frauen singen es.«

»Was meinst du damit?«

»Meine Mutter nimmt dicke, klumpige Milch für die kleinen Lämmer, dahinein schüttet sie Gerstenmehl, um es einzudicken und um die Tiere zu mästen. Dann rührt sie mit einem Stück Holz darin und singt dabei:

Einst hatt' ich einen kostbaren Schatz!
Wer nahm ihn mir?
War es die Liebe? War es der Tod?«

»Ich kenne das Lied«, sagte Marthe, »ich habe es selbst gesungen, als ich jung war. Es geht so:

Marie mit ihren weißen Füßen
Trat vor die Tür.
Doch der Hirte ging vorüber und sah sie nicht.«

»Ja, das ist es, Frau Marthe.«

»Gewiß«, sagte Marthe, »es ist ›Die Liebe, der Tod‹. Alle Frauen haben dies Lied gesungen, als sie jung waren.«

»Ich singe es nicht«, sagte Zulma.

»Was soll ich dir denn erklären?«

»Nichts«, sagte Zulma nachdenklich, »wir wollen eine Weile still sein. Seitdem Ihr gekommen seid, redet Ihr immerzu, und ich verstehe Euch nicht. Ruht Euch aus, wie Ihr sagtet!«

Sie schwiegen. Man hörte die Gräser, den Frost, den Flügelschlag der Vögel, das Knistern der Schafwolle und die ziehenden Wolken am Himmel.

Es dunkelte, als Marthe zur Jourdane zurückkehrte. Die Männer hatten den Tisch gedeckt und für ein großes Feuer gesorgt.

»Wir haben schon alles gemacht«, sagte Jourdan. »Deine Arbeit ist getan. Heute werden wir dich bedienen. Wenn die Hausfrau einmal fortgeht! Na, wie geht's, meine alte Marthe? Nicht zu müde?«

»Nein.«

»Habt Ihr die Vögel gesehen?« fragte Bobi.

»Ich habe sie gesehen.«

»Man sollte meinen, du seiest nicht froh.«

»Höre«, sagte sie zu Bobi, »ich glaube, jetzt kommt das Schwerste.«

»Wieso?«

»Ich habe nachgedacht. Ich glaube jetzt, daß die Freude nicht bleiben kann«, sagte sie.

Sie sah, wie Bobis Gesicht sich verfinsterte.

»Wie kommt Ihr darauf?« fragte er.

Dann schwieg er und schien sich die Antwort selbst zu geben. Sie merkte, daß er es wohl schon wußte.

»Und«, sagte sie, »ich glaube sogar, man soll es gar nicht wünschen.«

Bobi antwortete nicht.

Marthe berichtete von ihrem Nachmittag mit Zulma. Alle drei hatten zu Abend gegessen. Die beiden Männer stopften ihre Pfeifen.

»Sie sagt alles, was ihr in den Sinn kommt«, erzählte Marthe. »Sie holt sich die Dinge von sehr weit her, von dorther, wohin wir niemals gelangen können.«

Die Männer zündeten ihre Pfeifen an. Der Tabak war feucht; sie mußten sich ein paarmal zum Kamin hinunterbücken, um sie an der Glut neu anzuzünden.

»Das, was ihr wichtig war«, sagte Marthe, »hat sie mir immer zweimal gesagt.«

Marthe blies die Lampe aus. So blieben sie alle drei im Schein des Kaminfeuers. Marthe setzte sich in die Ecke, in der die Mäntel hingen; ihr Gesicht war im Dunkel.

»Also, sie hat mich zuerst gefragt: Und wer ist unser Hirte?«

Marthe verstummte, gleichsam als wolle sie damit das Schweigen ausdrücken, das auf der großen Wiese dort drüben, inmitten des winterlichen Grases, diesen ersten Worten gefolgt war. Die Wanduhr tickte. Die beiden Männer rauchten bedächtig.

»Dann hat sie zu mir gesagt: Ich bin die Hirtin!«

Rings um sie war Ruhe und Frieden.

XVII

Ganz plötzlich, wie mit einem großen Satz, sprang der Frühling auf die Erde. Zwischen dürren Schilfstauden schossen grüne Halme empor. Wilde Rosenstöcke neigten sich unter der Last der neuen Blüten. Die Luft war bitter und würzig wie der Saft des Feigenbaumes.

Jacquou ging täglich ins Freie. Mit großen Schritten überquerte er seine Felder und das Brachland, das ihn von den Nachbarn trennte. Er leckte sich die Lippen so oft, daß sie schließlich aufsprangen.

»Das sind die Kräfte des Frühlings«, sagte er.

Die Haut um seinen Mund wurde ganz wund, und seine Augen entzündeten sich.

»Nimm dich in acht«, sagte Barbe, »besänftige dein Blut.«

»Ach«, sagte er, »du hast es also richtig verstanden?«

»Was?« fragte sie.

»Sieh«, sagte er, »meine gute alte Barbe, zum erstenmal im Leben habe ich keine Gewalt mehr über mich.«

Er hatte mit einer ganz jugendlichen Stimme gesprochen, doch ruhig und gelassen.

»Du solltest etwas Blutreinigendes trinken.«

»Ich tue schon das, was nötig ist«, sagte er.

Trotzdem bereitete Barbe ihm einen Aufguß aus Odermennig, und nach ein paar Tagen hatte er wieder scin gewohntes Aussehen.

Eines Abends kam er nach Hause und ging zum Stall. Die Tage waren länger geworden, die Luft war milde, und die Stalltüren standen weit offen; man hatte nur ein Gitter vorgestellt, um die Tiere im Stall zu halten.

Die Schafe, die Lämmer, der kleine Esel, die Ziege und die Pferde, alle drängten gegen die Barriere. Sie sogen die Abendluft ein. Vom Feld her roch es nach Blüten. Die schwarze Stute kam heran. Jacquou hatte die Gewohnheit, ihr Brot zu geben. Er fand einen Kanten in der Tasche, den sie dann mit ihrem starken Gebiß zerknabberte.

»Na du«, sagte er, »bist du nun trächtig oder nicht?«

Am nächsten Tage sattelte Jacquou das Pferd.

»Ich reite zur Jourdane«, sagte er.

Er kam mühelos in den Bügel, und einmal im Sattel, stieß er einen Seufzer aus. Gesunde Kraft durchströmte seine Flanken, seine Hüften und seine Schenkel. Er entfernte sich im Schritt. Das Pferd scheuchte mit dem Schweif kleine, glänzende Fliegen. Die Felder dicht beim Hof waren von jeher mit Grünfutter bestellt. In diesem Jahr stand es besonders dicht. Jacquou hatte die doppelte Samenmenge ausgestreut, ohne jemandem etwas davon zu sagen. In einer Nacht hatte er an all die schwarzen Erdklumpen denken müssen, die von den Wurzeln der Gräser gesprengt werden, und er hatte sich gesagt: der wollen wir einmal tüchtig Arbeit geben. Er hatte mehr als hundert Papiertüten durchgesehen und die herausgesucht, auf denen die schönsten Blumen abgebildet waren. Er wußte zwar besser als irgend jemand: eine Wiese, das müssen Grashalme sein! Die Blume ist zwecklos! Worauf es ankommt, ist das, was zwischen Wurzel und Blume ist. Dem Vieh schadet die Blume wohl nichts. Wer weiß, dachte er, was wißt ihr alle (ihr alle, damit meinte er seine Vorfahren, die Väter, die Großväter und alle anderen, die lange vor diesem Frühling Wiesen und Weiden geschaffen hatten). Was wißt ihr wirklich von den Tieren? Und wenn zum Beispiel diese Blumen – fiel ihm einmal mitten in der Nacht ein –, wenn diese Blumen nun einen guten Einfluß auf das Fell haben; die Augen, die Zähne, die Hörner, die Hufe oder was weiß ich an dem Tier verschönen! Was wißt ihr davon? So stritt er im Dunkel der Nacht oft lange Zeit mit den Schatten seiner Vorfahren. Stets war sein erster Schlummer belebt von Rindern und Kühen, die ein feuriges Fell hatten, von Schafen, Pferden und Ziegen, die von außergewöhnlicher Schönheit waren.

Bald blickte er von der Höhe seines Pferdes auf die weiten Wiesen, die mit Blüten wie mit Schaum bedeckt waren, mit kleinen Blitzblüten, großen Blitzblüten, Gänseblümchen, goldenen Gräsern und Wiesenkresse, die ihre Kelche öffneten.

Er ritt über die Wiesen, und wenn das Pferd mit den Hufen die Gräser streifte, duftete es süß wie Honig. Weiterab kamen ein heller Streifen Getreide und dann zwei Ackerstücke, auf denen er kein Getreide gesät hatte, sondern Narzissen, wie Jourdan. Es wurde die bevorzugte Blume auf dem Plateau. Sie entwickelte sich gut, und dank dieser Blume wurde ihm plötzlich klar, daß überall unterirdische Wasseradern sein mußten. Dann kam das Brachland mit blauen Nebelschwaden darüber. Er überlegte sich, daß sie sich eines Tages über das Brachland verständigen müßten und sich alle miteinander daranmachen, die Erde mit eisernen Igeln aufzureißen, um die ganze Fläche mit Blumen zu besäen. Auch Bäume mußten sie hier pflanzen, Erlen, Ulmen und Birken – die er so sehr liebte –, Birken, die eine Rinde haben, die so zart ist wie das Fell an den Flanken einer Hirschkuh.

Er dachte an eine Welt voller Tröstungen. Es verlangte ihn, das neue Fohlen zu sehen, das noch im Leibe der schwarzen Stute schlummerte; er stellte sich das Fell vor, ockerfarben, mit weißen Flecken. Es hatte eine lichte Mähne, die der Wind zauste, und feine Fesseln wie die Gelenke ganz junger Mädchen. Er sah es im Geiste über die Wiese galoppieren, während er im Schritt über das Land ritt. So überquerte er Jourdans Narzissenfeld und langte bei der Jourdane an.

»Bist du wieder gesund?« fragte Marthe.

»Ich war nur äußerlich krank«, sagte er, »es war schlechtes Blut.«

»Wie geht es«, sagte Marthe, »und jetzt reitest du also spazieren?«

»Nein«, sagte er, »ich bin mit einer Absicht hergekommen; wo ist Jourdan?«

»Komm herein.«

Er befestigte das Pferd an einem Pfosten des Schuppens.

»Im Grunde war ich sehr beunruhigt«, sagte er.

»Weswegen?«

»Wegen des Ausschlags in meinem Gesicht.«

»Es war doch nicht schlimm.«

»Nein, aber es sah nicht schön aus.«

Jourdan war dabei, ein Brett für die Tüten mit Sämereien einzurichten.

»Ich will sie so verstauen«, sagte er, »daß ich das, was ich brauche, immer gleich finde... jetzt haben wir Zeit zu solchen Sachen.«

»Höre«, sagte Jacquou, »ich bin aus einem ganz bestimmten Grunde hergekommen. Wir sollten unsere Tiere frei laufen lassen.«

»Du weißt, ich habe nur mein Pferd«, sagte Jourdan, »und eine Muttersau, das ist alles.«

»Wo hast du sie decken lassen?«

»Auf Fra-Josépine.«

»Ist sie trächtig?«

»Sie bekommt in drei Wochen ihre Ferkelchen.«

»Schön«, sagte Jacquou. »Nun steige erst mal vom Schemel herunter und setz dich. Ich habe eine halbe Stunde Zeit und will etwas mit dir besprechen. Wo ist Bobi?«

»Bobi ist im Wald. Es gibt Neuigkeiten vom Hirsch und dem Rudel.«

»Was für Neuigkeiten?«

»Gute«, sagte Jourdan.

»Komm, setz dich. Ich finde«, sagte Jacquou, »daß man entweder alles oder gar nichts wollen muß.«

»Ich auch«, sagte Jourdan.

»Ich muß gestehen«, sagte Jacquou, »daß ich mir den ganzen Winter über Hunderte von Fragen vorgelegt habe; Tag und Nacht.«

»Ich auch«, sagte Jourdan.

»Ich habe auf den Frühling gewartet.«

»Ich auch.«

»Und jetzt ist es Frühling.«

»Ja.«

»Ich verstehe jetzt vieles«, sagte Jacquou, und seine Stimme klang ganz weich.

»Ich verstehe auch manches besser«, sagte Jourdan, »aber

ich habe nicht genug Vieh, um es frei laufen zu lassen. Ich habe nie Aufzucht betrieben; eigentlich nur Ackerbau.«

»Im Grunde«, sagte Jacquou, »könntest du dich ebensogut weiter mit dem Ackerbau beschäftigen.«

»Das mache ich ja auch«, sagte Jourdan.

»Ich meine auf eine andere Weise ›beschäftigen‹.«

»Das mache ich ja«, sagte Jourdan.

»Ich bin...«, sagte Jacquou, »nein, ich muß dir das anders erklären. Ich bin glücklich, nein, nicht glücklich wie irgendein Dummkopf. Ehe ich den weißen Stier gesehen habe...«

»Welchen weißen Stier?«

»Eines Nachts habe ich einen weißen Stier gesehen.«

»Wo?«

»Vor mir stand er.«

»Auf der Wiese?«

»Nein, im Traum.«

Sie saßen auf der Tenne. Vor ihnen, im hellen Morgenlicht, schlummerten die Felder. Die Lerchen sangen.

»Einen Stier«, sagte Jacquou, »und er stand dicht vor mir. Seine gespreizten Beine bildeten mit den Schultern ein Tor, wie die Deichsel der Getreidewalze da drüben; die Nüstern waren so breit wie meine beiden Hände, und seine Hörner standen steil aufrecht, so!«

Jacquou streckte den Arm aus.

»Ja«, sagte Jourdan, »das war wirklich eine Traumgestalt.«

»Ich hatte Muße genug, ihn anzusehen«, sagte Jacquou, »denn er blieb vor mir stehen und rührte sich nicht. Ich sah ihn mir so genau an, als habe man mir gesagt: entweder du wirst jetzt sterben, oder du prägst dir jede Einzelheit seines Körpers genau ein; die bebenden Monde und Halbmonde und Sterne seiner Muskeln. Es zuckte an manchen Stellen über sein Fell, als habe sich eine Fliege auf seine Haut gesetzt, und es leuchtete auf wie ein Stern; doch es war keine Fliege, sondern seine Kraft durchzuckte einen Muskel. An andern Stellen wanden sich die Muskeln, und das

Fell glättete sich, so daß die Ränder hell glänzten. Das war es, was mir im Traum als Monde, Halbmonde und Sterne erschien. Dann war der Stier plötzlich verschwunden, und ich erwachte. Es war meine gewohnte Zeit. Als er vor mir stand, war es meine Schlafenszeit. Er ist die ganze Zeit dageblieben, und wir beide wurden nicht müde, uns anzusehen. Die ganze Nacht hindurch.«

»Wann war das?«

»Im März etwa.«

»War es noch kalt?«

»Die Kälte hatte schon nachgelassen.«

»Also regnete es noch?«

»Nein, die Sonne hatte etwa drei Tage geschienen. Dann war es neblig geworden. Es kamen Tage, an denen man nichts als Nebel sah. Und in einer dieser Nächte war es. Was meinst du dazu?«

»Nichts.«

»Ich habe noch ähnliche Träume gehabt mit Ziegen und Pferden. Ich habe geträumt, meine Stuten hätten zehn feuerrote Fohlen. Dann war da noch der Traum von der Muttersau. Ich habe gar keine; vielleicht habe ich von deiner geträumt.«

»Sie wird gerade werfen, wenn die Tage heller werden«, sagte Jourdan.

»Was meinst du zu dem allem?«

»Ich sage gar nichts; ich meine, du hast eben von Tieren geträumt.«

»Ja.«

»So wie ich oft von Pflanzen träume.«

»Ach.«

»Nicht regelmäßig«, sagte Jourdan, »aber ich schlafe sehr unruhig.«

»Also haben wir beide von Pflanzen und von Tieren geträumt. Und wann war das bei dir?«

»Ungefähr zu derselben Zeit, denn ich erinnere mich auch an die nebligen Tage.«

»Hast du von vielen Arten geträumt?«

»Ich glaube von allen, die es gibt. Nur war alles durcheinander. Nicht wie bei dir, mal von einem Stier, mal von einer Muttersau, in jedem Traum von einem bestimmten Tier; es war ein verworrener Traum, alles durcheinander.«

»Bei mir«, sagte Jacquou, »war es jedesmal ein bestimmtes Tier. Es konnte auch gar nicht anders sein, denn kaum fing der Traum an, so hatte ich nur den einen Wunsch, das Tier recht genau zu besehen. Und dann blieb es da.«

»Ich habe merkwürdige Dinge im Traum gesehen«, sagte Jourdan. »Einmal Gras, das weiß und blau war wie Nebel, der nach dem Regen aufsteigt. Das Gras wuchs nicht aus der Erde, so schien es mir, oder aber es war sehr hochgeschossen und hing nun herab wie Laub von den Bäumen; ich sah, wie es weit hinten am Himmel herabfiel. Die einzelnen Blätter standen weit auseinander wie die Blätter des Absinth. Aber das Gras, wie ich dir schon sagte, war fett, aschgrau, leuchtend und ölig, und wenn man die Blätter zwischen den Fingerspitzen zerrieb und nur ganz wenig davon zerquetschte, gab es einen beängstigenden Geruch, einen Geruch, in den man sich gleich wie toll verliebte, ein Geruch, der an ein Gemisch von Weinresten und Olivenrückständen erinnerte.«

»Jedenfalls haben wir nichts Alltägliches geträumt«, sagte Jacquou.

»Nein«, sagte Jourdan.

»Und warum wohl?« fragte Jacquou.

»Ich muß dir sagen, daß diese Träume mir viel Freude machen«, sagte Jourdan. »Hinterher habe ich immer gute Einfälle.«

»Das habe ich bemerkt«, sagte Jacquou, »vorhin, als du dein Brett mit den Samentüten eingerichtet hast.«

»Nächstes Jahr«, sagte Jourdan, »werde ich ganz ungewöhnliche Samensorten haben.«

»Was denn für Samen?«

»Grassamen, Blumensamen ...«

»Ich verstehe«, sagte Jacquou.

»Seit den Träumen von den Pflanzen habe ich mir vorgenommen, ganz neue Arten zu züchten, und das mache ich jetzt auch.«

»Ich muß nun nach Hause«, sagte Jacquou.

Jourdan begleitete ihn bis zu seinem Pferd. Wie vorhin, beim Verlassen seines Hofes, schwang sich Jacquou vorsichtig in den Bügel und dann in den Sattel.

»Ich hätte gerne mit Bobi gesprochen; sicher findet sich bald eine Gelegenheit.«

»Die Sache ist die«, sagte Jourdan, »daß der Hirsch gestern zurückgekommen ist und uns seine zwei Hirschkühe mitgebracht hat.«

»Sind sie freiwillig gekommen?« fragte Jacquou.

»Ganz freiwillig. Erst haben sie rings um den Hof gegrast. Die Hirschkühe sind so dicht zu mir, Bobi und Marthe herangekommen, als hätten sie uns ihr Lebtag gekannt.«

»Als hätten sie uns ihr Lebtag gekannt«, wiederholte Jacquou.

Er wendete sein Pferd in der Richtung der blumenbewachsenen Felder, über die ein warmer Wind strich.

»Ich möchte einen schönen Stier haben«, sagte er, »und eine schöne Kuh, einen schönen Widder und ein schönes Mutterschaf, dann möchte ich für meine Eselin, die ein hübsches Tier ist, auch einen hübschen Esel haben, und ich möchte, daß meine Stuten schöne Hengstfohlen werfen. Es juckt mir in den Händen – so brenne ich darauf –, ausgesucht schönes Vieh zu züchten. Auf Wiedersehen, Jourdan.«

»Salut!«

Und er ritt im Schritt davon.

Dieser Besuch beschäftigte Jourdan lange. Er mußte immerzu an die Pflanzen denken, von denen er geträumt hatte. Und jetzt gingen ihm auch die Tiere aus Jacquous Träumen nicht mehr aus dem Sinn.

Wir wollen so vieles, dachte er. Wie uns das alles aus der Ruhe gebracht hat.

Er hörte Schritte; er glaubte schon, Jacquou sei wieder umgekehrt. Doch auf der Seite der Felder, die sich endlos im Nebel dehnten, war nichts zu sehen. Er sah zum Walde hinüber. Es war Bobi, der zurückkam. Er war noch weit, doch in der großen Stille war der Schritt des einsamen Mannes gut zu hören, um so mehr, als der Nebel das Echo zurückwarf. Der Nebel war von der Sonne und von Strahlen zerrissen; man blickte in abgrundtiefe blauschimmernde Gewölbe.

Bobi kam vom Walde und schlug sich im Gehen mit einer Buchengerte gegen die Gamaschen. Die hunderttausend Wassertröpfchen, die im Nebel verdichtet waren, wirkten wie eine Lupe, und ein überlebensgroßer Bobi schien aus der Ferne näher zu kommen, Gliedmaßen und Körper wohl zwanzigmal vergrößert. In der Mitte war ein schwarzer Punkt, und das war Bobis wirklicher Körper. Er schwenkte die Arme, und es schien, als schwenke er Arme, die zwanzig Meter lang und so dick wie die Querbalken der Scheune waren; sein endloser Schatten lag schräg über der Erde, und wenn er den Kopf bewegte, sah es aus, als bewege sich ein ganzer Hügel. Doch seine Schritte waren die Schritte eines gewöhnlichen Mannes. Es war, als tanze ein Riese immer auf der gleichen Stelle.

Bobi hatte an diesem Morgen einen Buchenzweig mit drei Knospen mitgebracht, drei grüne Knospen, blank gewaschen vom Tau. Als er sie eine nach der andern auseinanderfaltete, sah er, daß goldener harziger Saft sie zum Bersten füllte. Es war Frühling.

Frau Helene hatte den Kutschwagen auf den Hof fahren lassen; sie hatte zur alten Cornute gesagt: »Nimm ein Hanfbündel und einen Eimer Wasser, und wasche den Wagen.«

Dann kam sie, nachzusehen, wie die Arbeit gemacht sei. Die alte Cornute hatte die Holzteile und die Federn schon abgescheuert.

»Frau Helene«, sagte sie, »du müßtest ihn neu lackieren lassen.«

»Warum denn?« fragte Frau Helene. »Was du auch immer

für Einfälle hast. Was mache ich schon mit dem Wagen? Ich fahre über den Acker.«

»Doch«, sagte die alte Cornute, »du solltest ihn himmelblau lackieren lassen.«

Bis dahin war der Frühling sanft gewesen, nun wurde er wild und ungebärdig. Stürme knickten das Gras auf Randoulets großer Wiese. Die Vögel flogen davon. Die letzten, die ganz unten in ihren Nestern geblieben waren, lauschten auf die Geräusche der neu erwachten Wurzeln, auf das Emporsteigen der Säfte, die sich leise zischend in den Blättern verteilten, und auf das Gurgeln des Saftes, der in dicken Tropfen aus allen Blüten quoll. Nach und nach bekamen die Vögel Angst. Sie entdeckten auf den Rändern ihrer Flügel einen kleinen rostfarbenen Saum, den sie nicht kannten. Sie versuchten ihn wie Schmutz mit den Schnäbeln wegzuputzen. Doch es war kein Schmutz, und jetzt sahen sie, daß es neue Federchen waren. Auch ihre Augen wurden größer und verlangten nach einem weiten Ausblick. Kreischend schwangen sie sich in die Lüfte empor.

Im Süden und Norden war der Himmel in offenem Aufruhr. Der Wind kämpfte gegen die Wolken. Im Süden stieg schwerer Dunst vom Meer auf. Die Wolken türmten sich zu hohen Bergen. Der Wind kam von Norden; er war noch kalt wie im tiefen Winter, doch er war schon schwächer. Wenn die Wolken sich dicht zusammengeballt hatten, trieb der Wind sie wieder auseinander, und die Berge stürzten in sich zusammen. Zuerst waren sie ganz überrascht; dann folgte eine kurze Ruhepause. Die Wolkenmassen waren wuchtig und schwer und verbreiteten blaue Dunkelheit über der Erde. Dann drehte sich der Wind, schlug um sich, schrie und bahnte sich in die Regengüsse hinein neue rotschimmernde Wege. Wie Wasser der unterirdischen Höhlen in den Bergen, so floß das Sonnenlicht durch die Kanäle der Wolken. Zugleich mit dem Licht brauste der Wind vom Himmel herab wie durch Orgelpfeifen.

Bobi lief zur Scheune; er ging hinein und schloß die Tür.

Hier, gegen die Mauer gelehnt, holte er tief Atem. In ihm war ein großes Verlangen, das er von früher her kannte und fast vergessen hatte. Es war auch nicht allmählich in ihm aufgestiegen; nein, es war ein plötzliches Verlangen. Er schob den Riegel vor, hier war er ungestört. Er suchte sich vier leere Säcke, breitete sie auf dem Boden aus und legte sich darauf. In diesem Augenblick konnte er alle Geräusche, die von draußen kamen, deutlich hören. Er übte jetzt alle Akrobatenkunststücke, die er kannte. Das, was er als den Krötenmenschen bezeichnete, die Schenkel über den Schultern, und den Schlangenmenschen, Arme und Beine um seinen Körper gewunden. Seine Kniegelenke krachten; er merkte, daß sie nicht mehr weich und nachgiebig waren. Er stand auf. Er hatte also seine Gelenkigkeit verloren. In diesem Augenblick zerriß der Wind eine riesige Wolke und trug die Fetzen davon. Er füllte den Raum nacheinander mit Dunkelheit und mit Sonne, dann wieder mit Dunkelheit, dann wieder mit Sonne. Bobi spürte, daß sich ein gewagter Sprung in ihm vorbereitete. Er mußte gelingen. Als der dritte Wolkenfetzen den Raum verdunkelte, sprang er. Es gelang. Er fiel auf seine Füße. Er wollte noch einmal springen; er sprang noch einmal und dann wieder und wieder, und er merkte nicht, daß die Dielen der Scheune wie eine Trommelhaut bebten. Schließlich blieb er aufrecht stehen, erschöpft und glücklich, gerade in dem Augenblick, als der Wind alle Wolkenfetzen vertrieben hatte und ein sanfter blauer Himmel sich über der Erde wölbte wie riesige Vogelschwingen.

»Wo bist du?« rief Jourdan.

Bobi beeilte sich, nach unten zu gehen. Draußen blendete ihn die Helligkeit. In der dicken Luft, die von den aufsteigenden Dünsten gesättigt und ganz klebrig war, schien die Sonne von allen Seiten zu kommen.

»Sieh«, rief Jourdan.

Und er deutete nach dem Horizont. Dort galoppierte ein Pferd, ungesattelt und ohne Reiter. Es verschwand im Staub des Brachlandes. Ein Schwarm Wildenten kämpfte gegen den Wind.

»Die Narzissen«, sagte Bobi und zeigte auf die Felder.

Doch der Wind erlaubte ihnen nicht, in gewohnter Weise miteinander zu sprechen. Er blies mit einer solchen Wut, daß er ihnen die Worte auf den Lippen zerriß. Die Wildenten schlugen heftig mit den Flügeln; mit aller Kraft kämpften sie sich vorwärts, doch sie kamen nicht von der Stelle. Sie schienen am Himmel festgebannt wie ein neues Sternbild, mit großen weißen Sternen, das am Tage scheint.

»Orion«, schrie Jourdan, »Orion-Mohrrübenblüte!«

Dann ließ der Wind plötzlich nach, und sie liefen zum Haus zurück. Marthe hatte an allen Fenstern die Gardinen hochgehoben, damit das Licht ungehindert eindringen konnte. In der Küche war es ganz hell, und auch Marthes Augen leuchteten heller als sonst. Der Wind rüttelte wieder an den Mauern; nicht einen Augenblick legte er sich, und lange schweflige Blitze zuckten im zerrissenen Gewölk.

Jeden Morgen ging Bobi jetzt hinaus, um seine Kunststücke zu üben. Für gewöhnlich jagte zu dieser Stunde eine frohe Reiterschar von Wolken über den Himmel und funkelte in der Sonne. Sobald er unbeobachtet war, machte Bobi zwei, drei seiner gefährlichen Sprünge, manchmal auch vier. Dann ging er trunken vor Glück ins Haus zurück, als sei nichts geschehen.

Zu dieser Zeit wurden Carle und sein Sohn auf etwas Merkwürdiges aufmerksam, das sie bisher noch nie beobachtet hatten, und an diesem Tage kehrten sie trunken, wie Bobi nach seinen vier Sprüngen, auf den Hof zurück. Vater und Sohn waren spazierengegangen. Ohne miteinander zu sprechen, waren sie zu der Wiese gekommen, auf der der Sohn vor einem Jahr den Hirsch zum erstenmal gesehen hatte. Am Ende der Wiese lag seit ältesten Zeiten ein Paternosterwerk, und die Erde hatte einen Hügel darüber gebildet. Sie kletterten hinauf. Auf dem Wege sah Carle eine junge Birke, die dort wild gewachsen war und schon über das Gras hinausragte.

Von der kleinen Anhöhe konnten Carle und sein Sohn sehr weit in der Runde sehen, denn auf der ebenen Fläche genügte die geringe Höhe für einen weiten Ausblick. Es war stürmisch; die Wolken wälzten sich von Norden nach Süden. Wie Wogen neigte sich das hohe Gras nach Süden. Massig ragte der Wald von Grémone am Horizont auf; die Bäume neigten sich nach Süden. Der helle Staub der Eschenblüten lag wie Rauch über dem Wald und wurde südwärts getrieben. Carle und sein Sohn waren beide von einer tiefen, aber angenehmen Traurigkeit erfüllt. Es war so, als seien Freunde fortgegangen, man bleibt allein zurück und fragt sich: Wer weiß, was sie erwartet? Ich bin in meinem Heim wohlgeborgen. Man stellt sich wohl auch vor, wie sie bei Nacht und Regen im Dornengebüsch schlafen müssen, und man denkt an das eigene behagliche Bett. Und gleichzeitig sehnt man sich nach dem behaglichen Bett und nach dem Dornengebüsch im Regen.

Carle und sein Sohn folgten mit ihren Blicken den wandernden Wolken, die nach Süden trieben. Als sie dann wieder auf die Felder hinabsahen, lag vor ihnen, was Carle als den Frühling bezeichnete, wenn er zu den andern davon sprach; man wußte nicht recht, was er damit sagen wollte, und er selber wußte es wohl auch kaum, doch er sagte so. Von der Anhöhe über dem alten Paternosterwerk waren sämtliche Wege des Plateaus deutlich zu sehen. Niemals hatten weder er noch sein Sohn – obgleich sie wohl viele hundertmal auf diesen kleinen Hügel gestiegen waren – bemerkt, daß man das alles von hier oben sehen konnte. Dieser Tag hatte kommen müssen, an dem der Wind brauste und ein großer Aufbruch in der Natur zu spüren war. Es mochte daher kommen, daß jetzt überall das Leben der Gräser und Pflanzen erwachte und daß inmitten des grünen Teppichs die Wege sich deutlicher abzeichneten. Da waren Wege, auf denen die Karren fuhren, mit genau erkennbaren Radspuren. Da waren die Fußpfade, die Reitwege, die Abkürzungen, die Fährten – die keine eigentlichen Wege waren, und die nur durch ihre ständige Benutzung als Wege zu erkennen waren –; sie sahen heute so blau aus wie der Himmel, weil sie bis auf die glänzenden Steine abgenutzt waren. Alle diese Wege kreuzten sich, sie kamen von irgendwoher, sie begegneten einander, sie trennten sich, sie liefen auf den Wald von Grémone zu, auf das Tal des Ouvèze, nach den Bergen hin, nach Süden, nach Norden, nach Osten, nach Westen, unbekümmert um Zeit, Dunkel oder Licht. Sie hatten eine geheimnisvolle Macht. Wenn man sie sah, wurde man noch ein wenig trauriger. Und gleichzeitig fing das Blut zu pochen an; in zwei, drei heftigen Schlägen, wie Trommelschläge dröhnte es in den Ohren.

»Und«, sagte Carle, »ein Weg führt in den andern. Es gibt keine Sackgassen, die Wege sind endlos und unabsehbar.« (Er wies mit einer weiten Armbewegung in alle vier Himmelsrichtungen.) »Das ist der Frühling«, sagte er noch einmal.

Die andern schwiegen; sie sahen alles so deutlich vor sich, als stünden sie auf dem Hügel über dem alten Paternosterwerk.

Eines Abends ließ Carle seinen Hengst zum zweitenmal frei. Jetzt war nicht mehr die Rede von den Stuten; es handelte sich ganz einfach um die Freiheit. Das Tier galoppierte sofort in gerader Richtung los, und Carle bemerkte, daß hinter ihm im Grase ein neuer Weg entstanden war. Es befreite ihn nicht von seiner Traurigkeit, doch das wollte er auch gar nicht. Es war keine schmerzhafte Traurigkeit, sondern ein starkes Verlangen nach etwas Bitterem, wie der Körper, der sich erneuern will, nach einem Aufguß aus Odermennig verlangt.

Am Himmel ging die große Schlacht weiter. Auf dem weiten Plateau tauchte die Gestalt des ungesattelten Hengstes auf und verschwand in einer Staubwolke. Er hatte sich prachtvoll entwickelt und war imstande, ganz unwahrscheinlich hoch zu springen; zuweilen, mitten in der Nacht, war im Heulen des Windes sein Gewieher zu hören.

Frau Helene hatte ihren guten Schlaf verloren; sie wurde nur ruhiger, wenn sie die kalten Hände auf ihre Brust legte. Zuweilen erhellte ein Blitz das Zimmer, ein Donnerschlag erschütterte die Mauern des Hauses, und er schien tief aus der Erde zu kommen. Die Wetterfahne kreischte im Winde. Sie drehte sich nicht, denn der Wind kam immer aus der gleichen Richtung, sie klagte nur leise in unregelmäßigen Abständen. Frau Helene wurde ruhiger, wenn sie die kalten Hände auf ihre Brüste legte; sie fühlte mit Bangen, daß sie heiß glühten und gespannt waren. Das Klagen des Windes durchbohrte ihre Haut, es drang in ihr Herz. Die Fenster waren undicht, es klapperte, und die Scheiben klirrten. Durch die Ritzen drang der Wind, er sprang auf die Bettdecke. Es war ein milder Wind, schmeichelnd legte er sich um Frau Helenes Körper. Wie das Laub der Bäume durchdrang er sie sachte; bis tief in ihr Innerstes wehte seine Unruhe, bis dorthin, wo sie sich für so stark und sicher gehalten hatte. Der Wind klagte; man hörte sein Klagen in der Tiefe der Nacht und im Echo, das von den Bergen und den weiten Hallen des Waldes zurückgeworfen wurde. Das ganze Haus erbebte. Nicht nur die Mauern, an denen sich die heftigen Windstöße mit unverminderter Gewalt brachen – so daß Frau Helene manchmal das sandige Knirschen der Wolken zu hören glaubte, die, vom wilden Wirbel nach unten gedrückt, das Haus streiften –; nein, im Hause selbst fingen die verstecktesten Türen an zu knarren, und ihre eisernen Scharniere schrien in den Angeln. Frau Helenes Leid war friedvoll, es hatte keine irdischen Ursachen.

Ich brauche mich über niemanden zu beklagen, dachte sie, nicht einmal über mich selbst. Im Grunde bin ich ganz friedlich und froh.

Sie wiederholte sich »friedlich, friedlich«, während der Wind tobte und das leise Klagen immer neue Wellen von Traurigkeit herantrug, die weich und voller Wärme waren. Es war eine angenehme Traurigkeit.

Doch die Stimme des Windes kam wie aus einer hölzernen Gurgel; es waren Töne, die fast menschlichen Lauten glichen; das Klagen der Wetterfahne war blechern und kalt, es drang nicht auf weicher Bahn ins Fleisch, mit einem feinen Einfühlen in die Nerven und Adern, nein, schneidend und messerscharf bahnte es sich seinen Weg, direkt zum Herzen. Die Nerven schmerzten, die Adern schienen mit einemmal blutleer zu werden, das Blut floß durch eine Wunde, die tief im

Fleisch verborgen war. In solchen Augenblicken brachten nur die kalten Hände auf den Brüsten ein wenig Ruhe und Frieden. Frau Helene dachte an Jourdan. Die ersten Male hatte sie schnell die Augen geschlossen. Doch mit geschlossenen Augen konnte sie viel besser sehen, und so behielt sie jetzt die Augen offen. Sie blickte zum dunklen Fenster, in dem das goldene Sternbild des Widders stand. Sie konnte die vom Winde verwehten Sterne nicht deutlich erkennen; sie waren samten und groß wie Haferkörner. Im Fensterrahmen sah sie Jourdans Augen, nicht das Dunkel der Nacht; sie sah Jourdans gebräunten Körper. Sie hörte nicht das Tosen des Windes; sie hörte nur ihr eigenes Stöhnen aus vergangenen Zeiten, und ohne daß sie sich wehren konnte, drängte sich eine dunkle Gewalt zwischen ihre Schenkel und öffnete sie.

Eines Nachts hörte sie ein Klagen, das weder vom Winde noch von der eisernen Wetterfahne kam. Es war roh und schmeichelnd zugleich. Und es drang schneller zum Herzen als das gewohnte Klagen des Windes und der Blechfahne. Als diese fremde Stimme sie traf, fühlte sie, wie eine neue Jugend in ihr erwachte.

»Was willst du?« (Sie sprach sehr leise; sie versuchte den Augenblick, in dem die Kraft zum Widerstand ihr mangeln würde, möglichst lange hinauszuschieben.) »Was willst du? Was geschieht mit mir? Was habe ich um des Himmels willen verbrochen, daß das wieder anfängt? Was soll ich jetzt mit dir anfangen? Ich bin allein. Du weißt es sehr gut. Er ist fortgegangen; an meiner Seite ist es leer. Was kommst du und störst meine Ruhe? Gönne mir meinen Frieden.«

Plötzlich war ihr, als habe Aurore geklagt. Sie war fast erleichtert. Sie sprang aus dem Bett, zündete eine Kerze an und öffnete die Tür zum Flur. Wirklich, da stand Aurore in ihrem langen Nachthemd.

»Hast du geweint?« fragte Frau Helene.

Aurore blickte zum großen Flurfenster hinaus.

»Ich weine nicht«, sagte sie.

»Was war das eben für ein Geräusch?«

»Es waren die Pferde«, sagte Aurore.

Jetzt kam es Frau Helene zum Bewußtsein, daß es wirklich das Wiehern eines Pferdes gewesen war.

Sie seufzte.

»Wir müssen uns wieder hinlegen, mein Kind, und versuchen, Ruhe zu finden.«

Frau Helene kehrte ins Bett zurück.

Jetzt war nur noch das Klagen des Windes zu hören. Ein Blitz erhellte das Zimmer. Frau Helene schloß die Augen. Sie versuchte nicht mehr gegen die Erscheinung des Mannes anzukämpfen, der nun riesengroß, heiß und schwer vor ihr stand. Sie schlief langsam ein. In ihren Träumen wurden die runden Brüste in ihren Händen zu Segeln, die der Wind aufbläht und fortweht.

Der Frühling blieb wild und unruhig. Die Narzissenfelder blühten. In den Nächten zuckten grelle Blitze am Himmel. Der Wind heulte ununterbrochen. Er wurde sogar noch stärker. Die Luft roch nach Steinen und Regen, denn der Wind kam von den hohen Bergen, auf denen der Schnee zu schmelzen begann. Zuweilen roch es ganz stark nach Granitfelsen. Am Tage beschatteten dichte ziehende Wolken die Erde, doch manchmal wurde es gegen Morgen windstill, und Blumen und Gräser fanden ein wenig Ruhe. Ein Vogel sang. Die Wipfel der Birken, die sich unaufhörlich geneigt hatten, richteten sich seufzend auf. In den Wiesen rieselte der Tau von den Gräsern. Aus den Taubentürmen schwärmten die Tauben aus, doch nach einem kurzen Rundflug kehrten sie wieder in den Schutz des Turmes zurück.

Jourdans Muttersau hatte nur acht Zitzen und warf neun Ferkel. Das neunte war rosig und fett und hatte eine so zarte Haut, daß man fast hindurchsehen konnte. Da es keinen Platz zum Saugen hatte, mußte es mit der Flasche aufgezogen werden. Jourdan holte sich die Milch bei Jacquou. Jacquou sagte zu ihm:

»Ich werde dir meine Ziege solange in Pension geben, das ist einfacher; komm sie dir morgen holen.«

Am nächsten Tage spannte Jourdan seinen Karren an und fuhr zu Jacquou.

Das Wetter war unverändert, es wurde immer trüber.

Jourdan hatte Mais ausgesät, er wuchs kräftig. Rings um die Jourdane wuchs alles, was zum Leben gebraucht wurde. Der Frühlingswind strich dicht über den Erdboden hin, er zauste das zarte Grün des Getreides, doch nicht mehr, als notwendig war, damit die Halme widerstandsfähig genug wurden, um später die vollen Ähren zu tragen. Dieses Getreide reichte für vier Menschen länger als ein Jahr. Als Jourdan sein Narzissenfeld angelegt hatte, war er auf eine Quelle gestoßen; sie war ganz schwach, ihr Strahl kam dünn wie aus einem Pfeifenrohr. Er hatte das Wasser in einem Bassin aus festgestampftem Ton aufgefangen. Darin schlummerte es nun. Das hatte ihm einige neue Einrichtungen ermöglicht: einen Gemüsegarten, ein Flecken, der sich blaugrün abhob, mit dicken Kohlköpfen, Rüben, Spinatbeeten, Sauerampfer, Zwiebeln, Knoblauch und Tomatenpflanzen; er wollte es versuchen. Doch die wichtigste Neuerung war ein großes Viereck mit Leinsamen. Das hatte verschiedene Gründe: Erstens, sagte sich Jourdan, liebe ich das Blau dieser Blumen. Den andern Grund gestand er sich kaum ein: Ich denke an zwei, drei Jahre im voraus. Wir werden einmal froh sein, das dann hier zu haben. Jourdan hatte Hanf gesät und hatte den Samen zum Vorweichen in sein Bassin gelegt. Er hatte versucht, zwei, drei Päckchen Samen auszudreschen, dabei war er auf neue Gedanken gekommen: sich im Walde einen Baum zu suchen, dessen Holz nicht arbeitete; ihn zu fällen, nach der Jourdane zu bringen, ihn der Länge nach durchzusägen und ein Gerät zu konstruieren, mit dem man den Hanf bearbeiten konnte. Es konnte ein kleiner Nußbaum, eine Eiche oder eine junge Zeder sein. Zedernholz riecht gut. Der Geruch des Sägemehls von Zedernholz macht ganz toll, so gut riecht es. Ein Gerät aus Zedernholz zu haben, Handwerkszeug aus Zedernholz, daran dachte er. Zuerst einmal mußte der Baum gefällt werden. Doch sie brauchten auch noch ein anderes Gerät aus Zedernholz, und zwar bald. Wie würde Marthe sich freuen! Einen Webstuhl! Bobi hatte gesagt, er wisse, wie so etwas gemacht wird. Jourdan besann sich nur dunkel. Marthe besann sich auf die Handgriffe, und dabei erinnerte sie sich langsam an das Gerät. Bobi hatte die beiden senkrechten Balken auf einem Stück Papier aufgezeichnet. Doch Marthe hatte zu ihm gesagt: »Du irrst dich. Da macht es keinen solchen Bogen; es sieht so aus, denn wenn man die Pedale tritt, geht das Ding da hoch, und wenn der Bogen so wäre, schlüge es gegen das Knie. Jawohl, mein Guter!« – »Du hast recht«, hatte Bobi gesagt, hatte den Bogen ausradiert und einen andern aufgezeichnet und war dabei Marthes Fingern gefolgt; sie sagte: »Ja, so wird es gehen.« – Ein Webstuhl aus Zedernholz! Jourdan begeisterte sich für diesen Webstuhl. Er sah ihn vor sich, er hörte ihn. Das Geräusch des Webstuhls versetzte ihn in seine Kindheit zurück, in seine bergige Heimat; es erinnerte ihn an seinen Vater, seine Mutter, das Haus, das Leben von damals, den Frieden von damals – diesen schönen Frieden von damals! Das Leben ist schön! Beim Himmel, ja, es ist schön!

»Schläfst du ein, Coquet? He, du Faultier! Wann kommen wir denn auf diese Weise zu Jacquou? Und wann bekommt das Ferkelchen seine Milch?«

Und er streifte das Pferd mit dem Peitschenstiel.

»Wir werden also einen Webstuhl bauen, das kannst du mir glauben. Und auf dem Querbalken kratze ich mit dem Messer einen Hirsch ein, mit einem riesigen Geweih, und an jeder Seite eine Hirschkuh, und auf dem Rahmen und überall, ringsherum.«

Er sah den Hirsch vor sich, den er mit dem Hirtenmesser einschnitzen wollte, dem Messer mit dem gelben Horngriff, das scharf geschliffen war und eine schöne Spitze hatte. Er sah das Geweih des Hirsches, breit wie die Äste eines Baumes, und in seinem Schutz die Hirschkühe, die sich mit dem Rücken daran rieben, wie am Zedernbaum im Walde. All das sollte auf dem Balken von Marthes Webstuhl eingegraben werden.

Hinter sich auf dem flachen Brachland hörte er plötzlich ein Geräusch. Er hielt an und lauschte. Es war das ferne Rollen eines Wagens.

»Da ist sie wieder«, dachte er, »was fällt ihr nur neuerdings ein?«

Seit einiger Zeit hörte er jedesmal, wenn er allein auf dem Felde war, Frau Helenes Kutschwagen, der dann auch bald auftauchte. Sie schien im Kreise um die Stelle herumzufahren, auf der er sich befand, ohne jedoch näher zu kommen. Frau Helene fuhr selbst; sie hatte ihre beiden Pferde vorgespannt; sie fuhr sehr scharf, manchmal im gestreckten Trab, manchmal im kurzen Galopp. Oft stand sie aufrecht auf dem Tritt des Kutschbocks und fuhr querfeldein.

Er hatte gerufen:

»Frau Helene!«

Er hatte ihr gewinkt heranzukommen.

Doch sie fuhr weiter – im Kreise um ihn herum; dann entfernte sie sich wieder.

Er sagte sich:

»Sie hat mich wohl nicht gehört.«

Doch das nächste Mal – sei es, daß der Wind günstiger stand, sei es, daß er lauter gerufen hatte – hatte er bemerkt, daß die Pferde seinen Zuruf gehört hatten. Sie mußte es also auch gehört haben. Er winkte ihr: »So kommen Sie doch!« Sie blickte zu ihm hin, aber sie machte es wie das vorige Mal, sie wendete und fuhr davon.

»Was hat sie nur?« dachte er, »sie hat mich bestimmt gesehen.«

Bei seiner Rückkehr fragte er Marthe.

»Hast du Frau Helene kürzlich gesehen?«

»Nicht in diesen Tagen.«

»Hat sie dir nichts gesagt?«

»Nein.«

»Machte sie nicht einen verärgerten Eindruck?«

»Nein«, sagte Marthe, »weshalb?«

»Merkwürdig«, sagte Jourdan, »ich habe sie jetzt zwei-, dreimal in ihrer Kutsche gesehen, sie fährt immer im Kreise um mich herum. Ich rufe sie an. Sie blickt zu mir hin – sie hat mich also gehört –, aber sie kommt nicht näher.«

»Vielleicht hat sie etwas anderes vor.«

Jourdan gab sich mit dieser Erklärung im Grunde nicht zufrieden. Er sagte sich: »Es bleibt merkwürdig.«

Hinter ihm war eine kahle Fläche. Der Himmel war im stummen Aufruhr, denn noch immer tobte der Wind hoch in den Lüften. Jourdan hörte, wie der Wagen näher kam. Er war gerade in einer Mulde, und Frau Helene konnte nicht sehen, daß er angehalten hatte. Er hörte die Schellen der Pferde, das Ächzen der Wagenfedern, ja sogar Frau Helenes tiefe Stimme. Sie rief: »Hoo!« Dann blieb alles still.

Er wollte rufen, doch dann überlegte er, sie hat angehalten, weil sie mich in der Mulde gesehen hat. Sie will mir also nicht begegnen. Das alles ist nicht recht klar. Er fragte sich: »Was ist geschehen? Was habe ich ihr getan? Warum folgt sie mir und hält dann an? Warum umkreist sie mich im weiten Bogen?«

Er sagte sich: »Das Vernünftigste wird sein, wenn ich umkehre und zu ihr sage: ›Was ist eigentlich los?‹« Aber gleich darauf dachte er, daß es doch besser sei, weiterzufahren und so zu tun, als habe er nichts bemerkt. Denn er hatte Frau Helene sehr gern. Er liebte ihre Hautfarbe, ihre Bewegungen, ihre Augen, die Form ihrer Nase, den Ton ihrer Stimme und die Art, wie sie beim Gehen ihre Arme bewegte. Bei ihm hatte sie Schutz gesucht, als ihr Mann wahnsinnig geworden war.

»Jourdan«, sagte er zu sich, »laß sie in Frieden.«

Er berührte das Pferd mit der Peitsche und fuhr weiter.

»Ja«, dachte er, »einen großen Webstuhl wollen wir bauen, so einen, wie sie ihn in den Bergen haben.«

Er kam an eine Talsenke, die »Mouillure« hieß, eine Vertiefung voller Sumpf und Feuchtigkeit, mit Schilf und Schachtelhalmen bewachsen. Dichter Nebel hing darin.

»Hier«, dachte er, »wird sie es schwerlich vermeiden können, wenn sie nicht achtgibt.«

Wirklich, es war fast nichts zu erkennen; man fuhr wie blind in den Nebel hinein; alle Geräusche waren durch die dichte Feuchtigkeit verändert und täuschten.

Jourdan war mitten im Nebel, als er plötzlich angerufen wurde. Er hielt an.

»Wer hat gerufen?«

»Ich«, sagte eine Stimme.

»Wer, ich?«

Die Stimme kam von links.

»Ich, Frau Helene!«

»Ach, Sie sind es«, sagte Jourdan, »ich habe Sie nicht kommen hören.«

»Der Boden ist weich.«

»Wo sind Sie?«

»Hier, links, zwischen den Weiden.«

Im Nebel erkannte er jetzt die Umrisse von Weiden.

»Warten Sie, ich komme zu Ihnen.«

»Nein«, sagte Frau Helene, »bleiben Sie.«

»Ich frage mich, was mit Ihnen geschehen ist«, sagte Jourdan. Er sagte es leise, fast zu sich selbst, doch sie hatte es gehört.

»Mir ist nichts«, sagte sie.

»Sie folgen mir.«

»Ja.«

Er wußte jetzt nicht, was er antworten sollte.

»Wohin fahren Sie?« fragte sie.

»Zu Jacquou, mir seine Ziege holen. Ich habe ein Ferkel, das nicht an der Mutter saugen kann.«

»Warum nicht?«

»Die Muttersau hat acht Zitzen, und es ist das neunte.«

Nach einer kurzen Pause sagte die Stimme aus dem Nebel:

»Das ist unser aller Los.«

Die Deichsel knirschte, die Äste der Weiden streiften das

Lederverdeck. Frau Helene ließ die Pferde wenden. Die Peitsche sauste pfeifend durch die Luft, und fort war sie.

Als Jourdan aus der Talsenke herauskam, blickte er sich nach rechts und links um. Alles war öde und einsam. Frau Helene war verschwunden.

Er peitschte sein Pferd und fuhr im gestreckten Trab davon; auf dem Sitz hochgeschleudert, dachte er an nichts anderes, als die Zügel festzuhalten und immer wieder das Pferd mit der Peitsche anzutreiben. Er langte bei Jacquou an, sprach ein paar Worte über den Regen und das Wetter im allgemeinen, nahm die Ziege und kehrte ohne Aufenthalt nach der Jourdane zurück.

So plötzlich, wie die Wildheit des Frühlings ausgebrochen war, ebenso plötzlich beruhigte sich das Wetter, und es folgten Tage voller Frieden. Man spürte gleich, sie würden von Dauer sein, fest waren sie und solide, wie aus Zement und Eisen. Der Wald, jetzt dicht belaubt, schien doppelt so groß wie vorher, er war behäbig und gedehnt und zeichnete sich nicht mehr wie ein schwarzes Holzgitter gegen den Himmel ab. Der kleinste Baum, der bisher einem schmalen Eisengestell geglichen hatte, schwarz und von Nässe funkelnd, nahm jetzt üppig und dicht belaubt seinen Platz in der Welt ein. So war viel leerer Raum am Himmel ausgefüllt. Der dichte Wald war nicht zu übersehen, doch man wurde sich seiner Gegenwart noch besser bewußt, wenn man schrie oder sonst einen Lärm machte, denn der Schall, der sich vorher im All verloren hatte, wurde jetzt von der lebendigen Masse der Bäume zurückgeworfen.

Die Tage waren wie vergoldet.

Jacquou hatte Verlangen nach Fleisch und Blut. Dieses Verlangen gaukelte ihm Traumbilder vor; er war von prachtvollen Tieren umgeben; sie waren durchsichtig und zogen an ihm vorüber wie Rauch. Er war erfüllt von gewaltigem Ehrgeiz; er wollte die Tiere seiner Träume züchten, er wollte sie wirklich besitzen. Sie sollten in Fleisch und Blut über die Erde wandern, sie sollten das Plateau von Grémone bevölkern, auf dem jetzt viel Neues geschaffen wurde. Vor sich sah er eine reiche und schöne Aufgabe für seinen Kopf und seine Hände. Seine Kräfte verlangten nach Betätigung. Jetzt ging er und richtete auf der Tenne einen flachen Stein her; es war ein alter Mühlstein. Er holte ein Zicklein, fesselte es an den Füßen und legte es auf den Stein. Das Tier reckte den Hals, sein Atem wirbelte alte, staubige Spreu auf.

Jacquou prüfte mit der Daumenspitze die Schneide seines Messers. Er packte das Zicklein bei den Ohren, riß ihm den Kopf zurück und schnitt ihm die Kehle durch. Das Tier stieß einen Schrei aus, doch die Klage verschäumte in der Wunde. Das Blut hörte bald auf zu fließen; auf dem Boden war eine große dunkle Lache. Die kleinen Beine hörten auf zu zittern. Das Zicklein entblößte das Gebiß, es schien zu lachen.

Jacquou häutete es. Das Tier hatte noch keine Knochen; schneeweiße Knorpel leuchteten in dem jungen, zarten Fleisch. Er schnitt den Leib auf und löste Magen und Eingeweide heraus.

Dann rief er den Knecht.

»Mach eine Grube und vergrabe das.«

Er bezeichnete die Stelle.

»Dahinten«, sagte er.

Dort wollte er später einen Rosenstrauch pflanzen.

Er legte das Gekröse und die Leber beiseite auf den Stein. Das Fleisch war warm und dampfte noch ein wenig.

Von nun an wurde das Wetter friedlich und heiter. Männer und Frauen waren von allerlei Verlangen erfüllt, doch noch keiner wagte, seine Träume zu verwirklichen.

Es war die Bangigkeit des Frühlings.

XVIII

In den Nächten leuchtete der Hirtenstern.

»Man nennt ihn auch ›Venus‹«, hatte Bobi gesagt.

Die Nachtigallen sangen.

Jourdan und Bobi gingen mit Äxten in den Wald. Marthe spannte das Pferd vor den leichten Karren und fuhr zu Randoulet, um Wolle zu holen.

Jourdan sagte:

»Wir brauchen zuerst einmal zwei Zedernbalken von zwei Meter dreißig Länge.«

Sie suchten junge Zedern, die sie auf der Seite von Grémone fanden, an einer Stelle, an der der Wald sich lichtete und über die der Sturm aus den Bergen mit voller Wucht hinbrauste.

Als der erste Baum am Boden lag, erschien er ihnen zu klein, obgleich er drei Meter lang war; doch da die Spitze zu dünn und daher unbrauchbar war, kam es gerade aus. Der Baum hatte vierzig Zentimeter Durchmesser, und nachdem der Balken viereckig zugeschnitten war, hatte er in der ganzen Länge fünfzehn Zentimeter Durchmesser.

Jourdan sagte:

»Es wird gehen.«

Die beiden Männer stopften ihre Pfeifen, sie rauchten nachdenklich.

»Man sollte den Ansatz der Wurzeln dranlassen«, sagte Bobi, »und ihn als Fuß verwenden.«

»Eine gute Idee«, sagte Jourdan.

Er nahm einen Span auf, der abgesprungen war, als sie mit den Axtschlägen begonnen hatten.

»Das Holz scheint weich«, sagte Jourdan und versuchte, mit seinem Messer etwas in das Holz einzukerben.

»Was machst du da?«

»Ich versuche etwas«, sagte Jourdan.

Er hatte einen fünfzackigen Stern aufgezeichnet und dann eingeschnitzt.

»Ich will alles darauf einkerben«, sagte er, »Orion, den Hirsch, die Hirschkühe und die Bäume.«

Unweit davon fällten sie noch eine Zeder. Sie banden die beiden Stämme mit Stricken zusammen und schleppten sie ein Stück hinter sich her. Es war verabredet, daß Jourdan Marthe bei ihrer Rückkehr auf der Jourdane erwarten sollte, um sie mit dem Karren hierher in den Wald zu fahren, denn sie wollten die Stämme sofort nach Hause bringen. Bis Jourdan zurückkam, sollte Bobi die Zweige abschlagen und einige acht Zentimeter dicke und einen Meter lange Zedernäste zurechtschneiden.

»Schneide vier Zedernäste zurecht, oder noch besser fünf, man kann sie immer gebrauchen«, sagte Jourdan und ging.

Bobi hatte eine scharfe Axt. Die Zeder, von der er die Zweige abschlug, verteidigte sich mit ihrem Geruch. Harziger Saft rann überall herunter. Der starke Geruch haftete sogar an der Axt. Bald roch es auf der ganzen Lichtung, auf der Bobi arbeitete, nach Zedernholz. Die Luft war warm, und der Himmel leuchtete wie Feuer.

Gegen Mittag hatte Bobi alle blauschimmernden Zweige von den beiden gefällten Bäumen abgeschlagen und aufgeschichtet. Er setzte sich auf die Stämme, die aus vielen Wunden bluteten, und aß sein Frühstück. Die Welt um ihn summte leise. Durch die herabhängenden Zweige der alten dunklen Zeder, unter der Bobi saß, konnte er über die ganze Weite des Plateaus hinausblicken, das von tausendfachem Leben erfüllt war.

Zur gleichen Stunde ging Fräulein Aurore zum Stall und sattelte ihre Stute. Für gewöhnlich hatte sie den Riemen ins fünfte Loch geschnallt. Sie zog ihn an, doch der Dorn reichte kaum bis ins dritte Loch.

»Pumpe dich doch nicht so voll Luft«, sagte sie zu dem Tier.

Es war zum erstenmal in diesem Jahr, daß Aurore kam, um wieder Freundschaft mit der Stute zu schließen und um ihr zu sagen, daß alles vergeben und vergessen sei. Denn Aurore wollte Bobi wiedersehen. Ihn sehen. Ihn hören. Ihn berühren.

Zu ihm sagen: »Wir wollen wieder Freunde sein, wie an jenem Tage, als Sie mich beim Wettlauf einholten, wegen meines dummen Herzens. Denn mein Herz war schwach, es erlaubte mir nicht, so schnell und so weit zu laufen, mein Herz ist für etwas anderes geschaffen. Seien wir wieder Freunde, wie an jenem Tage, als ich Sie mit meiner Schürze abgetrocknet habe.« Sie wollte sich mit der Stute aussöhnen, im Galopp durch den Frühling reiten, zur Jourdane, Bobi sehen, für dies eine Mal nichts anderes sein als Frau. Zu ihm sagen: »Verzeihen Sie mir. Verzeihen Sie mir alles, was ich damals gesagt habe.«

»Es ist wahr, daß... In dem, was ich Ihnen sagte, ist viel Wahres, denn ich sagte es, weit...« Nur seine Samtjoppe berühren!

»Pump dich nicht voll Luft; sei brav; du siehst doch, daß ich freundlich zu dir bin.«

Sie streichelte das weiche Maul der Stute. Sie versuchte, den Riemen anzuziehen. Der Dorn kam kaum bis an das dritte Loch. Aurore prüfte die Decke unter dem Sattel. Sie war vielleicht zu oft gefaltet und trug darum mehr auf. »Nein«, sagte sie. »Dann ist es vielleicht das Leder. Ist es in diesem Winter hartgefroren und dadurch kürzer geworden? Leder wird nicht kürzer vom Frost.« Doch in ihr brannte die Sehnsucht. Sie zog den Riemen fest an und schnallte ihn ins dritte Loch. »Wenn der Sattel zu locker sitzt und sich verschiebt«, dachte sie, »werde ich es schon merken.« Sie ritt im Herrensitz und umklammerte die Stute mit ihren Beinen. Ins Freie gelangt, ritt sie gradeaus. Die Stute war schlechtgelaunt, schüttelte den Kopf und zitterte. Sie war entschieden unlustig. Aurore drehte auf den Wald zu, damit sie das frische Grün der Bäume sehen und den Duft der Blüten einatmen sollte.

»Bist du böse auf mich?« fragte sie leise. »Kannst du nicht vergessen? Habe ich denn angefangen? Du bist hinter dem Hengst hergelaufen und hast mich nicht mehr angesehen. War das recht von dir? Wollen wir nicht wieder Freunde sein?«

Sie drückte ihre Schenkel freundschaftlich gegen die Flanken des Pferdes. Der Leib des Tieres kam ihr unnatürlich vor.

Vorn, an der Stelle, an der die Wade die Flanken der Stute berührte, war es früher nachgiebig und kaum durchwärmt gewesen; jetzt war die Stelle brennend heiß und hart.

Aurore sang vor sich hin:

»Wir werden ihn sehen. Wir werden mit ihm sprechen. Er wird mit uns in den Wald gehen.«

Nach dem Frühstück hatte Bobi sich gestreckt, hatte gegähnt und sich auf dem Haufen blauschimmernder Zedernzweige ausgestreckt. Er schichtete noch mit einer müden Handbewegung Laub unter seinen Kopf, dann war er eingeschlafen. Zuerst träumte er von einem Mann, der neben ihm auf eine kupferne Trommel schlug. Der Trommler war nicht zu hören, doch bei jedem Schlag war es ihm, als dringe ein frischer Lufthauch in seinen Kopf, so wie Bergluft eine atmende Brust füllt. Er erwachte halb und rieb sich die Nase. Der Traum mochte wohl vom starken Duft der Zedern kommen. Dieser Geruch verwirrte seinen Kopf. Die kupferne Trommel waren seine geschlossenen Augenlider, durch die die Sonne schien. Er öffnete die Augen einen kleinen Spalt. Durch die Wimpern sah er die weite Fläche des Plateaus, das in der Sonne kupferrot glänzte. Er schloß die Augen und schlief wieder ein. Jetzt hatte er einen zweiten Traum, der sich langsam in ihm formte. Er träumte, er ruhe auf einem Lager aus Zedernzweigen und sei nur halb eingeschlafen. Da hörte er Schritte im Walde. Er sagte zu sich: »Es ist nicht Jourdan.« Jemand legte sich an seiner Seite nieder, dann rührte sich nichts mehr. Nur spürte er neben sich das Gewicht eines Körpers, der das Lager zerdrückte. Dann begann der Traum von neuem. Eine Hand berührte seine Haare. Er sagte:

»Warum mich pflegen, mich trockenreiben und zu mir sagen: ›Ihr werdet Euch erkälten‹, und später kümmert Ihr Euch nicht mehr um mich? Der Regen des langen Winters hat mich bis auf die Haut durchnäßt, wohl einen Zentimeter tief ist er in die Haut gedrungen.

Man gewöhnt sich schnell daran«, sagte er, »daß der Kopf

mit der warmen Schürze eines Mädchens getrocknet wird. Und nachher fehlt es sehr.

Ja, Fräulein«, sagte er, »so ist es.«

Es ist schwierig, nur zu einer Hand zu sprechen und zu der Wärme, die du neben dir spürst, als liege jemand an deiner rechten Seite. Er zwang sich, ganz still zu liegen und sich nicht zu rühren, nicht einmal die Spitze seines kleinen Fingers, denn im Traum hörte er, wie jemand sagte: »Rühre dich nicht, wenn du willst, daß es so bleibe.«

»Ich möchte noch etwas«, sagte er, »streichle mich unter dem Kinn, dort, wo es ein wenig dick ist; ich habe es gern, wenn man mich unter dem Kinn streichelt.«

Er fragte sich: »Wieso wage ich es, in dieser Weise zu Aurore zu sprechen? Wie soll ich zu Aurore sprechen? Fräulein Aurore, meine ganze Sehnsucht. – Und es ist doch wahr, ich liebe es, wenn man mein Kinn mit der flachen Hand streichelt. Ich möchte, daß sie es tut. Warum sagt man nicht einfach, was man möchte? Und da sie hier neben mir liegt!« Die einzige Antwort auf alles, was er sagte, war die Wärme, die von der Gestalt neben ihm ausging.

Eine Hand berührte seine Brust.

Er erwachte jäh und richtete sich halb auf. Die Frau neben ihm ebenfalls; sie rückte etwas von ihm ab, aber blieb doch mit ihrer Wärme an seiner Seite, und er erkannte nicht sogleich, daß es Joséphine war.

»Wer ist es?« fragte er.

»Als ob Ihr mich nicht kennt!«

»Ja wirklich«, sagte er. »Seid Ihr schon lange hier neben mir?«

»Eine ganze Weile.«

»Ihr wart es also eben?«

»Wer sollte es sonst gewesen sein?«

»Ja wirklich«, sagte er, »und ich, was habe ich getan?«

»Ihr habt ganz friedlich geschlafen, fast ohne zu atmen. Ihr wart ganz still. Ich mußte mit meinem Ohr fast Euren Mund berühren, um Euren Atem zu spüren.«

»Ich habe nicht gesprochen?«

»Nein«, sagte sie, »warum hättet Ihr auch sprechen sollen, Ihr wart ja allein!«

»Habt Ihr meine Haare gestreichelt?« fragte er.

»Ich habe Eure Haare nicht angerührt«, sagte sie, »ich bin nur mit meinem Ohr ganz dicht an Euren Mund gekommen.«

Er betrachtete das Ohr; es war fleischig und fein geädert wie eine Feldlilie.

»Es kommt aber vor, daß man im Schlaf spricht.«

»Eben habt Ihr geschlafen, aber Ihr habt nicht gesprochen.«

»Das wundert mich«, sagte er.

»Ihr glaubt es wohl nicht?«

»Doch, aber mir war, als hätte ich gesprochen.«

Sie hob den Kopf, sie sah ihn mit halbgeschlossenen Augen an; Zweifel leuchtete in ihren Augen.

»Wenn man im Schlaf spricht«, sagte sie, »spricht man von dem, was man liebt.«

»So ist es«, sagte er.

»Wenn ich besser hingehört hätte, dann wüßte ich jetzt, wer es ist.«

»Ich dachte an Euch«, sagte er.

»Lügner!«

Er merkte jetzt, daß sie immer noch ausgestreckt neben ihm lag. Er versuchte von ihr abzurücken; sie griff nach seiner Hand.

»Bleibe«, sagte sie.

Sie atmete schnell.

»Sag noch einmal die Lüge von eben.«

»Ich dachte an dich.«

»Woran, an meinen Mund?«

Ihr Gesicht kam näher; ihre Lippen waren heiß und durchblutet.

»Ja.«

»So lange gewartet«, sagte sie.

Sie preßte ihren Mund auf Bobis Lippen.

»Weshalb?«

Sie sprach, die Lippen auf seinem Mund.

»Weshalb?«

Das Wort zitterte auf ihren Lippen.

Er versuchte zu sprechen, doch es wurde nur eine Klage und ein leises Stöhnen. Auch sie stöhnte. Er hielt sie in seinen Armen. Er legte sie ins Gras. Ihr üppiger Mund war von unheimlicher Gewalt. Wie der Saft aus einer reifen Frucht floß die Klage und das Stöhnen aus diesem Mund.

Er warf sich auf sie.

»Warte«, sagte sie.

Doch während sie es sagte, drängte sie sich noch dichter an ihn.

Er spürte, wie sie mit der Hand nach dem Verschluß ihres Rockes tastete.

»Komm, komm«, sagte er.

Sie nahm die Hand fort.

»Komm«, sagte sie.

Er spürte, wie es in seinen Schläfen hämmerte. Er war wie erlöst. Er wollte die Augen nicht öffnen, so glücklich war er mit geschlossenen Augen. Joséphine preßte ihr glühendheißes Gesicht gegen das seine. Ihre vollen, weichen Lippen schimmerten feucht und bebten.

Er sagte leise:

»Du Liebe.«

»Ich bin glücklich«, seufzte sie.

Sie streichelte sein Haar.

»Und du?«

Ja, er war glücklich! – Ja, er war glücklich! Jetzt wußte er, was Glück war. Ein Frieden erfüllte ihn und umgab ihn, wie inmitten unermeßlicher Einsamkeit. Alle Süßigkeit der Erde war auf diesen weichen Lippen, die sich an seine Wange preßten und deren salzigen Geschmack er noch im Munde spürte. Er legte die Hand auf Joséphines Kinn. Er strich über die Rundung, dann glitt seine Hand den weichen Hals entlang, tiefer hinab, über ihr Kleid, über ihre Brüste. Joséphine seufzte. Er strich über ihre Hüften. Nun fühlte er nicht mehr den Stoff des Kleides; ihr Leib war nackt.

Nein, bis jetzt hatte er das Glück noch nicht gekannt.

»Was soll nun werden?« fragte sie.

»Ich kann nicht mehr leben, ohne dich zu sehen, und kann nicht warten.«

Langsam nahm die Welt wieder Besitz von ihnen, die Zedern, der Wald, die Felder, die Berge, der Strom, die Wege; die Menschen, die über die Erde hinschreiten; die großen Bauernhöfe, die fünf Familien auf dem Plateau, die Häuser, die Lampen, die Feuer, die Gesichter: Marthe, Jourdan, Honoré, Jacquou, Barbe, Randoulet, Zulma, Honorine, Frau Helene!

Und die Freude?

Es gibt keine Freude.

Aurore war in den Wald geritten, aber sie blieb am Rande, dort, wo er weniger dicht war. Sobald sie die Jourdane erblickte, ritt sie aufs freie Feld hinaus.

»Dahin reiten wir«, summte sie. »Wir werden ihn sehen. Er ist der Schatten. Er ist das Wasser. Er ist die Sonne. Vorwärts, mein Täubchen.«

Doch auf der Jourdane war alles verschlossen. Der Karren stand nicht im Schuppen. Aurore lauschte. Auch im Stall war es still. Sie rief. Aus dem Brunnen hallte das Echo. Wohin konnten sie wohl alle gegangen sein? Während sie so regungslos dasaß und wartete und der Kummer ihr an die Kehle griff, spürte sie plötzlich, wie sich im Leibe der Stute etwas regte.

Mit einem Satz sprang sie aus dem Sattel. Sie sah jetzt, wie in diesem Leib ein selbständiges Leben lebte, das nichts mit dem Leben der Stute zu tun hatte.

Aurore betastete vorsichtig das Fell an der Stelle, die sie vorhin beim Reiten so brennend heiß gefühlt hatte. Jetzt war nichts mehr zu spüren als das gleichmäßige Auf und Ab der atmenden Flanken. Aurore betastete den ganzen Leib des Pferdes. Er war nicht weich und nachgiebig wie sonst, sondern straff und gespannt. Plötzlich erschütterte ihn ein heftiger Stoß von innen, dann drei Stöße. Dort, wohin der Stoß getroffen hatte, leuchtete es hell in der Sonne auf, und es war, als zeichneten sich unter dem Fell der Stute die nebelhaften Umrisse jenes Wesens ab, das ihren Leib bewohnte. Die Stute rührte sich nicht; sie schien glücklich zu sein.

Aurore trat zwei Schritte zurück. Drei senkrechte Falten, wie die Zinken einer Gabel, gruben sich in ihre Stirn. Dann sah sie sich um. Sie nahm einen Stock vom Boden auf, der zum Anziehen der Bremsen diente, und damit schlug sie der Stute über das Maul. Sie schlug ihr auf die Augen, den Hals, die Schultern, die Schenkel... Sie schlug mit aller Kraft, stumm, mit aufeinandergepreßten Zähnen. Nur vermied sie es, auf den Leib zu schlagen. Und dann schlug sie auch auf den Leib. Nun ließ sie den Stock fallen. Die Stute war immer weiter ausgewichen, und Aurore lief ihr nach und schlug auf sie ein, und noch immer schien die Stute unsichtbaren Schlägen auszuweichen. Aurore griff nach dem Zügel und riß an der Trense. Sie schwang sich in den Steigbügel und preßte ihre Schenkel um den Leib des Pferdes; sie drückte ihm Knie und Absätze in die Flanken, nahm die Richtung auf Fra-Josépine und trieb das Tier zum Galopp an. Doch am Rande der Böschung blieb das Pferd zitternd stehen.

Nach einer kleinen Pause erklomm es mühselig den Abhang und trabte schwerfällig und traurig querfeldein.

XIX

Jourdan und Bobi hatten den Webstuhl gezimmert. Er stand in der Küche der Jourdane. Um ihn richtig zu befestigen, hatten sie Fliesen aus dem Fußboden herausnehmen, die Erde ausheben und die beiden senkrechten Streben der Zeder einrammen müssen. Es war, als hätten sie Bäume ins Haus gepflanzt. Nun mußten sie noch die Löcher mit Mörtel ausfüllen; die beiden Balken standen jetzt wirklich fest, und der Webstuhl war ein Bestandteil des Hauses geworden, den man weder verrücken noch forttragen konnte.

»Auch nicht verkaufen«, sagte Bobi.

Er hatte jetzt Wurzeln im Boden des Plateaus.

»Was du denkst, glaubst du denn, daß jemand das kaufen möchte?« hatte Jourdan gesagt.

»Aber sicher«, hatte Bobi geantwortet.

Es war ein senkrechter Webstuhl; sie hatten viele Schwierigkeiten gehabt, als sie den unteren Teil zimmerten. Marthe konnte sich nicht besinnen, an welche Stelle der Querbalken gehörte, und auch nicht daran, wo die Kettenwalze angebracht werden mußte. Sie wußte auch nicht mehr, auf welche Weise das Geschirr in Bewegung gesetzt wurde. Sie saß da und hantierte an einem eingebildeten Webstuhl; sie machte die Bewegungen der Füße und Hände bei der Arbeit, und schließlich brachte sie alles durcheinander. Die beiden Männer wurden allmählich ganz wirr von all den Bewegungen und wußten selbst nicht mehr, wie sie das zurechtzimmern sollten.

»Ja«, sagte Jourdan, »solange es auf dem Papier aufgezeichnet war, warst du deiner Sache ganz sicher. Jetzt, wo es darauf ankommt, ist es besser, du gehst weg.«

Dann waren sie wieder zu ihrem ersten Plan zurückgekehrt, sie sagten:

»Nein, Marthe, geh nicht weg, warte. Zuallererst, Marthe, was macht man da? Zeig uns die Bewegung. Woran ziehst du? Wo hängen die Fäden?«

»Da«, sagte sie, »sie hängen so da.«

»Gut, also brauchst du hier den Querbalken, das Joch, wie man in meiner Heimat sagt.«

So gelang es ihnen, einen Teil des Webstuhls nach dem andern als ein solides Ganzes aufzubauen, wie ein Haus, das aus dem Erdboden wächst, ausgehend von den zwei senkrechten Streben und geleitet von den Forderungen jenes Schattengewebes, das Marthe aus der Erinnerung wob.

»Denn«, sagte Jourdan, als gehe ihm plötzlich ein Licht auf, »alles muß sein wie aus einem Guß: die Erde, die Balken, die aus den Bäumen des Waldes geschnitzt sind, und das Haus, das aus den Steinen des Plateaus gebaut ist. Aber das Schönste«, sagte er, »wird doch das da, und da könnt ihr sagen, was ihr wollt.«

Er ging zum Backtrog und hob den Deckel in die Höhe; dort hatte er den Aufsatz des Webstuhls versteckt. Er hielt ihn hoch und sagte:

»Kommt ans Fenster.

Seht ihr«, sagte er, »dies ist der Hirsch mit seinem Geweih. Da ist eine Hirschkuh, hier sind zwei, dort drei, und dort sind vier Hirschkühe. Ich habe mehr gemacht, als in Wirklichkeit da sind. Es ist besser so. Das Viereck hier soll das Netz sein, mit dem wir sie gefangen haben. Das hier, das aussieht wie eine Schlange, ist die Straße, die in die Berge führt. Das da ist der Berg und darüber der Himmel. Vom Himmel will ich euch nachher noch etwas sagen. Seht, da ist der Hirsch noch einmal, und das Haus ist die Jourdane. Es ist der Hirsch, wie er zur Jourdane kommt. Und da ist er wieder im Walde. Das da ist der Frühling. Die Bäume haben Knospen. Seht ihr da? Es ist alles gut zu erkennen. Dies sollte eine Narzisse werden, doch sie ist mir nicht gelungen. Da ist noch einmal der Hirsch; da ist ein Pferd und da noch eins. Siehst du, Marthe? Und hier habe ich auf dieser und auf der andern Seite einen Strich gezogen; das bedeutet, daß wir allein auf dem Plateau sind. Und das da ist also der Himmel. Das ist am schönsten. Seht her, das ist Orion, das da der Wagen. Das ist die Sterngruppe, die wie eine Gabel aussieht, und da sind noch Sterne, keine bestimmten, irgendwelche! Und die da sehen aus wie Skorpione. Und das ist die Erde. Ich habe das geschnitzt.«

»Nicht möglich«, sagte Marthe.

»Ach«, sagte Jourdan, »du glaubst wohl, ich kann gar nichts.«

»Und ich vielleicht noch weniger«, sagte Marthe.

Und sie holte Wolle herbei. Es waren fünf Körbe voll. Sie

brachte einen nach dem andern und sagte jedesmal: »Da! Da! Da!«

Die Wolle lag in den Körben, fix und fertig gewaschen und zugerichtet, locker und weiß wie neugeborene Lämmchen.

Jourdan pfiff zwischen den Zähnen.

»O Marthe«, sagte er.

Denn er war empfänglich für eine sorgfältige Arbeit.

»Ich hätte nicht gedacht, daß du so viel spinnen würdest und daß es so schön werden würde!«

Er bückte sich zu den Körben nieder.

»Wie hast du das bloß gemacht ...«

Er faßte in die Wolle.

»... daß die Fäden so gleichmäßig und locker geworden sind?«

»Nach und nach ist mir alles wieder eingefallen«, sagte Marthe, »und zeitweilig habe ich wohl auch dazuerfunden.«

»Ja«, sagte Jourdan, der die Fäden betastete, »sie fassen sich an wie etwas Lebendiges.«

»Komm, Bobi«, schrie er, »ich möchte das fertig machen; wir wollen den Aufsatz mit meinen Schnitzereien an seinem Platz befestigen. Komm, ich kann es kaum abwarten, Marthe am Webstuhl zu sehen.«

Bobi hatte die senkrechten Zedernstämme befestigt und den Mörtel mit seinen Händen geglättet; die Spuren seiner Finger zeichneten sich darauf ab.

Sie hoben den Aufsatz hoch und legten ihn quer über die beiden Seitenbalken; dann befestigten sie ihn in den Zapflöchern. Nun traten sie zwei Schritte zurück, um ihre Arbeit zu betrachten.

Ach, was sie da sahen, machte ihnen einen tiefen Eindruck. Das Vergangene konnte ihnen nun nicht mehr genommen werden; alles war dort oben eingegraben.

Die beiden Männer umfaßten sich und lehnten die Schultern aneinander.

»Hast du an das Weberschiffchen gedacht?« fragte Bobi.

»Ich denke daran.«

»Aber ich habe daran gedacht«, sagte Bobi.

Er machte sich von Jourdan los und kramte in seinem Versteck, einem herzförmigen dunklen Winkel, zwischen zwei Tonkrügen. Er brachte ein fertiges Weberschiffchen zum Vorschein. Wie alles übrige war es aus Zedernholz, aus knorrigem Zedernholz. Mühselig mit dem Messer herausgeschnitzt, gegen die Faser, ohne die geringste Unebenheit, ohne Höcker, war es auf allen Seiten so glatt wie die Wangen einer Frau.

»Streiche mit der Hand darüber, und du wirst sehen.«

»Wie stolz du bist«, sagte Jourdan lächelnd.

Bobi verschluckte beim Sprechen die Silben, so schnell sprach er, um die Schönheit seines Weberschiffchens anzupreisen, die außerdem gut zu sehen war.

»Wer ist stolz?«

»Du.«

»Ja, wirklich«, sagte Bobi, »leider dauert es nicht lange!«

Er wog das Schiffchen auf der Hand. In ihm war eine große Bangigkeit. Alle Dinge dieser Erde schienen ihm nur geschaffen, um verwundet und getötet zu werden.

Es war ein prachtvolles Weberschiffchen. Am Abend war der Webstuhl fix und fertig, und er füllte den ganzen hinteren Teil der Küche aus. Den Backtrog hatten sie auf den Gang schieben müssen, und das Holzgestell, an dem Marthe ihre Kasserollen aufhängte, an einer andern Stelle anbringen, den Tisch fortrücken, und den großen Lehnstuhl, den niemand benutzte, hatten sie ins Hinterzimmer getragen. Das neue Gerät war festgefügt und roch angenehm. Es war jetzt zur Arbeit bereit. Jourdan, Marthe und Bobi betrachteten es stumm. Dann fegte Marthe die Mörtelreste fort, und nun konnten sie sich ein wenig niedersetzen, um diesen ersten Abend mit dem schönen neuen Gast zu verbringen. Doch als sie eine Unterhaltung beginnen wollten, merkten sie, daß das vertraute Echo ihrer Stimmen sich verändert hatte, daß ihre Stimmen in diesem Raum ganz anders klangen als vorher. Das hohe Gestell aus Zedernholz, das sie gebaut hatten, war fest entschlossen, seinen Platz zu behaupten. So deckten sie das Feuer im Kamin zu und gingen schlafen.

Am nächsten Morgen, als Bobi erwachte, fragte er sich: »Was ist das?«

Er hörte ein Geräusch.

Es war noch nicht Tag, es begann eben zu dämmern.

Er sprang aus dem Bett und ging zur Tür, im selben Augenblick öffnete sich Jourdans Tür.

»Horch«, sagte Jourdan.

Das Geräusch kam von unten.

»Sie arbeitet.« Jourdan schrie es fast.

In fliegender Hast kleideten sie sich an.

Sie stiegen leise hinab, und unten im Flur verlangsamten sie noch ihre Schritte. Das Geräusch war regelmäßig: Schlagen, gleiten, schlagen! Es gab den Füßen den Takt an. Es schien zu sagen: Ihr werdet gleich sehen!

Marthe arbeitete. Sie stand aufrecht vor der großen Pforte aus Zedernstämmen. Über ihr fielen die ersten Lichtstrahlen auf den Aufsatz, auf dem der Hirsch und die Ereignisse der jüngsten Vergangenheit eingegraben waren. Die Schäfte klapperten. Das Schiffchen pfiff, wenn es die rechte Hand verließ und gegen die linke traf, pfiff, wenn es sie verließ, traf die rechte Hand, pfiff, flog hin und her, in einem schönen Rhythmus, sehr langsam, aus Kraft und Mühe geboren. Marthes Arme öffneten sich jedesmal wie Flügel. Die Hände öffneten sich, schlossen sich, griffen, schleuderten, griffen, schleuderten, griffen. Marthe ging einen Schritt vor, trat einen Schritt zurück. Vor, zurück, vor, zurück! Ihr Körper bewegte sich im Takt. Sie glich einem großen Vogel, der auf dem Fleck auf und nieder hüpft und sich den Leib mit den Flügeln fächelt. Das Geschirr mit dem Kamm schlug seine Zinken dumpf in den Anfang des Stoffes. Von Zeit zu Zeit quietschte der Weberbaum, und alle diese Geräusche wiederholten sich, eines nach dem andern, jedes an seiner Stelle, ohne auszusetzen, denn jedes hatte seine besondere Aufgabe, die es genau und stetig erfüllte; Marthes beide Hände machten die ganze Arbeit. Dann war da noch ein anderes Geräusch; es kam von Marthes Röcken, die wie Schaum auf dieser allgemeinen Bewegung flatterten.

Als sie nun näher traten, sahen sie, daß das Gewebe weitmaschig, aber fehlerlos war. Es war dick, und wenn man ein Stück davon über die Schulter legte, wog es schwer wie ein Mantel. Wenn man es über den Arm legte, floß es in weichen nachgiebigen Falten herab, je nach der Bewegung. Die Stoffe, die sie bisher gekannt hatten, fielen nicht so weich. Das Gewebe war blütenweiß.

In dieser Woche kam Barbe eines Tages zu Besuch.

»Da bin ich«, sagte sie und setzte sich. »Laßt mich erst verpusten. Sorgt euch nicht, es ist alles in Ordnung; nichts ist geschehen.«

Sie schnaufte.

»Ich habe mich aufgemacht, um mich ein wenig in der Welt umzusehen.«

Sie erzählte, sie sei ganz gemächlich fortgegangen und habe gesagt, sie werde einen Tag auf der Jourdane verbringen. Von da wollte sie zu Randoulet, dann zu Carle und dann wieder nach Hause, auf ihren Hof.

»Ich habe gedacht, wenn man alt wird, könnte die Zeit knapp werden, und ich sagte mir: jetzt bist du noch rüstig, das mußt du ausnutzen, um noch einmal die Runde zu machen!«

Jourdan sagte, das sei ein guter Gedanke und sie müsse natürlich bei ihnen übernachten. Sie war gleich damit einverstanden, denn sie war mit dieser Absicht gekommen. Jourdan erbot sich, sie am nächsten Tage mit dem Karren an ihr Ziel zu bringen, doch das schlug sie ab, denn sie wollte den ganzen Weg zu Fuß machen, ganz langsam, da sie ja keine Eile hatte und das Wetter schön war. »Denn«, sagte sie, »ich möchte manches wiedersehen auf dieser weiten Erde.«

Für ihre alten Beine war es eine Reise von drei Tagen. Während sie den Kaffee tranken, sah sich Barbe mit ihren kleinen stahlgrauen Augen um.

»He«, sagte sie, »was ist denn das für ein Ding?«
»Ein Webstuhl«, sagte Marthe.
»Was?« fragte Barbe.
»Ja«, sagte Marthe, »wie man sie früher hatte.«
»Und woher habt ihr ihn?«
»Die Männer haben ihn gemacht.«
Barbe stand auf.
»Ich sehe kaum noch etwas«, sagte sie und kam näher.
»Oh«, sagte sie und sog nachdenklich den Geruch ein, »es ist schönes Holz. Deine Männer haben eine feine Nase; allein das zu riechen ist eine helle Freude.«

Sie schwieg, doch sie betrachtete alles sehr genau, mit ihrem runzligen Gesicht kam sie ganz dicht an die einzelnen Teile heran.

Sie befühlte die Seitenbalken, die Schäfte, die hängende Kette; sie wog das Schiffchen auf der Hand, sie rollte ein Stückchen Faden vom Holzrädchen und lauschte auf das Geräusch. Sie prüfte das Gewicht des Weberbaums; dann zog sie an einem Faden des Gewebes. Sie wählte einen Kettenfaden und zog daran. Sie sagte: »Gut!«

Nun schob sie Marthe beiseite und nahm das Weberschiffchen in die rechte Hand; sie nahm den Schaft und schleuderte das Schiffchen. Einmal. Sie fing es mit der linken Hand auf. Einen Augenblick stand sie nachdenklich da und kramte in ihrer Erinnerung; dann seufzte sie tief und machte sich entschlossen an die Arbeit.

Die einzelnen Geräusche waren hell und folgten schnell aufeinander. Barbe bewegte sich kaum. Ganz kurze kleine Gesten. Mühelos, wie von selbst, flog das Weberschiffchen hin und her; es legte sich an die linke Handfläche, sie schloß nicht einmal die Hand, und ganz von selber flog das Schiffchen wieder in die rechte Handfläche. Wie ein Vogel, der sich niedersetzt und gleich wieder auffliegt.

Alle drei waren näher gekommen, um ihr zuzusehen. Sie sahen, wie das Gewebe Form gewann und unter den Zinken des Kammes wuchs wie Wasser, das in ein Bassin fließt.

Barbe fing an zu singen. Nicht alle Worte waren zu verstehen. Sie hörten: »Liebe… die Freude… liebe, die Freude«, dann wieder das Klappern der Schäfte, das dumpfe Beben der Seitenbalken. Darin wieder:

»Liebe, Freude, Liebe, Freude!«

»Was singst du?« rief Marthe.

»Was«, rief Barbe zurück.

»Was für ein Lied ist das?«

»Ja«, rief Barbe, doch sie sang weiter und arbeitete weiter wie vorher.

Bobi und Jourdan zogen sich zurück; sie waren wie berauscht durch die Gegenwart dieser alten Frau, die in ununterbrochener zitternder Bewegung war, mit genau berechneten Gesten. Und dann diese Worte: Freude, Freude, Freude, die dazwischen tönten, als gehörten sie zur Arbeit. Sie wollten hinausgehen, doch es zwang sie zu bleiben. Sie versuchten sich abzulenken, sie wollten einen Stiel in der Axt befestigen, doch sie fanden nicht die nötige Ruhe. Sie waren wie berauscht. Und es ging ihnen beiden gleich. Auch Marthe hatte nicht die Kraft hinauszugehen. Sie sah Barbe zu; sie lauschte. In ihr bebten dieselben Bewegungen, die Barbe machte, so, als peitsche der Wind das Wasser in Randoulets Teich auf der einen Seite, und auf der andern Seite schlagen die Wellen gegen das Ufer.

Schließlich stieß Barbe einen wilden Schrei aus. Sie hörte auf zu weben.

»Das erinnert an die Jugend«, sagte sie.

»Du bist ja ein Teufelsweib.«

»Ich habe das bis zu meinem vierundzwanzigsten Jahr täglich gemacht. Wir waren sechs: Adolphie, Louise, Marie, Berthe und Angelina. In meiner Heimat in den Bergen. Drei wohnten in dem Haus unter den Kastanien, drei in unserm Haus, neben dem Bach. Wenn wir zu weben aufhörten, schrien wir, um es den andern mitzuteilen. Und hast du nicht gesehen, ging's ins Freie, alle sechs – und gleich kamen dann die Burschen, die mit der Ziehharmonika bei

›Antoine‹ gewartet hatten. Einer war dabei, meine Liebe, mit einem kleinen Schnurrbart... Wäre Jacquou ein Jahr später gekommen, ich wäre heute nicht hier, das kannst du mir glauben.«

»Und das Lied?«

»Das Lied, das haben wir damals immer gesungen. Liebe, Freude, das ist alles, woran ich mich noch erinnern kann.

He«, sagte sie nach einer Pause und blickte alle drei nacheinander an. »Wo ist mein Stock? Ich muß weiter.«

»Aber Ihr schlaft doch hier«, sagte Jourdan.

»Warum nicht gar, jetzt gleich muß ich fort!«

»Weshalb?«

»Die Weberei«, sagte sie.

»Ich werde sogar deine Einladung annehmen. Wenn du willst, bring mich im Karren bis zu Carle.« Und sie brachen auf.

»Gewiß, doch Ihr habt nicht einmal Eure Ziege gesehen!«

»Ich gehe zu ihr, während du einspannst.«

Sie folgte Jourdan zum Stall. Sie sah nach der Ziege und streichelte sie, doch sie dachte an andere Dinge. Sie sprach nicht zu dem Tier. Es war auch nicht nötig, denn die Ziege wurde hier gehegt und gepflegt wie eine Dame. Das sah man auf den ersten Blick. Aber ein paar freundliche Worte hätten nichts schaden können. Wenn man aber eine Idee im Kopfe hat...

Doch sie dachte an das kleine Ferkel.

»Und dein neuntes«, fragte sie, »wie geht es dem?«

»Du wirst es kaum glauben«, sagte Jourdan, »es ist doppelt so groß wie die andern.«

»Das ist oft so«, sagte sie, »Entbehrung macht trotzig und hart gegen das Schicksal.«

Bobi und Marthe blieben den ganzen Tag allein. Sie redeten kaum miteinander. Einmal ging Bobi hinaus in den Schuppen, und Marthe hörte, wie er den Stiel in der Axt festmachte. Sie vergewisserte sich, daß er wirklich dort draußen war, und ging leise zum Webstuhl. Sie rollte das Gewebe vom Weberbaum und verglich den Teil des Stoffes, den sie gewebt hatte, mit Barbes Arbeit. Später ging Marthe zum Brunnen, um Wasser heraufzuziehen. Als die Kette knirschte, schlich Bobi zum Webstuhl. Ernsthaft betrachtete er ihn von allen Seiten. Als die Kette aufgehört hatte zu knirschen, ging Bobi leise durch die Hintertür ins Freie.

Am Abend kehrte Jourdan von Carle zurück.

»Bald werden sie alle herkommen«, sagte er, »sie spricht von nichts anderem als von der Weberei. Und wenn sie erzählt, hören alle zu.«

»Hat sie bei Carle gleich davon gesprochen?«

»Sofort, ihr werdet sehen, es wird dasselbe werden wie damals, als der Hirsch kam.«

»Es ist eine Art Hirsch«, sagte Bobi.

An diesem Abend wurde der Tisch nicht gedeckt; sie zerschnitten einen Ziegenkäse in drei Teile und traten auf die Schwelle, in der einen Hand den Käse, in der andern das Brot.

Eine warme Nacht brach an, es war friedlich, das Laub raschelte, viele Sterne funkelten.

Marthe sagte:

»Der Webstuhl hat seine Wurzeln im Boden unseres Hauses.«

Die Männer aßen stumm.

»Aber die Meisterin des Handwerks bin nicht ich, sondern Barbe.«

»Was ist das für ein Käse?« fragte Bobi.

»Die Ziege hat mehr Milch, als wir brauchen, da habe ich das übrige verwendet.«

»Jacquous Ziege?« fragte Bobi.

Wieder schwiegen sie eine ganze Weile.

»Ich wollte dich schon längst fragen«, sagte Bobi, »wie war das eigentlich mit der Wolle von Randoulet?«

»Er hat zu mir gesagt: ›Aber gewiß‹; er hat vier, fünf Schafe hergenommen, sie geschoren, und dann hat er mich gefragt, ob es genug sei.«

»Und dann?«

»Dann hat er mich stehenlassen und ist zum Teich gegangen. Ein riesiger Schwarm Wildenten flog gerade vorüber.«

»Hat er eigentlich Getreideland?« fragte Bobi.

»Nein«, sagte Jourdan.

»Und sein Brot?«

»Wenn er die Schafe hinunterführt, kauft er sich in der Ebene Mehl.«

»Und hast du die Wolle gekauft?«

»Nein«, sagte Marthe, »ich sage dir doch, daß er sich darum gar nicht gekümmert hat.«

»Und wenn er nun kein Mehl mehr hat?«

»Dann gebe ich es ihm«, sagte Jourdan.

Auf allen Seiten des Horizontes war es Nacht geworden, und die vertrauten Sternbilder leuchteten am Himmel auf.

»Alles für alle!« sagte Bobi.

XX

Ein Gedanke beunruhigte Bobi: Joséphine würde zur Jourdane kommen. Wenn die andern einen Grund hatten zu kommen, so hatte sie zwei! Und auch Fräulein Aurore würde kommen. Er erinnerte sich, wie im Jahr vorher Joséphine ihm gegenübergesessen hatte und Aurore an seiner Seite. Jetzt war alles ganz anders geworden.

Joséphine kam wirklich, zusammen mit Jacquou und Barbe. Sie hatte es so eingerichtet, daß Honoré nicht mitgekommen war. Barbe hatte gleich hunderterlei zu sagen. Jacquou hörte zu und betrachtete alles mit tiefem Ernst. Er war still und nachdenklich. Joséphine zog Bobi zum Stall, dabei sagte sie:

»Wir wollen nach der Ziege sehen.«

Währenddessen forderte Marthe auf hereinzukommen, und die andern gingen ins Haus. Alle waren sich wohl bewußt, daß es ein bedeutungsvoller Augenblick war. Von allen Seiten rollten Karren heran, von Carles und Randoulets Hof und von Fra-Joséphine.

»Ich«, sagte Joséphine, und sie preßte gierig ihre brennendheißen Lippen auf Bobis Mund. Sie stöhnte leise.

Und er mußte daran denken, wie wichtig es sei, frohe Dinge aufzubauen, und daß er nun dabei war, alle Freude zu zerstören. Dennoch erwiderte er den heißen Kuß und streichelte die Brust, die sich an ihn schmiegte.

Randoulet kam, rund, rosig und frohgelaunt. In seinen Augen, die seit zwei Monaten das wunderbare Wachstum seiner Wiesen beobachteten, leuchteten die Träume und das Sonnenlicht. Mit ihm kamen Honorine, der Schwarze und Zulma. Carle kam mit Frau Carle und seinem Sohn. Frau Carle machte höfliche Redensarten. Diese Zusammenkünfte waren ihr noch zu ungewohnt. Doch sie sagte leise und blickte dabei zu ihrem Mann und ihrem Sohn:

»Den ganzen Winter über haben sie erzählt.«

Bobi war unruhig; er dachte an Aurore. Sobald er ins Haus kam, blickte er sich suchend um, doch weder sie noch Frau Helene waren gekommen. Ein wenig später kam dann Frau Helene, doch sie war allein. Dann kam Joséphine herein, als sei nichts geschehen, einen Haferhalm im Munde.

Bobi begann zu sprechen:

»Also, ich will euch folgendes sagen:

Zuerst einmal, wer von euch hat Getreide?«

»Weshalb?« fragte Jacquou, und dann: »Ich habe welches.«

Alle wiederholten:

»Wir haben welches. Wer hat Getreide? Natürlich haben wir alle welches. Weshalb?«

»Wartet, ihr werdet gleich sehen«, sagte Bobi. »Hast du welches?«

Er wandte sich zu Randoulet.

»Ich habe welches«, sagte Randoulet.

»Der lügt«, sagte der Schwarze, »er lügt wie ein Pferdehändler.«

»In was mischst du dich?« fragte Randoulet.

»Wenn ich mich nicht einmischte«, sagte der Schwarze, »sähest du schön aus.«

Der alte Hirte hatte glänzende Augen, seine Lippen leuchteten feuerrot.

Randoulet machte: »Puh, puh«, und zuckte die Achseln.

»Ein Hartschädel, ein Hohlkopf, ein Salzstein, ein Haufen Mist, eine Nuß, eine Schafsnase, das bist du«, sagte der Schwarze.

»Und du«, sagte Honorine, »könntest ruhig etwas höflicher von deinem Herrn reden.«

»Denn«, sagte Randoulet, »wenn du frech wirst, jage ich dich von einem Tage zum andern davon, ehe du dich's versiehst. Also hüte deine Zunge.«

»Schön«, sagte der Schwarze, »der hat kein Getreide; der verhungert mit aufgesperrtem Maul.«

»Nein«, schrie Randoulet.

»Wir können uns allein verteidigen«, sagte Honorine.

Jetzt fragte Bobi:

»An welcher Stelle hast du denn dein Getreide ausgesät?«

»Wie bitte?« fragte Randoulet.

»Wo ist dein Getreidefeld?«

»Du weißt doch ganz genau, daß ich keines habe.«

»Also sprichst du von Getreide, das in der Luft wächst.«

»Sein Getreide wächst aus dem Sou«, sagte der Schwarze. »Ich sehe den Augenblick kommen, wo der Mann da zu mir sagen wird: ›Wir wollen die Schafe in die Ebene treiben‹, weil er gezwungen sein wird, sie zu Geld zu machen, um Mehl kaufen zu können, denn der, den ihr da vor euch seht, der mein Gebieter ist und der kein Getreidefeld hat, der, ihr guten Leute, braucht zum Ernten keinen Sonnenschein und keine Sense. Aber wißt ihr, was er erntet und woraus sein Brot besteht? Es besteht aus seiner Freude, nie war er so glücklich wie jetzt, seitdem die große Herde auf dem Plateau weidet. Und trotzdem werdet ihr es erleben, daß er vielleicht morgen oder übermorgen oder nächste Woche zu mir sagt: ›Komm, Schwarzer, wir müssen hinunter in die Ebene.‹ Und er geht und verkauft alles, denn ich habe gesehen, was noch in der Mehltruhe ist. Ich weiß genau, was ich sage. Ich bin kein Lügner wie der da.«

Randoulet zuckte die Achseln, doch er hatte den Kopf gesenkt.

Er sagte: »Du hast die Angewohnheit, Schwarzer, allein zu reden, wenn du mit den Schafen auf der Weide bist. Solche Reden sind ohne Bedeutung. Doch hier hast du Zuhörer, und es ist nicht notwendig, daß du über unangenehme Dinge sprichst.«

»Laß gut sein, ich habe es nicht böse gemeint.«

»Marthe«, sagte Bobi, »zeig mal her, was du aus Randoulets Wolle gemacht hast.«

Marthe sagte:

»Macht Platz!«

Jacquou trat zur Seite, und Marthe hob den Deckel der Mehltruhe hoch; sie nahm das Gewebe heraus.

»Ich habe es zum Trocknen da hineingelegt, nicht damit es weiß wird. Die Wolle war weiß wie Schnee.«

Sie schüttelten den Stoff, und in einer Wolke von Mehlstaub funkelten vier senkrechte Sonnenstrahlen, die durchs Fenster hereinschienen.

»Seht her«, sagte Marthe, »faßt es an.«

Die Frauen kamen näher.

Barbe sagte:

»Du mußt den Kamm nicht langsam senken, sondern der Einschlag in das Gewebe muß schnell sein, dann wird das Muster nicht wie ein ›Getreidekorn‹, sondern wie ein ›Reiskorn‹.

Und das ist fester«, sagte sie dann noch.

»Was meint ihr«, sagte Bobi, »wenn wir uns daraus Kleider machten?«

»Der weiße Stoff ist bei der Erdarbeit und im Stall unpraktisch.«

»Es gibt auch dunkle Wolle«, sagte Randoulet.

»Ja«, sagte Bobi, »und die ist erdfarben.«

»Wir haben hier«, sagte Jourdan, »den Saft von wilden Rosen, wenn man den in einem Gefäß sammelt und ihn kochen läßt, gibt das grüne Farbe zum Färben der Wolle.«

»Was das anbelangt«, sagte Barbe, »so kann man auch Maishülsen nehmen; die färben gelb, und eine Menge anderes.«

»Das werden wir schon herausfinden«, sagte Jourdan.

»Und«, sagte Marthe, »ihr habt noch nicht gesehen, wie der Stoff fällt. Komm her, Zulma.«

Das fertige Gewebe war drei Meter lang und zwei Meter breit.

»Nimm deinen Strohkranz ab«, sagte Randoulet.

»Laß ihn ihr«, sagte Honorine.

Marthe legte den Wollstoff über Zulmas Schultern wie einen Mantel. Die herunterhängende Bahn raffte sie in der Taille.

»Da seht ihr die Hirtin«, sagte sie.

Zulma stand da, in ihrer ganzen Schönheit. Man sah ihre kleinen gebräunten Hände und die feste Rundung des Halses. Als Marthe den Stoff aus der rechten Hand gleiten ließ, fiel er in dicken Falten an ihr herab. Sie sahen, wie groß und wohlgestaltet Zulma war, mit breiten Hüften, gesund und kräftig gebaut. Sie senkte die Augenlider und rührte sich nicht. Zum erstenmal merkten sie, daß das Oval ihrer Wangen ebenmäßig war wie das Rund einer Eierschale.

Frau Helene seufzte.

»Was ist Ihnen?«

»Ich weiß nicht«, sagte sie, »ich habe es jetzt eben gesehen... Ich bin alt geworden...«

Ihre Augen füllten sich mit Tränen, und ihre Wangen wurden feucht.

Jacquou sagte leise:

»Das ist keine Frau wie alle andern.«

»Laßt sie ausruhen«, sagte Frau Carle.

»Sie wird nicht müde«, sagte Honorine.

»Ja vielleicht«, sagte Frau Carle.

»Was uns not tut«, sagte Bobi, »ist ein friedliches Leben. Wir wollen Randoulet das nötige Getreide geben. Dann braucht er nicht in die Ebene hinunter, um seine Schafe gegen Mehl einzutauschen.«

»Ich habe mich noch nie von andern ernähren lassen«, sagte Randoulet.

»Du gibst uns ja Wolle dafür«, sagte Bobi.

»Also kommt«, sagte Barbe, »und seht, wie man Kleider für hübsche Mädchen macht!«

Sie stellte sich vor dem Webstuhl auf und bewegte ihre Arme leicht und regelmäßig, und sie sahen, daß sie zu weben verstand. Die Balken knarrten. Wenn die Zinken des Kammes in den Stoff schlugen, klang es dumpf. Das Schiffchen pfiff und klapperte. Alle kamen näher. Die Frauen umdrängten Barbe so dicht, daß es sie beim Arbeiten hinderte. Die Blicke folgten dem Weberschiffchen von rechts nach links, von links nach rechts, und jedesmal, wenn die Zinken in den Stoff schlugen, senkten sich die Blicke. Jetzt gab es weder Bobi noch Jacquou, noch Frau Helene. Sie waren wie ein großer Körper geworden, mit einer einzigen Lunge, einem Herzen, einem Augenpaar und einem Mund. Denn alle Augen folgten der Bewegung des Weberschiffchens, und in jeder Brust war der Widerhall des dumpfen Einschlages, wenn der Kamm den Stoff traf. Sie atmeten im Takt der Arbeit, nach und nach vereinigten sich die verschiedenen Geräusche zu einem einzigen Geräusch. Alle Lungen atmeten gleichzeitig, im selben Takt. Alle Blicke hafteten am Weberschiffchen: Bobis blaue Augen, Joséphines grüne Augen, Marthes braune Augen, die grauen Augen und jene anderen blauen, die fast violett waren, Jacquous Augen und der stechend kalte Blick des Sohnes Carle. Das Weberschiffchen leitete sie alle, von rechts nach links, von links nach rechts, und es war, als webe die alte Barbe gleichzeitig ein Gewebe aus all diesen Blicken. Sie sahen alle auf denselben Punkt des Weberschiffchens, dorthin, wo sich auf dem blanken Zedernholz die Sonne spiegelte. Alle Blicke waren dort verankert; der Anfang war in den Augen von Bobi, Jourdan, Marthe, Joséphine, Frau Helene, Frau

Carle, Carle, dem Sohn Carle, Honorine, Randoulet und dem Schwarzen: alle ließen die Blicke hin- und hergehen: von rechts nach links, von links nach rechts. Die Muskeln, denen die Augen gehorchen, machten alle zusammen die gleiche Bewegung in ihren Köpfen, die besonderen Gedanken in diesen Köpfen wurden von dem gleichen Rhythmus und derselben Muskelbewegung wie zerstampft, wie Stroh in der Häckselmaschine. Zuerst sind es einzelne Halme, doch gleich darauf, auf der andern Seite der Maschine, ist es dann nur ein Haufen Häcksel, ein Mischmasch, der kein Stroh mehr ist, sondern zerhacktes Stroh, auf einem Haufen. Und am Webstuhl, auf dieser Seite des Aufzuges, auf dem der Hirsch und die Sterne eingeschnitzt waren, waren die ganzen Wollfäden der Kette, einer vom andern getrennt, jeder mit seinem eignen Umfang und seiner eignen Farbe – zuweilen veränderte sich die Farbe des Fadens an den Seiten, je nach der Eigenart des einzelnen Fadens –, und auf der anderen Seite des Aufzuges, auf der unteren Seite, die vom Schaft bis zum Weberbaum geht, war der Stoff; es waren keine einzelnen Fäden mehr, sondern etwas ganz Neues: der Stoff! Der Stoff aus den zusammengezogenen und miteinander verbundenen Fäden und aus der Verbindung der einzelnen Farben, die im Stoffgewebe schimmerten wie Perlmutter in der Muschel. Jedesmal, wenn der Kamm einschlug, klang es wie ein dumpfer Trommelschlag. Der Schall bebte in den Grundfesten des Hauses und hallte auf dem Plateau wider. Es wiederholte sich jedesmal, wenn Barbe den Faden des Gewebes anzog. Das Ohr wartete darauf. Der Ton kam, er traf das Ohr, und das kreisende Blut trug ihn mit sich fort in den Körper. Doch gleichzeitig traf er gegen eine Stelle unterhalb der Brust, in die Höhlung zwischen den Rippen, dorthin, wo Joséphine so empfindlich war. Dorthin legte Frau Carle zuweilen ihre Hand und fragte sich: »Was ist mit mir?« Bei jedem Einschlag spürte sie an dieser Stelle einen Schmerz, der dennoch angenehm und verwirrend war (dasselbe Gefühl etwa, als sitze man auf einem Karren, und unvermittelt fängt das Pferd an zu galoppieren). Dort, wo Jacquou, Jourdan, Carle, Randoulet und der Schwarze spürten, wie eine Hand nach ihnen griff; dort, wo so viele Erinnerungen in Bobi wach wurden, dorthin traf es auch den Sohn Carle, so daß er plötzlich Verlangen bekam, sich schnell umzudrehen und Zulma anzusehen, die abseits stand, noch immer in den Wollstoff gehüllt; vier Sonnenstrahlen fielen schräg durch das Fenster auf sie herab.

Barbe webte am selbstgezimmerten Webstuhl aus Zedernholz.

»Warum soll eigentlich jeder einzelne sein eigenes kleines Kornfeld haben?« sagte Bobi. »Wie wäre es, wenn wir zusammen ein großes Feld anbauen, das wir zusammen aussäen und zusammen abmähen; auf dem genug Getreide für uns alle wächst, ohne daß man zu sagen braucht: ›Mein Korn oder dein Korn‹, und ohne daß einer unter uns, der uns Wolle gegeben hat, sich verletzt fühlt, wenn wir ihm Korn anbieten, da er ja mit allen andern gesät, gemäht, das Korn gedroschen und gemahlen, das Mehl geknetet und es gebacken hat, mit allen zusammen, wie sein eigenes.«

»Was sagst du da? Was sagt er über das Getreide?« flüsterten die Männer.

»Kommt näher.«

Sie rückten näher.

Barbe zog am Faden; der Kamm schlug in das Gewebe, und der Webstuhl ächzte und grollte.

»Wenn wir im nächsten Jahr gemeinsam einen großen Acker bestellten, den, der den besten Boden hat, ganz gleich, ob er dir oder dir oder einem andern gehört. Im Anfang könnte man es vielleicht so machen, daß es ein Stück von deinem und ein anderes Stück von deinem Acker ist. Doch das ist noch nicht ausgemacht, und das Vernünftigste wäre auch, den besten Boden zu wählen, ganz gleich, wem von euch er gehört; was schadet's auch, da wir ihn gemeinsam bestellen, da das Getreide uns allen gemeinsam gehört und nur eines wichtig ist: daß es gut wächst.«

Während Bobi sprach, tönten vom Webstuhl her die Einschläge des Kammes, jedesmal, wenn die alte Barbe den Faden des Gewebes festzog. Ein schönes Wollgewebe, fest wie Reiskörner, dick und schwer und blütenweiß wie Schnee! Die dumpfen Schläge der Trommel trafen das Ohr, und das kreisende Blut teilte sie dem Körper mit, zugleich mit Bobis Worten. Die Schläge trafen die Höhlung unterhalb der Brust; sie trafen an die Stelle, an der sie alle besonders empfindlich waren, die Stelle, an der ihr Leben am stärksten pulste, dorthin, wo ihre Freuden und ihre Sorgen wohnten.

Jacquou begann zu sprechen. Er blickte auf seine Frau am Webstuhl, seine alte Frau; nie hätte er gedacht, daß sie noch so kräftig sei, so tüchtig beim Weben, so entschlossen in allem, was sie unternahm und was ihr ihr Herz – das Herz einer alten Bäuerin – eingab ... Er erinnerte sich der Zeit, als er sie sich aus ihrem gottverlassenen Dorf, da oben, in den blauen Bergen, geholt hatte. »Blau sind sie nur, wenn man sie von ferne sieht. Wenn man dort oben ist, ist die Erde grau wie überall. Wenn man wüßte, warum sich zwei zusammentun und zusammen durchs Leben gehen, Seite an Seite! Man kann eben nicht allein leben. Das ist schon ein Fingerzeig, wenn man sich nur die Mühe gäbe, weiter zu forschen! Was hat man getan? Was hat man tun können, Barbe?« (Er räusperte sich von Zeit zu Zeit und sprach leise und trotz des Räusperns mit einer dünnen Stimme, die der Lärm des Webstuhls übertönte.) »Gute Tage, böse Tage! Aber nichts Bleibendes, das ist sicher. Und stets lauert die Sorge, alles könnte zusammenbrechen, wenn es gerade ein wenig gutgeht; denn nichts hat wirklichen Bestand, und immer kämpft man mit dem Schicksal.«

Auch Jourdan und Carle fingen an zu sprechen, ohne auf Jacquou zu achten. Es handelte sich ja wirklich um alles das, was ihnen am Herzen lag, und um das, was sie zum Leben brauchten: um das Korn!

»Wovon sprecht ihr?« fragte Joséphine.

»Wir sprechen vom Getreide.«

»Ich hörte euch sagen ›Herz‹.«

Sie wollte schon eine ganze Weile etwas sagen.

Sie wollte, daß Bobi ihre Stimme hören sollte.

»Das Korn«, sagte sie, »es heißt ja immer, daß es das Wichtigste sei. Nein, es ist nicht das Wichtigste, nein, wirklich nicht! Das ist es ja eben. Natürlich ist es notwendig. Es ist ebenso notwendig wie die Luft, die wir einatmen. Und wenn du aufhörst zu atmen, hältst du es nicht lange aus, oder du stirbst. Und wenn du keine Luft zum Atmen hast, stirbst du eben, das weiß jeder. Wir kennen die große, schöne, ungeheuere Wichtigkeit des Getreides. Niemand behauptet das Gegenteil. Wir noch weniger als alle andern, denn wir wissen es am besten. Doch es müßte ebenso sein wie die Luft, die wir einatmen. Das Getreide müßte uns ebenso frei zur Verfügung stehen wie die Luft zum Atmen. Es müßte uns ganz ohne Zutun, mechanisch, zwangsweise zustehen, wie irgend etwas Wertloses. Ja, das ist es. Genau das ist es. Es müßte wie eine wertlose Sache sein, wie die Luft, wie etwas Unerschöpfliches, das man nimmt, das man schluckt und damit gut. Ganz wertlos. Genau wie die Luft. Dann brauchte man dieser Nahrung auch nicht soviel Zeit zu opfern, dieser Nahrung, die man einfach hinunterschluckt. Ich sage nicht, es wäre angenehm; ich weiß sehr gut, daß es angenehm ist zu essen. Es ist eine Freude! Es macht Blut! Das ist wichtig. Doch ich will auch sagen, es ist nicht alles. Ich will sagen, wenn man nur eine Freude hat, dann ist es ebenso, als habe man nur eine Lampe oder nur ein Kind. Mit einem Schlage kann alles verlöschen. Oder auch eine einzige Lampe zum Beispiel, wenn sie auch brennt, genügt nicht, um einen großen Raum zu erhellen. Im Grunde brauchen wir viele Dinge und nicht nur das Korn. Überlegt, wie viele Wünsche wir haben, die für uns wichtig sind. Und wenn man uns sagen würde: ›Versagt euch das Essen!‹, würden wir es tun, obgleich es ebenso wichtig ist wie die Luft zum Atmen. Darum sollten wir es so einrichten, daß es uns nicht belastet, daß alles leicht und einfach ist und uns auch noch Zeit genug für alles übrige bleibt. Im Grunde ist alles ganz einfach, wenn nur der gute Wille vorhanden ist.«

»Ja«, sagte Carle.

Carle war voller Zustimmung. Er sagte, was er zu sagen hatte. Er war einverstanden, und sein Sohn neben ihm nickte bejahend, und selbst Randoulet, der stirnrunzelnd zuhörte, während die Einschläge des Kammes in die Höhlung seiner Brust trafen, stimmte zu. Er hörte, wie Jacquou fortfuhr, von seinen Träumen zu sprechen, von seinen prachtvollen Tieren, von seinen Stieren, die fast zu herrlich waren, um auf Erden zu sein, von seinen Kühen, aus deren Eutern pure Sahne floß und denen oft nur die Sprache fehlte. Man fragte sich, woher Jacquou diese Gedanken hatte. Wenn er zum Beispiel sagte: »Ihre Augen sind so groß wie Flaschenböden und so unbeweglich, daß ich mich davor hinstellen könnte, um mich zu rasieren.« Er sprach davon, als sei das alles Wirklichkeit, als gäbe es diese Tiere tatsächlich. Und doch lebten sie nur in seinen Träumen. Randoulet verstand ihn am besten, denn er wußte, was es bedeutet, mit Tieren so eng verbunden zu sein, als sei man mit eisernen Nägeln und Bolzen an ihnen befestigt. Und er hätte ebensogut behaupten können, daß man sich zuweilen wohl das Essen versagen konnte, um nicht eine andere Nahrung entbehren zu müssen, die für den Augenblick viel wichtiger und nahrhafter erschien. Denn was bedeuteten seine Schafe für ihn, wenn nicht eben das?

»Denn«, sagte sich Bobi, »die Freude und der Frieden. Freude muß stets voller Frieden sein. Die Freude müßte etwas Alltägliches sein, vollkommen friedlich und ruhig und nicht kämpferisch und leidenschaftlich. Ich nenne nicht Freude, wenn man lacht oder singt, selbst dann nicht, wenn das Glücksgefühl über unsere Kräfte geht. Ich nenne voller Freude sein, wenn unsere gewohnten Gesten frohe Gesten sind, wenn die Arbeit für das tägliche Brot zur Freude geworden ist. Wenn man in einer Umgebung lebt, die man anerkennt und die man liebt, wenn jeden Tag, zu jeder Zeit, jeden Augenblick, in jeder Minute alles leicht und einfach ist. Wenn alle Wünsche erfüllt sind.« – Unglücklicherweise gab es Joséphine, und der Webstuhl lärmte! Es hätte noch so sehr um ihn lärmen können, ja, es hätte ein Lärm um ihn sein können, daß die Ohren davon dröhnten wie vom Rauschen der Bergströme, dennoch hätte er deutlich Joséphines Atem gehört. Die Geräusche des Webstuhls konnten sich unter der Erde und in den Grundfesten des Hauses fortsetzen, so daß seine Füße bebten und er buchstäblich von den Füßen bis zum Kopf erzitterte: die warmen Atemstöße Joséphines trafen dennoch seine rechte Wange. Er wußte, daß sie neben ihm stand und ihn mit ihren grünlich schimmernden Augen ansah. Er wußte, daß sie volle, heiße Lippen hatte. Er wußte, daß seine Hände ihre Brüste gerade umspannen konnten, daß sie ihn mit einer Freude erfüllen konnte, die so stark war, daß sie seine Kräfte überstieg. Dennoch war er sich bewußt, daß es für ihn von nun an keine friedliche Freude mehr geben könne. Und so kämpfte er verzweifelt, weil er wußte, daß die Freude wertlos ist, wenn sie keine bleibende Freude ist.

»Zuerst könnten wir ...«, sagte Bobi.

»Hört zu.«

»Hör auf, Barbe.«

»Was?« schrie Barbe.

»Hör auf, damit man verstehen kann, was gesagt wird.«

Barbe hörte auf zu weben.

»Da es in diesem Jahr für alles andere schon zu spät ist, schlage ich vor, daß wir wenigstens gemeinsam ernten. Wir müssen das Korn natürlich auf den einzelnen Äckern schneiden, doch wir dreschen alles zusammen auf einer Tenne und lagern das ganze Getreide in einer Scheune. Es gehört ja weder dem einen noch dem anderen, genau wie der Hirsch. Es gehört allen zusammen. Randoulet ebensogut wie uns andern. Und nächstes Jahr wählen wir einen Acker, auf dem wir die Saat für alle aussäen.

Wir werden darin«, sagte er mit einem trüben Lächeln, »etwas mehr Zeit für das haben, was wir gerne tun.«

Als alle aufbrachen, trat Bobi zu Frau Helene.

»Ich glaube«, sagte er, »für Sie wird es schwieriger sein,

weil Sie einen Verwalter haben. Ich weiß nicht, ob er bereit sein wird, an unserer Genossenschaft teilzunehmen.«

»Ich weiß es auch nicht«, sagte Frau Helene, »jedenfalls könnte ich auf alle Fälle meinen Anteil der Gemeinschaft zur Verfügung stellen.«

»Gewiß«, sagte Bobi, »aber fragen Sie ihn trotzdem.«

XXI

Wozu würde der Mann sich entscheiden?

Frau Helene hatte wohl längst zu ihm gesagt: »Das und das haben wir vor, was meinen Sie dazu?«

»Ich habe Frau Helene nicht mehr gesehen«, sagte Jourdan, »und seit dem Nachmittag am Webstuhl auch nichts mehr von ihr gehört. Damals hat sie mich angesehen, als wolle sie etwas sagen, aber sie hat nichts gesagt.«

Auch Fräulein Aurore hatte niemand mehr gesehen. Das Getreide war schon bläulichgrün; der Sommer kam.

»Ich hätte Lust«, sagte Bobi, »zu ihr zu gehen und zu fragen.«

»Du kannst immerhin fragen«, sagte Jourdan, »obgleich mir scheinen will, es ist abgemacht.«

»Was?«

»Daß sie uns Getreide gibt.«

»Das glaube ich auch«, sagte Bobi, »ich möchte nur wissen, ob der Verwalter es auch tun wird.«

»Wie ist er eigentlich?« fragte Jourdan. »Du kennst ihn ja besser als ich. Was meinst du?«

»Ich glaube, es wäre wichtig, daß er seines auch gibt«, sagte Bobi. Er brauchte den Glauben an die Freude. Joséphine hatte Ordnung und Ruhe zerstört. Sie kam jetzt oft. Es schien, als gäbe es für sie keine Entfernungen auf dem Plateau, und ihr Leben bestand darin, plötzlich da zu sein. Eine Unruhe in der Luft ließ Bobi aufmerken: Sie ist da. Er ging hinter den Schuppen. Sie war da.

Sie sagte zu ihm:

»Komm!«

Sie gingen in den Wald. Um nicht gesehen zu werden, glitt sie hinter der Böschung am Narzissenfeld entlang.

Sie sagte zu ihm:

»Du bist mein Leben. Ohne dich kann ich nicht leben.«

»Und wenn ich sterben sollte?« fragte er.

»Dann werde ich auch sterben.«

»Und wenn ich nie gekommen wäre?«

»Ja, dann …«

Er dachte an sein früheres Leben; rot und schwarz war es gewesen, wie Kohlenglut.

»Ich hätte ebensogut nicht kommen können, auf zehn waren sieben Chancen dagegen. Was wäre dann geworden?«

»Nichts.«

»Ach, Joséphine, ich wünschte, die Zeiten wären noch wie früher.«

»Welche Zeiten?«

»Die Zeiten, weiter nichts. Ich will damit sagen: jetzt gibt es dich.«

»Sehnst du dich nicht mehr nach mir?«

»Doch.«

»Liebst du mich nicht mehr?«

»Doch, ich liebe dich. Aber man muß sich darüber klarsein, Joséphine, daß es trotz allem außer uns noch die ganze Welt gibt.«

Er sagte das alles ganz leise und sah sie dabei mit seinen hellblauen Augen an. Er sagte ihr aufrichtig alles, was er dachte. Es schmerzte ihn, sie so bettelarm zu sehen. Er konnte nicht einsehen, daß sie vielleicht reicher war als die ganze übrige Welt. Er wußte nicht, daß der Ernst in diesem Gesicht von viel größerem Glück sprach als das Lachen.

»Du solltest von allem genießen.«

»Du bist alles für mich; nur nach dir habe ich Verlangen.«

Seitdem es in den Nächten so heiß war wie am Tage, hörte man den Gesang der hohen Berge. Die Schneeschmelze hatte Wasserströme befreit. Die Eisstücke an den Bergwänden schmolzen und stürzten mit Donnergetöse zu Tal. Lärchenwälder mit frischem Grün schmückten die Hänge. Das zarte Grün der Weiden milderte die Härte des Himmels, der die Gletscher zerrieb. Von allen Seiten erwachte das Echo. Ströme und Bäche kamen von den Bergen herunter wie Schafherden, oder sie stürzten bergab wie ganze Rudel wilder weißer Pferde. Hoch oben in den Bergen, von dorther, wo es keine Täler mehr gibt, sondern nur Vertiefungen wie die flache Hand, in denen ewiges Eis ruht, tönte oft das Gewieher der Gletscher. Sie verharrten wohl einen Augenblick regungslos, dann bäumten sie sich hoch auf, ihre eisenharten Muskeln krachten, und die befreiten Lawinen stürzten in die Tiefe. Das Adernnetz des weiten Landes, in dessen Mitte das Plateau von Grémone emporragte, die Bäche, die Flüsse, die Ströme, die Quellen tief in der Erde schwollen von den neuen Wassermassen an.

Die Luft trug die Geräusche des Gebirges heran, und wenn der Wind sich drehte, klang von der weiten Ebene ein dumpfes Rauschen herauf, denn das Getreide reifte und raschelte spröde, wie die leeren Hüllen der Insekten.

Eines Nachmittags sagte sich Bobi, jetzt müsse er unbedingt wissen, was der Mann entschieden habe. Es genügte nicht, nun auf dem Plateau von Grémone zu leben, im Widerhall der Gesänge des Hochgebirges; er spürte, daß die dunklen Kräfte der Liebe ihn mehr und mehr der Umwelt entfremdeten.

»Ich werde zu Frau Helene gehen«, überlegte Bobi.

»Vielleicht wäre es aber besser, wenn ich direkt zum Verwalter ginge und ihm alles erklärte«, dachte er.

Doch dann zögerte er:

»Es ist noch nicht soweit.«

Die Maulbeerbäume von Fra-Josépine waren dicht belaubt; es rauschte in den Zweigen, dadurch erschien die Stille um das Herrenhaus noch tiefer. Bobi stieg die Stufen zur Terrasse herauf. Er sah durch die Glastür. Der Salon war leer; in den Scheiben spiegelte sich der bleierne Himmel.

»Was wollen Sie?«

Neben ihm war eine Tür aufgegangen. Vor ihm stand Fräulein Aurore.

»Ich wollte Frau Helene sprechen.«

»Treten Sie ein.«

Im Salon roch es nach dem gewachsten Holz der alten Möbel.

»Setzen Sie sich.«

Sie deutete auf einen Stuhl am Fenster. Sie selbst ging zum andern Ende des Raumes, dorthin, wo rötliches Dunkel herrschte, und setzte sich in einen Sessel. Die Standuhr tickte langsam. Draußen verfinsterte sich der Himmel mehr und mehr. Bobi hörte eine friedliche Männerstimme singen. Sonst war alles still. Die schwüle Luft hatte die Bäume verstummen lassen. Die Zweige rührten sich nicht mehr. Bobi sagte sich: »Das ist der erste, den ich aus frohem Herzen singen höre.«

Er fragte:

»Ist Frau Helene nicht da?«

»Sie ist nicht hier«, sagte Aurore.

»Ich glaubte, sie würde kommen.«

»Sie wird auch kommen, aber später. Sie können hier auf meine Mutter warten.«

»Ist sie nicht im Haus?«

»Nein.«

»Bleibt sie lange fort?«

»Ja.«

»Ich weiß nicht, ob ich werde warten können.«

»Wie Sie wollen.«

»Ich wollte sie etwas Wichtiges fragen.«

»Fragen Sie mich; vielleicht weiß ich es besser als meine Mutter.«

»Singt der Mann oft?« fragte Bobi unvermittelt.

»Sehr oft.«

»Und immer so froh?«

»Immer.«

»Wir haben beschlossen, unser Getreide gemeinsam zu verwalten, und ich hatte Frau Helene gebeten, ihn zu fragen, ob er mitmachen will.«

»Ich selbst habe ihn gefragt.«

»Und was hat er gesagt?«

»Er hat gesagt: Wenn er mich das fragen läßt, hat er mich nicht verstanden.«

»Alles, was er macht, macht er ganz.«

»Er war nicht böse, als er mir das sagte, im Gegenteil, er hat gelacht.«

»Er hätte nicht lachen sollen; es ist eine sehr ernste Sache.«

»Er schien es zu wissen.«

»Ich glaube, Sie mögen mich nicht leiden, Fräulein Aurore.«

»Natürlich mag ich Sie nicht«, sagte Aurore, und dann fügte sie hinzu:

»Was wollen Sie eigentlich damit sagen?«

»Ich will damit sagen, daß Sie keine Freundschaft für mich haben.«

»Freundschaft, das ist etwas anderes, warum sollte ich keine Freundschaft für Sie haben?«

»Sie haben einmal mit großer Heftigkeit und schrecklich zornig zu mir gesprochen. Ich war unfähig, mich zu rühren oder Ihnen zu antworten. Ich war wie versteinert!«

»Ich habe Ihnen nur den vierten Teil von dem gesagt, was ich Ihnen sagen wollte.«

»Und dennoch haben Sie mir einmal den Kopf mit Ihrer Schürze abgetrocknet.«

»Das war vorher«, sagte sie.

»Das war vorher«, sagte er, »und ich weiß heute noch nicht, warum ich dann Ihrer unwürdig geworden bin.«

Sie schwieg einen Augenblick, dann sagte sie leise:

»Sie sind meiner nicht unwürdig geworden.«

»Bleiben Sie sitzen«, sagte sie, denn sie hörte seinen Stuhl knacken. »Ich kann Sie von hier sehen. Hinter Ihnen strömt das Licht herein, und es sieht aus, als ginge das Licht von Ihnen aus.«

Er wandte sich zu ihr.

»Ich kann Sie nicht sehen«, sagte er, »Sie sitzen im Dunklen. Hören Sie mich an: Ich bin nur ein armer Mensch, der auf den Dörfern seine Kunststücke machte. Das bin ich. Aber allmählich habe ich bemerkt, daß nach und nach mein Herz alles verstehen konnte. Und ich glaube, das ist das größte Unglück, das ein lebendes Wesen treffen kann. Ich kenne den Mann, der da draußen unter den Maulbeerbäumen singt, nur wenig. Er hat zu mir gesagt, ich sei ein Dichter, und eben haben Sie so gesprochen wie ich.«

Aurores Stimme kam aus dem Dunkel wie eine Schattenstimme.

»Seien Sie unbesorgt«, sagte sie, »das größte Unglück auf dieser Welt kennen Sie nicht.«

»Ich weiß nicht, ob es das größte ist, doch ich kenne eines, das nicht gering ist. Wenn man auf dem Gipfel eines Berges steht, noch vor der Morgendämmerung, dann scheint es, der Weg ginge geradeaus, und man könnte glauben, vor uns sei es ganz flach, denn es ist noch Nacht, und alles ist möglich! Doch nach und nach wird es Tag, und jetzt sieht man, daß es vor uns in ein Tal hinuntergeht, und dahinter steigt es wieder an, und dahinter sind neue Täler, dann Berge und Bergesgipfel, Gipfel, die bis in den Himmel hineinragen. Nicht daß es mir an Mut fehlte; es fehlt den Menschen nicht an Mut. Ich denke, ich werde nun in das Tal hinabsteigen, die andere Seite wieder emporklimmen, und nach und nach werde ich all meinen Mut zusammennehmen, und alle meine Kräfte und all mein Hoffen, und ich werde meinen Weg fortsetzen bis hinauf auf die höchsten Berge. Doch jetzt wird es immer heller, und das Tal vor mir führt immer tiefer hinab. Das erste Tal, das dicht vor mir liegt und das eben noch Dunkelheit und Nacht erfüllte und durch das der Weg führt, den ich mir flach wie einen Steg in die Luft hinein vorgestellt habe; es fällt immer tiefer und immer tiefer ab. Was mir eben noch der Talgrund schien, war nur eine Nebelschicht; der Talgrund liegt viel, viel tiefer, ganz tief da unten. Und jetzt, da es heller geworden ist, sieht man auf den Abhängen, die zum Tal hinabführen, Gebüsch und Gesträuch, Wälder und Dornengestrüpp, die Spuren der Tiere und die tiefen Schluchten und die Felsenmauern. Und während es immer heller wird, sagt uns eine Stimme, daß es ja immer so fortgehen kann; es wird immer heller, und je heller es wird, desto mehr Dornen und Felsen und Hindernisse und Angriffspunkte und Übergänge und Unüberwindliches stellen sich uns in den Weg bis in die Unendlichkeit! Da denken Sie nicht mehr daran, die Höhen zu erklimmen, die dort in der Ferne emporragen, auf denen das Licht tanzt wie auf dem krummen Rücken einer weißen Ziege! Jetzt glauben Sie nicht einmal mehr, daß Ihre Kräfte, Ihr Mut und Ihre Hoffnung ausreichen werden, um ins erste Tal hinabzusteigen, das mit jeder Minute tiefer wird; nein, jetzt schreit es voller Verzweiflung in Ihnen: Wenn ich doch nur einen einzigen Schritt vorwärts gehen könnte, zu mehr reichen meine Kräfte nicht aus! Und es wird immer heller!«

Er hatte schnell gesprochen, wie trunken vor Erregung, doch ohne sich zu rühren; jetzt unterbrach er sich, um Atem zu holen.

Aurore schwieg.

»Es wird immer heller!«

»Seien Sie unbesorgt«, sagte die Schattenstimme. »Sie werden niemals das größte Unglück auf dieser Welt kennenlernen.«

»Warum?«

»Weil Sie ein Mann sind.«

»Sie stellen sich die Männer stärker vor, als sie sind.«

Von draußen hörten sie den Gesang des Mannes; er war voller Frieden und ein wenig traurig.

»Ich werde sehen, ob Sie ein Lügner sind«, sagte die Schattenstimme. »In Ihnen schreit es: ›Herrgott, nur einen Schritt vorwärts machen können!‹ Doch das Licht, das die Welt immer mehr erhellt, zerstört alle Hoffnung. Und dann, gleich nach diesem Verzweiflungsschrei, haben Sie gedacht: ›Jetzt werde ich direkt da hinauffliegen. Dort oben hüpft das Licht wie eine helle Ziege.‹ Ist es so?«

»Es ist wahr«, sagte er, »man läßt nie alle Hoffnung sinken.«

»Und das ist mir rätselhaft«, sagte sie.

»Das Leben will es so.«

»Ich kann es nicht verstehen«, sagte sie.

»Sie sind nicht glücklich?«

»Nein.«

»Ist es das große Unglück, von dem Sie sprechen?«

»Ja.«

»Erklären Sie es mir«, sagte Bobi, »vielleicht werden Ihnen dennoch Flügel wachsen.«

»Nein«, sagte sie, »es ist so ein jämmerliches Unglück. Es sind rein körperliche Dinge«, fügte sie nach einer kleinen Pause hinzu.

Sie sprang auf.

»Gehen Sie fort, ich habe gelogen«, schrie sie, »ich bin nicht unglücklich.«

XXII

Überall war die gleiche Hitze; am Himmel, auf der Erde, ja selbst im Wasser war es heiß. Der Sommer war da. Er heizte die Ebene viel stärker als das Plateau, und häufig jagten stumme, heiße Luftwellen von drei Seiten zugleich über das obere Land; sie schmeckten nach Staub und Korn.

Die Welt bedurfte mehr und mehr neuen Lebens. Die jungen Vögel verließen ihre Nester, in denen es zu heiß wurde. Zum erstenmal in ihrem Leben setzten sie sich auf Zweige. Sie versuchten zu schlafen, doch kaum hatten sie die Augen geschlossen, verloren sie das Gleichgewicht; sie stürzten herab und schlugen wild mit den Flügeln. Ein kühler Luftzug streichelte den Flaum auf ihrer Brust, und sie fühlten mit einemmal, wie herrlich es war zu fliegen, wie angenehm für den Körper und welche Freude. Sie flatterten von einem Baum zum andern und selbst über weite, baumlose Strecken; sie fächelten mit ihren Flügelschlägen die Luft. Sie bekamen Mut und flogen hoch, in den blauen Äther hinein, in seine geheimnisvollen Tiefen, bis sie endlich, trunken vor Angst und Schwindel, tief unter sich die grüne Erde schwanken sahen. Dann stürzten sie steil abwärts wie herabregnende Steine und kreischten laut.

Die Bienen und die Fliegen mit roten, gelben und blauen Bäuchen umschwärmten anbetend die Lärchenbäume, von deren Stämmen und Ästen würzige Harzsäfte herabrieselten. Der dichte helle Schwarm, leuchtend wie Sonnenstrahlen, umtanzte summend den Baum in atemlosem Fluge, fast reglos und bebend vor Verlangen nach den wunderbaren Säften; dann schossen die Bienen und Fliegen plötzlich wie Pfeile in das Laub hinein, tranken einen Tropfen des süßen Saftes und kehrten zurück in den Freudenreigen. Der ganze Baum summte.

Am Tage und in den Nächten kreuzten sich in Feld und Wald immer neue Tierpfade. Das Laub des Unterholzes bebte ununterbrochen in der windstillen Luft, denn Füchse, Wiesel, Marder, Ratten oder der Waldkauz mit samtenen Flügeln streiften hindurch. Die Fledermäuse kamen aus ihrem Versteck; tagsüber schliefen sie im Schatten der Zedern, der jetzt dunkler war als das Dunkel in den Tiefen der Erde; kaum wurde es Nacht, flogen sie ungeschickt und eigensinnig hin und her. Das Abendlicht oder zuweilen der Mond beleuchteten den kleinen weißen Bauch. Alle Sorten Heuschrecken waren zum Vorschein gekommen. Alle Ameisenarten wimmelten am Erdboden. Alle Schmetterlingsarten belebten die Luft, alle Fliegensorten und alle Käfer. Aus allen Mauerlöchern krochen Eidechsen und schliefen in der Sonne; sie erwachten, sprangen hoch und verspritzten einen schaumigen Geifer, beruhigten sich wieder, schliefen wieder ein und kehrten schließlich in ihre Löcher zurück; dabei wiegten sie den dicken Leib zwischen den niedrigen Beinchen. Die Nattern hatten die Zeit der Liebe hinter sich und begaben sich auf ihre einsame Wanderung; die Männchen suchten den Kampf gegen Feldmäuse, Ratten, Vögel und kleine Fische, die Weibchen suchten ein sonnenwarmes Sandplätzchen, um ihre Eier zu legen und das Ausschlüpfen der Brut mit leisem Pfeifen zu erwarten.

Die Hasenmütter hatten noch keine Jungen, doch sie suchten schon die Einsamkeit entlegener Waldwinkel, denn die Zeit war nahe. Da war eine Stelle im Herzen des Waldes, dicht bei drei riesengroßen Felsen, die wie eine Tischplatte übereinanderlagen. Die kleine Anhöhe ragte nicht aus dem Walde heraus; die Bäume waren zu hoch. Auf diesem Erdhügel versammelten sich alle trächtigen Häsinnen und bekamen alle zusammen ihre Jungen. Zu dieser Zeit waren die Füchse und die übrigen Fleischfresser auf der Höhe ihrer Brunst; so war von dieser Seite nichts zu fürchten, denn sie fraßen fast nicht und stießen nur den lieben langen Tag hindurch ihre Lockrufe aus, unaufhörlich, von morgens bis abends; sie trabten auf endlosen Pfaden entlang, atemlos, voller Geifer, mager, mit schrecklich wilden Augen; zuweilen rieben sie ihre Flanken am dürren Gesträuch; es klang hohl. Es schien, als wollten sie sich mit Messern oder den Zinken einer Gabel die Flanken zerreißen. Zu dieser Zeit konnten die Hasenmütter in Frieden ihre Kinder bekommen. Und sie bekamen so viele, daß der grasbewachsene Abhang zu eng für sie wurde und die kleinen Hasen quietschend die Böschung hinabrollten.

Endlich war die Brunstzeit der Fleischfresser zu Ende. Die Männchen schnupperten ins weite Land hinaus; die Augen glühten nicht mehr, sie leckten sich die Lefzen mit feuerroten Zungen. Die Weibchen senkten die Köpfe und wurden nachdenklich, frische Tierspuren kreuzten sich unter den Büschen. Die Häschen wimmelten an den Abhängen; jetzt war es nicht mehr die Last des milchgefüllten Bäuchleins, die sie hinabzog; sie probierten die Sprungfedern ihrer Hinterpfoten.

Den leeren Platz, der durch den Tod eines Tieres auf der

Erde entstanden war, wurde jetzt von drei, vier jungen Tieren ausgefüllt.

Die Otter unter den Weiden schliefen am hellen Tage. Am Rande des Waldes von Grémone versammelten sich eines Tages die Eichhörnchen. Man wußte nicht, weshalb. Mit einemmal waren sie da. Sie sprangen jetzt nicht von einem Ast zum andern, sondern sie sangen alle zusammen ein ernstes Liedchen, kaum hörbar, doch sie strengten sich so gewaltig dabei an, daß sie am ganzen Leibe bebten.

Im Teich, der still inmitten des Schilfes lag, brodelte es zuweilen auf; große Blasen und Schaum stiegen an die Oberfläche, und kleine Wellen schlugen gegen die schlammigen Ufer, sie ersäuften die Myriaden Wasserflöhe, die den feuchten Sand bevölkerten. Die dicken Karpfen, die den ganzen Winter in dunkler Tiefe verbracht hatten, kamen nach oben und sprangen so hoch, daß sie aufleuchteten und mit einem klatschenden Geräusch schwer auf das Wasser zurückfielen.

Am Rande des Teiches war eine große Strecke dünn mit Schilf bewachsen; sie war zur Hälfte überspült von sumpfigem Wasser. An der Stelle, an der der Schilfhalm aus dem Wasser ragte, hatte er einen kleinen goldschimmernden Ring, der sich im Wasser wie ein Glorienschein spiegelte, vielfarbig funkelte und bebte; die Farben verschwammen ineinander wie bunter Staub. Das war die Milch der Weißfische; es gab viele, viele tausend Schilfhalme, und alle umgab der kleine Ring. Wenn der leichte Wind die sumpfige Fläche erbeben ließ – dieser Wind war der Atem des reifenden Getreides aus der glutheißen Ebene –, bildete sich in den Fischeiern, die sich geduldig kneten ließen, die Gestalt und das Herz der werdenden Fische.

Der alte Hirsch war an den Teich gekommen, um zu baden. Als er sich eines Abends lange an seiner Hirschkuh gerieben hatte und ihr Fell ihm weich erschien, hatte er sich plötzlich an den Teich erinnert. Er hatte sich an einem Buchsbaum gerieben; das war schon besser. Doch ihm war eingefallen, wie kühl es im Wasser sei, und da hatte er an den Teich gedacht.

Er hatte sich sofort aufgemacht, obgleich es schon Nacht war. Nach zehn langen Schritten war er stehengeblieben; er hatte die Hirschkuh gerufen; niesend und mit vielen Kopfbewegungen hatte er ihr lang und breit erzählt, wie beglückend der Teich dahinten sei. Zuerst hatte die Hirschkuh ihm zugehört, dann hatte sie sich mit leisem Klagen im Laub gewälzt, ganz ihrem eigenen Glück hingegeben und von ihrem Hirsch so endlos weit entfernt, als lebe er auf dem Monde. Da war er allein davongetrabt, gemächlich, würdevoll und ernsthaft vor sich hin brummelnd.

Als der Mond den höchsten Punkt seiner nächtlichen Wanderung erreicht hatte, langte der Hirsch beim Teich an. Er schritt durch den Sumpf. Enten flogen erschreckt auf und kehrten wieder in ihre Nester zurück. Er ging ins Wasser; als er an seinem Leib die Kälte spürte, brüllte er vor Wonne. In der Tiefe des Waldes antwortete die Hirschkuh. Er schwamm zur Mitte des Teiches; der Mond glänzte auf der Wasserfläche, und Lichtstrahlen spritzten funkelnd in die Höhe. Kaltes Wasser klatschte gegen seinen Kopf, seine Beine traten das Wasser, und jedesmal, wenn seine Hufe ein Loch in das Wasser schlugen, stiegen Trauben von Blasen hoch; sie glitzerten wie Sterne. Die großen Karpfen schliefen dicht unter der Oberfläche. Sie sprangen alle zu gleicher Zeit hoch und verursachten mehr Schaum und Lärm als der Hirsch. Sie flüchteten vor dem großen Tier, doch sie tauchten nicht unter; sie blieben an der Oberfläche. Das Mondlicht ließ ihre Schuppen aufleuchten, doch der Schein verlosch sogleich wieder unter dem bläulichen Schaum der kleinen Wellen.

Nun spürte der Hirsch unter sich die ganze Tiefe des Wassers; diese Tiefe war wie eine festgefügte Masse, die hin und her schwankte und auf der sich das Weltall zu wiegen schien. Er sah lange Fische, die grünlich schimmerten, dann waren sie plötzlich weiß; sie sprangen hoch und sahen rot aus, sie tauchten wieder in die Tiefe, und nun waren sie schwarz, mit weitaufgerissenem Rachen und blitzenden Zähnen, scharf wie Sägen. Er sah Lianen aus dem Wasser herausragen, wild und geschmeidig wie Schlangen; wie alles, was im Schatten wächst, waren sie so dick und kräftig, daß sie zwei Finger breit aus dem Wasser herausragten, während die Wurzeln im mörderischen Dunkel der Tiefe verankert waren. Ihre breiten Blätter waren fahl. Er sah kleine silbrige Fische und braune Aale; Krabben trieben auf dem Wasser. Er sah eine Wasserspinne, die mit zurückgelegten Beinchen wie ein Altweiberfaden untertauchte und hinter sich her einen Rosenkranz aus Luftblasen schleppte. Jede Luftblase umschloß eine neue kleine Wasserspinne, die eben aus dem Ei gekrochen war. Er sah einen Rattenkadaver, der fast aufgefressen war und an dem ein kleiner Fisch zerrte, um die Gedärme aufzurollen. Er sah die Welt der Fische, der Wasserpflanzen, der Ratten, der Bäume, der Hirschkühe und seine eigene, die Welt des Hirsches. Silberner Schaum klebte an seinen Nüstern.

Da brüllte er laut.

Die Füchse auf den Waldwegen blieben stehen und lauschten; sie antworteten, dann liefen sie davon. Die Biber knurrten. Die Otter klagten mit leisem Miauen, sie schärften ihre Krallen an den Weidenstämmen. Waldeulen riefen. Die Eichhörnchen in den Zweigen kreischten. Wie toll rasten die Ratten im Morast hin und her und stießen ans Schilfrohr; die Wildenten flogen auf und fielen wieder ins Schilf zurück, die Wiesel, die Maulwürfe, die Heuschrecken, die Eidechsen, die Käfer und die großen Nachtfalter schrien. Die schweigsamen Nattern bei ihren Eiern schnellten die funkelnden Köpfe hoch, und die Hirschkuh rief lange, lange, lange mit einer warmen, liebestrunkenen Stimme.

Als der Hirsch auf der andern Seite dem Wasser entstieg, wurde die Welt ringsum wieder ruhig. Nach und nach wurde es ganz still. Er lauschte. Ihn fröstelte. Sein Fell triefte, und das Wasser rann klatschend auf die Steine am Ufer. Wieder ging er ins Wasser. Mehr als zwanzigmal schwamm er quer durch den Teich, schließlich hatten sich sämtliche Fische tief unten auf dem Grunde in ihren Löchern versteckt, und er war allein im Wasser, in dem sich der Mond spiegelte. Jedesmal brüllte er laut, und jedesmal antwortete ihm die Umwelt. Schließlich streckte er sich, von Müdigkeit überwältigt, im Grase aus. Er brannte vor Lebensfreude wie ein glühender Aschenhaufen. Es wurde Tag. Er sah die Hirschkuh herankommen. Er konnte sich nicht mehr rühren. Er wollte sich auch nicht rühren. Er klagte leise. Sie kam und leckte sein Maul zärtlich von allen Seiten wie einen Erlenstamm, an dem süßer Saft herabrieselt. Es wurde heller. Die Hirschkuh stieg ins Wasser und schwamm am Ufer entlang. Völlig durchnäßt kehrte sie zum Hirsch zurück und legte sich neben ihm nieder. Sie drängte ihren Kopf neben den dicken, schweratmenden Kopf des Hirsches mit den glückstrunkenen Augen, und so atmeten sie friedlich dieselbe Luft und schliefen ein.

Eines Nachmittags begannen die Eichhörnchen im Wald von Grémone plötzlich zu kreischen. Sie hatten reglos in den Zweigen gesessen, und jetzt kletterten sie alle von den Bäumen herunter. Sie liefen aus dem Wald zum Plateau; dann blieben sie stehen und lauschten. Sie hörten den Ruf des Fuchses. Erschrocken blickten sie sich an. Sie sahen die Bäume des Waldes, auf denen sie sich in den Zweigen verbergen konnten; noch war es Zeit. Dann sahen sie nach der andern Seite auf die öden Felder des Plateaus hinaus, wo sich wenig Schutz für sie bot. Dennoch zog sie es dorthin, und plötzlich bekamen sie gehörigen Mut. Was sollte das auch, immer nur ängstlich sein Leben behüten wie eine kleine weiche Nuß? Kann man nicht sein Leben einsetzen für das, was man möchte? Ihnen schien, als spreche ein riesengroßes Eichhörnchen aus Rauch und Dunst zu ihnen, gewaltig, größer als zwanzig Berge, und wenn sie seiner tollen Stimme gehorchten, wurden sie ebenso groß. Doch es war nur der Sommer, der zu ihnen sprach; das Leben sprach zu ihnen. Sie wurden ebenso groß und mutig wie das Eichhörnchen aus Rauch und Dunst, und sie liefen hinaus auf das Plateau. Der Fuchs aus dem Tal erreichte sie bei Mouillure. Gegen Abend retteten sich die, die übriggeblieben waren, in eine Weide. Hier fanden sie keine Bucheckern. Aufs Geratewohl kratzten sie die Rinde ab; Mehlstaub kam darunter zum Vorschein und ein Tröpfchen Saft. Es war eine zauberhafte Nahrung. Noch nie waren sie so glücklich gewesen. Der Himmel war von ungewöhnlicher Tiefe. Sie dachten an den Kampf mit dem Fuchs, und in ihren Herzen verschwamm der Himmel und der Fuchs mit dem Blut und den Sternen. Die schwankenden Zweige der Weiden wiegten die Träume der kleinen Tiere. Sie waren ausgezogen, um Nahrung zu suchen; noch fanden sie nichts, doch sie wußten, bald würde die Erde mit Nahrung bedeckt sein. Schon roch die Luft nach Zucker und Gärung.

Überall schwollen die Früchte in der Hitze. Bis jetzt waren es kleine grüne Kugeln gewesen oder weiche Hüllen, voll von milchigem Mehlstaub. Jetzt reiften sie. Die ganze Welt schien von diesem Reifen beunruhigt. Kein Fleckchen Erde, das nicht von Getier wimmelte. Alle auf der Suche, erfüllt von Erwartung, von Sehnsucht! Die Ameisen suchten die dicken Blätter des Stechapfels; in ganzen Kolonnen zogen sie an den Schäften empor bis zur welken Blüte. Sie kletterten in die Blumenkrone; sie betasteten mit den Leibern den grünen Blütenstempel. Noch ein paar Sonnentage, und sie hatten die richtige Reife. Sie kletterten wieder herab; kaum waren sie im Gras, da kreuzten sie den Pfad einer Ratte. Sie hörten, wie sie weiter unten am Hafer schnüffelte; solange die Grannen grün waren, war das Getreide noch nicht reif. Wenn es reif war, waren die Bärte gelb und knisterten. Jetzt roch es nach säuerlicher Milch. Die Ratte mußte an vielerlei denken, an Mohnkapseln, von denen sie die mit schwarzen Körnern bevorzugte. Flink leckte sie sich mit dem roten Zünglein das Maul.

Wenn die Tiere sich schlafen gelegt hatten, hörten sie es tief in der Erde scharren. Das waren die Maulwürfe, die sich Gänge zu den Wurzeln der Erdfrüchte gruben. Denn tief in der Erde rundeten sich die blassen Wurzelfrüchte, im Grase die Früchte des Grases, im Wasser die Wasserfrüchte, auf den Bäumen die Baumfrüchte. Nicht ein Zweiglein, nicht eine Holzfaser, nicht ein Baumstamm, nicht ein Ast, dessen Ziel nicht eine Frucht ist. Nicht ein Safttröpfchen, das nicht schließlich im kleinen runden Destillierkessel einer Frucht einschlummert, von Träumen erfüllt.

Das Moos, der Hafer, die Tanne, die Zeder, die Pappel. Der höchste Baum hierzulande mißt zwanzig Meter; die längste Wurzel mit ihren Wurzelknollen versenkt sich fünf Meter tief in die Erde. Aus zwanzig Meter Höhe also bis in fünf Meter Tiefe sind mehr als fünfzig Schichten Früchte, alle sind sie verschieden, alle reifen, alle schwellen allmählich unter dem Einfluß der beständigen Sommerhitze an. Sie reichen aus, um allen Zähnen Arbeit zu geben und um alle Kreatur zu sättigen.

Die Ebene von Roume war bedeckt mit runden Früchten; da war eine Lage dicht über der Erde: Kürbisse, Melonen, Gurken; eine Lage anderthalb Meter über dem Erdboden: Pfirsiche, Aprikosen, grüne Äpfel, grüne Pflaumen. Die kleinen Bäume waren schwer von Früchten und Laub. Darunter wuchs dichtes Gras, und es war kühl und dunkel in ihrem Schatten. Am Tage war es unerträglich heiß. Frauen kamen und setzten sich unter den Bäumen nieder; sie verloren sich tief in den Obstgärten. Sie breiteten Decken auf der Erde aus, und darauf schütteten sie, was die Stadt an kleinen Kindern barg, von einem Viertel bis zu zwei Jahren. Sie waren halb nackt, mit dicken, rosigen Schenkeln, die ein bläulicher Schatten spaltete. Sie tummelten sich im Grase.

Weiter oben gab es fast keine runden Früchte mehr, sondern spitze Körner, Bucheckern und holzartige Fruchtdolden. An manchen Stellen öffnete sich die Erde, und auf dem Grunde wurden bläuliche Wurzelknollen wie Geschwüre sichtbar. Ganze Prozessionen von Ameisen und Käfern zogen dorthin. Die kleinen Nager erweiterten die Spalten mit ihren Beinchen. Sie tauchten die Köpfe hinein und kratzten mit ihren spitzen Rüsseln im krümeligen Mehlstaub. Den ganzen Tag über kreisten Vögel über den Elsbeerbüschen, den wilden Pflaumensträuchern und den Brombeerhecken;

wenn es dunkel wurde, ließen sie sich in den Bäumen nieder, und wenn der Morgen kam, flogen sie wieder auf, wie Rauch über dem Gluthaufen, den der Morgenwind neu anfacht.

Am wolkenlosen Himmel rollte die Sonne unermüdlich von einem Ende zum andern. Krachend sprangen die Fruchtschoten auf, und Samen quoll heraus; die schlanken Pfeile der Haferhalme verstreuten Körner; Kletten verstäubten ihren Samen, das Moos versprengte kleine goldene Saatkörner, die der leichteste Windhauch davontrug; die Früchte des Stechapfels platzten auf, und drei nachtschwarze Nußkerne befreiten sich aus ihrer weißseidenen Hülle. Der Sommerkohl war voller Feuchtigkeit und duftete stark in der Sonnenglut. Die Rüben, die Zwiebeln, die dicken Mohrrüben und andere Wurzelkräuter sprengten die bröcklige Erde und drängten heraus. An allen sonnigen Abhängen der Berge und Hügel troff süßer Saft aus den wilden Aprikosen, und nur ein paar Maulwürfe kamen und schleckten daran.

Das Korn war reif.

Jenseits der Obstgärten in der Ebene von Roume dehnte es sich, so weit das Auge reichte, daß es aussah, als habe ein gewaltiger Strom das ganze Gebiet mit seinen Schlammassen zugedeckt; alle kleinen Unebenheiten des Bodens waren ausgefüllt. Es gab nur noch das Getreidemeer. Und es schien ebenso zu heizen wie die Sonne. Es war wie ein kupferner Spiegel, und aus dem dichten Gewoge der Halme schossen erstickende Strahlen hoch. Im hohen Getreide waren Straßen und Wege versteckt.

Wenn die reichen Landbesitzer die Stadt verließen, um ihre Felder zu besichtigen, fuhren sie mit ihren Automobilen zwischen den hohen Mauern eines ungeheuren Reichtums hindurch. Sie sahen weder den tiefhängenden Himmel noch das Rund der Felder ringsumher, nicht die Einteilung der wohlgefügten Erde noch die Gipfel der hohen Berge am fernen Horizont. Sie sahen nichts als Getreide, Getreide und wieder Getreide! Mauern von Getreide umgaben sie ohne die geringste

Unterbrechung, ohne Einschnitt, Millionen und aber Millionen Getreidehalme, die mit ungeheurer Schnelligkeit an ihnen vorüberzogen, Mauern von Getreidehalmen, die blitzschnell rechts und links an ihren Köpfen vorbeistreiften, ihre Gedanken verwirrten, sie mit einer schwindelnden Leere anfüllten, so, als müßten sie in einem Berge von Gold ersticken.

Auf dem Marktplatz wurden Tische aufgestellt, um die Schnitter anzuwerben. Die Ortsvorsteher der kleinen Orte in den Bergen erfuhren durch Rundschreiben, daß Erntearbeiter verlangt würden. Am Abend trafen sich einige Besitzer im »Café des Sports«, um sich über die Löhne zu verständigen. »Wir zahlen soundso viel Tagelohn, nicht mehr, nicht einen Sou darüber.« Von den endlosen Feldern wehte der heiße Atem des Getreides in die Stadt.

Schwärme von Saatkrähen und Vögeln aller Art ließen sich ins Korn herabfallen.

Die Männer kamen aus den Bergen, über der Schulter trugen sie die in zwei Teile zerlegte Sense. Zwei kamen diesen Weg, einer auf jenem, auf einem andern kamen vier, auf einem andern zehn und zwanzig. Sie trafen am Kreuzweg zusammen und kamen durch das nördliche Tor in die Stadt. Die Kaufleute hatten ihre Stände hereingenommen, denn alle Straßen waren überfüllt. Überall waren Männer, die aus den Bergen kamen und ihre zerlegte Sense auf der Schulter trugen. Ohne es selbst gewahr zu werden, stießen sie mit ihren weitausholenden Bewegungen überall an. Sie gingen von einem Tisch zum andern; in ihrem schwer verständlichen Dialekt besprachen sie sich untereinander. Sie erörterten den Tagelohn. Sie sagten, es sei zuwenig, dann gaben sie ihre Namen an und wurden in Listen eingetragen. Ein Zettel wurde ihnen ausgehändigt, auf dem eine Unterkunft für die Nacht angegeben war. Manchmal brachte ein Bote sie bis zu den Scheunen. Sie legten ihre Bündel ab und streckten sich aus. Dann begannen sie alle miteinander im Chor zu singen.

Die ganze Stadt schwieg nun und lauschte.

Jeder hielt bei seiner Arbeit inne.

Die Männer aus den Bergen sangen gemeinsam die alten Volkslieder von der Liebe der Frauen und dem Kampf mit den Dämonen. Bis ins Innerste spürten die Stadtmenschen den frischen Hauch des Bergwindes, der den bitteren Duft der Mandelblüten herantrug. Die ganze Stadt zitterte. Die Fenster standen weit offen, denn es war sehr heiß. Die Stimmen der Männer aus den Bergen waren leuchtender als die Nacht. Von den riesigen Getreidefeldern wehte ein trockner, heißer Atem herüber. Ganz allmählich erst konnte man wieder an die alltäglichen Dinge denken – die Kopfkissen aufschütteln und den Riegel vor die Tür schieben. Die Stimmen der Bergbewohner verhallten. Hier und dort, fern voneinander, in der Dunkelheit schlugen die Stunden der Nacht.

Auf dem Plateau begann die Erntearbeit in fieberhaftem Tempo, bis ihnen plötzlich klar wurde, daß sie sich gar nicht zu beeilen brauchten. Sie erschraken fast über die kleinen Getreidefelder, und etwas betrübt gestanden sie sich ein:

»Wir brauchten diese Arbeit gar nicht gemeinsam zu machen; einer allein hätte genügt.«

»Wir arbeiten auf unserm Feld«, sagte Bobi.

Sie waren auf Jacquous Acker, auch Randoulet war dabei; er band die Garben.

Randoulet sagte:

»Ich werde euch einmal zeigen, wie man bei mir zu Hause mäht.«

»Wo bist du denn zu Hause?«

»In einem Land«, sagte er, »in dem selbst das Stroh seinen Wert hat.«

Er wischte sich die Hände an der Hose ab, nahm die Sense und zwinkerte listig mit den Augen.

»Denn«, sagte er, »mit dem Stroh werden bei uns die Häuser gedeckt, und je länger die Halme sind, desto besser ist es.«

Er schnitt mit der Sense das Getreide dicht über dem Erdboden ab.

»Und«, sagte er, »es muß ganz bleiben, darf weder knicken noch brechen.«

Er hatte Honorés Sense geborgt.

»Teufelskerl«, sagte Honoré, »um einen Zentimeter längeres Stroh zu haben, wirst du mir auf den Steinen meine Sense schartig machen. Hör auf, du Schweinehund!«

Doch Randoulet hantierte weiter.

»Wenn ihr einmal beobachtet habt, wie eine Schwalbe übers Wasser hinstreicht, hochfliegt, sich wieder aufs Wasser fallen läßt und wieder hochfliegt, ohne sich auch nur die Spitzen der Flügel naß zu machen...«

»So mäht er«, sagte Honoré.

»Kommt und seht.«

Sie kamen näher. Es war wirklich schön anzusehen. Die Erde war hier nicht fein gesiebt wie in der Ebene. Hier war das Brachland nach und nach urbar gemacht und noch voller Steine. Es schien, als spüre Randoulet sie immer schon im voraus, seine Sense bewegte sich in Wellen und nie im gleichen Rhythmus. Es war eine mühselige Arbeit fast von Halm zu Halm, langsam und genau. Randoulets Muskeln waren immerzu angespannt, in Aufmerksamkeit und verhaltener Kraft. Er schleuderte die Sense, hielt sie zurück, ließ sie flach über die Steine hingleiten, tauchte mit der Spitze ins Korn, zog sie aus dem Getreide heraus, versenkte sie von neuem. Jeder Sensenhieb forderte andere Gesten, und jedesmal waren die Gesten so genau berechnet, daß die Sense keinen Schaden nahm und das Getreide haarscharf über dem Erdboden abrasiert wurde. Es war ein Vergnügen, ihm zuzusehen. Alle sahen ihm zu. Sie waren dicht herangekommen, Männer und Frauen. Wenn Randoulet einen Schritt vorging, machten alle einen Schritt vorwärts. Es gab nur noch einen einzigen Schnitter.

Jacquou bückte sich und las einen Getreidehalm auf. Er war dicht über der Erde abgeschnitten und war unversehrt, als sei er von einem göttlichen Schnitter gemäht. Jacquou behielt den Halm in der Hand. Er war zu schön. Das war eine Arbeit, wie es sie heutzutage nicht mehr gab. Dazu gehört Zeit. »Um das fertigzubringen«, sagte er sich, »muß man Zeit übrig haben.«

Er folgte dem Schnitter und hielt den Getreidehalm zwischen den Fingern wie eine geweihte Kerze.

Oder aber man muß sehr arm sein und eben alles nötig brauchen. Oder aber man muß sehr reich sein und es zu seinem Vergnügen tun, um es so gut zu machen. In solchen Sachen ist arm und reich ganz gleich, und Armut kann auch Reichtum sein.

Randoulet kam ans Ende des Feldes.

»So«, sagte er.

Er hatte einen Streifen gemäht. Im Grunde war man gar nicht unglücklich.

Aber die Felder kamen ihnen klein vor. Das Auge war an große Kornmieten gewöhnt, und diese waren viel kleiner als in den vergangenen Jahren. Sonst waren es sechzig gewesen, und dieses Jahr waren es nur vierundzwanzig.

»Mittlere«, sagte Jacquou.

Und am Abend waren sie nicht müde.

An diesen perlgrauen Abenden, ohne die gewohnte Müdigkeit, waren ihre Körper wie verloren. Denn sie waren es gewohnt, um diese Jahreszeit des Abends erschöpft zu sein. Im Kampf mit den großen Getreidefeldern wurden sie selbst zum Getreidefeld, samt seiner Weite, seiner Last verstreuter Garben und dem Frieden des Abendglanzes, der über den Getreidefeldern lag. Alles war anders geworden. Nur der Abend war wie immer, und sie litten, weil die Müdigkeit ihnen fehlte. Sie konnten sich nicht zurechtfinden.

Sie hatten beschlossen, in der Nähe des Feldes zu übernachten. Die Nächte waren duftend und von köstlicher Frische. Sie hatten ein kleines Feuer angezündet; nicht zum Wärmen, sondern zur Beleuchtung; dort lagerten sie nun auf Stroh. Vor dem Einschlafen richteten sie sich noch einmal auf den Ellbogen hoch, und obgleich alle beisammen waren, fühlte sich doch jeder vereinsamt. Sie konnten Arme und Beine bewegen, ohne daß es schmerzte. Sie waren nicht müde. Die ersten, die auf das Strohlager zurückfielen, waren Aurore und Frau Helene.

»Na, dann gute Nacht«, sagte Frau Helene.

Und sie legten sich zum Schlafen im Stroh zurecht. Die letzte, die sich niederlegte, war Joséphine. Sie rief noch ein paarmal:

»He, ihr dahinten, schlaft ihr?«

Jacquou schnarchte. Niemand antwortete.

»Ich werde noch etwas Holz auflegen«, sagte Joséphine; sie sprach zu sich selbst.

Sie stand auf, ging zu Bobi und hockte sich nieder, um trockne Zweige aufzusammeln. Ihre Hand tastete nach der Hand des Mannes; sie ergriff sie und hielt sie umschlossen, heiß und fest.

Joséphine seufzte; sie kehrte zu ihrem Platz zurück und legte sich nieder.

Wie mit weiten Schwingen umhüllte Nacht und Schweigen die halbe Erde. Die Sterne leuchteten so hell, daß die dunklen Umrisse der Berge zu erkennen waren.

Nach zwei Tagen war Jacquous Feld abgemäht, und das Getreide stand in Garben und Hocken. Die Einsamkeit über dem kahlen Stoppelfeld wurde immer tiefer und drückender.

»Jetzt komme ich dran«, sagte Carle.

Seine Felder lagen nicht beim Hof; sie lagen auf der andern Seite, am äußersten Rande des Plateaus, dicht hinter dem Wald von Grémone. An einer Stelle, die steil abfiel, überragten sie die Ebene. Diesen Acker hatte er von seinem Schwiegervater geerbt, der als einer der ersten das Plateau urbar gemacht hatte. Auf Carles Feld hatten ursprünglich Birken gestanden; Carles Schwiegervater hatte die Bäume gefällt, die Stümpfe gerodet, das Gestrüpp verbrannt, die Asche verstreut und den Boden eingeebnet. Es war bei weitem der beste Getreideboden.

Seit zwei Tagen schliefen und aßen nun alle zusammen auf dem Feld und hatten ihre Häuser schon ganz vergessen. Der Himmel über ihnen war wie ein festes Gebäude.

»Wir könnten die Karren nehmen«, sagte Carle, »und alle miteinander zu meinem Feld fahren.«

Es war zehn Uhr morgens.

»Wir sind noch früh genug dort, wir machen uns ein Lager im Wald, kochen die Suppe und schlafen. Morgen fangen wir dann zeitig an; in zwei Tagen können wir auch da fertig sein, und von da aus ist es nicht weit bis zu Jourdans Acker. Was meint ihr dazu?«

Sie waren einverstanden.

Carle mußte jetzt unwillkürlich an den Aufbruch der Karren zur Jagd auf die Hirschkühe denken, und er sehnte sich danach, wieder das Glücksgefühl zu spüren, das so ein gemeinsamer Aufbruch mit sich brachte.

»Da wir doch Zeit genug haben –«

An Zeit mangelte es nicht, weder zum Sprechen noch zum Anschirren der Pferde, noch zum Bereden alles dessen, was es dort drüben, im neuen Lager am Waldrand, zu tun geben würde. Trotz der Einsamkeit der Getreidefelder erfüllte sie eine ernste Freude, wohl ärmer an Korn, dafür aber reicher an Zeit zu sein.

Jacquou hatte zwar drei große blaugestrichene Karren, doch seine beiden Stuten waren trächtig.

Aurore senkte den Blick.

»Rund wie die Kühe«, sagte Jacquou mit breitem Lächeln, und sein altes Gesicht sah aus wie aus Buchsbaumholz geschnitzt. Und wirklich, so waren sie noch nie gewesen, das mußte man sagen!

Jourdan schlug vor, einer solle zu Fuß nach der Jourdane gehen, um sein Pferd zu holen.

Dann hatten sie Vorspann für zwei Karren. Wenn man etwas zusammenrückte, würde es schon gehen. Jourdan gab den Stallschlüssel an Carles Sohn, der kräftige junge Beine hatte.

Gegen vier Uhr nachmittags waren die beiden Karren angespannt, und ein wenig später schwankten sie bedächtig im Schritt über die Felder. Marthe und Frau Carle begannen zu singen. Auch Frau Helene mit ihrer tiefen Stimme summte die Melodie mit. Die Stöße des Karrens rüttelten sie durcheinander. Joséphine sah traurig vor sich hin. Sie hatte einen leeren Blick. Alle Frauen hatten diesen leeren Blick. Fräulein Aurore saß ganz hinten im Karren.

Nach einer Stunde begegnete ihnen ein Fremder. Er schien quer über das Plateau zu gehen, war auf dem Wege zur Ebene und kam aus den Bergen. Sie riefen ihn an. Über der Schulter trug er eine Sense, die in zwei Teile zerlegt war, und ein Bündel in einem roten Baumwolltuch. Er kam näher.

»Wohin willst du?«

»In die Ebene.«

»Was für eine Idee, hier entlangzugehen.«

»Eine komische Idee«, sagte er, »wißt ihr aber, daß es auf eurem Plateau einen Hirsch gibt?«

»Ja, das wissen wir.«

»Dann gibt es also nicht nur einen?«

»Nein, es gibt mehrere.«

»Einen habe ich gesehen«, sagte er, »ich bin die Straße entlanggekommen.« Er wollte damit die gewöhnliche Verkehrsstraße bezeichnen, die weiter unten links über eine Steinbrücke des Ouvèze führte, dann das Plateau umging und auf einem Umweg in die Ebene von Roume kam.

»Da schien mir, als sei ein Hirsch im Unterholz.«

(Er schwieg und betrachtete die Männer, einen nach dem andern, mit wild leuchtenden Augen.)

»Denn«, sagte er nach kleiner Pause, »ich komme aus dem Lande der Hirsche. Vor zwölf Tagen bin ich aufgebrochen; meine Frau nennen sie daheim die rote Cathérine. Ich habe zwei Töchter. Als ich den Hirsch hörte, sagte ich mir: ›Das ist ja unmöglich! Oder aber es ist dir einer nachgekommen.‹ Doch ich wollte meiner Sache sicher sein. So bin ich von der Straße abgebogen und in den Wald gegangen; ganz unversehens war ich so hoch gestiegen, daß es Abend wurde und der Abstieg nicht mehr lohnte. Da sagte ich mir: ›Nun steige noch weiter hinauf, und geh durch den Wald von Grémone. Wo du einmal so weit bist, ist es näher.‹«

»Was willst du denn in der Ebene?«

»Mich für die Ernte verdingen.«

»Ach ja«, sagten sie alle gleichzeitig, »es ist wahr!«

»Wenn du nicht eilig wärst«, sagte Jacquou, »würden wir dir vorschlagen, mit uns zu kommen. Dann könntest du ein Stück fahren. Aber es ist wahr, es ist nicht ganz deine Richtung.«

»Schon recht«, sagte der Fremde, »aber ich bin eilig. Der Hirsch hat mich schon einen ganzen Tag gekostet. Sie haben da unten schon angefangen, also viel Glück!«

»Viel Glück!« riefen sie.

Und er ging weiter.

Um sieben Uhr abends langten sie auf Carles Feld an. Sie kamen zum Abhang, von dem aus sie die ganze Ebene überblicken konnten. Da unten waren noch alle bei der Arbeit.

Der Tag neigte sich; ein streifiges Licht lag über der Ebene, es schien durch die Öffnung des Tales zu kommen, und bis in die fernsten Tiefen beleuchtete es die Reihen der Erntearbeiter, das aufrechte Getreide, das gemähte Korn und die großen Strohmieten. Die Arbeiter waren schwarz wie Ameisen. Sie waren überall und in ständiger Bewegung. Die ganze Ebene, von einem Ende zum andern, war mit Getreidefeldern bedeckt und wimmelte von Erntearbeitern. Alles war still. Sie waren hier zu hoch, um den Lärm zu hören. Man hörte nur ein leises Summen. In der Ferne, zwischen den dichten Staubwolken des Getreides, schoß das Licht in Garben hoch, farblos, ja weiß und leuchtend wie Schnee. Dorthin ging der Fremde, den sie getroffen hatten. Er setzte seine Sense zusammen, um seine Arbeit und seine Kräfte mit der Arbeit der übrigen zu vereinigen. Es war schon spät, doch die dort unten hörten nicht auf zu mähen.

Das Nachtlager wurde am Rande des Abhanges bereitet, um noch lange den Anblick genießen zu können. Die Pferde hatten sie an den Bäumen festgebunden und ein Feuer angezündet, um die Suppe zu wärmen. In den Tälern wurde es Nacht, auch über der Ebene breitete sich die Dunkelheit aus und verdrängte das Licht. Der Staub senkte sich langsam auf die Erde nieder. Nun sahen sie auf der andern Seite der weiten Ebene andere Hügel und andere Berge – dorthin traf jetzt das Licht, hob sie aus dem unsicheren Dunkel und gab ihnen Gestalt und Form, ehe die Nacht sie schließlich verhüllte.

Das Feuer, die blauen Karren und die Pferde waren ein einsamer kleiner Lichtfleck unter dem Himmel am Rande der Nacht, als die letzten Sonnenstrahlen einen Augenblick ihren erhöhten Lagerplatz streiften. Tiefes Schweigen umgab sie; unten flammte ein kleiner roter Schein auf und flackerte unruhig. Es sah aus wie ein Stern und mochte wohl eine Fackel sein, denn es bewegte sich, versteckte sich hinter einer dunklen Wand – vielleicht einer Reihe Zypressen –, kam wieder zum Vorschein und stand dann still.

Lange blickten sie dorthin und erwarteten, daß es sich wieder bewege, und während sie so über die Ebene hinblickten, sahen sie zahlreiche Fackeln aufflammen. Es waren die Laternen auf den Dreschtennen.

Am nächsten Tage mähten sie Carles ganzes Getreidefeld. Sie sprachen nicht, sie verloren nicht eine Minute; sie nahmen alle ihre Kräfte zusammen, um die gelbe, erstickende Arbeit, die normalerweise zwei Tage dauern sollte, in einem zu beenden.

Fräulein Aurore trug einen geblümten Unterrock, der sich über den Hüften bauschte und ihre nackten Beine sehen ließ. Ihre Knie waren rund und glatt wie die Köpfe ganz kleiner Kinder. Sie ging hinter den Schnittern her und drehte Garbenschnüre. Alle sieben Schritte, nach sieben Sensenhieben bückte sie sich und sammelte die gefallenen Ähren; dann drückte sie das Bündel gegen ihre Brust und verschnürte es mit der Halmschnur. Sie warf die Garbe auf die Erde zurück, und diese Garbe glich einem Frauenkörper mit einer Taille, dem gebauschten Rock und dem Haarschmuck der bärtigen Ähren.

Sie schritt hinter Bobi her. Er mähte wie einer, der sich erst wieder an die Arbeit hat gewöhnen müssen. Wie trunken ging er vorwärts und so schnell, daß er atemlos wurde. Er mußte stehenbleiben.

»Fräulein Aurore, Ihr Bein«, sagte er.

Sein Blick war klar und tief wie der Himmel, über den sich ein Regenbogen wölbt.

Sie hatte sich die Waden an Disteln und Getreidehalmen verletzt. An einer Stelle hatte es geblutet, ein dunkler Streifen endete in einem roten Blutstropfen, der noch leise zitterte.

Bobi kam und kniete neben ihr nieder. Aurore hatte heißes Verlangen nach Zärtlichkeit. Sie sah das Blut. Sie sah den hellen, tiefen Blick. Sie konnte sich nicht bewegen.

Bobi reinigte die kleine Wunde mit dem Taschentuch, das er mit seinem Speichel angefeuchtet hatte.

Am Tage ließ sich alles ertragen, doch wenn der Abend kam, litt Fräulein Aurore körperliche Qualen. Das Herz schmerzte, es war ein Schmerz an der äußersten Spitze des Herzens, bei jedem Pulsschlag wurde er stärker und schließlich so stark, daß er sich dem ganzen Körper mitteilte, bis in die Fingerspitzen hinein. Weder die samtenen Blätter noch der Frieden der Nacht brachten Erleichterung. Wenn sie auch Träume spann, die über die Grenzen des Lebens hinausreichten, so blieb sie doch ohne jede Hoffnung. In sich selbst verloren, erwartete sie den Schlummer. Die Getreidefelder dufteten. Diese wundervollen Abende brachten allen andern Frieden, nur ihr nicht. Sie allein brannte hell in der Nacht.

Sie lag am Rande des Plateaus, und sie brauchte nur den Kopf zu wenden, um in den nachtdunklen Abgrund der Ebene hinabzublicken, in dem jetzt auf den Tennen die roten Fackeln aufflammten. Wenn die flackernden Lichter nicht diese rote Farbe gehabt hätten – sie kam von den alten verrußten Dochten, die mit Nußöl getränkt waren –, hätte man sie für Sterne halten können. Zwischen der Finsternis der Erde und der Finsternis des Himmels war keine Schranke mehr. Das große Sternbild des Skorpion, das am Horizont leuchtete, schien sich in zwei, drei kleinen roten

Lichtern fortzusetzen. Und es war schwer zu unterscheiden, wo der zackige Schweif des himmlischen Tieres endete und wo die fernen Lichter der Fackeln auf den Tennen begannen. Dort, wo es dunkel war, war Leere, dort, wo die Fackeln leuchteten, wurde gearbeitet oder zur Arbeit vorbereitet.

Aurores Schmerz war stechend, und sie spürte, wie er sich in ihrem Kopf ausbreitete, gleich einem goldenen Blitz, der durch die Wolken zuckt. Dort unten im zitternden Schein der Fackeln wurden die Tennen mit Rammen festgestampft.

Mitten in der Nacht stand Jourdan auf. Er mußte früher als die andern nach der Jourdane aufbrechen, um die gemeinsame Dreschtenne herzurichten, den alten Staub fortzufegen und den Pfahl in der Mitte einzurammen. Er schnürte sein Bündel und brach auf, ohne die andern zu wecken. Nur Aurore hörte ihn. Er verschwand im Walde. Als er fort war, bellte ein Fuchs. Zwei Augen leuchteten aus dem Dunkel auf und verloschen gleich wieder.

Frau Helene stand auf. Fräulein Aurore bemerkte es. Leise entfernte sich Frau Helene in der Richtung, in der Jourdan fortgegangen war. Fräulein Aurore hatte den Kopf in den Arm gestützt, sie tat, als schlafe sie. Ihre Augen waren geschlossen, sie war ausgefüllt von einem Schmerz, der sie wie Blitze durchzuckte. Sie hörte, wie ihre Mutter durch den Wald ging und stehenblieb. Sie öffnete die Augen. In ihren Ohren brauste das Blut. Das Feuer war verloschen. Die Mutter war nicht zurückgekehrt. Nun stand auch sie auf. Vorsichtig ging sie um Marthe herum. Alles war still. Sie ging in den Wald.

Nur ein ganz leises Geräusch war zu hören. Sie erkannte es sofort. Frau Helene saß im Gras und weinte. Aurore setzte sich stumm zu ihr, Frau Helene zog ihre Tochter fest an sich.

»Wir sind allein«, sagte sie, »ganz allein.«

Und sie weinte leise vor sich hin.

Am Morgen brachen sie auf. Auf den beiden Karren fuhren sie durch den Wald. Die Frauen sangen, auch Frau Helene und Aurore. Sie kamen zur Jourdane und fanden Jourdan. Er hatte die Tenne gefegt, den Pfahl eingerammt, die Dreschflegel vorgeholt und an der Walze die Deichsel befestigt. Sie machten sich daran, Jourdans Feld abzumähen.

Es war der Acker, auf dem Bobi angekommen war. Hier hatte er gesagt: »Orion – Mohrrübenblüte.«

Jetzt, beim Hofe Jourdans, wurde nicht mehr gelagert. Sie aßen wieder am Tisch, und das Essen wurde in der Küche zubereitet. Die Männer schliefen im Stroh, die Frauen hatten sich die Betten geteilt. Das Getreide von den drei verstreuten Feldern mußte geholt und die Garben mußten rings um die Tenne aufgeschichtet werden; dann begann das Ausdreschen.

Sowohl für die Pferde wie auch für die Männer hatten sie Schichten eingerichtet, auch für die Nacht.

Eines Abends hatte Jourdan die Wache, und alle anderen schliefen. Er war Mitternacht; Jourdan ließ sein Pferd gemächlich in der Runde gehen; dabei blickte er zum Haus hinüber. In seiner Kammer brannte Licht. Marthe und Frau Helene teilten sich das große Bett; Aurore schlief auf der kleinen Eisenbettstelle. Jourdan fragte sich:

»Ist jemand krank geworden?«

Es war am Tag sehr schwül gewesen, und sie hatten gegen ihre Gewohnheit viel Wasser getrunken.

Er ging zum Fenster und wollte rufen, da erblickte er Fräulein Aurore. Die Kerze stand auf der Kommode, und Aurore hatte das oberste Fach herausgezogen und kramte darin.

»Was macht sie nur?« fragte sich Jourdan. »Vielleicht sucht sie ein Taschentuch. Es ist mindestens zehn Jahre her, daß ich nichts mehr in diesen Kasten getan habe.«

Fräulein Aurore schien gefunden zu haben, was sie suchte; sie blies die Kerze aus.

Am nächsten Tage war es noch heißer; die Tenne war glühend wie die Sonne. Gegen vier Uhr nachmittags hörten sie vom Walde her einen Gewehrschuß. Es war ganz nahe. Der Sohn Carle, Randoulet und der Schwarze, die das Getreide wendeten, hielten inne, auch die Frauen und Männer, die die

Garben aufbanden, hielten inne. Sie sahen sich an. Sie schwiegen.

»Hoo«, schrie Jacquou.

Er trieb das Pferd an; die andern begannen wieder zu wenden und aufzubinden.

Dreimal machte das Pferd die Runde, viermal, sechsmal. Der Pfahl kreischte. Plötzlich warf Jourdan seine Heugabel hin und ging ins Haus. Er ging durch die Küche.

»Was willst du?« fragte Marthe.

Sie war beim Kartoffelschälen. Er antwortete nicht. Er ging hinauf in die Stube und riß das oberste Fach der Kommode auf. Er kam wieder herunter, ging zur Tenne zurück und blickte zu den Frauen hin. Er kam zu Frau Helene, berührte ihren Arm und sagte:

»Frau Helene.«

Sie hielt im Aufbinden inne.

»Wo ist denn Fräulein Aurore?«

»Sie war doch eben hier.«

»Wann?«

»Eben noch.«

»Ist das lange her?«

»Nein«, sagte Frau Helene, »nein, ich weiß nicht. Weshalb?«

»Oh, nichts.«

Sie rief:

»Aurore!«

Ihr Ruf klang wie das Gurren einer Taube.

Das Pferd blieb stehen.

»Eben war sie noch hier«, sagte Joséphine.

»Ja, aber wo ist sie geblieben?«

»Ich habe sie fortgehen sehen«, sagte Honorine, »in der Richtung auf die Ställe zu.«

Jourdan ging zum Stall; Frau Helene folgte ihm. Dann Honorine und dann Joséphine.

»Hoo«, sagte Jacquou; er brachte das Pferd, das weitergehen wollte, zum Stehen.

»Was ist geschehen?« fragte Bobi.

»Die Kleine.«

»Vor ein paar Minuten war sie doch noch hier.«

»Ja.«

»Sie ist da entlang fortgeschlichen«, sagte der Schwarze, »ich habe sie gesehen.«

»Was denn?« fragte Randoulet.

»Die Kleine.«

»Was ist geschehen?« fragte Carle.

»Die Kleine.«

»Ja, was ist mit ihr?«

»Wir wissen nicht, wo sie geblieben ist.«

»Mein Gott«, sagte Frau Carle.

Sie sahen sich an.

Die andern kamen nicht wieder.

»Ich werde gehen und nachsehen«, sagte Jacquou.

Sie gingen ihm nach.

»Nein«, sagte Jourdan, »hier ist sie nicht. Sie ist hier gewesen, aber wieder fortgegangen; da hat sie im Stroh gewühlt, seht ihr?«

Frau Helene rief:

»Aurore!«

Jourdan gab Bobi ein Zeichen.

»Komm mit.«

Er winkte auch Jacquou und Carle.

»Wohin geht ihr?« rief Frau Helene.

»Bleiben Sie, wir sehen da drüben nach. Es wird nichts weiter sein. Sie ist ja oft allein fortgegangen. Vielleicht ist sie im Walde.«

Mit einem Male verstummten alle.

»Nein«, sagte Jacquou und drängte Frau Helene zurück, »bleiben Sie hier.«

Sie heulte auf.

»Lassen Sie mich, ich will mein Kind. Ich habe nur sie. Jourdan!«

Jourdan kam zurück.

»Aber nein«, sagte er, »Sie sehen doch, wir suchen sie. Es wird nichts weiter sein. Beunruhigen Sie sich nicht.«

Zu den Frauen sagte er leise:

»Behaltet sie hier.«

Doch sie hatte es gehört, und als Joséphine sie umschlang, versuchte sie sich zu befreien und schrie wieder:

»Mein Kind!«

»Nicht doch, nicht doch«, bat Jourdan im Fortgehen. »Kommt«, sagte er zu den Männern.

Marthe war auf die Schwelle getreten, sie kam und fragte:

»Was ist?« Sie vertrat den Männern den Weg.

»Nichts«, sagte Jourdan, »geh zu Frau Helene.«

Sie gingen bis zur Ecke des Hauses, dann begannen sie zu laufen.

»Da hinten ist es«, sagte Jourdan, und er deutete auf ein Birkengehölz, das in einer Spitze auf sie zukam.

Zwanzig Schritt davor blieben sie stehen.

Sie sahen Aurores nackte Füße; sie lag im hohen Grase.

Bobi rief:

»Aurore!«

Eine Elster schrie.

Vorsichtig näherten sie sich.

Aurore war hintenübergefallen; sie hatte sich eine Gewehrladung Schrot in den Mund geschossen. Sie war nicht mehr menschenähnlich. Das zerrissene Gehirn und die Blutspritzer leuchteten, sie erhellten das Gras und die Welt wie eine grausige Sonne.

Frau Helene hatte sich befreit und kam hinter ihnen her. Sie hörten ihre Schreie. Jourdan lief ihr entgegen; mußte ihr nach rechts und links den Weg abschneiden, ehe es ihm gelang, sie zu greifen und festzuhalten.

»Meine Tochter, mein kleines Mädchen, gib sie mir wieder, Jourdan.«

»Sie können sie nicht sehen«, sagte Jourdan.

Da hörte sie auf zu schreien und ließ sich schweigend von den Frauen wegführen.

XXIII

In dieser Nacht war kein Stern zu sehen, und es war erstickend heiß. Sie hatten Aurore auf das Bett gelegt und ihren Kopf in einen Sack gehüllt.

»Sie müssen vernünftig sein, Frau Helene«, sagte Barbe, »und diesen Mohnaufguß trinken, damit Sie schlafen können.«

»Ich kann nicht schlafen.«

»Das hat doch keinen Zweck.«

»Ich will mit offnen Augen diese elende Welt sehen.«

»Sie quälen sich selbst«, sagte Barbe, »und ihr nehmen Sie die Ruhe, die sie verdient.«

Joséphine ging aus dem Zimmer. Auf der Treppe traf sie Jourdan, der heraufkam.

»Wo ist Branntwein?« fragte sie.

»Für wen?«

»Für mich. Ich kann es nicht mehr ertragen. Ich muß mich übergeben.«

»Was denn«, fragte Jourdan, »riecht die Leiche schon?«

»Nein. Aber der Anblick des Blutes. Wir haben ihre Hände gewaschen, und das Blut klebte in allen Rillen der Haut.«

»Im rechten Wandschrank, auf dem mittleren Fach.«

Unten suchte Joséphine ein Glas; sie fand keines. Sie hatte nur ein winziges Lichtstümpfchen, mit dem fast nichts zu erkennen war. Sie nahm einen Schluck aus der Flasche.

Sie fragte sich:

»Wo bist du, mein Liebster?«

Sie blickte hinaus. Die Männer arbeiteten im Schuppen beim Licht einer Laterne. Sie hörte sägen und Bretter nageln. Bobi war wohl bei ihnen.

Oben streichelte Jourdan Frau Helenes Haar. Sie ließ es geschehen. Von Zeit zu Zeit bebte sie am ganzen Körper.

»Frieren Sie?«

»Ja.«

Das Fenster stand offen. Doch es mußte offenbleiben wegen

der Leiche. Noch nie war eine Nacht so lastend und schwül gewesen.

»Sie haben Fieber«, sagte er, »trinken Sie den Aufguß.«

»Nein, ich soll den Mohnaufguß trinken, damit ich schlafe.«

»So trinken Sie doch den Mohn, und schlafen Sie, dann ist doch wenigstens Zeit gewonnen.«

»Zeit verloren«, sagte sie. »Mein Kind wird mir genommen, und ihr wollt, daß ich schlafe. Warum seid ihr so schlecht? Bin ich nicht unglücklich genug?«

»Sie sind unglücklich genug, doch wir tun, was wir können, um mehr Unglück zu verhüten.«

»Es läßt sich nicht verhüten«, sagte sie.

»Und dann jetzt ...«

Marthe und Barbe gaben Jourdan ein Zeichen: »Laß sie, sprich nicht.« Er ließ sie und trat zum Bett.

Er konnte sich nicht erinnern, je eine so schwere und schwüle Nacht erlebt zu haben. Das Fenster stand offen, doch es schien wie mit schwarzem Zement vermauert. Er mußte daran denken, daß Leichen sich beim Gewitter schneller zersetzen.

Fräulein Aurores Hand lag friedlich auf dem Leinen.

Marthe und Barbe traten geräuschlos an das Bett; sie allein hatten daran gedacht, die Stiefel abzulegen und Pantoffel anzuziehen. Barbe hatte Jourdans Bastsandalen übergezogen. Frau Carle saß in einem dunklen Winkel, den das Licht der Kerzen nicht mehr erhellte. Sie weinte ununterbrochen. Sie allein weinte. Frau Helene weinte nicht, doch sie konnte nicht verhindern, daß ihr Herz und ihre Augen weinten. Ihr Herz zog sich zusammen. Ihre Augen standen weit offen; sie waren weiter aufgerissen als sonst, und sie fühlte, wie die Tränen herabrannen. Sie standen so weit offen, daß sie, obgleich es so heiß war, im Kopf eine Kälte spürte. Sie dachte: »Ich müßte meine Schuhe ausziehen; meine Füße sind so schwer. Ich sollte Marthe fragen, ob sie nicht ein Paar alte Socken hat.«

»Was meinst du?« fragte Marthe leise.

»Zu was?« fragte Jourdan.

»Die Kleine, können wir bis morgen warten, ehe wir sie in den Sarg legen?«

»Ich denke schon.«

»Jetzt sind es acht Stunden her«, sagte Barbe.

»Schon acht Stunden!«

»Ja, es ist Mitternacht.«

»Wie schnell die Zeit vergeht«, sagte er.

»Komm sehen«, sagte Marthe.

Sie drehte Frau Helene halb den Rücken zu.

»Die Mutter soll es aber nicht sehen.«

Sie hob einen Zipfel des Sackes hoch, der Fräulein Aurores Oberkörper verhüllte.

»Licht meiner Augen!
Blume meines Herzens!
Du Schönste und Liebste!
Meine Tochter!
Du unser aller Freude!
Du Wunder unserer Tage und Nächte!«

sang Frau Helene mit ihrer dunklen Stimme vor sich hin.

»Sieh her«, flüsterte Marthe.

»Nein, nein, deck sie zu«, sagte Jourdan und stieß Marthes Hand fort.

»Ich brauche nichts zu sehen«, sagte er.

Der Geruch hatte ihn erschreckt.

»Schon?« sagte er.

»Die Gewitterschwüle«, sagte Barbe.

»Ich werde gehen und ihnen sagen, daß sie sich mit dem Sarg beeilen sollen«, sagte Jourdan.

Er beugte sich zu den beiden Frauen:

»Ihr müßt sie unbedingt dazu bringen, den Mohnaufguß zu trinken«, sagte er leise.

»Vielleicht gegen Morgen«, sagte Barbe.

»Sie wird müde werden, und dann wird sie ihn trinken«, sagte Marthe.

»Es muß sein«, sagte Jourdan, »was hat es für einen Sinn, so zu leiden.«

Barbe seufzte.

»Mehr als man glaubt«, sagte sie. »Zuweilen ersetzt es das Brot.«

Sie hörten auf zu sprechen. Frau Helene hatte den Kopf gehoben. Sie sah verzweifelt zu ihnen hin. Auch sie mußte den Geruch bemerkt haben.

Jourdan entfernte sich auf Fußspitzen.

»Ruhen Sie sich aus«, sagte er auf der Schwelle. »Lehnen Sie Ihren Kopf an, und schließen Sie ein wenig die Augen.«

Während er hinabstieg, mußte er sich am Geländer festhalten. Die Welt schien einzustürzen.

Joséphine war noch in der Küche. Aufrecht stehend kämpfte sie einen stummen Kampf. Sie hatte nicht genug Willenskraft, um einen Schritt nach rechts oder links, vorwärts oder rückwärts zu machen.

»Geht's besser?« fragte Jourdan.

»Ja, ich habe etwas getrunken. Wißt Ihr, wo Bobi ist?«

»Nein«, sagte er.

»Ist er nicht unten im Schuppen?«

»Nein.«

Die Nacht war so dunkel und so schwül, daß sie unermeßlich und grenzenlos schien. Man konnte einen Schritt machen, zwanzig, hundert, und immer schien man am gleichen Fleck zu sein und vom Nichts umgeben: kein Laut, keine Umrisse, kein Geruch! Nichts.

Die Nacht milderte alle Leiden, weil sie die Welt auslöschte. Selbst das größte Leid verlor seine Kraft, weil die Nacht unendlich, grenzenlos, unermeßlich, ohne Anfang und ohne Ende war. Sie verlieh das Glücksgefühl einer Wolke, einer Wolke, die am Himmel entlangzieht und zugleich Himmel ist.

»Es ist also unmöglich! Es ist wieder soweit! Ich muß fort«, sagte sich Bobi.

Instinktiv nahm er die Richtung nach Süden, denn nach Norden zu lagen die Höfe und alles, was sie gemeinsam geschaffen hatten.

Gleich darauf umgab ihn finstere Nacht. Süden und Norden gab es hier nicht mehr.

Er stöhnte.

Ganz plötzlich tauchte leuchtend das Bild seiner Mutter vor ihm auf.

Seit mehr als zehn Jahren! Was sollte das bedeuten? Vorwärts!

Und dann zog sein ganzes Leben an ihm vorüber. Er konnte sich selbst sehen, sein Werden, sein Wachsen, seine Entwicklung. Er hörte alle Geräusche der Zeit, die den Menschen geformt hatte, der Bobi hieß.

Freuden, Leiden, Begeisterung, Schreie, Hasten, Liebe, Tod! Tot, ja, meine Mutter ist tot. Aurore ist tot. Die Kelle der Zeit, der Zement, die Steine, der Mörtel, der Gips, die Balken, die Geräusche der Zeit, während sie diesen Menschen formte.

»Alles ist mißlungen«, sagte er sich.

Aus der Tiefe der Nacht drang fast unhörbar das Rauschen alter Bäume, die ihr stilles Leben lebten, an sein Ohr.

Da war Fra-Josépine. Nichts war zu erkennen. Er ging näher heran, er betastete eine moosbewachsene Mauer. Es war die Brüstung der Terrasse. Er dachte an Aurore. Vor kurzem hatte er sie noch gesehen; es war erst ein paar Stunden her, vor einigen Augenblicken, auf dem Bett ausgestreckt, den Kopf in einen Sack gehüllt, die weiße Hand auf der Decke. Und während er die Mauer berührte, mußte er an sie denken. Je näher er trat, desto höher wuchs das Haus neben ihm; er kam zu der Stelle, an der die Fenster des kleinen roten Salons sein mußten. Jetzt war es dort finster, wie überall. Er ging vorbei, an der Treppe vorüber, und fühlte wieder die Mauer. Er ging weiter. Er kam zum linken Flügel des Hauses. Im Wirtschaftsgebäude war Licht. Ein einziges Licht. Eine Tür stand wohl offen. Er ging darauf zu. Er streifte Getreidehalme, der

Acker war noch nicht gemäht. Er ging um das Feld herum. Im Schein des Lichts wurden im Dunkel der Nacht Umrisse erkennbar. Plötzlich kam ihm wieder die ungewöhnliche Hitze zum Bewußtsein. Er merkte, wie reglos die Welt ringsum war.

»Was bereitet sich nur vor?« dachte er.

Er versuchte, sich umzusehen. Er konnte jedoch nur gegen das Lampenlicht etwas erkennen. Nur auf dieser Seite hatte die Nacht ihre gewohnte Tiefe.

Er kam näher.

»Darf man eintreten?« fragte er.

»Gewiß darf man eintreten«, sagte der Mann.

Er schien nicht überrascht. Er saß an seinem Tisch wie im vergangenen Jahr, als habe er auf den Besuch gewartet. Er las in einem Buch, doch dabei aß er Käse und Brot.

»Ich hatte dich heute abend nicht erwartet«, sagte der Mann, »überhaupt noch nicht, vorläufig wenigstens. Was ist geschehen?«

»Ich bin am Ende«, sagte Bobi.

Der Mann knickte die Ecke der Buchseite ein und schloß das Buch.

»Was ist geschehen?«

»Fräulein Aurore hat sich umgebracht. Sie hat Patronen aus dem Schiebfach genommen und das Gewehr, das unter meiner Jacke hing, und hat sich in den Mund geschossen.«

Der Mann war aufgestanden.

»Und Frau Helene?«

»Sie ist drüben. Die Frauen sind bei ihr.«

Der Mann schob den Stuhl zurück und machte einige Schritte.

»Ich gehe«, sagte er. »Ich muß ... Diese Kleine ... Nein, Frauen werden da nicht gebraucht, diese Männer auch nicht. Da wird jetzt Vernunft gebraucht.«

Er sah Bobi an.

»Es ist schwer, mit den Sternen zu jonglieren.«

»Nein«, sagte Bobi, »nicht das ist das Schwere. Das Schwere ist, das Unmögliche zu erreichen.«

Der Mann zündete die Sturmlaterne an.
»Es zu wollen«, sagte er, »das Unmögliche zu wollen.«
»Ich trage die Verantwortung«, sagte Bobi.
»Nein«, sagte der Mann, »weniger als du glaubst.«
»Wieviel Uhr ist es?«
»Halb drei.«
»Es wird bald hell werden.«
»Heute wird es überhaupt nicht hell werden«, sagte der Mann.
Er klappte sein Messer zusammen und steckte es in die Tasche.
»Hast du nicht bemerkt, was sich vorbereitet?« fragte er.
»Nein.«
»Von Süden zieht seit Sonnenuntergang ein Unwetter herauf. Ich bin deswegen aufgeblieben.«
Bobi blickte durch die Tür.
Es war nicht die geringste Spur vom Morgenlicht zu sehen.
Bobi berührte den Arm des Mannes.
»Es sollte uns als Warnung dienen«, sagte er, »man soll es nicht wieder versuchen.«
Der Mann stellte die Laterne hin.
»Man muß es mit der Vernunft versuchen.«
»Wir sind nicht imstande, sie zu begreifen.«
Der Mann trat ins Dunkel, um seine dicke Lammfelljacke zu holen.
»Ich bin eilig«, sagte er, »und ich kann jetzt nicht bleiben.«
Er kam mit der Pelzjacke zurück und fügte hinzu:
»Vielleicht denkst du – sieh mal her –, bei solcher Hitze braucht man keinen Pelz.«
Er hängte sich die Jacke über die Schultern.
»Sie ist nicht für mich«, sagte er, »sie ist für Frau Helene. Ich werde sie ihr umlegen, wenn wir zurückkommen; in ihrem Schmerz wird sie frieren. Sei unbesorgt, ich kenne mich vielleicht doch in vernünftigen Dingen aus.«
Er nahm die Laterne und ging zur Tür.
Auch Bobi ging.

Noch immer war keine Spur von der Morgendämmerung zu sehen. Die Laterne beleuchtete einige Meter im Umkreis, und das Licht fiel auf einige Dutzend Getreideähren, die reglos aus dem Dunkel aufleuchteten.

Der Mann schloß die Tür.

»Du glaubst also nicht an das Geheimnisvolle?« fragte Bobi.

»Nein.«

»Und gibt es nicht doch Dinge, die über deinen Verstand gehen?«

»Für den Augenblick vielleicht.«

Im Licht der Laterne ballte der Mann die Faust.

»Der Kampf hört nie auf«, sagte er, »das muß man wissen. Das Geheimnis ist gut, um auszuruhen. Es bleibt eben Geheimnis, da ist nichts zu wollen. Ausruhen? Nein. Kein Ausruhen. Kampf, bis zum Ende der Welt. Und selbst«, sagte er, mit einer Stimme, die fast verträumt klang, »kein Ende der Welt, da es immer Kampf geben wird.«

»Ich bin gekommen, um dir etwas zu sagen. Du wirst alle Frauen dort finden«, sagte Bobi; »mit Ausnahme von Zulma. Sie hütet die Schafe.

Ich bin gekommen – wie soll ich es dir nur erklären –, um dir auf deinem Weg zu leuchten. Ich habe gedacht, weil ich fortgehe ...«

»Ja.«

»Ich habe gedacht«, sagte Bobi, »daß du nun die Freude für sie alle suchen wirst, mit deinen Mitteln, die ich nicht liebe. Deshalb will ich dir leuchten und dir den Berg zeigen, der dir den Weg versperrt. Du bist nun gewarnt und hast keine Entschuldigung.«

»Beeile dich«, sagte der Mann, »ich muß fort. Dort drüben ist eine, die der Schmerz frieren läßt und die auf die Pelzjacke wartet.«

»Du weißt doch, welches das älteste Handwerk des Menschen ist?«

»Ja.«

»Hirte zu sein.«
»Ja.«
»Und es ist immer so geblieben.«
»Ja.«
»Seit tausend und aber tausend Jahren werden die Schafe auf die gleiche Weise gehütet; der Hund umkreist sie, wie er es in den fernsten Zeiten tat, und wie damals stützt sich der Hirte auf seinen Stab.«
»Zugegeben, jeder weiß es, es fragt sich nur, was du damit sagen willst.«
»Ich will damit sagen, daß noch keine Maschine erfunden worden ist, um die Schafe zu hüten, und daß sie auch nie erfunden werden wird.«
»Wer spricht von Maschinen?«
»Niemand.«
»Demnach mußt du meine geheimsten Sorgen kennen.« Er merkte, daß Bobi nicht mehr an seiner Seite war.
»Heda«, schrie er.
Er hörte Schritte, die sich nach Süden entfernten.
»Heda, wo gehst du hin?« schrie er.
»Geh nicht nach Süden!«
Doch es kam keine Antwort.

XXIV

Der Morgen dämmerte. Fünfzig Kilometer weit im Süden hingen Gewitter über der Erde. Auf jener Seite des Plateaus gab es keine Bäume; hier wuchs nur spärliches Gras, das wie Quarz funkelte und unabsehbar den Boden bedeckte. An diesem Morgen kam das Licht nur von den Gräsern, denn am Himmel war kein Licht.

Dieser Teil des Plateaus hatte keinen Namen. Die Bewohner der Hochfläche erwähnten es nie, und wenn sie es gar nicht vermeiden konnten, sagten sie »da drüben« und bezeichneten damit die spiegelnden Erdwellen des verlorenen Landstrichs.

Um von Fra-Josépine aus bis zu Randoulets Teich zu gelangen, oder selbst bis zum Nordrande des Plateaus, am Ende des Weidelandes, dorthin, von wo aus man sah, wie der Ouvèze einen Bogen machte und friedvoll durch die nebelige Ebene von Roume floß, war es kaum ein Tagesmarsch, während das Plateau sich auf der Südseite sieben oder acht Tagereisen weit erstreckte, in einem doppelten Licht, dessen stärkstes Leuchten von unten her, von den zitternden Gräsern zu kommen schien, die grell funkelten wie weiße Flammen.

Nach einem Marsch von sieben Tagen hätte man am Südrand des Plateaus einen Abhang erreichen können, einen Tonfelsen, der aus sechzig Meter Höhe steil abfiel; kahl und nicht einmal mit Moos bewachsen, überragte er unvermittelt die Ortschaft Saint-Julien-le-Forestier, ein Dorf, das in einem riesigen Eichenwald lag. Vom Gipfel des Felsens aus konnte man das Dorf vor sich sehen, rund, mit einem Panzer aus Ziegeln und qualmend wie ein großer Gluthaufen, der vom Regen erstickt wurde und über dem die Asche verkrustet und nur hier und dort durch einen Spalt den Rauch entweichen läßt. Auch das Laubgewirr des großen Waldes war zu sehen. Für die Bewohner von Saint-Julien war das Gebiet dort oben, das in den Himmel hineinzureichen schien, die Einöde; die Wüste! Nie stiegen sie da hinauf. Es gab gar keinen Weg. Am Abhang nisteten zahllose Vögel. Wenn die Sonne an schönen Tagen die ganze Breite der Felsenwand beschien, sah man, wie schwärzliche Streifen sich darüber hinzogen. Es waren unterirdische Wasseradern, die hier an die Oberfläche drangen, oder es waren die Spuren hundertjähriger Brutstätten der Vögel. Das Echo des Waldes hallte vom Felsen wider.

Als zu beleuchten, was ihr Licht jetzt erhellte, hätte die Morgendämmerung besser daran getan, ganz fortzubleiben. Im ersten Tagesschimmer waren die Wolkenmassen schwach zu erkennen. Im Osten waren sie dicht über dem Kamm des Hochgebirges zerrissen, und grünes Licht schimmerte zwischen den Wolkenwänden. Im Süden lag das Licht dicht über dem Erdboden und bildete einen Streifen am Horizont, der aussah wie ein Wasserlauf. Die Wolken hingen tief, doch so weit man sehen konnte, berührten sie an keiner Stelle den Erdboden, wie sonst Gewitterwolken, die den Horizont verriegeln. Im Gegenteil, sie wölbten sich, wie die Decke über einer Höhle. In den wenigen Augenblicken, in denen das Morgenlicht klar blieb, beleuchtete es das Land endlos weit, doch wo es auch hintraf, gab es Gras und nichts als Gras. Endlich erreichte es den Abhang, der Saint-Julien-le-Forestier überragt, und nun traf es auf den Kern des Gewitters, ein riesiges Wolkentor, dahinter war schwärzeste Finsternis, undurchdringlich wie Stein, wie eine Mauer aus Kohle. Doch die Klarheit der Morgendämmerung trübte sich schnell, und das Licht hörte auf, über das Land zu laufen; es blieb ein grauer Dunst, der sich einheitlich über der grasbewachsenen Fläche ausbreitete.

In diesem Augenblick ging Bobi am Rande von Silves Brachland entlang. Noch war er nicht auf dem eigentlichen südlichen Gebiet des Plateaus, das erst hinter dem Hof begann. Hundert Meter vor sich erblickte er das Haus. Das Morgenlicht fiel direkt darauf, und im Gegensatz zu der Schwärze des Himmels war es schneeig weiß. Auf Silves Acker wucherten üppige Brombeersträucher.

»Nun bist du also wieder auf der Wanderschaft, du Vagabund«, dachte Bobi.

Er betrachtete den Himmel.

»Vorwärts also.«

Er ging am Acker entlang, auf das Schneehaus zu. Noch war er erfüllt von Bildern, die sich in ihm mischten wie ein Kartenspiel. Ihm war, als hätte er eigentlich aufgehört zu leben. Das Bild der toten Aurore war dort, wo sonst sein Herz war; von ihm kam das Blut, das durch seinen Körper rann. Dickes, schwarzes Blut, wie das verklebte Blut in Aurores Haaren.

Er konnte seinen eigenen Körper nicht fühlen wie sonst, oder ihn sich vorstellen. Sagen: »Das sind meine Arme, mein Kopf, mein Leib.« Er hatte eine ganz andere Vorstellung von sich: er war wie eine Pyramide aus Bildern. Er sah Länder, flach wie Spielkarten, mit Bäumen, Bauernhöfen, Feldern und Straßen, die sich in Windungen über das Kartenbild schlängelten. Auf jeder dieser Karten war das Bild eines Mannes oder einer Frau. Da war seine Mutter. Ein Trommelspieler, der ihn einmal auf seiner Wanderschaft begleitet hatte. Der Mann mit dem roten Bart, der auf dem Waldgut am Paß von Clans wohnte und bei dem er einmal im Jahre 1903 übernachtet hatte; damals war es sehr kalt gewesen. Wieder seine Mutter, und dann eine Frau, Fanette. Wieder seine Mutter. Aurore, ohne Gesicht mit blutverklebten Haaren. Eine Frau, die Sonia hieß und die auf den Dorfplätzen Trapezkunststücke vorführte, auf zwei Trapezen, abends von einer Karbidlampe beleuchtet. Wieder seine Mutter, immer weiß wie Milch. Ein Mann namens Fabre, der im Tal von Lauzon ein Wandertheater gehabt hatte und der auf dem Brettergerüst astronomische Spiele aufführte; seine Frau nannte er Milchstraße und seine Kinder Orion, Urania, Sirius und Zentaurus.

»Hier seht ihr«, sagte Fabre, »Orion, von Tieren und Flüssen umgeben.«

»Ach ja«, sagte sich Bobi, »wir sind die Nahrung der himmlischen Tiere.«

Es wurde wieder dunkler, und es blieb jetzt nur noch ein grauer Lichtschein über der Grasfläche. Doch es war Tag.

»Und was nun?« fragte er sich.

»Nun bist du wieder auf der Wanderschaft.«

»Ja, mit meiner ganzen Last.«

»Deine Last, und was weiter?... Du bist groß genug, um sie zu tragen.«

»Ich habe andere Lasten getragen, das ist es nicht. Aber diesmal bin ich schuld.«

»Schuld, woran?«

»An allem.«

»Einer, der an allem schuld ist, so einen gibt es nicht auf der Welt. Auf der Welt ist man für nichts verantwortlich. Das sage ich dir.«

»Nun spiele auch noch den Schlauen.«

Er kam an Silves Haus vorbei. Es lag da, stumm und ausgestorben. Er dachte: »Jetzt ist es fast zwei Jahre her, daß Silve sich erhängt hat. Es war damals, als ich den Hirsch holte. Eins, zwei, drei Tote – Silve, Aurore, das Haus!«

Der spitze Giebel des Hauses schien einzusinken, das Balkengerüst unter den Ziegeln begann zu faulen. Unter dem herabfallenden Putz sahen die nackten Steine wie Muskeln hervor; auch sie zerbröckelten. Moos fraß am Gemäuer. Ein Fensterladen hatte sich aus den Angeln gelöst und hing schief herab. Das Fenster stand offen, doch es war kein Fenster mehr; es war ein Loch. Efeuranken hatten seine Ränder zernagt, sie lösten Steine aus dem Gemäuer und sprengten das Holz der Fensterläden. Der Brunnen beim Hause lief nicht mehr, doch im Bassin war noch Wasser. Große dunkelgrüne Pflanzen wiegten sich darauf. Es roch nach Hunden und nach Dünger. Die Haustür war nicht mehr zu sehen, dürres Gras, Fliederbüsche und wilde Rosen verdeckten sie und wucherten bis zum ersten Stock.

»Verwilderte Stätte.«

»Doch hast du je so schöne Platanen gesehen? Sie werden sich jetzt entwickeln wie die Bäume der Wildnis.«

»Ein Haus, das zu nichts mehr dient.«

»Bei allem, was du siehst, fragst du dich: ›Wozu könnte es dienen? Für wen? Für dich?‹ Sicher dient es zu nichts mehr. Doch was weißt du, ob es nicht noch einen anderen Zweck erfüllt.«

»Immerzu sagst du: ›Silve ist tot und beerdigt. Aurore ist tot und wird heute beerdigt.‹«

»Schuldig.«

»Ja, schuldig; ich habe es doch gesagt, schuldig, ja, das bin ich.«

»Was stellst du dir vor, was du bist?«

»Mehr, als du glaubst.«

»Nichts.«

»Dennoch, ich bin gekommen und habe gesagt: ›Orion-Mohrrübenblüte.‹ Es war etwas, das in meinem Kopf existierte. Ich habe es gesagt. Sie haben es gehört, und nun ist es in ihren Köpfen. Also…«

»Also was?«

»Also bin ich doch etwas?«

»Ein Dreck… halt, ja, du bist etwas. Ein Tor, wie alle andern, wie alle, die auf der Welt sind. Nicht mehr.«

»Mehr.«

»Nicht mehr. Du und die andern, Silve, Aurore und das Haus. Aurore ist wie das Haus, nicht mehr als das Haus. Auf dieser Welt.«

»Auf der Erde…«

»Ich sage nicht ›auf der Erde‹, ich sage ›auf dieser Welt‹. Halt' doch endlich den Mund. Was rühmst du dich mit deiner Orion-Mohrrübenblüte? Wenn du schuld bist, wie du sagst, dann bist du ein elender Schuft.«

»Ja, ich bin ein elender Schuft.«

»Sieh hin, ehe du vorübergehst – du wirst es nicht wiedersehen –, sieh, wie das Haus zur Baumgruppe wird. Im nächsten Jahr wird der Flieder es ganz zudecken. Es wird ein Berg von Flieder sein. Und wenn der Flieder blüht, werden die Menschen, die auf den Bergpfaden, den Straßen am Ouvèze und am Rande der Berge entlanggehen, seinen Duft spüren, den der Wind ihnen zuträgt. Geh vorwärts, mein Alter, und glaube nicht zu fest an den Tod.«

»Laß den Tod.«

Silves Haus lag hinter ihm. Vor ihm lag der Süden mit seiner schimmernden Grasfläche. Vom Himmel kam keine Helligkeit. Kein einziger Widerschein. Nur Wolken. Der Horizont verwischt. Dicht über dem Erdboden lag ein dicker, perlgrauer Dunst, der alles verhüllte.

»Laß den Tod auf sich beruhen«, sagte Bobi, »sprich nicht davon.«

Er ging eine ganze Weile vorwärts. Er blickte sich um; er konnte das Haus noch sehen. Im Gehen lauschte er auf das Geräusch seiner eigenen Schritte. Hier bedeckten runde Kiesel den Boden. Die dürren Grasstauden knackten. Er ging wie auf langem Marsch, mühelos, fast wie von selbst. Dicker war er nicht geworden. Er war ebenso mager wie an jenem Wintermorgen, an dem er sich an Jourdans Feld hingestellt und das Quietschen des Pfluges und das Schnaufen des Pferdes gehört hatte. Seine Haare waren noch störrisch wie damals und standen wie zwei Flügel rechts und links von seinen Schläfen. Er wandte den Kopf, um das Haus noch einmal zu sehen. Es war nicht mehr zu entdecken, nicht einmal mehr die dunklen Umrisse der Bäume. Auf dieser Seite, ebenso wie vor ihm und auch rechts und links von ihm zerdrückte der Himmel mit seinem ganzen bleiernen Gewicht die Erde. Jetzt war es wirklich der Süden.

»Wie einsam es hier ist«, dachte er.

»Du hast die Einsamkeit doch immer gesucht.«

»Schweig still.«

»Was willst du nun machen?«

»Ich weiß es nicht. Weitergehen.«

»Wohin gehen?«

»Dorthin.«

»Rede keinen Unsinn, wohin willst du gehen? Das Gewitter sieht nicht aus, als spaße es.«

»Zuerst einmal, wieviel Uhr ist es?«

»Was brauchst du zu wissen, wieviel Uhr es ist. Du weißt doch genau, daß du den ganzen Tag und, wenn es sein muß, die ganze Nacht gehen kannst.«

»Ich weiß, aber wohin geht es da drüben?«

»Ach! Das hättest du feststellen müssen, ehe du hierherkamst.«

»Ich könnte ja jederzeit noch umkehren.«

»Du weiß ganz genau, daß du nicht jederzeit umkehren kannst.«

»Was, glaubst du, wollte ich sagen? Glaubst du, ich wollte etwas anderes behaupten?«

»Ja, und noch etwas, ich kenne dich! Nein, jetzt kannst du nicht mehr umkehren, weder auf deinem Wege noch sonst. Bist du ein Mann?«

»Ja.«

»Also. Ein Mann ist ein Mann! Geh gradeaus. Es muß hier nach Saint-Julien-le-Forestier gehen. Das ist zu weit. Eines wäre möglich, nach zwei oder drei Stunden Marsch nach links abzubiegen. Dann bist du ungefähr auf der Höhe von Val d'Aréne im Tal des oberen Ouvèze. Es ist das Dorf mit der Gipsfabrik und dem Gut. In vier Stunden bist du am Rand des Plateaus; du steigst durch das Lärchengehölz nach unten, du überquerst den Ouvèze und bist in Val, beim ›Treffpunkt der Jäger‹. Da ißt du einen Speckeierkuchen und trinkst einen Liter Wein. Was, du hast kein Geld? Da siehst du, daß das Geld sehr wohl einen Zweck hat! Ja, ja, ich weiß. Halte den Mund. Geh weiter, rede nicht. Ich habe recht. Laß dein Fabulieren. Du machst es folgendermaßen. Du sagst: ›Ich bleibe, gebt mir ein Zimmer.‹ Du weißt, es wird alle drei Tage bezahlt. Ja, ja, es ist in den Bergen, und so ist es üblich im Gebirge. Sei unbesorgt! Und morgen findet sich schon irgend etwas. Vielleicht kannst du im Kalksteinbruch Arbeit finden...«

»Oder«, dachte Bobi, »es gibt noch eine andere Möglichkeit; ich habe das schon einmal im Gebirge von Méouge gemacht, auch in Buis, in Verdier und in Bar. Ich habe ihnen gesagt, ich werde euch Geschichten erzählen, und dann habe ich erzählt. Wie Fabre, von den Sternen oder fromme Legenden, oder auch Geschichten, die ich selbst erfunden habe.«

»Das ginge; natürlich nur, wenn sie wollen. Wenn es unglückliche Wesen sind, dann – ja.«

Statt einer Wolke glitt grünliches Dämmerlicht von Osten über den Himmel, und schräge Strahlen beleuchteten das dunkle Tor im Süden; dahinter war noch immer die undurchdringliche Kohlenwand.

»Siehst du, sie hat doch einen Sinn, meine Mohrrübenblüte!«

»Was für einen, möchte ich wissen!«

»Wenn es sich um unglückliche Wesen handelt, wie du sagst.«

»Sei nur nicht stolz. Du bist stolz, weil du glaubst, du könntest das Unglück heilen. Niemand kann es heilen. Es gibt kein Heilmittel. Wenn man dir das erst sagen muß, bist du nicht recht bei Sinnen ... Du möchtest wissen, was du bist? Genau möchtest du es wissen? Ein Aufguß aus Mohnkugeln, wie ihn Marthe für Frau Helene kocht. Dasselbe bist du. Du schläferst ein.«

»Warum sehnen sie sich alle nach dem Schlaf?«

»Weil ihnen der Mut fehlt, in der großen Trostlosigkeit und Einsamkeit zu leben.«

»Also gebe ich ihnen Gefährten und Freude.«

»Ja, wie in den Träumen.«

»Das war nicht meine Absicht.«

»Deswegen sage ich es dir.«

»Ich habe ihnen wirkliche Gefährten und wirkliche Freude geben wollen.«

»Besonders dir selber.«

»Mir selber auch, gewiß.«

»Ich sagte, besonders.«

»Ich höre.«

»Also höre: Was im Fleische lebt, ist einsam; es gibt keine Gefährten.«

Das Wolkentor wurde hell, als nähere sich ein Kohlengräber mit seiner Grubenlampe.

Dann wurde es wieder dunkel, und ein dumpfes Grollen erschütterte Himmel und Erde. Weiter unten, in den dunklen Muscheln der Täler, kreuzten sich die Wellen des Echos. Dann wurde es still; die Wolken schlichen wie auf Katzenpfoten. Mit ungeheurer Schnelligkeit bewegte sich der Himmel vorwärts, unablässig, gewaltig, doch die dunkle Pforte hatte sich noch nicht in Bewegung gesetzt. Sie war noch an der gleichen Stelle, mit ihren Angeln aus Gips und dem dunklen Kapitäl, durch das kein Tagesschimmer dringen konnte. Die Zeit der Morgendämmerung war längst vorüber; es war nicht heller geworden. Es wurde sogar dunkler. Der Lichtschein von der Grasfläche drang nicht mehr bis zum Himmel; es flimmerte nur, dicht über der Erde, von einem Grasbüschel zum andern. Eine tiefe Stille schien alles einzuebnen. Es war unmöglich, sich vorzustellen, daß es Täler gab, Wälder, Abgründe und hallende Gänge, durch die der Wind rauschte. Es herrschte vollkommene Stille, das tiefe Schweigen verdichtete sich von Sekunde zu Sekunde; es gab nichts mehr als eine glatte Fläche.

Es war heiß. Bobi zog das Hemd aus und rollte es, so fest es ging, zusammen, dann steckte er es in die Tasche seiner dicken Samthose. Mit der flachen Hand wischte er den Schweiß von Brust und Rücken. Er sah seine Schulter; sie war braun und rund. Der Ansatz des kräftigen Armes mit den harten Muskeln umklammerte den Schulterknochen wie die kräftige Hand eines Eisenschmiedes. Über ihm war der drohende Himmel. Er blickte auf die andere Schulter. Dasselbe. Er ging weiter. Nicht einmal seine eigenen Schritte waren zu hören. An seinen Füßen haftete das Schweigen. Die Luft heizte wie dicke Wolle. Links waren die Wolken blutrot, rechts tiefblau; vor ihm waren sie schwarz, formlos, weit ausgebreitet und fast unbeweglich. An ihren Rändern formten sich Gestalten: ein Pferd, eine Schlange, ein Vogel.

»Und auch keine Freude.«

»Was sagst du?«

»Ich setze fort, was ich vorhin zu sagen anfing.«

Bobi schloß die Augen und warf sich auf die Erde. In seiner Nase war beißender Schwefelgeruch, ein saurer, widerlicher Geschmack auf seiner Zunge. Wie um sich festzuhalten, umklammerte er mit beiden Händen ein Grasbüschel. Ein scharfer Pfiff gellte drohend auf: dann folgte Stille. Fern in der Tiefe rollte der Donner.

»Der hat ganz dicht eingeschlagen«, dachte Bobi.

Er richtete sich auf. Zu seiner Linken war plötzlich ein Flammenbaum emporgeschossen. Er ging auf die Stelle zu. Zehn Schritt etwa. Einen Meter im Umkreis waren die Gräser braun und verbrannt. Hallend verlor sich das Echo. Es zwängte sich in die fernsten Täler und zerteilte sich auf der weiten Ebene. Schlange und Vogel am Himmel waren zerflossen.

Es hatte keinen Zweck zu laufen. Nein, es war besser, im gleichen Schritt weiterzugehen. Das Gewitter war da. Wohl hundertmal hatte er solche Gewitter erlebt in völliger Einsamkeit. Am fernen Horizont brach sich das Echo an den Bergwänden, in den Wäldern und hallte in den Tälern wider; es klang, als werde Eisenblech durcheinandergerüttelt.

Das alles wiederholte sich immerzu.

»In acht Stunden bin ich in Val d'Arène; in sieben Stunden. Sieben Stunden.«

Er ging weiter. Er wischte die Erde aus den Haaren auf seiner Brust und tastete nach seiner Tasche; das Hemd war in Sicherheit.

In sieben Stunden in Val d'Arène. Ein Dorf, eine Petroleumlampe. Es wird früh dunkel werden. Ein Bett. Ich habe Hunger. Sieben Stunden. Sieben Stunden.

»Du eilst ja so.«

»Es ist mein gewöhnlicher Schritt.«

»Es ist komisch, wie du lügst. Warum erzählst du mir, es sei dein gewöhnlicher Schritt; der ich doch genau weiß, dein Schritt ist: eins – zwei, eins – zwei, eins – zwei. Du bist doch reichlich stolz darauf; du hast doch oft genug erzählt, daß du einen festen, sicheren Schritt hast, und nicht eins, zwei, eins, zwei, wie du es jetzt machst. Ich sage dir, du wirst dich müde machen.«

»Ich bin kräftig.«

»Also hast du Angst?«

»Angst, wovor?«

»Da siehst du, jetzt ist es dein gewöhnlicher Schritt, und damit kommst du weit. Wäre es nicht einfacher gewesen, es gleich so zu machen, als ich es dir sagte?«

»Wovor soll ich Angst haben?«

»Ich sagte das wegen deiner Selbstachtung; ich weiß nicht. Angst vor dem Blitz.«

»Was kann mir geschehen?«

»Er kann dich erschlagen.«
»Ja, aber mit einem Schlag, um so besser.«
»Schön. Also sind wir uns einig.«

Wie ein Biß traf ein kalter Tropfen seine Schulter. Er war so groß, daß er herunterrann. Ein zweiter Tropfen traf seine Stirn, ein andrer die Brust, dann den Kopf, die Schultern, den Rücken, die Ohren, die Augen. Der Regen bedeckte jetzt die ganze Fläche; er kam auf ihn zu und rauschte wie ein großer Wald. Das Blut pulste unter seiner Haut. Der Regen war nicht kalt, eher heiß. Bobi fuhr sich mit den Fingerspitzen über die Wimpern; seine Augen waren etwas geschützt. Der Regen fiel gerade herab, doch ohne Heftigkeit.

»Wieso einig?«

»Es gibt keine Freude.«

»Das habe ich nicht gesagt.«

»Aber der Tod erlöst.«

»Ja.«

»Und die Freude? Antworte.«

»Laß mich. Ich muß Val d'Arène erreichen. Ich bin müde. Ich habe nicht geschlafen. Ich bin zehn Stunden unterwegs; seit gestern abend. Ich habe Hunger. Laß mich. Aurore ist tot. Ich kann sie nicht mehr sehen. Ich versuche, sie zu sehen, doch es gelingt mir nicht. Sich nicht mehr erinnern zu können! Ach, laß mich. Wozu dienen die Kräfte? Wozu die Augen? Sie haben sie gesehen. Wenn sie nur sehen können, zu was taugen sie? Ich will Aurore wiedersehen. Ich will jetzt hier ihre Stimme hören.«

»Geh weiter, du bist noch zu nahe.«

»Was sagst du?«

»Ich sage, du bist ihr noch zu nahe, um sie sehen und ihre Stimme hören zu können; ihre Stimme, mit der sie auf dem Felde zu dir sprach, und die ganze Welt schwieg.«

»Mich entfernen, um sie zu finden? Darin ist ein Betrug.«

»Nein, es ist die Spielregel. Es gibt keine Freude.«

Schon lange vor dem Morgengrauen brütete das Gewitter stumm und schwer über dem Eichenwald, zwanzig Kilometer südlich von Saint-Julien-le-Forestier. Zuerst hatte es die Bäume mit einem dichten Hagelschauer beschwert. Um diese Jahreszeit waren die Eichenblätter zäh wie Leder. Obgleich die Hagelkörner dick waren wie Finkeneier, konnten sie die Blätter nicht zerfetzen, sie blieben in den Gabelungen der Zweige und Äste hängen und türmten sich zu kleinen weißen Pyramiden. Die Bäume ächzten unter der Last. Die Luft war heiß wie Backofenglut, und doch schmolz der Hagel nicht. Die Hagelkörner ballten sich zu Eisklumpen zusammen, die mit bläulichem Phosphor getränkt schienen. Es war Nacht, undurchdringliche Finsternis. Die kleinen Eispyramiden leuchteten wie Lampen. Die schrägen Strahlen des Hagelschauers leuchteten ebenfalls; doch dieses Licht erhellte weder das Laub noch die Bäume; es flackerte nur geisterhaft in den Eisstücken. Die Vögel hatten sich geflüchtet. Der Wald war verlassen, und unaufhörlich prasselte der Hagel. Unter seinem Gewicht brachen die Zweige; es ging ganz langsam; sie knickten ein und rissen lange Rindenfetzen ab, bis sie dann schließlich, von ihrer Eislast zerdrückt, am Boden lagen. Dann huschte der Phosphorschein an den Stämmen empor und leckte gierig den Saft. Jeder Harztropfen, auf den er traf, funkelte wie ein Diamant. Auf dem dünnen Faden des herabrieselnden Saftes zitterte der Widerschein und leuchtete kalt auf, als er den Kern der Wunde traf, in dem der Saft brodelte und aufzuckte wie tanzende Flammen. Die Bäume ächzten wie im Feuer; es war keine Helligkeit, es waren leuchtende Gespenster. Schließlich rollten sich diese Lichter zusammen wie Kugeln, und langsam entschwebten sie in den Wolken, ohne die Finsternis aufzuhellen. Als sie über das Laubdach des Waldes hinausflogen, verloschen sie. Plötzlich erhellte sich das Dunkel über einer weiten Fläche und ließ zwischen Wolkenbergen Täler sichtbar werden, in denen ein tausendarmiger goldener Fluß sich stumm ausbreitete. Dann wurde es wieder dunkel. Es hörte auf zu hageln; es wurde Tag. Die Bäume, kraftlos und weißgeblutet, wagten weder, sich zu rühren, noch zu ächzen.

Als Bobi auf der Höhe des Plateaus anlangte, hatte das Gewitter bereits das Tal des Ouvèze und die Ebene von Roume erreicht.

Ein ungeheueres Wolkengebirge mit Gipfeln und Hochflächen, aus denen neue, immer höhere Gipfel emporragten, türmte sich riesenhaft in den Himmel. Am Fuß dieses Gebirges zerteilten sich die Wolken, sie weiteten sich zu Tälern, mit seltsamen Bäumen wie Geistergestalten, ihr Laub, schneeweiß auf der einen Seite, war auf der andern nachtschwarz. Alles war in Aufruhr. Mit jedem Augenblick vertieften sich die Täler mehr, so daß die Ränder sich plötzlich zusammenrollten wie Wollstoff, sich aufblähten wie Hügel und bald bis zu den Gipfeln der Berge hinaufreichten. Lawinen stürzten herab und breiteten sich aus. Vom Eichenwald bei Saint-Julien-le-Forestier bis zu dem Dorf, zu dem sie gezogen waren, um die Hirschkühe zu fangen, waren weder die Umrisse des Gewitters noch seine Berge und Täler, seine Ebenen, seine Sturzbäche aus schneeigem Weiß und sandiger Schwärze zu erkennen, denn das ganze weite Gebiet war vom Regen, der aus den schwarzen Wolken herabstürzte, verdunkelt. Nur die Hirten, die um diese Jahreszeit die Wanderherden auf den obersten Gebirgsweiden hüteten, konnten seinen ganzen Aufbau bis zum fernsten Horizont überblicken.

Zuerst zog es gleichzeitig in das Tal des Ouvèze und in die Ebene von Roume. Es schien etwas zu suchen. Der unaufhörliche Einsturz der luftigen Gebirgsmassen war wie die Arbeit eines schweratmenden Wesens. Noch keuchte es stumm, doch kleine weiße Luftblasen, die sich blitzschnell drehten wie Wirbel auf einem tobenden Fluß, lockerten gefesselte Gewalten, die wie eingeschlossene Gase in einem Bergwerk lauerten.

Plötzlich, wie mit einem Schlage, wurden die Wasser des Ouvèze emporgehoben. Es begann in einem hochliegenden Tal oberhalb von Val d'Arène. Das Gewitter schleuderte eine schwarze Wolke, zugespitzt wie das Maul einer Schlange, gegen den Wildbach, der aufgeregt zu brodeln anfing. Die Wolke versenkte ihren Kopf im Wasser und schlürfte es wie ein durstiges Tier. Mehr als zwanzig Meter weit war das Bett des Ouvèze mit einemmal trocken und weiß wie ein nackter Knochen, während es in der Wolke gurgelte. Dann richtete sich die Schlange auf, peitschte pfeifend nach rechts und links, richtete sich steil zu ihrer vollen Höhe empor und fiel auf das Plateau zurück, auf dem sie mit einem mächtigen Donnerschlag auseinanderplatzte und in einer Feuergarbe emporschoß.

In diesem Augenblick begann es zu regnen, nicht heftig, jedoch dicht und gleichmäßig. Noch hatte sich das Gewitter nicht entladen, doch die eisigen, grünschimmernden Wasser des Ouvèze hatten die bebenden Tiefen der drohenden Wolkengebirge bewässert, und schon keimten die Kräfte, die das Gewitter den Bäumen des Waldes genommen hatte, in feurigen Wurzeln. In den Schlammassen der Wolken zuckten von Zeit zu Zeit Blitze wie aufplatzende Blasen.

In der Ebene von Roume wurde das Unwetter erwartet. Die Stoppelfelder, vom Getreide befreit, waren von der Sonne versengt. Seit Tagen schon hörten die letzten Erntearbeiter, wie es in der Erde krachte. Sie fragten sich: »Was bereitet sich vor?« Und sie beeilten sich, sie blickten beim Mähen besorgt nach allen Seiten. Die Erde unter ihren Füßen war nicht mehr sicher und fest. Nicht, daß sie bebte – Felder, das weiß man wohl, fangen nicht mit einemmal an zu schwanken wie die Bretter im Leiterwagen –; doch die Erde schien zu schwitzen, und Dunst stieg hoch und hing, dickflüssig wie Sirup, in der Luft. – »Sie wird uns einen Streich spielen«, sagten die Männer. »So kann es nicht bleiben. – Ihr werdet sehen, es dauert nicht mehr lange.« – Die Erde krachte. Es war windstill, doch zuweilen wirbelten Staubwolken über den kahlen Feldern hoch und fegten wie selbständige Wesen darüber hin; es war nicht ersichtlich, was sie vorwärts trieb. Unter der Erde scharrte es wie ein riesiger Strom von Ameisen, der hervorbrechen wollte.

Noch ehe das Gewitter bis zur Ebene vorgedrungen war, hatte man sein Kommen gefühlt. Die Ebene war bereit. In der Stadt, in der es von Minute zu Minute dunkler wurde, wagte sich niemand mehr aus dem Hause.

Auf dem Plateau rückte das Gewitter von drei Seiten vor. Das Brachland sagte: komm! Wie Pferdeschweife pfiffen die Gräser im Winde. Zuerst spürten die Vögel den Geruch des Phosphors, der im Walde geleuchtet hatte. Das feine Häutchen unter ihrer Zunge – ähnlich einer Zwiebelschale – zitterte leise, als fünfzig Kilometer entfernt der erste Zweig eingebrochen war. Sofort waren die schlafenden Vögel erwacht, und obgleich es dunkel war, zogen sie in Schwärmen nordwärts. Die vierfüßigen Felltiere jagten in wilder Hast davon. Die Insekten retteten sich in die innersten Tiefen der Erde, sie schützten sich mit Schilden und Panzern aus Speichel und Erde.

Das Gewitter rückte über der Einöde vor.

»Vorwärts«, sagte sich Bobi.

Sein nackter Oberkörper war triefend naß, und er war froh, das trockne Hemd in seiner Tasche zu wissen.

In der Ebene von Roume ging alles ohne Heftigkeit vor sich. Eine dicke Wolke hatte sich darübergelegt und streifte die Stoppeln; ganz langsam sog sie sich voll mit den magnetischen Kräften, die aus der Erde drangen.

Ganz plötzlich flossen an zwanzig Stellen feurige Bäche den Wolkenberg herab, und das Plateau, von allen Seiten von Blitzschlägen getroffen, dröhnte wie eine Glocke.

»Es ist nicht wahr; wenn es keine Freude gäbe, könnte die Welt nicht bestehen. Es ist nicht wahr, daß es keine Freude gibt. Wenn man das zugibt, verliert man jedes Vertrauen, und das darf nicht sein; denn Vertrauen – das darf man nicht vergessen – ist schon Freude. Die Hoffnung, daß es bald sein wird, daß es morgen sein wird, daß es kommen wird, daß es da ist, uns berührt, daß es wartet, wächst und plötzlich aufbrechen wird, in unseren Mund fließen; wir werden trinken, wir werden keinen Durst mehr haben, keinen Schmerz, nur noch Liebe.«

»Jetzt ist nicht Zeit zum Scherzen; sieh, wie es regnet.«

»Laß mich. Ich muß mit mir selbst sprechen.«

»Ach, mir war, als sprächest du von der Liebe, und ich glaubte, du wollest scherzen. Scherzen aus Trotz. Um glauben zu machen, daß dir das alles gleich sei. Es ist ernst, mein Lieber, keine Zeit mehr zum Scherzen.«

»Ja, ich sprach von der Liebe.«

»Ich weiß, worauf du hinauswillst; du denkst an Fanette.«

»Ja, an Fanette und Sonia.«

»Es ist merkwürdig, mein Lieber, nun kenne ich dich so genau, und immer wieder setzt du mich in Erstaunen. Jetzt ist doch wirklich nicht der Moment dazu.«

»Es ist der Moment. Ich will nicht sterben.«

»Dann reiß dich zusammen und geh weiter, das ist besser. Aber ich will dich nun auch in Erstaunen setzen – siehst du, wie gut du die beiden sehen kannst, weil es länger her ist?«

»Es ist wahr; also hast du manchmal recht.«

»Ich habe immer recht.«

»Bist du sicher, daß ich mir Aurore einmal werde deutlich vorstellen können?«

»Ja, wenn sie dir noch mehr verloren ist.«

»Und ist es nicht möglich, daß ich sie jetzt gleich vor mir sehe?«

»Nein, denn es gibt keine Freude.«

»Die beiden andern sind fast eine größere Hilfe für mich.«

»Das muß so sein.«

»Ich habe Angst.«

»Zittre.«

»Sie wird mich retten.«

»Es gibt keine Ausnahme. Nicht einmal für einen einzigen. Und was interessiert sich die Welt dafür, ob du gerettet oder verloren bist?«

»Fanette. Ich sehe sie vor mir, wie sie damals war, in ihrem wollenen Gebirgskleid; ich höre sie sprechen, so wie heute noch daheim in unsern Obstgärten gesprochen wird.«

»Ja, und was weiter. Und liebst doch Aurore?«

»Das ist wahr.«

»Spiel dich nicht auf. Glaube mir, wenn ich es dir sage: Du kannst dich mit nichts verbinden. Von deiner Geburt an bist du allein. Dafür bist du geboren. Wenn es Freude gäbe, mein armer alter Junge, wenn sie deinen Körper durchdringen könnte, um dich zu bereichern, wärest du so ungeheuer groß, daß die Welt um dich her zu Staub zerfallen müßte. Sehnsucht, das einzige, wozu du fähig bist, sie ist dir gegeben, damit du auf diese Weise verbrennst. Wenn man etwas halten will, versinkt es wie ein glühendes Eisen im Schnee. Es gibt keine Freude.«

»Das ist nicht wahr.«

»Wer beweist es dir?«

»Niemand.«

»Es gibt keine Freude.«

»Doch.«

»Es gibt keine Freude.«

»Das braucht nicht wahr zu sein.«

»Es gibt keine Freude.«

»Schweig still.«

»Es gibt keine Freude.«

»Doch, ich sehe sie.«

»Du siehst dich selbst.«

Sein Oberkörper triefte vom Regen. Seine Muskeln glänzten. Er ging vorwärts, ohne sich zu beeilen. Der Wind stemmte sich gegen seine Beine, doch er spürte keine Müdigkeit. Es gab kein Tageslicht, die Helligkeit kam vom Regen und von den Blitzen. Für sie gab es kein Hindernis, nichts, was sie zurückhielt. Sie zuckten von einer Seite zur andern; der ganze Himmel gehörte ihnen. Und die Erde. Zwischen Himmel und Erde gab es keinen Unterschied mehr, keine Grenze. Nur Wasserdampf, Rauch, trübe Gewalten, die den Regen durchdrangen und Schatten warfen wie vorüberfliegende Vögel; selbst der Zauber des Blitzes vermochte es nicht, die Erde vom Wasser zu trennen. Es gab nur die hundert Variationen des Blitzes: das Rad, der Nagel, der Baum, der sich, vom Himmel geschleudert, in die Erde pflanzte und dem nichts widersteht, vor dessen Laub und Wurzeln alles erzittert; der feurige Vogel, der Stein, die Glocke, der Weltuntergang! Alles zerreißt. Mit einemmal ist alles deutlich zu sehen: die Abgründe des Himmels und der Erde; Millionen Ströme, Flüsse und Bäche aus Gold, Millionen Täler und Höhlen, Abgründe und dunkle Tiefen – einen Augenblick ist es zu sehen – dann ist alles wieder ausgelöscht –, die Schlange, der Pfeil, das Seil, die Peitsche, das Lachen, die Zähne, der Biß, die Wunde, das rinnende Blut, all die vielen Formen des Blitzes.

Bobi duckte sich.

Unaufhörlich grollte der Himmel. Der ungeheuere Lärm schien zum Greifen nahe. Die Luft war glühend heiß, wie der Wind aus Afrika. Sie bebte, sie schlug wie mit Flügeln um sich. Sie schüttete Regengüsse herab. Sie drückte die Dämpfe nieder. Es grollte in weiter Ferne, und nur das Licht der Blitze verriet noch für Augenblicke das Vorhandensein von Ebenen, Bergen, Tälern und Felsenmauern; in ihrem grellen Schein erkannte man den phantastischen Aufbau des Gewitters, das bis in die höchsten Höhen emporreichte. In jedem Grollen hallte das Echo aus allen Winkeln der Welt wider.

»Du bist besorgt, ich spüre es wohl. Du möchtest wissen, warum du dich stets nur selbst siehst. Ich habe dir vorhin schon die Antwort gegeben. Dahin wollte ich dich haben! Seitdem wir miteinander sprechen, wußte ich, daß der Augenblick kommen würde, in dem du mir sagen würdest: ›Ich sehe sie.‹ Am Ende der Reise, gerade dann, wenn du überhaupt nichts mehr siehst. Ist das so? Nun, glücklicherweise habe ich kein Verdienst dabei. Ich bin millionenfach älter als du. Wer ich bin? Du selbst, Dummkopf! Es ist genau wie mit der Freude. Die ›Unfreude‹, würde Fabre sagen. Sie auf der einen Seite, ich auf der andern, du in der Mitte. Die Dreieinigkeit. Ob es mich gibt? Nein, mich gibt es auch nicht. Warum desto besser? Dein Unglück und deine Freude, beides bist du selbst. Was sagst du? Sprich lauter! Was murmelst du da? Mama! Du rufst deine Mutter? Und hernach? Willst mich mit deinen Erinnerungen wie mit Karten spielen lassen. Ich habe gewonnen, ich gebe. Sieh dir das Spiel an. Und Aurores Karte habe ich noch nicht. Sie ist wohl eher in meinem Spiel als in deinem. Was spielst du aus? Deine Atouts sind gut für mich. Du riefest: ›Mama!‹ Alle Dorfkinder rufen ›Mama‹. Das kann mich nicht rühren, Männer, die nach ihrer Mutter schreien; ich finde das abgeschmackt. Ja, ich weiß, der dramatische Effekt! Halt, ich spiele Fabres Karte aus. Nimm sie nicht; es ist ein Aß. Das war ein Komödiant. Erinnerst du dich? Orion, Uranus, Sirius, Phöbus, Zentaurus und die Mutter, die Milchstraße. Erinnere dich: er nahm Orion beim Arm – in Wirklichkeit hieß der Kleine Charles. Das macht nichts; mein Aß ist doch gut – er schleuderte ihn in die Kulisse und schrie: ›Orion, zerschmettre in den Abgründen des Weltalls!‹ Man hörte, wie Orion rief: ›Mama‹, und man erblickte Frau Fabre – die Milchstraße –, die sich würdevoll auf die Szene begab, die Hand auf das Herz gepreßt! Es ist schön, das Theater! Höre auf mich: Mama, das ist ein Wort, ein Name, der Name deiner Mutter. Wenn du sie riefst, kam sie. Jetzt rufst du, und sie kommt nicht mehr. Wenn du vom Blitz erschlagen lägest, würde sie sich ebensowenig rühren wie ein Berg. Jetzt lege ich die Karte der Mutter beiseite. Was für Atouts bleiben dir noch?

Nein, höre, ich gewänne ebensogut mit Fanette, selbst mit Aurore und selbst mit Joséphine. He, an die hast du kaum gedacht, seit wir angefangen haben. Das sind keine guten Atouts. Wir wollen nicht mehr spielen.

Aber nein, du bist nicht bedrängter als die andern. Das Gefühl der Einsamkeit läßt dich so sprechen. Du versuchst stolz darauf zu sein. Und nicht einmal das, mein alter Junge. Die Menschen wohnen alle unter demselben Zeichen: ›Hotel zur Einsamkeit und zu den drei Welten.‹ Keiner von meinen Ge-

genspielern gewinnt, und wenn er seine besten Karten ausspielt. Es ist immer eine unentschiedene Partie.«

»Donnerwetter.«

»Der hat nahe eingeschlagen! Es wird immer schlimmer. Geh nach links, nach links, sage ich dir. Wer ich bin? Ich bin dein Lebenswille, trotz allem und gegen alles.«

»Verfluchter Regen. Man sieht nicht einen Meter weit. Glaubst du, es geht hier nach links? Ich wünschte, ich wäre schon dort.«

Das Gewitter schleifte über das Plateau. Die Blitze schienen aus der Erde zu schießen.

»Wirf dich nieder. Laß sie toben. Es läßt nach. Steh auf. Geh weiter. Da, rechts, wirf dich nieder.«

Die Blitze zischten wie Schmiedeeisen, sie liefen hundert Schritt weit, ehe sie verloschen. Der Regen kochte.

»Der ist vorbei. Geh weiter ... Ist es hier richtig nach links? Der Wald dahinten? Nein, es ist ein Schatten. Geh weiter. Val d'Arène. Treffpunkt der Jäger. Alles gegen dich!«

»Orion, umgeben von Tieren und Flüssen.«

Von allen Seiten schossen die Blitze hoch wie junge Triebe im Walde.

»Lauf, lauf, lauf!«

»Lauf nicht«, schrie Bobi.

Und er hörte auf zu laufen.

»Nein«, sagte er, »jetzt weiß ich es. Ich war wohl stets ein Kind; aber dennoch bin ich es, der recht hat.«

Auf seinem nackten Oberkörper dampfte die Nässe.

Jäh durchzuckte ihn eine Warnung, wie das Häutchen unter der Zunge des Vogels bebt.

»Mama«, schrie er.

Der Blitz pflanzte einen goldenen Baum zwischen seine Schultern.

XXV

Jacquou hatte gesagt, er werde gegen fünf Uhr zurück sein. Er war zu seinem Hof gefahren, um noch ein Pferd zu holen. Barbe hatte er mitgenommen.

»Ich lasse dich dort, und du kochst die Suppe für heute abend.«

»Wenn ihr zu müde seid, eßt doch heute abend noch hier«, hatte Marthe gesagt.

Doch Barbe hatte gemeint:

»Man muß doch einen Anfang machen.«

Carle mit Frau Carle und dem Sohn waren schon fort. Sie hatten Randoulet, Honorine und dem Schwarzen drei Plätze angeboten.

»Wir setzen euch bei Mouillures ab; bis dahin könnt ihr mitfahren.«

»Mein Kreuz ist wie durchgebrochen«, hatte Honorine gesagt.

Carle sagte: »Oh, von Mouillures sind es nur noch neun Kilometer.«

Jourdan war an den Karren getreten; er hatte die Hand auf den Wagenrand gelegt: »Wartet noch«, sagte er, »und all das Korn, was soll damit werden?«

»Wir wollen erst heimkehren«, sagte Carle, »morgen sehen wir weiter; wir teilen es ein, wie es jedem zukommt.«

»Es ist noch nicht alles gedroschen.«

»Das bringen wir wieder.«

»Gute Nacht«, sagte Jourdan.

»Gute Nacht«, sagte Carle und trieb das Pferd an.

Randoulet, Honorine und der Schwarze saßen hinten; sie sprachen nicht. Ihre Köpfe schwankten hin und her.

Frau Helene war bereits am Abend vorher heimgekehrt. Ihr Verwalter begleitete sie. Sie fror nicht mehr so, daß ihre Zähne aufeinanderschlugen wie bei Aurores Beerdigung.

»Nein, danke«, hatte sie gesagt, »ich brauche die Jacke nicht mehr.«

Sie hatte allen stumm die Hand gereicht und war in den Wagen gestiegen. Sie hatte sich nicht umgesehen.

Diesmal hatten sie eine Ausnahme gemacht, sie hatten Fräulein Aurore nicht auf dem kleinen Friedhof am Rande des Waldes von Grémone unter dem wilden Rosenstrauch begraben, neben ihrem Vater und Silve; sie hatten im Narzissenfeld ein Grab geschaufelt, da es bei dem Gewitter unmöglich war, die Leiche weit vom Hause fortzutragen.

Marthe und Joséphine erwarteten Jacquous Rückkehr auf der Schwelle der Jourdane. Jourdan stand allein, mitten auf der Tenne, vom Getreide umgeben. Er überlegte. Es wurde Abend. Es war schon nach sieben Uhr. Der Himmel war violett und wolkenlos. Das Gras war ungewöhnlich duftend und frisch. In der dünnen klaren Luft war das Rauschen des Waldes zu hören.

»Die da«, sagte Marthe, »habe ich heute morgen schon vorbeifliegen sehen.«

Sie hatte den Kopf gehoben und blickte einem Schwarm Raben nach.

»Sie flogen nach Süden; jetzt fliegen sie nach Norden.«

»Das Gewitter hat wohl Tiere erschlagen.«

»Besonders im Süden«, sagte Marthe.

»Nach dem, was der Mann erzählt hat«, sagte Joséphine, »ist er fort.«

»Er sagte, er sei in der Nacht zu ihm gekommen und in der Nacht wieder verschwunden.«

»Er wird wiederkommen«, sagte Joséphine.

»Er ist schon einmal fortgegangen«, sagte Marthe, »und dann ist er wiedergekommen. Wir haben ihn erwartet, Jourdan und ich, bei Croix-Chauve. Er ist wiedergekommen und brachte den Hirsch mit.«

Jacquou kam mit dem großen blauen Karren; er brachte die beiden kleinen Kinder.

»Bei uns«, sagte er, »laufen sie Barbe die ganze Zeit vor den Füßen herum, und sie hat zu tun. Kümmere du dich um die Kinder.«

Er kam zu Jourdan.

»Also, was nun?« sagte er.

»Also, mach es, wie du willst«, sagte Jourdan.

»Ich werde den Karren mit dem ungedroschenen Korn beladen. Es werden mit dem Stroh etwa sechshundert Kilo sein. Dann nehme ich noch neun Säcke mit gedroschenem Getreide. Das ist wohl das, was mir zukommt.«

»Also komm«, sagte Jourdan, »ich helfe dir.«

Es waren ein kleiner Junge und ein kleines Mädchen. Der kleine Junge glich Joséphine, das kleine Mädchen Honoré; sie hatte sehr lange Wimpern und grünliche Augen, die so neu und blank waren wie das Gras, das der Gewitterregen gewaschen hatte. Die Wangen waren geformt wie die Wangen ihres Vaters, nur waren sie ganz zart. Ihr Mund war verführerisch. Der Junge hatte die Stirn seiner Mutter.

»Ein glückliches Alter«, sagte Marthe.

»Ja«, sagte Joséphine, »wenn man doch immer so bleiben könnte.«

Sie litt nicht an diesem Abend. Die Welt hatte ihr noch nie soviel gegeben. Alles schien ihr beizustehen. Alles gab ihr neue Kräfte: der Abend, die Luft, die Farben, der Duft und das Grollen des Waldes. Ihr schien, als sei Bobi jetzt auf hundertfache Weise mit ihr verbunden. Es war eine Sicherheit in ihr, die sie bisher nie empfunden hatte.

Sie sagte sich: »Nachher werde ich auf den Karren mit Getreide steigen, und wir brechen in der Dunkelheit auf. Wir fahren ganz langsam. Wir werden lange brauchen. Der Himmel ist schon voller Sterne. Ich lasse den Jungen unter diesem Arm schlafen und das Mädchen unter dem andern.«

Ihr war, als werde sie schon langsam vom Karren fortgetragen.

»Er wird zurückkommen, ich weiß es bestimmt.«

Und sie sagte lange Zeit vor sich hin:

»Ich weiß es bestimmt, bestimmt, bestimmt.«

Ihre Lippen bewegten sich lautlos.

SKIZZE*

des letzten Kapitels von
Bleibe, meine Freude
(nicht ausgeführt)

Bobi ist tot. Sein Leichnam auf dem Plateau. Die Ruhe ist zurückgekehrt. Wolken im Wind, zugespitzt wie kleine Eiskristalle. Ein Teil des Himmels weit und leer. Einsamkeit. Vögel versammeln sich über der Leiche. Nicht mehr die Kornfresser von Jourdans Tenne. Fleischfresser. Der Rabe, die Elster, die Grasmücke, die Nachtigall, der Kuckuck. Sie kommen aus allen Gegenden des Landes: vom Fluß, aus dem Tal, aus der Ebene, aus dem Schilf, aus den Obstgärten, von den beackerten Feldern, aus den Bergen, von dorther, wo die Männer die Hirschkühe gefangen hatten, selbst aus den fernsten Ländern, von denen in diesem Buch gar nicht die Rede war. Sie kreisen über der Leiche. Bobi liegt auf der Erde. Nacht. Die

* Ich wollte *Bleibe, meine Freude* auf andere Weise schließen, als ich es getan habe. Mein Tagebuch enthält einen Entwurf des letzten Kapitels. Gewiß, niemand auf dem Plateau vermochte die Wahrheit zu erkennen, weder Marthe noch Jourdan, noch Frau Helene. Nur wir konnten über Bobis Tod hinaussehen, und die letzten Worte Joséphines gewannen an gewaltiger prophetischer Bedeutung Joséphine kann vorausahnen, denn sie hat – wie es auch richtig ist – mit dem Körper und mit dem Herzen geliebt. In diesem Augenblick wird sie vom Flug der Vögel getroffen, wie eine kleine Kassandra). Sie weiß natürlich nicht, daß Bobi nicht mehr seine körperliche Gestalt hat. Wüßte sie es, so würde sie sich das Gesicht zerfleischen. Sie glaubt ihn noch immer am Leben – was ja auch wahr ist. Sie glaubt, daß er wiederkommen wird und sie in seine Arme schließen – diese jammervollen Menschenarme, die kaum breiter sind als ein Ledergurt und kaum fähig, einen schmalen Ring unter ihren Brüsten und Armen zu bilden –, während sie bereits in ihm wohnt, wie der Kern in der Frucht.

Vögel lassen sich im Gras nieder. Füchse schleichen heran. Von Zeit zu Zeit schwingen sich die Vögel alle zusammen auf ihren Flügeln hoch, fliegen auf, kreisen, lassen im Flug die Sterne verschwinden und wieder aufleuchten. Wieder wird es Tag. Auf Bobis Gesicht platzt die Haut über der Wange auseinander. Am Mundwinkel hinab fließt eine klare Flüssigkeit; sie rinnt aus der gespaltenen Wange und befeuchtet die Erde wie ein zerbrochenes Ei. Die Grasbüschel sind mit Fliegen bedeckt, von den schönsten Arten bis zur gewöhnlichen blauen. Die Leiber schwarz-golden gestreift. Nackte Fliegenköpfe; Augen wie dicke Brillengläser. Die Freßwerkzeuge: Kinnbacken, Zangen aus Horn, Zähne wie Sägen. Auf der Erde ziehen Ströme von Ameisen heran; sie klettern an Bobis Händen hoch, kriechen über sein Gesicht, über seine Augen, in seinen Mund, in seine Nase. Fliegen setzen sich auf die aufgebrochene Wange, neben seinen Mund. Auch an andern Stellen zerreißt Bobis Haut. Insekten kriechen in die Spalten und beginnen ihr Zerstörungswerk. Bobi ist in diesem Augenblick in voller Verwandlung*. Er nimmt die Dimensionen des Weltalls an. Die Vögel lassen sich auf Bobi nieder und zerfleischen ihn. Es ist heiß. Das Fleisch läßt sich leicht herausreißen. In der Ferne auf dem Plateau bellen Füchse. Die Vögel bedecken Bobi ganz, wie sie im vergangenen Winter den Haufen Korn bei Jourdan bedeckten. Nacht. Jetzt erst springen die Füchse aus dem Dunkel hervor, reißen große Stücke aus den Schenkeln und der Brust. Ratten kommen und fressen an den weichen Teilen. Die Ameisen in der Erde rennen in ihren Gängen und Vorratskammern hin und her, in denen es vom Lärm da oben dumpf dröhnt. Sie hören nichts. Aber sie können sehen. (Ameisen sehen das Ultraviolett, und Ameisennester, so tief sie auch in der Erde verborgen sein mögen, sind erfüllt von einem Licht, das wir nicht sehen können.) Sie schleppen, eine nach der anderen (und es sind viele Tausende), kleine Stückchen des Gehirns zwi-

* »En pleine science« in der Verwandlung zu anderen Stoffen des Alls.

schen ihren winzigen Vorderbeinchen fort. Ein Gehirn, das nur die sieben Farben des Prismas erkennen konnte und das jetzt zur Nahrung der Larven dient, in denen sich ein Sinn entwickelt, der imstande ist, das Ultraviolett zu sehen. (Und wer weiß, was noch alles!) An der Seite befeuchtet die Flüssigkeit, die aus Bobis Körper rinnt, die Wurzeln einer Thymianstaude und eines Lavendelstrauches in der Erde und die letzten noch lebendigen Reste der Wurzel eines ausgerissenen Ginsterbusches. Schon steigen reichere Säfte in den Wurzeln hoch. Vorbereitung der Blätter und Blumen. Das Würzelchen bekommt neues Leben. Im Frühling wird es aus der Erde dringen und den Anfang eines harten grünen Stieles zum Leben erwecken. Die Füchse oben haben sich satt gefressen. Mit Fleisch gesättigt, entfernen sie sich gemessen und suchen ein Versteck, um zu schlafen. Für sie sind Fußtapfen, Düfte, Fährten, Spuren und Merkmale in der Dunkelheit wie eine deutliche Schrift (dort, wo Bobi nur völlige Einsamkeit sah). Die Vögel fliegen durch die Nacht. Ihre Schnäbel gleichen den weißen Zacken der Sterne. Das Sternbild des Wassermanns ist an seinem gewohnten Platz und gleitet langsam zum Horizont hinab, nach der Ordnung der Dinge. Der Tag kommt. Die Vögel, die gefressen haben, fliegen fort. Das Fleisch hat ihnen Kräfte gegeben. Sie sind froh; sie fliegen zu ihrer Freude. Sie, die natürlichen Bewohner der Lüfte, sind schön anzusehen, sie überfliegen die Jourdane, wo die Männer, nach Aurores Beerdigung und dem Verschwinden Bobis, ihr früheres Leben wiederaufgenommen haben. Dies ist der Augenblick, in dem Joséphine murmeln wird, während sie an Bobi denkt (an jenen Mann, der die Freude brachte, jenen Mann, der meine Freude war): »Ich bin sicher, daß er wiederkommen wird.« Und sie wird es dreimal wiederholen.

(Tagebuch, Nov. 1934.)

STEPHAN BROSER

Bobi zum Gruß

Alles, was man uns lehrt, ist falsch.

ARTHUR RIMBAUD

Die Gebildeten, die, wie ich sage, am Leben verwitwet sind, sie wandern nie. Warum? Aus Angst. Wer aber wirklich lebt, hat längst den Tod übermocht…

JÜRGEN VON DER WENSE

Das Kind am Wegrand, das mit Gräsern und Kräutern spielt: niemand sieht es in seiner Schönheit und Freiheit – es sei denn zwei oder drei Verrückte von meiner Art.

JEAN GIONO

Der folgende Text ist Teil eines längeren zu ›Bleibe, meine Freude‹ – für Fabienne zur Erinnerung an Chania/Brüssel, Herbst 79.

Der wahre Mut und sein Vertrautsein mit allen Schrecken ist die Grundbedingung besonnenen Handelns, Besinnung heißt Freiheit und wiederum richtige Wahl im Nehmen und Geben.
Eng ist die Heimat desjenigen, der sich durch Furcht beraten läßt, durch Mißtrauen.

CARL J. BURCKHARDT

Unterwegs (während der Passacaglia einer erneuten Gionolektüre) kam mir zu Ohren, daß eine zeitgenießerische Mittzwanzigerin Gionos ›Que ma joie demeure‹ für Kitsch halte.

Obgleich man gemeinhin sagt, über Geschmack lasse sich nicht streiten und die Frage nach dem Kitschigen sei Ansichtssache, läßt sich wohl doch annähernd genau umschreiben, was Sprachgeplätscher ist – und was nicht.

Wenn die im folgenden zitierten Zeilen aufs Geratewohl einem Buch von Marcel Pagnol entnommen sind, so ist dieser Autor doch mit Bedacht gewählt. Marcel Pagnol: auch er Provenzale und ein Zeitgenosse Gionos, der als Verfasser flotter Komödien und gefälliger Romane Erfolg hatte; er, der unter dem »blauen Himmel der Provence« (Pagnol) ein zweites »Hollywood« aufbaute und sich in seiner Eigenschaft als Filmproduzent auch an der Verfilmung Gionoscher Bücher versuchte.

Auf den ersten Seiten seines autobiographischen Rückblicks ›Eine Kindheit in der Provence‹ erzählt uns Marcel, wie Mama schwanger ist – und natürlich mit ihm, Marcel, dem Komödienschreiber in spe, dem künftigen Autor selber:

»Während dieser Zeit ging die zukünftige Mama in der milden Januarsonne am Strand spazieren und sah weit draußen die Segel der Fischerboote, die gegen drei Uhr nachmittags dem Sonnenuntergang entgegenfuhren. Später, am Kaminfeuer, in dem die blaue Flamme der Olivenscheite knisterte, strickte sie die Ausstattung für die sich rührende Nachkommenschaft, während Tante Marie Windeln säumte und mit ihrer hübschen hellen Stimme sang:

Wenn die leichte Brigg auf den Wellen schaukelt,
und die Nacht ihren schwarzen Schleier ausbreitet …

Sie war jetzt ausgesöhnt mit ihrem Los, um so mehr, als ihr lieber Joseph jeden Samstag auf dem Rad des Bäckers zu Besuch kam. Er brachte Mandelhörnchen mit, Marzipantörtchen und ein Säckchen weißes Mehl, um Pfannkuchen oder Apfelküchlein zu backen.«

Aber sollte während einer Schwangerschaft alles durchwegs eitel Sonnenschein sein –? Pagnol spricht nur eine halbe Seite zuvor von einer Angst, welche die bevorstehende Geburt weckt:

»In den Monaten vor meiner Geburt – sie war erst neunzehn Jahre alt und ist zeitlebens nicht älter geworden – hatte sie schwere Ängste auszustehen und erklärte schluchzend, ihr Baby würde nie zur Welt kommen, denn sie fühle deutlich, daß sie nicht wisse, wie man es machen müsse.«

Wenige eindringliche Zeilen, ein Ansatz – der jedoch sogleich verschüttet wird. Die aufkommenden Wogen der Angst gefällig glättend, leitet Pagnol über zu dem Stimmungsbild von der »Milden Januarsonne« am See. Aber wäre nicht eben hier nachzufragen gewesen? Ist die Angst vor dem, was die künftige Mutter nicht *»zu machen weiß«,* ist dies nicht die Angst vor dem, was *nicht willentlich* machbar ist, nicht kontrollierbar: Angst vor dem, was *von selber* kommt: wie der unwillkürliche Atem, wie die Wehen der Geburt. Doch unvermittelt leitet Pagnol über wie ein gewiegter Conferencier: von einem Inwendig-Beängstigenden zu einem bloß Äußerlich-Pittoresken: zum »Stricken« an der »Ausstattung« für das kommende Kind, zum »Säumen« der Windeln.

»Pagnol hat aus meiner Erzählung ›Ernte‹ einen atemlosen, aufgeblasenen und schmierigen Film gemacht«: so Gionos Urteil über eine Filmproduktion aus dem südfranzösischen Hollywood. Aufgeblasen und atemlos zugleich –: einer, der sich willentlich aufbläht …

Wo Pagnol ein geschickter Koch ist, arbeitet Giono als Künstler aus dem Material. Giono schafft im Jahre 1934 voller Enthusiasmus, zuweilen wie im Fieber (der Briefwechsel mit Freunden bezeugt es) an dem Skriptum von ›Bleibe, meine Freude‹ –: gerade in dieser Zeit geht Elise, seine Frau, schwanger mit einem zweiten Kind.

Ihr ist die französische Originalausgabe von ›Que ma joie demeure‹ gewidmet. Beide, Elise und Jean, tragen je ein Kind aus: Jean sein literarisches Werk und Elise eine Tochter, die den Namen Sylvie tragen wird. Beide teilen sich die Erwartung eines Kommenden …

Es erübrigt sich beinah, die Metaphorik des Schöpferischen (Zeugen, Austragen und Gebären eines Kunstwerkes) zu bemühen; und nur beiläufig sei daran erinnert, daß bei den sogenannten »Naturvölkern« oder »primitiven Gesellschaften«, wie wir sie abschätzig heißen, oftmals der Mann seine Frau in der letzten Phase der Schwangerschaft ganz buchstäblich begleitet: indem er sich selber in ein Wochenbett begibt. »Couver«: brüten. »Couvade«: so heißt der rituelle Brauch.

So brüten sie beide, Elise und Jean. Und bezeichnend, wie sich Giono in Briefen an seine Freunde über den Fortgang seiner Arbeit an dem Buchskript äußert: »ça roule, ça marche«: »das rollt, das läuft«. Will sagen: das ist unterwegs, das wird bald ankommen. *Rouler,* rollen: dies verweist uns unmittelbar auf die Akrobaten-Szene eingangs des Romans, in der Bobi ebenso den kugelschwangeren Bauch wie auch den eingerollten Fötus darstellt … Nicht weniger bildhaft eine andere Äußerung Gionos aus den Briefen dieser Zeit: »ce livre est plein de moi« – was wörtlich übersetzt hieße: »dies Buch ist voll von mir«. *Plein, pleine:* das heißt im Französischen: voll, erfüllt – und zugleich: schwanger, trächtig.

So geht das Buch mit seinem Autor und Schöpfer förmlich schwanger – und umgekehrt.

Wie immer schreibt Giono aus einer besonderen Situation

heraus: wie immer unter einem *Muß*, das indes fern ist von allem Zwanghaften: ein elementarer Impuls. Das Situative des Schreibens, die Symbolhaftigkeit der Sprache machen das Authentische seiner schriftstellerischen Produktion aus – wie deren Vielfalt. Jedes Buch aufs neue ein unverwechselbares Abenteuer. Für diesmal ist sein Thema das des Reifens, der trächtig tragenden Erde – und damit in eins die Erwartung einer erhofften Ankunft.

Und rückt nicht Bobi (eine Generation jünger als das kinderlose Paar Marthe/Jourdan, das ihn beherbergt) in die Position des Kindes? So wie der kindersprachliche Zweisilber seines Namens mit dem alliterierend wiederkehrenden B ebenso das französische *bobine* heraufruft (die sich drehende Spule: Kugel, Rad und Gestirn ...) und das Klangbild des Wortes, mit dem das Neugeborene bezeichnet wird: *bébé*.

Kontrastierend zu der Vorfreude auf ein Kommendes setzt Giono ein Tremendum. Unerschrocken wird ein Schreckliches namhaft gemacht. So heißt es von dem Kunststück, das der soeben auf dem Gehöft La Jourdane eingetroffene Bobi darbietet:

»Er rollt wie ein Ball über den Teppich, und man sieht, die Kugel hat ein Gesicht; erst ist das Kinn unten, dann ist die Stirn unten, und wenn man will, ist dies auch ein Gesicht; *aber es ist schrecklich; alles ruht auf der Stirn, die Augen essen, die Nase atmet verkehrt, der Mund ist wie ein großes Auge, und das Kinn überragt alles.* Dann rollt er auf die andere Seite; seine Glieder lösen sich; er richtet sich auf.

Er ist wieder ein Mensch, steht aufrecht da, mit Armen und Beinen, Augen und Mund, wie jeder andere.

›Bobi‹, sagt er.«

Denn die zu erwartende Ankunft eines Kindes weckt in den künftigen Eltern oft archaische Phantasien, die aus jener frühen Zeit datieren, welche die Psychoanalyse als die polymorph-perverse Stufe der Triebentwicklung beschreiben würde. Ist doch das kommende Kind weder sichtbar noch greifbar: es entzieht sich jedem kontrollierenden Vorgriff. So vermag es in der Phantasie der Erzeuger eine zuweilen monströse Gestalt anzunehmen. Bobi-der-Artist mit dem Kopf nach unten: der Mund droben wie als zyklopisches Auge, die Augen drunten als verschlingender Mund: wir sind weit entfernt von der Nesthäkchenwelt des Marcel Pagnol.

Mit dem Kopf nach unten: so wird ein Kind geboren.

Sowenig Giono die Gestalt Bobis verniedlicht, sowenig etwa vermenschlicht er die zahllosen Tiere, welche die provenzalische Landschaft durchstreifen. Würde die Hochebene von Grémone versinken wie Atlantis: anhand von Gionos Schilderungen könnte man die provenzalische Tierwelt erinnern bis ins Detail. Nein, keine Psychologisierung nach Art des Klischees: der »treue« Hund, die »eigenwillige« Katze, der »schlaue« Fuchs – und wie ähnliche Zuschreibungen sonst noch lauten mögen. Was die Menschen in ›Que ma joie demeure‹ mit den Tieren teilen, sind keine Gefühle, sondern Empfindungen. Empfindungen und Bewegungsimpulse, das Sensorische und Motorische...

Und wenn Aurore aufsitzt, bildet sie mit dem Pferd eine beinah nahtlose Einheit –: ein weiblicher Kentaur.

Gravierender als solcher Vorwurf des Kitsches, der sich selbst ad absurdum führt, ist ein anderer Vorwurf, eine andere Verdächtigung: Mit verlogener Geste sucht man Giono in die Nähe der Bornierten zu rücken, der »Hinterwäldler« und Nostalgiker, der Unfreien also, die alle Welt von ihrer angestammten Scholle fernzuhalten suchen, töricht pochend auf ihren heimischen Herd als einzigen Ort dieser Welt. Solche Verdächtigung kommt zunächst auf leisen Sohlen einher: Wie beiläufig spricht man vom ›Regionalismus‹ Gionos. Man behauptet, daß sein erzählendes Werk, da es nun einmal im Südfranzösischen-Provenzalischen angesiedelt ist, nur von regionalem Interesse sei: verbindlich nur für die Mentalität dieser Gegend. Nun läßt sich eine solche Verdächtigung unschwer auf eine schier unabsehbare Zahl großer literarischer Werke richten –: Ist die unvergleichliche ›Sturmhöhe‹ der

Emily Brontë nicht auf ihre Weise regionalistisch? Die Poesie des Waliser Dylan Thomas? Und der legendäre ›Alexis Sorbas‹ des Nikos Kazantzakis? Selbst ein so kosmopolitisch freier Geist wie Walter Benjamin nannte sich gelegentlich einen Bauern: »Bauer von Berlin«.

»I smell a horse«: so Béla Bartók, in einer der zahllosen Straßenschluchten mitten in New York, zu seinem Begleiter Yehudi Menuhin – eine kleine Episode, die der Geiger Menuhin einmal erzählte. Béla Bartók, der ungarische Avantgarde-Musiker, der nichtsdestoweniger ein passionierter Hörer, Sammler und Erforscher ungarischer Volksmusik war –: von den Nationalsozialisten ins Exil getrieben, verläßt er im Oktober 1940, nahezu sechzigjährig, Ungarn mit Koffern voller Noten: darunter zahllose Aufzeichnungen ungarischer Volksmusik. Mit nicht mehr – und nicht weniger – war er unterwegs nach New York, wo er die letzten Jahre seines Lebens in zunehmend schmerzlicher Vereinsamung verbringen wird.

»I smell a horse«: »ich rieche ein Pferd«. Sprach's, suchte und fand es: von seiner untrüglichen Witterung geleitet –: eben dies Pferd. Fand es, mitten in der nordamerikanischen Stadtwüste... Bartók, der Unbestechliche. Für Momente hatte ihn, unwillkürlich, die Weite der ungarischen Puszta angerührt. Ein unvordenklich Vertrautes hatte ihn flüchtig am Rockärmel gezupft. Béla Bartók, ein exilierter Bauer in New York: auch er ein »Regionalist«?

Lena Christ, die bedeutendste Dichterin Bayerns, ist nie ins Provinzielle abgeglitten. Hermann Hesses alemannisches Heimatgefühl war ohne Eitelkeiten.

Wollte man in Deutschland einen Wahlverwandten unseres störrischen einzelnen finden, so wäre wohl am ehesten an Hanns Henny Jahnn zu denken, den Dichter von ›Perrudja‹ – dessen literarischer Erbe übrigens, Hubert Fichte nämlich, lebte vorübergehend als Hirte in der Provence und besuchte damals Giono in dem Landstädtchen Manosque. Damals–: in den fünfziger Jahren...

In dieselbe Zeit fällt auch ein Besuch Martin Heideggers:

auf einer Reise durch Südfrankreich macht der Philosoph, der Mann aus dem Schwarzwald, (auch in Japan gelesen) einen Abstecher in die Haute-Provence.

Manosque und Todtnauberg, Giono und Heidegger: beide verbindet ein genuiner Hang zum Ländlichen, zur unverwechselbaren Vielfalt der ländlichen Tradition: ein entschiedener Widerstand gegen die gefräßige Planierraupe einer technokratischen Zivilisation, die umstandslos alles einzuebnen sucht. Schon bald niemand und nichts mehr, um in uns noch ein Gefallen zu wecken: keinerlei Gefälle mehr –. Alles vorweg geplant und planiert. So großspurig wie kleinkariert. Die Gleichschaltung im Weltmaßstab, die Erde wieder als Scheibe: das ist der Traum aus den Chefetagen der Normopathen, deren naturverachtender Veränderungs-Wahnsinn. »Weil wir fehlen, darum eilen wir.« (Rudolf Kassner)

Was wollen sie uns denn eigentlich erzählen, diese professionellen Versimpler in den Betonschneisen der Stadtwüsten, wenn sie abschätzig von der »Rückständigkeit« der traditionellen Agrarkultur reden: von deren angeblicher »Provinzialität«? Wovor haben sie Angst? Vor der Weite eines anderen Atems?

Was könnte es *Universaleres* geben als die jahrtausendealte ländliche Kultur, wie sie zumindest im mediterranen Raum bis in die Anfänge dieses Jahrhunderts, ja bis in dessen Mitte hinein, sich relativ intakt erhalten konnte: die *alte Agrarkultur* mit ihren farbig ausfransenden Rändern: dem Nomadisieren der Hirten und den umherziehenden Handwerkern auf der Walz – und nicht zu vergessen das fahrende Volk der Gaukler und Akrobaten: *siehe Bobi & Companie* –. Diese Kultur ist längst schon im Schwinden begriffen, ist beinah verschwunden: Giono selber hat, in seinen letzten Lebensjahren, die atemlose Beschleunigung der Mechanisierung und Industrialisierung des Ländlichen, den Ruin der Erde noch schmerzlich erlebt – und bitter glossiert.

Die traditionelle, unvordenklich alte Agrarkultur, so universal wie abwechslungsreich in ihrer Vielfalt: von Region zu

Region. Man möge doch nicht vorschnell das Bäuerliche mit dem Bäurischen verwechseln – und das Ländliche nicht mit dem landläufigen Klischee von Provinz. Ernst Bloch hat (mit Blick auf die große Kleinkunst des alemannischen Johann Peter Hebel) von einem »bäuerlichen Tao« gesprochen; und ähnlich prägnant und gleichermaßen trefflich: Pier Paolo Pasolini, kurz vor seinem Tod in seinen Freibeuterschriften: von einer »bäuerlichen Weite«. Pasolini, aus dem ländlichen Friaul gebürtig; er, der in hellsichtiger Verzweiflung einen städtischen »Konsumismus« totalitärer Art heraufziehen sah: angewidert und verbittert verließ er (mit Feder und Kamera) die Vorstädte Roms und den Mezzogiorno, um in Kleinasien und Nordafrika alte Fährten wiederaufzunehmen. Pier Paolo Pasolini: in vielem und manchem ein Zwillingsbruder des Jean Giono...

»Bäuerliche Weite«: ein denkwürdiges Wort. Solche Weite macht Giono auf seine Weise spürbar: und dies schon in der Szenerie seines Erzählwerks. Das Geschehen spielt auf einer ausgedehnten Hochebene, einem windgezausten Plateau, zwischen weithin verstreuten Gehöften. Ebenso fern von der Enge der Dörfer wie der hektischen Betriebsamkeit der Städte. Es ist ein Schauplatz ganz eigener Art, ein *dritter* Ort gewissermaßen. Das Naturell des Seßhaften verbindet sich zwanglos mit seinem polaren Widerpart: ... dem Naturell des Nomaden eben. So hält eingangs Jourdan-der-Bauer Ausschau nach einem, der »kommen wird«: und dieser eine ist niemand anders als Bobi – der Vagabund. Bei einem Gespräch über Geschmack und Geruch von Pfeifentabak wird ihre Freundschaft sogleich besiegelt. Es ist dies Tandem, dies Gespann *Bobi-Jourdan,* das der weitverstreuten Lebensgemeinschaft von Grémone immer wieder seine Impulse gibt...

An der Erfahrung ländlicher Vielfalt hat sich der Individualismus Gionos ausgebildet: seine Skepsis gegenüber allen Massenbewegungen – gleichviel welcher Couleur. Dieser Individualismus hat einen Zug ins Anarchische – einen

»bäuerlichen Anarchisten«: so hat Herbert Read treffend den provenzalischen Erzähler genannt. Was das Hochplateau von Grémone betrifft, den Schauplatz von ›Que ma joie demeure‹, so findet sich dort weder eine Bürgermeisterei noch ein Bürgermeister, weder ein Pfarramt noch eine Schule. Giono führt uns eine Lebensgemeinschaft frei assoziierter Menschen vor Augen: gelobtes und gelebtes Land.

Seine eindringlichste Gestalt hat solch anarchischer Individualismus in einem bedingungslosen Pazifismus gefunden. Aller ideologischen Verbrämung abgeneigt, hat Giono sogar das Wort ›pacifiste/Pazifist‹ zurückgewiesen. Es klang ihm allzu programmatisch. Kein *›pacifiste‹* wollte er sein, sondern ein *›pacifique‹:* kein Friedensbewegter, sondern schlicht ein Friedfertiger. Im Widerstand gegen den mechanisierten Krieg der Moderne, gegen die seelenlosen Massen- und Materialschlachten von 14/18 und 39/45. Man kann Giono nicht verstehen, wenn man diese seine bedingungslose Friedfertigkeit außer acht läßt: sie ist gleichsam der Kern, um den sein literarisches Werk sich ansetzt wie poriges Fruchtfleisch.

Über die Hochebene von Grémone geht der Atem des Windes, sommers wie winters. Im Grunde sind eben sie und niemand anders die Hauptfiguren des Gionoschen Erzählwerks: die Jahreszeiten in ihrem stetigen Wandel, in ihrer zyklischen Wiederkehr. Man fühlt sich erinnert an die berühmte Bilderfolge der ›Jahreszeiten‹ des niederländischen Malers Pieter Brueghel, des sogenannten ›Bauernbrueghel‹ – ein Maler, dem Giono seine Bewunderung entgegengebracht hat. Die Jahreszeiten in ihrer Abfolge: sie geben Gionos Erzählwerk sein Gepräge, seinen Rhythmus. Sie geben den Grundton an – : gleichsam den *Baß,* über den die einzelnen Instrumente ihre Melodiebögen legen.

Die *Lebensgeschichte* des einzelnen: sie bleibt immer zurückgebunden ins *Naturgeschichtliche:* der Mikrokosmos Mensch zurückbezogen auf den Makrokosmos des Kreatürlichen. ›Que ma joie demeure‹ ist *kein im engeren Sinne psychologischer Roman.* Was dies betrifft, so spielen beide in Gionos Erzählwerk die gleiche Melodie: Pans Hirtenflöte und Bachs Oboe.

Die Verdächtigung an die Adresse Gionos verdichtet sich, wo man ihn (und sei es versteckt) als Sympathisanten einer Blut-und-Boden-Ideologie einstufen will: der Mann aus Manosque als Krypto-Nazi. Hier hört nun allerdings (meines Erachtens) der Spaß auf, solch böswilliger Spaß: die Grenze von Verdächtigung zur Verleumdung ist überschritten. Giono als Sympathisant des nationalsozialistischen Polizeistaats: wer so spricht, hat entweder nichts verstanden von dem Nacht-und-Nebel-Grauen einer Gestapo – oder aber er hat nie wirklich eine Zeile aus der Feder Gionos erfaßt. Ich halte einen solchen Vorwurf an die Adresse Gionos selber für kryptofaschistisch. Man liest nicht – man verdächtigt. Man sucht das *abgespaltene* Eigene –: beim anderen.

Was sollte an Person oder Werk des Provenzalen faschistisch sein oder faschistoid? Man möge mir verzeihen, wenn ich mich im folgenden stenogrammartig äußere – aus förmlichem Widerwillen vor solch dreisten Anwürfen, die sich auch noch als Wahrheitsfindung ausgeben. Zunächst zur Person. Während viele Künster und Literaten der sogenannten Avantgarde in Paris sich mehr oder weniger passiv verhielten während der deutschen Okkupation, versteckte Giono (seinen Kopf riskierend) zuzeiten Emigranten aus Nazi-Deutschland: so zum Beispiel die Frau des Malers Max Ernst. Nur eben: ideologische Blankoschecks hat Giono (zeitlebens) nie unterschrieben. So unterstützte er (nach durchwegs glaubwürdigen Aussagen) Mitglieder der französischen Résistance nach Kräften – ohne doch ihren Aktivitäten Gefolgschaft zu leisten. Weshalb? Weil jene Waffen trugen – und er sich jeder organisiert bewaffneten Auseinandersetzung grundsätzlich verweigerte. Man mag dies nun akzeptieren oder nicht – jedenfalls sollte man den südfranzösischen Anarch nicht anderweitig verdächtigen.

Was sein Werk betrifft: Giono hat nie ein Hehl daraus gemacht, daß er der Agrarkultur zugeneigt war – reicht dies hin, ihn zum »Blut-und-Boden«-Autor zu stempeln? War Theokrit (altgriechischer Verfasser ländlicher Lyrik) ein Vorläufer der Faschisten? Und Vergil (Dichter der ›Bucolica‹) vielleicht Mitglied einer Reichschrifttumskammer? Welch eine Häme und Gehässigkeit mancherorts! Welch eine Ungeduld, es dem Freigeist Giono nun endlich heimzuzahlen in der kleinen Münze der Rache: dem Ressentiment. In Frankreich ist Giono (wo er kurz nach dem Krieg vorübergehend Publikationsverbot hatte) Anfang der fünfziger Jahre »rehabilitiert« worden. Die große Pléiade-Ausgabe bei Gallimard, in der auch ›Que ma joie demeure‹ erschien, war dafür dann ein weithin sichtbares Zeichen.

In Deutschland hat man nach dem Krieg Giono immer wieder angelastet, daß er in den dreißiger Jahren viel gelesen wurde – doch galt dies nicht auch für Hölderlin oder Schelling, für Nietzsche oder Trakl? – und sind diese darum (à la Georg Lukács) schon faschistoid? Im übrigen: der provenzalische Poet Giono (den Ferdinand Hardekopf, Freund und Übersetzer Gides, für Deutschland entdeckte) wurde nicht in faschistischen Faszikeln verbreitet, sondern in Editionen des S. (S wie Samuel) Fischer Verlags. Die Erstausgabe von ›Bleibe, meine Freude‹ erschien 1937 bei Bermann-Fischer.

Und man möge Giono doch (ich bitte darum) behutsam lesen und genau: so etwa das rhapsodische Manifest *Vom wahren Reichtum/Les Praies Richesses* aus dem Jahre 1936, ein polemisches Pendant zu ›Que ma joie demeure‹. Giono spricht von einem Ersten, einem Anfänglichen, einem »Primären«. Doch mit keinem Wort (mit keiner Silbe) macht er sich zum Fürsprecher eines wie immer gearteten Biologismus, der sich auf ein ominöses ›Erbgut‹ (genetische Merkmale, Hautfarbe etc.) beruft, nur um partikulare Machtinteressen durchzusetzen und nationalistische Orgien auszulösen. Giono spricht von *»gestes primaires«:* mithin von primären *Gesten, Gebärden.* Eine Gebärde aber (eine Verneigung oder ein Wink, ein Handschlag oder ein Kopfnicken) ist von universeller Gültigkeit: sie gehört niemandem. Sie läßt sich nicht vereinnahmen. Und mehr noch: sie ist per se schon adressiert an ein Gegenüber: *an ein Du.* Nein, mit Giono läßt sich nicht fischen im Trüben von Rassismus und Xenophobie.

Und gewiß spielt hier wiederum die ländlich-handwerkliche Tradition herein: wird doch im Umkreis von Handwerkern die verbale Sprache allemal untermalt und akzentuiert von der gestischen Sprache der Hände. Doch das Gestische reicht weit über das Humanum hinaus. Auch Tiere kennen ja eine Gebärdensprache – und ist nicht selbst das weite Ausgreifen des Astes einer Kastanie oder eines Ölbaums – ist nicht auch dies eine Gebärde in unsäglicher Zeitlupe?

Was überdies Gionos Naturell, seine Mentalität, grundsätzlich unterscheidet von jeder faschistischen oder stalinistischen Ideologie: das ist seine entschiedene Zurückweisung eines verfälschten Opfergedankens. »Einer für alle – alle für einen«. So eine der Losungen, welche die Crapule der Nationalsozialisten ausgab. Doch ein Opfer kann nie von oben aufgezwungen, nie diktiert werden. Dies wäre ein pervertiertes, perfid verfälschtes Opfer. Ein kollektiver Opfergang: betrogene Völker. Ein unverfälschtes Opfer kann nur *aus freien Stücken kommen:* es ist als Gabe immer auch *Gabe des Gebens selber. Hin*gabe eben. Und mit dieser ist nur jeweils der Einzelne begabt: nur er vermag aus seiner besonderen Befindlichkeit und Situation heraus sich zu entschließen. *Sich* selber zu geben.

Giono hat solche Zusammenhänge nie theoretisch expliziert: schließlich war er von Hause aus ein Erzähler; doch er muß intuitiv von ihnen gewußt haben. Sein anarchischer Individualismus hat ihn gefeit gegen jede Opferideologie für die Massen.

»Das Leben ist der Güter höchstes nicht«: dieser Schillersche Satz mag im Kontext stimmen: stimmig klingen für den, der *sein* Leben zur Disposition stellt. Aus dem Kontext gerissen und zu einem pauschal gültigen Leitsatz erhoben, bekommt er einen falschen, einen hohlen Klang. Anders Giono, wenn er 1937 in der schmalen Streitschrift *›Refus* *d'Obéissance*‹ (›Gehorsamsverweigerung‹: ein brisanter Text, dessen Übersetzung ins Deutsche noch aussteht) schreibt:

»Ich ziehe es vor zu leben. Ich weigere mich, mich zu opfern. Niemand braucht sich für mich zu opfern, und ich lehne es ab, mich für irgend jemanden zu opfern, wer immer es sei. Ich bin nur bereit, mich für mein eigenes Glück und das Glück der anderen zu opfern. Man mache sich keine unnötige Mühe. Ich weiß, woran ich bin.«

So der Pazifist Giono. Und solch offene Worte passen schwerlich in den Rahmen von Faschisten, Stalinisten und anderen Politverbrechern. Man vergleiche, wie Giono wenig später (1937/38: in dem poetischen Pamphlet *Le Poids du Ciel / Das Gewicht des Himmels*) die Herren Stalin, Hitler und Mussolini mit wenigen Strichen porträtiert, um sodann diese unmißverständlichen Worte folgen zu lassen: »Nichts von dem, was ich hier in aller Ruhe denke, könnte in Deutschland, in Italien, in Rußland niedergeschrieben werden. Ich will nicht einmal sagen: gedruckt – ich möchte nur einfach sagen: niedergeschrieben auf ein Papier, das dann späterhin als ein Beweisstück gegen einen selbst verwendet werden kann.« So Giono in den späten dreißiger Jahren – als die meisten noch nicht ahnten, daß sie hineingeboren waren mitten in das »Jahrhundert der Wölfe«. 1937/38: als in Spanien die Kommunisten von Stalins Gnaden längst schon dabei waren, die anarchistischen Landarbeiter um Durruti aus dem Hinterhalt zu erschießen: wie unter anderen der unbestechliche George Orwell es bezeugt.

Der kommunistische Louis Aragon versuchte Giono zum »sozialistischen Realismus« zu bekehren, hoffte auf einen französischen Scholochow – vergebens.

Paul Nizan (engagierter Autor von ›Aden Arabie‹ und ein enger Freund Sartres) hatte ›*Le Poids du Ciel*‹ in einer Rezension aus dem Jahr 1938 vernichtend abgekanzelt und den Autor einen Wirrkopf gescholten, der bar jeder politischen Einsicht sei. 1939, als der Hitler-Stalin-Pakt geschlossen wurde, sah sich Nizan genötigt (denn redlich war er, daran ist kein

Zweifel), aus der kommunistischen Partei auszutreten. Wenig später wird ihn, den eingezogenen Soldaten, eine Kugel aus einem Gewehrlauf der deutschen Wehrmacht niederstrecken. Ein beinah fertiggestelltes Romanskript, das er noch vergraben konnte, wird nach dem Ende des Krieges nie aufgefunden werden. Man darf sich (im Rückblick, aus der Distanz der Jahre) füglich fragen, wer von beiden denn damals der Hellsichtige war – und wer der Wirrköpfige. Der militant Engagierte – oder der bedingungslos Pazifistische, der *Pacifique*...?

Wie weit ist der Drill auf Kasernenhöfen (»Bauch rein, Brust raus«) entfernt von Bobi, wie er da nachts auf einer Anhöhe erscheint, die Beine gespreizt, ein Sternfunkeln zwischen den Schenkeln – wie weit entfernt von jener lockerhin rollenden, jener gelöst atmenden Kugel, als die er sich selber zum besten gibt...

»Kraft durch Freude«: so lautete eine der plakativen Parolen der hitlerischen Propaganda. »Kraft durch Freude«: so sollte auch noch die Freude funktionalisiert werden: bloßes *Mittel zum Zweck.* Bloße Mache, um einer allgemeinen Körperertüchtigung eine Scheinlegitimation zu geben. Bloße Falle, um sich damit abzufinden, Kanonenfutter, ausgebeuteter Arbeiter, *massa damnata zu* sein. »Kraft durch Freude« – nur wenig später wird es, am Eingang zu den Lagern, zynisch heißen: »Arbeit macht frei«. Nein, die von der NS-Propaganda verordnete »Freude« hat nichts, rein gar nichts zu tun mit Bobis *Freude* – steht doch für ihn gerade das *Zwecklose* obenan, wie es dem Absichtslos-Unwillkürlichen benachbart ist. Das sogenannt Nutzlose, das Spielerisch-Vagabundierende: dies Tüpfelchen auf dem i: Bobis Botschaft.

Diese Botschaft hat ihre Wirkung nicht verfehlt: das Erscheinen von ›Bleibe, meine Freude‹ löst eine Flut von Briefen aus. Von allerorts erreichen den Autor Zuschriften. Und diese alsbald vernetzte Korrespondenz führt zu der Initiative *Le Contadour:* eine Gruppe von Menschen schart sich um Giono; man trifft sich, abseits der ausgetretenen Pfade, in der Oberen Provence, im südfranzösischen Voralpenland. Als »Alternative«, als »Aussteiger« würde man die Contadouriens heute wohl bezeichnen – doch auch solche Worte klingen mittlerweile allzu fade-abgeschmackt, allzu stereotyp. (Lauter vorlaute Sprechblasen, die pausenlos von einem Mund zum nächsten kursieren.) »Durchsteiger« sollte man sie wohl besser nennen: sie, die durch die Krisen im Nachkriegsfrankreich hindurchgegangen sind, um sich gemeinsam einzufinden auf einer Anhöhe, wo der Atem des Windes freier geht... Und spielt nicht schon ›Bleibe, meine Freude‹ auf einer Hochebene, dem Plateau von Grémone?

Anfang der fünfziger Jahre gibt eine Folge von Radiogesprächen (im Dialog mit Jean und Taos Amrouche) dem Initiator Jean Giono die Gelegenheit, auf jene Jahre 35 bis 39 zurückzukommen:

»Was ich auf eine recht schlichte Weise zu tun versuchte: diese jungen Leute mit Sauerstoff zu versorgen. Nur eben das: ihnen Gelegenheit zu geben, mit Vergnügen zu atmen. Und dort oben hatten sie wahrhaft Gelegenheit, so zu atmen. Dies ist meines Wissens der einzige Ort, wo die Lunge, die man ansonsten nie genießt, zu einem Organ wird, an dem man Genuß findet. Welche Wohltat, tief Luft zu holen! Es ist derart wohltuend, daß man ganze Tage nur damit zubringen kann durchzuatmen. Und dabei stellt sich eine Art Vollrausch ein...«

Dies war (im Rückblick von 1953) die Quintessenz von *Le Contadour:* sich dem Atem zu überlassen. Keine überfrachteten Programme, keinerlei ideologische Richtlinien. Nur dieser feingliedrige Lungenbaum, der leichthin aufblüht; nur dieses feinverzweigte Geäst der Bronchien unter dem Hauch des Atems, der darüberstreicht. Jean Giono: ein Gourmet und Gourmand der Luft.

Warum aber kommt, über das bloß Biologische hinaus, dem Atem eine solch eminente Bedeutung zu, wie sie die meditativen Traditionen in Ost und West von jeher bezeugen?

(So wie in einem Wink auch Goethes ›Westöstlicher Divan‹: im *Hauch* eines *H* nämlich, *H: Atem* und Suleika). Weil der Atem eine Art Schaltstelle ist im Übergang von *willkürlicher* zu *unwillkürlicher* Innervation –: läßt die Zwischenrippenmuskulatur sich willentlich innervieren, so ist die Innervation des Zwerchfells allemal unwillkürlich. Dessen Bewegungsimpulse kommen von selber. Ohne dein, ohne mein Zutun. Das Zwerchfell, dies schwingende Querfell zwischen Brust- und Bauchraum: den alten Griechen war es nicht weniger als der »Sitz der Seele«. Sitz der Seele, inwendig, Sänfte oder Trampolin, magischer Teppich …

Wenn Giono in seinem ›Lied der Welt‹ Antonios sonnengebräunten Leib wie im Relief nachzeichnet, so akzentuiert er unversehens eine Linie, die genau dem Zwerchfell entspricht:

»Die dünne, bronzene Haut vibrierte von der Ansatzstelle der Schenkel bis zu *der sichelförmigen Linie unterhalb der Rippen. Von hier ging Antonios Atem aus. Hier zitterte der Atem leise,* wenn er einen großen Lachs mit dem Dolchmesser aufspürte; hier lauerte er sprungbereit, wenn Antonio die Harpune gegen den Fisch schleuderte; hier überschlug er sich, wenn Antonio tief Luft schöpfte, ehe er seinen Lockschrei den Frauen zusandte.«

Und wenn in ›Bleibe, meine Freude‹ der Rhythmus eines Webstuhls im wiederkehrenden Anschlag des Kamms spürbar wird, so lenkt Giono einmal mehr das Augenmerk auf diese vegetativ so empfindliche »Stelle«:

»Der Schall bebte in den Grundfesten des Hauses und hallte auf dem Plateau wider. Es wiederholte sich jedesmal, wenn Barbe den Faden des Gewebes anzog. Das Ohr wartete darauf. Der Ton kam, er traf das Ohr, und das kreisende Blut trug ihn mit sich fort in den Körper. Doch gleichzeitig traf er gegen *eine Stelle unterhalb der Brust, in die Höhlung zwischen den Rippen, dorthin, wo Joséphine so empfindlich war.*«

Voller Groll über die schablonenhaft psychologisierende Verfilmung seiner Erzählungen (etwa unter der Regie eines Pagnol) trägt sich Giono Ende der dreißiger Jahre mit dem Gedanken, selber Filme zu drehen. Aus den damaligen Tagebuchaufzeichnungen Gionos:

»Ich möchte versuchen, einen dokumentarischen Film über die Einsamkeit zu machen – zwischen flünf und zehn Minuten. Lyrischer Kommentar. Man sieht nie eine Person, sondern nur den nebeligen Hauch des Atems. Geräusch von Schritten – sowie den Atemzügen des Gehenden.«

So ein hingetuschtes Filmskript: eines der schönsten und kürzesten wohl in der Geschichte des Films. Ein Filmtelegramm sozusagen: Gehen und Atmen. Atmen und Gehen … – ein filmisches Haiku.

Und warum Gehen und Atmen – zum Beispiel? Gehen ist den allermeisten von uns derart vertraut, derart in Fleisch und Blut übergegangen, daß wir nicht mehr darauf achten müssen. Wir lassen es gehen, lassen es laufen … Und mehr noch: Gehen rhythmisiert den Körper, versetzt unversehens den Beckenboden in Schwingung – so wie umgekehrt die dank der Rhythmisierung stimulierte Zwerchfellatmung ihrerseits wirksam ist bis hinab zum Beckenboden. So wird dir der Körper gleichsam durchlässig vom Scheitel bis zur Sohle – und umgekehrt. Dein Rückgrat hat zu seiner Geschmeidigkeit zurückgefunden: Ein selbstvergessenes, meditatives Gehen mag sich einstellen. Gangart ohnegleichen …

Die zentrale Figur aus ›Bleibe, meine Freude‹ ist einer aus dem Volk der fahrenden Leute: Bobi, der clowneske Akrobat und Artist. Auch ein Vagabund, ein Stromer, bewandert in der Kunst des Gehens, ein Hand- & Fußwerker unterwegs.

Das *Unwillkürliche,* das *Absichtslos-Intuitive:* der Vagabund in uns. Unterwegs – ohne im voraus zu wissen. Denn der wahre vagabondo läßt sich von jedermann überraschen –: auch von sich selber …

Die unwillkürliche Innervation folgt dem Weg des geringsten Widerstandes: sie hält es mit einem Minimum an Kraftaufwand. Daher die spürbare Erleichterung im Übergang vom willkürlichen zum unwillkürlichen Innervieren. Solche *Erleichterung* wird subjektiv als *Freude* erfahren. Als

Freude –: eine Empfindung, die wohl zu unterscheiden wäre von dem Gefühl des Glücks. Man mag sich schwer fühlen vor Glück wie im Grimmschen Märchen jener Hans mit seinem gewichtigen Batzen Gold – Freude hingegen geht allemal einher mit einer *Erleichterung,* wie sie wohl am deutlichsten spürbar wird im Wechsel der Ateminnervation von der Zwischenrippenmuskulatur zum Zwerchfell. Und heißt es nicht sprichwörtlich, es »hüpfe« einem das Herz »vor Freude« im Leib? Das Herz, wie es dem Zwerchfell aufliegt: und damit wären wir bei dem Titel dieses Buches:

»Bleibe, meine Freude«. *»Jesus bleibet meine Freude«:* so betitelt sich ein Choral von Johann Sebastian Bach; er bildet das Herzstück einer Kantate, die solch barock berückenden Titel trägt – »Herz und Mund und Tat und Leben«. Es ist die Kantate des Bachwerkverzeichnisses 147, komponiert nach einer Textvorlage aus der Feder des protestantischen Mystikers Salomon Franck. Eine erste Version war zunächst für den vierten Adventssonntag bestimmt: der Komponist schrieb die Musik für eine Aufführung in Weimar, die im Dezember des Jahres 1716 stattfand. Mehr als ein Dutzend Jahre später wird Bach – mittlerweile Thomaskantor – Text und Musik überarbeiten und abwandeln: denn nunmehr, in Leipzig, gilt die Kantate dem Fest Visitatio/Mariä Heimsuchung, wie es am zweiten Juli gefeiert wird. *Vierter Advent* oder *Visitatio:* beidemal wird ein Kind erwartet – das messianische oder jener Johannes, der später als Johannes der Täufer von ihm künden wird. Beidemal die *Naherwartung eines Kommenden …* Wie es im zweiten Teil des Bach'schen Chorals heißt:

»Der höchsten Allmacht Wunderhand
wirkt im Verborgenen der Erden,
Johannes muß mit Geist erfüllet werden.«

Vermerken wir en passant, daß der Name Johannes dreimal im Spiel ist: *Johannes* der Täufer, der auf Christus vorausweist; *Johann* Sebastian Bach dieser Kantate und dieses Chorals; und schließlich eben der Name des Autors von

›Bleibe, meine Freude‹: Jean/Hans/Johannes. (Dieser Name Giovanni/Jean ist übrigens eine Art Markenzeichen in der väterlichen piemontesisch-provenzalischen Linie der Familie Giono.) Die Naherwartung eines Kommenden (Kind oder Buch) bewirkt die Frage nach dem Namen, nach der Namensgebung...

»Jesus bleibet meine Freude,
meines Herzens Trost und Saft,
Jesus wehret allem Leide,
er ist meines Lebens Kraft.«

Solch barocke Verse zu Eingang des Chorals: sie kommen gemessenen Schrittes einher. Anders deren provenzalische Variante, gut zwei Jahrhunderte später. Wenn Giono mit einem bravourösen Handstreich, einem Federstreich aus dem Handgelenk, die erste Verszeile herauslöst und den einleitenden Namen Jesus löscht, so verändert sich alles in einem Nu – und von Grund auf, *Que ma joie demeure:* dieser Titel schreitet nicht gravitätisch: dieser Titel tanzt. Zugleich jedoch wird etwas dringlich Flehendes hörbar, beinah ein Appell: *möge* meine Freude bleiben. Das heißt: *möge* sie doch nicht schwinden, sich nicht verflüchtigen... So wird der Titel der Bachschen Kantate zur *Inkantation.* An die Stelle barocker Glaubensgewißheit tritt ein beschwörender Anruf – nur eben: soll hier eine Feier angestimmt werden oder eine Gefahr gebannt? Ein Jubel verkündet oder eine Bedrohung beschwichtigt? Vielleicht hält der Titel des Gionoschen Buches genau die Mitte: die Waage zwischen beidem. Und vielleicht macht dies eben seine Schönheit aus...

Gewiß –: Giono tilgt, er löscht den Namen Jesus. Doch ein solches Gelöschtwerden bedeutet ja nicht einfach ein Verschwinden. Das Gelöschte bleibt erhalten – und sei es umrißhaft: eben dank der Spur des Löschens selber. Und Bobi: er ist eine Art Zwitter zwischen messianischem Erlöser und indianischem Trickster. Halb Heilkundiger, halb Artist. *»Un Christ maladroit«:* ein ungeschickter, ein linkischer Christus: so wird Giono zwanzig Jahre nach Erscheinen des Buches, in seinen

Gesprächen mit Amrouche, den Protagonisten nennen. Eine skeptisch-bittere Bilanzierung, die wohl weniger Bobi gilt als vielmehr der gescheiterten Initiative, zu der ›Que ma joie demeure‹ Anlaß gab: *Le Contadour.*

»Ich glaube wohl, daß er kommen wird«: so sagt sich Jourdan in dieser »ungewöhnlichen Nacht«, mit der Giono seine Chronik eröffnet. Unüberhörbar der Anklang an den Satz des Täufers vom Jordan: »Es kommt aber einer, der stärker ist als ich und ich bin nicht würdig ihm den Riemen seiner Sandalen zu lösen...«. Ein Vorgefühl oder, genauer gesagt, ein *Vorgespür: wie die Erwartung eines anbrechenden Tages. Und wieder kommt ein Name, das Klangbild eines Namens, ins Spiel. Jourdan* –: dies läßt ebenso den *Jordan* anklingen, wie es den kommenden Tag heraufruft: *le jour.*

So ist dies Buch denn auch bei seinem Erscheinen von einer breiten Leserschaft aufgenommen worden: als ein Wink, ein weckendes Versprechen, eine messianisch getönte Botschaft. Doch eben ohne den christlichen Segen. Und wenig später, in dem Bekenntnis ›Vom wahren Reichtum‹, wird Giono erklären, was ihn zu dieser Abweichung bewog: eine Leibfeindlichkeit des Christentums:

»Als Titel meines Buches habe ich den Titel eines Bachschen Chorals gewählt: Jesus, que ma joie demeure; jedoch das erste Wort, das wichtigste des ganzen Anrufs, den Namen dessen, der angerufen wird, des einzigen, der bisher bei der Suche nach der Freude etwas galt, ihn ließ ich fort; denn er bedeutet Verzicht. Man soll auf nichts verzichten. Es ist leicht, innere Freuden zu gewinnen, wenn man seinem Körper entsagt. Doch ich glaube, es ist ehrlicher, eine vollkommene Freude zu suchen, indem man diesen Körper in Betracht zieht, da er da ist, wir ihn haben, da auf ihm unser Leben beruht, von der Geburt bis zum Tode. Die Intelligenz zu befriedigen ist nicht schwer, unsern Geist zu befriedigen ist auch nicht so schwer. Man sagt, unsern Körper zu befriedigen sei demütigend; er allein jedoch lehrt uns eine strahlende Weisheit.«

Eine geradezu eingefleischte Leibfeindlichkeit: das gilt fraglos für das orthodox paulinische Christentum, das es mit dem platonischen Erbe hielt: der Körper als Kerker. Anders von jeher die häretische naturmystische Tradition bis hin zu Oetinger und Novalis: »Alle Wege Gottes enden in Leiblichkeit.« Oder wie sich, Gionos Romantitel abwandelnd, sagen ließe:

Bleibe, bleib' *beileibe,* meine Freude.

Gionos Handstreich im Umgang mit dem Titel des Bachschen Chorals ist so abwegig nicht: weist er uns doch – über die Schwelle des Christlichen hinweg – zurück auf dessen Vorgeschichte. Zentrale Motive und Bilder der christlichen Tradition (etwa das des guten Hirten oder des Weizenkorns, das tief in der Erde stirbt, um wiederaufzuerstehen als nährende Ähre) sind naturreligiös-heidnischer Herkunft. Wie auch diese Feste: Weihnachten und Johannisnacht (im Werk des Jean/Johann Giono erscheint wiederholt das nächtliche Johannisfeuer) zurückgehen auf alte Sonnwendfeste zur Feier der Jahreskehren. Und ist nicht auch die sogenannte »frohe Botschaft« des Christentums alten Freuden- und Feuerfesten entlehnt; ist nicht die jüdisch-christliche Naherwartung eines Messias (einer kommenden Zeit- und Weltenwende) selber eine Reprise der alten Vegetationsfeste mit ihrem Vorgespür eines Kommenden – ein nahender Frühling etwa, ein nahender Morgen.

Wie in der ländlich-chassidischen Malerei Chagalls wird unter der Feder Gionos die jüdisch-christliche Tradition im besten und buchstäblichsten Sinne *faden-scheinig:* Heidnisches schimmert durch. So evoziert Bachs Oboe die Panflöte, wie sie von Bobi noch einmal gespielt wird – mit ›Que ma joie demeure‹, so Giono, sei seine »panische Lehrzeit« zu ihrem Ende gekommen. In einem langen Gespräch (wie es das zwölfte Kapitel protokolliert) setzt Bobi gegen die fortschrittsorientierte Sozialutopie eines Landmanns auf Grémone sein Bild von der »alten Erde« – will sagen: der zyklisch immer wieder sich erneuernden …

Wenn Freude eine Empfindung ist, die *von selbst* kommt, absichtslos – wie könnte sie sich dann festhalten lassen, wie könnte sie *bleiben?*

Und: öffnet sich nicht, wer sich der Freude öffnet, immer auch den Fährnissen des Schmerzes?

Drei unheilvolle Ereignisse – drei Selbstmorde – säumen wie Marksteine den Gang des Geschehens. Düsterverhangen das Ende des Romans, der ja im Grunde eine langausgesponnene Erzählung ist. *Aurore,* dies Mädchen an der Schwelle der Pubertät, *Aurora,* die leibhafte Morgenröte: sie wird sich (aus verschmähter Liebe zu Bobi?) mit einer Flinte eine Schrotladung in den Mund schießen. Das Morgenrot verkehrt sich zu einem Blutrot, das Rot der Mundhöhle wird zur entstellenden Blutlache. Und der Name *Aurore:* er läßt nun mehr rückwirkend ein im Französischen beinah gleichlautendes Wort anklingen: *horreur* – das Entsetzen, das Grausen. Auroras Tod: ein Zeichen für Bobi-den-Vagabunden, den leibhaften Katalysator der Freude, ein weiteres und letztes Mal aufzubrechen. (Kann die Freude *bleiben?* Ist der Vagabund, der die Freude zu bringen sucht, nicht selber allemal einer, der raumzeitlich *ohne feste Bleibe* ist?) Mit Bobis Verschwinden (vom Winter bis zum drauffolgenden Sommer: eineinhalbmal um das Rund eines Jahres war er auf Grémone gewesen) endet auch Gionos provenzalische Chronik. Mit sich entzweit, in einem stakkatogleichen Selbstgespräch, Rede und Widerrede, läuft er über die Hochebene südwärts: wie gehetzt und schutzlos preisgegeben. Ein entfesseltes Sommergewitter wird ihm zum Verhängnis. Die heilige Hochzeit zwischen Himmel und Erde (Hieros Gamos …: dies alte naturmystische Motiv, wie es sich zu Eingang des Romans andeutet in Bobis Devise, seinem Wahlspruch: »Orion-Mohrrübenblüte«): auch sie verkehrt sich zu dem Tosen eines schier heillos niedergehenden Gewitterregens, der jede Grenze zwischen Himmel und Erde verschwimmen läßt. Findet Bobi den Tod – oder sucht er ihn? Der Romanschluß läßt keine eindeutige (keine schlüssige) Antwort zu. Ist dies Gewitter eine Naturkatastrophe – oder ein Unwetter anderer Art? Wenn die Blitze »aus der Erde zu schießen scheinen« (Gionos Worte), so gemahnt dies an Granaten, deren Splitter nach dem Aufprall vom Boden aufsprühen. Erinnern wir uns, daß ›Que ma joie demeure‹ Mitte der dreißiger Jahre geschrieben wurde: zwischen zwei Weltkriegen. Wie Giono im Rückblick auf den Krieg 14/18 sagte: »Je ne peux pas oublier«: »Ich kann nicht vergessen.«

Doch welche Bewandtnis es auch mit diesem katastrophalen Raumfinale haben mag: das Atmosphärische ist durchaus präzise gefaßt. Blitzezucken, Donnerschläge: optisch wie akustisch eine dichte Folge von Schockmomenten. Quasi unwillkürlich wirft sich Bobi zu Boden. Und dies führt uns noch einmal zu der Frage nach dem Unwillkürlich-Autonomen: es ist doppelgesichtig, januskönpfig. Es springt ebenso ein *im Notfall einer plötzlich schreckenden Gefahr,* wie es auch in *der ekstasierenden Freude* die gezielt-willkürliche Innervation ablöst. Das Schlimmste und das Beste: dicht beieinander.

In der anschließenden Schrift ›Vom wahren Reichtum‹ wird Giono andeuten, daß es für ihn nicht leicht war, das Typoskript von ›Bleibe, meine Freude‹ aus der Hand zu geben und an seinen Pariser Verleger abzuschicken: Wie eine Frau, die es schmerzt, ihr Kind zu ent-binden...

Bezeichnend Gionos Schwanken hinsichtlich der Schlußversion des Romans. Zunächst läßt der Autor Bobi – Bobis Leichnam – unter freiem Himmel eine Beute der Tiere werden: panisch/pantheistisch gesehene Rückkehr in den Zyklus des Naturhaften. Sodann streicht Giono diese skizzierte Schlußfassung, um Joséphine, der Geliebten Bobis, diese biblisch klingenden Worte in den Mund zu legen: »Er wird zurückkommen, ich weiß es bestimmt.« Doch man vergegenwärtige sich, in welches Bild Giono den Moment des Todes faßt: ein Blitz »pflanzte einen goldenen Baum zwischen seine Schultern.« Ein Baum, der sich im Augenblick eines Niedergangs aufrichtet. Ein *goldener Baum –:* ein *golde-*

ner Zweig? ›The Golden Bough‹: so der Titel eines legendären Buches von James Frazer, das die alten Vegetationsfeste beschreibt. Giono war mit diesem Werk aufs engste vertraut – wie handschriftliche Anmerkungen in dem Exemplar seiner Privatbibliothek bezeugen.

Rückkehr in den Kreislauf des Naturhaften oder chiliastische Wiederkehr? Am Schluß seines Romans wird Giono dies offenlassen. An dich, Leserin, Leser: an uns geht die Frage.

Um hier zu erinnern: wie durch ein Wunder hat der junge Giono als einfacher Frontsoldat die Materialschlachten bei Verdun und anderswo überlebt, über Jahre – er, der sein Gewehr untauglich gemacht hatte, um sicherzugehen, niemanden zu töten. Er kam mit dem Schrecken davon – falls da von Davonkommen noch die Rede sein kann. Und doch widerfuhr ihm eine Verwundung der unmittelbarsten Art: eine (zum Glück vergleichsweise leichte) Giftgasverletzung. Man vergegenwärtige sich die Wirkung von Giftgas –: wie es die Lungenflügel angreift bis zu den Lungenbläschen, den feinstofflichen Alveolen. Man vergegenwärtige sich diese Panik, zu ersticken. Ich vermute, daß nicht zuletzt diese traumatische Erfahrung während des Ersten Weltkriegs den Provenzalen sensibilisiert hat für das Kostbare des Atems.

Nach der Ilias des Krieges die Odyssee einer Heimkehr. *›La Naissance de L'Odyssée‹: so* der Titel des ersten Buches aus der Feder des Provenzalen. Jean Giono zurück in Manosque: sich selber der Hirte inmitten seiner wogenden Herde von Atemzügen... Wie jener tiefe Atem ein unwillkürlicher ist, so hat Giono seine Tätigkeit als Künstler einmal trefflich beschrieben in solchem Wort: »Ich öffne nur die Fenster – der Wind kommt von selber.« Ja, der Wind kommt *von selber:* wenn man bereit ist, die Lungen so weit zu öffnen wie Fensterflügel. Und wer erinnert den Leib an sein Gedächtnis? Ein solcher Atem vielleicht, über der schwingenden Tenne Zwerchfell, ein Weizen im Licht der Spreu...

Das Unwillkürliche läßt sich niemals direkt beeinflussen:

per Definition. Ist es doch eben das, was sich dem direkten, willentlichen Zugriff entzieht... Wir alle kennen den Widersinn, wie er etwa in solcher Aufforderung liegt: »Entspanne dich!« Und doch gibt es eine Möglichkeit, auf das Unwillkürlich-Autonome Einfluß zu nehmen – nur eben: indirekt, in einer Art Schleife. Umwegig also. Und wie das konkret? Indem wir die Willkürinnervation für Momente an ihr Ende führen: im lösenden Ausatem zum Beispiel. Wenn du die nun folgende Pause (eine wahrhaft schöpferische Pause) zuläßt, mag der alsbald unwillkürlich kommende (über das Zwerchfell innervierte) Einatem buchstäblich als Inspiration erfahren werden. Doch dazu eben bedarf es zuvor eines Lösens im Aus... Und wenn der Artist Bobi sich anschickt, auf seine Weise das Lieblingsspiel der Südfranzosen – das Boule – zu spielen, so heißt es:

»Der Mann hat sich auf dem Teppich ausgestreckt. Er hat tief Atem geholt, dann *hat er den Atem langsam wieder ausströmen lassen,* doch gleicht er nicht mehr dem Atem eines Menschen.« Und wenige Zeilen später: »jetzt ist er eine Kugel. Er rollt wie ein Ball über den Teppich...«

Gibt nicht die Kugel, die nur eines minimalen Anstoßes bedarf, um leichthin *von selber* zu rollen, ihrerseits ein Bild des Unwillkürlich-Autonomen? So spielt Bobi – auf seinem ausgebreiteten Kartenteppich mit dem Treffkönig – das Spiel des Spielerischen selber... Kugel oder Rad: welch eine Erleichterung muß deren Erfindung einstmals bedeutet haben –! Und bis heute ist der Umgang mit Reif oder Ball ein Inbild des Spielens.

Es gibt ein Musikinstrument, das uns den unwillkürlich kommenden Atem in Erinnerung ruft: die Äolsharfe. Fern von allem Zutun menschlicher Willkür ist es der Wind selber, der hier in die Saiten greift. Giono setzt eine solche Windharfe. Wenn Giono eine solche Lyra in Szene setzt, so entströmen ihr keine lieblich säuselnden Klänge. Ganz im Gegenteil. Neun Saiten, stark wie Seile, gespannt ins Geäst einer Tanne, einer Pinie oder Eiche –: sie lassen eher schon das Dröhnen eines Regenschauers, eines spannungslösenden Gewitterregens hören ...

»Césaire sog die Luft aus allen vier Himmelsrichtungen ein.

›Der Wind weht‹, sagte er, ›unser Wind, Hirte. Sie werden spielen.‹

Im hellen Licht des Mondes, auf dem runden Grasfleck, der von Bäumen eingefaßt war, reckte eine Tanne – wie eine Lyra – ihre beiden Stämme empor.

Als wir später näher kamen, begann der Baum zu singen; er sang wie ein Mensch und zugleich wie ein Baum. Ich sah, daß über die beiden Spitzen des Baumes ein Joch gelegt war, von dem neun Seile bis zum Fuß des Baumes gespannt waren. So war der Baum zu einer lebendigen Leier geworden, lebendig zugleich vom vollen Hauch des Windes und vom dumpfen Leben der Stämme, in denen die Säfte quollen.

Der Hirte spannte behutsam die Seile und prüfte sie. Die Töne hallten in den Büschen, daß es dröhnte wie die schweren Tropfen eines Gewitterschauers im Laub. Schließlich lehnte sich der Hirte an den dicken krummen Stamm, griff mit beiden Händen in die Seile und erwartete so den Wind.«

So zu lesen in einer bukolischen Phantasie, wie sie Gestalt annimmt in einem schmalen Band aus den Jahren 1929/30: *›Le serpent d'étoiles‹*, ›Die Sternenschlange‹. Oder, wie der von Giono ursprünglich vorgesehene Titel lautete: *›le serpent qui se mord la queue‹* – will sagen: ›Die Schlange, die sich in den Schwanz beißt‹. Eine Schlange also, die einen Kreis bildet, ein Rad. Eine Schlange, in der Anfang und Ende sich treffen: Urbild einer zyklischen Wiederkehr ...

In einer seiner (postum veröffentlichten) Randnotizen zu ›Que ma joie demeure‹ nennt Giono den Akrobaten Bobi einen »Schlangenmenschen«: »L'homme-au-serpent«. Bobi, der auf seinem Kartenteppich das Schlangenrad schlägt: dies gibt ebenso ein Bild der Geschmeidigkeit einer gelassen-gelösten Leiblichkeit wie auch einer zyklischen Zeiterfahrung: ist doch die Schlange überdies und geradezu sprichwörtlich das Tier, das sich häutet: von Häutung zu Häutung sich erneuert. Darin vergleichbar dem Hirsch, der im jahresturnus sein altes Geweih abstößt, um es aufs neue sprießen zu lassen: Sprosse um Sprosse –: eine kleine Jakobsleiter der Kreatur. Der Hirsch – dieser Wegbegleiter Bobis, dieser Wegbereiter des Frühlings …

Das Herz ist, nach der großen Lehre Franz Baaders, der Mittler zwischen Kopf und Geschlecht, der oberen und unteren Mächte – sagen wir: es ist der Mensch. Der Mensch allerdings, wie er einmal war und sich jetzt auszurotten im Begriffe steht.

LEOPOLD ZIEGLER

In Henry Millers schmalem Skizzenbuch unter dem Titel ›Reise in ein altes Land‹ findet sich, gleich eingangs, eine denkwürdige Textpassage. Es ist die Rede von Griechenland, von der Insel Hydra:

»Alles schneeweiß und dennoch farbig. Die ganze Stadt wie aus einem Traum. Auf Schritt und Tritt verändert sich das Bild. Die ganze Insel gleicht einem auf eine Drehbühne montierten Felsbrocken. Selbst das Klima rotiert.«

Meerinmitten: eine Insel als »Drehbühne« mit einem »rotierenden« Klima: so präludiert Miller solch traumgleichen Sätzen, die er nun folgen läßt:

»Wir fahren rückwärts der Sommersonnenwende zu. Der Winter wird kommen: mit Rosen, Melonen, Trauben.«

Unversehens, wie mit einem Ruck, geht die Reise rückwärts... Wohlgemerkt: Miller schreibt diese Tagebuchzeilen im Spätherbst – der Winter winkt schon. Und man lese doch wiederum genau: es ist nicht die Rede von einem vergangenen Sommer, sondern von der *Sommersonnwende.* Solstitium, Johannisnacht Ende Juli: da, wo das Sonnenjahr an seinem Scheitelpunkt sich wendet. Rückwärts ist also schon vorwärts, so wie vorwärts noch immer rückwärts...: man möge eine solch zyklische Zeit- und Raumerfahrung mithin nicht einfach als »reaktionär« abtun. »Fortschrittlich«/»rückschrittlich«: solch eindeutige, einsinnige Bestimmungen haben ihre Gültigkeit verloren auf dem kosmischen Karussell, auf der rotierenden Töpferscheibe der Wiederkehr...

Wie kaum einer war Henry Miller Giono enthusiastisch zugetan, um dessen Werk noch über D. H. Lawrence zu stellen –: neben die Prosa von William Faulkner. (Faulkner, den wiederum Giono so geschätzt hat...) Im Jahre 1938 hatte eine wache Buchhändlerin in Paris den Exilamerikaner Henry Miller auf ›Bleibe, meine Freude‹ aufmerksam gemacht – und fortan war dieser ein passionierter Leser aller Schriften Gionos. Unerschrocken hat er immer wieder eine Lanze gebrochen für den Generösen aus Manosque: auch zu Zeiten, da dieser »umstritten« war (»umstritten« heißt meistens »bestritten«). Im Juli des Jahres 1939, von Paris aus südwärts unterwegs nach Griechenland, macht Henry Miller gemeinsam mit einem Freund Gionos Zwischenstation in dem Landstädtchen Manosque – ohne daß es indes zu einer Begegnung von Angesicht zu Angesicht gekommen wäre. Giono nämlich war (einmal mehr) zu Fuß unterwegs durch die Gegend der Hohen Provence, bald durch struppig versteppte Gelände, bald über die weithin geklöppelten Saumpfade entlang der Felder. Es war ja Juli, es war Sommer. Zauber der Spitzenklöpplerin Zeit... Giono war außer Haus. Henry Miller fährt also weiter von Manosque südwärts nach Marseille, um von dort nach Griechenland einzuschiffen – für einen mehrmonatigen Aufenthalt, von dem der unvergeßliche ›Koloß von Maroussi‹ Zeugnis gibt. In seiner Bilanz ›Die Bücher meines Lebens‹ heißt es:

›Jean Giono hat wie unser Dichter William Faulkner seine eigene Landschaft geschaffen, eine fast mythische Landschaft... Es ist eine Region, über der die Sterne seit Urzeiten ihre Bahnen ziehen, und es ist ein Land, in welchem sich die Ereignisse an den Menschen vollziehen, wie sie sich vor Äonen an den Göttern vollzogen haben. Es ist eine Landschaft, wo Pan noch immer über die Erde geht...«

Und in seiner so weiträumig luftigen Textskizze zum Thema Aquarellieren (›Die Wasser, abermals funkelnd‹) schreibt Miller, seinen täglichen Morgenspaziergang im kalifornischen Big Sur nachzeichnend:

»Wenn ich etwas tiefer eindringe, wenn ich unversehens der Böschung des kleinen Wasserlaufs folge, beginne ich unausweichlich, mich mit Jean Giono zu unterhalten. Immer wieder einmal erhalte ich einen Brief von diesem *Jean le bleu,* auf den gewöhnlich ein weiteres neues Buch von ihm folgt. Jedes Buch, das Giono schreibt, ist ein Päan und eine Anrufung. Deshalb vielleicht verkaufen sie sich in Amerika nicht. Das eigentliche Thema bleibt sich gleich: *Que Ma Joie Demeure!*«

Giono und Miller: über die Längen- und Breitengrade hinweg sind sie einander wahlverwandt bis in die Kapillaren. Zwei Fabulierer, denen die Natur ihr Doppelantlitz zeigt. Panischer Schrecken urplötzlich: mittags. Und dann wieder stetig und weiterhin Pans nachmittägliche Stille...

Zuzeiten sind beide einander so nah, als schrieben sie gemeinsam an ein und demselben Text. Bald schroff abweisend, bald hinreißend gesprächig. Als spielten sie (vierhändig) auf ein und derselben Klaviatur. ›Der klimatisierte Alptraum‹, diese hellsichtige Attacke auf die nordamerikanische Zivilisationswüste: sie könnte der Feder Gionos entstammen. So wie umgekehrt: ›Triumph des Lebens‹ etwa, diese rhapsodische Hymne Gionos an die provenzalischen Handwerker (die Schuster, Seiler, Sattler und Co.) der Kladde jenes unerschrockenen Mannes aus Big Sur.

Wenn Miller die Zeit im Bild der Drehscheibe verräumlicht, so läßt Giono den Raum selber kreisen: Zeit-Rad, Rad der Jahreszeiten, zyklischer Zeitraum um eine rotierende Achse. Und für diesmal ist diese Achse niemand anders als der Erzähler selber. Wiesen, Felder und Äcker: sie kreisen um ihn wie der Kranz rund um einen Maibaum. Und wieder geht es – mit einem Ruck – rückwärts:

»... der Weg durch das dunkel tönende Labyrinth der Bäume, wenn das Laubwerk Gewölbe bildet, die bemalt sind mit allen Sagen, die ich kenne, und mit all denen, die ich nach und nach kennenlerne, während jemand von Zeit zu Zeit die ernste Saite einer Harfe erklingen läßt wie von Händen, die träumen und dann erwachen; die großen Blößen, auf die ich alsdann gelange, wenn *das Rad der Felder* sich langsam um mich *zu drehen beginnt, indem es rückwärts kreist,* wenn ich rings um mich wie um einen ruhenden Drehpunkt die blonden Speichen der Haferfelder sich neigen sehe, die roten Speichen der Esparsettenfelder, die grünen Speichen der Weiden, das graue Getreide, den Samt der gepflügten Äcker, während der Eisenreifen des Rades mit unmerklichen Drehbewegungen den fernen Kreis eines Horizontes von Hügeln mit waldigen Kämmen streift.«

Giono und Miller: zwei Poeten, die sich dem Amoklauf der so kaufmännisch rechnenden Mitmenschheit verweigern. Zyklische Zeit: allein die Erfahrung von Wiederkehr ermöglicht ein Vertrauen... und nur solches Vertrauen fördert die Bereitschaft, sich dem Unwillkürlichen, dem unwillkürlich Kommenden, zu überlassen. Ohne diese Bereitschaft: kein Überschwang der Freude. Das Ländliche *in uns* ist längst im Schwinden. Und so leben wir, voneinander isoliert und zunehmend freudlos, in der Gletscherwelt der Städte: jeder gefangen in seinem Iglu Ich. In Menschen, die innerlich vom Ernst und der Tiefe des Lebens abgleiten, kann wahre Lebensfreudigkeit überhaupt nicht aufkommen.

(März/ September 1993)

J.M.G. Le Clézio
Fliehender Stern
Roman
350 Seiten
btb 72259

Aus Freude am Lesen

J.M.G. Le Clézio

Zwei junge Mädchen begegnen sich 1948 auf einer Straße nach Jerusalem. Esther, die junge Jüdin, darf nach Israel einwandern, während Nejma, die Palästinenserin, daraus vertrieben wird. Sie werden sich nie wiedersehen, aber beide werden sich ein Leben lang schwesterlich verbunden fühlen, geeint durch die Erfahrung der Vertreibung und ihren Traum von Frieden.
»Ein Buch über die Magie menschlicher Begegnungen.«
Süddeutsche Zeitung

J.M.G. Le Clézio
Onitsha
256 Seiten
btb 72094

Aus Freude am Lesen

Das Schlagen der Trommeln in der Nacht, wilde tropische Gewitter und abenteuerliche Fahrten mit der Piroge auf dem gewaltigen Strom - Fintan Allen wird seine Kindheit in Afrika nie vergessen. Immer tiefer taucht der Junge in das archaische afrikanische Leben ein, während sein Vater wie besessen nach den Spuren der mythischen Stadt Meröe sucht...